本书为国家社科基金青年项目
"中西比较诗学的语言阐释"项目结项成果

中西比较诗学的语言阐释

范方俊/著

人民出版社

中编：中西诗学话语的融合

下编：中西诗学话语的转换

绪　论

中西诗学对话的危机：走向诗学的语言阐释之途

当代社会是一个强调对话的社会。人们不仅关注形形色色的对话理论，如马丁·布伯（Martin Buber）、哈贝马斯（Jürgen Habermas）的交流与对话理论、巴赫金（Mikhail Bakhtin）的小说对话理论、伽达默尔（Georg Gadamer）的哲学解释学对话理论、托多洛夫的文学对话理论以及花样翻新的诸种后现代主义对话理论等等，而且热衷于各个领域内的"对话"：政治对话、经济对话、文化对话、哲学对话、文学对话、家庭对话，等等，不一而足。

在对话成为时代主潮的背景下，中西比较诗学的基点也一跃从"比较"转向了"对话"，走向对话成为中西比较诗学发展的必由之路。① 而中西诗学对话在大大拓展了中西诗学比较研究的视野及思路的同时，自身也面临了一系列的理论和现实问题。走向对话的中西比较诗学由此成为比较学界令人瞩目的焦点。

一、中西诗学对话的缘起

中西诗学对话既是近代以来中西文化碰撞下的时代产物，同时也是诗学自身领域内中西两大诗学体系互为"他者"、反省自我的必然结果。究其根源：

首先是中国传统诗学在西方诗学冲击下凸显出的"现代转型"使然。中国传统诗学是对从先秦时期开始直至近代中西诗学发生实质性接触前的中国古典文论的概称。中国古典文论是在自身文化系统内生发的一套诗学体系，无论是在内在的文化底蕴还是外在的理论表述上都迥异于西方诗学。作为中

---

① 参阅乐黛云等：《比较文学原理新编》，北京大学出版社 1998 年版，第 1 页。

国传统文化的一个重要组成部分，中国传统诗学一直受到中国学人的珍视。然而，进入近代社会以后，随着近代中国社会的急遽变化，中国传统诗学受到了前所未有的质疑。这种情况的出现是与当时整个时代氛围密切相关的。十九世纪中叶鸦片战争后，古老的中华封建帝国一下子从四方仰慕的天朝大国沦落为任人宰割的半殖民地，救亡图存成为近代中国社会的时代主题。当时一批具有先进意识的先觉者已经清醒地认识到，中西方的巨大落差不仅体现于政治、经济、军事层面，同时也体现于思想文化层面。1894—1895年中日甲午战争的失败和戊戌变法的流产更让他们痛楚地意识到，仅仅依靠军事上的"船坚炮利"和政治上自上而下的社会改良不可能挽救中国，唯有借助思想文化的启蒙，发动民众，实现近代中国自下而上的社会变革。由于中国旧有的文化传统长期陷于自我封闭之中，已不可能自主生发出时代迫切需要的近代思想意识，人们只好"别求新声于异邦"，向西方寻求先进的思想文化真理。但这并不意味着中国文化就此走向"全盘西化"的道路，这一方面是由于先觉者们浸染于中国传统文化太深，在感情上对其难以割舍，另一方面他们在引介西方文化之时已理智地察觉到了它的不足。因此，他们引入西方文化并不是用它来替代中国的传统文化，而是要借助西方文化的参照，实现中国传统文化的现代转型。中国传统诗学即是在上述历史背景下于19世纪末20世纪初开始自身的现代转型的。早在1905年王国维就撰文《论近年之学术界》指出，中国"自宋以后以至本朝，思想之停滞略同于两汉，至今日而第二之佛教又见告矣，西洋之思想是也"，[①] 王国维肯定了西洋新学语的输入对于转型中国传统诗学的必要性，但他同时指出，中西学术话语各有其片面性，不能盲目认定西方的学术方式就是绝对地好，应该借鉴西洋文学批评的长处来补足中国传统文学批评的不足。1908年青年鲁迅也在《摩罗诗力说》中宣称："欲扬宗邦之真大，首在审己，亦必知人，比较既周，爰生自觉。"[②] 进入二十世纪30至40年代，随着中西诗学比较研究的深入，以朱光潜、钱锺书为代表的中国比较学者更加注意到在中西诗学的融通中"转型"中国传统诗学，并取得了令人瞩目的实绩。建国后，由于众所周知的原因，中国传统诗学的现代转型被迫中断，中国的文学理论一股脑儿地倒向了苏俄文论。改革开放后，随着西方现当代文化的大量涌入，中国文论又一边

---

① 王国维：《论近年之学术界》，《王国维文集》第三卷，中国文史出版社1991年版，第36页。
② 鲁迅：《摩罗诗力说》，《鲁迅全集》第一卷，人民文学出版社2005年版，第67页。

倒向了西方现当代文论。于是，当人们冷静地审视当代中国文论的现况时，有关中国传统诗学现代转型的呼声再次在中华大地上空响起。回顾中国文论近百年间经历过的风风雨雨，实现中国传统诗学的现代转型可谓是一个世纪性的主题。如果说十九世纪末 20 世纪初中国传统诗学现代转型的提出更多的是出于时代的召唤的话，那么当代对于中国传统诗学现代转型的期盼则主要是基于对诗学自身发展规律的现实考察。历史的因缘决定了中国传统诗学的现代转型不可能从旧的诗学传统中自动生成，而诗学自身的发展规律也不允许中国传统诗学完全依靠照搬其他民族的诗学实现"现代转型"，因此，寻求与西方诗学的对话就成了中国传统诗学实现自身现代转型的必然抉择。

其次是西方比较诗学界对于包括中国传统诗学在内的东方文化视野的吸纳使然。美国学者厄尔·迈纳（Earl Miner）在其近作《比较诗学：文学理论的跨文化研究札记》一书中，令人信服地指出：东西方的原创型诗学体系都是在各自的文化系统中产生的，"跨文化"是比较诗学的最根本性的特征，对于一本论述比较诗学的专著来说，所采用的例证必须是跨文化的而不是同一文化体系之内的，因为"我们无法把相同的东西作为比较的对象。要进行比较研究，被比较的对象之间必须存在某种差异；否则，我们只是在鉴定而不是比较"，[①]"然而，我们的'比较文学'为什么就该缺乏一种东半球和南半球的视野呢？"[②] 迈纳的上述见解无疑代表了西方比较学界在比较诗学方面的新的动向。众所周知，西方奠基于亚里斯多德（Aristotle）《诗学》之上的理论体系，尽管在不同时期、不同地域内的表述方式上存在着这样或那样的差异，但从根本上讲，它们是属于同一个西方文化圈内的诗学体系。相比之下，中国传统诗学则完全属于另一个与西方文化几无直接关联的异质文化圈。巨大的文化差异过去曾使不少西方学者对中西诗学比较的可行性感到难以想象。然而，比较诗学的"跨文化"特征决定了比较诗学必须要有勇气去跨越不同的文化圈子，否则，比较诗学很难名副其实。而且，中西诗学间的巨大差异固然给中西比较诗学在整体研究上带来了很大的困难，但它同时也为比较诗学研究走向深化提供了一个难得的契机，因为完全"非西方化"的

---

① ［美］厄尔·迈纳：《比较诗学：比较文学理论和方法论上的几个课题》，见乐黛云、张文定主编：《比较文学》，中国文化书院 1987 年版，第 430 页。

② ［美］厄尔·迈纳：《比较诗学：文学理论的跨文化研究札记》，王宇根等译，中央编译出版社 1999 年版，第 28 页。

中国传统诗学不仅为西方诗学提供了一面反视自我的"镜子"，而且更为难得的是，在许多方面中国传统诗学都与西方诗学有着一种令人瞩目的互补性。显然，缺少中国传统诗学的参照，西方诗学无法奢谈所谓的一般文学理论。正是从这个意义上出发，美国华裔学者刘若愚一生孜孜不倦地从事着向西方学界介绍中国传统诗学的"铺路"工作。在《中国文学理论》一书的绪论中，刘若愚开宗明义地表示：

> 在写这本书时，……第一个也是终极的目的，在于提出渊源悠久而大体上独立发展的中国批评思想传统的各种文学理论，使它们能够与来自其他传统的理论比较，从而有助于达到一个最后可能的世界性的文学理论（An eventual universal theory Of literature）。我相信，在历史上互不关联的批评传统的比较研究，例如中国与西方之间的比较，在理论的层次上会比在实际的层次上导出更丰硕的成果，因为对各国别作家与作品的批评，对于不谙原文的读者，是没有多大意义的，而且来自一种文学的批评标准，可能不适用于另一种文学；反之，属于不同文化传统的作家和批评家的文学思想的比较，可能展示出哪种批评概念是世界性的，哪种概念是限于某几种文化传统的，而哪种概念是某一特殊传统所独有的。进而可以帮助我们发现（因为批评概念时常是基于实际的文学作品），哪些特征是所有文学所共同具有的，哪些特征是限于以某些语言所写以及某些文化所产生的，而那些特征是某一特殊文学所独有的。如此，文学理论的比较研究，可以导致对所有文学的更佳了解。①

刘若愚的上述见解在西方诗学界无疑具有振聋发聩的意义，得到了西方比较学界一些有识之士的赞赏与首肯。美国学者纪廉（Guillen）曾赞同地表示，"在某一层意义说来，东西比较文学研究是、或应该是这么多年来（西方）的比较文学研究所准备达致的高潮，只有当两大系统的诗歌互相认识、互相关照，一般文学中理论的大争端始可以全面处理。"② 而迈纳基于东西方文化视野的比较诗学研究也是得益于刘若愚的启发。不过，更能体现西方比较学界态度转变的当属乌尔利希·维斯坦因（Ulrich Weisstein）。美国学者维

---

① ［美］刘若愚：《中国文学理论》，杜国清译，江苏教育出版社 2006 年版，第 2—3 页。
② 转引自叶维廉：《寻求跨中西文化的共同文学规律》，北京大学出版社 1987 年版，第 25 页。

斯坦因一向以治学严谨、持论公允为国际比较学界称道，他早年撰写的《比较文学与文学理论》一书被公认为关于比较文学的权威性著作，然而就是在这本书里，他对跨文化间的比较研究持怀疑与否定的态度，正如他在书中所言："我不否认有些研究是可以的，……但却对把文学现象的平行研究扩大到两个不同的文明之间仍然迟疑不决。因为在我看来，只有在一个单一的文明范围内，才能在思想、感情、想象力中发现有意识或无意识地维系传统的共同因素。这些共同的因素如果差不多同时发生，就被看作有意义的共同潮流，即便超越了时空的界限，也常常形成一种令人惊异的黏合剂，……而企图在西方和中东或远东的诗歌之间发现相似的模式则较难言之成理。"① 但随着西方比较学界对于东方特别是中国的日益关注，他对自己的上述观点作了反省，对未能在过去看到东西方文学比较研究的必要性感到后悔。通过与中国同行们的交流，他提出了"绝对的平行"的观念，对那种没有事实联系的，非历史的跨文化的比较研究持肯定态度。与此同时，越来越多的西方学者认识到与包括中国诗学在内的东方诗学体系进行对话的必要性。可以说，西方学者掀起的一轮又一轮的与东方诗学对话的热潮，既得益于西方比较诗学界对东方视野的拓展，同时也是比较诗学渴望走向深化的历史必然。

总之，正是相互间的"互见"及借鉴的需要使得中西诗学不可避免地走向了对话之途。不过，透过以上的分析，我们也清楚地看到，由于中西方所面临的对话语境存在着明显的分野，两者对于对话的期望是不尽相同的。对于中国诗学而言，对话的最终目的是为了实现中国传统诗学的现代转型，以此来推进当代文艺学的建设，诚如黄药眠、童庆炳在《中西比较诗学体系·序言》所表述的："中西比较诗学正意味着一种返回原初诗意根基的举动。中国诗学与西方诗学相比较，固然要寻求二者的共通性与差异性，但根本目的并不在此。这个比较本身并不基于一个无所不在的视点，而只能是基于中国诗学的前景这一特定视点。这一特定视点是由我们的'成见'构成的。我们总是基于自己的'成见'、从自己的'成见'出发、超乎'成见'而又返回'成见'去比较的。中西诗学的比较，说到底为的是中国诗学的前景。而这种前景并不能凭空猜测，我们宜站在原初诗意根基上去眺望前景。所以奔向前景正意味着返回原初根基。因此，中国诗学是为解决自身问题、为摆脱

---

① ［美］乌尔利希·维斯坦因：《比较文学与文学理论》，刘象愚译，辽宁人民出版社1987年版，第5页。

自身困境而求助于中西比较诗学的，这种比较实际上就是对中国诗学自身的原初诗意根基的寻找。"① 而对于西方诗学而言，对话的真正目的在于调整自身诗学体系的褊狭与不足，使之上升为一种更具普泛性及适用于更大范围的共同诗学。当代"欧洲中心主义"的破除和第三世界文化的蓬勃发展，使得西方人清楚地意识到，再像过去那样把西方诗学奉为唯一正确的准则去衡量、评判其他民族诗学已绝无可能，但这并不意味着西方人要对一切民族的诗学体系抱有等量齐观的态度。在这方面，厄尔·迈纳说得十分坦诚："我们拒绝相信在不考虑特定的时代或文化的条件下，一种事物与另一种事物一样好。我们之所以拒绝相信，是因为我们自身的价值观、理念或者趣味的复杂组合，还因为我们各种各样的社会观或政治观、宗教观或哲学观。……我们中间没有谁能接受这样一种观念，即认为任何观念都同别的观念一样好，无论什么历史条件或文化条件都可以阐明它们。"② 因此，尽管迈纳对西方人把奠基于亚里斯多德《诗学》之上的模仿诗学看作是放之四海皆准的普泛性诗学提出了质疑，但这并不妨碍他宣称："就我们所知，亚里斯多德是我们所拥有的对作为人类知识一个独立分支的文学的性质进行明确而具有独创性研究的最为完美的典范。其篇幅也许是短了点，但《诗学》是不同文化体系出现的诗学中最为持久、最富于生命力者"③，"认为应将西方文学连同其批评一起摒弃就像认为西方文学体系是唯一正确的、其他的都是异端邪说一样，是不理智的"。④ 而对于中国诗学呢？迈纳一方面承认它对于全世界的比较诗学十分重要，但另一方面，他又直率地指出："中国文学的观点对我来说特别难以接受。我受到的关于文学批评的教育使'遗传谬论'原则在我心目中变得根深蒂固。尽管时间的流逝已让我能够把它悬置于两件事实的支点之上，我依然保持着这一偏见。"⑤ 其实，西方自亚里斯多德把"诗学"独立为伦理学、政治学、哲学以及他所命名的其他学科之外的一门科学之后，

---

① 黄药眠、童庆炳：《中西比较诗学体系·序言》，人民文学出版社1991年版，第3页。
② ［美］厄尔·迈纳：《比较诗学·中文版前言》，王宇根等译，中央编译出版社1999年版，第4页。
③ ［美］厄尔·迈纳：《比较诗学·中文版前言》，王宇根等译，中央编译出版社1999年版，第17页。
④ ［美］厄尔·迈纳：《比较诗学·中文版前言》，王宇根等译，中央编译出版社1999年版，第333页。
⑤ ［美］厄尔·迈纳：《比较诗学·中文版前言》，王宇根等译，中央编译出版社1999年版，第337页。

一直强调诗学理论的普遍有效性，这一根深蒂固的观念并没有随着"欧洲中心主义"的破除而消亡，而是借助对"共同诗学"的寻求得以重塑。为此厄尔·迈纳特地提出了一种名为"假设的同一性或普遍性"的比较诗学研究理论，即"把各国文学都具有的那些概念的、认识的和历史的共性因素分离出来。一旦把这些因素分离出来，我们就获得了足供研究的同源关系或对称性（不是真正的同一性），使比较的研究具有意义。"① 在迈纳看来，这种人为的研究方法不仅仅是要为比较诗学提供一种研究上的"可比性"，更重要的是由此可以获得一种他称之为"整体性的"或"系统性的"诗学。② 建立于"共通"、"一致"之上的"共同诗学"固然已非昔日的"欧洲中心论"可同日而语，但它的核心是西方诗学则绝对是毋庸置疑的。

毫无疑问，中西诗学在展开平等对话的同时，仍然存在着一个以谁为主的问题。我们决不应该将对话的主动权拱手相让。这就要求我们在坚持与西方诗学对话中寻求传统诗学现代转型的同时，必须对西方式的"共通性"、"一致性"保持一种民族性的警觉。一旦背离了上述立场，将使我们在中西诗学对话中处于极其被动的地位。事实上，当前中西诗学对话中出现的一系列问题已明白无误地告诉我们：我们正陷入中西诗学对话的"危机"之中。

二、中西诗学对话的危机

对话，已成为当今中国比较学界的一个热门口号。应该说，走出自我封闭，主动寻求与西方诗学的对话，体现了中国比较学界可贵的自觉意识和令人称道的国际眼光。但与此同时，我们在与西方诗学的对话过程中也出现了一些不容回避的问题，其中最突出的就是我们究竟该如何来理解对话以及如何去实施对话，在这些方面，中国比较学界的应答显然差强人意，由此引发的中西诗学对话"危机"在所难免。

首先是理论层面的危机。如前所述，中西诗学对话是在中国传统诗学实现自身现代转型的特定历史语境下凸显的，这就决定了我们参与其中的中西诗学对话的终极目标必须是以实现中国传统诗学现代转型作为其最后的归宿，然而占据中国比较学界的主导性意见却是：中西诗学对话的目的在于相

① ［美］厄尔·迈纳：《比较诗学：比较文学理论和方法论上的几个课题》，见乐黛云、张文定主编：《比较文学》，中国文化书院 1987 年版，第 433 页。
② 参见［美］厄尔·迈纳：《比较诗学》第五章有关相对主义部分的论述。

互间的"理解"和"沟通"。乐黛云曾在《比较文学新视野》一文中，提纲挈领地总结说："多元文化相遇，最重要的问题是能够相互理解。人的思想感情都是一定文化的产物，要排除自身文化的局限，完全像生活于他种文化的人那样去理解其文化几乎不可能。但如果我们只用自身文化的框架去切割和解读另一种文化，那么我们得到的仍然只是一种文化的独白，而不可能真正理解不同文化的特点。要达到上述目的，就必须有一种充满探索精神的平等对话，为寻求某种答案而进行多视角、多层次的反复对谈。"① 此后，这一说法频繁地出现于中国学者的文章中。比如，曹顺庆就把"对话研究"列为他的比较文学中国学派的五大方法论之一，并一再宣称："'对话研究'更注重沟通，或者说对话研究的基本目的就在于沟通"，"我们所谓对话研究，就是探讨东西两大文化系统的文学、诗学的相互理解与互相沟通"。② 陈惇、孙景尧、谢天振主编的新版《比较文学》教材也称："对话的目的在于沟通，在于通过对话达到东西两大文化体系的文学（包括文学理论）的互相理解，推动文学向着世界性、现代性的方向前进"。③ 不可否认，中西对话可以在一定程度上起到促进双方"理解与沟通"的作用，但是，对于中西比较诗学而言，"理解与沟通"绝不应是中西诗学对话的全部目的，甚至可以说不是主要目的，因为中西比较诗学的最终目的不在于达致相互间的交流与沟通，而是以实现自身诗学建构为终极指向的。从这个意义上讲，中西诗学对话作为一种深化中西比较诗学研究的手段，其最终目的必定是服从于中西比较诗学的最终目标的，因此，中西诗学对话的最终目的并不止于和西方诗学寻求"理解与沟通"，而是要通过与西方诗学的平等对话，最终实现中国当代诗学的理论建构。关于这一点，钱中文曾正确地指出："东西文化交流的目的，自然在于互通文化上有无，形成文化互补，但这不是目的的全部，而交流的深层意义还在于引入外国文化中的有用部分，用以激活本土文化，从而进入创新，推动整个文化的发展"。④ 在他看来，不唯文化对话是这样，东西方文学理论的对话也是如此，所以，他把中西文学理论的对话概括为"误

---

① 乐黛云：《比较文学新视野》，见乐黛云等主编：《多元文化语境中的文学》，湖南文艺出版社 1994 年版，第 3—4 页。

② 曹顺庆：《中外比较文论史》，山东教育出版社 1998 年版，第 213 页。

③ 陈惇、孙景尧、谢天振：《比较文学》，高等教育出版社 1997 年版，第 81 页。

④ 钱中文：《对话的文学理论——误差、激活、融化与创新》，见乐黛云等主编：《多元文化语境中的文学》，湖南文艺出版社 1994 年版，第 23 页。

差、激活、融化与创新"。令人遗憾的是，由于人们几乎众口一词地把"对话"偏解为"理解与沟通"，钱中文的上述主张一直未能引起中国比较学界应有的重视，其中的缘由的确引人深思。

多年来，中国比较学界一直热心倡导中西诗学对话，这个大方向无疑是正确的。不应否认人类之间存在着"一致"与"共通"之处，但一致性与共通性的获得绝不能是以牺牲民族性、差异性为代价的。在这方面，我们不妨听听美国系统学家欧文·拉兹洛（Ervin Laszlo）的告诫：

> 真正的创造性并不导致一致性。人们对过时的信念提出质疑，而科学、艺术和宗教则提供更深刻、更确当的价值观念，这并不意味着全世界的观念、价值观念和世界观都必须是相同的。大转变及其多种分叉有许多方面。不同文化的人所信奉的许多不同的观点和观念只要互不对抗，就能使当代世界增添丰富性和活力。对于所有复杂的系统——自然生态、绘画的形式和颜色、交响乐的乐音等——以及全球人类活动和居住的系统来说，多样性是必不可少的。
>
> 21世纪在文化上可能是多样的，而且也是可行的。实际上，只有在文化上是多样的，才可能是可行的：一致性在人类领域里可能像在自然领域里一样是极其有害的。①

因此，中西诗学对话的当务之急不是"总结不同文化体系长期积累的丰富经验，从不同语境，通过对话来解决人类在文学方面的共同问题"，而是恢复对话的应有之义，向各种形式的话语"独白"宣战，在多元对话格局中实现中国传统诗学的现代转型。由于中国比较学界，一味强调中西诗学对话的一致性、交流性，而有意无意地忽视中西诗学之间的差异性和对话的建构性，使得我们未能真正置身于中西诗学的对话当中，中国诗学更多的是充当了被西方诗学阐发、说明的角色。

其次是实践层面的危机。这是理论层面的危机在实践层面的直接延续。由于中国比较学界把中西诗学对话偏解为"跨文化的理解与沟通"，于是，在寻求中西诗学对话的具体路径上，除了强调中西诗学间的相互译介外，尤

---

① ［美］欧文·拉兹洛：《决定命运的选择》，李吟武等译，三联书店1997年版，第121页。

其重视中西诗学间的双向"阐发"。作为由中国学者首创的研究方法，阐发研究一直被视作与影响研究、平行研究相并列的一种基本的比较文学方法论。① 进入二十世纪 90 年代，它又引人注目地同中西诗学对话联系在一起。其中，最具影响力的是大陆学者杜卫对阐发研究的下述界定："一种跨文化地借用文学理论模式的比较文学研究策略和方法。它是在充分理解、审慎选择和适当调整的基础上，采用某种具有跨文化适应性的理论和方法来比较、印证、概括、解释别国文学，由此使研究成为一种介质、一种对话、一种融合，并为进一步的跨文化对话提供可交流与可理解的话语。"② 稍后，台湾学者古添洪也强调说："所谓'援用'、所谓'阐发'，并非消极的、主从的关系，而是积极的'辩证'与'对话'。"③ 正是在这些观点的鼓动下，中国比较学界乐观地认为："'阐发研究'是一种'开辟道路'式的研究，好比战场上的先头部队，担负着开辟道路、扫清障碍等任务，为后续部队打开一条前进的通道。阐发研究正是使中国文学真正介入国际性文学交流与对话，寻求中西融汇通道的最佳突破口，它创造了从术语、范畴到观点和理论模式等多方面的沟通的条件，扫清了中西方相互理解的一些障碍，为中西比较文学开辟了一条前进的通道"。④ 在他们看来，阐发研究作为中西诗学实现对话的必由之路似乎是理所当然的，但探究一下"阐发研究"的历史流变及理论内涵，上述的结论远非那么可靠。

事实上，早在二十世纪初中国学者如王国维、吴宓、朱光潜等人已事实上开启了援用西方文学理论来阐发中国文学及文论的先河。不过，"阐发法"作为一种特定的比较文学研究方法的正式提出却是二十世纪 70 年代以后的事。1976 年，台湾学者古添洪、陈慧桦在他俩所编的《比较文学的垦拓在台湾》一书的"序言"中大胆地把晚清以来中国学者"援用西方文学理论与方法并加以考验、调整以用之于中国文学的研究"称作是"比较文学中的中国派"⑤。三年后，古添洪在《中西比较文学：范畴、方法、精神的初探》

---

① 参阅刘象愚：《比较文学方法论探讨》，见钱中文主编：《文学理论方法论研究》，湖南文艺出版社 1987 年版，第 189 页。

② 杜卫：《中西比较文学的阐发研究》，《中国比较文学》，1992 年第 2 期。

③ 古添洪：《中国学派与台湾比较文学界的当前走向》，见黄维梁、曹顺庆主编：《中国比较文学学科理论的垦拓——台湾学者论文选》，北京大学出版社 1998 年版，第 175 页。

④ 曹顺庆：《中外比较文论史》，山东教育出版社 1998 年版，第 204 页。

⑤ 古添洪、陈慧桦：《比较文学的垦拓在台湾·序》，东大图书公司 1976 年版，第 2 页。

一文中，明确地把援用西方文学理论从事中国文学及文论的研究命名为"阐发研究"。尽管古添洪、陈慧桦在援用西方的文学理论和研究方法的前面加上了诸如"考验"、"调整"甚至"修正"等词汇，"并寄望能以中国的文学观点，如神韵、肌理、风骨等，对西方文学作一重估"，但其核心的意思还是强调用西方文学理论来研究中国文学与文论，正如他们所言："我国文学，丰富含蓄；但对于研究文学的方法，却缺乏系统性，缺乏既能深探本源又平实可辨的理论，故晚近受西方文学训练的中国学者，回头研究中国古典或近代文学时，即援用西方的理论与方法，以阐发中国文学的宝藏。"① 而"'阐发'的意思就是把中国文学的精神、特质，透过西方文学的理念和范畴来加以表扬出来"。②

"阐发研究"提出后，立即遭致包括中国大陆学者在内的国际比较学界的一致批评。原因很简单，因为"任何一国文学都不能没有自己的民族传统，不要说像我们中华民族这样一个具有古老悠久文明的国家，……完全以自己的民族文学的模式去衡量别的民族的文学不仅是不明智的，也是粗暴的，……这反映了一种帝国主义的态度；反过来，完全要按别的民族文学的模式来衡量自己的文学也同样是幼稚的，卑怯的，这反映了一种民族虚无主义的态度和奴化心理"。③ 不过，大陆学者认为阐发研究的"症结不在方法本身，而在它的解释者提出的界说是错误的，至少是不完全的"④，认为阐发研究不应该是单向，而应该是双向的，即相互的，"是不同民族文学的相互阐发、相互发明……特别是在理论（或曰诗学）的领域内，将不同民族的文学理论互相阐发，对于文学理论的建设有特殊的意义。"⑤

然而，尽管在理论表述上，大陆学者使阐发研究全面化、系统化了，但仍然没有从根本上解决阐发研究作为一种方法论自身存在的难以克服的理论缺憾。阐发研究，无论是单向的还是双向或多向的阐发，究其实质"是指用

① 古添洪、陈慧桦：《比较文学的垦拓在台湾·序》，东大图书公司 1976 年版，第 1 页。

② 古添洪：《中国学派与台湾比较文学界的当前走向》，见黄维梁 曹顺庆主编：《中国比较文学学科理论的垦拓——台湾学者论文选》，北京大学出版社 1998 年版，第 167 页。

③ 刘象愚：《比较文学方法论》，见钱中文主编：《文学理论方法论研究》，湖南文艺出版社 1987 年版，第 206 页。

④ 刘象愚：《比较文学方法论》，见钱中文主编：《文学理论方法论研究》，湖南文艺出版社 1987 年版，第 205 页。

⑤ 刘象愚：《比较文学方法论》，见钱中文主编：《文学理论方法论研究》，湖南文艺出版社 1987 年版，第 206 页。

外来的理论方法去阐明本土的文学创造，即以形成于一种文化系统中的文学理论批评模子去分析处理形成于另一文化系统中的文学现象"①，但问题是用形成于其一特定文化模子内的文学理论去"分析处理"另一文化模子内的文学与文论在方法论上是否合理？"文化模子"是由美籍华裔学者叶维廉提出来的。在《东西方文学中"模子"的应用》一文中，他指出人类所有的心智活动，不论其在创作上或是在学理的推演上以及其最终的决定和判断，都有意无意地必以某一种"模子"为起点，"模子"是结构行为的一种力量，决定人的运思及行为方式。文化的含义更是人类结构行为的意思，由于文化因人而异，因而形成不同的文化模子并由此形成文学模式的差异。因此，在进行不同类型文化背景下的文学比较研究时，不应该用一方既定的文学"模子"硬套到另一文学之上，"模子"误用将不可避免地产生歪曲及破坏性。为了说明这一点，叶维廉特地引述了一则"鱼与青蛙"的寓言：

> 话说，从前在水底里住着一只青蛙和一条鱼，他们常常一起游耍，成为好友。
>
> 有一天，青蛙无意中跳出水面，在陆地上游了一整天，看到了许多新鲜的事物，如人啦，鸟啦，车啦，不一而足。他看得开心死了，便决意返回水里，向他的好友鱼报告一切。他看见鱼便说，陆地的世界精彩极了，有人，身穿衣服，头戴帽子，手握拐杖，足履鞋子；此时，在鱼的脑中便出现了一条鱼，身穿衣服，头戴帽子，翅挟手杖，鞋子则吊在下身的尾翅上。青蛙又说，有鸟，可展翼在空中飞翔；此时，在鱼的脑中便出现了一条腾空展翼而飞的鱼。青蛙又说，有车，带着四个轮子滚动前进；此时，在鱼的脑中便出现一条带着四个圆轮子的鱼。②

我们尽可以去嘲笑鱼的荒唐，然而，在现实的文化交往中，我们有时并不比那条鱼高明多少。单从方法论角度着眼，阐发研究是一种不折不扣的"模子"误用。期望用它来实现中西诗学跨文化的"理解与沟通"，其情形无异于在当代语境下重新演绎一则现代版本的"鱼与青蛙"的童话。显然，希望用阐发研究来为中西诗学对话"扫清障碍，开辟道路"的做法是不现实的。

---

① 乐黛云等：《比较文学原理新编》，北京大学出版社 1998 年版，第 152 页。
② 叶维廉：《寻求跨中西文化的共同文学规律》，北京大学出版社 1987 年版，第 1 页。

中西诗学对话必须寻找新的路径。

最后需要指出的是，上述理论及实践层面的危机并非中西诗学对话危机的全部，甚至只能说是当前中西诗学对话危机的一些表征，另一种深层次的"危机"还远远没有引起中国比较学界的足够重视。仔细地审视我们有关中西诗学对话的讨论，不难发现，尽管人们对中西诗学对话的现实性与可能性、对话的基础、对话的意义及前景等问题发表了不少看法，甚至"话语"一词也频繁出现于专家们的论文中，但绝大多数的议论都无一例外地忽视了对话的语言性这一话题，而语言性恰恰是对话的根本性特征之一。其实，西方的对话理论都十分关注对话的语言性特征，甚至直接把对话理论称作为"普通语言学"或"超语言学"，就是要强调对话研究不能忽视语言视角的参与，因为它们"研究的都是同一个具体的，非常复杂而又多方面的现象——语言"①。明确了这一点，我们就可明白排斥了语言视角的中西诗学对话将会面临怎样的一个结局。毫无疑问，中西诗学对话的"危机"要从根本上予以消除，必须引入语言研究视角，借用德国哲学家马丁·海德格尔（Martin Heidegger）的话来说，就是"走向语言之途"。

三、走向语言阐释之途

对于比较诗学而言，语言问题从来没有像今天这么重要过。尽管从一开始比较文学就被界定为一种"跨语言的文学研究"，但语言问题一直未能够引起比较学界的足够重视。自从比较文学法国学派的奠基人梵·第根（Van Tieghem）把精通多种语言视作"比较文学家的必备之具"之后，尽可能多地通晓欧洲各国的语言就成了早期欧美比较学者们的一个共识。事实上，出于家庭背景或学术渊源上的原因，对于他们而言，同时掌握西欧几个主要国家的语言如法语、英语、德语等几乎没有什么问题，即便是再多上一二门欧洲其他国家的语言也是常有的事。正是在这种背景下，当比较文学美国学派的勒内·韦勒克（Rene Wellek）表示，包括比较文学在内的文学研究"不必考虑语言上的区别"时，也就丝毫不用奇怪了。可以说，欧美比较学者之所以如此忽视语言在比较诗学中的作用，一个很重要的原因是欧美诸国的语言间的亲缘关系十分密切，同属于一个统一的印欧语系，彼此之间没有本质

---

① ［俄］米哈伊尔·巴赫金：《陀斯妥也夫斯基诗学问题》，白春仁、顾亚铃译，三联书店1988年版，第250页。

上的差异，因此他们不可能去关注比较诗学中的语言问题。关于这一点，叶维廉曾正确地指出："'模子'的问题，在早期以欧美文学为核心的比较文学里是不甚注意的，原因之一，或者可以说，虽然各国文学民族性虽有异，其思维模子，语言结构，修辞程序却是同出一源的。譬如宇宙二分法，譬如时空观念，譬如逻辑推理，譬如演绎性的语法，譬如中世纪的修辞法则……我无意说，英、法、德、西、意等文学中没有歧异，它们之间确有强烈的民族与地方色彩的歧异，但在运思及结构行为的'基层模子'上，却有着强烈的相同处。"① 然而，随着中西比较诗学的展开，语言问题的重要性与尖锐性突出地显现出来。反映在中西诗学对话中，首当其冲的就是中西诗学的话语问题。

话语无疑是困扰当今中西诗学对话的核心问题。关于这一点，乐黛云曾深有感触地指出：

> 中西比较诗学中的一个根本问题却始终未能得到根本解决，这就是中西比较诗学中的话语（Discourse）问题。目前，第三世界所面临的，正是多年来发达世界以其雄厚的政治、经济实力为后盾所形成的，在某种程度上已达致广泛认同的"文化话语"，正如英语在很大范围内已成为流通语言一样。第三世界文化要从边缘移向中心，要进行和发达世界的文化对话，就必须掌握这套话语。然而，如果第三世界只用这一套话语所构成的模式和规则来衡量和诠释本土文化，那么，大量最具本土特色和独创性的活的文化就有可能因不符合这套话语的标准而被摒除在外。况且，若果真如此，则第三世界与发达世界的对话仍然只是同一话语，同一语调，仍然只是一个声音的独白，无非补充了一些异域的资料，而不是能够达致理解和沟通的两种不同的声音。②

为此，中国比较学界曾就中西诗学对话中的话语问题展开过热烈的讨论，并达成下述共识："中西诗学对话如果完全采用西方的那一套话语，如果只用这套话语所构成的模式和规则来衡量和诠释本土文化，那么大量最具本土特

---

① 叶维廉：《寻求跨中西文化的共同文学规律》，北京大学出版社 1987 年版，第 12 页。
② 乐黛云：《中西诗学对话中的话语问题》，见乐黛云等主编：《多元文化语境中的文学》，湖南文艺出版社 1994 年版，第 8 页。

色和独创性的活的文化就有可能因不符合这套话语的准则而被摒除在外。另一方面，我们也不能用完全属于本土的文化话语来和他种文化进行对话。"①中西诗学对话不能完全采用西方诗学的一套话语，这是显而易见的。因为形成对话的最起码条件是至少两个声音的存在，缺少中国自身诗学话语的参与，任何形式的中西诗学"对话"都不可能是一种真正意义上的"对话"，只能是西方诗学话语变着法的"独白"。至于"我们也不能用完全属于本土的文化话语来和他种文化进行对话"的建议则有必要重新审视。试想中国诗学如果不用自身的诗学话语，那么我们该用什么诗学话语去与西方诗学对话呢？看来，问题出在对诗学话语的理解上。

从本质上讲，"话语是指在一定文化传统和社会历史中形成的思维、言说的基本范畴和基本法则，是一种文化对自身的意义建构方式的基本设定。"② 由于话语总是在具体的言说中才成其为话语的，按照西方叙述语群的语言学分析概念的解释，对话"在语言学中指大于句子的语言连续群。……常被用于对那些语言学功能的研究——语意的、文体的、构句法的——其中每项都需要考虑到将句子序列视为像句子结构一样的描述"③，因此，诗学话语在言说中必然具体呈现为一系列渗透着本民族文化精神的基本概念、范畴或术语，以及其特有的言说方式和意义生成方式。固然从整体上着眼，中西诗学对话是中西两个诗学主体之间的对话，但在具体的对话过程中，中西诗学对话又必然表现为中西诗学话语间的对话，因为任何形式的对话都是必须借助于具体的话语才能得以实现的。正因此，任何关于中西诗学对话的考察都必须是基于中西诗学话语之上的研究。

从根本上讲，中国传统诗学曾在自身的文化系统内形成过一套独具本民族特色的诗学话语系统。然而，进入近代社会以来，随着西方诗学话语的大量引入，中国传统诗学话语系统受到了无情的冲击。在西方诗学话语系统"条理明晰"、"义界分明"等"现代性"特征得到极力渲染的同时，中国传统诗学话语体系却被冠以"逻辑匮乏"、"概念含混"等恶名痛加贬斥，直至被彻底打入冷宫无人问津，最终导致当代中国诗学话语的"失语"。所谓

---

① 参见《中国比较文学通讯》，1994 年第 1 期。

② 曹顺庆：《中外比较文论史》，山东教育出版社 1998 年版，第 262 页。

③ 转引自孙景尧：《新概念·新方法·新探索——当代西文比较文学论著选》，漓江出版社 1987 年版，第 21 页。

"失语"，并非指当代中国诗学没有一套诗学话语系统，而是"指它没有一套自己的而非别人的话语规则。当文坛上到处流行的现实主义、浪漫主义、表现主义、唯美主义、象征、颓废、感伤等等西方文论话语时，中国现代化文论就已经失落了自我。它并没有一套属于自己的独特话语系统，而仅仅是承袭了西方文论的话语系统。"① 不可否认，与西方诗学话语相比，中国传统诗学话语确实存在着诸如"条理欠明"、"义界不清"等方面的不足，但这并不能抹杀中国传统诗学话语在直观、形象、多义的诗意传达中的过人之处，而这恰恰是讲求义界分明、逻辑严整的西方诗学话语所无法比拟的。中西诗学话语可以说是各有短长、瑕瑜互见，并且体现出一种惊人的互补性，一方之所"长"，恰恰是对方之所"短"，这就为双方的诗学话语对话提供了一个绝好的"契机"。从这个意义上讲，当代中国诗学话语固然要在借鉴西方诗学话语的基础上实现传统诗学话语的现代转型，与此同时，西方诗学话语也必须参照中国传统诗学话语进行必要的自我调整。事实上，西方社会从二十世纪初开始就已经注意到了自身话语的"危机"，贯穿于整个二十世纪的"语言转向"都可以视作为西方人试图调整自身话语的一种不懈的努力。至于西方人能否在自身语境内实现自我调整另当别论，但西方人已经确确实实地感受到了对自身话语进行调整的必要性。这也反过来警示我们，不要对西方诗学话语过分迷信，要对本民族的传统诗学话语充满信心。否则，在中西诗学的对话中，我们将不得不再一次面对中国诗学话语的"失语"的尴尬。

任何形式的话语系统都是在特定的文化系统中生成的。话语不可能脱离文化系统的制约而随意地选择，中国传统诗学话语自然也不例外。中国诗学之所以要用本民族的诗学话语而不用其他民族的话语系统去与西方诗学对话，完全是由中华民族特有的文化内涵所决定的，这是不以任何人的意志为转移的，任何排斥用本民族的话语系统去与他民族对话的做法，不仅在理论上毫无道理可言，而且注定要在行动上摔跟头，历史上的惨痛教训足以让每一位中国人刻骨铭心。毋庸讳言，中国传统诗学话语存在着明显的不足与缺憾，但这并不能成为排斥它的理由。事实上，我们之所以要进行中西诗学话语之间的对话绝不是为对话而对话，而恰恰是希望借助对话，在西方诗学话

---

① 曹顺庆：《中外比较文论史》，山东教育出版社 1998 年版，第 252 页。

语的参照下，凸显中国传统诗学话语的优势与不足，通过合理的继承与扬弃，最终实现中国传统诗学话语的现代转型。显然，在中西诗学对话的问题上，要不要中国传统诗学话语的讨论应该可以休矣，中西诗学对话必须是有中国自身话语参与的对话。

中西诗学对话无疑要在双方诗学话语之间展开。既然中西诗学对话的深层次"危机"是对对话的语言性特征的忽视，那么破除"危机"的必然出路就在于突出对中西诗学话语的语言性分析。其实，早在写作《语法与表现：中国古典诗与英美现代诗美学的汇通》、《语言与真理世界：中西美感基础的生成》等文章中，叶维廉已经注意到了对中西诗学话语进行语言性探析的重要性。但由于他仅仅把语言视作思维的外在表现形式，故而他把中西语言的异质性完全归结于中西思维的差异性。值得注意的是，持此观点的远非叶维廉一人，国内比较学界也通常把汉语言与印欧系语言的差异性归因于中西思维模式的不同。应该说，从思维影响语言的角度说，语言是思维的表达工具本身无可厚非，但问题是语言从来就不仅仅只是一种表达思想的手段，同时也是人类认知世界的一种方式，这意味着人在运用语言表达思想的同时，语言从一开始就参与了思想的形成。德国语言哲学家赫尔德（Johann Gottfried von Herder）认为语言是"理智的自然官能"，"我们在语言中思维……在日常生活中，思维几乎就是讲话本身"。[①] 另一位德国语言学家洪堡特（Wilhelm von Humboldt）也认为，"语言是构成思想的官能"，"人只在语言中思维、感觉和生活"。[②] 瑞士语言学家德·索绪尔（Ferdinand de Saussure）甚至断言："思想离开了词的表达，只是一团没有定型的模糊不清的浑然之物。哲学家和语言学家常一致承认，没有符号的帮助，我们就没法清楚地、坚定地区分两个观念。思想本身好像一团星云，其中没有必然划定的界限。预先确定的观念是没有的，在语言出现之前，一切都是模糊不清的。"[③] 需要说明的是，我们在这里引述上面几位语言学家的话并不是要重复一种"语言决定思维"的新观点，而是要指明语言与思维相互渗透这一事实。因为仅就人类目前所掌握的知识而言，要想清楚地回答思维与语言究竟

[①] 参见姚小平：《洪堡特——人文研究和语言研究》，外语教学与研究出版社 1995 年版，第 134 页。

[②] 参见姚小平：《洪堡特——人文研究和语言研究》，外语教学与研究出版社 1995 年版，第 134 页。

[③] ［瑞士］德·索绪尔：《普通语言学教程》，高名凯译，商务印书馆 1996 年版，第 157 页。

孰先孰后的问题，无异于面对一个类似先有鸡还是先有蛋的难解命题。因此，在事关语言与思维的关系内涵上，不应该仅仅纠缠于究竟谁决定谁之类的无谓之争，而应该关注二者事实上存在的同构关系。明确了这一前提，我们才可能对与思维、语言密切相关的诗学问题进行深入地探析。比如人们在谈及中西诗学的根本差异时，总是要归结于中西思维方式上的差异，其推论过程通常是这样的：中西诗学的差异取决于中西文化上的差异，中西文化的根本差异在于中西哲学的差异，而中西哲学的根本差异在于中西思维上的差异。关于中西思维的差异，人们又往往满足于综合性与分析性、模糊性与明晰性等诸如此类的描述性说明。由于缺少必要的学理性的证明，常常使得上述的结论与断言充斥着太多的主观性与随意性，由此推演出的中西诗学的比较论断的说服力可想而知。思维固然是看不见、摸不着的，但这并不意味着人们对于思维的认知只能是个体感悟式的。事实上，由于语言与思维存在着无可辩驳的同构关系，我们完全有可能借助对语言内在组织形式的剖析达到对人类思维模式的理性认知。我们突出对中西诗学话语的语言性特征的分析，其根本目的就是要阐明中西诗学差异的根本所在，并通过对中西诗学话语的分野、融合和转换的揭示、归纳和总结，为中西诗学深层次的理论对话的展开创造必要的条件。由此，中西比较诗学研究将不可避免地告别惯常的文化或哲学比较模式，围绕着中西诗学话语的分野、融合和转换这一主轴，坚定地走向中西诗学的语言阐释之途。

上　编

中西诗学话语的分野

德国思想家卡尔·雅斯贝斯（Karl Jaspers）曾经把古代中国、印度和西方称为世界文化"轴心时代"的三个源点：

> 发生在公元前 800 年至 200 年间的这种精神历程似乎构成了这样一个轴心。正是在那个年代，才形成今天我们与之共同生活的这个"人"。我们就把这个时期称作"轴心时代"吧。非凡的事件都集中发生在这个时期。中国出现了孔夫子与老子，中国哲学中的全部流派都产生于此，接着是墨子、庄子以及诸子百家。在印度，是优婆沙德（Upanishad）和佛陀（Buddha）的时代，正如在中国那样，各派哲学纷纷兴起，包括怀疑论和唯物论，诡辩术和虚无主义都发展起来。……希腊产生了荷马（Homēros），还有巴门尼德（Parmenides）、赫拉克利特（Heraclitus）、柏拉图（Plato）等哲学家、悲剧诗人，修昔底德（Thucydides）以及阿基米德（Archimedes）。所有的这些巨大的进步——上面提及的那些名字仅仅是这种进步的表现——都发生于这少数几个世纪，并且是独立而

又几乎同时地发生在中国、印度和西方。①

　　从中西比较诗学而言，中国和西方的文学理论在"轴心时代"已经开始奠定，并在以后的诗学发展中，逐步形成了各自诗学体系的最具代表性的文论著作：中国的《文心雕龙》和西方的《诗学》。鲁迅曾谓"篇章既富，评骘遂生，东则有刘彦和之《文心》，西则有亚理士多德之《诗学》，解析神质，包举洪纤，开源发流，为世楷式"②，以《文心雕龙》和《诗学》为个案，从诗学观念与核心范畴、体系架构与话语言说、理论指归与意义生成出发，透视中西诗学在话语方面的特征与分野，是很有帮助的。

---

① ［德］卡尔·雅斯贝斯：《智慧之路》，柯锦华译，中国国际广播出版社1988年版，第69—70页。
② 鲁迅：《题记一篇》，《鲁迅全集》第八卷，人民文学出版社2005年版，第370页。

第一章

中西诗学的基本观念与核心范畴

　　"诗言志"说和"诗即摹仿"说，是中西诗学出现的最早、影响也最为深远的诗学观念，是中西诗学话语的重要组成部分，而诗学范畴又是传达诗学观念的主要手段。比较学界通常把中国的"诗言志"说和西方的"诗即摹仿"说，看作是中西诗学话语的最早、也是最重要的分界线，"把艺术本质解释为自然的摹仿，是西方美学理论的发端……亚里斯多德总结当时文艺的成就，对这一个传统观点加以论证，形成为一个比较完整的理论体系，世代相传下去，成为西方文艺理论的主流……而我国最早出现的文学观点是'诗言志'……这是我国文学批评的开山纲领。由于起点不同而形成了中西文学两条不同的发展道路"①，而刘勰的《文心雕龙》和亚里斯多德的《诗学》则是中西诗学在诗学观念和核心范畴方面的突出代表。

第一节　从《文心雕龙》的"言志抒情" 看中国传统诗学的"诗言志"说

　　"诗言志"说，是公认的中国传统诗学"开山的纲领"。② 在《文心雕龙·明诗》的开篇，刘勰开宗明义地表示："大舜云：'诗言志，歌永言'。圣谟所析，义已明矣。是以'在心为志，发言为诗'，舒文载实，其在兹乎？

---

　　① 张月超：《中西文论方面几个问题的初步比较研究》，见《西方文学批评简史·附录一》，南京大学出版社 1987 年版，第 199 页。

　　② 朱自清：《诗言志辨·序》，华东师范大学出版社 1996 年版，第 4 页。

诗者，持也，持人情性；三百之蔽，义归'无邪'，持之为训，有符焉尔。"① 显然，在如何看待诗的观念上，《文心雕龙》是遵从中国传统的"诗言志"说的。

一、《文心雕龙》之前"诗言志"说在中国的发展

朱自清在《诗言志辨》一文中，把产生于六朝齐梁年间的《文心雕龙》之前的"诗言志"说，依次作了"献诗陈志"、"赋诗言志"和"教诗明志"三个方面的划分：

（一）献诗陈志　"诗言志"，最早见于《今文尚书·尧典》中舜帝命夔典乐的记载："诗言志，歌永言，声依永，律和声；八音克谐，无相夺伦，神人以和"。朱自清引东汉许慎《说文解字》对"诗，志也。从'言'，'寺'声"的释义，以及近代学人杨树达和闻一多关于"诗"之古义与"志"二文通用的解释，说明中国的"诗言志"说在很早的时候，就已经明确了诗的"言志"倾向。但关于中国早期"诗言志"的"言志"内容，朱自清认为它是有着特定的政治、教化指向的，如《论语》中的《公冶长篇》对"言志"的记述："颜渊、季路侍。子曰：'盍各言尔志？'子路曰：'愿车马衣裘与朋友共，敝之而无憾。'颜渊曰：'愿无伐善，无施劳。'子路曰：'愿闻子之志！'子曰：'老者安之，朋友信之，少者怀之'"，以及《先进篇》对子路、曾晳、冉有、公西华"各言其志"的更详细记载，都表明其时的"言志"，非关修身，即关治国，与政治、教化密切相关。而且，对照《诗经》里关于诗人作诗的十二处说明：

一　维是褊心，是以为刺。（《魏风·葛屦》）

二　夫也不良，歌以讯之。（《陈风·墓门》）

三　是用作歌，"将母"来念。（《小雅·四牡》）

四　家父作诵，以究王讻。（《小雅·节南山》）

五　作此好歌，以极反侧。（《小雅·何人斯》）

六　寺人孟子，作为此诗。凡百君子，敬而听之。（《小雅·巷伯》）

七　君子作歌，维以告哀。（《小雅·四月》）

---

①　（梁）刘勰：《文心雕龙》，见周振甫：《文心雕龙译注》，江苏教育出版社 2006 年版，第 114 页。

八　矢诗不多，维以遂歌。(《大雅·卷阿》)

九　王欲玉女，是用大谏。(《大雅·民劳》)

十　虽曰"匪予"，既作尔歌。(《大雅·桑柔》)

十一　吉甫作诵，其诗孔硕，其风肆好，以赠申伯。(《大雅·崧高》)

十二　吉甫作诵，穆如清风。(《大雅·烝民》)①

　　朱自清指出，这些文字很明白地点出了"诗言志"的两个主要特征：其一，诗的作意是讽和颂，"像'以为刺''以讯之''以究王讻''以极反侧''用大谏'，显言讽谏，一望而知。《四牡篇》的'将母来念'，……与《巷伯》的'凡百君子，敬而听之'，《四月》的'维以告哀'，都是自述苦情，欲因歌唱以告于在上位的人，也该算在讽一类里。《桑柔》的'虽曰匪予，既作尔歌'，……也是讽。为颂美而作的，只有《卷阿篇》的陈诗以'遂歌'，和尹吉甫的两'诵'。……所以'言志'不出乎讽与颂，而讽比颂多。"② 其二，诗的作者不是普通的庶人，而是负责向上讽谏的公卿列士。而由于"公卿列士的讽谏是特地做了献上去的，庶人的批评是给官吏打听到了告诵上去的"③，所以，朱自清采《卷阿传》的"王使公卿献诗以陈其志"的说法，把先秦时期公卿列士的这种以诗言志称作"献诗陈志"。

　　(二) 赋诗言志　朱自清指出，先秦时期的"诗言志"的另一个方面是"赋诗言志"，其中最具代表性的是《左传·襄公二十七年》关于郑国群臣与晋国大臣赵孟之间"赋诗交谊"的记录：

　　　　郑伯享赵孟于垂陇，子展、伯有、子西、子产、子大叔、二子石从。赵孟曰："七子从君，以宠武也，请皆赋，以卒君贶。武亦以观七子之志。"

　　　　子展赋《草虫》。赵孟曰："善哉！民之主也！抑武也不足以当之。"

　　　　伯有赋《鹑之贲贲》。赵孟曰："床第之言不逾阈，况在野乎！非

　　①　朱自清：《诗言志辨》，华东师范大学出版社 1996 年版，第 4—5 页。

　　②　朱自清：《诗言志辨》，华东师范大学出版社 1996 年版，第 6 页。

　　③　顾颉刚：《诗经在春秋战国间的地位》，见朱自清：《诗言志辨》，华东师范大学出版社 1996 年版，第 7 页。

使人之所得闻也。"

子西赋《黍苗》之四章。赵孟曰："寡君在，武何能焉！"

子产赋《隰桑》。赵孟曰："武请受其卒章。"

子大叔赋《野有蔓草》。赵孟曰："吾子之惠也！"

印段（子石）赋《蟋蟀》。赵孟曰："善哉！保家之主也！吾有望矣。"

公子段（子石）赋《桑扈》。赵孟曰："'匪交匪敖'，福将焉往！若保是言也，欲辞福禄，得乎！"

卒享，文子告叔向曰："伯有将为戮矣。诗以言志。志诬其上而公怨之，以为宾荣，其能久乎！幸而后亡！"叔向曰："然。已侈。所谓不及五稔者，夫子之谓矣。"

文子曰："其余皆数世之主也。子展其后亡者也，在上不忘降。印氏其次也，乐而不荒，乐以安民，不淫以使之，后亡，不亦可乎！"①

朱自清指出，与"献诗陈志"相比，这种"赋诗言志"有以下三个重要特征：第一，"赋诗言志"主要是用于外交方面的，由于是外交酬酢性质，所以与献诗讽多颂少正相反，它是颂多讽少。就如《左传》里的这则记录，除了伯有之外，其余六人都是在赞美赵孟。第二，献诗是公卿列士自作，所献之诗都有定指，全篇意义明白；而赋诗却非自作，只是借诗言志，往往断章取义，随心所欲，即景生情，没有定准。如《野有蔓草》，本为男女私情之作，子大叔却在诸侯国之间比较重要的外交场合堂而皇之地赋来，但他只取原诗中的"邂逅相遇，适我愿兮"两句，表示欢迎赵孟的意思。所以，众人不觉其不妥，赵孟本人也表示感谢。第三，由于赋诗是为言志的，不像献诗陈志单纯的讽或颂那样简单，而是在赋诗的过程中不可避免地流露出赋诗人的志向和为人，别人也因此可以依赋诗人所赋之诗达"观人之志"的目的。故而，在赵孟与郑国诸臣交谊时，他让诸臣赋诗以观其志，范文子也是从诸臣的赋诗中洞悉到他们的"志"的，他对伯有、子展、子印先亡后亡的评判，便是通过赋诗言志加以推断的，而从叔向的欣然首肯的态度来看，他显然认为以赋诗观人是合情合理的。

---

① 《左传·襄公二十七年》，见朱自清：《诗言志辨》，华东师范大学出版社 1996 年版，第 14—15 页。

（三）教诗明志　讲到"诗言志"说，汉代的《诗大序》是不能不提的，特别是它关于诗的这些经典论述：

> 诗者，志之所之也，在心为志，发言为诗。情动于中而形于言，言之不足，故嗟叹之，嗟叹之不足，故永歌之，永歌之不足，不知手之舞之、足之蹈之也。情发于声，声成文谓之音。治世之音，安以乐，其政和。乱世之音，怨以怒，其政乖。亡国之音，哀以思，其民困。故正得失，动天地，感鬼神，莫近于诗。先王以是经夫妇，成孝敬，厚人伦，美教化，移风俗。①

诚如许多学者已经指出的，《诗大序》对于诗的认识，多沿袭以前的旧法，本身并无什么创见，如明诗之起源，言"在心为志，发言为诗"，与《尚书》"诗言志"之意相同，言"嗟叹之不足，故永歌之"，也即《尚书》"歌永言"之意。又《乐记》云："歌之为言也，长言之也。说之，故言之；言之不足，故长言之；长言之不足，故嗟叹之；嗟叹之不足，故不知手之舞之、足之蹈之也。"② 其文也与《诗大序》大致相同。明诗乐之关系，言"情发于声，声成文谓之音"，本于《乐记》："凡音之起，由人心生也。人心之动，物使之然也。感于物而动，故形于声。声相应，故生变，变成方，谓之音。……情动于中，故形于声。声成文，谓之音"③，明诗与时代之关系，言"治世之音，安以乐，其政和。乱世之音，怨以怒，其政乖。亡国之音，哀以思，其民困"，与《乐记》完全相同。明诗之功用，言"故正得失，动天地，感鬼神，莫近于诗。先王以是经夫妇，成孝敬，厚人伦，美教化，移风俗"，也本于《尚书·商书》、《孝经》和《乐记》的相关记述。④但在朱自清看来，仅就"诗言志"说而言，《诗大序》与之前的"献诗陈志"、"赋诗言志"相比，呈现出四个鲜明的特点：第一，传统的"诗言志"，强调的是"诗""志"同一，但从《诗大序》开始，"诗"与"志"开始分开，"言"得到前所未有的强调；第二，传统的"诗言志"，不论是

---

① 李学勤主编：《毛诗正义》（上），北京大学出版社 1999 年版，第 6—10 页。
② 李学勤主编：《礼记正义》（下），北京大学出版社 1999 年版，第 1148 页。
③ 李学勤主编：《礼记正义》（中），北京大学出版社 1999 年版，第 1074—1077 页。
④ 参阅李学勤主编：《毛诗正义》（上）关于《诗序》的相关注疏，北京大学出版社 1999 年版，第 4—11 页。

《尚书》还是《乐记》里的记载，诗和乐都是不分家的，但在《诗大序》这里，诗和乐分了家；第三，"献诗陈志"、"赋诗言志"都是由下向上，而《诗大序》的"美教化"、"移风俗"说的则是由上向下，"下以风化下，上以风刺上"；第四，"献诗陈志"、"赋诗言志"都着重在听歌的人，而《诗大序》的着重点已是作诗方面。① 故此，朱自清把《诗大序》里的"诗言志"观念归列为"教诗明志"。

从朱自清的《诗言志辨》对"诗言志"说的三个方面的历史追溯，不难看出，传统的"诗言志"说存在着一个由早期的"献诗陈志"、"赋诗言志"到后来的"教诗明志"的转变过程，这是"诗言志"说的第一个重要的引申。

二、从陆机《文赋》的"诗缘情"到刘勰《文心雕龙》的"言志抒情"

中国文学由先秦两汉进入魏晋南北朝，进入了一个文学的"自觉时代"。这种"自觉"首次体现在魏晋南北朝时期的文学创作出现了前所未有的繁荣；其次与这一时期文学创作相辉映的是文学批评及理论上的繁荣。其中，陆机《文赋》中提出的"诗缘情"的诗学主张，明显地与传统的"诗言志"说有了一定的距离。

关于陆机《文赋》的"诗缘情"，李善《文选注》注解为"诗以言志，故曰缘情"，意思说的很明白：言志与缘情合二为一，缘情就是言志。从言志与缘情的关系上看，在《诗大序》中就已经出现"志"、"情"之间的相关论述，如"情动于中而形见于言"，"情发于声"、"吟咏情性，以风其上"等等，而观孔颖达《毛诗正义》对于它们的一些主要说明：

> 情谓哀乐之情，中谓中心，言哀乐之情动于心志之中，出口而形于言。初言之时，直平言之耳。平言之而意不足，嫌其言未申志，故咨嗟叹息以和续之。嗟叹之犹嫌不足，故长引声而歌。长歌之犹嫌不足，忽然不知手之舞之、足之蹈之。……圣王以人情之如是，故用诗于乐，使人歌咏其声，象其吟咏之辞也；舞动其容，象其舞蹈之形也。具象哀乐之形，然后得尽其心术焉。

---

① 参阅朱自清：《诗言志辨》，华东师范大学出版社 1996 年版，第 21 页。

言国之史官，皆博闻强识之士，明晓于人君得失善恶之迹，礼仪废则人伦乱，政教失则法令酷，国史伤此人伦之废弃，哀此刑政之苛虐，哀伤之志郁积于内，乃吟咏己之情性，以风刺其上，觊其改恶为善。①

从中可以看出《诗大序》对于"志"、"情"关系的两个基本观点：其一，《诗大序》是把"情"放在言"志"中来说的，"情"被视为"志"的一个内容，所以《诗大序》只说"诗言志"而不言及"诗缘情"；其二，《诗大序》里讲的"情"不是后世带有普泛意义的诗人的情感，而是特指能够表现"明乎得失之迹，伤人伦之废，哀刑政之苛"一类带有明显政治教化意味的作为"风上"使用的受到限制的情感，如《诗大序》自己所限定的"发乎情，止乎礼义"。而反观陆机《文赋》的"诗缘情而绮靡，赋体物而浏亮"，在两个方面上与传统的"诗言志"说有了很大的不同：第一，传统的"诗言志"在"志"与"情"之间的重心是前者，只说"言志"不说"抒情"，而陆机的"诗缘情"只说"缘情"不提"言志"，彻底把诗的重心转到了"抒情"上，表明"缘情"与"言志"是有区别的，不再把"缘情"与"言志"简单地混为一谈；第二，陆机的"诗缘情"是与文学的"体物"密切相连的，所谓"体物"，就是"遵四时以叹逝，瞻万物而思纷；悲落叶于劲秋，喜柔条于芳春。心懔懔以怀霜，志眇眇而临云。……慨投篇而援笔，聊宣之乎斯文"②（《文赋》）。在这里，"情"不再是《诗大序》那样受到礼义的限制，而是自然而然、完全自由的。正因此，陆机的"诗缘情"的提出，被认为是对传统的"诗言志"说的一个很大的变通，"《诗大序》变言'吟咏情性'，却又附带'国史……伤人伦之废，哀刑政之苛'的条件，不便断章取义用来指'缘情'之作。《韩诗》列举'歌食''歌事'，班固浑称'哀乐之心'，又特称'各言其伤'，都以别于'言志'，但这些语句还是不能用来独标新目。可是'缘情'的五言诗发达了，'言志'以外迫切地需要一个新标目。于是陆机《文赋》第一次铸成'诗缘情而绮靡'这个新语。'缘情'这词组将'吟咏情性'一语简单化、普遍化，并隐括了《韩诗》和《班志》的话，扼要地指明了当时五言诗的趋向。……从陆氏起，'体物'和'缘情'渐渐在诗里通力合作，他有意地用'体物'来帮助'缘情'的

---

① 李学勤主编：《毛诗正义》（上），北京大学出版社 1999 年版，第 6、15 页。

② 引自《文赋集释》，张少康集释，人民文学出版社 2002 年版，第 20 页。

'绮靡'。"①

不过，在肯定陆机"诗缘情"于"诗言志"之外提出了新的诗学观念的同时，我们不能忽视"诗言志"说在这一时期的发展。比如，曹丕的《典论·论文》：

> 盖文章经国之大业，不朽之盛事。年寿有时而尽，荣乐止乎其身。二者必至之常期，未若文章之无穷。是以古之作者，寄身于翰墨，见意于篇籍；不假良史之辞，不托飞驰之势，而声名自传于后。故西伯幽而演易，周旦显而制礼，不以隐约而弗务，不以康乐而加思。②

曹植的《与杨祖德书》：

> 辞赋小道，固未足以揄扬大义，彰示来世也。昔扬子云，先朝执戟之臣耳，犹称壮夫不为也。吾虽德薄，位为蕃侯，犹庶几戮力上国，流惠下民，建永世之业，流金石之功；岂徒以翰墨为勋绩，辞赋为君子哉！若吾志未果，吾道不行，则将采史官之实录，辩时俗之得失，定仁义之衷，成一家之言；虽未能藏之于名山，将以传之于同好。非要之皓首，岂今日之论乎？其言之不惭，恃惠子之知我也。③

对诗之观念，都是持传统的以"立言"来赢得"不朽"的主张，属于朱自清所说的"诗言志"中的"作诗言志"，即通过文学创作以自述怀抱。事实上，这一时期在诗的观念上持"诗言志"说的，远不止曹氏兄弟。朱自清的《诗言志辨》还提供了其他的例证：

> 上惭东门吴，下愧蒙庄子。赋诗欲言志，此志难具纪。命也可奈何！长戚自令鄙。
>
> ——潘岳《悼亡诗》之二

---

① 朱自清：《诗言志辨》，华东师范大学出版社 1996 年版，第 35—36 页。
② （魏）曹丕：《典论·论文》，转引自郭绍虞：《中国文学批评史》（上），百花文艺出版社 1999 年版，第 72—73 页。
③ （魏）曹植：《与杨祖德书》，转引自郭绍虞：《中国文学批评史》（上），百花文艺出版社 1999 年版，第 73 页。

常著文章自娱，颇示己志。——陶渊明《五柳先生传》

援纸握管，……诗以言志。——谢灵运《山居赋》①

这就是说，进入魏晋之后，"言志"与"缘情"一直是分途发展的。甚至一度出现对立的情形，如梁代裴子野在《雕虫论》中所言：

> 古者"四始""六艺"，总而为诗，既形四方之风，且彰君子之志；劝美惩恶，王化本焉。……宋初迄于元嘉（文帝），多为经史。大明（孝武帝）之代，实好斯文。……自是闾阎年少，贵游总角，罔不摈落六艺，吟咏情性。学者以"博依"为急务，谓章句为专鲁，淫文破典，斐尔为功。无被于管弦，非止乎礼义。深心主卉木，远致极风云。其兴浮，其志弱。巧而不要，隐而不深。②

刘勰在《文心雕龙·明诗》中曾云："人禀七情，应物斯感，感物吟志，莫非自然"。朱自清《诗言志辨》称刘勰讲的"七情"就是陆机所说的"诗缘情"。这一判断本身基本上符合实际，但他似乎忘了刘勰《文心雕龙·明诗》的开篇明显是遵循传统的"诗言志"说的。所以，仅仅说刘勰承继了陆机的"诗缘情"应该是不准确的，从刘勰《文心雕龙·明诗》的相关表述来看，刘勰对诗之观念显然是主张合"言志"与"抒情"为一体的，用"言志抒情"来区分刘勰与陆机的"诗缘情"，也许更合适，如周振甫在点评刘勰《文心雕龙·明诗》时所指出的："《明诗》……注意诗的思想和美刺作用，又不忽略缘情和文采。像'义归无邪'，就是思想要正确；'持人性情'，……就是讲诗的美刺作用。这样论诗，是尊重诗言志和诗用来讽谏的传统说法，跟……陆机《文赋》的'诗缘情而绮靡'，不讲言志无邪的不同。《明诗》并不忽视诗歌要绮丽的一面。这样，比起光讲诗言志或诗赋欲

---

① 朱自清：《诗言志辨》，华东师范大学出版社1996年版，第36—37页。
② （梁）裴子野：《雕虫论》，转引自郭绍虞：《中国文学批评史》（上），百花文艺出版社1999年版，第146—147页。

丽来就较全面了。"①

三、刘勰"言志抒情"说的核心内容及对后世的影响

刘勰的"言志抒情"主要集中于《明诗》、《物色》和《情采》等篇，细分起来，可以分为"言志"、"感物"和"真情性"三个方面：

第一，"言志"。如前所述，刘勰在诗学观念上是遵循传统的"诗言志"说的。在《文心雕龙·序志》中，刘勰对"立言"以"不朽"表达了无限的向往：

> 夫宇宙绵邈，黎献纷杂，拔萃出类，智术而已。岁月飘忽，性灵不居，腾声飞实，制作而已。夫有肖貌天地，禀性五才，拟耳目于日月，方声气乎风雷，其超出万物，亦已灵矣。形同草木之脆，名逾金石之坚，是以君子处世，树德建言。岂好辩哉？不得已也！②

在《文心雕龙·诸子》中，刘勰又借诸子之著书立说，对自己通过"立言"来赢得"不朽"，表达了同样的渴望：

> 太上立德，其次立言。百姓之群居，苦纷杂而莫显；君子之处世，疾名德之不章。唯英才特达，则炳曜垂文，腾其姓氏，悬诸日月焉。……嗟夫！身与时舛，志共道申。标心于万古之上，而送怀于千载之下。金石靡矣！声其销乎？③

很显然，刘勰对通过"立言"来获得"不朽"之声名，是蓄意已久、立志甚坚的。《梁书·刘勰传》关于刘勰乔装货郎向沈约自荐《文心雕龙》的记述，也清楚地说明了这一点：

---

① （梁）刘勰：《文心雕龙》，见周振甫：《文心雕龙译注》，江苏教育出版社 2006 年版，第 129 页。

② （梁）刘勰：《文心雕龙》，见周振甫：《文心雕龙译注》，江苏教育出版社 2006 年版，第 680 页。

③ （梁）刘勰：《文心雕龙》，见周振甫：《文心雕龙译注》，江苏教育出版社 2006 年版，第 268—272 页。

初，勰撰《文心雕龙》五十篇，论古今文体，引而次之。其序曰："夫文心者，言为文之用心也。"……既成，未为时流所称。勰自重其文，欲取定于沈约。约时贵盛，无由自达，乃负其书候约出，干之于车前，状若货鬻者。约便命取读，大重之，谓为深得文理，常陈诸几案。①

正因此，刘勰在《文心雕龙·明诗》的开篇即引言传统的"诗言志"，并在结尾处发出"民生而志，咏歌所含"的赞叹，实在是言为心声，自然而然的。

（二）"感物"《乐记》很早就提出了"感于物而动"：

凡音之起，由人心生也。人心之动，物使之然也。感于物而动，故形于声。

乐者，音之所由生也，其本在人心之感于物也。……感于物而后动。②

陆机《文赋》则进一步提出"感兴"：

若夫应感之会，通塞之纪。来不可遏，去不可止。藏若景灭，行犹响起。方天机之骏利，夫何纷而不理。思风发于胸臆，言泉流于唇齿。纷葳蕤以馺遝，唯毫素之所拟。文徽徽以溢目，音泠泠而盈耳。及其六情底滞，志往神留。兀若枯木，豁若涸流。揽营魂以探赜，顿精爽于自求。理翳翳而愈伏，思乙乙其若抽。是以或竭情而多悔，或率意而寡尤。虽兹物之在我，非余力之所戮。故时抚空怀而自惋，吾未识夫开塞之所由。③

刘勰《文心雕龙·明诗》的"感物"："人禀七情，应物斯感，感物吟志，莫非自然"，从源头上讲，的确是从《乐记》和《文赋》的"感于物而动"

---

① 《梁书·刘勰传》，见周振甫：《文心雕龙译注》，江苏教育出版社 2006 年版，第 46 页。
② 李学勤主编：《礼记正义》（中），北京大学出版社 1999 年版，第 1074—1075 页。
③ （晋）陆机：《文赋》，转引自郭绍虞：《中国文学批评史》（上），百花文艺出版社 1999 年版，第 80 页。

和"感兴"衍生而来，但从《文心雕龙·物色》对"感物"的三个阶段的说明：第一阶段是"物有其容，情以物迁"，强调外物的变化对于诗人的情感的触发，所谓"春秋代序，阴阳惨舒，物色之动，心亦摇焉。盖阳气萌而玄驹步，阴律凝而丹鸟羞，微虫犹或入感，四时之动物深矣。若夫珪璋挺其惠心，英华秀其清气，物色相召，人谁获安？是以献岁发春，悦豫之情畅；滔滔孟夏，郁陶之心凝；天高气清，阴沉之志远；霰雪无垠，矜肃之虑深。岁有其物，物有其容；情以物迁，辞以情发"①；第二阶段是"诗人感物，联类不穷"，强调诗人在受到外物的触发之后，所引发的丰富的联想，所谓"是以诗人感物，联类不穷；流连万象之际，沉吟视听之区。写气图貌，既随物以宛转；属采附声，亦与心而徘徊。故'灼灼'状桃花之鲜，'依依'尽杨柳之貌，'杲杲'为日出之容，'瀌瀌'拟雨雪之状，'喈喈'逐黄鸟之声，'喓喓'学草虫之韵；'皎日'、'嘒星'，一言穷理；'参差'、'沃若'，两字穷形；并以少总多，情貌无遗矣。虽复思经千载，将何易夺？"② 第三阶段是"体物为妙，巧言切状"，强调诗人要用巧妙而贴切的语言，把所感之物的外在形状和内在细微之处，不加雕琢地表达出来，所谓"文贵形似，窥情风景之上，钻貌草木之中。吟咏所发，志唯深远，体物为妙，功在密附。故巧言切状，如印之印泥，不加雕削，而曲写毫芥。故能瞻言而见貌，印字而知时也。然物有恒资，而思无定检，或率尔造极，或精思愈疏。……是以四序纷回，而入兴贵闲；物色虽繁，而析辞尚简；……古来辞人，异代接武，莫不参伍以相变，因革以为功，物色尽而情有余者，晓会通也。"③ 刘勰的"感物"，无论是对物—情—言三者关系的论述，还是对"感物"的三个阶段的划分，都比《乐记》的"感于物而动"和《文赋》的"感兴"，有了更具体的诗学内容和更细致的理论分析。

（三）"真情性" 《诗大序》论诗"言志"："在心为志，发言为诗"，已经提到了"情"的触发，即"情动于中"，陆机《文赋》进一步把诗之"缘情"与"体物"联系在一起。刘勰的《文心雕龙·情采》进一步肯定了

---

① （梁）刘勰：《文心雕龙》，见周振甫：《文心雕龙译注》，江苏教育出版社2006年版，第631页。

② （梁）刘勰：《文心雕龙》，见周振甫：《文心雕龙译注》，江苏教育出版社2006年版，第632页。

③ （梁）刘勰：《文心雕龙》，见周振甫：《文心雕龙译注》，江苏教育出版社2006年版，第633页。

"情"在文学中的本源之地位：

> 情者文之经，辞者理之纬；经正而后纬成，理定而后辞畅；此立文之本源也。①

不仅如此，刘勰还对文学中的"为情而造文"和"为文而造情"作了明确的区分，指出追求文辞之美是缘于人的自然情性，"为情而造文"是人之情性的自然表现，所谓"辩丽本于情性"，而"为文而造情"则是无情性只求涂饰文采的一种表现：

> 昔诗人什篇，为情而造文；辞人赋颂，为文而造情。何以明其然？盖风雅之兴，志思蓄愤，而吟咏情性，以讽其上，此为情而造文也；诸子之徒，心非郁陶，苟驰夸饰，鬻声钓世，此为文而造情也。②

并由此提出了"真"对于情感的中心地位，标举文学中的"真情性"：

> 故为情者要约而写真。③

在刘勰看来，"真"是情感的生命，缺乏"真"就不是真正之情感，就是"伪"，"为文而造情"就是这样的一种"伪"，所谓"为文者淫丽而烦滥。而后之作者，采滥忽真，远弃风雅，近师辞赋，故体情之制日疏，逐文之篇愈盛"。④ 刘勰的文学理想就是要摒弃近代文学以来的"采滥忽真"的恶习，把"感物"和"真情性"，完满地结合于"言志"之中：

> 故有志深轩冕，而泛咏皋壤，心缠几务，而虚述人外。真宰弗存，

---

① （梁）刘勰：《文心雕龙》，见周振甫：《文心雕龙译注》，江苏教育出版社 2006 年版，第455 页。

② （梁）刘勰：《文心雕龙》，见周振甫：《文心雕龙译注》，江苏教育出版社 2006 年版，第456 页。

③ （梁）刘勰：《文心雕龙》，见周振甫：《文心雕龙译注》，江苏教育出版社 2006 年版，第456 页。

④ （梁）刘勰：《文心雕龙》，见周振甫：《文心雕龙译注》，江苏教育出版社 2006 年版，第456 页。

翾其反矣。夫桃李不言而成蹊，有实存也；男子树兰而不芳，无其情也。夫以草木之微，依情待实，况乎文章，述志为本，言与志反，文岂足徵？①

明确了刘勰"言志抒情"说的内容，我们再来看朱自清《诗言志辨》关于魏晋南北朝的"诗言志"说对后世影响的两个结论：第一，把陆机的"诗缘情"看作是对传统"诗言志"说的又一次重要引申和扩展。"六朝人论诗，少直用'言志'这词组的。他们一面要表明诗的'缘情'作用，一面又不敢无视'诗言志'的传统；他们没有胆量全然撇开'志'的概念，径直采用陆机的'缘情'说，只得将'诗言志'这句话改头换面，来影射'诗缘情'那句话。……《文心雕龙·明诗篇》云：'人禀七情，应物斯感；感物吟志，莫非自然。'这个'志'明指'七情'；'感物吟志'既'莫非自然'，'缘情'作用也就包在其中。"② 第二，在六朝之后的"诗言志"说中，独标清代袁枚的"性灵"说，"清代袁枚也算一个文坛革命家，论诗也以性灵为主；到了他才将'诗言志'的意义又扩展了一步，差不离和陆机的'诗缘情'并为一谈。……袁氏以为'诗言志'可以有许多意义，……'志'字含混着'情'字。……这样的'言志'的诗倒跟我们现代译语的'抒情诗'同义了。'诗缘情'那传统直到这时代才算真正抬起了头。"③ 我们以为，有必要对上述判断作些修正：其一，魏晋南北朝时期"缘情"的渗入固然是对传统的"诗言志"说的一次重要引申和扩展，但真正将"缘情"和"言志"统一起来的，不是陆机的"诗缘情"，而是刘勰的"言志抒情"说；其二，包括袁枚在内的明清之际的"独抒性灵"，重点是强调情感在文学中的核心作用，主张情感的自然流露，重视情感的真挚性，而这些似乎不应归于陆机的"诗缘情"，而将其视为刘勰"真性情"的余脉似乎更妥。需要指出的是，我们在这里评价刘勰"言志抒情"说在"诗言志"传统中的意义，不是要说其在"诗言志"传统中占有如何如何重要的地位，而是想指出刘勰的"言志抒情"说在传统的"诗言志"说的流变过程应该有其一席

---

① （梁）刘勰：《文心雕龙》，见周振甫：《文心雕龙译注》，江苏教育出版社 2006 年版，第456—457 页。

② 朱自清：《诗言志辨》，华东师范大学出版社 1996 年版，第 37 页。

③ 朱自清：《诗言志辨》，华东师范大学出版社 1996 年版，第 42—44 页。

之地，比如，他的"言志抒情"说对于"言志"和"抒情"的统一的强调，以及他的"言志抒情"说的"以情为本"和"真情性"对于中国"诗言志"抒情传统的奠基作用，而这恰恰是我们以刘勰的"言志抒情"说来概观中国传统诗学"诗言志"说的初衷之所在。

第二节　从《诗学》的"诗即摹仿"
看西方传统诗学的"摹仿说"

与中国传统诗学的"诗言志"说相对应，西方传统诗学的开山纲领是"摹仿说"。古希腊的亚里斯多德在《诗学》中对于"诗即摹仿"的论证与说明，被公认为是对西方传统诗学"摹仿说"的最重要的理论奠定。

一、"摹仿说"在古代希腊的缘起与发展

"摹仿说"，是古代希腊人对于文艺本质的一个古老认知，其核心观点是强调文艺对于现实世界的再现与摹仿。英国美学史家鲍桑葵（Bernard Basanquet）在谈到古代希腊的艺术原则时指出：强调文艺是对现实世界的再现与摹仿，是古代希腊人最根本的一项美学原则，即"艺术上所再现的只不过是普普通通的现实而已——也就是正常的感官知觉和感受所见到的现实，而且它同人及其目的的关系，也正像普遍知觉对象同人及其目的的关系一样，只不过它的存在方式不像原来的对象那样坚实和完备，因而要有所保留而已"，① 并把古代希腊思想家们对万物本原的揭示看作是古希腊"摹仿说"得以产生的内在的哲学根源：

> 这一信念（指文艺对现实的再现与摹仿，引者注）同万物同质（或者说万物同为彻底的自然现象）的观念是密不可分的。他们既然认为万物同质，自然就不能不假定，艺术和美的本质不在于它们同普通感官知觉对象背后的一种看不见的实在具有象征关系，而仅仅在于它们同普通感官知觉对象具有摹仿关系。②

---

① ［英］鲍桑葵：《美学史》，张今译，商务印书馆 1985 年版，第 24—25 页。
② ［英］鲍桑葵：《美学史》，张今译，商务印书馆 1985 年版，第 25 页。

在希腊哲学发展史上，米利都学派的创始人泰勒斯（Thales）最早提出了"万物皆水"的著名格言。亚里斯多德在《形而上学》一书中分析了这一命题的成因：

> 泰勒斯说"水为万物之原"，（为此故，他宣称大地是安置在水上的），大概他从这些事实得其命意：如一切种子皆滋生于润湿，一切事物皆营养于润湿，而水实为润湿之源。他也可以从这样的事实得其命意：如由湿生热，更由湿来保持热度的现象（凡所从来的事由就是万物的原理）。①

所以，尽管英国哲学史家罗素（Bertrand Russell）在《西方哲学史》中认为泰勒斯的"万物皆水"的主张"很粗糙"，② 但正如德国哲学家黑格尔（Friedrich Hegel）在《哲学史讲演录》中所指出的，泰勒斯的"万物皆水"的命题虽然简单，但从辩证思维在西方的发展角度而言，拥有两层重要的意义："一、它是哲学，因为在这个命题里，感性的水并不是被当作与其他自然元素和自然事物相对待的特殊事物，而是被当作融合和包含一切实际事物在内的思想，——因此水被了解为普遍的本质；二、它是自然哲学，因为这样'普遍'被认定为'实在'，——因而'绝对'被认定为思维与存在的统一。"③ 继泰勒斯之后，米利都学派的另外两位哲学家阿那克西曼德（Anaximander）和阿那克西美尼（Anaximenes），也对世界的本原发表了看法，前者"说'无限'是一切存在物的始基和原素，他是第一个用这个名词来描述始基的。他说始基并不是水，也不是大家所承认的任何其他原素，而是另一种不同的本体"④，后者"认为空气是宇宙的始基。这空气在种类上是不定的，但因其所具有的性质而定，一切存在物都由空气的浓厚化或稀薄化而

---

① ［希腊］亚里斯多德：《形而上学》，吴寿彭译，商务印书馆1959年版，第7页。
② ［英］罗素：《西方哲学史》，何兆武、李约瑟译，商务印书馆2001年版，第51页。
③ ［德］黑格尔：《哲学史讲演录》（一），贺麟、王太庆译，商务印书馆1959年版，第185—186页。
④ ［希腊］阿那克西曼德：《著作残篇》，见《古希腊罗马哲学》，三联书店1957年版，第6—7页。

产生"，① 深化了米利都学派对于世界本原的认知。

米利都学派之后，对世界本原问题提出进一步理论探讨的是毕达哥拉斯学派。毕达哥拉斯学派继承了米利都学派关于世界本原根始为一的认识：

> 万物的始基是"一元"。从"一元"产生出"二元"，"二元"是从属于"一元"的不定的质料，"一元"则是原因。从完满的"一元"与不定的"二元"中产生出各种数目；从数目产生出点；从点产生出线；从线产生出平面；从平面产生出立体；从立体产生出感觉所及的一切物体，产生出四种元素：水，火，土，空气。这四种元素以各种不同的方式互相转化，于是创造出有生命的、精神的、球形的世界。②

不过，与米利都学派把世界本原归结为某一具体物质不同，毕达哥拉斯学派把世界的本原归结为抽象的"数"：

> 毕泰戈拉派曾经从事数学的研究，并且第一个推进了这一知识部门。他们把全部时间用在这种研究上，进而认为数学的始基就是一切存在物的始基。由于数目是数学中很自然的基本元素，而他们又认为他们自己在数目中间发现了许多特点，与存在物以及自然过程中所产生的事物有相似之处，比在火、土或水中所能找到的更多，所以他们认为数目的某一种特性是正义，另一种是灵魂和理性，另一种是机会，其他一切也无不如此。③

事实上，正是由于毕达哥拉斯学派的数学家的身份，他们在从事数学研究的过程中，在数目中发现了各种各类和谐的特征与比例。在他们看来，宇宙间的一切事物的本性都是以数目为范型的，数目的基本元素就是一切存在物的基本元素，而整个的宇宙就是一个和谐、一个数目。毕达哥拉斯学派特别提到了音乐。他们发现声音的高低、长短、强弱取决于发声体的数量差异，比

---

① ［罗马］普鲁塔克：《述要》，见《古希腊罗马哲学》，三联书店 1957 年版，第 12 页。
② ［罗马］第欧根尼·拉尔修：《圣哲言行录》，见《古希腊罗马哲学》，三联书店 1957 年版，第 34 页。
③ ［希腊］亚里斯多德：《形而上学》，见《古希腊罗马哲学》，三联书店 1957 年版，第 37 页。

如琴弦长音就低，琴弦短音就高，而且音调与节奏是由不同的声音按照一定的比例组合而成的。按照毕达哥拉斯学派天之和谐的概念，他们认为整个宇宙是一个"神奇的百音盒"，组成宇宙的各个星球以适当的距离彼此间隔一定的距离，以预定的速度作圆周旋转，发出美妙的旋律，体现着数的和谐。他们把它称为"天体音乐"，并指出音乐家摹仿这种天体之声谱写"人间音乐"，把永恒的和谐从天上带到了人间。这样，音乐的本质就被毕达哥拉斯学派看作是对天体音乐的摹仿，这是古代希腊最早出现的"摹仿说"。

毕达哥拉斯学派之后，古希腊的其他思想家又陆续对世界之本原以及文艺对现实世界的摹仿，发表了一系列有代表性的看法。如爱非斯的赫拉克利特，继承米利都学派的唯物主义思想，肯定世界的物质性，"这个世界对一切存在物都是同一的，它不是任何神所创造的，也不是任何人所创造的；它过去、现在和未来永远是一团永恒的活火，在一定的分寸上燃烧，在一定的分寸上熄灭"①。赫拉克利特主张一切都在不停地运动，"太阳每天都是新的"。他把万物比作一条河流，断言人不能两次踏入一条河流，因为"一切皆流，无物常住"。赫拉克利特强调对立面的斗争与同一，对于毕达哥拉斯学派提出的"美在和谐"的命题，注入了新的解释，"互相排斥的东西结合在一起，不同的音调造成最美的和谐；一切都是斗争所产生的"，"相反者相成：对立造成和谐"②。不仅如此，赫拉克利特明确地把这一主张引入到艺术之中：

> 自然也追求对立的东西，它是从对立的东西产生和谐，而不是从相同的东西产生和谐。例如自然便是将雌和雄配合起来，而不是将雌配雌，将雄配雄。自然是由联合对立物造成最初的和谐，而不是由联合同类的东西。艺术也是这样造成和谐的，显然是由于模仿自然。绘画在画面上混合着白色和黑色、黄色和红色的部分，从而造成与原物相似的形相。音乐混合不同音调的高音和低音、长音和短音，从而造成一个和谐的曲调。书法混合元音和辅音，从而构成整个这种艺术。③

---

① ［希腊］赫拉克利特：《著作残篇》，见《古希腊罗马哲学》，三联书店 1957 年版，第 21 页。
② ［希腊］赫拉克利特：《著作残篇》，见《古希腊罗马哲学》，三联书店 1957 年版，第 19—23 页。
③ ［希腊］赫拉克利特：《著作残篇》，见《古希腊罗马哲学》，三联书店 1957 年版，第 19 页。

在这里，赫拉克利特所说的"摹仿"，不是毕达哥拉斯学派对于"数的和谐"或"天体音乐"的抽象原则或神秘天象的摹仿，而是强调艺术对于自然的摹仿。阿布德拉的德谟克利特（Democritus），是原子唯物论的创始人。他认为世界万物是由原子和虚空构成的，原子是不可再分的物质微粒，虚空是原子运动的必要场所，原子在虚空中任意移动、彼此碰撞，互相结合形成世界万物。极微小的原子从物体的表面不断分离并向各方流射，在空气中形成的是物体的影像，影像作用于人的感官和灵魂，由此产生人的感觉和思想。而且，在德谟克利特看来，无论是实用技术还是美的艺术，都是人类摹仿自然现象的社会实践活动：

> 在许多重要的事情上，我们是摹仿禽兽，作禽兽的小学生的。从蜘蛛我们学了织布和缝补；从燕子学会了造房子；从天鹅和黄莺等歌唱的鸟学会了唱歌。①

这样，德谟克利特就从艺术起源的角度，对艺术摹仿自然作了朴素的说明。

从"摹仿说"在古代希腊的缘起与发展来看，它是与古希腊先哲对于世界之本原的哲学探讨密不可分的。这决定了"艺术摹仿自然"的命题，虽然在此一时期被提出了，但由于这一命题本身是从属于哲学本原讨论的，所以"摹仿说"还没有脱离哲学的藩篱，成为文学研究领域的特定内容。

二、"摹仿说"从苏格拉底到柏拉图的过渡与确立

苏格拉底（Socrates），无论是在西方哲学史还是在西方美学史或文艺理论发展史上，都是一个具有重要转折意义的人物。黑格尔在《哲学史讲演录》中，曾经这样评价苏格拉底在西方哲学发展史上的转折作用：

> 当苏格拉底这个伟大形象出现于雅典的时候，意识在希腊已经发展到上述的程度。在苏格拉底身上，思维的主观性已经更确切地、更透彻地被意识到了。……他是精神本身的一个主要转折点；这个转折点是在他身上以思想的方式表现出来的。②

---

① ［希腊］德谟克利特：《著作残篇》，见《古希腊罗马哲学》，三联书店 1957 年版，第 112 页。
② ［德］黑格尔：《哲学史讲演录》（二），贺麟、王太庆译，商务印书馆 1959 年版，第 39 页。

应该说，对苏格拉底的转折作用的评价不单适用于哲学领域，也同样适用于美学和文艺理论领域。

按照亚里斯多德在《形而上学》中的分析，苏格拉底对于早期希腊诸哲学派别的超越，是有意识地把哲学研究重心由先前的对感性事物的自然科学研究转向了对人类社会的普遍真理的思索与认识。这种由苏格拉底开创的新的研究原则，被黑格尔冠之以"苏格拉底方法"：

> 苏格拉底的谈话（这种方法）具有一种特点：（一）他一有机会就引导人去思索自己的责任，不管这机会是自然产生的还是苏格拉底故意造成的。他常到鞋匠与裁缝的作坊中去和他们谈话，也和青年们、老人们、铁匠们、智者们、政治家们、各种公民们谈话，谈话总是从他们感兴趣的东西开始，或者是家务，或者是儿童的教育，或者是知识、真理……，——不管什么问题，只要机会允许。接着（二）他就引导他们离开这种特殊事例去思索普遍的原则，引导他们思索、确信并认识什么是确定的正当的东西，什么是普遍的原则，什么是自在自为的真和美。①

由于苏格拉底哲学的中心是对"真"、"善"、"美"等普遍原则的思索，有关文艺方面的美学探讨在他的哲学研究中占据了前所未有的比例。同时，由于苏格拉底讨论问题的方法是从具体事例上升为普遍原则，这一原则贯穿于他对文艺的美学探讨之中。就对文艺的本质认识而言，苏格拉底继承了古希腊流行的文艺摹仿现实的传统观念，并对传统的"摹仿说"作了两点重要的改进：第一，传统的"摹仿说"强调的是自然的可见物体的摹仿，而苏格拉底第一次提出了"看不见的东西是否可以摹仿"这样一个重要问题，苏格拉底所说的"看不见的东西"是指人的精神方面的特质，如心境、品质、神色等。在色诺芬（Xenophon）的《回忆录》中，以苏格拉底与画家巴哈秀斯（Parrhasius）之间的对话形式，讨论了这个问题：

> 苏　你是否也描绘人的心境，最令人感动的、最和蔼可亲的或是引

---

① ［德］黑格尔：《哲学史讲演录》（二），贺麟、王太庆译，商务印书馆1959年版，第53页。

起爱和憎的？我指的是精神方面的特质，这个能不能摹仿呢？

巴　那怎么可能呢，苏格拉底？它既没有比例，又没有颜色，又没有你刚才所提到的那些品质，而且是不可以眼见的。

苏　难道一个人不常常用朋友或敌人的神色去看旁人么？

巴　我想这是不错的。

苏　能不能把这种神色在眼睛里描绘出来呢？

巴　当然可以。

苏　当朋友们幸运或倒霉的时候，对他们表同情的或对他们不表同情的人们的神色是否一样呢？

巴　当然不一样，朋友们幸运，表同情的人们就现出高兴的神色；朋友们倒霉，表同情的人们就现出忧伤的神色。

苏　这些神色能不能描绘出来呢？

巴　当然可以。

苏　高尚和慷慨，下贱和卑吝，谦虚和聪慧，骄傲和愚蠢也就一定表现在神色和姿势上，不管人是在站着还是在活动。

巴　你说得很对。

苏　这些能不能描绘呢？

巴　当然可以。①

显然，苏格拉底认为，艺术家不应只摹仿人的外貌，更要摹仿人的内在精神气质；第二，传统的"摹仿说"强调的是对外物的自然摹写，而苏格拉底则提出应通过各种艺术手段让艺术形象"更生动"、"更逼真"，如他在与雕刻家克莱陀之间的对话所指出的：

苏　我看你雕的各种形象都很美，赛跑者、摔跤者、练拳者、比武者，这些我都懂得，但是请问：你用什么办法使你的雕像最能吸引观众、使他们觉得神色就像是活的呢？你是否把活人的形象吸收到作品里去，才使得作品更逼真呢？

克　的确如此。

---

① ［希腊］色诺芬：《回忆录》，见伍蠡甫主编：《西方文论选》（上），上海译文出版社1988年版，第9—10页。

苏　你摹仿活人身体的各部分俯仰屈伸紧张松散这些姿势，才使你
　　所雕刻的形象更真实更生动，是不是？

克　当然。

苏　把人在各种活动中的情感也描绘出来，是否可以引起观众的快
　　感呢？

克　照理说，应该可以。

苏　那么，你是否应该把搏斗者威胁的眼色和胜利者的兴高采烈的
　　面容描绘出来？

克　当然应该这样办。

苏　所以一个雕像应该通过形式表现心理活动。①

苏格拉底对于摹仿的这些看法，无疑丰富和发展了古希腊传统的"摹仿说"，并对他的弟子柏拉图产生了重要的影响。

　　在对文艺的本质特征的理解上，柏拉图同样是肯定文艺对于现实世界的摹仿的。不过，他的"摹仿说"是建基于其唯心主义哲学思想"理式论"之上的。"理式"，是柏拉图建构其唯心主义哲学体系的一个核心范畴。在柏拉图看来，"理式"是对杂多同名的个别事物的统摄，每一类杂多的个别事物都从这类事物的"理式"中产生的。显然，在柏拉图的哲学体系中，首先存在一个由各种"理式"组成的一个"理式世界"，它是先验的、绝对存在的客观实体，其次有一个由众多个别事物所组成的"感觉世界"，它是经验的、依人的感官而存在的非真实体。其中，感觉世界流动不居、变换不定，理式世界则不生不灭、永恒不变；理式世界是感觉世界的原型或理想，而感觉世界是理式世界的摹本或影子。这样，柏拉图尽管认可文艺是对现实世界的摹仿，但由于在他的"理式论"哲学体系里现实世界本身并不是一种客观实在的真实体，所以文艺摹仿现实的真实性，就被柏拉图彻底否定了。他曾以"床"为例，说存在着三种性质不同的床：第一种是神即"自然创造者"所创造的"本然的床"，也即"床之所以为床"的床的理式，这是床的真实体；第二种是木匠即"制造者"按照床的理式所制造出来的"个别的床"，它不是真实体，只是与真实体相似的东西，因为制造者"不能制造真正的事

—————————

① ［希腊］色诺芬：《回忆录》，见伍蠡甫主编：《西方文论选》（上），上海译文出版社1988年版，第10页。

物，……不能制造真正的存在，而只能制造与真正的存在相似，但并非真正存在的东西"；① 第三种是画家即"摹仿者"仿照木匠制造的那个个别的床描画出的床的影像。由于木匠的个别的床本已是对理式的床的摹仿，是理式的床的影像，所以画家对于个别的床的摹仿，就是一种摹仿的摹仿，影像的影像，与真实体隔着三层。柏拉图的意思很明显：一切艺术的摹仿，在本质上都是如此，都不是对真实体的摹仿，所摹仿的不过是真实体的影子，"和自然隔着三层"，"和真理也隔着三层"。

艺术摹仿的对象已然不是真实体，艺术摹仿的主体也即摹仿者本身又如何呢？在《理想国》中，柏拉图曾以苏格拉底与格老康的对话形式，探讨了"知识"与"意见"之间的区别：

苏　既然知识相应于存在，无知相应于不存在，那么我们也得在知识与无知之间找出某种东西，如果是有这种东西的话。

格　当然得这样作。

苏　不是有一种东西我们叫作意见吗？

格　是的。

苏　意见和知识是一样的呢，还是另外一种能力？

格　当然是另外一种能力。

苏　那么意见和知识的对象就必得是相应于这两种不同的功能的两种不同的东西了。

格　是的。②

借苏格拉底之口，柏拉图试图说明：绝对存在的理式世界是可知的，"知识"就是对存在的认识，介于存在与不存在之间的感觉世界是可见的，"意见"就是对介于知识与无知之间的认识；而相较于对于绝对存在的"知识"，"意见"作为对于感觉世界的认识，无论是在性质还是功能上都远逊于前者，所以，艺术家摹仿感觉世界，毫无知识可言，"（因为）他如果对于所摹仿的事物有真知识，他就不愿摹仿它们，宁愿制造它们，留下许多丰功伟绩，

---

① ［希腊］柏拉图：《理想国》，《柏拉图全集》第二卷，王晓朝译，人民出版社 2003 年版，第 615 页。

② ［希腊］柏拉图：《理想国》，见《古希腊罗马哲学》，三联书店 1957 年版，第 194 页。

供后世人纪念。他会宁愿做诗人所歌颂的英雄，不愿做歌颂英雄的诗人"。①

艺术家摹仿的对象不是真实体，艺术家本人也不能从摹仿中得到真知识，艺术之摹仿在社会中的功用可想而知。在柏拉图看来，摹仿很简单，就像拿一面镜子四面八方地旋转，很快能"制造"出周围的一切人和事物，然而这并不是真正的制造，只是造出对象的外形，不能触及对象的实质；而且，艺术家对于事物的摹仿，由于只能从有限的角度进行，只能摹仿对象的一小部分，而无法反映事物的全貌，只能欺哄小孩子和头脑愚笨的人。总之，在柏拉图眼里，摹仿只是一种不足挂齿的玩艺，并不是什么正经事，即便是像荷马这样的"悲剧诗人领袖"，也不过是一个影像制造者而已，"从荷马起，一切诗人都只是摹仿者，无论是摹仿德行，或是摹仿他们所写的一切题材，都只得到影像，并不曾抓住真理。像我们刚才所说的，画家尽管不懂鞋匠的手艺，还是可以画鞋匠，观众也不懂这种手艺，只凭画的颜色和形状来判断，就信以为真"②，并且，由于诗人丑化英雄以及出于讨好观众的心理来通过摹仿哀怜和感伤以迎合人性中的低劣的情感部分，文艺在社会中不仅起不到教育公众的好作用，反而是对理想社会的一种毒害。基于此，柏拉图在彻底否定文艺的社会功用的同时，毫不客气地向诗人发出了逐客令：

> 如果有一位聪明人有本领摹仿任何事物，乔扮任何形状，如果他来到我们的城邦，提议向我们展览他的身子和他的诗，我们要把他当作一位神奇而愉快的人物看待，向他鞠躬敬礼；但是我们也要告诉他：我们的城邦里没有像他这样的一个人，法律也不准许有像他这样的一个人，然后把他洒上香水，戴上毛冠，请他到旁的城邦去。③

这样，在西方文艺理论发展史上，柏拉图对传统的"摹仿说"起到了双重意义的作用，一方面，他是第一位从文艺理论角度对"摹仿说"进行系统说明的理论家，西方的文艺理论从这个意义上说，是从柏拉图这里才真正开

---

① ［希腊］柏拉图：《理想国》，见《柏拉图文艺对话集》，朱光潜译，人民文学出版社1963年版，第73页。

② ［希腊］柏拉图：《理想国》，见《柏拉图文艺对话集》，朱光潜译，人民文学出版社1963年版，第76页。

③ ［希腊］柏拉图：《理想国》，转引自朱光潜：《西方美学史》（上），人民文学出版社1994年版，第55页。

始的；但另一方面，柏拉图又是西方对于文艺提出强烈质疑的第一人，特别是他在《理想国》中对于诗人发出的挑战：

> 我们确实有很好的理由把诗歌从我们的城邦里驱逐出去，……理性要求我们这样做。但为了不让诗歌责怪我们过于简单粗暴，让我们进一步对它说，……要是消遣的、悦耳的诗歌能够证明它在一个管理良好的城邦里有存在的理由，那么我们非常乐意接纳它，……但是要背弃我们相信是真理的东西总是不虔诚的。……我们也要允许诗歌的拥护者用无韵的散文为它申述。①

迫使后世诗人必须承担起为诗辩护的责任。

三、亚里斯多德"摹仿说"的核心内容及对后世的深远影响

柏拉图之后，最先回应其对诗人的挑战的就是他的学生亚里斯多德。在《形而上学》一书中，亚里斯多德首先对柏拉图唯心主义哲学的核心范畴"理式"进行了评析。亚里斯多德指出，柏拉图的"理式"拥有三个哲学来源：其一是毕达哥拉斯学派将数视作元一本体的做法；其二是赫拉克利特所强调的万物流变的哲学思想；其三是苏格拉底对于普遍真理的定义，柏拉图把三者综合在一起提出了"理式"，作为产生同类事物的"通则"：

> 柏拉图……主张将问题从可感觉事物移到另一类实是上去。这另一类事物，他名之为"意式"（现通译为"理式"，引者注），凡可感觉事物皆从于意式，亦复系于意式；许多事物凡同参一意式者，其名亦同。②

在柏拉图的唯心主义哲学体系里，"理式"以一统众，既先验地独立于感性事物之外，众多事物又从其中生出。针对柏拉图关于"理式"的这种先验的哲学规定，亚里斯多德从八个方面提出了反驳：第一，"理式"的本义是要"以一统多"，但现实是从柏拉图对"理式"与诸事物之间的关系

---

① ［希腊］柏拉图：《理想国》，《柏拉图全集》第二卷，王晓朝译，人民出版社 2003 年版，第 630—631 页。

② ［希腊］亚里斯多德：《形而上学》，吴寿彭译，商务印书馆 1959 年版，第 16—17 页。

处理来看，"理式"的数量一点儿也不比具体的事物少；第二，证明理式存在的诸方法常常自相矛盾，不能成立；第三，依理式假定，理式本身是一种本体的存在，但本体之外的各事物也有理式，理式与事物之间的区别无从认定；第四，理式既不能使事物动，也不能使事物变，对于认识事物没有任何帮助；第五，如果以理式为"数"，也将引起若干疑难，比如理式为"数"，众数可成一数，但众多理式无法成为一个理式，而且如果依照理式来论数，还需要第二第三类的数系，而柏氏理式论未见说明；第六，理式论没有说明事物的动因与极因，即使是用"大"与"小"作为物因，也不能解释事物的变化；第七，理式论主张"以一统众"，但它并不能证明众多事物何以成一；第八，理式论假设一切现存事物具有相同因素，这是不可能的，用这样含混的方式研究事物组成要素的性质，也是无益的。① 总之，在亚里斯多德看来，柏拉图的"理式"，在原理上是荒谬的，在现实中也是行不通的，并特别指出，柏拉图"理式论"错误的主要原因是为了"理式"的存在消失了事物，而事物的存在是我们更应关心的对象。所以，与柏拉图"理式论"轻视实有事物不同，亚里斯多德明确地把"实体"作为哲学研究对象，并指出实体首先是个别具体的事物，他称之为"第一实体"，其次才是属的概念，他称之为"第二实体"。这样，原先由柏拉图在"理式"与"实物"之间建立的二元等级次序，在亚里斯多德的"实体论"里被转换为事物的个别与种属之间的关系；而柏拉图所谓的"理式"，在亚里斯多德这里不过是从个别事物中抽象出来的一般概念而已。显然，柏拉图是把一般与个别这两者割裂开来，使一般脱离个别而孤立存在，并颠倒一般与个别的关系，使一般成为个别产生的根据。现在，亚里斯多德重新翻转了一般与个别的关系，把个别事物看作"第一实体"，而把一般看作是从个别中抽取出来的"第二实体"，不仅破除了柏拉图"理式论"的哲学虚妄，而且从根本上消解了柏拉图"摹仿说"的唯心主义哲学根基，代之以充满唯物主义精神的"实体论"，并在此基础上建构了带有亚氏烙印的"摹仿说"。

其次，亚里斯多德在《诗学》中对于文艺的本质、艺术本身的分属以及文艺的功用等问题，展开了细致分析。关于文艺的本质，亚里斯多德同样是

---

① 参阅［希腊］亚里斯多德：《形而上学》，吴寿彭译，商务印书馆 1959 年版，第 23—30 页的相关论述。

持艺术模仿现实的主张。不过，与柏拉图所说的艺术模仿的现实世界是理式世界的影像、艺术模仿是对非真实体的摹仿、"影子的影子"、"摹仿的摹仿"等不同，亚里斯多德从"实体论"哲学出发，肯定了文艺所摹仿的现实世界的实体性与真实性，认为文艺对现实世界的摹仿，不仅能够反映客观现实的真实面貌，而且还能揭示事物发展的普遍规律：

> 诗人的职责不在于描述已发生的事，而在于描述可能发生的事，即按照可然律或必然律可能发生的事。历史家与诗人的差别不在于一用散文，一用"韵文"；……两者的差别在于一叙述已发生的事，一描述可能发生的事。因此，写诗这种活动比写历史更富于哲学意味，更被严肃的对待；因为诗所描述的事带有普遍性。①

关于艺术本身，柏拉图曾认为艺术的摹仿是一项低级的活动，既简单又粗糙，是一种不足挂齿的玩艺儿，并不是什么正经事，而在亚里斯多德看来，艺术摹仿是一项创造性的工作。像从事其他学科的科学研究一样，亚里斯多德在《诗学》中遵循科学的研究方法，确定诗为诗学研究的对象，指出诗与其他艺术的异同，然后把诗分类，分析各种诗的成分和各成分的性质，寻找规律，探究各种诗的创作原则，其对艺术本身分属的创造性科学的肯定是显而易见的。关于文艺的功用，柏拉图曾经彻底否定了文艺的社会功用，认为艺术对于社会不仅没有积极的教育作用，反而由于其强大的感染力变得更加有害；而在亚里斯多德看来，文艺对于社会有三个积极的作用：其一，文艺具有教育作用，通过传授知识，培养人的理智德行；其二，文艺具有净化和陶冶人的情感和灵魂的作用，通过调节人的情绪，培养人的伦理德行；其三，文艺摹仿是一种求知活动，求知是人类快乐的源泉，文艺能够提供精神享受，让人在紧张劳动后得到安静和休息。可以说，以"摹仿说"为中心，亚里斯多德建构了一整套关涉文艺的本质、文艺自身的分属、艺术各种类的成分、功能、性质、创作规则以及社会功用在内的文艺理论体系。

在西方文艺理论发展史上，亚里斯多德的《诗学》是公认的对于诗的最

---

① ［希腊］亚里斯多德：《诗学》，罗念生译，人民文学出版社1982年版，第28—29页。

早、也最成功的一次辩护。特别是其对于艺术的摹仿揭示事物发展普遍规律，是具有严肃哲学意味的创造性科学的说明，奠定了"摹仿说"在西方诗学发展史上至高无上的地位，并对西方后世的文艺理论产生了决定性的影响。美国文学理论家艾布拉姆斯（M. H. Abrams）在《镜与灯》一书中指出，在亚里斯多德之后的很长的历史时期里，"摹仿说"一直是占据西方文艺理论发展史上的一个主要观念：

> 批评家们在各自的理论体系中赋予"摹仿"这个术语的重要性各不相同。艺术所摹仿或应当摹仿的事物，有人认为是实际的，有人则认为在某种意义上是理想的；……特别是在《诗学》被重新发现，十六世纪意大利的美学理论有了长足发展以后，批评家们凡是想实事求是地给艺术下一个完整的定义的，通常总免不了要用到"摹仿"或是某个与此类似的语词，诸如反映、表现、摹写、复制、复写或映现等，不论它们的内涵有何差别，大意总是一致的。在十八世纪的大部分时间里，艺术即摹仿这一观点几乎成了不证自明的定理。①

而俄国的车尔尼雪夫斯基（Nikolay Chernyshevsky）更是在《论亚里斯多德的〈诗学〉》一文中，以确凿无误的口吻宣称："《诗学》是第一篇最重要的美学论文，也是迄至前世纪末叶一切美学概念的根据。……亚里斯多德是第一个以独立体系阐明美学概念的人，他的概念竟雄霸了二千余年。"②

第三节　从《文心雕龙》的主要文论范畴
看中国传统诗学范畴的基本特征

进入二十世纪 80 年代中期以来，中国学界持续掀起了一股通过对一些有代表性的传统文论范畴的诠释、研究进而建构中国古代诗学体系的热潮，

---

① ［美］M·H·艾布拉姆斯：《镜与灯》，郦稚牛等译，北京大学出版社 1989 年版，第 11—12 页。

② ［俄］车尔尼雪夫斯基：《论亚里斯多德的〈诗学〉》，缪灵珠译，《缪灵珠美学译文集》第三卷，中国人民大学出版社 1998 年版，第 368—372 页。

其中，频繁提及的代表性的诗学文本就是刘勰的《文心雕龙》。

一《文心雕龙》的主要文论范畴

刘勰的《文心雕龙》提出了一系列包括"理"、"气"、"道"、"文"、"意"、"象"、"物"、"事"、"神"、"思"、"情"、"采"等在内的重要的文论范畴。限于篇幅，我们对《文心雕龙》的文论范畴，不做整体性的介绍，而是着重从其创作论中抽取几个有代表性的文论范畴："神思"、"体性"、"风骨"、"比兴"，作为我们考察《文心雕龙》文论范畴的研究对象。

"神思"，是讲文意的构思，也即艺术想象。在中国古代文论发展史上，最先提出艺术想象与构思问题的是陆机的《文赋》：

> 其始也皆收视反听，耽思傍讯，精骛八极，心游万仞。其致也，情瞳瞳而弥鲜，物昭晰而互进；倾群言之沥液，漱六艺之芳润；浮天渊以安流，濯下泉而潜浸。于是沈辞怫悦，若游鱼衔钩，而出重渊之深；浮藻联翩，若翰鸟缨缴，而坠曾云之峻。收百世之阙文，采千载之遗韵。谢朝华于已披，启夕秀於未振。观古今于须臾，抚四海于一瞬。[1]

陆机对艺术想象及构思发生过程的描绘可谓绘声绘色，但由于《文赋》"巧而碎乱"的赋体性质，故而对艺术想象及构思的一些精微之处未作细致深入的说明。刘勰的《文心雕龙·神思》对艺术想象及构思问题的探讨显然是受到陆机《文赋》的启发和影响的。《神思》的开篇同样是用华美的语言来极言文思之神美：

> 古人云："形在江海之上，心存魏阙之下。"神思之谓也。文之思也，其神远矣。故寂然凝虑，思接千载；悄焉动容，视通万里；吟咏之间，吐纳珠玉之声；眉睫之前，卷舒风云之色；[2]

不过，与陆机《文赋》对艺术想象缺乏理论分析不同的是，刘勰《神思》

---

[1] （晋）陆机：《文赋》，转引自郭绍虞：《中国文学批评史》（上），百花文艺出版社1999年版，第80页。
[2] （梁）刘勰：《文心雕龙》，见周振甫：《文心雕龙译注》，江苏教育出版社2006年版，第396页。

开篇就点出了艺术想象及构思的理论关键，这就是"神与物游"："故思理为妙，神与物游。"① 至于如何才能做到"神与物游"？刘勰认为首先需从内心的"神"和外在的"物"两个方面入手，其中，前者与作者的志气相关，而后者则与语言辞令关系密切，所谓"神居胸臆，而志气统其关键；物沿耳目，而辞令管其枢机。枢机方通，则物无隐貌；关键将塞，则神有遁心。"② 所以，从内心的"神"入手，在进行艺术想象和构思时，需要排除杂念，保持内心的宁静，"是以陶钧文思，贵在虚静，疏瀹五藏，澡雪精神"③。如刘永济的《文心雕龙校释》所解释的："心忌在俗，唯俗难医。俗者，留情于庸鄙，摄志于物欲，灵机窒而不通，天君昏而无见，以此为文，安能窥天巧而尽物情哉？故必资修养。舍人虚、静二义，盖取老聃'守静'、'致虚'之语。唯虚则能纳，唯静则能照。"④ 从外在的"物"入手，则需做好以下四个准备："积学以储宝，酌理以富才，研阅以穷照，驯致以怿辞"，其中，"积学以储宝"，讲的是积累丰富的学识来为艺术想象和构思储存珍宝；"酌理以富才"，讲的是明辨事理来增长自己的才干；"研阅以穷照"，讲的是研究自己的阅历以对事物有一个彻底的了解；"驯致以怿辞"，讲的是顺着文思去恰当地运用文辞。其次，在内外两方面的工作都齐备后，还需要进一步研讨表达问题。刘勰指出，作家想象丰富，构思巧妙，但在表达上却常常不能令人满意。陆机曾对此发出"恒患意不称物，文不逮意"的感慨，刘勰则以登山观海为喻，形象地说明了表达的困难：

　　　　夫神思方运，万涂竞萌，规矩虚位，刻镂无形。登山则情满于山，观海则意溢于海，我才之多少，将与风云而并驱矣。方其搦翰，气倍辞前，暨乎篇成，半折心始。何则？意翻空而易奇，言徵实而难巧也。⑤

　　① （梁）刘勰：《文心雕龙》，见周振甫：《文心雕龙译注》，江苏教育出版社 2006 年版，第 396 页。

　　② （梁）刘勰：《文心雕龙》，见周振甫：《文心雕龙译注》，江苏教育出版社 2006 年版，第 396 页。

　　③ （梁）刘勰：《文心雕龙》，见周振甫：《文心雕龙译注》，江苏教育出版社 2006 年版，第 396 页。

　　④ 刘永济：《文心雕龙校释》，中华书局 1962 年版，第 101 页。

　　⑤ （梁）刘勰：《文心雕龙》，见周振甫：《文心雕龙译注》，江苏教育出版社 2006 年版，第 397 页。

并把"秉心养术"看作是解决问题的关键，而所谓"秉心养术"，就是刘勰讲的"养气"：

> 思有利钝，时有通塞，沐则心覆，且或反常，神之方昏，再三愈黩。是以吐纳文艺，务在节宣，清和其心，调畅其气，烦而即舍，勿使壅滞，意得则舒怀以命笔，理伏则投笔以卷怀，逍遥以针劳，谈笑以药倦，常弄闲于才锋，贾馀于文勇，使刃发如新，凑理无滞。①

再有，刘勰并不否认，作家的艺术才能，既有速度上的快慢之分，也受到文章体制大小的制约，但他坚持认为，作家只有做到"博见"即学识广博而又"能一"即中心一贯，才能真正对艺术构思起到帮助，而这与前面所讲的"积学"、"酌理"、"研阅"、"驯致"，也是一以贯之的。相较陆机的《文赋》，刘勰的"神思"，无论是对艺术想象及构思的术语命名，还是对其所做的细致的理论分析，都有了一个质的飞跃，并对后世的文学批评产生了深远影响。②

"体性"，是讲作家的情性与作品的风格。从作家的个人情性角度来谈作品的风格，是由曹丕《典论·论文》的"文气"说开启的：

> 文以气为主。气之清浊有体，不可力强而致。譬诸音乐，曲度虽均，节奏同检，至于引气不齐，巧拙有素，虽在父兄，不能以移子弟。

> 王粲长于辞赋，徐干时有齐气，然粲之匹也。如粲之《初征》、《登楼》、《槐赋》、《征思》，干之《玄猿》、《漏卮》、《团扇》、《橘赋》，虽张、蔡不过也。然于他文，未能称是。琳、瑀之章表书记，今之俊也。应玚和而不壮；刘桢壮而不密。孔融体气高妙，有过人者，然

---

① （梁）刘勰：《文心雕龙》，见周振甫：《文心雕龙译注》，江苏教育出版社 2006 年版，第 582 页。

② 关于"神思"在中国古代文论发展史上的影响，学界的相关论述甚多，可参阅邱世友：《刘勰论神思》、肖洪林：《刘勰论艺术想象的特征》、穆克宏：《思理为妙 神与物游》等文章，本文在此不作赘述。

不能持论，理不胜词；以至乎杂以嘲戏；及其所善，扬、班俦也。①

这种以"气"来划分作品的风格，并把作品的风格归结为作家先天的才能和气质，代表了魏晋以来批评家对于作家个人情性与作品风格关系的关注和共识。刘勰的"体性"，是从曹丕的"文气"衍生而来的。在《文心雕龙·体性》中，刘勰同样以贾谊、司马相如、扬雄、班固、张衡、王粲、阮籍、嵇康、陆机等作家为例，肯定了作家先天的才能和气质与作品的风格之间存在着密切的关联：

> 是以贾生俊发，故文洁而体清；长卿傲诞，故理侈而辞溢；子云沈寂，故志隐而味深；子政简易，故趣昭而事博；孟坚雅懿，故裁密而思靡；平子淹通，故虑周而藻密；仲宣躁锐，故颖出而才果；公幹气褊，故言壮而情骇；嗣宗俶傥，故响逸而调远；叔夜俊侠，故兴高而采烈；安仁轻敏，故锋发而韵流；士衡矜重，故情繁而辞隐。触类以推，表里必符，岂非自然之恒资，才气之大略哉！②

不过，与曹丕单纯地将作品风格归结为作家先天"才气"不同的是，刘勰并不因此否定作家后天的"学习"在培养作品风格中所起到的重要作用。他以"斫轮"、"制器"、"染丝"为喻，极言后天"学习"之重要：

> 夫才由天资，学慎始习，斫梓染丝，功在初化，器成采定，难可翻移。故童子雕琢，必先雅制，沿根讨叶，思转自圆，八体虽殊，会通合数，得其环中，则辐辏相成。故宜摹体以定习，因性以练才，文之司南，用此道也。③

并把由"学习"可以习得的作品风格，做了八种风格的划分：

---

① （魏）曹丕：《典论·论文》，转引自郭绍虞：《中国文学批评史》（上），百花文艺出版社1999年版，第74—75页。

② （梁）刘勰：《文心雕龙》，见周振甫《文心雕龙译注》，江苏教育出版社2006年版，第411—412页。

③ （梁）刘勰：《文心雕龙》，见周振甫《文心雕龙译注》，江苏教育出版社2006年版，第412页。

一曰典雅，二曰远奥，三曰精约，四曰显附，五曰繁缛，六曰壮丽，七曰新奇，八曰轻靡。①

其中，"典雅"，是从经书中得来，同儒家经典著作并行的，所谓"典雅者，熔式经诰，方轨儒门者也"；"远奥"，是辞采丰富、文意深远，是以道家学说为主的，所谓"远奥者，馥采曲文，经理玄宗者也"；"精约"，是短小精悍，剖析入微的，所谓"精约者，核字省句，剖析毫厘者也"；"显附"，是语言质直、文意畅达，理入人心的，所谓"显附者，辞直义畅，切理厌心者也"；"繁缛"，是比喻广博、辞采丰富，繁密而有光彩的，所谓"繁缛者，博喻酿采，炜烨枝派者也"；"壮丽"，是议论卓越、体制宏伟，文采光耀而突出的，所谓"壮丽者，高论宏裁，卓烁异采者也"；"新奇"，是弃古求今，于危险的侧径上走着诡异的路子的，所谓"新奇者，摈古竞今，危侧趣诡者也"；"轻靡"，是文辞浮华，柔弱无力，是虚浮不切实而依附俗说的，所谓"轻靡者，浮文弱植，缥缈附俗者也"。并且，典雅和新奇相反，远奥和显附不同，繁缛和精约相对，壮丽和轻靡有别，由此形成四组相反相成、井然有序的美学风格，所谓"雅与奇反，奥与显殊，繁与约舛，壮与轻乖，文辞根叶，苑囿其中矣"。这样，在作家情性和作品风格的关系上，刘勰的"体性"就从作家先天的"才气"和后天的"学习"两个方面给予了全面的论述："功以学成，才力居中，肇自血气；气以实志，志以定言，吐纳英华，莫非情性"，即如其在《文心雕龙·体性》开篇所总结的：

夫情动而言形，理发而文见，盖沿隐以至显，因内而符外者也。然才有庸儁，气有刚柔，学有浅深，习有雅郑，并情性所铄，陶染所凝，是以笔区云谲，文苑波诡者矣。故辞理庸儁，莫能翻其才；风趣刚柔，宁或改其气；事义浅深，未闻乖其学；体式雅郑，鲜有反其习：各师成心，其异如面。②

<hr />

① （梁）刘勰：《文心雕龙》，见周振甫《文心雕龙译注》，江苏教育出版社 2006 年版，第 410 页。
② （梁）刘勰：《文心雕龙》，见周振甫《文心雕龙译注》，江苏教育出版社 2006 年版，第 410 页。

刘勰的"体性"对于曹丕"文气"的超越是显而易见的，其对后世文学批评的影响也是有目共睹的。①

"风骨"，是讲作品的思想内容和表现形式。从来源上讲，用"风"、"骨"、"风骨"来品鉴人物，是魏晋时期非常通行的做法。在南朝刘义庆辑录的《世说新语》和刘孝标的注引中，可以找到很多这样的记载：

殷中军道王右军云："逸少清贵人，吾于之甚至，一时无所后。"《文章志》曰："羲之高爽有风气，不类常流也。"（赏誉第八）

王右军道谢万石"在林泽中，为自道上"，叹林公"器朗神俊"，道祖士少"风领毛骨，恐没世不复见如此人"。（赏誉第八）

殷中军道右军"清鉴贵要"。《晋安帝纪》曰："羲之风骨清举也。"（赏誉第八）

时人道阮思旷，骨气不及右军，简秀不如真长，韶润不如仲祖，思致不如渊源，而兼有诸人之美。（品藻第九）

嵇康身长七尺八寸，风姿特秀。（容止第十四）

潘岳妙有姿容，好神情。《岳别传》曰："岳姿容甚美，风仪闲畅。"（容止第十四）

骠骑王武子是卫玠之舅，俊爽有风姿。（容止第十四）

从这些记载看，"风"、"骨"两字，无论是分开使用还是合在一起使用，都是其时人们品鉴人物的习惯用语，"风"，指人的神情、韵味，是比较抽象的概念；"骨"，指人的骨相、形貌，是比较形象具体的概念。由魏晋入南朝，文人们开始把"风"、"骨"这个品鉴人物的概念，陆续地移用来品评绘画、

---

① 参阅周振甫：《文心雕龙译注》，江苏教育出版社 2006 年版，第 419—422 页。

书法和文章。比如书法方面，王僧虔《论书》评郗超"草书亚于二王，紧媚过其父，骨气不及也"，袁昂《古今书评》也有诸如"王右军如谢家子弟，纵复不端正者，爽爽有一种风气"、"陶隐居书如吴兴小儿，形容虽未成长，而骨体甚骏快"以及"彩当书骨气洞达，夹夹有神"等评语。绘画方面，顾恺之《论画》评《周本记》图"重迭弥论有骨法"，《伏羲神农》图"有其骨而兼美好"，《汉本记》图"有天骨而少细美"，谢赫《古画品录》"绘画六法"，以"气韵生动"、"骨法用笔"为起首二法，并以此来品评"第一品"之画家，如"曹不兴。五代吴时事孙权，吴兴人。不兴之迹，殆莫复传。唯秘阁之内一龙而已。观其风骨，名岂虚成！""张墨、荀（（曰助））五代晋时人。风范气候，极妙参神。但取精灵，遗其骨法。若拘以物体，则未见精粹。若取之外，方厌高腴，可谓微妙也。"而文学方面，最先把"风"、"骨"引入文学批评领域的，就是刘勰。在《文心雕龙·风骨》的开篇，以飞鸟的双翅为喻，点明"风骨"之于文章的重要性：

> 《诗》总六义，风冠其首，斯乃化感之本源，志气之符契也。是以怊怅述情，必始乎风，沉吟铺辞，莫先于骨。故辞之待骨，如体之树骸；情之含风，犹形之包气。结言端直，则文骨成焉；意气骏爽，则文风清焉。若丰藻克赡，风骨不飞，则振采失鲜，负声无力。是以缀虑裁篇，务盈守气，刚健既实，辉光乃新，其为文用，譬征鸟之使翼也。①

在这里，与同时代人直接援用魏晋品鉴人物的"风"、"骨"概念用于书画理论不同，刘勰把"风"、"骨"的最初源头一直追溯至《诗》之"六义"的"风"，从一开始就把"风"、"骨"的概念与中国文学批评传统中对于文与质或思想内容与表现形式这一核心问题的探讨紧密地结合在一起。按照刘勰对于"风"、"骨"、"风骨"的解释，"风"，是对作品内容方面的美学要求，它是"化感之本源，志气之符契"，也即"风"要有情志方面的内容，没有情志、不能感人的作品就没有"风"，"是以怊怅述情，必始乎风。……深乎风者，述情必显"。"骨"，是对作品表现形式方面的美学要求，好的思想内容还须辅以适当的艺术表现形式，"骨"是"风"

---

① （梁）刘勰：《文心雕龙》，见周振甫《文心雕龙译注》，江苏教育出版社2006年版，第423页。

的自然承接，"沉吟铺辞，莫先于骨。故辞之待骨，如体之树骸；情之含风，犹形之包气。结言端直，则文骨成焉；意气骏爽，则文风清焉。……故练于骨者，析辞必精"。"风骨"，就是作品的文与质或思想内容与表现形式的完满结合，所谓"结言端直，则文骨成焉；意气骏爽，则文风清焉。若丰藻克赡，风骨不飞，则振采失鲜，负声无力。……故练于骨者，析辞必精；深乎风者，述情必显。捶字坚而难移，结响凝而不滞，此风骨之力也。若瘠义肥辞，繁杂失统，则无骨之徵也。思不环周，牵课乏气，则无风之验也。"此外，刘勰还梳理了传统的"文气"和"文采"概念与"风骨"概念之间的关系：关于前者，"情之含风，犹形之包气"，作为作品风格的"气"固然与"风骨"关系密切，但"气"并不等于"风骨"，因为风格有浮靡与清峻之分，浮靡不是风骨，只有清峻才可以说是有风骨，这样的"气"才是风骨之本。关于后者，"文采"固然有助于"风骨"的呈现，但正如走兽中鹰隼是有风骨但乏文采而野雉是有文采但乏风骨一样，作品的风骨如果缺乏文采就会有失鲜明，但作品如果只有文采而无风骨则又浮靡无力，只有像凤凰那样风骨与文采兼备，才能高飞在天。这样，刘勰的"风骨"，无论是对范畴所做的历史追溯还是对范畴本身的理论剖解上，都远远超越了同时代人对"风骨"概念范畴的认识，他确立了"风骨"这一理论范畴在文学批评中的重要地位，并在后世对于文学"风骨"的不断推崇中展现其连绵不绝的影响。①

　　"比兴"，是讲作品的修辞。从来源上讲，"比"、"兴"是中国古典文学由《诗经》奠定的两种重要的修辞手法。《周礼·大师》记大师"教六诗：曰风，曰赋，曰比，曰兴，曰雅，曰颂"，郑众注云：

　　　　古而自有风雅颂之名，故延陵季子观乐于鲁时，孔子尚幼，未定《诗》、《书》，而因为之歌《邶》、《鄘》、《卫》，曰"是其《卫风》乎"，又为之歌《小雅》、《大雅》，又为之歌《颂》。《论语》曰："吾自卫反鲁，然后乐正，《雅》、《颂》各得其所。"时礼乐自诸侯出，颇有谬乱不正，孔子正之。曰比曰兴，比者，比方于物也。兴者，托事

---

　　① 这方面可参阅廖仲安、刘国盈：《释"风骨"》、寇效信：《论"风骨"》、涂光社：《〈文心雕龙·风骨〉篇简论》等文章关于"风骨"对后世影响的相关论述。

于物。①

意思是说，《风》、《雅》、《颂》是《诗》之名，而"比"、"兴"是《诗》之用，其中，"比"是借物打比方，"兴"是托物起兴。郑玄注解"比"、"兴"为"比，见今之失，不敢斥言，取比类以言之；兴，见今之美，嫌于媚谀，取善事以喻劝之"。这里，由于不敢斥言，故借事物打比方来讽刺，由于迹嫌媚谀，故借他物起兴来劝美，所以，"比"是刺而"兴"是美。刘勰《文心雕龙·比兴》的开篇：

> 《诗》文宏奥，包韫六义；毛公述传，独标"兴体"，岂不以"风"通而"赋"同，"比"显而"兴"隐哉？故比者，附也；兴者，起也。附理者切类以指事，起情者依微以拟议。起情故兴体以立，附理故比例以生。比则畜愤以斥言，兴则环譬以托讽。盖随时之义不一，故诗人之志有二也。②

从对《诗》之六义的历史追溯，以及对"比者，附也；兴者，起也。附理者切类以指事，起情者依微以拟议"的引述来看，刘勰是比较认可二郑（众、玄）对"比"、"兴"的解释的，而他关于"起情故兴体以立，附理故比例以生。比则畜愤以斥言，兴则环譬以托讽"的见解，不仅明确了"比"、"兴"之间的区别：前者比物指事后者托物起兴，而且特别看重"比"的"畜愤以斥言"的作用。不仅如此，刘勰还进一步探讨了前人没有涉及到的关于"比"、"兴"的三个方面的问题：第一，"比"、"兴"在具体的修辞手法上的不同，"兴"是"婉而成章，称名也小，取类也大"，"比"是"写物以附意，飏言以切事"。第二，从"比"、"兴"的历史发展来看，二者虽同出于《诗》，其后的《骚》也兼有"比"、"兴"之用，但进入汉代以后，由于辞赋家喜欢阿谀，《诗》的讽刺传统丧失了，起"兴"的传统消亡了，只有具体的比喻手法不断翻新出奇，背离了过往的"比兴"传统，所谓"至如'麻衣如雪'，'两骖如舞'，若斯之类，皆比类者也。楚襄信谗，

---

① 李学勤主编：《周礼注疏》（下），北京大学出版社 1999 年版，第 610 页。
② （梁）刘勰：《文心雕龙》，见周振甫：《文心雕龙译注》，江苏教育出版社 2006 年版，第510 页。

而三闾忠烈，依《诗》制《骚》，讽兼'比'、'兴'。炎汉虽盛，而辞人夸毗，诗刺道丧，故兴义销亡。于是赋颂先鸣，故比体云构，纷纭杂遝，倍旧章矣"。第三，比喻的手法在用作比方的事物上多种多样、没有定数，有的比声音，有的比形貌，有的比心思，有的比事物，所谓"夫比之为义，取类不常：或喻于声，或方于貌，或拟于心，或譬于事。宋玉《高唐》云：'纤条悲鸣，声似竽籁'，此比声之类也；枚乘《菟园》云：'焱焱纷纷，若尘埃之间白云'，此则比貌之类也；贾生《鹏赋》云：'祸之与福，何异纠缠'，此以物比理者也；王褒《洞箫》云：'优柔温润，如慈父之畜子也'，此以声比心者也；马融《长笛》云：'繁缛络绎，范蔡之说也'，此以响比辩者也；张衡《南都》云：'起郑舞，茧曳绪'，此以容比物者也"。这样，对"比兴"这个传统的理论范畴，刘勰既有继承更有创新，不仅确立了其中国传统文学批评中的重要地位，而且对后世也产生了巨大的影响。①

纵观刘勰对"神思"、"体性"、"风骨"、"比兴"这几个文论范畴的论述，都是先追溯来源，然后再表明自己的见解，这就使得刘勰《文心雕龙》的文论范畴虽然数目众多，但并不给人凌乱之感。尤其是他对诸范畴的讨论是有意识地将它们放置于中国文论发展的历史线索上，使他的文论范畴对中国传统诗学而言更具代表性，这就使我们能够以其《文心雕龙》的文论范畴为切入点，由此来透视中国传统诗学文论范畴的一些基本特征。

二、由《文心雕龙》来看中国传统诗学在文论范畴上的基本特征

在当代对于中国传统文论范畴基本特征的探讨过程中，党圣元的《论中国古代文论范畴体系结构》颇具代表性。在这篇广受学界好评的专文中，党圣元曾对中国传统诗学的范畴的基本特征做了四个方面的概括，我们结合刘勰《文心雕龙》的文论范畴，做一些相应的理论说明：

第一，中国古代文论范畴在理论指向和诠释方面具有多功能性。党圣元以中国传统诗学的"气"范畴为例，指出在中国传统文论中，"气"范畴在不同的批评语境中指述的对象往往不同：（1）属于本体论的理论范畴，指"文"之起源，如白居易《故京兆少尹文集序》："天地间有粹灵气焉，万

---

① 这方面可参阅黄海章：《论〈比兴〉》关于刘勰的"比兴"对后来中国文学批评影响的相关论述。

类皆得之，而人居多，就人中，文人得之又居多，盖足气，凝为性，发为志，散为文"，彭时《文章辨体序》："天地以精灵之气赋于人，而人钟是气也，……而文章兴焉"，归有光《项思尧文集序》："文者，天地之元气，得之者其直与天地同流"，这三家所说之"气"，都是指创生万事万物的自然元气、天地之气，中国文论家们使用它诠释文之所由生与哲学家们使用它解释天地万物之基始时的思理同出一辙，都是把"气"追溯为一种源头性的实在物，并成为中国传统文论"气—人—文"这一理论范型的立论依据。（2）属于主体论的理论范畴，指作家的气质、秉性、情怀等，体现了中国古人论文强调作家内在精神素质的特点。"从孟子的'我善养吾浩然之气'，到曹丕的'文以气为主'，再到刘勰《文心雕龙》中《风骨》和《养气》二篇之所倡，以及韩愈的'气盛言宜'说，宋以降许多文论家关于'养气'、'炼气'和志气、体气、才气等的大量论述，通过对'气'这一范畴之使用，构成了传统文论对于作家主体道德、情感以及个性、才力与其写作及作品意蕴风格之间相互贯通的理论诠释系统，即'文气说'。"[1]（3）属于创作论的理论范畴，指文学作品中的审美因素。"（中国）传统哲学视气为生命本源，天地间动植万物，得气者生，失气者亡，而在文论家看来诗文亦然，有生气灌注于作品之间，方为耐人寻味之作，否则索然无味，无异尸骸，此之谓文章'生生'之理。所以，'气'在此又成为文论家诠释作品的内在艺术生命力时所用的一个范畴。如钟嵘《诗品》'齐诸暨令袁嘏'引袁嘏语：'我诗有生气，须人捉着，不尔，便飞去。'方东树《昭昧詹言》云：'观于人身及万物动植，皆全是气之所荡。气才绝，即腐败臭恶不可近，诗文亦然。''气'作为文学作品之艺术灵魂，其审美价值在于使作品具有有机的整体联系，从而呈现出一种力度、动感，古代文论中的'气骨'、'文气'、'气脉'、'气势'、'辞气'、'气格'、'气象'等等概念俱以此为指述对象。"[2]（4）属于风格论的理论范畴，由于"气"范畴兼有指述作家内在精神素质特征和作品艺术审美因素的理论诠释功能，所以它很自然地被用来指述作家作品的艺术风格。依照党圣元的引述，刘勰《文心雕龙》的"气"

① 党圣元：《论中国古代文论范畴体系结构》，见钱中文等主编：《中国古代文论的现代转换》，陕西师范大学出版社1997年版，第219页。

② 党圣元：《论中国古代文论范畴体系结构》，见钱中文等主编：《中国古代文论的现代转换》，陕西师范大学出版社1997年版，第220页。

范畴只是在"气"的主体论的"养气"、"炼气"层面来使用的，但细考刘勰之《文心雕龙》，其实不然。关于"气"范畴的主体论层面的使用，在《文心雕龙》中的确不少，如《体性》篇的"然才有庸儁，气有刚柔，学有浅深，习有雅郑，……故辞理庸儁，莫能翻其才；风趣刚柔，宁或改其气"，《神思》篇的"神居胸臆，而志气统其关键；物沿耳目，而辞令管其枢机。……是以秉心养术，无务苦虑"，《养气》篇的"率志委和，则理融而情畅，钻砺过分，则神疲而气衰，……是以吐纳文艺，务在节宣，清和其心，调畅其气，烦而即舍，勿使壅滞"，《才略》篇的"孔融气盛于为笔，祢衡思锐于为文。……嵇康师心以遣论，阮籍使气以命诗"，都是这方面的例证。但《文心雕龙》的"气范畴"的使用绝不仅此，比如《原道》篇的"人文之元，肇自太极，幽赞神明，《易》象唯先"，就是从元气论的角度来论证文之起源的，《徵圣》篇的"精理为文，秀气成采"，《风骨》篇的"思不环周，索莫乏气"，《辨骚》篇的"故能气往轹古，辞来切今"，《时序》篇的"志深而笔长，故慷慨而多气"，明显是在创作论的层面来使用"气"范畴，用以说明作家作品的审美因素。而《风骨》篇对于魏文论"七子"的评述："故魏文称：'文以气为主，气之清浊有体，不可力强而致。'故其论孔融，则云'体气高妙'，论徐幹，则云'时有齐气'，论刘桢，则云'有逸气'。公干亦云：'孔氏卓卓，信含异气；笔墨之性，殆不可胜。'并重气之旨也"，则显然是从风格论着眼来使用"气"范畴的，《诸子》篇的"列御寇之书，气伟而采奇"，《章表》篇的"文举之《荐祢衡》，气扬采飞；孔明之《辞后主》，志尽文畅"，也是同样的用法。"气"范畴在《文心雕龙》中的多重使用表明，在体现中国古代文论范畴的多功能性质方面，《文心雕龙》是有代表性的，如周振甫所总结的："刘勰讲气，是从论文角度来讲的，与前人的讲气，有的角度不同，有的一致。因此，他讲的气，就作家的正义感说，相当于正气；就作家的血气说，相当于气质；就作家的体质说，相当于体气；就作家的才力讲，相当于才气；就作家的气势或气概讲，相当于气势；就作家的情志说，相当于志气或意气；就作家的语气说，相当于辞气。同一个气字，在刘勰的文中，有各种不同的解释，都跟论文有关。"①

---

① 周振甫：《文心雕龙译注》，江苏教育出版社2006年版，第709页。

第二，中国传统文论范畴的融通性，即中国传统文论概念范畴之间往往相互渗透、相互沟通，因而在理论视域方面体现出交融互摄、旁通统贯、相浃相洽的特点。党圣元指出，中国传统文论范畴的这种融通性，主要表现在两个方面：其一是有些文论概念范畴之间往往可以互释，如"志"与"情"、"象"与"境"、"兴寄"与"比兴"、"趣"与"味"、"韵"与"味"、"气"与"神"与"韵"，等等。"这并非是说它们在定义上完全等同。作为不同的概念范畴，它们有各自的形成过程，亦有各自的内涵界定，在理论诠释和指述上也有不同的向度。但是，当一些文论家使用它们来描述创作或阅读接受过程中的美感体验，或指述作品内在之审美意蕴时，往往又不加区分，在此一批评语境中使用这个，在彼一批评语境中使用那个，但所指述和诠释的对象却是同一个，这就使得一些概念范畴在一定的理论界域内意义等同，互通互用。"① 其二是一些概念范畴之间呈开放性关系，"指述对象和理论观照方位相互流动，相互移位，相互吸纳，相互补充，其结果则是促成了不同术语、概念、范畴之间的融合，由此产生新的概念范畴，而不是自我封闭，死死固守在既定的指述对象和诠释角度上一成不变。当然，这种开放流动、变化组合并非毫无思理的杂乱组合，而是遵循着一定的'类'之取予与'辨合'原则来进行的。"② 从刘勰《文心雕龙》创作论所涉及的一些文论范畴诸如"神"、"思"、"体"、"性"等来看，一方面，这些文论范畴都有各自的主要所指，如"神"，指精神，即创作过程中的作家的精神状态，"神居胸臆，而志气统其关键；……关键将塞，则神有遁心"（《神思》）；"思"，指文思，即文学创作构思开始时的种种设想，"文之思也，其神远矣"（《神思》）；"体"，指文体，即文学作品的体裁、体制，"体式雅郑，鲜有反其习；……总其归涂，则数穷八体"（《体性》）；"性"，指个性，即作家个人先天的气质，"摹体以定习，因性以练才，文之司南，用此道也"（《体性》）；但另一方面，刘勰在《文心雕龙》中并不机械地固守于文论范畴的单一所指，而是在不同的篇目中根据具体的批评语境灵活使用。以"神"范畴为例，在《原道》篇里是着眼于神理的神秘性与先验性，"道心

---

① 党圣元：《论中国古代文论范畴体系结构》，见钱中文等主编：《中国古代文论的现代转换》，陕西师范大学出版社1997年版，第221页。

② 党圣元：《论中国古代文论范畴体系结构》，见钱中文等主编：《中国古代文论的现代转换》，陕西师范大学出版社1997年版，第221页。

唯微，神理设教"，这里的"神"与"道"是有明显对应的，而《徵圣》篇也极言"道"之神秘与先验，"天道难闻，犹或钻仰，文章可见，胡宁勿思"，"神"与"道"之间几可互释，《正纬》篇的"神道阐幽，天命微显"，《夸饰》篇的"神道难摹，精言不能追其极"，也都是在互通的基础上来"神"、"道"之间自由使用的。在《神思》篇中，"神"固然专指精神，然观黄侃《文心雕龙札记》对其"文之思也，其神远矣"和"神与物游"的注解："（前者）言思心之用，不限于身观，或感物而造端，或凭心而构象，无有幽深远近，皆思理之所行也。寻心智之象，约有二端：一则缘此知彼，有斟量之能；一则即异求同，有综合之用。……（后者）言内心与外境相接也。内心与外境，非能一往相符会，当其窒塞，则耳目之近，神有不周；及其怡怿，则八极之外，理无不浃。然则以心求境，境足以役心；取境赴心，心难于照镜。必令心境相得，见相交融，斯则成连所以移情，庖丁所以满志也"①，则至少在黄侃看来，"神"、"思"与"心"是可以互释互通的。另外，在文论范畴的开放性特征方面，《文心雕龙》也极具代表性。"神思"、"体性"、"风骨"、"比兴"等范畴，都是由两个独立的范畴组合而成，如"神思"由"神"与"思"两个范畴组合而成，"体性"由"体"与"性"两个范畴组合而成，"风骨"由"风"与"骨"两个范畴组合而成，"比兴"由"比"与"兴"两个范畴组合而成，这些组合而成的范畴，既与原有的范畴之间存在着密切的关联，又在保持原有范畴本义的基础上生出新意。借用党圣元的话来说，就是"这种概念范畴之间的渗透、融合而产生新的范畴，并非是以否定或扬弃原先的义理为代价，而是涵盖兼容之，因而意味着理论观照空间方位的调整和拓展，使思维形式因素多样化而克服过于程式化之弊端，在指述和诠释功能方面向对象之更隐秘微妙处延伸，从而增强理论之'解蔽'功能。"②

第三，中国传统文论范畴的衍生性，"中国古代文论范畴具有较广的内容涵盖面和阐释界域，因此衍生性极强，一个核心范畴往往可以派生出一系列子范畴，子范畴再导引出下一级范畴，范畴衍生概念，概念派生命题，生生不已，乃至无穷。再加上因为理论视角融合、交汇而由两个或两个以上的

---

① 黄侃：《文心雕龙札记》，华东师范大学出版社 1996 年版，第 118—119 页。
② 党圣元：《论中国古代文论范畴体系结构》，见钱中文等主编：《中国古代文论的现代转换》，陕西师范大学出版社 1997 年版，第 221 页。

单个范畴组成复合范畴这一特点，便出现了一系列概念范畴家族，即由一个核心范畴统摄众多范畴、概念、命题的范畴群。"① 党圣元以"气"范畴为例指出，"气"作为一个核心范畴，衍生出"文气"、"体气"、"养气"、"气韵"、"气象"、"神气"、"气势"、"气脉"、"气格"、"气味"、"气骨"、"逸气"、"生气"、"辞气"等概念、范畴，这些概念、范畴又派生出诸如"文以气为主"、"情与气偕"、"气韵生动"、"山水之象，气势相生"、"诗以气格为主"、"文以养气为归"等文论命题，形成一个以"气"为核心的硕大无比的概念范畴群。事实上，类似"气"这样的范畴群在《文心雕龙》里并不鲜见。比如，以"文"为核心，衍生出"文气"、"文采"、"文辞"、"文情"、"文风"、"文质"、"文变"等概念、范畴，又由它们派生出"文丽义睽，理粹辞驳"、"情动辞发，披文入情"、"为情设文，为文造情"、"时运交移，质文代变"等命题；以"物"为核心，衍生出"感物"、"体物"、"物色"、"情物"、"附物"，又由此派生出诸如"感物吟志"、"体物写志"、"体物图貌"、"情以物迁，辞以情发"等文论命题；以"情"为核心，衍生出"情性"、"情志"、"情文"、"情物"、"情理"、"情致"、"情势"等概念、范畴，又由此派生出诸如"情动而言形"、"文质附乎性情"、"情以物兴，物以情观"、"设情以位体"、"以情志为神明"等文论命题；以"自然"为核心，衍生出"自然之道"、"自然之声"、"自然之文"、"自然之情"、"自然之势"等概念、范畴，又由此派生出诸如"心生而言立，言立而文明，自然之道也"、"感物吟志，莫非自然"、"因情立体，即体成势，自然之势也"，"自然而至"、"自然会妙"等文论命题；以"通变"为核心，衍生出"会通"、"变通"、"圆通"、"贯通"、"新变"、"正变"、"情变"等概念、范畴，又由此派生出诸如"凭情以会通，负气以适变"、"变通以会适"、"义贵以圆通"、"文变染乎世情"、"情变以为监"等文论命题；都可以说是以主要文论范畴为核心的范畴群。"这说明传统范畴系统中的那些核心范畴的理论抽象程度很高，思理向多角度辐射，因为只有这样才可以有宽广的阐释空间，才会具有如此强盛的理论衍生、繁殖力。……一般来说，每一大的范畴群都包含着象性、实性、虚性三种类型的范畴，而每一类型的范畴又沿着象、实、体、虚四种逻辑范型展开概念、命题，且分别以文学的

---

① 党圣元：《论中国古代文论范畴体系结构》，见钱中文等主编：《中国古代文论的现代转换》，陕西师范大学出版社 1997 年版，第 221—222 页。

本体、属性、规律、关系、价值等问题为对象进行理论观照。传统文论通过建立范畴群形成理论指述与诠释网络，确实达到了统之有宗、会之有元，体现了在思理方面善于寓'一'于'多'、以'一'统'多'的特点。"①

第四，中国传统文论范畴的情感性、意象性、虚涵型，"（中国）传统文论范畴艺术审美活动的理论思维在思辨分析和阐释的方法上力求使思维主体逼近、渗入思维对象，并且运用与思维对象相适应的审美——艺术思维方式来审视、领悟、体验对象，从而使这种理论观照的结果本身亦具有一定的美感意蕴，具有一定的情感性、意象性、虚涵性，这也就使传统文学理论批评中的许多涉及艺术审美活动及美感经验的术语、命题、概念、范畴本身即审美化、艺术化，耐人咀嚼寻味。"② 比如刘勰的"神思"，讲艺术创作中的构思与想象，在西方文论中，与之相对应的是"想象"。英国的浪漫主义文论家柯尔律治（Samuel Coleridge）曾对诗歌下过这样一个著名的定义："诗的天才以良知为躯体，幻想为服饰，行动为生命，想象为灵魂"③，肯定了"想象"在艺术创作中的核心地位。在《文学生涯》一书中，柯尔律治区分了两种不同的"想象"："我把想象分为第一位的和第二位的两种。我主张，第一位的想象是一切人类知觉的活力与原动力，是无限的'我存在'中的永恒的创造活动在有限的心灵中的重演。第二位的想象，我认为是第一位想象的回声，它与自觉的意志并存，然而它的功用在性质上还是与第一位的想象相同的，只有在程度上和发挥作用的方式上与它有所不同"④，在他看来，第一位的想象所说的"无限的我存在"是指上帝和他创造的万物，"有限的心灵"指的是凡人的心灵，所以第一位的想象并非为诗人所独有，而是人人都具有的感知外部事物的一种认知能力；而第二位的想象即艺术想象则是为诗人所独有的艺术创造才能，它与第一位想象有限地取舍外部世界提供的感性材料不同，它溶化、分解、分散第一位想象所获得的感知材料，目的不是前者那般简单地重演而是为了再创造。即便在重新创造完全不可能时，它也将

---

① 党圣元：《论中国古代文论范畴体系结构》，见钱中文等主编：《中国古代文论的现代转换》，陕西师范大学出版社 1997 年版，第 222—223 页。

② 党圣元：《论中国古代文论范畴体系结构》，见钱中文等主编：《中国古代文论的现代转换》，陕西师范大学出版社 1997 年版，第 223 页。

③ ［英］柯尔律治：《文学生涯》，见刘若端编：《十九世纪英国诗人论诗》，人民文学出版社 1984 年版，第 70 页。

④ ［英］柯尔律治：《文学生涯》，见刘若端编：《十九世纪英国诗人论诗》，人民文学出版社 1984 年版，第 61 页。

对象理想化、统一化，纵使它面对的对象是固定的、僵死的，第二位的艺术想象也将赋予它生命力。因此，与第一位想象从属于想象的低级形式不同，第二位的艺术想象属于想象的高级形式，这种第二位的艺术想象就其本质而言是充满活力的，就其作用而言是创造性的。正因此，柯尔律治反对人们把一般性的幻想与诗人的艺术性想象混为一谈，充分肯定艺术想象的创造性，并从其有机统一体的生命哲学观出发，把想象力看作是"善于综合的神奇力量"，能够将诗歌创作中两极对立的因素，诸如同一的和殊异的、一般的和具体的、个别的和有代表性的、新奇的新鲜的和陈旧的熟悉的、情绪的和秩序的、判断力的和感情的、天然的和人工的等对立因素，化众多为一致，使它们有机融合为一体。在西方的浪漫主义文论家中，柯尔律治是公认的最具哲理性的诗歌理论家，尤其是他对于"想象"的论述，无论是对"想象"的两种性质的明确分类，还是对艺术想象中诸对立范畴的细致说明，都体现了西方文论特有的重分类剖解、归纳概括的话语特点，但也由此暴露出机械性、抽象性的弱点。与柯尔律治对于"艺术想象"的条分缕析、逻辑推演不同，刘勰论"神思"，无论是对"神思"的"神与物游"的来源和性质的说明，还是对"神思"发生过程的描写，以及对"神思"的"神用象通"的表现手段的结论，都是用高度的文学化的语言和具象化的表述来完成的，充分体现了中国传统文论范畴迥异于西方文论的情感性、具象性、虚涵性特征。

第四节　从《诗学》的主要文论范畴
看西方传统诗学范畴的基本特征

诗学范畴，一向被看作是诗学观念的"网上纽结"。[①] 与刘勰的《文心雕龙》汇聚了众多中国传统文论范畴类似，亚里斯多德的《诗学》提出了一系列重要的诗学范畴，从中也透露出西方诗学范畴的一些基本特征。

一、《诗学》的主要文论范畴

如前所述，悲剧论是亚里斯多德《诗学》的主体部分。在悲剧论的开始

---

① 黄药眠、童庆炳：《中西比较诗学体系·序》，人民文学出版社 1991 年版，第 4 页。

部分，亚里斯多德在提出了关于悲剧"是对于一个严肃、完整、有一定长度的行动的摹仿"的定义之后，紧接着作了两段进一步的说明：

> 悲剧中的人物既借动作来摹仿，那么"形象"的装饰必然是悲剧艺术的成分之一，此外，歌曲和言词也必然是它的成分，此二者是摹仿的媒介。言词指"韵文"的组合，至于歌曲的意思则是很明显的。

> 悲剧是行动的摹仿，而行动是由某些人物来表达的，这些人物必然在"性格"和"思想"两方面都具有某些特点，这决定他们的行动的性质，所有的人物的成败取决于他们的行动；情节是行动的摹仿，"性格"是人物的品质的决定因素，"思想"指证明论点或讲述真理的话，因此整个悲剧艺术的成分必然是六个。[①]

在这里，亚里斯多德指出，悲剧艺术是由"情节"、"性格"、"思想"、"言词"、"歌曲"和"形象"六个成分构成的一种特别艺术，其中，"情节"、"性格"、"思想"是指摹仿所取的对象，"言词"、"歌曲"是指摹仿所用的媒介，"形象"是指摹仿所采的方式。"情节"、"性格"、"思想"、"言词"、"歌曲"、"形象"，既是构成整个悲剧艺术的六个成分，也是亚里斯多德《诗学》用以建构诗学理论的核心范畴。

"情节"，在亚里斯多德诗学范畴中占第一位。所谓"情节"，就是指事件的安排。亚里斯多德指出，在悲剧的六个成分中，情节是最重要的，"因为悲剧所摹仿的不是人，而是人的行动、生活、幸福，幸福与不幸系于行动；悲剧的目的不在于摹仿人的品质，而在于摹仿某个行动；……悲剧艺术的目的在于组织情节（亦即布局），在一切事物中，目的是至关重要的。……因此，情节乃悲剧的基础，有似悲剧的灵魂"（《诗学》）。情节既然如此重要，则如何来安排情节就是"悲剧艺术中的第一事，而且是最重要的事"（《诗学》）。关于情节的具体安排，亚里斯多德认为，悲剧本身是对于一个完整而具有一定长度的行动的摹仿，实现情节的整一性就成为安排情节必须遵照的艺术原则。对于有人认为只要主人公是一个人情节就有整一

---

① ［希腊］亚里斯多德：《诗学》，罗念生译，人民文学出版社 1982 年版，第 20 页。

性的看法，亚氏不以为然，"因为有许多事件——数不清的事件发生在一个人身上，其中一些是不能并成一桩事件的；同样，一个人有许多行动，这些行动是不能并成一个行动的"（《诗学》）。他以希腊诗人对赫剌克勒斯的十二大功的描绘为例，认为许多诗人都犯了这样一个共同的错误，就是以为把所有的行动都归于同一个主人公赫剌克勒斯，就有了情节的整一性，而不理解情节的整一性的关键不是人发出了多少行动，而是人的行动本身是否具有整一性。在希腊诗人中，亚里斯多德认为荷马在处理情节的整一性方面最为高明，"他好像很懂得这个道理，不管是由于他的技艺或是本能。他写一首《奥德赛》时，并没有把俄底修斯的每一件经历，例如他在帕耳那索斯山上受伤，在远征军动员时装疯（这两桩事的发生彼此间没有必然的或可然的联系），都写进去，而是环绕着一个像我们所说的这种有整一性的行动（俄底修斯回家）构成他的《奥德赛》，他并且这样构成他的《伊利亚特》"（《诗学》）。在亚里斯多德看来，要合理地解决情节的整一性问题，就必须按照可然律或必然律的要求，把复杂的行动整合为一个整一性的行动，而具体实现这一安排的手段，亚里斯多德称之为"突转"和"发现"。所谓"突转"，是指行动朝相反的方向转变，或由顺境转向逆境，或是正好相反，由逆境转向顺境。尽管从情节安排上讲，顺境转向逆境或逆境转向顺境都属于"突转"，但从悲剧引发人的怜悯与恐惧之前的目的和效果而言，亚里斯多德更倾向于顺境转向逆境的"突转"，"完美的布局应有单一的结局，而不是如某些人所主张的，应有双重的结局，其中的转变不应由逆境转入顺境，而应相反，由顺境转入逆境"（《诗学》）；所谓"发现"，指由不知到知的转变。亚里斯多德把"发现"分为五类：第一类是由标记引起的"发现"，其中的标记既有生来就有的，也有后来才有的，包括身体的标记以及身外之物；第二类是诗人拼凑的"发现"，如欧里庇得斯的《伊菲革涅亚在陶洛人里》，剧中主人公埃瑞斯忒斯的身份是自己说出来的，而他的大姐伊菲革涅亚的身份却是诗人欧里庇得斯借用信件的手法暴露出来的；第三类是由回忆引起的"发现"，由一个人看见什么，或听见什么时有所领悟而引发的；第四类是由推断而来的"发现"，如埃斯库罗斯《奠酒人》剧中女主人公俄勒克特拉在父亲坟前与自己的兄弟埃瑞斯托斯的相认："一个像我的人来了，除了埃瑞斯托斯而外，没有人像我，所以是他来了。"第五类是一种复杂的"发现"，源于观众的似是而非的推断或全然是错误的推断，并特别指出，一切"发现"中最好的"发现",是从情节本身产生的、通过合乎可然律的事件而引起观众的惊奇的"发现",而没有按照可然律或必然律的要求人为制造出来的"发现",都是缺乏艺术性的表现,都不是好的"发现"。①

"性格",在亚里斯多德诗学范畴中占第二位。所谓"性格",是指被摹仿的行动中的人的品质。关于"性格",亚里斯多德认为必须注意四点:第一点,也是最重要的一点,"性格"必须善良。因为"性格"主要是要显示人在行动过程中的抉择,如果主人公的一言一行明白地表示出某种抉择,这个人物就有了"性格",所以,如果他抉择的是善,他的"性格"就是善良的,而悲剧要给人以有益的影响,就必须确保主人公的"性格"是善良的;第二点,"性格"必须适合,意即人物的"性格"必须适合人物自身的身份,男人要像男人,女人要像女人,奴隶要像奴隶,贵族要像贵族,不能使"性格"与人物的身份不相称,如人物可以是勇敢的,但如果把勇敢或能言善辩作为妇女的性格就与其身份不适合;第三点,"性格"必须相似,意为"性格"必须具有代表相似人物的类型化的特征,或者是与一般人的性格相似,或者是与传说中的人物的性格相似;第四点,"性格"必须一致,古罗马的贺拉斯在《诗艺》中这样解释"性格"的一致性:"你要在舞台上再现阿喀琉斯受尊崇的故事,你必须把他写得急躁、暴戾、无情、尖刻,写他拒绝受法律的约束,写他处处要诉诸武力。写美狄亚要写得凶狠、剽悍;写伊诺要写她哭哭啼啼;写伊克西翁要写他不守信义;写伊俄要写她流浪;写埃瑞斯忒斯要写他悲哀。……必须注意从头到尾要一致,不可自相矛盾",② 而亚里斯多德要补充的是,"即使诗人所摹仿的人物'性格'不一致,而这种不一致的'性格'又是固定了的,也必须寓一致于不一致的'性格'中"(《诗学》)。亚里斯多德对于"性格"的这些说明,很自然地让人联系到黑格尔在《美学》中关于"性格"的论述:

> 我们原来的出发点是引起动作的普遍的有实体性的力量。这些力量需要人物的个性来达到它们的活动和实现,在人物的个性里这些力量显现为感动人的情致。但是这些力量所含的普遍性必须在具体的个人身上融会成为整体和个体。这种整体就是具有具体的心灵性及其主体性的

---

① [希腊] 亚里斯多德:《诗学》,罗念生译,人民文学出版社 1982 年版,第 51—55 页。
② [罗马] 贺拉斯:《诗艺》,杨周翰译,人民文学出版社 1982 年版,第 143—144 页。

人，就是人的完整的个性，也就是性格。……因此，性格就是理想艺术表现的真正中心，……我们要从三方面来研究人物性格：

第一，把性格作为具备各种属性的整体，即作为个别人物来看，也就是就性格本身的丰富内容来看；

其次，这种整体同时要显现为某种特殊形式，因为性格应显现为得到定性的；

第三，性格（作为本身整一的）跟这种定性（其实就是跟它本身）融会在它的主体的自为存在里，因而成为本身坚定的性格。①

对照黑格尔对于"性格"的说明，除了对"性格"的"丰富性"、"独特性"、"坚定性"的具体表述与亚里斯多德关于四类"性格"有细微的差别之外，最大的不同是黑格尔把"性格"视作艺术表现的中心，而在亚里斯多德那里，"性格"只在悲剧艺术中位列第二。所以，好像能够预知后世一般，亚里斯多德对于"性格"从属于情节的论述，多少有点论辩的意味：

悲剧的目的不在于摹仿人的品质，而在于摹仿某个行动；剧中人物的品质是由他们的"性格"决定的，而他们的幸福与不幸，则取决于他们的行动。他们不是为了表现"性格"而行动，而是在行动的时候附带表现"性格"。……

悲剧中没有行动，则不成为悲剧，但没有"性格"，仍然不失为悲剧。大多数现代诗人的悲剧中都没有"性格"，一般说来，许多诗人的作品中也都没有"性格"。②

"思想"，在亚里斯多德诗学范畴中占第三位。所谓"思想"，是指"使人物说出当时当地所可说，所宜说的话的能力"（《诗学》）。在亚里斯多德看来，"思想"包括一切通过语言而产生的效力，包括证明和反驳的提出，怜悯、恐惧、愤怒等情感的激发，以及夸大与化小等修辞技巧的运用等。由于亚里斯多德认为"思想"的效力是通过语言而产生的，所以他认为"思想"更应属于修辞学的范畴。在《修辞学》一书中，亚里斯多德曾经把

① ［德］黑格尔：《美学》第一卷，朱光潜译，商务印书馆 1986 年版，第 300—301 页。
② ［希腊］亚里斯多德：《诗学》，罗念生译，人民文学出版社 1982 年版，第 21—22 页。

"修辞学"定义为"一种能在任何一个问题上找出可能的说服方式的功能"，并对修辞学所能提供的说服或证明作了如下的界说：

> 有的或然式证明不属于艺术本身，有的或然式证明属于艺术本身。所谓"不属于艺术本身的或然式证明"，指不是由我们提供的，而是现成的或然式证明，如见证、拷问、契约；所谓"属于艺术本身的或然式证明"，指所有能由法则和我们的能力提供的或然式证明。
>
> 由演说提供的或然式证明分三种。第一种是由演说者的性格（即善良的道德品质。——引者注）造成的，第二种是由使听者处于某种心情而造成的，第三种是由演说本身有所证明或似乎有所证明而造成的。当演说者的话令人相信的时候，他是凭他的性格来说服人，因为我们在任何事情上一般都更相信好人，由于这个缘故，我们对于那些不精确的、可疑的演说，也完全相信。……当听众的情感被演说打动的时候，演说者可以利用听众的心理来产生说服的效力，因为我们在忧虑或愉快、友爱或憎恨的时候所下的判断是不相同的，……唯有这种事情是今日的修辞学作者所注意的。最后，当我们采用适合于某一问题的说服方式来证明事情是真的或似乎是真的时候，说服力是从演说本身产生的。①

对照亚里斯多德《诗学》对于"思想"通过语言产生效力的讨论，他所说的"证明和反驳的提出"以及"怜悯、恐惧、愤怒等情感的激发"，正是其《修辞学》中所重点讨论的演说提供说服证明的第二种和第三种的方式。也正因此，他在《诗学》中直言，"思想"作为"证明论点或讲述真理的话"，"有关'思想'一切理论见《修辞学》"。另外，由于"思想"与"性格"同属于行动中的人的品质，两者的关联较为密切，为防止人们产生混淆，亚里斯多德还特地在它们之间进行了区分："'性格'指显示人物的抉择的话，在某些场合，人物的去取不显著时，他们有所去取；一段话如果一点儿不表示说话的人的去取，则其中没有'性格'。'思想'指证明某事是真是假，或讲述普遍真理的话。"（《诗学》）

"言词"，在亚里斯多德诗学范畴中占第四位。所谓"言词"，是指艺术

---

① ［希腊］亚里斯多德：《修辞学》，罗念生译，上海世纪出版集团 2006 年版，第 23—24 页。

摹仿所用的媒介，包括运用词句来表达意思。关于言词，亚里斯多德把它概括为这样几个部分：简单音、音缀、连接词、名词、动词、词形变化与语句，并对各部分作了具体的说明。其中，简单音"为不可分的音，但不是指所有的不可分的音，而是指那些能组成可理解的语音的不可分的音；……简单音分母音、半母音和默音。母音不借别的音的帮助即能发出可辨别的音。半母音须借别的音的帮助才能发出可辨别的音。默音本身没有声音，须借别的音的帮助，即须借别的有声音的音的帮助，才能发出可辨别的音"（《诗学》），音缀"为由默音和有声音的音组成的不含义的音"（《诗学》），连接词"为某种不含义的音，它不妨碍，也不帮助一些别的音组成一个含义的语句，它可以位于它们之后或它们之中，但位于语句之首则不合适，如果这语句是独立的；或为另一种不含义的音，它能把一些含义的音组织成一个含义的语句"（《诗学》），名词"为含义的合成音，没有时间性，它的各成分本身不含意义"（《诗学》），动词"为含义的合成音，有时间性，它的各成分，和名词的各成分一样，本身不含意义"（《诗学》），词形变化"指名词和动词的词形变化，表示关系，或表示单数、复数，或表示语气"（《诗学》），语句"为含义的合成音，它的某些部分本身含有意义。……有两种方法可以使语句成为一个整体，即使它表示一个事物，或用连接词把许多语句连接起来"（《诗学》）。另外，亚里斯多德还把字分为普通字、借用字、隐喻字、装饰字、新创字、衍体字、缩体字、变体字，"普通字指大家使用的字，借用字指外地使用的字。隐喻字是属于别的事物的字，借来作隐喻，或借'属'作'种'，或借'种'作'属'，或借'种'作'种'，或借用类同字。……类同字的借用：当第二字与第一字的关系，有如第四字与第三字的关系时，可用第四字代替第二字，或用第二字代替第四字。有时候诗人把与被代替的字有关系的字加进去，以形容隐喻字。……新创字指诗人创造的、任何地方都没有使用过的字。……衍体字指母音变长了的字或音缀增加了的字，缩体字指某部分被削减了的字。……一个字如果其中一部分是保留下来的，另一部分是新创的，这个字就是变体字"（《诗学》），并对如何使用这些字明确的说明：

适当的使用上面所说的各种字以及双字复合字和借用字是很重要的事，但尤其重要的是善于使用隐喻字，唯独此中奥妙无法向别人领教；

善于使用隐喻字表示有天才，因为要想出一个好的隐喻字，须能看出事物的相似之点。

　　双字复合字最宜于用来写酒神颂，借用字最宜于用来写英雄诗，隐喻字最宜于用来写短长格的诗。在英雄诗里，上面所说的各种字都可以使用，但是在短长格的诗里，由于这种诗体竭力摹仿口语，所以适用的字限于日常谈话中使用的字，即普通字、隐喻字和装饰字。①

"形象"和"歌曲"在亚里斯多德诗学范畴中占第五和第六的位置。所谓"形象"，是指演员摹仿时的形体表演以及辅助表演的面具和服装，所谓"歌曲"，是指悲剧艺术中的合唱歌。关于前者，亚里斯多德指出，"形象"固然能够吸引人，但最缺乏艺术性，跟诗的艺术关系最浅，因为悲剧艺术的核心在于组织情节，悲剧的怜悯与恐惧之前也是由完美的情节引发的，悲剧艺术的效力即使不依靠比赛或演员，也能产生，况且"形象"的装扮多依靠服装面具制造者的艺术，而不大依靠诗人的艺术，所以亚里斯多德的《诗学》仅对"形象"一带而过；而"歌曲"由于与悲剧艺术的起源有着密切关联，亚里斯多德《诗学》给了它相对较多的篇幅。亚里斯多德追溯了从"萨堤洛斯"（"山羊之歌"）到悲剧的流变过程，"悲剧是从酒神颂的临时口占发展出来的，后来逐渐发展，每出现一个新的成分，诗人们就加以促进；经过许多演变，悲剧才具有了它自身的性质，此后就不再发展了。埃斯库罗斯首先把演员的数目由一个增至两个，并削减了合唱歌，使对话成为主要部分。索福克勒斯把演员增至三个，并采用画景。悲剧具有了长度，它从萨堤洛斯剧发展出来，抛弃了简略的情节和滑稽的词句，经过很久才获得庄严的风格；悲剧抛弃了四双音步长短格而采取短长格。他们起初是采用四双音步长短格，是因为那种诗体跟萨堤洛斯剧相似，并且和舞蹈更容易配合；但加进了对话之后，悲剧的性质就发现了适当的格律"（《诗学》），指出了"歌曲"在悲剧各部分的名称，"悲剧分'开场'、'场'、'退场'与合唱部分，此部分又分'进场歌'与'合唱歌'，此二者为一切悲剧所共有；至于'孔摩斯歌'和舞台上的抒情歌则为某些悲剧所特有。'开场'是悲剧的位于歌队进场前的整个部分，'场'是悲剧的位于两支完整的歌之间的整个部分，

---

① ［希腊］亚里斯多德：《诗学》，罗念生译，人民文学出版社 1982 年版，第 81 页。

'退场'是悲剧的位于最后一支歌之后的整个部分。在合唱部分中，'进场歌'是歌队第一次唱的整段话；'合唱歌'是歌队唱的歌，其中没有短短长格或长短格节奏，'孔摩斯歌'是歌队与舞台上的演员轮唱的哀歌"（《诗学》），并明确地把"歌曲"定位为悲剧艺术一个不可或缺的组成部分："歌队应作为一个演员来看待：它的活动应是整体的一部分，它帮助诗人获得竞赛的胜利，不应像帮助欧里庇得斯那样，而应像帮助索福克勒斯那样"（《诗学》）。

二、由《诗学》来看西方诗学在文论范畴上的基本特征

与《文心雕龙》透露出中国传统诗学在文论范畴上的基本特征一样，《诗学》也代表了西方诗学在文论范畴上的基本特征。我们可以以中国传统诗学在文论范畴上的基本特征为参照，结合《诗学》来归纳一下西方诗学在文论范畴上的基本特征。

第一是明晰性。与中国传统诗学在文论范畴上的多义性特征形成鲜明对照的是西方诗学在文论范畴上所体现出来的明晰性。关于中西诗学范畴的明晰性与模糊性的分野，中国比较学者季羡林多年来一直主张，中西文学理论的差异，其原因不仅由于语言文字的不同，而根本是由于基本思维方式的不同，西方的思维方式是分析的，而中国的思维方式则是综合的，反映在对于世界的认知上，就是"西方主分析，想把世界上万事万物都搞个清清楚楚，泾渭分明。但是，根据一般人的经验来看，宇宙间绝对清清楚楚、泾渭分明的东西是没有的。清清楚楚的对立面是模模糊糊。模模糊糊不是一个好词儿，然而它却反映了世界的真实情况。西方的思维方式，分析的思维方式，表现得最清楚的是古希腊亚里斯多德的逻辑思想，……综合的思维方式主张整体概念，普遍联系，不像西方那样只见树木，不见森林，东方是又见树木，又见森林。想把一切事物绝对化，想把一切事物分析得清清楚楚，这是根本办不到的，是违反事物的根本现象的。"[1] 中国的另一位比较学者张法也以中国文化的模糊性为参照，把明晰性看作是西方文化的理论特色："西方文化的理论建造，从泰勒斯开始就是明晰的：宇宙万物的本源是水。多么确定、明晰！确定、明晰得要前进就必须否定它。……从泰勒斯，经过一系列

---

[1] 季羡林：《门外中外文论絮语》，见钱中文等主编：《中国古代文论的现代转换》，陕西师范大学出版社 1997 年版，第 11 页。

否定，否定之否定，达到了物质的明晰——原子，和精神的明晰——理式。更关键的是达到了亚里斯多德的形式逻辑体系和欧几里德的几何体系，只有这时，Being、实体、形式才因明晰的洗礼而升到真正的文化高度。信教的中世纪，托马斯·阿奎那（Thomas Aquinas）也是用明晰的亚里斯多德逻辑来证明上帝的存在。近代，霍布斯（Thomas Hobbes）、笛卡儿（René Descartes）、斯宾诺莎（Benedictus Spinoza）都要求确实而普遍的知识、单纯而明晰的概念、明晰明确的思维。知识就是力量，是为了明晰的认识世界，怀疑一切，是为了最后找到明晰得无法怀疑的基点。……十八世纪，启蒙思想家们把天上人间的一切都放在明晰的理性法庭上给予审判。十九世纪，是一座座明晰的思想体系大厦和黑格尔明晰的辩证逻辑。……二十世纪初宇宙整体的模糊给科学、哲学、文艺等各领域带来了一种巨大的荒诞感，因为人们用明晰的方法，明晰地发现了一个不明晰的世界。然而就在这模糊荒诞的惊涛骇浪中，西人仍执著于明晰追求，……结构主义用言语和语言，扫除了模糊的迷雾，重立了理论的明晰，……以结构主义为代表的现代思想很快就遭到后现代思想的批判，后现代思想明晰地论证了本质的不存在，整体性的不可能，结构的解构性。到此，西方文化终于明晰地看清了自己的性质（自由而荒诞的地位）和自己所面对的世界的性质（人作用于世界之后出现的符号世界），同时也明晰地认识到了明晰的意义。"① 显然，从比较诗学的视野来看，明晰性不仅是西方文化在理论上有别于中国文化的特性，而且亚里斯多德的科学理论体系是奠定西方文化明晰性的理论基石。事实上，在《诗学》中，亚里斯多德明确指出，风格之美在于"明晰而不流于平淡"，并对如何实现这一目标做出了具体的说明：

> 最明晰的风格是由普遍字造成的，但平淡无奇。……使用奇字，风格显得高雅而不平凡；所谓奇字，指借用字、隐喻字、衍体字以及其他一切不普通的字。但是如果有人专门使用这种字，他写出来的不是谜语，就是怪文诗：隐喻字造成谜语，借用字造成怪文诗。把一些不可能连缀在一起的字连缀起来，以形容一桩真事，这就是谜语的概念；把属于这事的普通字连缀起来不能造成谜语，但是把隐喻字连缀起来却可能

---

① 张法：《中西美学与文化精神》，北京大学出版社 1994 年版，第 32—33 页。

造成，……借用字造成的怪文诗。这些字应混合使用，借用字、隐喻字、装饰字以及前面所说的其他种类的字，可以使风格不致流于平凡与平淡，普通字可以使风格显得明白清晰。最能使风格既明白清晰而又不流于平凡的字，是衍体字和变体字；它们因为和普通字有所不同而显得奇异，所以能使风格不致流于平凡，同时因为和普通字有相同之处，所以又能使风格显得明白清晰。①

在《修辞学》中，亚里斯多德重复了风格之美在于明晰的主张，并提出了自己的论证：

> 风格的美可以确定为明晰。（证明是，一篇演说要是意思不清楚，就不能起到它应起的作用），既不能流于平凡，也不能拔得太高，而应求其适合。在名词和动词中，只有普通字才能使风格显得明晰；《诗学》中提起的其他名词可以使风格富于装饰意味而不流于平凡；词汇上的变化可以使风格显得更庄严，因为人们对风格的印象就像对外地人和同邦人的印象一样。所以必须使我们的语言带上异乡情调，因为人们赞赏远方的事物，而令人赞赏的事物是使人愉快的。……
>
> 风格应当令人感到愉快，应当富丽堂皇，……风格为什么还要具有这些特点，而不是表现节制、坦率和其他性格上的美德呢？其实，只要我们对风格的美所下的定义是正确的，那么前面提起的那些条件显然足以使风格令人感到愉快了。难道风格必须求其明晰，求其适合，而又不流于平凡，是为了什么别的目的么？风格太繁缛，就不明晰；太简略，也不明晰。显然，只有不繁不简的风格才是适合的。②

说亚里斯多德奠定了西方诗学文论范畴的明晰性特征并不为过。

第二是形式性。张法在《中西美学与文化精神》一书中，曾把中西文化的宇宙模式看作是有（实体）与无（气）的对立："一个实体的宇宙，一个气的宇宙；一个实体与虚空的对立，一个则虚实相生。这就是浸渗于各方面的中西文化宇宙模式的根本差异，也是两套完全不同的看待世界的方式。西

---

① ［希腊］亚里斯多德：《诗学》，罗念生译，人民文学出版社 1982 年版，第 77—78 页。
② ［希腊］亚里斯多德：《修辞学》，罗念生译，上海世纪出版集团 2006 年版，第 164、206 页。

方人看待什么都是用实体的观点，而中国人则是用气的观点去看的。面对一座房屋，西人重的是柱式、墙面等实的因素，中国人重的是虚空的门和窗；面对人体，西人重的是比例，中国人重的是传神；面对宇宙整体，西人重的是理念演化的逻辑结构，中国人重的是气化万物的'不见其事而见其功'的功能运转"，① 并指出，有与无、实体与气，按照各自的特性进一步展开，就是形式与整体概念。其中，整体概念就是我们前面提到的中国文论的融通性，而形式则是实体的具体化和西方科学明晰性的产物：

> 西人眼中的世界是一个实体的世界，对实体世界的具体化、精确化就是 form。form 汉译为形式，……古希腊一开始和世界其他文化一样是用神灵观念来看世界的。当第一位哲学家兼自然科学家泰勒斯把宇宙的根源不归于神而归于一种物质——水——的时候，标志着希腊文化对世界的理性化和实体化的开始。当毕达哥拉斯把宇宙的本源归结为数的时候，则标志着西方文化对世界的形式化的开始。在毕达哥拉斯看来，事物的最后本质是一种数量关系。长短、粗细可以数量化，冷热、直曲、明暗也可以数量化，数形成对称、均衡、节奏，形成美。音乐的美靠音程之间的数量关系，人体的美靠人体各部分的比例。数既是事物的本质，又是从外面就可以看到的，而且能明晰地加以计算，给予形式化。当艺术家按照美的比例创造雕塑的时候，既给了石头一个外形，又给了一个本质。正是在这种氛围中，亚里斯多德认为：形式就是本体。形式就是事物明晰的可分性，首先是各部分自身的大小，所谓数；然后是各部分之间的尺度关系，所谓比例；最后，各部分大小和相互比例构成完美和谐的整体，所谓秩序、安排。正是这种形式构成了人们对事物本质的认识，它既是形式，又是内容，是形式和内容的契合无间。形式决定着希腊哲学的理论结构（柏拉图的理念体系和亚里斯多德的逻辑体系），决定着理想的国家结构和心理中实体性的知、情、意结构，同时也是美和艺术的本质。②

显然，亚里斯多德诗学范畴的形式化特征，包含了两个方面的内容：其一是

---

① 张法：《中西美学与文化精神》，北京大学出版社 1994 年版，第 21 页。
② 张法：《中西美学与文化精神》，北京大学出版社 1994 年版，第 22 页。

形式对于感性的实体的实现；其二是形式在对感性实体实现过程中的自身规定。关于前者，亚里斯多德曾引入了"潜能"与"实现"这对对立范畴，按照黑格尔的看法，"这两个主要的范畴，亚里斯多德把它们规定为（一）可能性和（二）现实性，后者更确定地说就是隐德来希，它自己就是目的和目的的实现。这就是那贯穿在亚里斯多德全部思想中的诸范畴，要理解亚里斯多德，就得认识这些范畴。关于实体的主要思想是：实体并不只是质料。一切存在的东西都包含着原料，一切变化都需要一个基质，变化就在这个基质上进行。质料自身只是潜在性，是一种可能性，它只是潜能——不是现实性，形式才是现实性；质料之成为真实的，要归功于形式"①，反映在《诗学》中，就是亚里斯多德所强调的，构成艺术的诸成分如情节、性格、思想、言词、形象、歌曲，作为艺术摹仿所取的对象、摹仿所用的媒介以及摹仿所采的方式，其本身只是一种质料性质，是一种可能性，必须通过形式的作用，其艺术的可能性才能真正地实现，正如雕刻所用的石料一样，没有形式的作用，它就只是一堆石块，唯有通过形式，它才可以超越自身的质料性质，成为真正的艺术品。关于后者，黑格尔曾把亚里斯多德对于范畴的形式规定作四个方面的划分：本质上的形式规定，即范畴在理念、目的上的规定；性质上的形式规定，即范畴的自身的进一步特质的规定；数量上的形式规定，即范畴在数量上的增加与减少；地点上的形式规定，即范畴在空间中的运动②，反映在亚里斯多德的《诗学》，就是其一再强调的对于诗的艺术本身、诗的种属的差别、诗的各成分的组成、各成分的性质、功能以及安排所作的完整而细致的规定与说明。张法曾盛赞亚里斯多德理论范畴的形式化特征对于西方的奠基性意义："形式在西方文化中具有根本性的意义，因为它……既是客观规律的明晰表现，又是人对客观规律的认识把握，形式使杂乱的现象取得秩序，使原始的质料获得新质，使神秘模糊的内容呈现理性，使浑沌的自然为人理解，"③ 这虽然主要是就亚里斯多德对于西方哲学和美学的意义而言的，但它同样适用于亚里斯多德的诗学。

第三是有机性。在《诗学》中，亚里斯多德在分析诗的诸成分的构成和相互关系时，所持的一个显著的特征就是有机整体中的观念：

---

① ［德］黑格尔：《哲学史讲演录》（二），贺麟、王太庆译，商务印书馆1959年版，第290页。

② ［德］黑格尔：《哲学史讲演录》（二），贺麟、王太庆译，商务印书馆1959年版，第292页。

③ 张法：《中西美学与文化精神》，北京大学出版社1994年版，第25页。

在诗里，正如在别的摹仿艺术里一样，一件作品只摹仿一个对象；情节既然是行动的摹仿，它所摹仿的就只限于一个完整的行动，里面的事件要有紧密的组织，任何部分一经挪动或删削，就会使整体松动脱节。要是某一部分可有可无，并不引起显著的差异，那就不是整体中的有机部分。①

从来源上讲，有机整体的观念出自亚里斯多德的自然科学。黑格尔在《哲学史演讲录》里指出，自然的概念、有机整体的概念是亚里斯多德对于自然的基本主张："亚里斯多德把自然规定为一种必须与机缘和偶然区别开来的原因，……然后，他讨论在自然事物里面必然性是怎么样的。……亚里斯多德的主要思想是：他把自然理解为生命，把某物的自然或本性理解为这样一种东西，其自身即是目的，是与自身的统一，是它自己的活动性的原理，不转化为别物，而是按照它自己特有的内容，规定变化以适合它自己，并在变化中保持自己；在这里他是注意那存在于事物本身里面的内在目的性，并把必然性视为这种目的性的一种外在的条件"②，也即是说，有机整体的观念是指构成整体的各部分不是机械的、孤立的杂凑或组合，而是相互之间按照必然律或可然律的原则紧密地结合在一起，如一个自然的活的整一体。正因此，亚里斯多德在《诗学》中，不仅按照自然的有机整一的观念在讨论诗之定义："按照我们的定义，悲剧是对于一个完整而具有一定长度的行动的摹仿。所谓'完整'，指事之有头，有身，有尾。所谓'头'，指事之不必然上承他事，但自然引起他事发生者；所谓'尾'，恰与此相反，指事之按照必然律或常规自然的上承某事者，但无他事继其后；所谓'身'，指事之承前启后者。所以结构完美的布局不能随便起讫，而必须遵照此处所说的方式"（《诗学》），而且明言诗的各部分的组成就必须如自然界的生命体一般，是一个活生生的有机整体，"一个美的事物——一个活东西或一个由某些部分组成之物——不但它的各部分应有一定的安排，而且它的体积也应有一定的大小；因为美要依靠体积与安排，一个非常小的活东西不能美，因为我们的

①　［德］亚里斯多德：《诗学》，罗念生译，人民文学出版社 1982 年版，第 28 页。
②　［德］黑格尔：《哲学史讲演录》（二），贺麟、王太庆译，商务印书馆 1959 年版，第 309—310 页。

观察处于不可感知的时间内，以致模糊不清；一个非常大的活东西，例如一个一万里长的活东西，也不能美，因为不能一览而尽，看不出它的整一性；因此，情节也须有长度，正如身体，亦即活东西，须有长度一样"（《诗学》）。这种由自然科学所导出的有机整体观的认识，不仅迥异于中国传统文论范畴的衍生性所导出的系统性的观念，而且对西方诗学文论范畴的有机整体性质，产生了决定性的影响，诚如朱光潜在《西方美学史》中所总结的：

> 这个有机整体观念在亚里斯多德的美学思想里是最基本的。就是根据这个观念，他断定悲剧是希腊文艺中的最高形式，因为它的结构比史诗更严密。也就是根据这个观念，他断定叙事诗和戏剧之中最重要的因素是情节结构而不是人物性格，因为以情节为纲，容易见出事迹发展的必然性；以人物性格为纲，或像历史以时代为纲，就难免有些偶然的不相关联的因素。在《诗学》第二十三章里他指出叙事诗与历史的区别说："它在结构上与历史不同，历史所写出的必然不只是某一个情节，而是某一个时期，那个时期中对某个人或某些人所发生的事，尽管这些事件彼此可以不联贯。"诗的结构却要是见出内在联系的单一完整的统一体。这正是《诗学》第八章所要求的"动作或情节的整一"……不仅如此，亚里斯多德谈戏剧中的合唱队、音乐和语言等因素，也要求一切都要服从整体。谈到音乐时，他把一曲乐调比作一个城邦，其中统治者和被统治者都要各称其分，各得其所。
>
> 在亚里斯多德的美学思想中，和谐的概念是建立在有机整体的概念上的：各部分的安排见出大小比例和秩序，形成融贯的整体，才能见出和谐。后来许多美学家（例如康德以及实验美学的费希纳）把和谐、对称、比例之类因素看成单纯的形式因素，好像与内容无关。在这一点上亚里斯多德就比他们高明得多。他把这些因素看成是内在逻辑和有机整体联系在一起的。①

第四是抽象性。与中国传统文论范畴的具象性特征相比，西方诗学的文论范畴尽管并不拒斥感性直观的内容，比如，恩格斯（Friedrich Engels）就

---

① 朱光潜：《西方美学史》（上），人民文学出版社 1963 年版，第 78—79 页。

曾在《自然辩证法》中肯定过希腊哲学的直观性：

> 希腊哲学，在这里辨证的思想还以天然的纯朴的形式出现，……在希腊人那里，自然界还被当作一个整体而从总的方面来观察。自然现象的总联系还没有在细节方面得到证明，这种联系对希腊人来说是直接的直观的结果。这里就存在着希腊哲学的缺陷，由于这些缺陷，它在以后就必须屈服于另一种观点。但在这里，也存在着它胜过它以后的一切形而上学敌手的优点。如果说，在细节上形而上学比希腊人要正确些，那么，总的说来希腊人就比形而上学要正确些。这就是我们在哲学中以及在其他行动领域中常常不得不回到这个小民族的成就方面来的原因之一，他们的无所不包的才能与活动，给他们保证了在人类发展史上其他任何民族所不能企求的地位。①

但是，正如原苏联学者阿·谢·阿赫曼诺夫（А. С. Ахманов）在《亚里斯多德逻辑学说》一书中所指出的，希腊的哲学在具备直观性的同时，还具有"重理论"和"理性论证"的特点②，这后两种原则使得希腊哲学范畴在直观性的基础之上，还特别地表现出抽象性的特点。这种抽象性的特征也体现于亚里斯多德的诗学范畴之中。在《诗学》中，亚里斯多德在使用概念范畴进行诗学讨论的过程中，特别注重对于具体文学现象的理论总结，比如，在探讨艺术摹仿的对象、媒介与方式时，亚里斯多德一再强调的是对"艺术摹仿的种差、它们的种类和性质"的理论概括；在论述悲剧与史诗时，他的重心也是对于"悲剧和史诗本身及其种类、它们的成分的数量和彼此间的差别、评论它们的优劣的理由以及关于批评家对它们的指责和对这些指责的反驳"的理论总结。所以，尽管亚里斯多德的诗学范畴并不缺乏感性直观的内容，但其更偏重理论的抽象与总结，也是显而易见的，诚如黑格尔在《哲学史讲演录》中所概括的：

> 亚里斯多德是以一个深刻的、精通的、有抽象思维能力的形而上学

---

① ［德］恩格斯：《自然辩证法》，人民出版社 1971 年版，第 30 页。

② ［俄］阿·谢·阿赫曼诺夫：《亚里斯多德逻辑学说》，马兵译，上海译文出版社 1980 年版，第 3 页。

家见称的，他确实地表现出自己只是一个思想着的观察者，他考虑了宇宙的一切方面。但他主要是以一个思辨哲学家的态度来对待那些个别细节，并这样来研究它们，使最深刻的思辨概念由之产生。此外，我们看见过，思想最初是由感性的东西出来的，……在知觉、表象里面，出现了范畴；那绝对的本质，那对这些环节的思辨观点，是常常在表述知觉时被表达出来的。亚里斯多德考察了知觉的这个纯粹的本质。当亚里斯多德相反地从普遍、从简单者出发而予以规定时，他同样也好像是在把普遍、简单者的各种意义——列举出来，并且在这堆意义中，他又通过所有的方式，甚至是最平常和最感性的方式，——予以考察。①

"诗言志"说和"诗即摹仿"说，是中西诗学的"开山纲领"和文学理论的基石，形成了中西诗学判然有别的诗学主张。而中国诗学范畴的多功能性、融通性、衍生性及情感性、意象性、虚涵型的特征，同样与西方诗学范畴的明晰性、形式性、有机性及抽象性的特征，形成鲜明的对照。它们从整体上奠定了中西诗学"言志抒情"和"摹仿叙事"的并峙传统。

---

① ［德］黑格尔：《哲学史讲演录》（二），贺麟、王太庆译，商务印书馆1959年版，第273—283页。

第二章
中西诗学的体系架构与话语言说

体系架构与话语言说，同样是诗学话语的重要组成部分。如果说在西方诗学中，亚里斯多德的《诗学》是公认的体系性最为严整的文论著作的话，那么在中国传统诗学中，刘勰的《文心雕龙》则被公认是在体系的严整性上足以和亚里斯多德的《诗学》相媲美的文论著作。同时，《文心雕龙》和《诗学》分别对于中西诗学话语言说的确立所起到的作用，也被公认是奠基性的。

第一节　《文心雕龙》的诗学体系架构

《文心雕龙》是中国古代文论公认的"体大虑周"的诗学巨著。关于这部诗学巨著的体系架构，刘勰本人在《文心雕龙·序志》中有过明确的说明：

> 盖《文心》之作也，本乎道，师乎圣，体乎经，酌乎纬，变乎骚：文之枢纽，亦云极矣。若乃论文叙笔，则囿别区分；原始以表末，释名以章义，选文以定篇，敷理以举统：上篇以上，纲领明矣。至于剖情析采，笼圈条贯：摛神性，图风势，苞会通，阅声字，崇替于《时序》，褒贬于《才略》，怊怅于《知音》，耿介于《程器》，长怀《序志》，以驭群篇：下篇以下，毛目显矣。①

---

① （梁）刘勰：《文心雕龙》，见周振甫：《文心雕龙译注》，江苏教育出版社 2006 年版，第682 页。

依照《序志》的这个提示，《文心雕龙》五十篇在框架结构上可分为四个部分："文之枢纽"、"论文叙笔"、"剖情析采"和文学批评。

一、"文之枢纽"：《文心雕龙》的总论

"文之枢纽"，是论文的关键，是贯彻全书的基本论点，可以看作是《文心雕龙》一书的总论。在这一部分，刘勰主要结合当时的文学发展和时代背景，就文学创作中的一些根本问题进行理论探讨。众所周知，刘勰所处的魏晋南北朝时代，正值中国文学经历一系列变化的重要时期。一方面，魏晋以来的文学"自觉"，促进了文学创作的繁荣，先后出现了"三曹"、"七子"、"竹林七贤"、"三张（张载、张协、张亢）"、"二陆（陆机、陆云）"、"两潘（潘岳、潘尼）"、"一左（左思）"、"大谢（灵运）小谢（朓）"等代表性作家。对此，刘勰基本上是持肯定态度的：

> 暨建安之初，五言腾踊，文帝陈思，纵辔以骋节，王徐应刘，望路而争驱；并怜风月，狎池苑，述恩荣，叙酣宴，慷慨以任气，磊落以使才；造怀指事，不求纤密之巧，驱辞逐貌，唯取昭晰之能：此其所同也。及正始明道，诗杂仙心；何晏之徒，率多浮浅。唯嵇志清峻，阮旨遥深，故能标焉。若乃应璩《百一》，独立不惧，辞谲义贞，亦魏之遗直也。

> 晋世群才，稍入轻绮。张潘左陆，比肩诗衢，采缛于正始，力柔于建安。或析文以为妙，或流靡以自妍：此其大略也。江左篇制，溺乎玄风，嗤笑徇务之志，崇盛忘机之谈。袁孙已下，虽各有雕采，而辞趣一揆，莫与争雄；所以景纯仙篇，挺拔而为俊矣。宋初文咏，体有因革，庄老告退，而山水方滋；俪采百字之偶，争价一句之奇，情必极貌以写物，辞必穷力而追新，此近世之所竞也。①

但另一方面，从曹丕《典论·论文》的"诗赋欲丽"、陆机《文赋》的"诗缘情而绮靡"开始，魏晋以来的文学创作于传统的"诗言志"之外，走上

---

① （梁）刘勰：《文心雕龙》，见周振甫：《文心雕龙译注》，江苏教育出版社 2006 年版，第116—117 页。

追求文辞的华靡之径，特别是到了刘勰生活于其间的宋、齐、梁三代，这种片面追求文辞华美的形式主义文风，已成为阻碍文学健康发展甚至将文学创作引入歧途的渊薮。对此，刘勰是深感痛心的："而（今）去圣久远，文体解散，辞人爱奇，言贵浮诡，饰羽尚画，文绣鞶帨，离本弥甚，将遂讹滥"（《文心雕龙·序志》）。他写作《文心雕龙》的目的，就是要对文学创作的根本问题正本清源，以扭转其时文风"浮靡离本"的流弊，如其在《序志》中所言："盖《周书》论辞，贵乎体要；尼父陈训，恶乎异端；辞训之异，宜体于要。于是搦笔和墨，乃始论文。"

所以，在《文心雕龙》开始的这个部分，刘勰的《原道》谈"本乎道"。"本乎道"，就是要把"道"作为文之根本。其重点是要说明三个方面的问题：第一，明确文之宗旨在于明道，反对文学创作忽视内容片面看重形式的弊端。刘勰主张，文学创作的根本目的是要阐明道，所谓"莫不原道心以敷章"，道是通过文来表现的，所谓"道沿圣以垂文"，文与道既互为表里，则为文必须是以明道为主旨的文，就像大舜言志的诗、伯益和后稷的进言，把明道或言志放在首位，这样的文才是有内容的，才是应该效法的榜样。第二，标榜文之自然本性，反对矫揉造作的浮靡文风。在刘勰看来，文是与天地并生的，天地万物皆有自己的自然之文，人为万物之灵、天地之心，也秉承了天地万物的自然本性，文章如果一味渲染词藻的华美和过度的夸饰，就违背了文之自然本性，所谓"心生而言立，言立而文明，自然之道也"，"夫岂外饰，盖自然耳"，说的都是这个意思。第三，树立明道而富有文采的文学观，反对割裂明道与文采的任何做法。刘勰认为，明道与文采并不是截然对立的，而是相互配合的，就如《易传》之《文言》，之所以地位独特，就在于其体现了明道与文采的统一，所谓"言之文也，天地之心哉！"（《原道》）

《徵圣》谈"师乎圣"。"师乎圣"就是要学习、效法圣人。在《原道》中，刘勰对于道因圣人垂文以表现、圣人用文来明道的说明，所谓"道沿圣以垂文，圣因文而明道"，已经清楚地表明"师圣"是"原道"的必然选择。在《徵圣》中，刘勰又对"师圣"对于"原道"的作用作了两点具体的展开：其一，圣人有教育陶冶人们性情之责，学习圣人才能明乎圣人之情，所谓"夫作者曰'圣'，述者曰'明'。陶铸性情，功在上哲。夫子文章，可得而闻，则圣人之情，见乎文辞矣"；其二，圣人能

"鉴周日月，妙极机神"，并能用恰当的文辞来表达，可以成为师法的榜样，所谓"夫鉴周日月，妙极机神；文成规矩，思合符契。或简言以达旨，或博文以该情，或明理以立体，或隐义以藏用。……徵之周孔，则文有师矣"（《徵圣》）。

《宗经》谈"体乎经"。"体乎经"，就是以"经"为依据。《徵圣》对于"是以论文必徵于圣，窥圣必宗于经"的表述说明，"徵圣"的结果其实就是"宗经"。在《宗经》中，刘勰进一步把"宗经"的好处概括为"情深"、"风清"、"事信"、"义直"、"体约"、"文丽"等诗之"六义"，所谓"故文能宗经，体有六义：一则情深而不诡，二则风清而不杂，三则事信而不诞，四则义直而不回，五则体约而不芜，六则文丽而不淫"（《宗经》）。

《正纬》谈"酌乎纬"。"酌乎纬"，就是要对纬书有所酌采。因为在刘勰看来，纬书本是配合经书的，所以"宗经"之后需要对纬书进行说明。而且尽管纬书不是圣人所作的经书，但从文的角度而言仍有其可采之处，故刘勰从"事"和"辞"两个方面来谈纬书对于增加文章用事与文采的作用，所谓"若乃羲农轩皞之源，山渎钟律之要，白鱼赤乌之符，黄金紫玉之瑞，事丰奇伟，辞富膏腴，无益经典而有助文章"（《正纬》）。

《辨骚》谈"变乎骚"。"变乎骚"，就是从文学新变的角度来鉴别产于楚地的辞骚。在《宗经》里，刘勰对楚辞汉赋所出现的流弊提出了批评，"楚艳汉侈，流弊不还"，但他没有就此把它们全盘否定。在《辨骚》中他通过辨别楚骚与经书的异同，"将核其论，必徵言焉。故其陈尧舜之耿介，称禹汤之祗敬，典诰之体也；讥桀纣之猖披，伤羿浇之颠陨，规讽之旨也；虬龙以喻君子，云蜺以譬谗邪，比兴之义也；每一顾而掩涕，叹君门之九重，忠恕之辞也：观兹四事，同于《风》《雅》者也。至于托云龙，说迂怪，丰隆求宓妃，鸩鸟媒娀女，诡异之辞也；康回倾地，夷羿彃日，木夫九首，土伯三目，谲怪之谈也；依彭咸之遗则，从子胥以自适，狷狭之志也；士女杂坐，乱而不分，指以为乐，娱酒不废，沉湎日夜，举以为欢，荒淫之意也：摘此四事，异乎经典者也"，肯定了楚骚在文学创作上的贡献，唯其有偏于艳丽之流弊，故强调以经来作正确的引导，"若能凭轼以倚《雅》《颂》，悬辔以驭楚篇，酌奇而不失其贞，玩华而不坠其实"（《辨骚》）。

总之，《原道》、《徵圣》、《宗经》、《正纬》、《酌骚》，从内容上看，它对原道—徵圣—宗经三位一体文学观的提出，以及对于明道与文采和经书与纬骚之间辩证关系的处理，在对当时形式主义的文风进行纠正的同时，提出了关涉文学创作的一些根本问题及解决之道，其为"文之枢纽"的"总论"性质，一目了然。从内部架构上讲，从《原道》、《徵圣》、《宗经》到《正纬》、《辨骚》，篇与篇之间的联结，线索清晰，浑然一体。另外，曾经有不少学人质疑《辨骚》一篇的"文之枢纽"归属，主张将其归入总论下面的文体论部分。这一见解尽管不符合刘勰将"本乎道，师乎圣，体乎经，酌乎纬，变乎骚"归为"文之枢纽"的原意①，却也透露出《辨骚》篇与总论下面紧接探讨的文体论部分在诗学体系架构上存在着密切的关联。

二、"论文叙笔"：《文心雕龙》的文体论

"论文叙笔"，是承接"文之枢纽"的"总论"来谈文体。诚如学者们所一再指出的，刘勰《文心雕龙》中的"文"，是一个杂文学或泛文学的概念，里面包含各体不同的"文"。从文体的角度探讨不同的文学体式及创作要求，既是其时文学发展的现实需求，也是文学研究深化后的一种必然。比如，在中国文学批评发展史上，魏国曹丕的《典论·论文》最早把文章分为"奏议"、"书论"、"铭诔"、"诗赋"四科。西晋陆机《文赋》进一步把文体分为"诗"、"赋"、"碑"、"诔"、"铭"、"箴"、"颂"、"论"、"奏"、"说"十类。此外，虞挚的《文章流别志论》、李充的《翰林论》，也有对文体进行分类的内容。而且，从"文"、"笔"区分的角度作为划分文体的理论依据，也是魏晋以来文论家们常用的手法。郭绍虞《中国文学批评史》引了《晋书》关于时人议论"文笔"的记载：

> 文笔议论有集行于世。（《晋书·蔡谟传》）

> 以文笔著称。（《晋书·习凿齿传》）

---

① 参阅王元化：《文心雕龙讲疏》，广西师范大学出版社 2004 年版，第 207—214 页。

广善清言而不长于笔，将让尹，请潘岳为表。岳曰："当得君意"。广乃作二百句语述己之志，岳因取次比，便称名笔。时人咸云"若广不假岳之笔，岳不取广之旨，无以成斯美也。"（《晋书·乐广传》）

其文笔数十篇行于世。（《晋书·文苑·张翰传》）

所著文笔十五卷传于世。（《晋书·文苑·曹毗传》）

桓温重其文笔，专综书记。（《晋书·文苑·袁弘传》）①

稍早于刘勰的宋代的颜延之则提出了区分"言"、"文"、"笔"的三分法：不讲文采的经书是"言"，有文采的传记是"笔"，有文采的韵文是"文"，所谓"'笔'之为体，'言'之文也；经典则'言'而非'笔'，传记则'笔'而非'言'"（《文心雕龙·总术》）。不过，刘勰并不同意颜延之的这个三分法，而主张经书都是"文"，只有说话是"言"，写成文字的，有韵的为"文"，无韵的则"笔"，所谓"发口为'言'，属笔曰翰，常道曰经，述经曰传。经传之体，出'言'入'笔'，'笔'为'言'使，可强可弱"（《文心雕龙·总术》）。这样，刘勰就以"有韵"和"无韵"为据，把文体论分为"有韵"的"论文"和"无韵"的"叙笔"两个部分：前者包括《明诗》、《乐府》、《诠赋》、《颂赞》、《祝盟》、《铭箴》、《诔碑》、《哀调》、《杂文》、《谐隐》十篇；后者包括《史传》、《诸子》、《论说》、《诏策》、《檄移》、《封禅》、《章表》、《奏启》、《议对》、《书记》十篇，一共二十篇。

《明诗》是文体论的第一篇。由于韵文中以诗为最早，中国最早的诗歌总集《诗经》又为"六经"之一，所以刘勰谈文体以诗居首。关于诗，刘勰重点考察了诗歌由四言向五言的演化，并把它们各自的体制和风格概括为"四言正体，则雅润为本，五言流调，则清丽居宗；华实异用，唯才所安"（《明诗》）。《明诗》里已经提到："诗言志，歌永言。"乐府诗是配乐的诗歌，故在《明诗》之后居第二。关于乐府，刘勰指出了其和乐的性质，"乐府者，'声依永，律和声'也"（《乐府》），并从宗经的原则出

---

① 转引自郭绍虞：《中国文学批评史》（上），百花文艺出版社 1999 年版，第 121 页。

发肯定其崇雅（正）斥郑（声）的"中和之响"。《诠赋》是讲赋的发展和性质的，由于刘勰认为赋是从诗和骚演化而来的，属于诗的流变，故把它置于诗、乐府之后位列第三。关于赋，刘勰重点说明它的铺陈叙事的性质，并对作赋的要求及赋的流弊做出了说明。《颂赞》是讲颂和赞这两种文体，颂是《诗经》风、（大小）雅、颂"四体"中的一体，赞是赞美、赞助之义，在文体性质上它们也属于诗的变体，但由于不如赋重要，故刘勰把它们放在赋的后面。关于颂，刘勰是比较推崇的，认为对于颂的写作要求既与赋相近又有区别，"原夫颂唯典雅；辞必清铄，敷写似赋，而不入华侈之区；敬慎如铭，而异乎规戒之域。揄扬以发藻，汪洋以树义，唯纤曲巧致，与情而变，其大体所厎，如斯而已"（《颂赞》）。至于赞，刘勰认为其为颂的补充，是颂的变体或小的支派。《祝盟》是讲祝和盟这两种文体。祝是古代掌管向神祈祷的官，对神所做的祷告就是祝；盟是结盟时对神所立之誓，也属于告神之文一类。由于颂本身的性质就是告神的，祝盟也属于告神的性质，但重要性不如颂，故刘勰把《祝盟》置于《颂赞》之后。《铭箴》是讲铭和箴这两种文体的。铭是勒功，箴是刺过，铭与箴既相近又有区别，由于铭箴是记生人之事，在重要性上次于告神，故刘勰把《铭箴》置于《祝盟》之后。《诔碑》是讲诔和碑这两种文体的。诔，是古代贵族死后，累计他生前德行，以确定其封谥，碑，是碣石铭文，要求是歌功颂德，两者的区别仅在产生时间有先后：碑先诔后，又由于两者都是记死人之事，在重要性上次于生人之事，故刘勰把《诔碑》置于《铭箴》之后。《哀吊》，是讲哀和吊这两种文体的。哀，是哀悼夭折，吊，是吊念灾祸，由于哀和吊都与死丧有关，而其重要性不如诔碑，故刘勰置《哀吊》于《诔碑》之后。《杂文》，是对文体的散杂的总述，它们在文体上不足于分立各体，总称杂文。刘勰把杂文一分为三：一，对问；二，七；三，连珠。并分别提出要求：对问是"发愤以表志"，七是"讽一劝百，……曲终而奏雅"，连珠是"文小易周，思闲可瞻"（《杂文》）。由于杂文不是一个独立的文体，故刘勰把《杂文》置于各独立文体之后。《谐隐》，是讲谐和隐这两种文体。谐，是带有讽刺的诙谐文；隐，是一种不便直说的隐语，由于刘勰对谐隐有明显轻视之意，把谐隐在文学中的地位比附为九流之末的小说，故把《谐隐》置于论文的末尾。以上是论文部分。

叙笔部分的开篇是《史传》。《史传》，讲的是历史散文这个文体。史传的性质是实录历史，"编年缀事，按实而书"（《史传》），目的是鉴照历史，"表征盛衰，殷鉴兴废"（《史传》），写作上要求"春秋笔法"，"尊贤隐讳"，"奸慝惩戒"（《史传》）。由于史传是无韵文中最早出现的，故刘勰把《史传》列为叙笔之首。《诸子》，讲的是诸子百家的散文。刘勰认为，诸子散文内容虽然驳杂，但基本性质都是阐述道理、议论政治，而且流派纷呈、文辞可采，只是由于诸子散文晚出于史，故位列《史传》之后。《论说》，讲的是论和说这两者文体。论，是论文；说，是说辞，在《诸子》里，刘勰以集合许多论文广泛而系统地叙事说理为"子"，而论述一个主题的单篇论文为"论"，"博明万事为子，适辨一理为论"（《诸子》），故《诸子》之后排列的就是《论说》。《诏策》，讲的是皇帝诏告臣下的一种应用文体。从来源上讲，诏策古时称命、诰、誓，后来又称令、制、诏；从类别上，可分为封王侯的策书、颁赦命的制书、告百官的诏书以及戒地方的戒敕，用途不同要求也各异，"授官选贤，则义炳重离之辉；优文封策，则气含风雨之润；敕戒恒诰，则笔吐星汉之华；治戎燮伐，则声有洊雷之威；眚灾肆赦，则文有春露之滋；明罚敕法，则辞有秋霜之烈：此诏策之大略也"（《诏策》）。同时由于诏策属帝王号令，刘勰把它列为应用文之首。《檄移》，讲的是檄和移这两种公告文体。檄，主军事，是向敌方军事上施威的文告，移，主教民，是对己方进行劝谕的文告，檄移属国之大事，次于王命，故刘勰置《檄移》于《诏策》之后。《封禅》，讲的是帝王登山祭天所用的一种祭文，"夫正位北辰，向明南面，所以运天枢，毓黎献者，何尝不经道纬德，以勒皇迹者哉！……戒慎之至也。则戒慎以崇其德，至德以凝其化，七十有二君，所以封禅矣"（《封禅》），其要求是宏大富丽，"兹文为用，盖一代之典章也。构位之始，宜明大体，树骨于训典之区，选言于宏富之路，使意古而不晦于深，文今而不坠于浅，义吐光芒，辞成廉锷，则为伟矣"（《封禅》）。由于封禅是古时帝王的大典礼，故刘勰把它放在《檄移》之后。《章表》，是讲臣下上书帝王的两种文体：章以谢恩，表以陈情，所需要求，略有差异："章以造阙，风矩应明。表以致禁，骨采宜耀；循名课实，以文为本者也。是以章式炳贲，志在典谟，使要而非略，明而不浅；表体多包，情伪屡迁，必雅义以扇其风，清文以驰其丽"（《章表》），由于章表属臣下之辞，次于帝王之事，故刘勰置《章表》于《封禅》之后。《奏启》，讲的是奏和启这两种应用文体。奏，是进言，启，是开启，奏启与章表同属臣下之辞，但奏以按劾，次于陈情之表，故刘勰置《奏启》于《章表》之后。《议对》，是讲议和对这两种应用文体。议，是议政，"'周爰谘谋'，是谓为议。议之言宜，审事宜也"（《议对》）；对，是对策，为议之别体，"对策者，应诏而陈政也；射策者，探事而献说也，……二名虽殊，即议之别体也"（《议对》）。议对以执异为事，次于按劾，故刘勰置《议对》于《奏启》之后。《书记》，讲的是书信这种应用文体。刘勰认为，书记这种文体包涉的范围很广，具体可分为包含谱、籍、薄、录、方、术、站、式等在内的众多杂文体式，唯其杂记众事，故居于末。

这样，刘勰的文体论"论文"与"叙笔"判然有别，篇与篇之间环环相扣，宛如一体。比起曹丕的"四科"和陆机的"十类"，刘勰的文体论不仅在内容的细致性和深刻性上有了很大的提升，而且在内在的体系架构的严谨性和连贯性上都远远地超越了前者。

三、"剖情析采"：《文心雕龙》的创作论

在《文心雕龙·序志》中，刘勰把"剖情析采"的创作论与"文之枢纽"的总论加上"论文叙笔"的文体论之间的关系概括为整部著作的上下篇，强调《文心雕龙》是一个整体。在《文心雕龙·总术》中，刘勰开篇即云"文"、"笔"之别："今之常言，有'文'有'笔'，以为无韵者'笔'也，有韵者'文'也。夫文以足言，理兼《诗》、《书》，别目两名，自近代耳。……六经以典奥为不刊，非以'言'、'笔'为优劣也。……故知九变之贯匪穷，知言之选难备矣"（《总术》）。从表面上看，《总术》好像是谈文体的，但它接下来明确指出，在对文体进行细致的分类和总结后，顺理成章地就要深入到文学的艺术创作中，探讨文学创作包括构思、情感、文辞、韵律、技巧等在内的各个方面的内容及特点，《总术》作为刘勰创作论的总论性质一目了然。其对创作论的"剖情析采"性质的总括也清楚地说明了这一点：

　　凡精虑造文，各竞新丽，多欲练辞，莫肯研术。落落之玉，或乱乎石；碌碌之石，时似乎玉。精者要约，匮者亦鲜；博者该赡，芜者亦

繁；辩者昭晰，浅者亦露；奥者复隐，诡者亦曲。或义华而声悴，或理拙而文泽。知夫调钟未易，张琴实难。伶人告和，不必尽窕槬之中；动用挥扇，何必穷初终之韵；魏文比篇章于音乐，盖有徵矣。夫不截盘根，无以验利器；不剖文奥，无以辨通才。才之能通，必资晓术，自非圆鉴区域，大判条例，岂能控引情源，制胜文苑哉！

是以执术驭篇，似善弈之穷数；弃术任心，如博塞之邀遇。故博塞之文，借巧傥来，虽前驱有功，而后援难继；少既无以相接，多亦不知所删，乃多少之并惑，何妍蚩之能制乎？若夫善弈之文，则术有恒数，按部整伍，以待情会，因时顺机，动不失正。数逢其极，机入其巧，则义味腾跃而生，辞气丛杂而至。视之则锦绘，听之则丝簧，味之则甘腴，佩之则芬芳；断章之功，于斯盛矣。①

显然，在刘勰《文心雕龙》的诗学体系架构中，由"论文叙笔"的文体论向"剖情析采"的创作论过渡，是文学研究深入的必然。这也即是说，刘勰的创作论，是贯彻他的"文之枢纽"，并建立在他的文体论上的。

刘勰的创作论，除去总论性质的《总术》之外，共有《神思》、《体性》、《风骨》、《通变》、《定势》、《情采》、《熔裁》、《声律》、《章句》、《丽辞》、《比兴》、《夸饰》、《事类》、《练字》、《隐秀》、《指瑕》、《养气》、《附会》等十九篇。至于这十九篇的排列，刘勰《总术》有一个"务先大体，鉴必穷源。乘一总万，举要治繁"的原则说明。究竟该如何来理解刘勰这里所讲的"务先大体"和"乘一总万"呢？关于"务先大体"，刘勰创作论的前五篇《神思》、《体性》、《风骨》、《通变》、《定势》，既被刘氏排列在前，又关涉创作论的一些重要问题，属于刘勰创作论的务先大体，没有异议。关于"乘一总万"，《神思》是创作论的首篇，刘勰称其为"驭文之首术"，王元化也在《文心雕龙讲疏》一书中指出："《神思篇》是《文心雕龙》创作论的总纲，几乎统摄了创作论以下诸篇的各重要论点"，② 《神思》作为总括创作论群篇的"乘一总万"中的

---

① （梁）刘勰：《文心雕龙》，见周振甫《文心雕龙译注》，江苏教育出版社2006年版，第599—600页。

② 王元化：《文心雕龙讲疏》，广西师范大学出版社2004年版，第191页。

"一"，同样也没有争议。但具体到《神思》如何来统领创作论诸篇，或者说刘勰创作论诸篇的具体排次问题，学界则存有不同的看法。周振甫认为《神思》之赞："神用象通，情变所孕。物以貌求，心以理应。刻镂声律，萌芽比兴。结虑司契，垂帷制胜"，是对创作论的总括，以此可以把刘勰的创作论分为四个部分：一、"神用象通，情变所孕"。神指神思，情变指情性和通变，情性和体性有关，通变跟定势有关，这意味着《神思》、《体性》、《风骨》、《通变》、《定势》是一组，其中，《神思》是总纲，意象经营通过《体性》、《风骨》来表现，而情变孕育则通过《通变》、《定势》来完成。二、"物以貌求，心以理应"。物貌指物色，心理指情理，物色与情理构成情采，而心以理应有待于熔裁，这表明《情采》、《物色》、《熔裁》是一组。三、"刻镂声律，萌芽比兴"。这部分的内容涉及艺术创作从声律到修辞的全部手段和技巧，包括《声律》、《章句》、《丽辞》、《比兴》、《夸饰》、《事类》、《练字》、《隐秀》、《指瑕》。四、"结虑司契，垂帷制胜"。陆机《文赋》在文章结尾部分提出文思的通塞问题，认为无法解决，刘勰提出《养气》来使文思常通，是为"制胜"，又提出《附会》来"总文理，统首尾，定与夺，合涯际"，是为"结虑司契"，所以《养气》和《附会》是一组。用一个结构图示来表现，就是：

创作论——剖情析采

剖情析采的根本——神思　　体性　　风骨　　通变　　定势

剖情析采的结合——情采　　物色　　熔裁

剖情析采的方法——声律　　章句　　丽辞　　比兴　　夸饰　　事类
　　　　　　　　　　练字　　隐秀　　指瑕　　养气　　附会

创作论的序言——总术[1]

牟世金则认为《神思》一篇的总纲重点体现在"神与物游"的说明：

　　故思理为妙，神与物游。神居胸臆，而志气统其关键；物沿耳目，而辞令管其枢机。枢机方通，则物无隐貌；关键将塞，则神有遁

---

[1] 周振甫：《文心雕龙译注·前言》，江苏教育出版社 2006 年版，第 19 页。

心。……是以意授于思，言授于意，密则无际，疏则千里。

　　在牟世金看来，刘勰的这段话表达了两个方面的意思：一方面是"物沿耳目，而辞令管其枢机"。强调作者的情志，是通过艺术形象，也就是借助于物象来表达的，而要把出现于作家耳目之前的物象描绘出来，就要靠优美的文辞。另一方面是"意授于思，言授于意"。表明艺术创作中对物象的描绘，最终的目的在于表情达意，这就更要求语言文字能准确地表达作者的思想感情，做到"密则无际"，而不是"疏则千里"；同时，刘勰的这段话集中论述了关涉文学创作的三个基本问题：一是情和物结合问题，二是以言写物问题，三是以言达情问题。围绕着情物、情言、言物三种关系，牟氏把刘勰的创作论诸篇排列为：情物关系系列，篇目为《神思》一篇，核心主张就是"思理为妙，神与物游"；情言关系系列，篇目为《体性》、《风骨》、《通变》、《定势》、《情采》、《熔裁》，核心主张包括"情动而言形，理发而文见，盖沿隐以至显，因内而符外"（《体性》），"结言端直，则文骨成焉；意气骏爽，则文骨清焉。若丰藻克赡，风骨不飞，则振采失鲜，负声无力"（《风骨》），"情者文之经，辞者理之纬；经正而后纬成，理定而后辞畅"（《情采》）；言物关系系列，篇目为《声律》、《章句》、《丽辞》、《比兴》、《夸饰》、《事类》、《练字》、《隐秀》、《指瑕》、《养气》、《附会》，核心主张包括"夫设情有宅，置言有位；宅情曰章，位言曰句"（《章句》），"起情，故'兴'体以立；附理，故'比'例以生。'比'则畜愤以斥言，'兴'则环譬以记讽"（《比兴》），"饰穷其要，则心声锋起，夸过其理，则名实两乖"（《夸饰》），"心既托声于言，言亦寄形于字"（《练字》），"夫才量学文，宜正体制，必以情志为神明，事义为骨髓，辞采为肌肤，宫商为声气"（《附会》）。用一个列表来表示，就是：

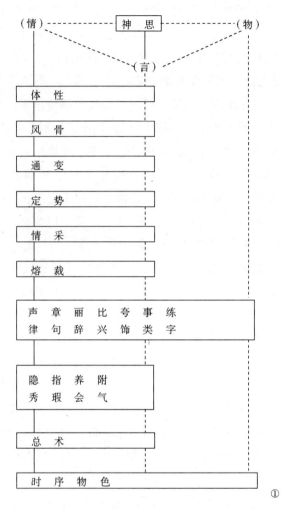

①

需要指出的是，尽管刘勰创作论诸篇的具体排列比起《文心雕龙》的其他部分相对复杂甚至有小的错次，但其内部架构的体系性和穿连线索的可辨性，仍是不争的事实。

四、文学批评：《文心雕龙》的批评论

刘勰《文心雕龙》的第四部分包括《时序》、《才略》、《知音》、《程器》诸篇，这几篇的侧重点各有不同，属于单篇论文性质，可以统称为批

---

① 牟世金：《"体大思精"的理论体系》，见张少康主编：《文心雕龙研究》，湖北教育出版社2002 年版，第 280 页。

评论。

《时序》，谈的是文学史观。刘勰首先指出，从上古的唐虞时代到他本人生活于其间的近代，时间历经十代，而文学发生九次变化，所谓"蔚映十代，辞采九变"（《时序》）：一、上古唐虞时代政治清明，人民安闲，其时之文学处于一种原始的质朴状态；二、夏商周三代文学由歌功颂德转向刺淫讥过，是为一变；三、战国文学"知昧烨之奇意，出乎纵横之诡俗"（《时序》），是为二变；四、西汉祖述《楚辞》，创立汉赋，是为三变；五、东汉渐靡儒风文趋浅陋，是为四变；六、建安文学"志深而笔长，梗概而多气"（《时序》），是为五变；七、正始文学"篇体轻淡"，是为六变；八、西晋文学"结藻清英，流韵绮靡"（《时序》），是为七变；九、东晋文学玄学称盛，"因谈余气，流成文体"（《时序》），是为八变；十、（刘）宋代文学"英采云构"，是为九变。其次，刘勰探讨了文学发生变化的原因，将其看作是世情和时序共同作用的结果，所谓"文变染乎世情，兴废系于时序"（《时序》）。"世情"，就是时代的风气，战国的"纵横诡俗"，东汉的"渐靡儒风"，东晋的"因谈余气"，都是指时代的风气，都是"世情"；"时序"，就是时代的变化，战国时代的"角战英雄，六经泥蟠，百家飙骇"（《时序》），西汉的"运接燔书，高祖尚武，戏儒简学"（《时序》），东汉的"光武中兴，深怀图谶，颇略文华"（《时序》）等，都是讲时代的变迁给予文学的影响。

《才略》，谈的是对作家的评价，属于作家论性质。刘勰从情采结合的角度，对上古至近代的一些有代表性的作家的创作，逐一进行了评点。如，上古时代，"虞夏文章，则有皋陶六德，夔序八音，益则有赞，五子作歌。辞义温雅，万代之仪表也。商周之世，则仲虺垂诰，伊尹敷训，吉甫之徒，并述诗颂。义固为经，文亦师矣"（《才略》）；战国时代，"诸子以道术取资，屈宋以《楚辞》发采，乐毅报书辨以义，范雎上书密而至，苏秦历说壮而中，李斯自奏丽而动。若在文世，则扬班俦矣。荀况学宗，而象物名赋，文质相称，固巨儒之情也"（《才略》）；西汉时代，"汉室陆贾，首发奇采，赋孟春而选典诰，其辩之富矣。贾谊才颖，陵轶飞兔，议愜而赋清，岂虚至哉！枚乘之《七发》，邹阳之上书，膏润于笔，气形于言矣。仲舒专儒，子长纯史，而丽缛成文，亦诗人之告哀焉。相如好书，师范屈宋，洞入夸艳，致名辞宗。然核取精意，理不胜辞，……王褒构采，以密巧为致，附声测貌，泠然可观，子云属意，辞义最深，观其涯度幽远，搜选诡丽，而竭才以钻思，故能理赡而辞坚矣"（《才略》）等等。

《知音》，谈的是鉴赏论。刘勰重点分析了知音难觅的四个原因：一、由于人们贵古贱今，贱近贵远，"夫古来知音，多贱同而思古，所谓'日进前而不御，遥闻声而相思'也"（《知音》）；二、由于文人相轻，崇己抑人，"班固傅毅，文在伯仲，而固嗤毅云'下笔不能自休'。及陈思论才，亦深排孔璋，敬礼请润色，叹以为美谈，季绪好诋诃，方之于田巴，意亦见矣。故魏文称：'文人相轻'，非虚谈也"（《知音》）；三、由于学识不足，难辨真伪，"学不逮文，而信伪迷真"（《知音》）；四、由于知多偏好，爱好有异，"篇章杂沓，质文交加，知多偏好，人莫圆该。慷慨者逆声而击节，酝藉者见密而高蹈；浮慧者观绮而跃心，爱奇者闻诡而惊听。会己则嗟讽，异我则沮弃，各执一隅之解，欲拟万端之变，所谓东向而望，不见西墙也"（《知音》）。接着刘勰提出了以"六观"为标准的鉴赏原则：一观位体，观察作品的体制和风格，研讨作者如何情理设位、因情立体；二观置辞，观察作品的章句安排，研讨作者如何安章宅句、著意熔裁；三观通变，观察作品的继承与创新，研讨作者如何资于故实、酌于新声；四观奇正，观察作品执正驭奇的表现手法，研讨作者如何掌握奇与正的规律；五观事义，观察作品对事类和成词的征引，研讨作者如何引学入文；六观宫商，观察作品的声律的安排，研讨作者如何协调音韵。

《程器》，谈的是作家的品德。自从曹丕《与吴质书》提出"古今文人类不护细行，鲜能以名节自立"的观点后，有关文人品德的讨论，一直备受人们关注。在《程器》中，刘勰一方面并不讳言文人在德行上有瑕疵情况的发生，如"相如窃妻而受金，扬雄嗜酒而少算，敬通之不修廉隅，杜笃之请求无厌，班固谄窦以作威，马融党梁而黩货，文举傲诞以速诛，正平狂憨以致戮，仲宣轻锐以躁竞，孔璋偬恫以粗疏，丁仪贪婪以乞货，路粹餔啜而无耻，潘岳诡祷于愍怀，陆机倾仄于贾郭，傅玄刚隘而詈台，孙楚狠愎而讼府"（《程器》）。不过，刘勰认为诸如此类的不德之行，并非为文人独有，文武皆然，而且人非圣贤，谁能无过。但另一方面刘勰认为品德修养并非不重要，文人要想成为国之栋梁，必须培养自己内在的品德，"是以君子藏器，待时而动，发挥事业；固宜蓄素以弸中，散采以彪外，楩楠其质，豫章其干。摛文必在纬军国，负重必在任栋梁，穷则独善以垂文，达则奉时以骋绩。若此文人，应《梓材》之士矣"（《程器》）。

《时序》、《才略》、《知音》、《程器》，这四篇虽各自独立成篇，但它们相互之间并非毫无关联。比如《时序》是从文学史角度来考察历代的文学，《才略》则接着具体评价历代有代表性作家的文学创作，《知音》和《程器》分别从鉴赏论和文人品德入手，也与对作家作品的具体研讨有一定的关联。此外，这四篇的一些核心主张，如"时运交移，质文代变"（《时序》），"缀文者情动而辞发，观文者披文以入情"（《知音》），与前面的总论、文体论和创作论秉持的理论主张，是一脉相承的。这说明，刘勰的文学批评并没有游离于整个文论体系之外，是其诗学体系的一个密不可分的组成部分。

五、从《文心雕龙》与《易传》的关联看其诗学体系的结构特征

如前所述，从总论、文体论再到创作论、批评论，刘勰《文心雕龙》在诗学体系架构上的严谨性是无可质疑的。刘勰本人在《文心雕龙·序志》中明言，《文心雕龙》的诗学架构用的是《易传》的结构方法：

> 位理定名，彰乎大易之数，其为文用，四十九篇而已。[1]

正因此，中国学界在分析刘勰《文心雕龙》的诗学架构时，几乎无一例外地注意到《文心雕龙》与《易传》在体系结构方面的同构性。

王元化的《文心雕龙讲疏》，较早地指出了刘勰《文心雕龙》在体例上对《易传》的借用，提出"《文心雕龙》全书规定为五十篇是取《易传》的'大衍之数'"[2]。周勋初在《〈易〉学中的两大流派对〈文心雕龙〉的不同影响》一文中，对《文心雕龙》与《易传》"大衍之数"之间的关系，做了仔细的考证与辨析。他指出，"大衍之数"一说，见于《易·系辞》："大衍之数五十，其用四十有九"。对这句话的理解通常用韩康伯引王弼说的注释，把"大衍之数"的五十作玄学的解释：其用是四十有九，不用的一作本体之用，但王弼之说并不符合《易传》的原意。在周氏看来，《易传》的"大衍之数"，按其本来的意思，讲的是占筮之法，《易·系辞》里也是这样说明的：

---

① （梁）刘勰：《文心雕龙》，见周振甫：《文心雕龙译注》，江苏教育出版社 2006 年版，第 682 页。

② 王元化：《文心雕龙讲疏》，广西师范大学出版社 2004 年版，第 57 页。

大衍之数五十，其用四十有九。分而为二以象两，挂一以象三，揲之以四以象四时，归奇于扐以象闰，五岁再闰，故再扐而后挂。天数五，地数五，五位相得而各有合，天数二十有五，地数三十，凡天地之数五十有五，此所以成变化而行鬼神也。乾之策二百一十六，坤之策百四十有四，凡三百有六十。当期之日，二篇之策万有一千五百二十，当万物之数也。是故四营而成易，十有八变而成卦，八卦而小成。引而伸之，触类而长之，天下之能事毕矣。显道神德行，是故可与酬酢，可与佑神矣。①

周勋初认为，《易·系辞》的这段说明已经讲得非常清楚："所谓'大衍之数五十'，指的就是五十根蓍草。占筮之人用这五十根蓍草按照种种规定排列组合，就可求得神灵的指引，这种活动，寓有人类早期对数的神秘观念。一根根蓍草，象征着宇宙构成的若干基本范畴。不管是这一根'不用'的蓍草，或是繁复到'二篇之策万有一千五百二十'，都象征着相应的自然物。蓍草排列组合时数的变化，象征着宇宙之中万事万物之间的相互作用和演变，这就可以根据卦爻辞上暗示的方向，去觇测神意"，② 而既然大衍之数是一个数的概念，则周勋初相信，刘勰《文心雕龙》只是借用了"大衍之数"的数概念来建立篇目之间的结构体系，即"刘勰阐述《文心雕龙》全书结构时，说到'长怀《序志》，以驭群篇'，也就是最后一篇《序志》等于'大衍之数'中的'太极'（北辰）。其余四十九篇文章，又可分为上下两篇。上篇之中，前面五篇文章，属于'文之枢纽'；后面二十篇文章，'论文叙笔，则囿别区分'；下篇之中的二十四篇文章，则'剖情析采，笼圈条贯'；……正像'大衍之数'中的'四十九数'一样，也可依类相从而区分为若干重要范畴，这些重要范畴之间，并不是隔绝而互不相通的，它们之间，正像'其余四十九转运而用'一样，也有相互渗透、相互影

---

① 周勋初：《〈易〉学中的两大流派对〈文心雕龙〉的不同影响》，见张少康主编：《文心雕龙研究》，湖北教育出版社 2001 年版，第 216 页。

② 周勋初：《〈易〉学中的两大流派对〈文心雕龙〉的不同影响》，见张少康主编：《文心雕龙研究》，湖北教育出版社 2001 年版，第 216 页。

响的关系。"① 夏志厚的《〈周易〉与〈文心雕龙〉理论架构》，则从《文心雕龙·序志》的"位理定名"一语入手，详细分析了《文心雕龙》与《易传》在体系架构上的对应关系。有意思的是，夏志厚对于《易传》结构的解读同样是建立在《易·系辞》对"大衍之数"的说明上的，不过，与周勋初笼统地讲数不同，夏志厚认为"大衍之数"实际上有"天数"、"地数"之分，天数为一、三、五、七、九，其和是廿五，地数为二、四、六、八、十，其和为三十，天数地数之和为五十五，而刘勰《文心雕龙》篇数取五十，显然不是取天数地数相加，而是取两个天数之和，从而形成"分而为二以象两"的格局。在夏志厚看来，如果以此为出发点，稍加分析，就可看出天数一、三、五、七、九与刘勰《文心雕龙》对上下篇的篇目安排有着"微妙的对应关系"。具体而言，就是：下篇部分从《神思》到《熔裁》七篇，讲创作原则、构思和结构，对应于天数七。从《声律》到《指瑕》九篇，讲创作技巧，对应于天数九。《养气》、《附会》、《总术》三篇，是创作论总结，对应于天数三。从《时序》至《程器》五篇，讲的是批评论，对应于天数五。最后一篇《序志》，全书的总论，对应于天数一。用图表来表示，就是：

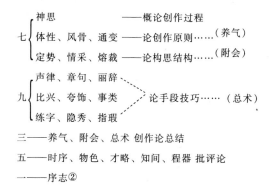

而上篇部分，同样是以一、三、五、七、九的奇数排列，并且具体的排列顺序除前两个数字外，后面的数字排列恰与下篇相反。夏志厚同样为它列了一个图示：

① 周勋初：《〈易〉学中的两大流派对〈文心雕龙〉的不同影响》，见张少康主编：《文心雕龙研究》，湖北教育出版社2001年版，第216页。
② 夏志厚：《〈周易〉与〈文心雕龙〉理论架构》，《文艺理论研究》1990年第3期，第77页。

五——原道、徵圣、宗经、正纬、辨骚

——明诗

三——乐府、诠赋、颂赞……（赋颂歌赞，则诗立其本）……（赋颂歌诗，则羽仪乎清丽）

祝盟、铭箴、诔碑……（铭诔箴祝，则礼总其端）……（箴铭碑诔，则体制于弘深）

九｛哀吊、杂文、谐隐……………………………（连珠七辞，则从事乎巧艳）

史传、诸子、论说……（纪传铭檄，则春秋为根）……（史论序注，则师范于核要）

诏策、檄移、封禅……………………………（符檄书移，则楷式子明断）

七｛章表、奏启、议对……（诏策章奏，则书发其源）……（章表奏议，则准的乎典雅）

书记①

不仅如此，夏志厚还指出，如果把上下篇的排列组合稍为变通一下，《文心雕龙》上下篇又各呈现为八列三篇一组的排列次序，恰和《周易》的三爻八卦相对应：

上篇：　　　　　　　　　　　　　下篇：

原道、徵圣、宗经　　　　　　　　神思

正纬、辨骚、明诗　　　　　　　　体性、风骨、通变

乐府、诠赋、颂赞　　　　　　　　定势、情采、熔裁

祝盟、铭箴、诔碑　　　　　　　　声律、章句、丽辞

哀吊、杂文、谐隐　　　　　　　　比兴、夸饰、事类

史传、诸子、论说　　　　　　　　练字、隐秀、指瑕

诏策、檄移、封禅　　　　　　　　养气、附会、总术

章表、奏启、议对　　　　　　　　时序、物色、才略

书记　　　　　　　　　　　　　　知音、程器、序志②

由此，夏志厚相信刘勰《文心雕龙》的五十篇排列与《周易》的对应与吻合不是偶然的巧合，而是有意识地借用《周易》来结构自身诗学体系的有意之举，"它只能说明刘勰在为《文心雕龙》理论架构作出安排时曾经有过其他考虑。不难发现，在这样一种排列中，暗藏着易象八卦的象征形式。在卦相中，古人称阴阳符号为'爻'，每三爻叠成一卦，共成八卦，以此八卦象征八种类型的物象。八卦又可两两相重而得六十四卦，象征世间更为丰富的

① 夏志厚：《〈周易〉与〈文心雕龙〉理论架构》，《文艺理论研究》1990年第3期，第77页。
② 夏志厚：《〈周易〉与〈文心雕龙〉理论架构》，《文艺理论研究》1990年第3期，第77页。

事物运动变化。在上述《文心雕龙》篇目的排列中，上、下篇里每三篇一组，共成八组的样式，正类同于三爻一卦，共成八卦的形式。上、下篇各含八卦，又暗合重卦之喻，象征《文心雕龙》包含着文章写作方方面面、林林总总的丰富世界。"①

　　尽管学者们对于刘勰《文心雕龙》与《易传》之间关系的解释未必全是确论，有些观点可能还有待于进一步的证实和检验，但刘勰《文心雕龙》在篇章结构上对《易传》的借用是确定无疑的。对于《文心雕龙》与《易传》组织架构的同构性分析，不仅有力揭示了凝结中国古代思维智慧结晶的《周易》对于《文心雕龙》诗学体系架构的深刻影响，而且《文心雕龙》建基于中国传统易学思维这一事实本身就表明了其"体大思周"的内在根源，并使之成为中国传统诗学当之无愧的典范。

第二节　《诗学》的文学理论体系架构

　　在西方文艺理论发展史上，亚里斯多德的《诗学》被公认是第一个用科学的观点、方法来研究文艺问题的诗学专著，《诗学》在文学理论体系方面所体现出来的谨严特征，也备受理论界瞩目。按照《诗学》的实际内容，它通常被划分为"序论"、"悲剧论"、"史诗论"、"批评论"和"比较论"五个部分。

一、《诗学》的序论

　　《诗学》的第 1 至第 5 章是序论。在这部分，亚里斯多德重点提出了诗学研究的三个问题：

　　第一，诗的本质。亚里斯多德指出诗的本质在于摹仿。如前所述，把艺术的本质归为对于现实世界的摹仿的主张，并非亚里斯多德的首创，而是古代希腊流传下来的传统观念，但正如朱光潜在谈到亚里斯多德对于古希腊文艺理论研究的集大成性质时所指出的：

---

　　①　夏志厚：《〈周易〉与〈文心雕龙〉理论架构》，《文艺理论研究》1990 年第 3 期，第 77 页。

最早的希腊哲学家们如毕达哥拉斯学派和赫拉克利特等从自然科学的观点去看美学问题，到了苏格拉底和柏拉图才转而从社会科学观点去看美学问题。亚里斯多德可以说是从自然科学的较发达的基础上，达到了自然科学观点和社会科学观点的统一。他是以前希腊美学思想的集大成者，不但是苏格拉底和柏拉图的直接继承者，而且也受到早期毕达哥拉斯学派以及唯物主义者赫拉克利特和德谟克利特的影响。在希腊文艺已达到高峰而转趋衰落的时代，他用科学的方法替希腊文艺的辉煌成就作了精细的分析和扼要的总结。[①]

亚里斯多德给传统"摹仿说"注入的就是科学的研究方法。在《诗学》中，亚里斯多德分别从摹仿所用的媒介、所选取的对象以及所采用的方式三个方面，对摹仿作了细致的说明：关于摹仿所用的媒介，亚里斯多德指出，不同的艺术门类在摹仿时所使用的艺术媒介是不同的，有的是通过颜色和姿态来制造形象，以达到对于事物的摹仿，有的是用声音来摹仿，还有些艺术是同时或交替使用各种上述不同的媒介；关于摹仿所选取的对象，亚里斯多德认为，尽管艺术所摹仿的对象都是在行动中的人，但人有好坏之分，反映在艺术门类中有的是摹仿比一般人好的人，有的则是摹仿比一般人坏的人；关于摹仿所采用的方式，亚里斯多德指出，艺术的摹仿方式是多种多样的，即便是用同样的媒介摹仿同样的对象，也可以采用不同的摹仿方式，比如，既可以采用间接叙述的方式摹仿，或叫人物出场来摹仿，或化身为人物来摹仿，也可以采用直接叙述的方式，始终用自己的口吻来摹仿，此外，还可以让摹仿者用动作来摹仿等等。这样，有关摹仿的种差、它们的种类和性质，都在亚里斯多德这里得到了清楚的说明。

第二，诗的起源。关于诗的起源，亚里斯多德从人的摹仿本能和人喜好音调感与节奏感的天性两个方面，作了详细的解释：

> 一般说来，诗的起源仿佛有两个原因，都是出于人的天性。人从孩提的时候就有摹仿的本能，人与禽兽的分别之一，就在于人最善于摹仿，他们最初的知识就是从摹仿得来的，人对于摹仿的作品总是感到快

---

① 朱光潜：《西方美学史》（上），人民文学出版社 1994 年版，第 66 页。

感。经验证明了这样一点：事物本身看上去尽管引起痛感，但惟妙惟肖的图像看上去却能引起我们的快感。……其原因也是由于求知不仅对哲学家是最快乐的事，对一般人亦然，只是一般人求知的能力比较薄弱罢了。我们看见那些图像所以感到快感，就因为我们一面在看，一面在求知，断定每一事物是某一事物，……摹仿出于我们的天性，而音调感和节奏感也是出于我们的天性，起初那些天生最富于这种资质的人，使它一步步发展，后来就由临时口占而作出了诗歌。①

并简述了诗在最初的发展状况：先是由于所摹仿的对象不同，出现两种不同性质的诗，一种是比较严肃的人摹仿高尚人的行动，所写的是颂神诗和赞美诗，另一种是比较轻浮的人摹仿下劣的人的行动，所写的是讽刺诗；然后随着喜剧和悲剧的出现，诗人们开始转向了这两种诗的写作，有的由讽刺诗人变成了喜剧诗人，有的从史诗诗人变成了悲剧诗人，原因是喜剧和悲剧在体裁上比讽刺诗和史诗"更高，也更受重视"（《诗学》）。

　　第三，关于悲、喜剧的演化以及悲剧与史诗的异同。关于悲剧，亚里斯多德指出，悲剧是从希腊传统的酒神颂的临时口占发展出来的，具有一定的长度、庄严的风格以及适当的格律。关于喜剧，亚里斯多德指出，喜剧尽管是对比较坏的人的摹仿，但这里的"坏"不是指恶，而是指丑而言，其中的一种就是滑稽，"滑稽的事物是某种错误或丑陋，不致引起痛苦或伤害，现成的例子如滑稽面具，它又丑又怪，但不使人感到痛苦"（《诗学》）。让亚里斯多德遗憾的是，喜剧本是一个很不错的体裁，但由于它当初不被人重视，以致与悲剧清晰的演化史相比，有关喜剧的演变及发展到后来已经面目不清，亚里斯多德只知道喜剧的布局是由西西里的诗人厄庇卡耳摩斯与福耳弥斯首创，而由雅典诗人克剌忒斯开始编写具有普遍性的情节也即布局。②关于悲剧与史诗的异同，亚里斯多德指出，从诗的性质上讲，两者之间相同的地方，在于史诗也采用悲剧的"韵文"方式来摹仿严肃的行动，规模也大，不同之处在于史诗纯粹用"韵文"，而且是用叙述体；从诗的篇幅上讲，

---

① ［希腊］亚里斯多德：《诗学》，罗念生译，人民文学出版社 1982 年版，第 11—12 页。
　　② 亚里斯多德本人在《诗学》第 6 章里曾说以后会讨论喜剧，但《诗学》里重点分析的是悲剧和史诗，另据公元三世纪的狄俄革涅斯·拉厄耳提俄斯的说法，亚氏《诗学》原有两卷，第二卷已失传，该卷有可能论及喜剧。参阅罗念生：《诗学·译后记》，人民文学出版社 1982 年版，第 110 页。

悲剧有一定长度的限制，而史诗则没有时间方面的限制；从诗的成分上讲，两种拥有一些共同的成分，但区别在于，悲剧的成分最完备，"能辨别悲剧好坏的人，也能辨别史诗的好坏；因为史诗的成分，悲剧都具备，而悲剧的成分，则不是都在史诗里找得到的"（《诗学》）。

二、《诗学》的悲剧论

《诗学》的第 6 至 22 章是悲剧论，这部分是亚里斯多德《诗学》的重点。在序论部分，亚里斯多德已经指出悲剧在体裁上"更高，也更受重视"，所以，紧接着序论的就是对于悲剧的讨论。在《诗学》第 6 章里，亚里斯多德给"悲剧"下了一个著名的定义：

> 悲剧是对于一个严肃、完整、有一定长度的行动的摹仿；它的媒介是语言，具有各种悦耳之音，分别在剧的各部分使用；摹仿方式是借人物的动作而不是叙述法；借引起怜悯与恐惧来使这种情感得到陶冶。①

并由此出发，从摹仿所取的对象、摹仿所用的媒介、摹仿采用的方式以及摹仿所起的效果这四个方面，对悲剧展开了细致的分析。

关于悲剧摹仿的对象，亚里斯多德指出，悲剧是对人的行动的摹仿，人的行动就是悲剧摹仿的对象。亚里斯多德不否认行动是由剧中的人物来表达，有人物则这些人物就必然在"性格"和"思想"等方面具有某些特征，但他强调，人物的"性格"和"思想"相较行动而言，不仅不是造成"行动"的原因，反而是"行动"之后引发的结果，所有的人物的成败都取决于他们的"行动"，"行动"在悲剧中占据着至关重要的位置，是整个悲剧的关键。

关于悲剧所用的摹仿媒介，亚里斯多德指出，悲剧的摹仿媒介是有着各种悦耳之音的语言，其中的"具有悦耳之音的语言"，是指具有节奏和音调也即歌曲的语言。而所谓"分别在剧的各部分使用"，是说在悲剧的某些部分中单独使用"韵文"，而在另外一些部分中使用"歌曲"。

关于悲剧采用的摹仿方式，亚里斯多德认为悲剧的摹仿方式是借人物的动

---

① ［希腊］亚里斯多德：《诗学》，罗念生译，人民文学出版社 1982 年版，第 19 页。

作来表达，而不是采用叙述法，因为在亚里斯多德的眼里，悲剧与史诗在摹仿方式上是截然不同的，动作是专属于悲剧的摹仿方式，而叙述法则是属于史诗的摹仿方式。亚里斯多德对悲剧与史诗在摹仿方式上的区分，对于后世西方戏剧发展的影响极大，二十世纪德国戏剧理论家布莱希特（Bertolt Brecht）在建构自己的"史诗戏剧"时，曾对亚里斯多德的这一区分提出了激烈的挑战：

> 许多人都认为"史诗戏剧"这个词儿是很矛盾的，因为人们从亚里斯多德出发，认为表现某个故事的史诗和戏剧形式是截然不同的。这两种形式的不同绝不是由于一种是被活着的人们所表演，而另一种则是借助于书本，……戏剧与史诗的两种形式的不同，按照亚里斯多德的意见应该到它们不同形式的结构当中去找，对它们的规律则从美学的两个不同分枝加以阐释。这种结构形式取决于把作品呈献给观众的不同形式，有时是通过舞台，有时则通过书本，但是这与在史诗作品里也有"戏剧"的因素、在戏剧作品中也有"史诗"的因素完全无关。……这儿不必探讨，怎样才能填平史诗和戏剧之间这条长长的、不可逾越的鸿沟。只是指出，由于技术的成果使得舞台有可能将叙述的因素纳入戏剧表演的范围里来，也就够了。……舞台开始了叙述。丢掉第四堵墙的同时，却增添了叙述者。……它的巨幅字幕令人们联想起在别处发生的其他事情，人物的格言通过幻灯加以证明或者驳斥，赋予抽象的对话，明了具体的数字，对形象的但意义模糊不清的事件，加以数目字和文字的说明。……这是巨大的变革。①

但显然，在布莱希特"史诗戏剧"的背后，无可回避的正是亚里斯多德对于史诗与戏剧摹仿方式的二分。

关于悲剧的摹仿效果，亚里斯多德提出了有名的"陶冶说"。"陶冶"，原文是"卡塔西斯"（Katharsis），作为宗教术语它是"净化"或"净罪"的意思，作为医学术语又含"宣泄"之义。关于如何理解亚里斯多德的"卡塔西斯"，学术界历来众说纷纭。比如，在西方，自文艺复兴以来，西方学者对于它的解释大致可分为"净化说"和"宣泄说"两大类，两大类中

---

① ［德］布莱希特：《娱乐戏剧还是教育戏剧》，丁扬忠译，见《布莱希特论戏剧》，中国戏剧出版社1990年版，第68—70页。

又各有三派主张，即属于"净化说"的（1）悲剧的卡塔西斯作用在于净化怜悯与恐惧中的痛苦的坏因素，好像把怜悯与恐惧洗涤干净，使心理恢复健康；（2）悲剧的卡塔西斯作用在于净化怜悯与恐惧中的利己的因素，使它们成为纯粹利他的情感，让观众忘掉自我，对全人类的共同命运发生怜悯与恐惧之情；（3）悲剧的卡塔西斯作用在于净化剧中人物的凶杀行为的罪孽，例如凶杀行为出于无心，因此凶手可告无罪；属于"宣泄说"的（1）悲剧的卡塔西斯作用在于释放人的怜悯与恐惧之情，它们是病态的情感，于人的身体无益，应该借助医学以毒攻毒的医法，来让这部分有害的情感宣泄出来；（2）悲剧的卡塔西斯作用在于满足人类强烈的怜悯与恐惧之情，怜悯与恐惧之情是人类希望得以满足的心理欲望，通过宣泄人的怜悯与恐惧之情，使人获得心理的快感；（3）悲剧的卡塔西斯作用在于重复激发人的怜悯与恐惧之情，借以减轻这两种情感的力量，使人的心理导向平衡。在中国，朱光潜与罗念生两位著名学者，也对悲剧的卡塔西斯作用，给予了不同的解释。前者认为亚里斯多德的"卡塔西斯"取的是宗教音乐上的意思，根据是亚里斯多德《政治学》第八章对于宗教音乐"净化"作用的说明：

　　音乐应该学习，并不是为着某一个目的，而是同时为着几个目的，那就是（1）教育，（2）净化，（3）精神享受，也就是紧张劳动后的安静和休息。从此可知，各种和谐的乐调虽然各有用处，但是特殊的目的，宜用特殊的乐调。要达到教育的目的，就应选用伦理的乐调；但是在集会中听旁人演奏时，我们就宜听行动的乐调和激昂的乐调。因为像哀怜和恐惧或是狂热之类情绪虽然只在一部分人心里是很强烈的，一般人也多少有一些。有些人受宗教狂热支配时，一听到宗教的乐调，就卷入迷狂状态，随后就安静下来，仿佛受到了一种治疗和净化。这种情形当然也适用于受哀怜恐惧以及其他类似情绪影响的人。某些人特别容易受某种情绪的影响，他们也可以在不同程度上受到音乐的激动，受到净化，因而心里感到一种轻松舒畅的快感。因此，具有净化作用的歌曲可以产生一种无害的快感。①

---

① ［希腊］亚里斯多德：《政治学》，见朱光潜：《西方美学史》（上），人民文学出版社 1979年版，第 87—88 页。

后者则认为亚里斯多德的"卡塔西斯"用的是医学治疗上的意思，根据是亚里斯多德《尼可马科斯伦理学》第二卷第6章对于"中庸之道"的说明：

> 如果每一种技艺之所以能作好它的工作，乃由于求适度，并以适度为标准来衡量它的作品（因此我们在谈论某些好作品的时候，常说它们是不能增减的，意即过多和过少都有损于完美，而适度则可以保持完美）；如果，像我们所说，优秀的艺术家在创作的时候总是求适度，如果美德比任何技艺更精确更好，正如自然比任何技艺更精确更好一样，那么美德也必善于求适中。我所指的是道德上的美德；因为这种美德与情感及行动有关，而情感有过强、过弱和适度之分。例如恐惧、勇敢、欲望、愤怒、怜悯以及快感、痛苦，有太强太弱之分，而太强太弱都不好；只有在适当的时候、对适当的事物、对适当的人、在适当的动机下、在适当的方式下所发生的情感，才是适度的最好的情感，这种情感即是美德。①

但在亚里斯多德的"卡塔西斯"肯定悲剧对人有积极作用这一点上，各家是没有异议的。

三、《诗学》的史诗论

《诗学》的第23、24章是史诗论。在《诗学》的序论的最后部分，亚里斯多德简述了悲剧与史诗的异同。在讲完悲剧之后，他很自然地接着讨论史诗。关于史诗，亚里斯多德把它定义为"用叙述体和'韵文'来摹仿的艺术"（《诗学》），并从情节结构、史诗的种类和史诗的格律三个方面，展开对于史诗的探讨。

关于史诗的情节安排，亚里斯多德指出，尽管史诗采用的是叙述体，但在情节安排上，也应该像悲剧的情节那样，遵循情节的整一性原则，而不应像历史那样进行编年纪事。

关于史诗的种类，亚里斯多德认为史诗的种类应该和悲剧的相同。在悲剧论中，亚里斯多德曾把悲剧划分为四种：（1）复杂剧，即有多种悲剧成分

---

① ［希腊］亚里斯多德：《尼可马科斯伦理学》，见罗念生：《诗学·译后记》，人民文学出版社1982年版，第118—119页。

构成，在情节设置上使用亚里斯多德所谓"突转"与"发现"手法的悲剧，如欧里庇得斯的悲剧《伊菲革涅亚在陶洛人里》，写阿伽门农之子爱瑞斯特斯为报父仇杀死母亲，犯下弑亲罪孽四处逃亡，在异邦陶洛人里意外与担任月神阿尔忒弥斯女祭祀的大姐伊菲革涅亚相认，从而避免了被杀献祭的危险，并最终得以净罪，情节复杂曲折，是复杂剧中的典范；（2）苦难剧，即以苦难为主要成分的悲剧，如《埃阿斯》和《伊克西翁》这样的系列剧，前者描写的是特洛亚战争中的希腊英雄埃阿斯为争夺战死的希腊大将阿克琉斯留下的盔甲受到别人的算计而送命的故事，后者描写的是伊克西翁因为爱上天后赫拉而遭到天神宙斯惩罚的故事，故事的核心成分都是"苦难"；（3）"性格剧"，即以"性格"为主要成分的悲剧。亚里斯多德这里所讲的"性格"系指人物道德品质方面的内容，"性格"剧，就是写善良的人物，表现善良的性格，戏剧主人公善有善报，尽管体裁是悲剧，但这些人物的最终命运都以大团圆收场，如索福克勒斯的《佛提亚妇女》和欧里庇得斯的《珀琉斯》；（4）穿插剧，即以"穿插"为主要成分的悲剧，但由于一般的穿插剧都没有显著的成分，所以亚里斯多德又把它看作是简单剧，如埃斯库罗斯的《福尔客得斯》和《被缚的普罗米修斯》。在史诗论中，亚里斯多德把史诗的种类也对应地划分为简单史诗、复杂史诗、"性格"史诗和苦难史诗四类。

关于史诗的格律，也即史诗所用的"韵文"，在《诗学》的序论部分，亚里斯多德已经指明他所说的"韵文"是狭义的"韵文"，与"歌曲"相对。他本人只承认三种形式的"韵文"：六音步长短短格、三双音步（六音步）短长格和四双音步（八音步）长短格，其中，史诗所采用的就是六音步长短短格，这种格律又称英雄格或史诗格；在史诗论中，亚里斯多德进一步对史诗所应采用的英雄格，做了具体的说明。

在亚里斯多德看来，在史诗诗人中，荷马是最值得称赞的，"因为在史诗诗人中唯有他知道一个史诗诗人应当怎么样作"（《诗学》）。具体而言，就是：在情节结构的处理方面，几乎所有诗人都自觉不自觉地按照历史编年纪事的形式来写作，荷马则在这一点上高人一筹，知晓史诗的情节应围绕一个整一的行动展开，"他没有企图把战争整个写出来，尽管它有始有终。因为那样一来，故事就会太长，不能一览而尽；即使长度可以控制，但细节繁多，故事就会趋于复杂。荷马却只选择其中一部分，而把许多别的部分作为穿插，点缀在诗中"（《诗学》），而且，"荷马第一个运用一切种类和成分，而且运用得很好。他的两首史诗各有不同的结构，《伊利亚特》是简单史诗兼苦难史诗，《奥德赛》是复杂史诗（因为处处有'发现'）兼'性格'史诗"（《诗学》）；在运用史诗叙述方面，一般的史诗诗人习惯始终用诗人自己的口吻来间接叙述，而荷马则懂得史诗的叙述应该让诗中的人物来直接叙述，"史诗诗人应尽量少用自己的身份说话；否则就不是摹仿者了。其他的史诗诗人却一直是亲自出场，很少摹仿，或者偶尔摹仿。荷马却在简短的序诗之后，立即叫一个男人或女人或其他人物出场，他们各具有'性格'，没有一个不具备有特殊的'性格'"（《诗学》）。亚里斯多德尤其赞叹荷马具有把谎话说圆的本事：

> 把谎话说得圆主要是荷马教给其他诗人的，那就是利用似是而非的推断。如果第一桩事成为事实或发生，第二桩即随之成为事实或发生，人们会以为第二桩既已成为事实，第一桩也必已成为事实或已发生（其实是假的）；因此，尽管第一桩不真实，但第二桩是第一桩成为事实之后必然成为事实或发生的事，人们就会把第一桩提出来；因为如果我们知道第二桩是真的，我们心里就会作似是而非的推断，认为第一桩也是真的……

> 因此，一桩不可能发生而成为可信的事，比一桩可能发生而不可能成为可信的事更为可取。[①]

在这里，亚里斯多德所说的"一桩不可能发生而成为可信的事，比一桩可能发生而不可能成为可信的事更为可取"，很自然地让人联想起他对诗描述可能发生的事也即按照可然律或必然律可能或必然发生之事的那段著名的论述，这与他对诗描写普遍性之事的理论主张是一脉相承的。

四、《诗学》的批评论及对悲剧、史诗摹仿形式高下的评判

《诗学》的第 25 章是批评论，专门探讨各色批评家对于艺术本身和诗人的疑难以及如何进行相应的反驳。在亚里斯多德看来，在反驳批评家的这些

[①] ［希腊］亚里斯多德：《诗学》，罗念生译，人民文学出版社 1982 年版，第 89—90 页。

责难之前，首先必须弄清一个前提，就是这些责难究竟是对艺术本身的指责还是对诗人语词用法的疑难，因为这涉及诗的两种不同的错误，"在诗里，错误分两种：艺术本身的错误和偶然的错误。如果诗人挑选某一事物来摹仿……，而缺乏表现力，这是艺术本身的错误。但是，如果他挑选的事物不正确，例如写马的两只右腿同时并进，或是在科学（例如医学或其他科学）上犯了错误，或是把某种不可能发生的事写在他的诗里，这些都不是艺术本身的错误"（《诗学》），然后根据不同的错误进行有针对性的辩护。

关于批评家对艺术本身的指责，亚里斯多德把它归纳为五类：（一）描写的事不可能发生；（二）描写的事不近情理；（三）描写的事不道德，有害处；（四）描写的事有矛盾；（五）诗人的描写在技术上不正确。具体的辩护则是：对于不可能发生之事，"如果诗人写的是不可能发生的事，他固然犯了错误；但是，如果他这样写，达到了艺术的目的，能使这一部分或另一部分诗更为惊人，那么这个错误是有理由可辩护的，……为了获得诗的效果，一桩不可能发生而可能成为可信的事，比一桩可能发生而不能成为可信的事更为可取"（《诗学》）；对于不近情理之事，"可用'有此传说'一语来辩护；或者说在某种场合下，这种事并不是不近情理；因为可能有许多事违反可能律而发生。……但是，如果不近情理的情节或性格的卑鄙没有必要，没有用处，应当受指责"（《诗学》）；对于有害处的描写，"衡量诗和衡量政治正确与否，标准不一样；衡量诗和衡量其他艺术正确与否，标准也不一样。……在判断一言一行是好是坏的时候，不但要看言行本身是善是恶，而且要看言者、行者为谁，时间系何时，方式属何种，动机是为什么，例如要取得更高的善，或者要避免更坏的恶"（《诗学》）；对于有矛盾之事，"如果有人指责诗人所描写的事物不符实际，也许他可以这样反驳：'这些事物是按照它们应当有的样子描写的'，正像索福克勒斯所说，他按照人应当有的样子来描写，欧里庇得斯则按照人本来的样子来描写。如果上面两个说法都不行，他还可以这样辩解：有此传说"（《诗学》）；对于描写技术上的不正确，"诗人应当尽可能不犯任何错误。我们并且要问诗人所犯的是何种错误，是艺术本身的错误，还是偶然的错误？不知母鹿无角而画出角来，这个错误并没有画鹿画得认不出是鹿那样严重"（《诗学》）。

关于批评家对于疑难字句的责难，亚里斯多德把它归纳为七类：（一）借用字的使用；（二）隐喻字的使用；（三）语音的使用；（四）语句的划分；（五）字义的含糊；（六）字的习惯用法；（七）一字多义的情况。在他看来，批评家对于疑难字句的责难多属无理之举：

> 有的批评家从一些不近情理的假定出发，他们先设下一条对诗人不利的假定，然后由此推断；他们把自己想出来的意思作为诗人所说的，如果他们认为这意思和他们对事物的看法不合，他们就指责诗人。①

而亚里斯多德的辩护也很简单，认为只需考查一下这些字句在诗中的具体使用情况，并根据上下文的关系，就可以轻松地反驳批评家的无端指责，达到辩护的目的。这七点反驳加上前者讲的为艺术本身辩护的五点，一共十二点，是亚里斯多德反击批评家责难的全部。②

《诗学》的第 26 章（最后一章）是对悲剧和史诗两种摹仿形式高下的评判。在《史诗》的序论部分，亚里斯多德曾经就结构形式、篇幅长短、摹仿方法，比较过悲剧与史诗的异同；在史诗论部分，亚里斯多德又从篇幅和格律两个角度，比较了史诗在这些方面的所长：

> 史诗在长短与格律方面与悲剧不同。关于长短，前面所说的限度就算适当了：长度须使人从头到尾一览而尽，如果一首史诗比古诗短，约等于一次听完的一连串悲剧，就合乎这条件。但史诗有一个非常特殊的方便，可以使长度分外增加。悲剧不可能摹仿许多正发生的事，只能摹仿演员在舞台上表演的事；史诗则因为采用叙述体，能描述许多正发生的事，这些事只要联系得上，就可以增加诗的分量。这是一桩好事（可以使史诗显得宏伟），用不同的穿插点缀在诗中，可以使史诗起变化（听众）；单调很快就会使人腻烦，悲剧的失败往往由于这一点。③

那么，这样说是不是意味着史诗的摹仿形式比悲剧更高呢？亚里斯多德的回答是否定的。在《诗学》的最后一章，亚里斯多德明确表示要就悲剧与史诗摹仿形式的高下作一个确定的评判。亚里斯多德并不否认有关悲剧与史诗的

---

① ［希腊］亚里斯多德：《诗学》，罗念生译，人民文学出版社 1982 年版，第 100 页。
② 参阅［希腊］亚里斯多德：《诗学》，罗念生译，人民文学出版社 1982 年版，第 102 页。
③ ［希腊］亚里斯多德：《诗学》，罗念生译，人民文学出版社 1982 年版，第 85—87 页。

艺术高下存在着不利于悲剧的说法：

> 也许有人会问，史诗和悲剧这两种摹仿形式，哪一种比较高。如果说比较不庸俗的艺术比较高，而比较不庸俗的总是指高等听众所欣赏的艺术，那么，很明显，摹仿一切的则是非常庸俗的艺术。……有人说，史诗是给有教养的听众欣赏的——他们不需要姿势的帮助——而悲剧则是给下等观众欣赏的。如果悲剧是庸俗的艺术，显然比史诗低了。①

但他指出，悲剧之所以招致人们这样的批评，是因为悲剧演员不适当的过火表演，"有的演员以为不增加一些动作，观众就看不懂，因此，他们扭捏出各种姿态，例如拙劣的双管箫吹手摹仿掷铁饼就扭来转去，演奏《斯库拉》乐章就把歌唱队长乱抓乱拖"（《诗学》），所以，这些批评不过是对演员表演的反感，而非对于悲剧本身的指责。况且，亚里斯多德认为史诗朗诵者手舞足蹈，也可能表演得过火，而悲剧的动作也并非都通不过，同时悲剧跟史诗一样，不依靠动作也能发挥自身的力量，单纯从表演的角度来否定悲剧是不能令人信服的。在亚里斯多德看来，评判悲剧和史诗摹仿形式的高下，应从艺术本身的四个方面入手：（一）艺术成分方面，悲剧具备史诗所有的各种成分，而有些成分为悲剧所独有，史诗并不具备；（二）摹仿媒介方面，悲剧具有史诗不具备的一个"不平凡的成分"——音乐，它能加强观众的快感；（三）摹仿对象方面，不论阅读或看戏，悲剧都能给观众"很鲜明的印象"，史诗则不能带给听众这种直观的印象；（四）摹仿目的方面，悲剧的摹仿受时间限制，比较集中，能在较短的时间内就达到摹仿的目的，不像史诗不受时间限制，拉得很长，会冲淡摹仿带给观众的快感。通过比较，亚里斯多德的最后结论是，不论是在艺术的形式结构方面还是艺术效果方面，悲剧都胜过史诗，"显而易见，悲剧比史诗优越，因为它比史诗更容易达到它的目的"（《诗学》）。

诚如车尔尼雪夫斯基所说的，"亚里斯多德是西方用独立体系来阐明美学概念的第一人"。在《诗学》中，亚里斯多德以诗为研究对象，对诗的本身、诗的种类、各种诗的摹仿对象、摹仿媒介及摹仿方法，进行分类，说明

---

① ［希腊］亚里斯多德：《诗学》，罗念生译，人民文学出版社 1982 年版，第 103—104 页。

诗的本身原理，并对各种诗所应遵循的创作原则予以总结。《诗学》的序论、悲剧论、史诗论、批评论与比较论，从原理说明到各部的展开，都有明确的交待，五个部分相互串联在一起，联结成为一个有机的整体，其诗学理论体系的严整性是非常突出的。而从其对后世西方诗学体系"近二千年的统治"来看，《诗学》在文艺理论体系架构上的严整性特征，对于西方诗学的影响无疑是决定性的。

第三节 《文心雕龙》的语言观及话语言说

刘勰《文心雕龙·序志》开篇解释书名的含义：

> 夫"文心"者，言为文之用心也。昔涓子《琴心》，王孙《巧心》，心哉美矣夫，故用之焉。古来文章，以雕缛成体，岂取驺奭之群言雕龙也。①

"文心"，是说文之用心；"雕龙"，取自《史记·孟子荀卿列传》"雕龙奭"的典故，寓意语言文辞之于文学有如古人雕琢龙纹一般，其重要性不言而喻。

一、从思—意—言关系的论述看刘勰《文心雕龙》的语言观

文学中的语言问题，一直是文学研究的一个核心论题。早在中国的先秦时期，古代典籍中诸如"言之无文，行之不远"（《左传·襄公二十五年》），"言者所以在意，得意而忘言"（《庄子·外物》），"圣人立象以尽意，系辞焉以尽言"（《周易·系辞》）的记载，就已透露出古代中国人对于语言的关注。而魏晋时代，伴随着文学"自觉"时代的降临，对于语言问题的探讨，成为其时文学理论研究的一个热点话题。曹丕《典论·论文》"诗赋欲丽"，已经透露了时人对于语言文辞的渴望，陆机《文赋》"恒患意不称物，文不逮意"，则对语言表达的局限徒唤无奈。而刘勰《文心雕龙·神思》对"思

---

① （梁）刘勰：《文心雕龙》，见周振甫：《文心雕龙译注》，江苏教育出版社 2006 年版，第680 页。

—意—言"三者关系的提出及说明，无疑代表了这一时期研讨文学语言问题的最具理论深度的诗学命题：

> 物沿耳目，而辞令管其枢机。枢机方通，则物无隐貌；……是以意授于思，言授于意，密则无际，疏则千里。①

对此，范文澜的《文心雕龙注》有一段精辟的注解：

> 物谓事也，理也。事理接于心，心出于言辞以明之。《易上系辞》："言行君子之枢机。"……言语为表彰思想之要具，学者之恒言也。然其所以表彰思想者，果能毫发无遗憾乎？则虽知言善思者，必又苦其不能也。思想上精密足以区别，而言语有不足相应者；思想上有称密之区别，言语且有不存者。无论何种言语，其代表思想，虽有程度之差，而缺憾则一也。据此，知言语不能完全表彰思想，而为言语符号之文字，因形体声音之有限，与文法贯习之拘牵，亦不能与言语相合而无间。故思想发为言语已经一层障碍，由言语而著竹帛，又受一次胲削，则文字与思想之间，固有不可免之差殊存矣。……言之尽意与否，为当时学者间争论一大问题，兹可不论，彦和谓"密则无际"，则似言尽意也，……"疏则千里"，即上文所云"枢机方通，则物无隐貌"。②

在这里，范文澜其实提示了理解刘勰的"思—意—言"的两个重要内容：其一是刘勰的"思—意—言"的实质是语言与思想表达的关系；其二是刘勰的"思—意—言"的理论前提是发生于魏晋之际的著名的"言意之辨"。

按照南朝刘义庆《世说新语·文学篇》的记载：

> 旧云，王（导）丞相过江左，止道声无哀乐、养生、言尽意三理而已。③

---

① （梁）刘勰：《文心雕龙》，见周振甫：《文心雕龙译注》，江苏教育出版社 2006 年版，第 396—397 页。

② 范文澜：《文心雕龙注》（下），人民文学出版社 2006 年版，第 497—500 页。

③ 张万起、刘尚慈：《世说新语译注》，中华书局 1998 年版，第 180—181 页。

"言尽意"即语言与思想表达的关系，是魏晋时期的一个重要的名理问题，其缘起是儒家学者和玄学家对于《周易·系辞》"圣人立象以尽意，系辞焉以尽言"的不同解读。裴松之《三国志·魏书·荀彧传注》所引何邵《荀粲传》，曾对这一情形有过细致的描述：

> 粲诸兄并以儒术议论，而粲独好言道，常以为子贡称夫子之言性与天道不可得闻，然则六籍虽存，固圣人之糠秕。粲兄俣难曰："易亦云圣人立象以尽意，系辞焉以尽言，则徵言胡为不可得而闻见哉？"粲答曰："盖理之徵者，非物象之所举也。今称立象以尽意，此非通于意外者也；系辞焉以尽言，此非言乎系表者也。斯则象外之意，系表之言，固蕴而不出矣。"及当时能言者不能屈也。①

根据王元化的考证，魏晋以来对于"言意之辩"命题的探讨，除了西晋名士欧阳建的《言尽意论》："名逐物而迁，言因理而变，此犹声发响应，形存影附，不得相与为二，苟其不二，则无不尽"，力拒流俗，倡"言尽意论"外，其他玄学家几乎毫无例外地属于"言不尽意"一派，因为"玄学家大抵都从'体无'的唯心主义世界观出发，利用以儒合道的办法把儒经加以牵强附会的解释，以便抬出所谓'性与天道'的玄理从事于本末体用之辩，……言不尽意正是根据本无末有的玄学原则引申出来的必然结论"。② 王元化特别提到了玄学代表人物王弼在《周易略例·明象篇》中对于"言—象—意"三者关系的说明：

> 夫象者，出意者也。言者，明象者也。尽意莫若象，尽象莫若言。言生于象，故可寻言以观象；象生于意，故可寻象以观意。意以象尽，象以言著。故言者所以明象，得象而忘言；象者所以存意，得意而忘象。犹蹄者所以在兔，得兔而忘蹄；筌者所以在鱼，得鱼而忘筌也。然则，言者，象之蹄也；象者，意之筌也。是故存言者非得象者也；存象者，非得意者也。象生于意，而存象焉，则所存者非其象也；言生于

---

① （晋）陈寿：《三国志》，裴松之注，中华书局 2005 年版，第 240 页。
② 王元化：《文心雕龙讲疏》，广西师范大学出版社 2004 年版，第 128—129 页。

象，而存言焉，则所存者非其言也。①

从表面上看，王弼提出"夫象者，出意者也。言者，明象者也。尽意莫若象，尽象莫若言。言生于象，故可寻言以观象；象生于意，故可寻象以观意。意以象尽，象以言著"，似乎也是肯定言可以尽意的，但正如王元化所指出的，上述言论只是王弼论"言—象—意"的一个方面，"另方面他（王弼）又认为言对于象或象对于意，只是一种为了认识上的方便而设立的'象征文字'式的符号（即所谓"重画"），而不是真实的反映，所以终于作出了'存象所存者非其象，存言则所存者非其言'的辩解"，② 也即是说，尽管王弼好像有肯定"言尽意"的言论，但从他对"言—象—意"的论证逻辑来看，其结论重心仍是在"言不尽意"的，故而，王元化坚决反对把王弼之说划为"介于'言尽意'与'言不尽意'两派之间"的做法，而把其视为魏晋玄学"言不尽意"论的代表，因为王弼之说"（虽然）采取了比较迂回曲折的说法，……实质上这和荀粲的言不尽意论并无二致"。③

刘勰的"思—言—意"，很自然地让人联想到王弼的"言—象—意"。关于两者之间的关联，王元化并不否认以王弼为代表的玄学家对于"言意"关系的研讨，为刘勰探讨语言与思想表达之间关系的理论先驱，并为后者提供了丰富的思想资料，但他强调刘勰对于语言与思想表达之间关系的说明，并不是对魏晋"言意之辩"言论的简单照搬，而是"利用了这些思想资料所提供的形式，而注入了不同的内容"。④ 具体而言，就是：第一，刘勰把玄学领域内的言意之辩引入到文学领域，深化了文学理论对于语言表达问题的认识。王元化指出，魏晋的言意之辩从根本上讲是一个玄学性质的哲学命题，不仅是魏晋玄学家所谓的"三理"之一，而且余风波及至佛学领域：

> 王弼的"寄言出意"之义与何晏"无名论"颇为类似，在当时留下了极大的影响。魏晋玄学家大抵都持此说。郭象注《庄子》称"要其会归，遗其所寄"，支遁论《逍遥游》云"庄子建言大道，寄旨鹏

① （晋）王弼：《周易略例·明象篇》，见王元化：《文心雕龙讲疏》，广西师范大学出版社2004年版，第129—130页。

② 王元化：《文心雕龙讲疏》，广西师范大学出版社2004年版，第130页。

③ 王元化：《文心雕龙讲疏》，广西师范大学出版社2004年版，第129—130页。

④ 王元化：《文心雕龙讲疏》，广西师范大学出版社2004年版，第132页。

鹉",都显示了承袭王说的痕迹。再如另一系玄学家嵇康著《声无哀乐论》,明言"和声无象",并谓"圣人识鉴不借言语",亦与得意无言之旨合轨。

这种玄风自然也波及到佛学方面。……都采用大量玄学语言来给佛经经义作注。僧肇的"道不可以形名得",竺道生的"执象迷理"、"彻悟言外",慧皎的"言者不真之物",都是认为语言与思想之间存在着不可避免的差殊。他们都喜用玄学家常常援用的"得鱼忘筌,得兔忘蹄"的《庄子》故典,来宣扬所谓"理为神御"的神秘思想,可以说与玄学重道遗迹的见解如出一辙。这在当时玄佛合流、二方同趣的情况下,并不是什么奇怪的事。无论玄学家或佛学家,他们都是从"体无"出发,以无有或空无作为绝对的本体,把无为或空无放在宇宙万有之上。形名既是有,自然是不真之物,从而也就不能反映寂寥虚旷、神秘莫测的"道"或"理"了。①

这就是说,言意之辩本不属文学领域的范围,而刘勰把言意关系问题引入文学研究领域,既有继承,更讲创新,其意义"正如其把文质概念引入文学领域一样,……《文心雕龙》中的文质概念,已不同于《论语》中的(原初的)文质概念,甚至也并不完全同于魏晋时代佛经传译中的文质概念。《文心雕龙》论述言意问题也是这样"。② 第二,刘勰的"思—意—言"对于语言与思想表达的关系,给予了正面的肯定,"所谓'物沿耳目,而辞令管其枢机。枢机方通,则物无隐貌',是他(刘勰)对于语言与思想关系问题的根本观点。他在分析具体作品时,也同样贯彻了这种主张。《物色篇》称《诗经》'皎日嘒星,一言穷理,参差沃若,两字穷形',清楚地说明了语言文字是可以穷理穷形的。此外,《夸饰篇》亦云:'谈欢则字与笑并,论戚则声共泣偕',显然与作为'三理'之一的《声无哀乐论》(嵇康)形成鲜明对照。从言尽意观点出发,必然认为文学艺术的内容与形式的统一。从言不尽意观点出发,则必然得出文学艺术的内容与形式'殊途异轨,不相经纬'的结论。……刘勰的上述见解和玄学家的言不尽意论,显然朱紫各

---

① 王元化:《文心雕龙讲疏》,广西师范大学出版社 2004 年版,第 130—132 页。
② 王元化:《文心雕龙讲疏》,广西师范大学出版社 2004 年版,第 334 页。

别"，① 而且，刘勰的"思—意—言"中的"思"，就是《神思》中所说的"文思"，所以，"思—意—言"不取"言—象—意"的玄学指向，而是明确了自身的文学指向，并就此与玄学泾渭分明，"即使在术语方面，他（刘勰）所用的'思'、'意'、'言'三词，也与王弼附有玄学意蕴的'意'、'象'、'言'三词含义各殊，不得混同"。②

不过，王元化关于刘勰归属"言尽意"派的结论，学界一直有不同声音的存在。因为刘勰《文心雕龙》谈"思—意—言"固然有"物沿耳目，而辞令管其枢机。枢机方通，则物无隐貌"、"意授于思，言授于意，密则无际，疏则千里"等符合言尽意论的主张，也有"思表纤旨，文外曲致，言所不追，笔固知止"、"物有尽而情有余者，晓会通也"等接近言不尽意的观点，硬性地将刘勰归入"言尽意"或"言不尽意"中的一派，可能都不能完全涵盖刘勰《文心雕龙》的语言观。另外，王元化关于"言不尽意"论在中国文学理论中的影响的结论："玄学的言不尽意论对于后代文艺理论不是没有影响的。如司空图的'不着一字，尽得风流'之说（《二十四诗品》）就是一例。他推崇什么'韵外之致，味外之旨'（《与李生论诗书》），'象外之象，景外之景（《与极浦书》）'，强调一种超诣言表的绝对境界，从而开启严沧浪'兴趣说'和王渔洋'神韵说'的先河。这种迷离惝恍的神秘观点，正可以说是玄学言不尽意论在文艺理论方面的反映。"③ 著名学者钱仲联也提出了一些不同的思考：

> 笔者（钱仲联）认为文论的言不尽意这句话，有两种不同含义的区分。一种"言不尽意"论，是指言不能尽意而说，这和佛学上僧肇《涅槃无名论》所谓道"不可以形名得"，实质上并无二致。在文论领域，突出的论点是：作家行文时运用之妙，很难用文字说明。陆机《文赋》所谓："是盖轮扁所不得言，亦非华说之所能精"，《文心雕龙·神思》所谓："至精而后阐其妙，至变而后通其数，伊挚不能言鼎，轮扁不能语斤，其微矣乎！"《南齐书·文学传论》所谓"轮扁斲轮，言之未尽"，都是说言语不能尽意，是就理论言说不能完全表达写作巧妙方

---

① 王元化：《文心雕龙讲疏》，广西师范大学出版社 2004 年版，第 132 页。
② 王元化：《文心雕龙讲疏》，广西师范大学出版社 2004 年版，第 132—133 页。
③ 王元化：《文心雕龙讲疏》，广西师范大学出版社 2004 年版，第 372—373 页。

面说的。另一种"言不尽意"论，是指言不要尽意而说。虽然与前说有联系，但又有区别。《隐秀篇》所谓"隐也者，文外之重旨也"，"深文隐蔚，余味曲包"，皎然《诗式》所谓"两重意已上，皆文外之旨"，"情在言外"，"旨冥句中"，司空图《二十四诗品》所谓"不着一字，尽得风流"，《与极浦书》所谓"象外之象，景外之景，岂容易可谭哉？然题纪之作，目击可图"，欧阳修《六一诗话》引梅尧臣语："诗家虽率意而造语亦难。……必能状难写之景，如在目前，含不尽之意，见于言外，斯为至矣。"都是对写诗要留有言外不尽之意的要求而说，指的是诗意要含蓄不尽，不应停留在语言的表层，不以状物之形为满足，而要以传物之神为能事。做到这点，诗歌形象才不是死板的东西，而具有艺术美，具有魅力，所谓"动人春色不须多"就是，说尽了便没有余味。诗歌是形象的语言，非言无以寄言外之意，非形无以寓形外之神。严羽《沧浪诗话》说到这种不脱离于形、不黏滞于言的意，谓是"羚羊挂角，无迹可求（言外之意，仍含蓄于言中，故以"挂角"为喻）。故其妙处莹彻玲珑，不可凑泊（不是说不可捉摸，而是说言与意、形与神浑然一体，并非两相拼凑），如空中之音，相中之色，水中之月，镜中之象，言有尽而意无穷"。水中月、镜中象的比喻最为明白，水中的月镜中的花，不是实体的月和花，它就是指形外之神、言外之意。这是不要去说尽的，一经说尽，便是刻画实体而不是传花月之神了。这种"言不尽意"论，不是指言不能尽意，而是指言不要尽意，并没有什么神秘。这两种"言不尽意"论，似乎不能等同。①

钱仲联的这段话对于我们理解刘勰《文心雕龙》的语言观很有必要。通常我们把"言尽意"和"言不尽意"看作是截然对立的两个极端，但钱仲联对于"言不尽意"的二重含义的阐发提示我们，"言尽意"和"言不尽意"之间并非是全然地对立，还可以相互地渗透和沟通。所以，与其在"言尽意"与"言不尽意"之间做费力不讨好的归类工作，不如从两者之间的关联出发对"言—意"关系做新的理解。具体到刘勰《文心雕龙》的"思—意—言"，就是不再硬性在"言尽意"派或"言不尽意"派中划定其归属，而是

---

① 钱仲联：《〈文心雕龙创作论〉读后偶见》，见王元化：《文心雕龙讲疏·备考》，广西师范大学出版社2004年版，第373—374页。

充分考虑到其"思—意—言"中对于"言尽意"和"言不尽意"的辩证吸纳和概括，并进而对刘勰《文心雕龙》全面而辩证的语言观有一个清楚的认识。事实上，包括王元化在内的众多学者已经注意到了这方面的问题。王元化本人在1988年《文心雕龙》国际研讨会闭幕词中，曾对刘勰"思—意—言"的理解进行反思：

> 近来，我对《文心雕龙》中的言意问题，有了一些和过去不同的看法。……依我看，他是企图阐明文学的写意性。写意性是中国艺术的重要特点之一。中国绘画中有写意画，……中国戏曲中的虚拟性的表演也是写意的，……中国的音乐、舞蹈等也都具有写意的鲜明特点。……写意性使想象得以在更广阔领域内驰骋。中国古代文论较之西方古代文论，是更早也更多地涉及了想象问题，这从借助于暗示、隐喻、联想等手段所形成的比兴理论在中国古代文论中特别发达就可证明。中国诗学中的比兴之义，贯串历代文论、诗话中，形成一种民族特色。倘从比兴之义去探讨《文心雕龙》的言意问题，也许过去讨论中的各种矛盾、分歧都可以迎刃而解了。①

王元化在这里讲的"文学的写意性"、"从比兴之义来探讨《文心雕龙》的言意问题"，就是强调刘勰《文心雕龙》的"思—意—言"在语言与思想表达之间是兼具虚实两个方面的，是深具中国民族特色的。这种对于刘勰"思—意—言"的辩证考察与理解，应该是符合刘勰《文心雕龙》语言观的原意的。

二、《文心雕龙》的话语言说

与语言和思想表达密切相关联的，是诗学的话语言说。刘勰《文心雕龙·序志》曾把其所开创的对文学的分体研究，概括为四项重要的体例："原始以表末，释名以章义，选文以定篇，敷理以举统"，它们是刘勰《文心雕龙》建构诗学体系时所主要依托的话语言说方式。

（一）"原始以表末"。"原始以表末"，就是对各体文学的起源、沿革与

---

① 王元化：《文心雕龙讲疏》，广西师范大学出版社2004年版，第335—336页。

演变进行追本溯源。魏晋以来，随着对文学认识的深入，人们已经开始注意到文学的分类和流变，特别是挚虞的《文章流别志论》对于各体文学的"类聚区分"，在这方面有着筚路蓝缕之功。刘勰对于各体文学的追本溯源是建立在前人研究基础之上的，在文学体制的完备性和论述的细致性上都大大超越了前人。如《明诗》论"诗"，把诗的缘起追溯至远古时期的葛天氏的《玄鸟》歌辞和黄帝的《云门》乐曲，所谓"昔葛天乐辞，《玄鸟》在曲；黄帝《云门》，理不空弦。至尧有《大唐》之歌，舜造《南风》之诗，观其二文，辞达而已。及大禹成功，九序唯歌；太康败德，五子咸怨：顺美匡恶，其来久矣"（《明诗》），并从四言向五言的转向，纵论诗在历代的沿革与演变，即"自商暨周，《雅》《颂》圆备，四始彪炳，六义环深。……汉初四言，韦孟首唱，匡谏之义，继轨周人。孝武爱文，柏梁列韵；严马之徒，属辞无方。至成帝品录，三百余篇，朝章国采，亦云周备；而辞人遗翰，莫见五言。……暨建安之初，五言腾踊。……晋世群才，稍入轻绮。……江左篇制，溺乎玄风。……宋初文咏，体有因革"（《明诗》）。《乐府》论配乐的乐府诗，把乐府诗的起源追溯至南方涂山氏的《候人歌》和北方有娀氏的《燕燕歌》，所谓"钧天九奏，既其上帝；葛天八阕，爰乃皇时。自咸英以降，亦无得而论矣。至于涂山歌于候人，始为南音；有娀谣乎飞燕，始为北声；夏甲叹于东阳，东音以发；殷整思于西河，西音以兴；音声推移，亦不一概矣"（《乐府》），并从雅正至浮靡的衰落过程，概述乐府诗从秦汉到近代的沿革与演变，即"自雅声浸微，溺音腾沸。秦燔乐经，汉初绍复，制氏纪其铿锵，叔孙定其容典；于是《武德》兴乎高祖，《四时》广于孝文，虽摹《韶》《夏》，而颇袭秦旧，中和之响，阒其不还。暨武帝崇礼，始立乐府，总赵代之音，撮齐楚之气，延年以曼声协律，朱马以骚体制歌。《桂华》杂曲，丽而不经，《赤雁》群篇，靡而非典，河间荐雅而罕御，故汲黯致讥于《天马》也。至宣帝雅颂，诗效《鹿鸣》；迩及元成，稍广淫乐，正音乖俗，其难也如此。暨后汉郊庙，唯杂雅章，辞虽典文，而律非夔旷。至于魏之三祖，气爽才丽，宰割辞调，音靡节平。观其北上众引，秋风列篇，或述酣宴，或伤羁戍，志不出于滔荡，辞不离于哀思，虽三调之正声，实韶夏之郑曲也。逮于晋世，则傅玄晓音，创定雅歌，以咏祖宗；张华新篇，亦充庭万。然杜夔调律，音奏舒雅，荀勖改悬，声节哀急，故阮咸讥其离声，后人验其铜尺。和乐之精妙，固表里而相资矣"（《乐府》）。《颂赞》论颂，先述其本源为帝喾时期所作的《韶》歌，所谓"昔帝喾之世，咸墨为颂，以歌九韶"（《颂赞》），次从风雅正变述颂之变体，所谓"自商以下，文理允备。夫化偃一国谓之风，风正四方谓之雅，容告神明谓之颂。风雅序人，事兼变正；颂主告神，义必纯美。鲁国以公旦次编，商人以前王追录，斯乃宗庙之正歌，非宴飨之常咏也。《时迈》一篇，周公所制，哲人之颂，规式存焉。夫民各有心，勿壅唯口；晋舆之称原田，鲁民之刺裘鞸，直言不咏，短辞以讽，丘明子高，并谍为诵，斯则野诵之变体，浸被乎人事矣。及三闾《橘颂》，情采芬芳，比类寓意，又覃及细物矣"（《颂赞》），再从《北征》、《西征》到《皇子》、《功臣》述颂杂入他体以至乱制，所谓"至于秦政刻文，爰颂其德。汉之惠景，亦有述容，沿世并作，相继于时矣。若夫子云之表充国，孟坚之序戴侯，武仲之美显宗，史岑之述熹后，或拟《清庙》，或范《駉》《那》，虽浅深不同，详略各异，其褒德显容，典章一也。至于班傅之《北征》《西征》，变为序引，岂不褒过而谬体哉！马融之《广成》《上林》，雅而似赋，何弄文而失质乎？又崔瑗《文学》，蔡邕《樊渠》，并致美于序，而简约乎篇。挚虞品藻，颇为精核；至云杂以风雅，而不变旨趣，徒张虚论，有似黄白之伪说矣。及魏晋杂颂，鲜有出辙，陈思所缀，以《皇子》为标；陆机积篇，唯《功臣》最显，其褒贬杂居，固末代之讹体也"（《颂赞》），其论文体源流之详备，也由此可见一斑。

（二）"释名以章义"。"释名以章义"，就是解释各体文学的定义并阐明其特点。陆机《文赋》述各体文学之特点："诗缘情而绮靡，赋体物而浏亮；碑披文以相质，诔缠绵而悽怆；铭博约而温润，箴顿挫而清壮；颂优游以彬蔚，论精微而朗畅；奏平徹以闲雅，说炜晔而谲诳"（《文赋》），已开辨析文体之先河，刘勰《文心雕龙》则进一步从"释名"入手，详解各体文学的定义，并点明其特征。如论诗，"诗者，持也，持人情性；三百之蔽，义归'无邪'，持之为训，有符焉尔"（《明诗》）；论乐府，"乐府者，'声依永，律和声'也。……匹夫庶妇，讴吟土风，诗官采言，乐胥被律，志感丝篁，气变金石：是以师旷觇风于盛衰，季札鉴微于兴废，精之至也"（《乐府》）；论赋，"赋者，铺也，铺采摛文，体物写志也。……诗序则同义，传说则异体。总其归途，实相枝干"（《诠赋》）；论颂赞，"颂者，容也，所以美盛德而述形容也。……赞者，明也，助也。昔虞舜之祀，乐正重赞，盖唱发之辞也"（《颂赞》）；论祝盟，"盟者，明也。骍毛白马，珠盘玉敦，陈辞乎方明之下，祝告于神明者也"（《祝盟》）；论铭箴，"铭者，名也，观器必也正名，审用贵乎盛德。……箴者，针也，所以攻疾防患，喻针石也"（《铭箴》）；论诔碑，"诔者，累也；累其德行，旌之不朽也。……碑者，埤也；上古帝王，纪号封禅，树石埤岳，故曰碑也。周穆纪迹于弇山之石，亦古碑之意。又宗庙有碑，树之两楹，事止丽牲，未勒勋绩。而庸器渐缺，故后代用碑，以石代金，同乎不朽，自庙徂坟，犹封墓也"（《诔碑》）；论哀吊，"赋宪之谥，短折曰哀。哀者，依也。悲实依心，故曰哀也。……吊者，至也。……君子令终定谥，事极理哀，故宾之慰主，以至到为言也"（《哀吊》）；论杂文，"杂文，名号多品，或典诰誓问，或览略篇章，或曲操弄引，或吟讽谣咏。总括其名，并归杂文之区；甄别其义，各入讨论之域"（《杂文》）；论谐隐，"谐之言皆也，辞浅会俗，皆悦笑也。……讔者，隐也；遁辞以隐意，谲譬以指事也"（《谐隐》）；论史传，"史者，使也；执笔左右，使之记也。……传者，转也，转受经旨，以授于后，实圣文之羽翮，记籍之冠冕也"（《史传》）；论论说，"圣哲彝训曰经，述经叙理曰论。论者，伦也；伦理无爽，则圣意不坠。……议者宜言，说者说语，传者转师，注者主解，赞者明意，评者平理，序者次事，引者胤辞：八名区分，一揆宗论。论也者，弥纶群言，而研精一理者也"（《论说》）；论檄移，"檄者，皦也。宣露于外，皦然明白也。……移者，易也；移风易俗，令往而民随者也"（《檄移》）；论章表，"章者，明也。《诗》云：'为章于天'，谓文明也；其在文物，赤白曰章。表者，标也。《礼》有《表记》，谓德见于仪；其在器式，揆景曰表"（《章表》）；论奏启，"奏者，进也。言敷于下情，进于上也。……启者，开也。……陈政言事，既奏之异条；让爵谢恩，亦表之别干"（《奏启》）；论书记，更是不厌其详：

> 故谓谱者，普也。注序世统，事资周普；郑氏谱《诗》，盖取乎此。
> 籍者，借也。岁借民力，条之于版；春秋司籍，即其事也。
> 簿者，圃也。草木区别，文书类聚；张汤李广，为吏所簿，别情伪也。
> 录者，领也。古史《世本》，编以简策，领其名数，故曰录也。
> 方者，隅也。医药攻病，各有所主，专精一隅，故药术称方。
> 术者，路也。算历极数，见路乃明。九章积微，故称为术；淮南万

毕，皆其类也。

占者，觇也。星辰飞伏，伺候乃见，登观书云，故曰占也。

式者，则也。阴阳盈虚，五行消息，变虽不常，而稽之有则也。

律者，中也。黄钟调起，五音以正。法律驭民，八刑克平。以律为名，取中正也。

令者，命也。出命申禁，有若自天。管仲下命如流水，使民从也。

法者，象也。兵谋无方，而奇正有象，故曰法也。

制者，裁也。上行于下，如匠之制器也。

符者，孚也。征召防伪，事资中孚；三代玉瑞，汉世金竹，末代从省，易以书翰矣。

契者，结也。上古纯质，结绳执契；今羌胡征数，负贩记缯，其遗风欤？

券者，束也。明白约束，以备情伪，字形半分，故周称"判书"。古有铁券，以坚信誓；王褒髯奴，则券之谐也。

疏者，布也。布置物类，撮题近意，故小券短书，号为疏也。

关者，闭也。出入由门，关闭由审；庶务在政，通塞应详。《韩非》云："孙亶回，圣相也，而关于州部。"盖谓此也。

刺者，达也。诗人讽刺，《周礼》三刺，事叙相达，若针之通结矣。

解者，释也。解释结滞，征事以对也。

牒者，叶也。短简编牒，如叶在枝；温舒截蒲，即其事也。议政未定，故短牒咨谋。牒之尤密，谓之为签；签者，纤密者也。

状者，貌也。体貌本原，取其事实，先贤表谥，并有行状，状之大者也。

列者，陈也。陈列事情，昭然可见也。

辞者，舌端之文，通己于人；子产有辞，诸侯所赖，不可已也。

（《书记》）

以上诸例，或以声训，或以义解，释名章义，蔚为大观。

（三）"选文以定篇"。"选文以定篇"，就是选择有代表性的作家作品进行品评。曹丕的《典论·论文》和李充的《翰林论》已经包含了对于魏晋作家作品予以评点的内容，如"王粲长于辞赋，徐幹时有齐气，然粲之匹也。如粲之《初征》、《登楼》、《槐赋》、《征思》，幹之《玄猿》、《漏卮》、《圆扇》、《橘赋》，虽张、蔡不过也。然于他文，未能称是。琳、瑀之章表书记，今之隽也。应玚和而不壮；刘桢壮而不密。孔融体气高妙，有过人者；然不能持论，理不胜辞；以至乎杂以嘲戏；及其所善，扬、班俦也"（《典论·论文》），"表宜以远大为本，不以华藻为先。若曹子建之表，可谓成文矣。诸葛亮之表刘主。裴公之辞侍中，羊公之让开府，可谓德音矣"（《翰林论》）等。刘勰论各体文学，也非常注意对于有代表性的作家作品的选定及评价。如《明诗》，分别选取了西汉的枚乘和傅毅，东汉的张衡，建安之初的曹氏兄弟、七子，正始时期的阮籍、嵇康、应璩，西晋的张（张载、张协、张亢）潘（岳）左（思）陆（陆机、陆云），东晋的袁宏、孙绰、郭璞等，作为历代诗歌的代表，其对代表作家的选择注意了对于各个历史时代的覆盖，对西汉五言诗《孤竹》一篇作者不属枚乘而应归属傅毅的考证颇见功力，而其对于历代代表作家创作的评价，也结论公允，不乏创见。如论两汉文学，"比采而推，两汉之作乎？观其结体散文，直而不野，婉转附物，怊怅切情，实五言之冠冕也。至于张衡《怨》篇，清典可味；《仙诗缓歌》，雅有新声"（《明诗》）；论建安文学，"暨建安之初，五言腾踊，文帝陈思，纵辔以骋节，王徐应刘，望路而争驱；并怜风月，狎池苑，述恩荣，叙酣宴，慷慨以任气，磊落以使才；造怀指事，不求纤密之巧，驱辞逐貌，唯取昭晰之能"（《明诗》）；论正始文学，"及正始明道，诗杂仙心；何晏之徒，率多浮浅。唯嵇志清峻，阮旨遥深，故能标焉。若乃应璩《百一》，独立不惧，辞谲义贞，亦魏之遗直也"（《明诗》）；论两晋文学，"晋世群才，稍入轻绮。张潘左陆，比肩诗衢，采缛于正始，力柔于建安；或析文以为妙，或流靡以自妍：此其大略也。江左篇制，溺乎玄风，嗤笑徇务之志，崇盛忘机之谈。袁孙已下，虽各有雕采，而辞趣一揆，莫与争雄；所以景纯仙篇，挺拔而为俊矣"（《明诗》）。《诠赋》，以先秦时期的荀卿、屈原、宋玉，两汉的陆贾、贾谊、枚乘、司马相如、王褒、扬雄、张衡、王延寿以及魏晋时期的王粲、徐幹、左思、潘安、陆机、郭璞、袁宏等辞赋家，作为由先秦至魏晋中国赋文学发展的代表，涵盖既广，对于赋的分类，"夫京殿苑猎，述行序志，并体国经野，义尚光大。既履端于倡序，亦归余于总乱。序以建言，首引情本，乱以理篇，写送文势。按《那》之卒章，闵马称'乱'，故知殷人辑颂，楚人理赋，斯并鸿裁之寰域，雅文之枢辖也。至于草区禽族，庶品杂类，则触兴致情，因变取会，拟诸形容，则言务纤密；象其物宜，则理贵侧附；斯又小制之区畛，奇巧之机要也"（《诠赋》），以及历代辞赋作家代表作品的评价，"观夫荀结隐语，事数自环；宋发夸谈，实始淫丽；枚乘《菟园》，举要以会新；相如《上林》，繁类以成艳；贾谊《鵩鸟》，致辨于情理；子渊《洞箫》，穷变于声貌；孟坚《两都》，明绚以雅赡；张衡《二京》，迅发以宏富；子云《甘泉》，构深玮之风；延寿《灵光》，含飞动之势：凡此十家，并辞赋之英杰也。及仲宣靡密，发篇必遒；伟长博通，时逢壮采；太冲安仁，策勋于鸿规；士衡子安，底绩于流制；景纯绮巧，缛理有余；彦伯梗概，情韵不匮：亦魏、晋之赋首也"（《诠赋》），也可谓匠心独运。其他诸篇，如《乐府》选取汉初的《武德舞》、《四时舞》以及魏晋曹操的《北上》、曹丕的《秋风》，《颂赞》选取先秦时期的《商颂》、《周颂》以及两汉时期的扬雄的《赵充国颂》、班固的《安丰戴侯颂》、傅毅的《西征颂》、史岑的《和熹邓后颂》，《铭箴》选取商汤的《盘铭》、周武王的《户铭》、《席四端铭》、周公的《金人铭》以及班固的《封燕然山铭》、张昶的《西岳华山堂阙碑铭》、蔡邕的《黄钺铭》、《鼎铭》等等，也都可以见出刘勰《文心雕龙》在选文定篇上的这些特点。

（四）"敷理以举统"。"敷理以举统"，就是对各体文学作出理论性的概括与总结。刘勰《文心雕龙》是非常注意从理论上对各体文学的体例与特点进行概括和总结的：关于诗，"故铺观列代，而情变之数可监；撮举同异，而纲领之要可明矣。若夫四言正体，则雅润为本；五言流调，则清丽居宗；华实异用，唯才所安。故平子得其雅，叔夜含其润，茂先凝其清，景阳振其丽；兼善则子建仲宣，偏美则太冲公幹。然诗有恒裁，思无定位，随性适分，鲜能通圆。若妙识所难，其易也将至；忽之为易，其难也方来。至于三六杂言，则出自篇什；离合之发，则萌于图谶；回文所兴，则道原为始；联句共韵，则柏梁余制；巨细或殊，情理同致，总归诗囿，故不繁云"（《明诗》）；关于赋，"原夫登高之旨，盖睹物兴情。情以物兴，故义必明雅；物以情观，故词必巧丽。丽词雅义，符采相胜，如组织之品朱紫，画绘之著玄黄。文虽新而有质，色虽糅而有本，此立赋之大体也。然逐末之俦，蔑弃其本，虽读千赋，愈惑体要；遂使繁华损枝，膏腴害骨，无贵风轨，莫益劝戒，此扬子所以追悔于雕虫，贻诮于雾縠者也"（《诠赋》）；关于颂赞，"原夫颂唯典雅，辞必清铄，敷写似赋，而不入华侈之区；敬慎如铭，而异乎规戒之域。揄扬以发藻，汪洋以树义，虽纤曲巧致，与情而变，其大体所厎底，如斯而已。……所以古来篇体，促而不广，必结言于四字之句，盘桓乎数韵之辞，约举以尽情，昭灼以送文，此其体也。发源虽远，而致用盖寡，大抵所归，其颂家之细条乎！"（《颂赞》）；关于祝盟，"若乃礼之祭祝，事止告飨；而中代祭文，兼赞言行。祭而兼赞，盖引伸而作也。又汉代山陵，哀策流文。周丧盛姬，内史执策。然则策本书赠，因哀而为文也。是以义同于诔，而文实告神，诔首而哀末，颂体而祝仪，太祝所读，固祝之文者也。凡群言发华，而降神务实，修辞立诚，在于无愧。祈祷之式，必诚以敬；祭奠之楷，宜恭且哀：此其大较也"（《祝盟》）；关于铭箴，"夫箴诵于官，铭题于器，名目虽异，而警戒实同。箴全御过，故文质确切；铭兼褒赞，故体贵弘润：其取事也必核以辨，其摛文也必简而深，此其大要也。然矢言之道盖阙，庸器之制久沦，所以箴铭寡用，罕施后代。唯秉文君子，宜酌其远大焉"（《铭箴》）；关于诔碑，"详夫诔之为制，盖选言录行，传体而颂文，荣始而哀终。论其人也，暧乎若可觌；道其哀也，凄焉如可伤：此其旨也。……夫属碑之体，资乎史才，其序则传，其文则铭。标序盛德，必见清风之华；昭纪鸿懿，必见峻伟之烈：此碑之制也"（《诔碑》）；关于哀吊，"原夫哀辞大体，情主于痛伤，而辞穷乎爱惜。幼未成德，故誉止于察惠；弱不胜务，故悼加乎肤色。隐心而结文则事惬，观文而属心则体奢。奢体为辞，则虽丽不哀；必使情往会悲，文来引泣，乃其贵耳。……吊虽古义，而华辞未造；华过韵缓，则化而为赋。固宜正义以绳理，昭德而塞违，割析褒贬，哀而有正，则无夺伦矣"（《哀吊》）；关于杂文，"详夫汉来杂文，名号多品，或典诰誓问，或览略篇章，或曲操弄引，或吟讽谣咏。总括其名，并归杂文之区；甄别其义，各入讨论之域"（《杂文》）；关于史传，"若乃尊贤隐讳，固尼父之圣旨，盖纤瑕不能玷瑾瑜也；奸慝惩戒，实良史之直笔，农夫见莠，其必锄也；若斯之科，亦万代一准焉。至于寻繁领杂之术，务信弃奇之要，明白头讫之序，品酌事例之条，晓其大纲，则众理可贯"（《史传》）；关于论说，"凡说之枢要，必使时利而义贞；进有契于成务，退无阻于荣身。自非谲敌，则唯忠与信。披肝胆以献主，飞文敏以济辞；此说之本也"（《论说》）；关于诏策，"夫王言崇秘，大观在上，所以百辟其刑，万邦作孚。故授官选贤，则义炳重离之辉；优文封策，则气含风雨之润；敕戒恒诰，则笔吐星汉之华；治戎燮伐，则声有洊雷之威；眚灾肆赦，则文有春露之滋；明罚敕法，则辞有秋霜之烈：此诏策之大略也"（《诏策》）；关于檄移，"凡檄之大体，或述此休明，或叙彼苟虐，指天时，审人事，算强弱，角权势，标蓍龟于前验，悬鞶鉴于已然，虽本国信，实参兵诈。谲诡以驰旨，炜晔以腾说，凡此众条，莫之或违者也。故其植义扬辞，务在刚健。插羽以示迅，不可使辞缓，露板以宣众，不可使义隐；必事昭而理辨，气盛而辞断，此其要也"（《檄移》）；关于封禅，"兹文为用，盖一代之典章也。构位之始，宜明大体，树骨于训典之区，选言于宏富之路，使意古而不晦于深，文今而不坠于浅，义吐光芒，辞成廉锷，则为伟矣。虽复道极数殚，终然相袭，而日新其采者，必超前辙焉"（《封禅》）；关于章表，"原夫章表之为用也，所以对扬王庭，昭明心曲。既其身文，且亦国华。章以造阙，风矩应明；表以致禁，骨采宜耀：循名课实，以文为本者也。是以章式炳贲，志在典谟，使要而非略，明而不浅；表体多包，情伪屡迁，必雅义以扇其风，清文以驰其丽。然恳恻者辞为心使，浮侈者情为文屈。必使繁约得正，华实相胜，唇吻不滞，则中律矣"（《章表》）；关于奏启，"立范运衡，宜明体要；必使理有典刑，辞有风轨，总法家之式，秉儒家之文，不畏强御，气流墨中，无纵诡随，声动简外，乃称绝席之雄，直方之举耳。……陈政言事，既奏之异条；让爵谢恩，亦表之别干。必敛彻入规，促其音节，辨要轻清，文而不侈，亦启之大略也"（《奏启》）；关于议对，"夫驳议偏辨，各执异见；对策揄扬，大明治道。使事深于政术，理密于时务，酌三五以镕世，而非迂缓之高谈；驭权变以拯俗，而非刻薄之伪论；风恢恢而能远，流洋洋而不溢，王庭之美对也"（《议对》）。这些结论，或总结文学发展之规律，或指陈各体文学之例要，言简意赅，条理分明。同时由于它们是建立之前的"原始表末"、"释名章义"、"选文定篇"的分析研究之上的，因而这些结论的得出是比较有说服力的。

"原始以表末"、"释名以章义"、"选文以定篇"、"敷理以举统"，是刘勰《文心雕龙》论述各体文学所采用的四种主要的诗学话语言说方式。应该说，这几种诗学话语言说方式都并非刘勰首创，都为中国传统诗学所固有，但刘勰《文心雕龙》对它们系统整合的成功使用之功也是不容抹杀的。郭绍虞的《中国文学批评史》曾以刘勰《文心雕龙》的"释名以章义"、"敷理以举统"两项"同于陆机《文赋》而疏解较详"，"原始以表末"项"同于挚虞《流别》而论述较备"以及"选文以定篇"项"略同于魏文《典论》、李充《翰林》而评断较允"，一语道破了《文心雕龙》在中国传统诗学话语言说方面的"集大成"性质。① 可以说，刘勰《文心雕龙》的"体大虑周"，是与其成功地整合了中国传统诗学话语言说密不可分的，正如王元化在总结《文心雕龙》的诗学话语言说特征时所指出的："刘勰《文心雕龙》的系统性、逻辑性，恐怕是中国古籍中最值得瞩目的。逻辑性和系统性是关联在一起的。没有逻辑性，就不可能构成一个完整的系统。……《文心雕龙》提出体例中的四项。这四项是'原始以表末'、'释名以章义'、'选文以定篇'、'敷理以举统'。……《文心雕龙》……其组织之靡密，结构之严谨，在当时堪称创举。所以后来章学诚称《文心雕龙》一书'勒为成书之初祖'。这是说直到它问世，我国才出现第一部有系统的专著，以前的著作是谈不上什么系统性的。"②

第四节　亚里斯多德的语言观及《诗学》的话语言说

英国哲学家罗素在《西方哲学史》中谈到亚里斯多德与古代希腊哲学时，特别提到了语言的作用，指出包括亚里斯多德在内的希腊古代哲学家对于形而上学的探讨，在很大程度上所依据的是语言学的规定与解释，而且自亚里斯多德以来，西方理论家们对于语言的解释也都具有形而上的性质。③那么，亚里斯多德究竟如何认识语言，《诗学》的话语言说又是怎样的呢？

一、亚里斯多德之前的古希腊先哲对于语言的认识

在古代希腊，表示语言表达与话语言说的是一个著名的词汇"逻各斯"（Logos）。古希腊的赫拉克利特，以神秘而决断之口吻，把"逻各斯"视作一个既永恒存在又稍纵即逝的"声音"（"语音"）：

这个"逻各斯"，虽然永恒地存在着，但是人们在听见人说到它以

---

① 郭绍虞：《中国文学批评史》（上），百花文艺出版社 1999 年版，第 120 页。

② 王元化：《文心雕龙讲疏》，广西师范大学出版社 2004 年版，第 337 页。

③ 参阅［英］罗素：《西方哲学史》上卷，何兆武、李约瑟译，商务印书馆 2001 年版，第 214 页的相关论述。

前，以及在初次听见人说到它以后，都不能了解它。虽然万物都根据这个"逻各斯"而产生，但是我在分别每一事物的本性并表明其实质时所说出的那些话语和事实，人们在加以体会时会显得毫无经验。另外一些人则不知道他们醒时所作的事，就像忘了自己睡梦中所作的事一样。①

赫拉克利特之后，巴门尼德在《论自然》里，提出了"思维与存在的同一性"的命题，并给予了如下的论证，如"存在物是存在的，是不可能不存在的，……你既不能认识非存在，也不能把它说出来。因为思维与存在是同一的"，"只有存在物是存在的。因为存在物的存在是可能的，非存在物的存在则不可能。……因为勉强证明非存在物的存在，乃是不可能的事情"，"存在物存在，……存在物可以不存在，这件事是无法言说和不可思议的。……思想与思想的目标是同一的；因为你决不能遇到一个思想是没有它所表达的存在物的"。② 在罗素看来，巴门尼德的论证是西方哲学史上从思想与语言来推理整个世界的最早的例子：

> 这种论证的本质便是：当你思想的时候，你必定是思想到某种事物；当你使用一个名字的时候，它必是某种事物的名字。因此思想和语言都需要在它们本身以外有某种客体。而且你既然可以在一个时刻而又在另一个时刻同样思想着一件事物或者是说到它，所以凡是可以被思维的或者可以被说到的，就必然在所有的时间内都存在。因此就不可能有变化，因为变化就包含着事物的产生与消灭。③

尽管罗素本人并不认为巴门尼德的论证是有效的，但他指出巴门尼德的论证表达了古代希腊人对于语言的认识："如果语言并不是毫无意义的，那么字句就必然意味着某种事物，而且它们一般地并不能仅仅是意味着别的字句，还更意味着某种存在的事物，无论我们提不提到它"。④ 巴门尼德之后的德谟克利特，则否认人能够认识实在，认为人距离实在很远，根本没有可能认识

① ［希腊］赫拉克利特：《著作残篇》，见《古希腊罗马哲学》，三联书店1957年版，第18页。
② ［希腊］巴门尼德：《论自然》，见《古希腊罗马哲学》，三联书店1957年版，第51—53页。
③ ［英］罗素：《西方哲学史》上卷，何兆武、李约瑟译，商务印书馆2001年版，第79页。
④ ［英］罗素：《西方哲学史》上卷，何兆武、李约瑟译，商务印书馆2001年版，第79页。

每一事物的实在本性；与此同时，他也否定语言与实在的同一性，主张语言文字与意义表达之间不是如巴门尼德所说的自然性质，而是一种约定俗成性质，并提出四个论证加以证明："（一）不同的事物可以用同一名字来指称；（二）不同的名字可以用在同一事物上；（三）改变名字；（四）没有名字。"①

在亚里斯多德之前，古希腊思想家中对于语言有过深入探讨的还有柏拉图。在《泰阿泰德篇》中，柏拉图以苏格拉底与泰阿泰德对话的方式，就语言的语音性质及建基于字母和音节之上的观念与解释的语言性质，有过专门的讨论：关于前者，苏格拉底与泰阿泰德的对话肯定了语言的语音性质，并把语音与字母归属为听觉的"听"与视觉的"看"：

> 苏　我们是否应当同意，每当我们依靠看与听感觉到某事物时，我们同时也认识了它？以我们没有学过的外语为例。我们应当说我们听不到外国人发出的声音，或者应当说我们既听到又知道他们在说些什么？还有，当我们不认识字母时，我们应当在看到它们时也坚持说没看见，或者说，由于我们看见了字母，所以我们确实认识字母？
>
> 泰　我们应当说，苏格拉底，我们对字母的认识像我们看见或听见它们一样多。我们既看见又认识字母的形状和颜色；我们同时既听到又知道语音的上升与下降。②

关于后者，苏格拉底与泰阿泰德肯定了字母与音节是构成认识的基本元素：

> 某些人说我们和其他一切事物均由某些所谓的基本元素组成，对基本元素无法作任何解释。每个基本元素只有用它自身来指称，我们不能将它进一步归于任何事物，或者说它们存在或不存在，因为这样一说，马上就会把存在或不存在附加于它，而如果我们要做到只用它自身来表

---

① ［希腊］德谟克利特：《著作残篇》，见《古希腊罗马哲学》，三联书店 1957 年版，第 106—107 页。
② ［希腊］柏拉图：《泰阿泰德篇》，《柏拉图全集》第二卷，王晓朝译，人民出版社 2003 年版，第 682 页。

达它，那么我们什么都不能添加。我们甚至一定不能添加"只有"、"它"、"各自"、"独自"、"这"，或者任何一个该类术语。这些术语可以随处使用，添加于一切事物，而与它们所添加于其上的事物有别。如果某个元素有可能用完全包括某类事物的公式来表达，那么其他术语一定不能进入这个公式。但是事实上，没有这样能用来表述任何元素的公式，元素只能用来指称，因为名称就是属于它的全部东西。但是，当我们说到由这些元素构成的事物时，正像这些事物是复合的一样，名称也结合起来构成一个描述（逻各斯），所谓描述就是名称的结合。同理，元素是不可解释的和不可知的，但是它们能够被察觉，而元素的复合体（"音节"）是可解释的和可知的，你可以拥有关于它们的真实的观念。所以当一个人拥有关于某事物的真实的观念但没有解释时，他的心灵确实真实地想到了这个事物，但他不知道这个事物，因为如果说一个人不能给出或接受关于某事物的解释，那么他就没有关于该事物的知识。但若他也拥有了一个解释，那么知识这件事对他来说就变得可能的了，他完全拥有了知识。①

在《智者篇》中，充斥着"存在与非存在"的讨论，如"被称作相异的东西总是与其他事物相关。如果存在和相异并非很不相同，情况就不会是这样了。如果相异也像存在一样分有两种性质，那么相异有时候存在于不同的事物这个种类中，某些事物可以是相异的而与其他事物无关"，"运动确实既是不存在又是存在。所以'非存在'不仅在运动中是可能的，而且在所有其他种类中也是可能的。因为在所有这些种类中，相异的性质使它们每一个都与存在不同，因此我们完全可以正确地说它们都'不是'存在。此外，由于它们都分有存在，因此我们可以说它们都'是'存在"，"种类之间相互结合，存在和相异贯穿所有种类，并相互渗透，相异分有存在，相异由于分有存在而存在，但它并不是它分有的那个存在，而是与之不同的存在，……在相异中拥有某个部分的存在与其他所有种类都不同，由于相异与其他种类全都不同，所以相异不是其他种类中的任何一个，也不是它们的总和，而只是相异本身，由此得出的结论是无法驳倒的，存在不是亿万事物的堆积，其他种类

---

① ［希腊］柏拉图：《泰阿泰德篇》，《柏拉图全集》第二卷，王晓朝译，人民出版社 2003 年版，第 737—738 页。

也不是，无论是某些种类还是所有种类，在许多方面存在，在许多方面不存在"。① 按照之前的巴门尼德的论证，不存在不可能存在，因为没有任何人可以想或者说"不存在"，现在柏拉图要从言词、思想和现象的性质入手，论证"非存在"是思想和语音中产生的虚假：

> 我们在说话时用来指称存在的符号有两种：一种叫做"名词"，一种叫做"动词"，"动词"表达的是行动，名词这个语言符号用于这些行动的实施者。一个陈述绝不会只由一连串说出来的名词组成，也不能没有名词，而全由动词组成。不把动词与名词结合起来，就无法表示任何实施或没有实施的行为，存在或不存在的任何事物的性质，名词与动词最简单的结合变成了最简单的陈述。
>
> 凡陈述必然是关于某事物的陈述，就不能是不关于任何事物的陈述。任何陈述必定具有某种性质：虚假的陈述和真实的陈述。真实的陈述说的是存在的事物，虚假的陈述说的是与存在的事物不同的事物，也即不存在那样的事物。②

这种论证已经脱离了以往的语言与存在同一的传统思路，开启了以语言为陈述手段及思维工具的先河。

二、亚里斯多德的语言观的确立

亚里斯多德对于语言的看法，集中地反映在其结集为《工具论》的诸篇论文中。在《解释篇》中，亚里斯多德首先强调的是它的符号性质和约定俗成性质：

> 口语是内心经验的符号，文字是口语的符号。正如所有民族并没有共同的文字，所有的民族也没有相同的口语。但是语言只是内心经验的符号，内心经验本身，对整个人类来说都是相同的，而且由这种内心经

---

① ［希腊］柏拉图：《智者篇》，《柏拉图全集》第三卷，王晓朝译，人民出版社 2003 年版，第 67—68 页。

② ［希腊］柏拉图：《智者篇》，《柏拉图全集》第三卷，王晓朝译，人民出版社 2003 年版，第 71—74 页。

验所表现的类似的对象也是相同的。

名词是因约定俗成而具有某种意义的与时间无关的声音。名词的任何部分一旦与整体分离，便不再表示什么意义。例如"好马"，"马"本身并不表示什么，正如它在"一匹良种马"这个短语中不再表示什么一样。但必须说明的是，简单名词和复合名词不同，简单名词的部分不表示什么，而复合名词的部分则有所表示。不过，如若与整体分离，那也会不表示什么了，如"海盗船"，"船"这词本身就不表示什么。

动词是不仅具有某种特殊意义而且还与时间有关的词。动词的部分没有独立的意义，它只是表示由其他事物所述说的某种情况。……动词既不表示肯定也不表示否定，它只有在增加某些成分后，不定式"是"、"不是"，以及分词"是"才表示某种事实。它们自身并不表示什么，而只是蕴涵着某种联系，离开所联系的事物，我们便无从想象它们。①

其次，由语词的约定俗成性质出发，亚里斯多德探讨了名词与动词联结成句进行陈述的情况。如同柏拉图在《智者篇》里已经指出的，任何一个陈述都不是单纯地以名词或动词组成，而须是名词与动词的联结一样，亚里斯多德同样认为只有名词或动词，并不能作出任何有意义的陈述，必须把名词和动词联结成为句子，才能完成一个或者回答某一问题的陈述，或者是对自己意见的陈述。不过，亚里斯多德并不是要笼统地谈所有句子的陈述，而是专门探讨包含有真实或者虚假陈述的这类句子，也即他所说的命题：

> 所有命题都含有一个动词或一种动词的时态，……如若不增加"现在是"、"过去是"、"将来是"或某些这一类的词，那么它根本无法形成命题。
>
> 那些陈述了单一事实，或者通过结合而形成的单一事实的命题是单一命题。那些陈述了多个事实或者其各个部分并没有联结起来的命题乃是复多命题。
>
> 在各种命题中存在着简单命题，如肯定某事物的某种东西，或否定某事物的某种东西，另一种是复合命题，如由简单命题构成的命题。简

---

① ［希腊］亚里斯多德：《解释篇》，秦典华译，中国人民大学出版社 2003 年版，第 49—52 页。

单命题是一种有意义的表述，它肯定或否定某一事物在过去、现在或将来的存在。①

同时，命题既然有肯定命题与否定命题之分，肯定命题是肯定某事物属于另一事物，否定命题是否定某事物属于另一事物，则有人肯定过的事物，必定也可以加以否定，有人否定过的事物，必然也可以加以肯定，也即肯定命题便有与其对立的否定命题，否定命题也有与其对立的肯定命题，所以亚里斯多德又从这些成对出现的命题入手，把它们区分为相反命题与矛盾命题，证明两个相对立的命题并不必然一个真实、一个虚假，并解释了其中的原因：

> 无论是肯定命题还是否定命题，必然或者是具有全称主项，或者具有单称主项。若两个命题，一个是肯定命题，一个是否定命题，两者在形式上都是全称的，都具有一个全称的主项，那么这两个命题便是"相反"命题。
>
> 如若两个命题的主项相同，肯定命题的主项是全称的，否定命题的主项不是全称的，那我们就把这两个命题称为相对立的矛盾命题。
>
> 相反命题不可能同时是真实的，但有时一对相反命题的矛盾命题则可能是真实的，虽然它们的主词是相同的。……但是，一对矛盾命题，如若主项是全称的，而且命题的性质也是全称的，那么这一对命题，就必然一个是真实的，一个是虚假的。对于主项是单称的矛盾命题也是如此。但是，如若两个命题在性质上并不是全称，而只是主项全称，便不会有一个命题真实或一个命题虚假的情况产生。②

在《范畴篇》中，亚里斯多德把事物的语言学规定，看作是一切研究的根基：

> 当事物只有一个共同名称，而和名称相应的实体的定义则有所区别时，事物的名称就是"同名异义的"；……当事物不仅具有一个共同名称，而且与名称相应的实体的定义也是同一的，那么事物的名称就是

---

① ［希腊］亚里斯多德：《解释篇》，秦典华译，中国人民大学出版社 2003 年版，第 53 页。
② ［希腊］亚里斯多德：《解释篇》，秦典华译，中国人民大学出版社 2003 年版，第 54—56 页。

"同名同义的"；……当事物自身的名称是由某些其他的名称而来，但词尾有所不同，那么这种名称就是派生的。

语言的表达，或者是复合的，或者是简单的。……有些事物能述说一个主体，但并不依存于一个主体，……有些事物不仅述说一个主体，而且还存在于一个主体中，……有些事物既不存在于一个主体中，也不述说一个主体。

当用一事物来表述作为主体的另一事物时，一切可以表述宾词的事物，也可以被用来表述主体。……当一些种是并列的并且有所不同时，属差在种类上也会有所不同。……但如若有些种隶属于另一些种，那么就没有什么妨碍它们具有相同的属差。因为较大的种可以表述较小的种。所以，宾词的所有属差也将是主词的属差。①

在《前分析篇》中，亚里斯多德把语言看作是证明的科学的工具，从语言学的角度，给证明的三个组成要素"前提"、"词项"、"三段论"下定义，说明什么样的三段论是完满的，什么样的三段论是不完满的，并解释在什么意义上一个词项可以说是或不是被整个地包括在另一个词项之中：

前提是对某一事物肯定或否定另一事物的一个陈述。它或者是全称的，或者是特称的，或者是不定的。所谓全称前提，是指一个事物属于或不属于另一事物的全体的陈述；所谓特称前提，是指一个事物属于另一个事物的有些部分、不属于有些部分或不属于另一事物全体的陈述；所谓不定前提，指的是一个事物属于或不属于另一个事物，但没有表明是特称还是全称的陈述。

词项是指一个前提分解后的成分，即谓项和主项，以及被加上或去掉的系词"是"或"不是"。

三段论是一种论证，其中只要确定某些判断，某些异于它们的事物便可以必然地从如此确定的论断中推出。所谓"如此确定的论断"，是指通过它们而得出的东西，就是说，不需要其他任何词项就可以得出的必然的结论。

---

① ［希腊］亚里斯多德：《范畴篇》，秦典华译，中国人民大学出版社 2003 年版，第 3—5 页。

如果一个三段论除了所说的东西以外不需要其他什么就可明确得出必然的结论，那么，我们就称这个三段论是完满的；如果一个三段论需要一个或多个尽管可以必然从已设定的词项中推出但却不包含在前提中的因素，那么，我们就称这个三段论是不完满的。

　　一个词项整个地包含在另一个词项中，与后一个词项可全部地表述前一个词项，这二者意义相同。我们说一个词项表述所有的另一个词项，那就是说，在后一个词项之外再也找不到可断定的东西。根据同样方式，我们说一个词项不表述任何前提。①

　　在《论题篇》中，亚里斯多德重点分析了语词的多种含义问题，并把对语词多义性的考察视作保证推理依据事实自身的重要依据：

　　关于语词的多层含义问题，不仅要处理那些不同的含义，而且要努力揭示它们的定理。……一个语词到底有多层含义还是只有一层含义，可以用下述方法来考察确定。首先，考察相反者是否具有多层含义，如若有多层含义，其差别是种方面的还是用语方面的。……再有，要考察矛盾的对立面是否有多种意义，因为如果它具有多种含义，它的对立面也将具有多种含义；要考察缺乏和具有的情况，因为如果某一语词具有多种含义，另一语词也会如此；应考察语词自身的词尾变化情况；还要考察用语词表示的谓项的属，看它们是否在一切方面都相同，因为如果不相同，这个语词就显得是多义的；也要考察用相同语词称谓的事物的种，看它们是否不同以及作二级划分时是否相互区别。……

　　就语词的多种含义作出考察，对于弄清词义，对于保证推理依据事实自身，而不只是相关于所用的那些语词，都是有用的。因为如果没有弄清楚语词的多种含义，就可能出现回答者与提问者在思想中所指并非同一含义的情况。相反，如若明确了所用语词的多种含义，而回答者也明白了是什么意思，那么，假如提问者所做的论证不是针对于此，就会显得荒唐。它也有助于我们不致迷茫和误入歧途。因为知道了语词的多种含义，就不仅能使我们自己摆脱了谬误，而且假如提问者所做的论证

---

　　① ［希腊］亚里斯多德：《前分析篇》，余纪元译，中国人民大学出版社2003年版，第83—85页。

不是针对于此，我们也能看出来。①

显然，从亚里斯多德对于语词（名词和动词）与句子（句子）的定义和论述来看，他着重强调的是语言的符号与约定俗成性质。这意味着，语词和句子与事物的名称与意义之间的关系，并不是先验的、必然的，而是符号的、逻辑的，语言与现实存在之间是有差别的，但与此同时，亚里斯多德也指出，语言作为现实存在的事物的记录与陈述，又是认知事物的必要工具。他对概念范畴的定义说明以及思想观念的逻辑论证，也都是借助语言学的分析手段展开的。在《辩谬篇》中，亚里斯多德不仅罗列了与语言相关的六种反驳方式：语义双关、歧义语词、合并、拆散、重音以及表达形式，而且对反对运用语言的论证从事思想的论证的规定，提出了辩驳：

> 在针对语词的论证和针对思想的论证之间，并不存在有些人所想象的真正的差别。以为有的论证是针对语词，有的论证是针对思想，两者并不同一，这是荒谬的。为什么就不能用这个论证来针对思想呢？除非一个人不是在被追问者所想到的意义上使用名词，而当他正被追问时他是承认这个意义的；这与使用思想针对语词完全是同一的。然而使用语词针对思想则等于在这一层意义上使用语词，即一个人在承认这一意义时所想到的意义。②

所以，正如罗素所指出的，对于亚里斯多德而言，语言的研究是其一项重要的哲学工作。尽管在他之前，有关语言的符号性、约定俗成和工具性质，已经被巴门尼德、柏拉图等人提出，但亚里斯多德在西方第一次对语言的性质和结构，进行了全面的考察，并在语言分析之上提出了论证的普遍形式，其对西方语言观念及论证形式的确立，是有着历史性的贡献的。③

三、《诗学》的话语言说

与语言观密切相关的是话语言说，正如罗素在《西方的智慧》一书中所

---

① ［希腊］亚里斯多德：《论题篇》，徐开来译，中国人民大学出版社 2003 年版，第 367—374 页。
② ［希腊］亚里斯多德：《辩谬篇》，秦典华译，中国人民大学出版社 2003 年版，第 571 页。
③ 参阅［英］罗素：《西方的智慧》，马家驹、贺霖译，世界知识出版社 1992 年版，第 109—111 页的相关论述。

说的，"逻各斯"一语在古希腊不仅代表着"语词"、"言说"，也包含有"论证"的意思。对于亚里斯多德而言，由他的语言观中导出的最重要的话语言说，就是"论证"。在《后分析篇》中，亚里斯多德解释了"论证"之于学习和获得知识的重要性：

> 一切通过理智的教育和学习都依靠原先已有的知识而进行。只要考虑一下各种情况，这一点便显得十分清楚。数学知识以及其他各种技术都是通过这种方式获得的。各种推理，无论是三段论的还是归纳的，也是如此。它们都运用已获得的知识进行教育。三段论假定了前提，仿佛听众已经理解了似的。归纳推理则根据每个具体事物的明显性质证明普遍。修辞学家说服人的方法也与此相同：他们要么运用例证（这是一种归纳），要么运用推证（这是一种推理）。①

在《论题篇》中，亚里斯多德又对论证过程中所运用的四种手段，作了具体的交代："第一是获得命题，第二是区分每一表达的多层含义的能力，第三是发现区别，第四是研究相似性"，② 亚里斯多德的《诗学》对于"诗"这门学科的论说，正是循着这四种方式展开的。

第一是确立命题。关于命题的选择，亚里斯多德指出，选择命题固然可以有多种形式，比如，"可以选择所有人的，或多数人的，或贤哲们的，亦即一切或多数或其中最负盛名的贤哲的意见，或选择那些与似乎为普遍意见相反的看法，也可以选择技术科学方面的意见"（《论题篇》），但对于哲学而言，必须按照真实性的原则来处理这些命题。换言之，包括诗学在内的严肃的科学研究，必须是以真实的、普遍的命题的确立为前提的，"在一切场合或多数场合，似乎真实的见解应该当作本原和已被接受的假定；因为它们已被那些没有看到它们有什么例外的人所认可"（《论题篇》）。在《诗学》中，这个具有前提性质的命题，就是亚里斯多德在开始部分对于诗的摹仿性质的陈述：

> 史诗和悲剧、喜剧和酒神颂以及大部分双管箫乐和竖琴乐——这一

---

① ［希腊］亚里斯多德：《后分析篇》，余纪元译，中国人民大学出版社 2003 年版，第 243 页。
② ［希腊］亚里斯多德：《论题篇》，徐开来译，中国人民大学出版社 2003 年版，第 364—365 页。

切实际上是摹仿。(《诗学》)

如前所述，从来源上讲，"艺术摹仿现实"的命题，并不是由亚里斯多德最先提出的，而是古代希腊对于艺术本质通行的见解，而且从对"艺术摹仿现实"命题的说明来说，亚里斯多德之前的柏拉图也从其哲学"理式论"出发，对艺术摹仿现实得出了否定的结论。反观亚里斯多德对于"艺术摹仿现实"命题的处理，他反对柏拉图把"理式"看作是世界先验的本原和理想，反对在"艺术摹仿现实"这一命题之前再设置一个"现实摹仿理式"的理论前提，直接把"艺术摹仿现实"命题作为诗学研究的前提，并由此出发，推演出一系列关于诗的高度真实性、诗应遵守情节的整一性、诗应通过可然性或必然性揭示事物本质规律以及诗借引起恐惧与怜悯来使情感得到陶冶等诗学主张。对于亚里斯多德这种通过确立理论前提推演具体主张的言说范式，黑格尔在《哲学史讲演录》中给予了高度的评价：

> 亚里斯多德所给予我们的这些形式，一部分是关于概念的，一部分是关于判断的，一部分是关于推理的，——它是一种至今还被维持着的学说，并且以后也没有获得什么科学的发挥——这些形式被后人加以引申，因而变得更加形式化。对于思维的有限的应用，亚里斯多德是把握到了的，并且也明确地表达了出来。①

黑格尔本人的三卷本的巨著《美学》，在诗学的话语言说上，同样是围绕"美是理念的感性显现"这样一核心命题来推演出艺术发展的具体情况的。朱光潜在谈到西方的美学与文艺理论时指出："在马克思主义以前，西方美学和文艺理论的书籍虽是汗牛充栋，真正有科学价值而影响深广的也只有两部书，一部是古希腊亚里斯多德的《诗学》，另一部就是十九世纪初期的黑格尔的《美学》。"② 就诗学话语言说的承继来说，黑格尔的《美学》与亚里斯多德的《诗学》一脉相承。

第二是区分层次。所谓"区分层次"，就是"考察用相同语词称谓的事物的种，看它们是否不同以及在作二级划分时是否相互区别"(《论题篇》)，

---

① ［德］黑格尔：《哲学史讲演录》(二)，贺麟、王太庆译，商务印书馆1959年版，第366页。
② 朱光潜：《美学·译后记》，商务印书馆1981年版，第337页。

也即亚里斯多德通常所说的种属差别。在《诗学》中，亚里斯多德在提出艺术的摹仿本质后，紧接着就指出，包括史诗、悲剧、喜剧、酒神颂以及双管箫乐和竖琴乐在内的众多艺术形式，虽然在其所属上同属于诗的艺术，但它们属于诗的不同种类，在摹仿所用的媒介、摹仿所取的对象以及摹仿所采用的方式上，存在着差别。具体而言，就是：在摹仿所用的媒介上，画家和雕刻家的绘画与雕刻艺术，是用颜色和姿态来制造形象，摹仿许多事物；游吟诗人、诵诗人、演员和歌唱家的演艺艺术，是用声音来摹仿；双管箫、竖琴乐以及其他具有相同功能的艺术，是用音调和节奏来摹仿；史诗这种艺术是用语言来摹仿，既可以是用不入乐的散文，也可以是用不入乐的"韵文"，而若用"韵文"来摹仿，既可兼用数种，也可单用一种；酒神颂和日神颂、悲剧和喜剧这些艺术，综合使用节奏、歌曲和"韵文"这些媒介来摹仿，差别是酒神颂和日神颂同时使用上述那些媒介，而悲剧和喜剧则是交替使用着这些媒介。在摹仿所取的对象上，摹仿者所摹仿的对象是行动中的人，而人有好坏之分，所以各种摹仿艺术所摹仿的对象都有好人与坏人之分，如画家描绘的人物，波吕格诺托斯笔下的人物肖像比一般人好，泡宋笔下的人物肖像比一般人坏，而狄俄倪西俄斯笔下的人物肖像则恰如一般人；史诗诗人中，荷马写的人物比一般人好，赫革蒙和尼科卡瑞斯写的人物却比一般人坏，而客勒俄丰写的人物则恰如一般人；酒神颂和日神颂中，既有提摩忒提斯那样把摹仿的圆目巨人波吕斐摩斯描写得比一般人好的作家，也有斐罗克塞诺斯这样把波吕斐摩斯描写得比一般人坏的诗人；悲剧和喜剧也有着同样的差别，喜剧总是摹仿比一般人坏的人，而悲剧总是摹仿比一般人好的人。在摹仿所采用的方式上，不同的艺术种类有不同的摹仿手段，即便是相同的艺术用相同的媒介描写相同的对象，既可以像荷马那样时而用叙述法、时而化身为人物来摹仿，又可以像索福克勒斯那样直接借人物的动作来摹仿。如此，诗的不同艺术的种差、类别以及性质，一目了然。

三是发现区别。对于发现区别的作用，亚里斯多德是非常重视的，因为"发现事物的差别不仅对于我们有关相同和相异的推理有用，而且对于认识每一事物的本质也有用。它在有关相同和相异的推理方面的作用是显而易见的；因为当我们发现了所议论题的某种差别时，我们也就表明了它们不是相同的。它之所以对于认识事物的本质有用，是因为我们常常通过每一事物所特有的属差去分离出每个事物的本质所特有的定理"（《论题篇》）。在《诗学》中，通过发现区别来揭示诗学的不同的原则，是亚里斯多德经常采用的一种手段。在《诗学》的序论部分，亚里斯多德把早期出现的诗分为颂神诗或赞美诗与讽刺诗两种，分析造成这两种诗的不同的原因，如摹仿对象上，前者摹仿高尚的人的行动，后者摹仿下劣的人的行动；摹仿媒介上，前者使用英雄格的"韵文"，后者使用"讽刺格"的韵文，借以说明诗存在着固有的不同性质。在悲剧论部分，亚里斯多德区分诗与历史的差别，不在于一用"韵文"，一用散文，而是前者记述可能发生的事，后者记述已经发生的事，用以说明诗所描写的事带有普遍性，应该被严肃对待。在《诗学》的史诗论部分，亚里斯多德从长短和格律两个方面，论述了史诗与悲剧的不同：长短方面，悲剧有时间的限制，要求在一周之内演出，长度自然要限定在一定的范围内，史诗则没有时间的性质，可以使长度加得很长；格律方面，悲剧的对话性质使悲剧作家使用合乎口语的短长格律，史诗的叙述性质则使史诗诗人使用合乎叙述语气的长短短格律，借以说明悲剧和史诗是两种不同性质的诗，遵循不同的写作原则。在《诗学》的批评论部分，亚里斯多德区分了两种性质不同的错误：艺术本身的错误和作家偶然的错误，指出前者的错误是作家无力表现他心目中想象的事物，后者的错误则是作家犯了科学的错误或是在诗中描写了不可能发生的事，借以说明诗本身的性质和目的，为诗提供相应的辩驳。在《诗学》的比较论部分，亚里斯多德区分了悲剧和史诗在摹仿形式上的高下，指出前者无论是在艺术成分的完备性上还是艺术效果所引发的快感上都远胜过后者，借以评判悲剧与史诗在艺术形式的完满程度以及它们对观众所起的作用。发现区别，在亚里斯多德《诗学》话语言说中所扮演的重要作用是显而易见的。

四是研究相似。按照亚里斯多德的说法，研究相似就是通过对相似的考察以求最终的归纳，"考察相似性对于归纳论证，对于假设性推理以及对于定义的作出都有好处。它之所以对归纳论证有用，是因为我们认为，只有通过若干相似的个别情况的归纳，才能得到一般性的结论；因为如果不知道相似之处，就不容易做到这一点"（《论题篇》）。在《诗学》中，与发现区别相映成趣的就是对相似的归纳。悲剧与史诗是亚里斯多德《诗学》重点分析的两种艺术门类，亚里斯多德在注重区分两者的差别的同时，也没有忽略对它们之间相似内容的归纳：在诗的性质方面，悲剧与史诗，尽管所用的媒介、所取的对象以及所采的方式存有不同，但其本质上都是摹仿；在诗的起源方面，悲剧与史诗都是出于人的摹仿本能以及音调感与节奏感的天性，由临时口占而逐渐演化成型；在诗的艺术成分方面，悲剧与史诗都由情节、性格、言词、思想、形象与歌曲这六个部分组成，而且，六个成分里，都以情节为最主要的要素，在情节的组织上都遵循整一性的原则；在诗的类型方面，悲剧分为复杂剧、苦难剧、"性格"剧与穿插剧四类，史诗也对应地划分为简单史诗、复杂史诗、"性格"史诗与苦难史诗四类；在诗的效果方面，悲剧与史诗都不是给我们任何一种偶然的快感，而是带给我们由布局的完满而引发的审美的快感。可以说，正是出于对诗的不同艺术的相似点的归纳与总结，《诗学》才成为对于诗的整体的共同规律的一种科学探求。另外，从性质上讲，亚里斯多德认为，结论归纳与命题推演是两种不同的论证方式，如果说前者是由个别归结到一般的话，那么后者恰好是由一般推导出个别；从来源上讲，亚里斯多德指出，归纳论证是由苏格拉底奠定的，也即苏格拉底著名的辩证法：

> 苏格拉底竭诚于综合辩证，他以"这是什么"为一切论理（综合论法）的起点，进而探求事物之怎是；因为直到这时期，人们还没有具备这样的对勘能力，可不必凭依本体知识而揣测诸对反，并研询诸对反之是否属于同一学术；两件大事尽可归之于苏格拉底——归纳思辨与普遍定义，两者均有关一切学术的基础。但苏格拉底并没有使普遍性或定义与事物相分离，可是意式论者（理式论者）却予以分离而使之独立。①

从这个意义上讲，亚里斯多德《诗学》结合具体经验归纳诗的一般规律的做法，对于苏格拉底的辩证法，正可谓是正本清源。

这样，无论是对西方的语言观还是诗学的话语言说，亚里斯多德都在继承前人的基础上，融会贯通，推陈出新，做了奠基性的工作，诚如黑格尔在《哲学史讲演录》中所总结的："亚里斯多德的不朽的功绩，在于他认识了抽象的理智的活动——认识并且规定了我们的思维所采取的这些形式。因为，原来使我们感兴趣的，乃是具体的思维，沉没在外界的直观里面的思维：那些形式沉没在它里面，成为一个不断的运动的网；而把思维的这个贯

---

① ［希腊］亚里斯多德：《形而上学》，吴寿彭译，商务印书馆1995年版，第266—267页。

穿一切的线索——思维的形式——加以确定并提到意识里来，这乃是一种经验的杰作。并且这种知识是绝对有价值的。"①

在谈及中国传统诗学的体系特点时，对照西方诗学以亚里斯多德的《诗学》所体现出逻辑谨严的体系特征，许多学者仅仅从中国传统诗学中的诗话、序、跋一类的诗学类型出发，否定中国传统诗学的体系性。事实上，不仅中国传统诗学的诗话不乏体系性，而且像《文心雕龙》这样"体大虑周"的文论巨著，在体系的完备性和严整性方面，丝毫不亚于西方奉为经典的亚里斯多德的《诗学》。另外，中国传统诗学中对于言—象—意的辩证分析，与西方诗学的言—意之辩一样，同样体现出对于诗学语言观的重视，并从根本上奠定了中西诗学不同的话语言说方式。

---

① ［希腊］亚里斯多德：《哲学史讲演录》（二），贺麟、王太庆译，商务印书馆 1997 年版，第 375 页。

第三章

中西诗学的理论指归与意义生成

在诗学话语中，与诗学观念和术语范畴、体系架构和话语言说密切相关的是诗学的理论指归与意义生成。如果说在中国传统诗学中，刘勰的《文心雕龙》是对中国传统诗学"原道"、"徵圣"、"宗经"三位一体的理论指归与意义生成的最终奠定的话，那么在西方诗学中，亚里斯多德《诗学》对于诗学原"理"的理论指向及"科学论证"的意义生成的奠定，同样是决定性的。

第一节 "原道"：《文心雕龙》的理论指归

《原道》是《文心雕龙》的首篇。"原道"这一命题最早出现于西汉刘安的《淮南子》中，其首卷《原道训》视道为宇宙间"覆天载地"之本原，如其《要略》篇所述：

> 《原道》者，卢牟六合，混沌万物，象太一之容，测窈冥之深，以翔虚无之轸，讬小以苞大，守约以治广，使人知先后之祸福，动静之利害。诚通其志，浩然可以大观矣。欲一言而寤，则尊天而保真；欲再言而通，则贱物而贵身；欲参言而究，则外物而反情。执其大指，以内治五藏，镌涩肌肤，被服法则，而与之终身，所以应待万方，鉴耦百变也。若转丸掌中，足以自乐也。①

───────────

① （汉）刘安：《淮南子·要略》，上海古籍出版社 1989 年版，第 231 页。

但很显然，刘安《淮南子》讲宇宙万物的生成变化的"原道"，与刘勰《文心雕龙》关注文学问题的"原道"，篇名虽同，性质却存根本差异。从文学理论的视角来谈"原道"，毫无疑问是从刘勰的《文心雕龙》开始的。

一、"原道"：《文心雕龙》的理论指向

在刘勰的《文心雕龙》中，首篇《原道》开宗明义，末篇《序志》则具有"以驭群篇"的"序论"性质。《原道》提出了"道"为文学本原的命题，《序志》则对文学"本乎道"做进一步的解释。因此，结合《序志》来分析《原道》第一的理论指向，应该是很有帮助的。具体来说，刘勰《文心雕龙》的"《原道》第一"，可按《序志》提供的两条线索来理解：其一，刘勰《文心雕龙》为何在首篇开宗明义地提出"原道"的命题；其二，《原道》何以能在刘勰《文心雕龙》中占据"第一"的位置。

关于为何要在《文心雕龙》的第一篇就提出"原道"命题，刘勰《文心雕龙·序志》有过明确的说明：

> 详观近代之论文者多矣：至于魏文述典，陈思序书，应场文论，陆机《文赋》，仲治《流别》，弘范《翰林》，各照隅隙，鲜观衢路，或臧否当时之才，或铨品前修之文，或泛举雅俗之旨，或撮题篇章之意。魏典密而不周，陈书辩而无当，应论华而疏略，陆赋巧而碎乱，《流别》精而少功，《翰林》浅而寡要。又君山公干之徒，吉甫士龙之辈，泛议文意，往往间出，并未能振叶以寻根，观澜而索源。不述先哲之诰，无益后生之虑。
>
> 盖《文心》之作也，本乎道。（《序志》）

在这里，刘勰说的很清楚，《文心》首倡"原道"是针对近代文论"未能振叶以寻根，观澜而索源"而发的。那么，刘勰对前代文论的针砭是否如其所言呢？郭绍虞在《中国文学批评史》中把魏晋至南朝的近代文学批评划分为前后两个部分：前者以魏晋时期的曹丕、曹植、陆机、挚虞、李充等文论家为代表，后者以南朝的刘勰、钟嵘等文论家为代表。关于前者，郭绍虞考察了曹丕的《典论·论文》、《与吴质书》、曹植的《与杨祖德书》、陆机的

《文赋》、挚虞的《文章流别志论》和李充的《翰林论》等此一时期的代表性的文论著作，并逐一作了点评：曹氏兄弟，"（曹）丕、植一方面在创作上沿袭古典文学的旧型，以开六朝淫靡之风气；一方面在批评上不脱儒家传统的论调，以至不能导创作入正轨，转开后世文人主张文以明道或致用的先声"①；陆机《文赋》，"刘勰《文心雕龙》之论《文赋》，虽谓其'巧而碎乱'，似有贬辞。但其碎乱之故，由于为赋体所限，似不应以是为病；至其精微之处，则固不得不以'巧'许之"②；挚虞的《文章流别志论》和李充的《翰林论》，"挚虞遂承曹丕、陆机之遗风，一方面撰集古今文章，类聚区分以定其体制；一方面于定其体制之外兼论其得失。""与挚虞《文章流别志论》相近者，在东晋更有李充的《翰林论》。……要亦与《流别集》一样有二种性质。其一，是选辑性质的总集。……又一则是'论为文体要'之语，此刘勰所讥为'浅而寡要'者是也"，③ 基本上是认可刘勰《文心雕龙》对他们的品评的。关于后者，郭绍虞首先指出以刘勰为代表的南朝文论家不同于之前魏晋文论家的四点原因：第一，南朝文学批评在中国文论发展史上具有承前启后的地位，此一时期所讨论的文论问题，不囿于传统的思想，并能规范后来的作者，指导后来的文论家；第二，到了这一时期中国文学批评开始有专著问世，"而《文心雕龙》尤为重要的著作，原始以表末，推粗以及精，敷陈详覆，条理密察，即传至现代犹自成为空前的伟著"；第三，此一时期的文学批评在批评手法上呈多元化特征，批评家能够用多种多样的方式展开文学批评。以刘勰《文心雕龙》为例，有像文体论这样的对文体的分类及说明的归纳的批评，有像《原道》、《宗经》等篇这样的推理的批评，有像《明诗》、《时序》这样论诗而溯源流的历史的批评，有像《体性》篇这样的文分八体的比较的批评，此外，还有道德的批评、审美的批评、考证的批评以及鉴赏的批评等多种批评方式；第四，此一时期的文论家是真正纯粹的批评家，"不同曹丕、曹植一样以创作家兼之，所以所论的不仅润饰改定的问题，而重在建立文学上的原理和原则。又不同王充、葛洪一样以学者兼之，所以所论的不偏重在杂文学的方面，而很能认识文学的性质。更不同

---

① 郭绍虞：《中国文学批评史》（上），百花文艺出版社 1999 年版，第 73 页。

② 郭绍虞：《中国文学批评史》（上），百花文艺出版社 1999 年版，第 77—78 页。

③ 郭绍虞：《中国文学批评史》（上），百花文艺出版社 1999 年版，第 86、89 页。

挚虞、李充一样以选家的态度为之，所以更是纯粹的批评而不必附丽于总集。"① 其次，郭绍虞特别强调此一时期文学创作的繁盛对于文学理论突飞猛进的促进作用：

> 至于此期文学批评之所以突飞猛进，能在历史上占有重要的地位者，其由于推本昔人文学批评的见解而加以阐发，固是一个原因；但此犹不甚重要，其较重要者，即出于时势之要求。盖文学的创作界在此期既臻于极盛，则同时批评界亦当然为均等的发展。我们试看《金楼子·立言篇》所云："诸子兴于战国，文集盛于两汉，至家家有制，人人有集。其美者足以叙情志，敦风俗；其弊者只以烦简牍，疲后生。往者既积，来者未已。翘足志学，白首不遍。或昔之所重今反轻，今之所重古之所贱。嗟我后生博达之士，有能品藻异同，删整芜秽，使卷无瑕玷，览无遗功，可谓学矣。"则当时文坛对于文学批评要求之迫切亦可想而知了。唐刘子玄《史通·自叙》云："词人属文，其体非一。譬甘辛殊味，丹素异彩。后来祖述，识昧圆通，家有诋诃，人相掎摭，故刘勰《文心》生焉。"由于文集既多，于是对于作品个别之批评，颇为需要，更由于对作品个别之批评既起，于是进一步对于文学之根本原理，遂也需要加以讨论。②

由郭绍虞的论述不难得出这样的结论：刘勰《文心雕龙》的"原道"命题的提出既有着对历史的承继又承担着对现实的回应。而刘勰本人对于这一点在保持清醒认识的同时，也在论著中袒露着非凡的自信：

> 夫铨序一文为易，弥纶群言为难，虽复轻采毛发，深极骨髓，或有曲意密源，似近而远，辞所不载，亦不可胜数矣。及其品列成文，有同乎旧谈者，非雷同也，势自不可异也；有异乎前论者，非苟异也，理自不可同也。同之与异，不屑古今，擘肌分理，唯务折衷。按辔文雅之场，环络藻绘之府，亦几乎备矣。（《序志》）

---

① 郭绍虞：《中国文学批评史》（上），百花文艺出版社 1999 年版，第 96—97 页。
② 郭绍虞：《中国文学批评史》（上），百花文艺出版社 1999 年版，第 97—98 页。

关于《原道》在刘勰《文心雕龙》中的位置。《序志》取《周易·系辞》"大衍之数五十，其用四十有九"的说法，谓《文心》"位理定名，彰乎《大易》之数，其为文用，四十九篇而已"。按照中国古人对于《周易》的理解，基本认定其"大衍之数五十，其用四十有九"，是指构成《周易》的五十篇文字中，与"用"有关的是四十九篇，但有一篇不属于"用"的范围，而作为"体"来使用，是谓古代易学家常说的"体用一如"，如魏晋著名玄学家王弼所解释的：

> 演天地之数，所赖者五十也。其用四十有九，则其一不用也，不用而用以之通，非数而数以之成，斯易之太极也。四十有九，数之极也。夫无不可以无明，必因于有，故常于有物之极，而必明其所由之宗也。①

那么，刘勰《文心雕龙》中的哪一篇属于"其一不用"呢？尽管不少学者从诗学体系架构的角度认为序论性质的《序志》一篇与《文心雕龙》其余的四十九篇的内容性质不同，应该单列出来，但仍有部分学者出于对《原道》篇与《周易·系辞》之间密切关联的考察，坚信《原道》篇在《文心雕龙》中的地位就如同《周易·系辞》中具有本体意味的"太极"，也即是《文心雕龙》中起到本体作用的"其一不用"的那个"一"。比如，周勋初在《〈易〉学中的两大流派对〈文心雕龙〉的不同影响》一文中，引汉代易学家京房、马融从宇宙构成论和宇宙运行说的角度对于《周易》"大衍之数"的注解：

> 京房云：五十者，谓十日、十二辰、二十八宿也，凡五十。其一不用者，天之生气，将欲以虚来实，故用四十九焉。
>
> 马季长云：易有太极，谓北辰也。太极生两仪，两仪生日月，日月生四时，四十生五行，五行生十二月，十二月生二十四气。北辰居位不动，其余四十九转运而用也。②

---

① 李学勤主编：《周易正义》，北京大学出版社1999年版，第279页。
② 周勋初：《〈易〉学中的两大流派对〈文心雕龙〉的不同影响》，见张少康编：《文心雕龙研究》，湖北教育出版社2002年版，第218页。

推测刘勰《文心雕龙》五十篇"其一不用，其用四十有九"的排列受到汉《易》的影响，并指出《原道》中的"道"，与《周易》中的"道"含义相同："不是指具有实体意味的宇宙本根，而是指事物的本质和规律。道与天地之间，是体用一如的关系"。① 王元化在《文心雕龙讲疏》一书中更是以《原道》篇对于文学起源论与创作论的奠定，明确了其在刘勰《文心雕龙》中首屈一指的核心地位：

> 《原道篇》探讨了宇宙构成和文学起源问题，这篇文章是我们研究刘勰的宇宙观和文学观的重要资料。刘勰的文学起源论是以他的宇宙观为基础的。……刘勰的宇宙构成论并没有汲取前人在自然科学方面所获得的成果，相反，他仍袭《易传》"太极生两仪"之类的说法。《原道篇》的理论骨干是以《系辞》为主，并杂取《文言》、《说卦》、《彖辞》以及《大戴礼记》等一些片断拼凑而成。不管刘勰采取了怎样混乱的形式，有一点很清楚，这就是他以为天地万物来自太极。《原道篇》所谓"人文之元，肇自太极"，显然是从"太极生两仪"这一说法硬套出来的。这样，他就通过太极这一环节，使文学形成问题和《易传》旧有的宇宙起源假说勉强地结合在一起。《文心雕龙》一书的体例同样露出了这种拼凑的明显痕迹。《序志篇》说："位理定名，彰乎《大易》之数，其为文用，四十九篇而已。"这意思是说：《文心雕龙》全书规定为五十篇是取《易传》的"大衍之数"。《系辞》称："大衍之数五十，其一不用。"所谓"其一不用"即指太极。刘勰没有明言《文心雕龙》五十篇中哪一篇属于不用之一，但就全书的思想体系来看，显然指的是《原道篇》。因为他以为道（亦即太极）是派生天地万物包括文学在内的最终原因，正如《易传》所说的太极作用一样。②

《原道》既在《文心雕龙》中起着如"太极"在《易传》中的本体作用，那么《原道》中的"道"的具体所指又是如何呢？

---

① 周勋初：《〈易〉学中的两大流派对〈文心雕龙〉的不同影响》，见张少康编：《文心雕龙研究》，湖北教育出版社2002年版，第219页。
② 王元化：《文心雕龙讲疏》，广西师范大学出版社2004年版，第56—57页。

二、"自然之道"：《文心雕龙》"原道"的第一个理论维度

究竟什么样的"道"为文学之本原呢？刘勰《文心雕龙·原道》开篇给出的第一个答案就是"自然之道"：

> 文之为德也大矣，与天地并生者何哉？夫玄黄色杂，方圆体分；日月叠璧，以垂丽天之象；山川焕绮，以铺理地之形：此盖道之文也。仰观吐曜，俯察含章，高卑定位，故两仪既生矣。唯人参之，性灵所钟，是谓三才，为五行之秀，实天地之心。心生而言立，言立而文明，自然之道也。（《原道》）

在这里，刘勰很明确地把"文"看作是与天地万物相并生的一种本体存在，所谓"文之为德也大矣，与天地并生者何哉"。关于天地的创生，《周易·系辞》认为是一个宇宙生成的自然过程：

> 天尊地卑，乾坤定矣。卑高以陈，贵贱位矣。动静有常，刚柔断矣。方以类聚，物以群分，吉凶生矣。在天成象，在地成形，变化见矣。……是故《易》有太极，是生两仪。[①]

刘勰《原道》的"夫玄黄色杂，方圆体分；日月叠璧，以垂丽天之象；山川焕绮，以铺理地之形：此盖道之文也。仰观吐曜，俯察含章，高卑定位，故两仪既生矣"，在内容上重复了《周易·系辞》对于天地创生的说明。不过刘勰《原道》在此的本意不是关注宇宙的生成与运行，而是要借此说明与天地相并生的"文"具有与天地创生同样的"自然"本性。而既然与天地相并生的"文"的本性是"自然"，那么作为"文"之本原的"道"也必然的要遵循"文"之"自然"本性，所以，《原道》紧接着的结论就是"心生而言立，言立而文明，自然之道也"。

关于"自然之道"，黄侃在《文心雕龙札记》里把它注释为道家的"万物之所由然"的客观规律：

---

① 李学勤主编：《周易正义》，北京大学出版社 1999 年版，第 257、289 页。

案彦和之意，以为文章本由自然生，故篇中数言自然。……寻绎其旨，甚为平易。盖人有思心，即有言语，既有言语，即有文章，言语以表思心，文章以代言语，唯圣人为能尽文之妙，所谓道者，如此而已。……《韩非子·解老篇》曰："道者，万物之所然也，万理之所稽也。理者，成物之文也；道者，万物之所以成也。（道，公相。理，私相。）故曰：道，理之者也。"……《庄子·天下》篇曰："古之所谓道术者果恶乎在？曰：无乎不在。"案庄韩之言道，犹言万物之所由然。文章之成，亦由自然，故韩子又言圣人得之以成文章。韩子之言，正彦和所祖也。①

王元化不同意黄侃把刘勰"自然之道"归入道家客观规律的解释，主张对刘勰"自然之道"的理解应建立在其原道观点的儒学根基之上：

> 刘勰的原道观点以儒教思想为骨干，这是不容怀疑的。他撰《文心雕龙》，汲取了东汉古文派之说。他的宇宙起源假说也的确接近于汉儒的宇宙构成论。……《原道篇》所提出的文学起源论是把《易传》的太极说和三才说串连在一起。……刘勰把太极作为天地万物产生的最终原因。太极产生了天地，天地本身具有自然美（即所谓"道之文"）。太极在产生天地的同时，也产生了人（圣人），人（圣人）通过自己的"心"创造了艺术美（即所谓"人之文"）。道文、人文都来自太极，这就叫做"自然之道"。②

从来源上讲，先秦时期的道家就提出了"道法自然"的理论主张，汉代扬雄、王充等儒学家开始在各自著作中使用"自然之道"一语，魏晋玄学兴起，"自然之道"更是频繁出现于玄学家的著作中：

> 自然之道，亦犹树也，转多转远其根，转少转得其本。多者远其真，故曰"惑"也；少则得其本，故曰"得"也。（王弼《老子注疏》）

---

① 黄侃：《文心雕龙札记》，华东师范大学出版社 1996 年版，第 3—4 页。
② 王元化：《文心雕龙讲疏》，广西师范大学出版社 2004 年版，第 64—66 页。

> 求得者丧，争明者失，无欲者自足，空虚者受实。夫山静而谷深者，自然之道也；得之道正者，君子之实也。（阮籍《达庄论》）

> 飘飘戏玄圃，黄老路相逢，授我自然道，旷若发童蒙。（嵇康《游仙诗》）

作为齐梁时期的文论家，刘勰同时受到儒、道、玄的影响并不奇怪。硬性地把刘勰的"自然之道"归结于儒、道、玄中任何一家，可能都不符合刘勰"自然之道"的原意。从刘勰拿"文"与天地相并生谈"自然之道"来看，他强调的显然是"道"所具有的"自然"本性。事实上，在《文心雕龙》中，类似这样使用"自然"的例子还不少，如《明诗》论诗之起源，"人禀七情，应物斯感，感物吟志，莫非自然"（《明诗》）；《诔碑》评蔡邕之作自然本色，"察其为才，自然而至"（《诔碑》）；《体性》谈个人情性对创作风格的影响，"岂非自然之恒资，才气之大略哉"（《体性》）；《定势》称文章体式的变化，"因情立体，即体成势也。……如机发矢直，涧曲湍回，自然之趣也"（《定势》）；《丽辞》论文辞以自然为妙，"岂营丽辞，率然对尔"（《丽辞》）；《隐秀》讲修辞以自然为宗，"故自然会妙，譬卉木之耀英华"（《隐秀》），从创作构思到确定体裁，从风格形成到文辞修饰，都是标举"自然之道"的。从这个意义上讲，刘勰《文心雕龙》"原道"的第一个理论维度，就是"自然之道"，如《原道》所总结的：

> 傍及万品，动植皆文：龙凤以藻绘呈瑞，虎豹以炳蔚凝姿；云霞雕色，有逾画工之妙；草木贲华，无待锦匠之奇。夫岂外饰，盖自然耳。至于林籁结响，调如竽瑟；泉石激韵，和若球锽：故形立则章成矣，声发则文生矣。夫以无识之物，郁然有彩，有心之器，其无文欤？（《原道》）

三、"圣人之道"：《文心雕龙》"原道"的第二个理论维度

刘勰在论述"自然之道"时，已经提到了"人"参透"自然之道"的重要，"唯人参之，性灵所钟，是谓三才。为五行之秀，实天地之心"。这里的"三才之说"，取自《易传·说卦》：

> 立天之道曰阴与阳，立地之道曰柔与刚，立人之道曰仁与义。兼三才而两之。[①]

在刘勰看来，天与地是为两仪，人与天地相并生，同为三才，又由于人为性灵所钟，是五行之秀，天地之心，所以，与"天之道"、"地之道"相对应的，就是"人之道"。不过，不论是《易传》还是刘勰《原道》里讲的"人"，都不是一般意义上的凡人，而是特指能够参透天地之道、并能够创生"人之道"的"圣人"。"圣人"创立的"人之道"，就是"圣人之道"。"圣人之道"，构成了刘勰《文心雕龙》"原道"的第二个理论维度。

关于"圣人之道"，《周易·系辞》将其概括为"以仁守位，以财聚人；理财正辞，禁民为非"：

> 天地之大德曰生，圣人之大宝曰位。何以守位？曰仁。何以聚人？曰财。理财正辞，禁民为非曰义。(《周易·系辞》)

意思说得很明确：天地的大德是让万物常生，而圣人与天地并生，其盛德要像天地让人常生那样彰显，所谓"欲明圣人同天地之德，广生万物之意也。言天地之盛德，在乎常生，故言曰生。若不常生，则德之不大。以其常生万物，故云大德也"。[②] 具体的途径，就是圣人法自然之理约告天下之民：

> 古者包牺氏之王天下也，仰则观象于天，俯则观法于地，观鸟兽之文，与地之宜，近取诸身，远取诸物，于是始作八卦，以通神明之德，以类万物之情。作结绳而为网罟，以佃以渔，盖取诸离。包牺氏没，神农氏作，斫木为耜，揉木为耒，耒耨之利，以教天下，盖取诸益。日中为市，致天下之民，聚天下之货，交易而退，各得其所，盖取诸噬嗑。神农氏没，黄帝、尧、舜氏作，通其变，使民不倦；神而化之，使民宜之。……黄帝、尧、舜垂衣裳而天下治，盖取诸乾、坤。刳木为舟，剡木为楫。舟楫之利，以济不通，致远以利天下，盖取诸涣。服牛乘马，引重致远，以利天下，盖取诸随。重门击柝，以待暴客，盖取诸豫。断

---

① 李学勤主编：《周易正义》，北京大学出版社 1999 年版，第 326 页。
② 李学勤主编：《周易正义》，北京大学出版社 1999 年版，第 297 页。

木为杵，掘地为臼，杵臼之利，万民以济，盖取诸小过。弦木为弧，剡木为矢，弧矢之利，以威天下，盖取诸睽。上古穴居而野处，后世圣人易之以宫室，上栋下宇，以待风雨，盖取诸大壮。古之葬者厚衣之以薪，葬之中野，不封不树，丧期无数，后世圣人易之以棺椁，盖取诸大过。上古结绳而治，后世圣人易之以书契，百官以治，万民以察，盖取诸夬。①

这里所说的"圣人之道"，既包括上古时期圣人传授的包括"离"、"益"、"噬嗑"、"涣"、"随"、"豫"、"小过"、"睽"、"大壮"、"大过"等在内的涵盖民众物质生产和日常生活方方面面的诸多实物，更有后世圣人制作的供"百官以治、万民以察"的书契文字。明乎此，我们再来看刘勰《原道》关于"圣人之道"的一段集中表述：

> 自鸟迹代绳，文字始炳。炎皞遗事，纪在《三坟》，而年世渺邈，声采靡追。唐虞文章，则焕乎始盛。元首载歌，既发吟咏之志；益稷陈谟，亦垂敷奏之风。夏后氏兴，业峻鸿绩，九序唯歌，勋德弥缛。逮及商周，文胜其质，《雅》《颂》所被，英华日新。文王患忧，繇辞炳曜，符采复隐，精义坚深。重以公旦多材，振其徽烈，剬诗缉颂，斧藻群言。至夫子继圣，独秀前哲，镕钧六经，必金声而玉振；雕琢情性，组织辞令，木铎起而千里应，席珍流而万世响，写天地之辉光，晓生民之耳目矣。（《原道》）

比之《周易·系辞》，刘勰《原道》不仅将"圣人之道"的重心移至后世圣人的文字书写，而且特别提到了圣贤之作的文采。作为一位对文学义理与辞采并重的文论家，刘勰并不拒斥辞采对于圣贤著作的积极作用，如其《情采》所言："圣贤书辞，总称'文章'，非采而何！夫水性虚而沦漪结，木体实而华萼振：文附质也。虎豹无文，则鞟同犬羊；犀兕有皮，而色资丹漆；质待文也。若乃综述性灵，敷写器象，镂心鸟迹之中，织辞鱼网之上，其为彪炳，缛彩名矣"（《情采》），但从他对"立文之道"的归纳来看，"故

---

① 李学勤主编：《周易正义》，北京大学出版社 1999 年版，第 298—302 页。

立文之道，其理有三：一曰形文，五色是也；二曰声文，五音是也；三曰情文，五性是也"（《情采》），"五性"也即圣人讲的"礼义仁智信"，仍是刘勰所原"圣人之道"的核心内容。

四、"神秘之道"：《文心雕龙》"原道"的第三个理论维度

天地之道只有圣人方可参透而不能为一般的民众所直接掌握，"道"因此还被披上了神秘的色彩，成为刘勰《文心雕龙》"原道"的第三个理论维度。刘勰《原道》把这种神秘之道称之为"神理"：

> 若乃《河图》孕乎八卦，《洛书》韫乎九畴，玉版金镂之实，丹文绿牒之华，谁其尸之，亦神理而已。（《原道》）

这里的"河图洛书"典故，出自《周易·系辞》："是故天生神物，圣人则之。天地变化，圣人效之。天垂象，见吉凶，圣人象之。河出图，洛出书，圣人则之。"唐代孔颖达疏《周易正义》，以"天生神物"解其义：

> "是故天生神物，圣人则之"者，谓天生蓍龟，圣人法则之以为卜筮也。"天地变化，圣人效之"者，行四时生杀，赏以春夏，刑以秋冬，是圣人效之。"天垂象，见吉凶，圣人象之"者，若璇玑玉衡，以齐七政，是圣人象之也。"河出图，洛出书，圣人则之"者，如郑康成之义，则《春秋纬》云：河以通乾出天苞，洛以流坤吐地符。河龙图发，洛龟书感。《河图》有九篇，《洛书》有六篇。孔安国以为《河图》则八卦是也，《洛书》则九畴是也。[1]

从刘勰借用《周易·系辞》的"河图洛书"典故来看，他显然是认可《周易·系辞》对道的神秘启示的说法的。至于"玉版金镂"和"丹文绿牒"之说，也与"河图洛书"有关。今人周振甫释"玉版金镂"为玉版上嵌有金字，《王子年拾遗记》："河洛之滨得玉版，方尺，图天地之形"，"丹文绿牒"为绿色的板上有红字，《尚书中侯握河纪》："河龙出图，洛龟书威，赤

---

① 李学勤主编：《周易正义》，北京大学出版社 1999 年版，第 290 页。

文绿字，以授轩辕"，并明确指出"河图洛书"之说，都是"古人宣传神权迷信的说法"。① 刘勰借"河图洛书"来宣扬道之神秘性的做法，也理应归于此列。

"神理"，除在《原道》中被提出外，还多次在《文心雕龙》的其他篇目中出现。比如同在"总论"部分，《正纬》开篇就论及神理的深奥以及对天意的微妙显露：

> 夫神道阐幽，天命微显，马龙出而大《易》兴，神龟见而《洪范》耀。故《系辞》称"河出图，洛出书，圣人则之"，斯之谓也。（《正纬》）

在这里，刘勰不仅延续了《原道》中的"河图洛书"一说，而且比较了圣人的经训与纬书的神理之间的不同："经显，圣训也；纬隐，神教也。圣训宜广，神教宜约，而今纬多于经，神理更繁"（《正纬》）。在文体论的首篇《明诗》中，刘勰首先阐明诗的言志性质，"诗者，持也，持人情性"（《明诗》），其次历数诗歌在不同时代的体制、发展及特色，而最终的结论则是把诗的言志本质及流变归结为"神理"参与的结果："民生而志，咏歌所含。兴发皇世，风流《二南》。神理共契，政序相参。英华弥缛，万代永耽"（《明诗》）。在创作论部分的《情采》中，刘勰在对立文之道作了"形文"、"声文"、"情文"的划分后，分别对它们的性质给予总结，其中的"情文"就被归结为"神理"的作用，所谓"五色杂而成黼黻，五音比而成韶夏，五性发而为辞章，神理之数也"（《情采》）；在《丽辞》的开篇，刘勰又再次把文辞的造化赋形，归结为"神理"的作用：

> 造化赋形，支体必双，神理为用，事不孤立。夫心生文辞，运裁百虑，高下相须，自然成对。……《易》之《文》、《系》，圣人之妙思也。序《乾》四德，则句句相衔；龙虎类感，则字字相俪；乾坤易简，则宛转相承；日月往来，则隔行悬合；虽句字或殊，而偶意一也。至于诗人偶章，大夫联辞，奇偶适变，不劳经营。……然契机者入巧，浮假

---

① 周振甫：《文心雕龙译注》，江苏教育出版社 2006 年版，第 60 页。

者无功。(《丽辞》)

从"神理"在刘勰《文心雕龙》各部分的频繁使用来看,"神理"并非如有些学者所主张的是"自然之道"的异名,而是如"自然之道"一样贯穿于《文心雕龙》之中,是刘勰《文心雕龙》"原道"的一个独立的理论维度,诚如周振甫在《文心雕龙译注》所总结的:

> 《原道》里讲的"自然之道"是客观规律,是唯物的;讲的"神理"是先验的,是客观唯心主义。讲"自然之道",如"玄黄色杂,方圆体分",采用天圆地方的盖天说。"龙凤以藻绘呈瑞,虎豹以炳蔚凝姿","夫岂外饰,盖自然耳"。一切色彩都是自然形成,没有神秘性。……再说"神理",像《正纬》里说:"龙马出而《大易》兴,神龟见而《洪范》耀。"又说:"神道阐幽,天命微显。"《时序》里说:"武帝维新,承乎天命。"《诏策》里说:"命喻自天,故授官锡胤"。从神理到天命,这部分是客观唯心主义。……因此,有人引用刘勰《灭惑论》里的道,来否定"自然之道",没有注意到《灭惑论》是他的晚年之作;有人强调"自然之道"而抹煞他的神理,这都是片面的。应把"自然之道"和"神理"结合起来看,他是二元论者。[①]

这样,《文心雕龙》对于文之本原的"寻根振叶",不仅首开中国传统诗学终极性地探寻文学理论指归之先河,更由于其所原之"道"的多样性与包容性,基本上涵盖了中国传统诗学对于文学本原问题的核心内容与立场。

第二节　"原理":亚里斯多德《诗学》的理论指归

在西方诗学发展史上,亚里斯多德被公认是在批驳其师柏拉图的诗学主张的基础上建构自身诗学体系的。亚里斯多德本人曾经说过这样一句震颤人心的格言:"吾爱吾师,吾尤爱真理"。"真理",是亚里斯多德一生孜孜以

---

① 周振甫:《文心雕龙译注·前言》,江苏教育出版社 2006 年版,第 20—21 页。

求的人生目标，也是其包括诗学在内的科学研究的终极指归。

一、"原理"：《诗学》的理论指向

在《诗学》的开篇，亚里斯多德开宗明义地指出：

> 关于诗的艺术本身、它的种类、各种类的特殊功能，各种类有多少成分，这些成分是什么性质，诗要写得好，情节应如何安排，以及这门研究所有的其他问题，我们都要讨论，现在就依自然的顺序，先从首要的原理开头。①

一语道出了诗学研究的理论指向，就是"原理"。

关于"原理"中的"原"的含义，亚里斯多德曾在《形而上学》一书做过详尽的解释：

> "原"的命意（一）〈原始〉事物之从所发始，如一条线或一条路，无论从那端看，都得有一起点。（二）〈原始〉是事物之从所开头，如我们学习，并不必须从第一章学起，有时就从最好入手的一节学起。（三）〈原本〉是事物内在的基本部分，如船先有船梁，屋先有基础，而有些动物有心，有些有脑，另有些则另有性质相似于心或脑的部分。（四）〈原由〉不是内在的部分，而是事物最初的生成以及所从动变的来源，如小孩出于父母；打架由于吵嘴。（五）〈原意〉是事物动变的缘由，动变的事物因他的意旨从而发生动变，……（六）〈原理〉是事物所由明示其初义的，如假设是实证的起点。这样，所谓"原"就是事物的所由成，或所从来，或所由以说明的第一点；这些，有的是内含于事物之中，亦有的在于事物之外；所以"原"是一事物的本性，如此也是一事物之元素，以及思想与意旨，与怎是和极因。②

很显然，如同中国传统诗学"原道"是要对文之根本进行本原性的追溯一样，亚里斯多德《诗学》的"原理"，同样是要对诗之根本做追本溯源的

---

① ［希腊］亚里斯多德：《诗学》，罗念生译，人民文学出版社1982年版，第1页。
② ［希腊］亚里斯多德：《形而上学》，吴寿彭译，商务印书馆1995年版，第83—84页。

考察。

从时间上讲，亚里斯多德的《诗学》是在古代希腊文学艺术由顶峰转向衰落时完成的。正如缪朗山在《西方文艺理论史纲》一书中所指出的：

> 公元前四世纪中叶，随着雅典民主制度的衰落，兵燹连年，祸乱频起，希腊现实主义的艺术日渐衰微，创作的鼎盛时期已经陈迹。但是，思辨哲学却达到了高潮，哲学家孜孜不倦地探讨自然科学和社会科学，同时也回过头来总结以前的文艺创作经验，试图解决一些文艺理论问题，例如，艺术对现实的关系，艺术的认识作用，艺术的教育作用，形象对原型的关系，艺术本身的技巧，乃至艺术固有的规律等等问题。这些问题，前人虽有论及，但不过是只言片语，没有作系统的阐明。这个责任就落到哲学家身上，哲学家在建立其哲学体系时，用文艺理论作为其中之一环，但他们独能从全面考虑问题，因而对文艺能作出比较系统的阐明。所以希腊文艺理论从哲学家开始。柏拉图最先着手这个工作，可是我们知道，柏拉图反对以前的文艺最力，破坏多于建树，他的文艺理论，总的说来，与其是阐明文艺的理论，毋宁是反对文艺的理论。亚里斯多德恰好相反，他肯定希腊的现实主义文艺，总结史诗、悲剧、散文的创作经验，作出既有系统又有贡献的理论。①

所以，讲到亚里斯多德《诗学》对于诗的原理的探寻，有两点是不能忽视的：一是亚里斯多德之前的希腊文学创作；二是亚里斯多德之前的文艺理论发展。

首先是亚里斯多德之前的希腊文学创作。众所周知，古代希腊文学是西方文学的源头。早在公元前九至前八世纪，希腊就出现了以荷马的《伊利亚特》与《奥德修纪》为代表的史诗创作，荷马史诗无论对当时希腊的社会生活，还是对后世西方文学艺术的发展，都有着极其深广久远的影响。马克思曾高度赞扬荷马史诗，说它具有"永久的魅力"，"而且就某些方面说还是一种规范和高不可及的范本"。② 公元前八至前六世纪，以萨福（Sap-

---

① 缪朗山：《西方文艺理论史纲》，中国人民大学出版社 1985 年版，第 57 页。
② ［德］马克思：《〈政治经济学批评〉导言》，《马克思恩格斯选集》第 2 卷，人民出版社1972 年版，第 113 页。

pho)、阿那克里翁（Anacreontics）和品达（Pindar）为代表的抒情诗创作呈现繁荣局面，其中，女诗人萨福因其情感真挚、语言质朴被柏拉图赞誉为"第十位文艺女神"，阿那克里翁则因其创制的语言清新优美、形式谨严的诗体（"阿那克里翁体"）而闻名。公元前六至前四世纪，是希腊历史上的"古典时期"，这一时期最具代表性的文学创作就是举世瞩目的戏剧创作。其中，悲剧作家埃斯库罗斯（Aeschylos）、索福克勒斯（Sophocles）和欧里庇得斯（Euripides）是古希腊悲剧中的"三大诗人"，他们的代表之作《被缚的普罗米修斯》、《俄底浦斯王》与《美狄亚》，具有无与伦比的艺术震撼力，成为后世西方悲剧创作的典范；喜剧作家中也出现了克拉克诺斯（Clarknos）、欧波利斯（Eubolis）和阿里斯托芬（Aristophanes）等有代表性的喜剧诗人。俄国著名的文学理论别林斯基（Belinsky）曾经盛赞希腊文学之于西方文学的典范作用：

> 对于我们，希腊艺术应该是典范、体式和至高的权威，因为世界上没有一个民族像希腊人那样使艺术得到独立正常的发展的，他们的全部丰富生活首先反映在艺术里面。由此，希腊艺术的历史发展对我们具有合理权威的一切力量。在他们那里，史诗先于抒情诗，抒情诗先于戏剧。艺术底这一程序也可以从思辨得到解释：在幼年期的民族，把自然和生活当作自在之物的客观观点，以及作为古代传说的思想，应该产生于内省和作为独立认识的思想之前。①

应该说，在亚里斯多德之前，希腊的文学创作已经达到了西方文学的第一个高峰，取得了非常可观的艺术成就。在《诗学》中，亚里斯多德不仅全面考察了包括史诗、抒情诗、悲剧与喜剧在内的希腊文学的一些主要文学类型，而且大量征引了包括荷马、埃斯库罗斯、索福克勒斯和欧里庇得斯在内的作家作品。就文学创作与理论总结的互动而言，前人的文学创作为亚里斯多德的文学理论上的总结，打下了坚实的基础，而从亚里斯多德的《诗学》来看，他也很好地承担起了对于古希腊文学创作的文学理论方面的总结工作。

其次是亚里斯多德之前的文艺理论发展。如前所述，在亚里斯多德之

---

① ［俄］别林斯基：《诗的分类和分型》，见《文艺理论学习资料》，北京大学出版社 1981 年版，第 10 页。

前，除了一些有关文学的零散言论外，就是柏拉图对于文艺的评论。然而，柏拉图本人尽管是一位被公认的杰出的诗人，但他对于文学创作的轻视也是举世皆知的。在《理想国》中，柏拉图认定文艺是一件不正经的玩意事；在《斐德罗篇》中，柏拉图把人划分为九个等级：第一类是智慧或美的哲学家；第二类是守法的国王以及保卫城邦的勇士；第三类是从事经营的商人或生意者；第四类是竞技的运动员及教练；第五类是秘仪祭司的预言家；第六类是从事摹仿的诗人及艺术家；第七类是专事生产的工匠及农人；第八类是蛊惑民众的智者及政客；第九类是专制城邦的僭主，其中，诗人排列第六，地位与第七等的工匠和农人差不多。应该说明的是，柏拉图如此看低诗人的地位，固然有其轻视诗人的因素，但也比较真实地显示了他那个时代的希腊人对于文艺的通常态度，即凡是可凭专门知识能够学会并从事生产的工作都被称作"技艺"（"tekhne"），手工业、农业、骑射、烹饪等是"技艺"，音乐、绘画、雕刻、诗歌等也是"技艺"，当时的人们并没有在两者之中见出技术性的"手工劳动"与创造性的"艺术创作"的区别。而强调艺术的创作性工作性质，是从亚里斯多德开始的，如其在《伦理学》一书中给"艺术"所下的定义：

> 艺术就是创造能力的一种状况，其中包括真正推理的过程。一切艺术的任务都在生产，这就是设法筹划怎样使一种可存在也可不存在的东西变为存在的，这东西的来源在于创造者而不在所创造的对象本身；因为艺术所管的既不是按照必然的道理既已存在的东西，也不是按照自然终须存在的东西——因为这两类东西在它们本身里就具有它们所以要存在的来源。创造和行动是两回事，艺术必然是创造而不是行动。[①]

正由此，亚里斯多德在给科学进行分类时，把《诗学》划入"创造性科学"一类，并按照科学研究的态度与方法，对诗的艺术本身、它的种类、各种类的功能与成分，以及成分的性质与安排，进行分门别类的研究。在西方文艺理论发展史上，如此科学、系统地从事文学理论的研究，亚里斯多德的《诗学》是第一次。

---

① ［希腊］亚里斯多德：《伦理学》，中译文采用朱光潜：《西方美学史》（上），人民文学出版社 1994 年版，第 70 页。

可以说，希腊文学创作实践取得的丰硕成果以及文学理论自身的发展需要，为亚里斯多德诗学体系的创生，提供了坚实的创作基础和必要的理论前提，而亚里斯多德本人则以其深沉博大的使命感和严谨科学的研究，开始了对西方文学理论的奠基性的工作。他的《诗学》不仅首开西方系统的文学理论研究的先河，而且其对文学基本原理的探寻，从一开始就为西方文学理论的研究指明了方向。

二、"道德主义原则"：《诗学》"原理"的第一个指向

英国美学史家鲍桑葵在《美学史》中，曾把包括亚里斯多德在内的全体希腊思想家们关于美的本质的归纳，按照美学价值的大小，依次划分为"道德主义原则"、"形而上学原则"与"审美原则"三个部分。① 事实上，亚里斯多德诗学对于诗的原理的探寻，也可以做如上三个原则的划分，其中的第一条原则，就是"道德主义原则"。

正如鲍桑葵所指出的，在古代希腊的思想家中，从道德上来进行美学的判断，一直是古代希腊人根深蒂固的艺术见解，而且，柏拉图和亚里斯多德两人在关于艺术的性质的整个探讨中，都背着道德主义考虑的包袱。② 赫拉克利特曾经预言，夜游者、波斯教士、酒神祭司、酒神女侍、传秘教的人死后要受到"火焚"的惩罚，因为他们以一种不虔诚的方式来传授那些流行于人间的秘法，并从道德的角度激烈地谴责荷马，表示应该把荷马从赛会中驱逐出去并加以鞭笞。③ 克塞诺芬尼（Xenophanes）写过一些讽刺诗来反对赫西俄德和荷马，斥责他们亵渎神灵："从最初的时候起，所有的人都向荷马学习。""荷马和赫西俄德把人间认为是无耻丑行的一切都加在神灵身上：偷盗、奸淫、彼此欺诈。"④ 而苏格拉底的学说被公认是地道的道德学说，黑格尔指出，苏格拉底学说的核心是对"善"、"美德"、"正义"等道德原则的哲学讨论，并称赞苏氏"善的原则"的提出堪称希腊哲学发展史上的一个重要转折：

---

① 参阅［英］鲍桑葵：《美学史》，张今译，商务印书馆1995年版，第24—26页的相关论述。

② ［英］鲍桑葵：《美学史》，张今译，商务印书馆1995年版，第27页。

③ 参阅［希腊］赫拉克利特：《著作残篇》，见《古希腊罗马哲学》，三联书店1957年版，第20—22页。

④ ［希腊］克塞诺芬尼：《讽刺诗》，见《古希腊罗马哲学》，三联书店1957年版，第46页。

善的发现是文化上的一个阶段，善本身就是目的，这乃是苏格拉底在文化中、在人的意识中的发现；……苏格拉底认为他只应当去关注那对他的道德本性重要的东西，以便行最大的善，……我们见到在苏格拉底这里，规律，真理，以及以前作为一个存在出现的善，都回到了意识里面。……在普遍的意识中，在苏格拉底所属的那个民族的精神中，我们看到伦理转化为道德，并且看到苏格拉底站在顶峰上，意识到了这个转变。①

柏拉图是亚里斯多德之前从道德主义考察文艺本质的最重要的理论家。在《理想国》中，柏拉图明确地把道德原则看作是衡量文艺好坏的标准，要求对从事文艺创作的人进行审查，接受好故事，拒绝坏故事。在他看来，诗人们所写的故事，在道德上存有两个严重缺点：第一是编造虚假故事，不利于培养人的美德。这里的虚假主要是指赫西俄德、荷马以及其他的诗人在诗中编造的关于诸神的谎言，比如，赫西俄德描写乌拉诺斯如何对待克洛诺斯，而克洛诺斯又如何转过来对乌拉诺斯进行报复，然后是克洛诺斯如何对待他的子女，最后又是克洛诺斯如何遭受他的子女的报复，以及荷马诗歌所描述的天神间的钩心斗角、尔虞我诈和明争暗斗，让城邦的公民分辨不清什么是应该做的，什么是不应该做的；第二是渲染死亡和恐惧，使城邦的守护者变得敏感和软弱，无益于他们的健康成长。故此，柏拉图认为培养美德，必须掌握描写诸神故事的正确标准，即"把神的真正性质描写出来，……这种真正的性质就是善，要永远把神描述为善的，善的东西是有益的，是好的事物的原因。……世上的坏事远远多于好事，而好事的原因只能是神。至于坏事的原因，我们必须到别处去找，不能在神那儿找"（《理想国》）；而为了防止文学败坏人的道德，必须给诗人施行多方面的禁令，诸如"一定要禁止诗人把凡人的痛苦说成是神的旨意"，"一定不能允许亵渎诸神的故事存在"，"要把那些使人害怕死亡的说法统统排除"，"禁止使用恐怖和可怕的词汇来描写阴间地府中的事物"，"定要删去英雄人物号啕大哭和悲哀的情节"，"应当消除那些为著名人物写下的挽歌"等等。所以，正如鲍桑葵所指出的，"柏拉图从道德上的考虑出发，进而对差不多全部古典美的世界，

---

① ［英］鲍桑葵：《美学史》，张今译，商务印书馆1995年版，第62—63页。

都采取了公开的敌视态度”，“他们几乎好像是一厢情愿地对上述原则发生迷恋，真以为形象也可以产生和正常的实在事物一样的效果。本来，一个人只要能把形象和对象区别开来，迟早也必然会逐渐认识到美和实用的事物对心灵的影响是大不相同的，但是，对于柏拉图来说，形象和对象的区别的主要效果却是促使他从道德主义观点出发对想象力所提供的非实在的幻影更加疑虑。因为，他认为，想象和情绪有着心理上的联系，因此，艺术中的想象世界一方面像现实世界一样拥有通过榜样形成习惯的力量，另一方面还拥有在大得多的程度上造成情绪紊乱的力量。”①

按照鲍桑葵的说法，亚里斯多德同样没有摆脱将形象与实物混杂为一的羁绊，但其实不然。在《形而上学》一书中，亚里斯多德自觉地在研究对象与对实物的感觉之间进行区分，并明确地把对“善”的探讨归为原理的一部分：

> 最普遍的就是人类所最难知的；因为它们离感觉最远。最精确的学术是那些特重基本原理的学术；而所包含原理愈少的学术又比那些包含更多辅加原理的学术更精确，……研究原因的学术较之不问原因的学术更为有益；只有那些能识万物原因的人能教诲我们。知识与理解的追索，在最可知事物中，所可获得的也必最多；原理与原因是最可知的；明白了原理与原因，其它一切由此可得明白，……凡能得知每一事物所必至的终极者，……这终极目的，个别而论就是一事物的“本善”，一般而论就是全宇宙的“至善”。……这必是一门研究原理与原因的学术。②

在《诗学》中，亚里斯多德认为决定艺术摹仿差别的一个重要因素就是所摹仿对象的品格上的好与坏，即“摹仿者所摹仿的对象既然是行动中的人，而这种人又必然是好人或坏人—— 只有这种人才具有品格，一切人的品格都只有善与恶的差别—— 因此他们所摹仿的人物不是比一般人好，就是比一般人坏，或是跟一般人一样，……各种摹仿艺术都会有这种差别，因为摹仿的对象不同而有差别”（《诗学》）；在谈到悲剧的效果时，亚里斯多德就情

---

① ［英］鲍桑葵：《美学史》，张今译，商务印书馆 1995 年版，第 28 页。
② ［希腊］亚里斯多德：《形而上学》，吴寿彭译，商务印书馆 1995 年版，第 4—5 页。

节安排归纳了三点说明："第一，不应写好人由顺境转入逆境，因为这只能使人厌恶，不能引起恐惧或怜悯之情；第二，不应写坏人由逆境转入顺境，因为这最违背悲剧的精神——不合悲剧的要求，既不能打动慈善之心，更不能引起怜悯或恐惧之情；第三，不应写极恶的人由顺境转入逆境，因为这种布局虽然能打动慈善之心，但不能引起怜悯与恐惧之情，因为怜悯是由一个人遭受不应遭受的厄运而引起的，恐惧是由这个这样遭受厄运的人与我们相似而引起的，因此上述情节既不能引起怜悯之情，又不能引起恐惧之情"（《诗学》），所着眼的是道德的因素。此外，《诗学》中有关完美布局的两种等级的划分，"完美的布局应有单一的结局，而不是如某些人所主张的，应有双重的结局，其中的转变不应由逆境转入顺境，而应相反，由顺境转入逆境，其原因不在于人物为非作恶，而在于他犯了大错误，这人物应具有既不十分善良、也不十分公正的品质，甚至宁可更好，不要更坏。……第二等是双重的结构，……例如《奥德赛》，其中较好的人和较坏的人得到相反的结局。由于观众的软心肠，这种结构才被列为第一等；而诗人也为了迎合观众的心理，才按照他们的愿望而写作。但这种快感不是悲剧所应给的，而是喜剧所应给的"（《诗学》），以及诗人处理可怕的行动时所应遵循的原则，"这些可怕的或可怜的行动一定发生在亲属之间、仇敌之间或非亲属非仇敌之间。如果是仇敌杀害仇敌，这个行动和企图，都不能引起我们的怜悯之情，只是被杀者的痛苦有些使人难受罢了；如果双方是非亲属非仇敌的人，也不行；只有当亲属之间发生苦难事件时才可以，例如弟兄对弟兄、儿子对父亲、母亲对儿子或儿子对母亲实施杀害或企图杀害，或做这类的事——这些事才是诗人所应追求的"（《诗学》），所考量的都是道德因素。这样，亚里斯多德在《诗学》中没有像他之前的柏拉图等人那样直接臧否诗人创作的道德倾向，而是细致地分析道德主义原则在诗学中应有的表现，并最终把道德主义原则纳入到对于文学根本原理的探讨之中。

三、"形而上学原则"：亚里斯多德《诗学》"原理"的第二个指向

亚里斯多德《诗学》"原理"的第二个指向，就是"形而上学原则"。鲍桑葵曾以柏拉图《理想国》中从哲学"理式论"出发对于艺术摹仿性质的说明为例，把古希腊的摹仿说归纳为以下三个论断：

i. 审美形象　　艺术所使用的只是形象，而不是可以在日常生活的世界里起作用或受到作用的实在事物。

　　ii. 对普通事物的关系　　这些形象并不是上帝所创造的终极实在的象征，用我们的语言来说，这也就是说，并不是在知识完美的人看来决定或构成了自然秩序中的任何实在对象的那些关系和条件的象征。那些构成美的艺术的外形是在虚有其表地模仿同日常用途和感官知觉有关的第二实在，即普通事物。

　　iii. 按照这一标准，艺术要低一级　　艺术形象必须按照它们是否能够以感官的完备性或知识的彻底性再现普通事物来判断，因此，也就是说，必须按这一标准来非难。实在事物在一切方面都比模仿品可取。①

并指出，这种以艺术形象与事物实体的二元对立来确立艺术摹仿性质的方式，是古希腊形而上学地明确文艺本质的最具代表性的表达，而且，这一原则不仅体现在柏拉图身上，也同样表现在亚里斯多德身上，"这两位伟大哲学家的形而上学立场只是程度上有所不同。对他们两人来说，供知觉的实在和供思考的实在之间的区别基本上是一样的。"②

　　然而，正如黑格尔在《哲学史演讲录》中分析亚里斯多德的形而上学的特点时所指出的：

　　　亚里斯多德的理念〔按即形式〕是和柏拉图的理念不同的。虽然柏拉图把理念规定为善、目的、最普遍的共相；亚里斯多德却更进一步。……柏拉图的理念本质上是具体的，确定的。……柏拉图的理念一般地是客观的东西，但其中缺乏生命的原则、主观性的原则；而这种生命的原则、主观性的原则，却是亚里斯多德所特有的。

　　　亚里斯多德也同样把善、目的、共相作为基础，作为实体；他主张这个共相、目的，坚持着它去反对赫拉克利特和爱利亚学派。赫拉克利特的生成是一个正确的、重要的规定；但变化还缺乏那自身的同一性、确定性、普遍性的规定。河流永远在变化，但它仍是同一条河流，——是同一的样子，是一个普遍的存在；……（亚里斯多德）所谓存在或者

① ［英］鲍桑葵：《美学史》，张今译，商务印书馆1995年版，第38页。
② ［英］鲍桑葵：《美学史》，张今译，商务印书馆1995年版，第39—40页。

有，主要地是指实体、理念。亚里斯多德只寻求什么是推动者；而这，他说是 logos（理性）、目的。正像他坚持共相来反对单纯的变化一样，他又用活动性来反对毕达哥拉斯学派和柏拉图，反对数。活动性也是变化，但却是维持自身等同的一种变化，——它是变化，但却是在共相里面作为自身等同的变化而被设定的：它是一种自己规定自己的规定。反之，在单纯的变化里面，就没有包含着在变化中维持自身。那共相是积极活动的，它规定自己；目的就是体现出来的自身规定。①

亚里斯多德的形而上学不仅有别于柏拉图，也有别于他之前的其他的希腊思想家。关于形而上学，亚里斯多德指出，人类理智发展的顺序是先由感觉、技艺、经验以造就技术，技术之优于经验，是因为技术家能超越经验之上，知道事物之所以然，而更多的技术的发展最终导向阐释事物的原因与原理的理论知识的出现，这种专门从理论上探讨事物的原因与原理的学问，就是形而上学。换言之，对于事物的认知，都有一个由感性到理性的阶段，都需要从原理和原因上进行解释。在亚里斯多德看来，对于任何一个事物的形而上学的说明，都可以通过他所列的四个因来进行：第一是"本因"，即"本体亦即怎是，（'为什么'既旨在求得界说最后或最初的一个'为什么'，这就指明了一个原因与原理）"（《形而上学》）；第二是"物因"，即"物质或底层"（《形而上学》）；第三是"动因"，即"动变的来源"（《形而上学》）；第四是"极因"，即"相反于动变者，为目的与本善，因为这是一切创生与动变的终极"（《形而上学》）。② 在《诗学》中，关于诗的"本因"，也即诗的艺术本身的"怎是"，亚里斯多德接受了古希腊通行的说法，把诗的本质定义为摹仿，不过，正如我们在前面已经指出的，由于他的"实体论"的哲学根基与他之前的朴素的物质论及柏拉图的"理式论"存有根本差异，他讲的诗的本身是对实体的述说，相对于实体的第一性质来说，诗的本身是一种第二实体性质，与第一实体存有种属关系，既区别于早期朴素唯物论所说的对外物简单的摹写，也不同于柏拉图从"理式论"出发推演出的"摹仿的摹仿"、"影子的影子"；关于诗的"物因"，亚里斯多德在谈到诗的摹仿本

① ［德］黑格尔：《哲学史演讲录》（二），贺麟、王太庆译，商务印书馆 1959 年版，第 288—290 页。

② ［希腊］亚里斯多德：《形而上学》，吴寿彭译，商务印书馆 1995 年版，第 6—7 页。

质时就已指出，不同的艺术类型摹仿存在着所用的媒介、所取的对象和所采的方式三点差别，其中摹仿所用的媒介就是诗的物质因素。就诗的物质因素而言，亚里斯多德对诗的各种艺术所用媒介的区分和说明，在完备性和细致性上是前所未有的，"有一些人用颜色和姿态来制造形象，摹仿许多事物，而另一些人则用声音来摹仿；……就是用节奏、语音、音调来摹仿，……或单用其中一种，或兼用二种，例如双管箫乐、竖琴乐以及其他具有同样功能的艺术（例如排箫乐），只用音调和节奏（舞蹈者的摹仿则只用节奏，无需音调，他们借姿态的节奏来摹仿各种'性格'、感受和行动），而另一种艺术（史诗）则只用语言来摹仿，或用不入乐的散文，或用不入乐的'韵文'，若用'韵文'，或兼用数种，或单用一种，……有些艺术，例如酒神颂和日神颂、悲剧和喜剧，兼用上述各种媒介，即节奏、歌曲和'韵文'；差别在于前二者同时使用那些媒介，后二者则交替着使用"（《诗学》）；关于诗的"动因"，亚里斯多德把诗的起源归结为人的摹仿本能和对于音调感与节奏感的天性，并把诗的发展归结为有资质的诗人的促进和不断演化，"悲剧如此，喜剧亦然，……（例如悲剧），埃斯库罗斯首先把演员的数目由一个增至两个，并减削了合唱歌，使对话成为主要部分。索福克勒斯把演员增至三个，并采用画景。悲剧并且具有了长度，它从萨提洛斯剧发展出来，抛弃了简略的情节和滑稽的词句，经过很久才获得庄严的风格"（《诗学》）；关于诗的"极因"，也即诗的最高目的，亚里斯多德所说的"借引起怜悯与恐惧来使人的情感得到陶冶"以及诗通过整一性的情节给人以审美愉悦，与他在《形而上学》中所致力探寻的宇宙万物创生与变化的终极原因一样，都是以"善"为最高的目的。在《形而上学》一书中，亚里斯多德曾批评古希腊诸贤对于宇宙原理的形而上学的探寻，都只是涉及了"本因"、"物因"、"动因"、"极因"中的某一项，并明确指出唯有悉明四因，才可真正达致对于万物原理的说明。应该说，亚里斯多德对于西方的"形而上学"起到了奠基性的作用。对于"形而上学"这门学科是这样，对于诗学原理的形而上学的说明也是如此。

四、"美学原则"：亚里斯多德《诗学》"原理"的第三个指向

亚里斯多德《诗学》"原理"的第三个指向，是"美学原则"。按照鲍桑葵的解释，"美学原则"是古希腊人所认识到的一项"真正的"美学原

则，因为与"道德主义"和"形而上学"这两项原则相比，"美学原则"提出的不再是美的对象的道德属性或哲学数学的问题，而是关乎自身的美学规定。① 其实，早在《形而上学》一书中，亚里斯多德本人就对原理的"第一性质"与"专门性质"作了明确的区分：

> 有一门学术，它研究"实是之所以为实是"，以及"实是由于本性所应有的秉赋"。这与任何所谓专门学术不同；那些专门学术没有一门普遍地研究实是之所以为实是。它们把实是切下一段来，研究这一段的质性。②

显然，按照亚里斯多德的区分，以"第一原理"为研究对象的形而上学是"普遍地研究实是之所以为实"，而专门学科虽然也是要"原理"，但其所原之理不是形而上学的"第一原理"，而是专属于各们学科的次一级的原理。对于诗学而言，它的次一级的原理，就是专属于诗学关乎诗的自身的各种美学规定，也即鲍桑葵所说的"美学原则"。

关于诗学这门学科，在前面所引的亚里斯多德《诗学》的开篇说明部分，已经对诗学所要研究的内容，作了细致的归纳，主要包括诗本身的性质、诗的种类、各种类的成分以及情节的安排等。从《诗学》的内容来看，亚里斯多德在继承希腊传统的文艺摹仿现实的观念的基础上，对诗的艺术进行了深入的研究。比如诗的种类。在亚里斯多德之前，尽管有关史诗、悲剧和喜剧等诗的种类已经在柏拉图的对话作品中被提及，但从其对话的具体内容看来，柏拉图并没有有意地要在这些具体的诗的种类上进行区分，而是笼统地把这些诗的种类看作是一个诗的整体；而亚里斯多德则根据摹仿时所用的媒介、所取的对象和所采的方式的不同，对诗的不同种类所具有的不同功能，第一次作了细致的分类和说明，③ 从后世德国文学理论家莱辛（Gotthold Lessing）《拉奥孔》对于诗画异质的说明："既然绘画用来摹仿的媒介符号和诗所用的确实完全不同，这就是说，绘画用空间中的形体和颜色而诗却用

---

① 参阅［英］鲍桑葵：《美学史》，张今译，商务印书馆 1995 年版，第 43 页的相关论述。

② ［希腊］亚里斯多德：《形而上学》，吴寿彭译，商务印书馆 1995 年版，第 56 页。

③ 有关《诗学》从摹仿媒介、对象和方式对诗的各个种类所作的具体论述，本文前面已有引述和说明，这里不再重复。

在时间中发出的声音；既然符号无可争辩地应该和符号所代表的事物互相协调；那么，在空间中并列的符号就只宜于表现那些全体或部分本来也是在空间中并列的事物，而在时间中先后承续的符号也就只宜于表现那些全体或部分本来也是在时间中先后承续的事物。全体或部分在空间并列的事物叫做'物体'。因此，物体连同它们的可以眼见的属性是绘画所特有的题材。全体或部分在时间中先后承续的事物一般叫做'动作'。因此，动作是诗所特有的题材"，① 以及别林斯基（Boris Belinskiy）《诗的分类和分型》对诗的史诗类、抒情类和戏剧类的划分与概括："诗是艺术底整体，是艺术的全部组织，具有它的一切方面，包括艺术底明确区分着的一切部门。（一）诗以外在事物体现思想的含义，以十分明确具形的形象组成精神的世界。……这儿看不见诗人；诗人仿佛只单纯地讲述那自动完成的一切。这种诗是史诗类的。（二）任何外在现象必先有动机、愿望、意图——一句话，思想，任何外在现象都是一种隐秘力量、一种内在活动的结果；……在这儿，诗人的个性是占主要地位，我们只有通过诗人的个性去感受和理解一切。这种诗是抒情类的。（三）最后，这两种不同的类别结合成为一个不可分的整体：内在因素不再留在自己里面，外显为事件；内在的、心灵的东西变为外在的、现实的东西。……这是最高一类的诗，是艺术底冠冕，——这是戏剧类的诗"②，都可以看作是亚里斯多德《诗学》的余绪。再如诗的各种类的成分及情节的安排，亚里斯多德《诗学》把诗的成分作六个方面的划分：情节、性格、言词、思想、形象、歌曲，并明确指出，情节是六个成分中最首要的因素，而且诗要写得好，必须要诗的情节具有整一性。在后世的西方理论家中，意大利文艺复兴时期的文学批评家卡斯特尔维屈罗（Lodovico Castelvetro），最先从亚氏《诗学》情节整一性中提炼出时间、地点、情节的"三一律"说："表演的时间和所表演的事件的时间，必须严格地相一致。……事件的地点必须不变，不但只限于一个城市或者一所房屋，而且必须真正限于一个单一的地点，并以一个人就能看得见的为范围。悲剧应当以这样的事件为主题：它是在一个极其有限的地点范围之内和极其有限的时间范围之内发生的，就是说，这个地点和时间就是表演这个事件的演员们所占用的表演地点和时

---

① ［德］莱辛：《拉奥孔》，朱光潜译，人民文学出版社1979年版，第82页。

② ［俄］别林斯基：《诗的分类和分型》，见《文学理论学习资料》（下），北京大学出版社1981年版，第7—8页。

间；它不可在别的地点和别的时间之内发生。……事件的时间应当不超过十二小时"，[①] 法国十七世纪新古典主义的代表人物高乃依（Pierre Corneille），不仅明确地把"三一律"原则归于亚里斯多德的总结，而且肯定其为新古典主义的创作指导原则："为了探索戏剧特别能给予的那种快感并把它传达给观众，就必须遵守艺术的法则，并按照一定的法则去满足人们的心意。既然艺术是存在的，这种法则显然也是存在的。……没有人怀疑应当遵守行动、地点、时间三者的一致。只是何谓事件的一致，以及如何才能够把时间和地点的一致大大扩展的问题，却引起了不少的困难。诗人应当根据或然律来处理自己的题材。亚里斯多德是这样说的，……许多解释者甚至极少注意到必然性，然而在亚里斯多德的见解中却总是把必然性与或然性相提并论的"。[②] 尽管我们知道，把"三一律"原则的来源归结为亚里斯多德，其实是对亚里斯多德的一个误解，但亚里斯多德的《诗学》对后世有着深远强大的影响，却是不争的事实。

总之，在西方诗学发展史上，亚里斯多德的《诗学》不仅第一次提出了"原"理的诗学主张，而且其所"原"之理涵盖了西方诗学在文学基本原理上的几个主要理论指向。《诗学》在确立西方诗学理论指归上的作用无疑是奠基性的，正如朱光潜在《西方美学史》中所总结的："亚里斯多德处在希腊哲学，文艺以及一般文化都已发展到可以做总结的时代，而他在哲学方面特别是在逻辑性和自然科学方面，都有足够的修养来做这种总结。他的《诗学》和《修辞学》都是西方最早的具有科学系统性的有关美学的著作。由于他一方面总结了希腊文艺的最高成就，一方面建立了一些规范性的理论，所以他在西方文艺思想界发生了长久的深刻的影响"。[③]

第三节　"徵圣"与"宗经"：《文心雕龙》的意义生成

在对文之本原"原道"之后，刘勰《文心雕龙》紧接着谈的是"徵圣"

---

① ［意大利］卡斯特尔维屈罗：《亚里斯多德〈诗学〉的诠释》，见伍蠡甫编：《西方文论选》（上），上海译文出版社1988年版，第188—189页。
② ［法］高乃依：《论戏剧的功用及其组成部分》，见伍蠡甫编：《西方文论选》（上），上海译文出版社1988年版，第254—255页。
③ 朱光潜：《西方美学史》（上），人民文学出版社1994年版，第93页。

与"宗经"。《文心雕龙·原道》关于"道沿圣以垂文，圣因文而明道"的说明，不仅透露出"徵圣"、"宗经"与"原道"连贯为一的三位一体关系，而且点明了"徵圣"与"宗经"在诗学意义生成方面的决定性作用。

一、从"原道"、"徵圣"、"宗经"的三位一体看《文心雕龙》对于中国传统诗学的意义生成观的莫定

《原道》、《徵圣》、《宗经》是刘勰《文心雕龙》总论部分的前三篇，是公认的刘勰《文心雕龙》"文之枢纽"中的"枢纽"。在这三篇论文中，刘勰不仅提出了《文心雕龙》以"原道"为主旨的核心线索，而且明确了中国诗学在意义生成上从"原道"到"徵圣"、"宗经"的传统认知。

按照郭绍虞在《中国文学批评史》里的考证，先秦时期的荀子和汉代扬雄的文论主张，是刘勰《文心雕龙》"原道"、"徵圣"、"宗经"三位一体文学观的两个直接的思想来源。关于前者，郭绍虞认为荀子论著中关于"文"的认识，属于广义的"文学"性质，而且更多的偏于"道"的意味：

> 荀子《非相篇》屡言"君子必辩"，且称圣人之辩为"成文而类"，称士君子之辩为"文而致实"。……其《正名篇》又云："君子之言；涉然而精，俛然而类，差差然而齐；彼正其名，当其辞，以务白其志义者也。""白其志义"，即所谓"好言其所善"的辩。后人所谓文以明道以贯道以载道者，正是此语的绝妙注解。

> 文学的性质和作用既如此，所以他以为："凡议必将立隆正，然后可也。无隆正则是非不分，而辩讼不决。……故凡言议期命，是非以圣王为师。"（《正论》）这与后人论文主于徵圣者何以异。所以他又认为："圣人也者，道之管也。天下之道管是矣，百王之道一是矣，故诗书礼乐之（道）归是矣。诗言是其志也，书言是其事也，礼言是其行也，乐言是其和也，春秋言是其微也。"（《儒效》）这又与后人论文主于宗经者何以异！所以他又以为："多言而类，圣人也；少言而法，君子也；多少无法而流湎然，虽辩，小人也。故……辩说譬喻，齐给便利而不顺礼义，谓之奸说。……圣王之所禁也。"（《非十二子》）《非相篇》亦云："凡言不合先王，不顺礼义，谓之奸言。"这又与后人论文主于明道

者何以异!①

故此，郭绍虞认为荀子论文实开中国传统文论"原道"、"徵圣"、"宗经"文学观之先河。关于后者，郭绍虞指出扬雄对于"文"的认识，尽管受到道家的影响，但基本上仍是以儒家思想为根柢：首先，他选文的标准是儒家的，"他（扬雄）所悬的标准，是以儒家为鹄的。这种鹄的，说得抽象些，是先王之法，说得具体些，即为孔子。《吾子篇》云：'或曰："女有色，书亦有色乎？"曰：'有。女恶华丹之乱窈窕也，书恶淫辞之淈法度也。'又云：'不合乎先王之法者，君子不法也。'要不淈法度，要合乎先王之法，这都是荀子立隆正的态度。再进一步，于是便以仲尼为标准。《吾子篇》又云：'好书而不要诸仲尼，书肆也；好说而不要诸仲尼，说铃也。'此则便是刘勰所谓'徵圣'的意思了"；② 其次，他认定儒家的标准是六经，"至于怎样以仲尼为标准呢？则以仲尼文在六经，所以他复主张宗经。《法言》中论及经的地方颇多。《问神篇》云：'虞、夏之书浑浑尔！商书灏灏尔！周书噩噩尔！下周者，其书谁乎？'《寡见篇》云：'或问五经有辩乎？曰：唯五经为辩。说经者莫辩乎《易》，说事者莫辩乎《书》，说体者莫辩乎《礼》，说志者莫辩乎《诗》，说理者莫辩乎《春秋》，舍斯，辩亦小矣。'他既言及经书之长，所以他以为立言必宗于经"；③ 再次，他以原道为儒家论文之标的，"《问神篇》又云：'书不经，非书也；言不经，非言也；言书不经，多多赘矣。'但是经终究是个形式，终究是空的。经的精神何在？仲尼之所以可为标的者又何在？那就不得不再说到原道。《吾子篇》云：'舍舟航而济乎渎者末矣；舍五经而济乎道者末矣。弃常珍而嗜乎异馔者，恶睹其识味也。委大圣而好乎诸子者，恶睹其识道也。'离开经不能得道，离开孔子亦不能识道，对于圣人所言的道，一方面要能有所发明，一方面更要切实体会。……《君子篇》云：'或问君子言则成文，动则成德，何以也？曰：以其弸中而彪外也。'此等见解更且与宋代的道学家同一口吻"④，由此，郭绍虞认为刘勰《文心雕龙》的《原道》、《徵圣》、《宗经》三篇的意思基本上由扬雄这

① 郭绍虞：《中国文学批评史》（上），百花文艺出版社1999年版，第27—28页。
② 郭绍虞：《中国文学批评史》（上），百花文艺出版社1999年版，第58页。
③ 郭绍虞：《中国文学批评史》（上），百花文艺出版社1999年版，第58页。
④ 郭绍虞：《中国文学批评史》（上），百花文艺出版社1999年版，第58—59页。

里而来。

　　"原道"、"徵圣"、"宗经"的文学观并非由刘勰的《文心雕龙》最先提出，这是没有任何疑问的。但刘勰《文心雕龙》对于"原道"、"徵圣"、"宗经"三位一体的文学架构并非是对前人的简单照搬。因为荀子、扬雄虽然先于刘勰提出了"原道"、"徵圣"、"宗经"的命题，但他们都没有对"原道"、"徵圣"、"宗经"三者之间的密切关联给予进一步的逻辑论证与说明，而这一工作主要是由刘勰的《文心雕龙》来完成的。如前所述，刘勰《文心雕龙》在阐发文学的"原道"宗旨时，一再表明了道的神秘性，认为道的神秘性亦即刘氏本人所说的"神理"不能为常人直接掌握，只有与天地相并生、为"五行之秀、天地之心"的圣人才能参透。圣人为何能参透天地之神理？刘勰的回答是圣人有"心"，可以圣人之"心"去体悟天地之心。王元化在《文心雕龙讲疏》一书着重分析了"心"在刘勰文论体系中所起的重要作用：

　　　　在刘勰的文学起源论中，"心"这一概念是最根本的主导因素。从"心生而言立，言立而文明"这个基本命题来看，他认为"文"产生于"心"。……照刘勰看来，儒家圣人之心合于天地之心，所以儒家经典之文即是自然之文。……用《原道篇》的话来说，这就是"道沿圣以垂文，圣因文而明道"。……《徵圣篇》全文主旨即在阐明圣人之心合于天地之心，篇末《赞》曰"妙极生知，睿哲唯宰"，就是这一观点的概括说明。《原道篇》所谓"道心唯微，神理设教"，也同样是为了表明道心或神理的神秘性。不过，道心虽然是不可捉摸的，神理虽然是难以辨认的，但由于"玄圣创典，素王述训，莫不原道心以敷章，研神理以设教"，圣人用来实行教化的经典却容易理解。这样，他就作出了圣心是道心的具现，经文是道文的具现的结论。于是，在他的文学起源论中，作为"恒久之至道，不刊之鸿教"的儒家圣人经典，也就被装饰了神圣的光圈，成为凌驾一切的永恒真理了。[①]

事实上，需要补充的是，为了突出圣人之心、圣人之文的权威性，刘勰甚至

---

　　① 王元化：《文心雕龙讲疏》，广西师范大学出版社 2004 年版，第 67—68 页。

把文之本原推至天地未分之前的"太极",并极言"人文"之于"天地之心"的重要作用:

> 人文之元,肇自太极,幽赞神明,《易》象唯先。庖牺画其始,仲尼翼其终。而《乾》《坤》两位,独制《文言》。言之文也,天地之心哉!(《原道》)

这样,以"心"为中心环节,刘勰《文心雕龙》将"道"—"圣"—"文"贯通起来,从根本上完成了对中国传统文论从"原道"到"徵圣"、"宗经"的诗学意义生成的理论建构。

二、"作者曰'圣',述者曰'明'":《文心雕龙》"徵圣"的对象与范围

荀子、扬雄的"徵圣",都有明确的儒圣的指向。这一点,在刘勰的《文心雕龙》中同样是非常突出的。在《文心雕龙·序志》中,刘勰曾以述梦的方式交代了自己写作《文心雕龙》这部著作的初衷:

> 予生七龄,乃梦彩云若锦,则攀而采之。齿在逾立,则尝夜梦执丹漆之礼器,随仲尼而南行。旦而寤,迺怡然而喜。大哉圣人之难见哉,乃小子之垂梦欤!自生人以来,未有如夫子者也!敷赞圣旨,莫若注经,而马郑诸儒,宏之已精;就有深解,未足立家。唯文章之用,实经典枝条;五礼资之以成,六典因之致用,君臣所以炳焕,军国所以昭明,详其本源,莫非经典。而去圣久远,文体解散,辞人爱奇,言贵浮诡,饰羽尚画,文绣鞶帨,离本弥甚,将遂讹滥。盖《周书》论辞,贵乎体要;尼父陈训,恶乎异端;辞训之异,宜体于要,于是搦笔和墨,乃始论文。(《文心雕龙·序志》)

在这里,刘勰重点说明了自己与儒家思想存有密切渊源的三件事:第一,他梦见自己"梦执丹漆之礼器,随仲尼而南行",对儒家的至圣先师孔子,表达了无限之景仰,"自生人以来,未有如夫子者也";第二,刘勰原本准备从事注经的工作,但由于"马郑诸儒,宏之已精;就有深解,未足立家",才转而投向论文的写作,盖因"文章之用,实经典枝条";第三,刘勰有感于

其时文学"文绣鞶帨，离本弥甚"，希冀以儒家经典为标准对文学正本清源，以纠流弊。在《徵圣》中，刘勰开篇盛赞夫子之道德文章：

> 夫子文章，可得而闻，则圣人之情，见乎文辞矣。先王圣化，布在方册，夫子风采，溢于格言；是以远称唐世，则焕乎为盛；近褒周代，则郁哉可从：此政化贵文之徵也。郑伯入陈，以文辞为功；宋置折俎，以多文举礼：此事迹贵文之徵也。褒美子产，则云"言以足志，文以足言"；泛论君子，则云"情欲信，辞欲巧"：此修身贵文之徵也。然则志足而言文，情信而辞巧，乃含章之玉牒，秉文之金科矣。（《徵圣》）

并明确提出以周孔为师的理论主张：

> 夫鉴周日月，妙极机神；文成规矩，思合符契。或简言以达旨，或博文以该情，或明理以立体，或隐义以藏用。故《春秋》一字以褒贬，丧服举轻以包重，此简言以达旨也。邠诗联章以积句，儒行缛说以繁辞，此博文以该情也。书契断决以象夬，文章昭晰以象离，此明理以立体也。四象精义以曲隐，五例微辞以婉晦，此隐义以藏用也。故知繁略殊形，隐显异术，抑引随时，变通〔会适〕，徵之周孔，则文有师矣。（《徵圣》）

在《正纬》中，刘勰称赞"六经彪炳"，把纬书一类看作是圣人的祥瑞，"原夫图箓之见，乃昊天休命，事以瑞圣，义非配经。故河不出图，夫子有叹，如或可造，无劳喟然"（《正纬》）；在《明诗》中，刘勰以孔门言诗证周之《雅》《颂》，"自商暨周，《雅》、《颂》圆备，四始彪炳，六义环深。子夏监绚素之章，子贡悟琢磨之句，故商赐二子，可与言诗"（《明诗》）；在《杂文》中，刘勰以"义归儒道"来品评崔瑗的杂文创作，"唯《七厉》叙贤，归以儒道，虽文非拔群，而意实卓尔矣"（《杂文》）；在《史传》中，刘勰述孔子"就太师以正《雅》《颂》，因鲁史以修《春秋》"，并以此作为品评《左传》、《汉书》等史传著作的得失，"丘明同时，实得微言；……实圣文之羽翮，记籍之冠冕也。……及班固述汉，因循前业，观司马迁之辞，思实过半。其十志该富，赞序弘丽，儒雅彬彬，信有遗味。至于宗经矩圣之典，端绪丰赡之功，遗亲攘美之罪，征贿鬻笔之愆，公理辨之究矣"（《史传》）；在《论说》中，刘勰释"论"为"圣哲彝训曰经，述经叙理曰论。论者，伦也；伦理无爽，则圣意不坠"（《论说》），并以此定东汉石渠阁与白虎观讲五经同异为论文家的正体，"至石渠论艺，白虎通讲，〔聚〕述圣〔言〕通经，论家之正体也"（《论说》）；在《诏策》中，刘勰以儒家经典定策、制、诏、敕之体制，"策者，简也。制者，裁也。诏者，告也。敕者，正也。《诗》云'畏此简书'，《易》称'君子以制〔度数〕'，《礼》称'明〔君〕之诏'，《书》称'敕天之命'，并本经典以立名目"（《诏策》）；在《体性》中，刘勰定"典雅"为"八体"之首，"典雅者，熔式经诰，方轨儒门者也"（《体性》）；在《通变》中，刘勰以儒家经典来矫正浮浅之文风，"故练青濯绛，必归蓝蒨，矫讹翻浅，还宗经诰，斯斟酌乎质文之间，而櫽括乎雅俗之际，可与言通变矣。"（《通变》）；在《定势》中，刘勰把借鉴、模仿儒家经典以获"典雅"之风，看作是自然之常理，"是以模经为式者，自入典雅之懿；效骚命篇者，必归艳逸之华；综意浅切者，类乏酝藉；断辞辨约者，率乖繁缛；譬激水不漪，槁木无阴，自然之势也。"（《定势》）；在《事类》中，刘勰更是喻儒家经典为言论和才思的宝库与园地，"明理引乎成辞，征义举乎人事，乃圣贤之鸿谟，经籍之通矩也。……夫经典沉深，载籍浩瀚，实群言之奥区，而才思之神皋也"（《事类》）。刘勰《文心雕龙》所徵之"圣"，主要是指儒家之圣，这是显而易见的。

然而，从刘勰《徵圣》对"圣"所下的"作者曰'圣'，述者曰'明'"的定义来看，他对"圣"的理解并不狭隘。在《文心雕龙·诸子》中，刘勰引述了《左传》的"太上立德，其次立言"的儒家名言，称诸子之作"入道见志"，与儒之周、孔堪称圣贤并世：

> 诸子者，入道见志之书。太上立德，其次立言。百姓之群居，苦纷杂而莫显；君子之处世，疾名德之不章。唯英才特达，则炳曜垂文，腾其姓氏，悬诸日月焉。昔风后、力牧、伊尹，咸其流也。篇述者，盖上古遗语，而战〔代〕所记者也。至鬻熊知道，而文王咨询，余文遗事，录为《鬻子》。子自肇始，莫先于兹。及伯阳识礼，而仲尼访问，爰序道德，以冠百氏。然则鬻唯文友，李实孔师，圣贤并世，而经子异流矣。（《诸子》）

并盛赞诸子理论宏阔、文辞精美：

> 研夫孟荀所述，理懿而辞雅；管晏属篇，事核而言练；列御寇之书，气伟而采奇；邹子之说，心奢而辞壮；墨翟随巢，意显而语质；尸佼尉缭，术通而文钝；鹖冠绵绵，亟发深言；鬼谷眇眇，每环奥义；情辨以泽，文子擅其能；辞约而精，尹文得其要；慎到析密理之巧，韩非著博喻之富；吕氏鉴远而体周，淮南泛采而文丽：斯则得百氏之华采，而辞气〔文〕之大略也。（《诸子》）

这其中既有孟、荀为代表的儒家，也有包括管、晏为代表的稷下学派，列子、鹖冠为代表的道家，尹文为代表的名家、邹衍为代表的阴阳家，墨子、随为代表的墨家，鬼谷为代表的纵横家，慎到、韩非为代表的法家以及尸、尉、吕氏、淮南为代表的杂家等在内的诸子百家。这表明，刘勰《文心雕龙》虽然以儒家之圣为徵圣的重要对象，但并因此排斥对其他思想派别的合理内核的吸纳和学习。所以，当刘勰以满怀怅惘之口吻述诸子百家不朽之声名：

> 夫自六国以前，去圣未远，故能越世高谈，自开户牖；两汉以后，体势〔漫〕弱，虽明乎坦途，而类多依采：此远近之渐变也。嗟夫！身与时舛，志共道申。标心于万古之上，而送怀于千载之下，金石靡矣，声其销乎！（《诸子》）

其反对一味依附儒学、故步自封，主张在儒学之外兼采百家之长的态度，已是跃然纸上。

三、"恒久至道，不刊鸿教"：《文心雕龙》"宗经"的对象与范围

在《徵圣》的末篇，刘勰明指"徵圣"必然导向"宗经"：

> 是以论文必徵于圣，窥圣必宗于经。《易》称"辨物正言，断辞则备"；《书》云"辞尚体要，弗唯好异"。故知正言所以立辩，体要所以成辞；辞成无好异之尤，辩立有断辞之义。虽精义曲隐，无伤其正言；微辞婉晦，不害其体要。体要与微辞偕通，正言共精义并用；圣人之文

章，亦可见也。颜阖以为："仲尼饰羽而画，徒事华辞。"虽欲訾圣，弗可得已。然则圣文之雅丽，固衔华而佩实者也。天道难闻，犹或钻仰；文章可见，胡宁勿思？若征圣立言，则文其庶矣（《征圣》）。

显然，在刘勰的《文心雕龙》中，"征圣"与"宗经"是一体两面的关系。

在《宗经》中，刘勰将"经"定义为"恒久之至道，不刊之鸿教"，所谓"三极彝训，其书言'经'。……故象天地，效鬼神，参物序，制人纪；洞性灵之奥区，极文章之骨髓者也"（《宗经》）。刘勰指出，中国远古的礼乐制度，迄自三皇五帝时代的《三坟》、《五典》，加上后来的《八索》、《九丘》，年代久远，各种道理错综复杂，直至孔子删述整理，才重见光明，是为《易》、《书》、《诗》、《礼》、《春秋》"五经"。其中，《易》讲天道，内容神妙，"《易》唯谈天，入神致用；故《系》称旨远辞文，言中事隐。韦编三绝，固哲人之骊渊也"（《宗经》）；《书》记录文告，古奥难懂，"《书》实记言，而诂训茫昧，通乎《尔雅》，则文意晓然。故子夏叹《书》，'昭昭若日月之明，离离如星辰之行'，言昭灼也"（《宗经》）；《诗》主言志，文辞美好，"《诗》主言志，诂训同《书》，摛风裁兴，藻辞谲喻，温柔在诵，故最附深衷矣"（《宗经》）；《礼》定体制，条例详尽，"《礼》以立体，据事制范，章条纤曲，执而后显，采缀片言，莫非宝也"（《宗经》）；《春秋》分辨是非，贬恶褒善，"《春秋》辨理，一字见义，五石六鹢，以详略成文；雉门两观，以先后显旨；其婉章志晦，谅以邃矣"（《宗经》）。在刘勰看来，"五经"内容丰富，手法多样，足以成为后世学习、借鉴的楷模和榜样，所谓"至根柢槃深，枝叶峻茂，辞约而旨丰，事近而喻远。是以往者虽旧，余味日新。后进追取而非晚，前修文用而未先，可谓太山遍雨，河润千里者也"（《宗经》），并从文学体制和创作规范两个方面，具体论证了"五经"对于文学的重要影响：文学体制方面，刘勰强调"五经"为文学之源，指出文学的各类文体都是从"五经"中演化而来的：

　　故论、说、辞、序，则《易》统其首；诏、策、章、奏，则《书》发其源；赋、颂、歌、赞，则《诗》立其本；铭、诔、箴、祝，则《礼》总其端；纪、传、铭、檄，则《春秋》为根；并穷高以树表，极远以启疆，所以百家腾跃，终入环内者也。（《宗经》）

创作规范方面，刘勰强调"五经"为各体文学创作树立了多种体式法则，是各体文学学习、效法的典范：

> 若禀经以制式，酌雅以富言，是仰山而铸铜，煮海而为盐也。故文能宗经，体有六义：一则情深而不诡，二则风清而不杂，三则事信而不诞，四则义直而不回，五则体约而不芜，六则文丽而不淫（《宗经》）。

在这里，刘勰的"宗经"很明确的是指儒家的经典，也即通常所说的《易》、《书》、《诗》、《礼》、《春秋》"五经"，如其本人在《宗经》之赞所总结的："三极彝道，训深稽古。致化归一，分教斯五。性灵熔匠，文章奥府。渊哉铄乎，群言之祖"（《宗经》）。

在《宗经》中，刘勰曾对楚骚有过"楚艳汉侈，流弊不还"的批评。不过，刘勰的本意并非是要彻底否定骚这种文学体裁。在《辨骚》中，刘勰开篇就明言屈原的《离骚》是继《风》、《雅》之后文学中的一朵奇葩，"自风、雅寝声，莫或抽绪，奇文郁起，其《离骚》哉！固已轩翥诗人之后，奋飞辞家之前，岂去圣之未远，而楚人之多才乎！"（《辨骚》）并继而指出有关历代对于《离骚》的品评，不论是淮南王刘安对它的褒扬，"《国风》好色而不淫，《小雅》怨诽而不乱，若《离骚》者，可谓兼之。蝉蜕秽浊之中，浮游尘埃之外，皭然涅而不缁，虽与日月争光可也"（《辨骚》），还是班固等人对它的批评，"露才扬己，忿怼沉江；羿浇二姚，与左氏不合，昆仑悬圃，非《经》义所载。然其文辞丽雅，为词赋之宗，虽非明哲，可谓妙才"（《辨骚》），都并不符合《离骚》的实际。在他看来，对于《离骚》的评价应从它与（儒家）经典之间的关系入手。其中，合于经典的有四事，"故其陈尧舜之耿介，称禹汤之祇敬，典诰之体也；讥桀纣之猖披，伤羿浇之颠陨，规讽之旨也；虬龙以喻君子，云蜺以譬谗邪，比兴之义也；每一顾而掩涕，叹君门之九重，忠恕之辞也：观兹四事，同于《风》《雅》者也"（《辨骚》），不合经典的也有四事，"至于托云龙，说迂怪，丰隆求宓妃，鸩鸟媒娀女，诡异之辞也；康回倾地，夷羿彃日，木夫九首，土伯三目，谲怪之谈也；依彭咸之遗则，从子胥以自适，狷狭之志也；士女杂坐，乱而不分，指以为乐，娱酒不废，沉湎日夜，举以为欢，荒淫之意也：摘此四事，异乎经典者也"，所以刘勰认为《离骚》在内容上效法的是三代的《书》、

《诗》，但同时夹杂了战国夸诞之风，虽有熔化经书之意，却也自铸伟辞：

> 故《骚经》《九章》，朗丽以哀志；《九歌》《九辩》，绮靡以伤情；《远游》《天问》，瑰诡而慧巧，《招魂》《大招》，耀艳而深华；《卜居》标放言之致，《渔父》寄独往之才。故能气往铄古，辞来切今，惊采绝艳，难与并能矣。（《辨骚》）

显然，通过对骚与经之间的辨别，刘勰肯定了骚对经有着继承的一面，并希望用经之雅正来保障骚往正确的道路上发展，《宗经》中所说的"正末归本，不其懿欤"，《辨骚》中的所说"若能凭轼以倚《雅》《颂》，悬辔以驭楚篇，酌奇而不失其贞，玩华而不坠其实；则顾盼可以驱辞力，欬唾可以穷文致"，表达的都是这个意思。类似的情况也体现在刘勰对待纬书的态度上。对于出自汉代的与经说相配的纬书，刘勰一方面从"经"的标准出发"按经验纬"，指出纬书是对经书的伪造，"盖纬之成经，其犹织综，丝麻不杂，布帛乃成；今经正纬奇，倍摘千里，其伪一矣。经显，圣训也；纬隐，神教也；圣训宜广，神教宜约；而今纬多于经，神理更繁，其伪二矣。有命自天，乃称符谶，而八十一篇皆托于孔子；则是尧造绿图，昌制丹书，其伪三矣。商周以前，图箓频见，春秋之末，群经方备；先纬后经，体乖织综，其伪四矣"（《正纬》），这是刘勰《正纬》中对于纬书所取的立场；另一方面，刘勰从"文"的角度出发，肯定了纬书在酌采文事方面有助于文学写作，"若乃羲农轩皞之源，山渎钟律之要，白鱼赤乌之符，黄金紫玉之瑞，事丰奇伟，辞富膏腴，无益经典而有助文章"（《正纬》），也即刘勰《序志》中所说的"酌乎纬"。如此，再来看刘勰"文之枢纽"所包含的"本乎道，师乎圣，体乎《经》，酌乎《纬》，变乎《骚》"，其以经为主、兼采其他的文学主张，卓识远见，"可以为百世师矣！"（章太炎语）

这样，刘勰的《文心雕龙》不仅从理论上完成了对于中国传统文论意义生成从"原道"到"徵圣"、"宗经"的诗学建构，而且由于其对"徵圣"与"宗经"所持的开放性的立场，使得《文心雕龙》在中国传统诗学意义生成上的涵盖性和包容性，远远地超越了它的时代，成为中国传统诗学无可争议的典范。

第四节　科学证明：亚里斯多德《诗学》的意义生成

在《形而上学》一书中，亚里斯多德在谈到对于原理的探索时，曾引用了一句古希腊谚语："再思为得"，意为"人能明事物之故，而后不为事物所惑"，并指出要做到这一点，"显然，我们应须求取原因的知识，因为我们只能在认明，一事物的基本原因后才能说知道了这事物"。① 在这里，亚里斯多德不仅明确了探索原理的科学性质，并且道出了获取原理的根据——科学证明。

一、古希腊的科学主义传统与《诗学》的科学取向

"诗学"，顾名思义，是"论诗的科学"。关于科学，亚里斯多德指出，尽管科学从整体上都是对于事物原理的探求，但不同的科学门类所研究的具体对象并不相同：

> 我们是在寻求现存事物，以及事物之所以成为事物的诸原理与原因。健康与身体良好各有其原因；数学对象有基本原理与要素与原因；一般运用理知的学术，或精或粗，均在研究诸原因与原理。所有这些学术各自划定一些特殊〈专门〉实是，或某些科属，而加以探索，但它们所探索的却不是这些实是的全称，亦不是这些实是之所以成为实是者，或那一门类事物之"怎是"；它们以事物之本体为起点——有些将怎是作为假设，有些将怎是作为不问自明的常识——于是它们或强或弱的，进而证明它们所研究的这门类中各事物之主要质性。这样的归纳，显然不会对本体或怎是作出任何实证，只能由某些路径稍使暴露而已。相似地，各门学术都删略了这一问题：它们所研究的这门类十分存在；这问题与阐明事物之究竟和事物之实是，属于同一级的思想活动。②

基于此种考虑，亚里斯多德把科学作了三个门类的划分：第一类是理论性科

---

① ［希腊］亚里斯多德：《形而上学》，吴寿彭译，商务印书馆 1995 年版，第 6 页。
② ［希腊］亚里斯多德：《形而上学》，吴寿彭译，商务印书馆 1995 年版，第 118 页。

学，包括数物理学、数学、形而上学，"因为物理之学，专研一个门类的事物，这类本体，其动静皆出于己，故物理之学既非实用之学，亦非制造之学。……则物学应是一门理论学术。……数学也是理论的；……但世间倘有一些永恒，不动变而可脱离物质的事物，关于这一类事物的知识（即形而上学。——引者注）显然应属于一门理论学术"（《形而上学》）；第二类为实践类科学，包括政治学、伦理学，它是"实用之学，……凡事物之被作成者，其原理皆出于作者，——这是意旨，意旨之所表达，亦即事物之完成"（《形而上学》）；第三类是创造性科学，包括诗学、修辞学，"制造之学，凡物之被制造，其原理皆出于制造者——这是理知或技术，或某些机能"（《形而上学》）。从亚里斯多德对于三类科学的划分来看，尽管他强调了三类科学间的区别，比如第一类的理论性科学没有实用的目的，完全是为知识而知识，第二类的实践类科学和第三类的创造性科学存在外在目的，前者指导人的行动，后者指导创作活动，但亚里斯多德本人说得很清楚，三类科学的划分只是应研究对象不同而设，在科学性质上并无本质的差别，也即是说，包括诗学在内的所有学科在亚里斯多德的学科体系里都是科学，这意味着亚里斯多德的《诗学》从一开始就被树立了明确的科学取向。

如何来认识亚里斯多德的科学取向呢？英国哲学家罗素在《西方哲学史》中指出，科学为希腊人首创，在古代希腊科学与哲学在原初之时就是合二为一的：

在全部的历史里，最使人感到惊异或难于解说的莫过于希腊文明的突然兴起了。构成文明的大部分已经在埃及和美索不达米亚存在了好几千年，又从那里传播到了四邻的国家。但是其中却始终缺少着某些因素，直等到希腊人才把它们提供出来。希腊人在文学艺术上的成就是大家熟知的，但是他们在纯粹知识的领域上所做出的贡献还要更加不平凡。他们首创了数学、科学和哲学；他们最先写出了有别于纯粹编年表的历史书；他们自由地思考着世界的性质和生活的目的，而不为任何因袭的正统观念的枷锁所束缚。所发生的一切都是如此令人惊异，以至于直到最近的时代，人们还满足于惊叹并神秘地谈论着希腊的天才。然而，现在已经有可能用科学的观念来了解希腊的发展了，而且也的确值得我们这样去做。①

并特别提到了希腊人的几何学对于哲学的深刻影响："几何学对于哲学与科学方法的影响一直是深远的。希腊人所建立的几何学是从自明的、或者被认为是自明的公理出发，根据演绎的推理前进，而达到那些远不是自明的定理。公理和定理被认为对于实际空间是真确的，而实际空间又是经验中所有的东西。这样，首先注意到自明的东西然后再运用演绎法，就好像是可能发现实际世界中的一切事物了。这种观点影响了柏拉图和康德以及他们两人之间的大部分的哲学家。"② 中国的西方哲学史家陈康在《希腊时代科学的曙光》一文中，不仅肯定了"科学起源于希腊"的说法，而且从数学、天文学和物理学三个方面罗列了希腊人在科学上的贡献：甲、数学，包括（一）泰勒斯　西方几何学的始祖，他把埃及人用于测量土地的零碎法则改变成一种纯粹以求真理为目的的几何学，相传他已经证明了"对径分圆为两半"，并证明了其他几条几何定理，这些证明虽不完善，但开启了希腊人对于几何学的兴趣与研究。（二）毕达哥拉斯及其学派　毕达哥拉斯本人曾经把埃及人用绳子拉成3、4、5单位的三边的直角三角形普遍化为一条重要的几何学原理：在直角三角形里对着直角的一边的乘方等于直角两边的每边的乘方之和，并发现了音乐上的音程的算学比；他的学派的研究还有：a偶奇数，数分偶数、奇数，前者为一个可以被分为两个相等的部分，无一单位插于其中的数，后者是一个不可被分为两个相等部分且无一单位插于其中的数，偶奇数是偶数与奇数复加产生出的第三种数；b立方数，在奇数系列里由1开始，1表示第一个立方数，其后的两个奇数表示第二个立方数，再后的三个奇数表示第三个立方数，以后依次类推；c比例，从数中发现了十种不同的中项，其中的前三种即算学的、几何的和谐音的比例；d方程式，发明以几何方式去解决二次方程式的新方法。（三）德谟克利特　研究圆锥的体积，撰写专篇讨论无理数，并把"无限小"的概念介绍到希腊数学里来。（四）希波克拉底　提出立方体加倍的问题，并将其转化为寻求两个中项比例数的问题。（五）希庇阿斯　发现一种名为quadratrix的曲线，圆满地解决了任何一角划分为三的计算问题。（六）阿尔基塔斯　希波克拉底的立方体加倍问题，最

---

① ［英］罗素：《西方哲学史》上卷，何兆武、李约瑟译，商务印书馆2001年版，第24页。
② ［英］罗素：《西方哲学史》上卷，何兆武、李约瑟译，商务印书馆2001年版，第63—64页。

后由阿尔基塔斯以一个三度空间的构造寻出两个中项的比例数。（七）泰奥多罗斯　对无理数进行了个别的证明，并发现了八面体和二十面体。（八）柏拉图　柏氏对于数学极感兴趣并十分重视，他的柏拉图学院的箴言是：凡未熟习几何学的人勿入，此外，他的决定法第一次提出了解决一个数学问题的可能范围和条件。（九）欧多克索　创造出一个关于比例的普遍学说，使之通用于有公约数的和无公约数的量成为可能。（十）欧几里德　他的《几何学原理》是古希腊几何学的集大成之作，此外他还有两部重要专著，一种专门研究锥线，另一种专门研究运动球体的几何。（十一）阿基米得　他用几何学方法衡量圆、抛物线、球、圆柱体、球状体、锥状体，并隐约见到以后的积分。（十二）阿波罗纽斯　有"大几何学家"的称誉，写有八卷本的著作专门讨论圆锥。（十三）狄奥方特斯　第一个发明了一种接近代数的记数法，并写有《算学》一书，给各种数下了定义。乙、天文学，包括（一）泰勒斯　他预测过一次日蚀，并论述过二分（春分与秋分）二至（夏至与冬至）的问题。（二）阿那克西曼德　他创造了宇宙学说：宇宙由旋转产生出来，世界非仅一个，乃有无穷的多；星体乃是黑暗的环状物，其中有火，每一环状物仅有一个小孔透出光来，从地面上看上去，这些透亮的孔即是一颗一颗的星星，此外他是第一个思考日、月的大小和距离的人，也是第一个尝试画一幅人所居住的世界地图的人。（三）毕达哥拉斯及其学派　毕达哥拉斯认知日、月、行星各自在它们自己的圆圈里转动，他的后继者则进一步指出地也是一个行星，和其他行星一样，围绕着"中央火团"转动，天地谐音也是这一学派的学说。（四）阿那克萨戈拉　他知道了离心力，认为星体事实上是由离心力从在宇宙中心转动的质料排出来的，此外他还发现了太阳只是炽热的石块。（五）麦通　建立了一种新的"大年"说，完善了古代的历法。（六）柏拉图　觉察到行星不规则的运动，使之成为古代天文学的核心问题之一。（七）赫拉克利特　于日、月、星辰的运动，提出了崭新的见解：太阳与恒星不动，地绕着它自己的轴心每十二小时转一周；水星和金星是太阳的卫星，绕着太阳转。（八）亚里司塔科斯　最早提出日中说：地在一个圆周上围绕着太阳转，太阳处在这个轨道的中心。（九）阿波罗纽斯　为解释柏拉图提出的行星运动不规则的问题，他提出了两种不同的假说：其一是离心圆的假说，另一是周转圆的假说。（十）希帕库斯　他从地中说的观点研究了周转圆论和离心圆论，他改进了观察天象的仪器，编了一部八百五十颗星的目录，此外他还发现了春分秋分的岁差，获得了希腊"最伟大的天文学家"的称誉。（十一）托勒密　以离心圆说和周转圆说讨论了太阳的运动和五个行星的运动，建立了托勒密天文学体系。丙、物理学，包括（一）亚里斯多德之前的物理学研究　早期的希腊物理学仅仅是发现了一些零碎的物理事实，如泰勒斯发现了磁石的吸引力，毕达哥拉斯发现了音程，赫拉克利特是第一个人尝试叙述一条物理学的通则，就是："万物皆流"。其后，希腊的物理学有了较大发展，阿那克萨戈拉创立了离心力的概念，恩培多克勒宣布了光是流动的，德谟克利特是第一个做系统实验的人，他的原子论成为古希腊物理学的基础，原子论的另一位代表留基波也提出了一个重要理论：没有一件事物无故产生，一切皆有理论基础，由于必然的压迫。（二）亚里斯多德　在亚里斯多德手里，物理学成为一门界线分明的科学。他划定了物理学研究的范围，将它与哲学、数学并立为理论性科学的三大部门，他的物理学方面的见解载在《物理学》、《天论》、《生灭论》、《气象论》四部著作中，他把自然物作为物理学的研究对象，并从多方面进行理论探讨，如物质和"相"的四种原因，三种变动（生长和退缩、性质变化、空间运动）、处所、空间、空隙、联续、无限、运动的规律、自然的运动和强迫的运动、原始动因、物理学在天体方面的应用、元素趋向其本位的运动等等。①显然，从文化语境上讲，古代希腊很早就形成了一个求知证理的科学主义传统，亚里斯多德不仅深受这一科学主义传统的熏陶与影响，而且其本人也是古希腊科学主义传统的一个重要组成部分。

的确，亚里斯多德与古希腊科学之间的关联，除了科学主义传统对于亚里斯多德的深刻影响之外，亚里斯多德本人也对古希腊的科学研究有着重要的奠基性的贡献：其一是他对各科学学科的奠定。事实上，亚里斯多德对于希腊科学的奠基作用远不止于物理学一项。作为古希腊有史以来的最博学的一位思想家和学者，亚里斯多德对于古希腊各门科学所做的"百科全书式"的整理与讲解，堪称古希腊科学的集大成者，与物理学一样，希腊的各门学科绝大多数都是经过了亚里斯多德的奠基之后，才真正得以奠定的。黑格尔在《哲学史讲演录》中，曾以高山仰止之语调，综述了亚里斯多德对于西方科学的奠基意义：

---

① 陈康：《希腊时代科学的曙光》，《陈康论希腊哲学》，商务印书馆1990年版，第431—449页。

亚里斯多德乃是从来最多才最渊博（最深刻）的科学天才之一，——他是一个在历史上无与伦比的人。而且由于我们拥有那么一大堆他的著作，所以关于他的材料也就更丰富。……亚里斯多德应当称为人类的导师，……亚里斯多德深入到了现实宇宙的整个范围和各个方面，并把它们的森罗万象隶属于概念之下；大部分哲学科学的划分和产生，都应当归功于他。当他把科学这样地分成为一定概念的一系列理智范畴的时候，亚里斯多德的哲学同时也包含着最深刻的思辨的概念。没有人像他那样渊博而富于思辨。①

并从"形而上学"、"自然科学"、"精神科学"三个方面，详述了亚里斯多德在各门具体学科上的重要贡献。与之相类似的是，罗素在《西方哲学史》中，也分"形而上学"、"伦理学"、"政治学"、"物理学"四个部分，论述了亚里斯多德对于这些具体学科的奠基性的贡献。其二是亚里斯多德对于科学研究方法的奠定。众所周知，在亚里斯多德的科学体系中，有一门专门探讨如何进行科学论证的学科，就是逻辑学。对于逻辑学在亚里斯多德科学体系中的性质和地位，中外学界一致的公论是：逻辑学在亚里斯多德的科学体系里并不归属于"理论性科学"、"实践性科学"、"创造性科学"三类科学中的一种，而是一门专门研讨证明方法的工具科学，服务于各门具体科学的研究。罗素在《西方哲学史》中特别指出："亚里斯多德的影响在许多不同的领域里都非常之大，但以在逻辑学方面为最大"②，并在《西方的智慧》一书中，对亚里斯多德的逻辑学做了细致的评述：

希腊的科学和哲学的一个显著特点就是关于证明的概念。东方的天文学家满足于记录一些现象，而希腊思想家却要设法解释它们。证明一个命题的过程就涉及论证的构造。当然这在亚里斯多德之前已经进行了很长一段时间；但是据我们所知，还没有一个人对论证所取的形式曾作过详尽而具有普遍性的说明。……论证的普遍性形式，即属于逻辑学领域的研究工作。……所有论证的基本类型，按照亚里斯多德的说法，就是他所称的三段论法。三段论法是具有两个"主语—谓语"前提的论

---

① ［德］黑格尔：《哲学史讲演录》（二），贺麟、王太庆译，商务印书馆 1959 年版，第 269 页。
② ［英］罗素：《西方哲学史》上卷，何兆武、李约瑟译，商务印书馆 2001 年版，第 252 页。

证，这两个前提有一项是公共的。这个中间项在结论中消失。……亚里斯多德对于有效的三段论法作了一番系统的说明。……认出了三种不同的配置，而斯多葛派后来发现第四种。……因为亚里斯多德的声望衍及后世，大约 2000 年来三段论法一直被逻辑学家公认为唯一的论证类型。①

黑格尔在《哲学史讲演录》中也分"范畴论"、"工具论"、"分析论"、"正位论"、"论辩术"五个部分，详列了亚里斯多德逻辑学的代表篇目和主要论点，并且同样对亚里斯多德逻辑学在科学证明上的贡献，给予很高的赞誉：

> 亚里斯多德的逻辑学，它千百年以来备受尊崇，……他是被人称为逻辑学之父的；从亚里斯多德以来，逻辑学未曾有过任何进展。亚里斯多德所给予我们的这些形式，一部分是关于概念的，一部分是关于判断的，一部分是关于推理的，——它是一种至今还被维持着的学说，并且以后也并没有获得什么科学的发挥，——这些形式被后人加以引申，因而变得更加形式化。②

这样，亚里斯多德对于西方科学就有了双重的意义，他不仅分门别类地总结和创立了各门科学，更重要的是其对科学研究范式的奠定：对于亚里斯多德而言，运用逻辑学方法进行科学论证，是各门科学探寻原理的根本手段，而对于包括诗学在内的诸多科学，科学论证是其获得科学结论的必然选择。

二、科学证明的构成及其在《诗学》中的具体呈现

在《工具论》诸篇中，亚里斯多德明确地将逻辑学定义为证明的科学，并把科学的论证过程看作是运用已有的前提知识进行判断与推理的过程：

> 一切通过理智的教育和学习都依靠原先已有的知识而进行。只要考虑一下各种情况，这一点便显得十分清楚。数学知识以及其他各种技术

---

① ［英］罗素：《西方的智慧》，马家驹、贺霖译，世界知识出版社 1992 年版，第 105—107 页。
② ［德］黑格尔：《哲学史讲演录》（二），贺麟、王太庆译，商务印书馆 1959 年版，第 366 页。

都是通过这种方式获得的。各种推理，无论是三段论还是归纳的，也是如此。它们都运用已获得的知识进行教育。三段论假定了前提，仿佛听众已经理解了似的。归纳推理则根据每个具体事物的明显性质证明普遍。……

在两种情况下，必定要求原先就具有知识。有时必须首先假定事实，有时必须理解所使用的术语是什么意思，有时两者都是必需的。……

当我们认为我们在总体上知道：（1）事实由此产生的原因就是那事实的原因，（2）事实不可能是其他样子时，我们就以为我们完全地知道了这个事物，……我们知道，我们无论如何都是通过证明获得知识的。我所谓的证明就是指产生科学知识的三段论。所谓科学知识，是指只要我们把握了它，就能据此知道事物的东西。①

在这里，亚里斯多德清楚地交代了科学证明的构成：前提、判断与推理。

关于前提，亚里斯多德指出，通常的前提是有真假之分的，但作为科学证明的前提，则必须是真实的、首要的、直接的、本原的，"前提必须是真实的，因为不存在的事物……是不可知的。它们必定是最初的、不可证明的，因为否则我们只有通过证明才能知道它们；而在非偶然的意义上知道能证明的事物意味着具有对它的证明。它们必定是原因，是更易了解的和在先的：它们是原因，因为只有当我们知道一个事物的原因时，我们才有了该事物的知识；它们是在先的，因为它们是原因；它们是先被了解的，不仅因为它们的含义被了解，而且因为它们被认识到是存在的"，② 正因此，亚里斯多德把这种前提性知识，看作是与"本原"同一个的东西，称之为"命题"、"公理"或"定义"，并特别指出，"论证的始点是命题，推理涉及的是问题。所有命题和所有问题所表示的或是某个属，或是一特性，或是一偶性……但是，既然在事物的特性中，有的表现本质，有的并不表现本质，那么，就可以把特性区分为上述的两个部分，把表现本质的那个部分称为定

_____

① ［希腊］亚里斯多德：《后分析篇》，余纪元译，见《工具论》（上），中国人民大学出版社2003年版，第243—246页。

② ［希腊］亚里斯多德：《后分析篇》，余纪元译，见《工具论》（上），中国人民大学出版社2003年版，第246页。

义，把剩下的部分按通常所用的术语叫做特性。"① 在《形而上学》一书中，亚里斯多德曾就"原"、"因"、"元素"、"本性"、"必然"、"元一"、"实是"、"本体"、"同"、"相反"、"先于"、"后于"、"潜能"、"量""质"、"关系"、"完全"、"定限"、"由彼"、"安排"、"有"、"秉赋"、"阙失"、"持有"、"从所来"、"部分"、"全"、"量性"、"科属"、"假"、"属性"等名词术语，进行了集中的定义，并将它们视为进行科学探讨的基础。这一点，也同样体现于亚里斯多德的诗学研究中。在《诗学》中，所涉及的定义包括：（1）悲剧，"悲剧是对于一个严肃、完整、有一定长度的行动的摹仿；它的媒介是语言，具有各种悦耳之音，分别在剧中的各部分使用；摹仿方式是借人物的动作来表达，而不是采用叙述法；借引起怜悯与恐惧来使这种情感得到陶冶"（《诗学》）。（2）"突转"，"'突转'指行动按照我们所说的原则转向相反的方面，……即按照可然律或必然律而发生的"（《诗学》）。（3）"发现"，"'发现'，如字义所表示，指从不知到知的转变，使那些处于顺境或逆境的人物发现他们和对方有亲属关系或仇敌关系"（《诗学》）。（4）"苦难"，"'苦难'是毁灭或痛苦的行动，例如死亡、剧烈的痛苦、伤害和这类的事件，这些都是有形的"（《诗学》）。（5）"结"，"所谓'结'，指故事的开头至情势转入顺境或逆境之前的最后一景之间的部分"（《诗学》）。（6）"解"，"所谓'解'，指转变的开头至剧尾之间的部分"（《诗学》）。从这些定义在《诗学》中所处的地位来看，如"悲剧"的定义是《诗学》第六章"悲剧论"部分的首句中就提出的，悲剧定义提出后，亚氏紧接着对悲剧定义中所提及的内容，如何谓"具有悦耳之音的语言"以及何谓"分别在各部分使用"，做进一步的说明，如"具有悦耳之音的语言"，指具有节奏和音调的语言，"分别在各部分使用"，指某些部分使用韵文，某些部分使用歌曲，然后就定义提到的"摹仿对象（行动）"、"摹仿媒介（语言）"、"摹仿方式（形体）"以及"摹仿效果"，分章节展开具体的分析；"突转"、"发现"、"苦难"的定义，是在论述悲剧情节的成分中被提出的，用于说明悲剧情节中的复杂的行动的组成及特点；"解"和"结"，是在说明悲剧的剧外事件的构成时被提出的，用以说明悲剧在布局上的特点，这些定义都是在《诗学》的一定章节中的开始部分被作为前提知识提出，成为亚氏悲剧讨论

---

① ［希腊］亚里斯多德：《论题篇》，徐开来译，见《工具论》（下），中国人民大学出版社2003年版，第354页。

的起始点，用以说明悲剧的性质或某方面的特征。定义，构成亚里斯多德《诗学》科学说明的重要一环，是显而易见的。关于判断，亚里斯多德指出，判断是关于事物的肯定或否定的陈述，与作为前提的本原的知识或定义不同，判断尽管与定义都是命题，但本原的知识或定义，是已知的、在先的、不须证明的，而判断则有真实与虚假之分，需要进一步的说明或论证，也即是说，判断的本身其实是对问题的提出，借以引起对于相关问题的说明或讨论。在《诗学》的首章，亚里斯多德关于诗的摹仿性质的陈述："史诗和悲剧、喜剧和酒神颂以及大部分双管箫乐和竖琴乐——这一切实际上都是摹仿，只是有三点差别，即摹仿所用的媒介不同，所取的对象不同，所采用的方式不同"，就是一个典型的判断，它提出了诗的摹仿存有三点差异的陈述，紧接的部分就是从摹仿所用的媒介、所取的对象和所用的方式入手，具体说明诗的不同艺术种类在这些方面的表现，以此展开对于诗的摹仿的种差、诗的不同艺术种类及性质的说明。《诗学》第十章关于情节的简单与复杂的划分，也是一个典型的诗学判断，而接下来的原因解释："情节有简单的，有复杂的；因为情节所摹仿的行动显然有简单与复杂之分。所谓'简单的行动'，指按照我们所规定的限度连续进行，整一不变，不通过'突转'与'发现'而到达结局的行动；所谓'复杂的行动'，指通过'发现'或'突转'，或通过此二者而到达结局的行动"（《诗学》），以及对于构成复杂行动的逻辑关系的说明，如"'发现'如与'突转'同时出现，为最好的'发现'"（《诗学》）；"'发现'乃人物的被发现，有时只是一个人物被另一个人物'发现'，如果前者已识破后者；有时双方须互相'发现'"（《诗学》），都是对于此一诗学判断的理论说明及问题展开。关于推理，亚里斯多德把它分为两种：一种是归纳，另一种是推论。归纳，就是根据具体的事物的性质证明普遍，用通俗的话来讲，就是采用具体的例子来做例证。在《诗学》中，这种例证的使用几乎随处可见。以《诗学》的前三章为例，《诗学》第一章论及诗的各种艺术进行摹仿所使用的媒介的种差时，亚里斯多德列举了索福戎、塞那耳科斯的拟剧和苏格拉底的对话作为混用散文、韵文进行写作的例证，并举荷马作为恰当地在诗中使用格律的例证；在第二章论述摹仿者所摹仿的对象的不同时，亚里斯多德列举了绘画中的波吕格诺托斯、泡宋、狄俄倪西俄斯，史诗中的荷马、克勒俄丰以及酒神颂中的提摩忒俄斯、菲罗克塞诺斯作为例证，说明不同的作家对于艺术形象有不同的处理；

在第三章论述艺术所用摹仿方式的不同时，亚里斯多德以荷马、索福克勒斯和阿里斯托芬为例，说明作家对于摹仿对象所用的方式可以多种多样，既可以用叙述法，用自己的口吻来叙述，也可以让人物出场，还可以让演员用动作来摹仿。亚里斯多德本人曾表示，归纳作为一个从个别到一般的过程，在论证过程中"更有说服力也更清楚，更容易为感觉知晓，因而能够被多数人所运用"①，这也许可以解释其在《诗学》中对于例证归纳的频繁使用。推论，则是运用前提进行推理，与例证正相反，它是把一般推演至个别。在《诗学》的第九章亚里斯多德论述诗与历史的不同时，在明确了诗是描述"有普遍性的诗"而历史是描述"个别的事"这一重要论点之后，亚里斯多德把它作为一个一般性的结论施用于诗的不同类型之中：

> 诗所描述的事带有普遍性，历史则叙述个别的事。所谓"有普遍性的事"，指某一种人，按照可然律或必然律，会说的话，会行的事，诗要首先追求这目的，然后才给人物起名字；至于"个别的事"则是指亚尔西巴德所做的事或所遭遇的事。在喜剧，这一点已经是很明显的了，喜剧诗人先按照可然律组织情节，然后给人物任意起些名字，……在悲剧中，诗人们却坚持采用历史人名，理由是：可能的事是可信的；未曾发生的事，我们还难以相信是可能的，但已发生的事，我们却相信显然是可能的；因为不可能的事不会发生。②

这里所使用的就是典型的推论。另外，讲到"按照可然律或必然律可能发生的事"，需要指出的是，对于"可然律或必然律"的要求，在《诗学》中是多次出现的。比如，《诗学》第七章论悲剧情节的完整，"指事之按照必然律或常规自然的上承某事"；第九章论悲剧的效果，"如果一桩桩事件是意外的发生而彼此间又有因果关系，那就最能产生这样的（怜悯与恐惧之情）的效果；这样的事件比自然发生，即偶然发生的事件，更为惊人"；第十、十一章论情节的"突转"与"发现"，"'发现'与'突转'必须由情节的结构中产生出来，成为前事的必然的或可然的结果"，"按照可然律或必然律而

① 〔希腊〕亚里斯多德：《论题篇》，徐开来译，见《工具论》（下），中国人民大学出版社2003年版，第364页。
② 〔希腊〕亚里斯多德：《诗学》，罗念生译，人民文学出版社1982年版，第29页。

发生";第十五章论性格的刻画,"刻画'性格',应如安排情节那样,求其合乎必然律或可然律:某种性格的人物说某一句话,作某一桩事,须合乎必然律或可然律";第二十三章论史诗的情节安排,"史诗的情节也应像悲剧的情节那样,按照戏剧的原则(即可然律或必然律,引者注)安排,环绕着,一个整一的行动,有头,有身,有尾,这样它才能像一个完整的活东西,给我们一种它特别能赋予的快感"。关于"必然",亚里斯多德曾经从四个方面来定义:

> 我们说"必需"〈必然〉(一)(甲)一事物,若无此条件,就不能生存;……(乙)若无此条件,善不能生存,恶不能免去;……(二)凡阻碍或抑止自然脉动与要求的强迫行动与强迫力量我们也说这是"必需的"(必然),……这样的"必需"(必然)既相反于自然要求与人类理性,遂又被认为是无法避免的事情。(三)我们说,除了这样,别无它途,这就是"必需"(必然),必需的其他一切含义都由兹衍生:一事物在接受或在做着它所必需做的事情,只是因为某些强迫力量迫得它不能照自己的脉搏来活动;因为有所必然,事物就不得不然。……(四)又,实证也是一种"必需"(必然),因为有充分的证明,结论就不能不是这样的结论了;这个"必需"(必然)的原因就是第一前提,凭着那些前提,综合论法的进行就非如此不可了。①

这意味着,对于"可然律或必然律"的寻求,不仅是亚里斯多德对"前提"(定义)—"判断"—"推理"的原则要求,也是其科学证明的重要保障。

这样,亚里斯多德不仅把"原"理作为诗学研究之根本,而且以其科学的求证确立了诗学的意义生成。张法在《中西美学与文化精神》一书中指出:"科学划分为分门别类的学科,是西方文化的产物。一门科学要成为'学',即到达科学形态,按照古典的要求,必须符合几个基本条件:(1)有一批基本概念;(2)这些概念的定义是明确的,逻辑是一贯的;(3)按照逻辑形成一个完整的体系。这三点构成一门学科的理论形态。这个理论形态要成为科学,还须具有最后一个,也是最重要的一个性质:它的理论是普

---

① [希腊] 亚里斯多德:《形而上学》,吴寿彭译,商务印书馆 1995 年版,第 89—90 页。

遍有效的。西方的'学'在文字上，很多都有一个后缀 logy，从这个词的源流看，确实包含了'学'的两大基本特征，它是道（逻各斯 logos），具有普遍性，道又是以严密的逻辑形式表现出来的。"① 从亚里斯多德对于西方逻辑学的奠定来说，他对"前提"（定义）—"判断"—"推理"的论证过程的确立，对于后世西方诗学的科学证明的意义生成，产生了决定性的影响，诚如黑格尔在《哲学史讲演录》中对于亚里斯多德所创立的包括诗学意义生成的科学的论证方式所总结的：

> 亚里斯多德方式的特性。这个方式是这样的：对于他，最重要的是处处去关心确定的概念，将精神和自然的个别方面的本质，以一种简单的方式，即概念形式加以把握。……这个方式一方面也完备地提供了各个环节，一方面也刺激人去自己找寻并发现必然性。从这种罗列，他又进一步去把它们思辨地加以考察；而这种就各方面来规定对象，使得概念，即思辨的概念，简单的规定由之产生，——亚里斯多德之具有真正的哲学思想而同时又有最高的思辨思想，就在于此。……这种将诸多规定归结为一个概念，以及论证进程的简明，和将判断用极少的话说出——这乃是亚里斯多德的伟大和巨匠风度之所在。②

"原道"—"徵圣"—"宗经"是中国传统诗学三位一体的意义生成方式，其中，"道"是中国传统诗学的终极指向。而西方诗学的意义生成是运用科学去"原理"，"理"是西方诗学的终极指向。由于"理"在西方最原初的概念是"逻各斯"，因此，"道"与"逻各斯"之间的分野，成为浓缩和涵盖中西诗学话语分野的最常见、也最具代表性的学界共识。

① 张法：《中西美学与文化精神》，北京大学出版社 1994 年版，第 1—2 页。
② ［希腊］亚里斯多德：《哲学史讲演录》（二），贺麟、王太庆译，商务印书馆 1997 年版，第 282—285 页。

中　编

中西诗学话语的融合

二十世纪五十年代，德国哲学家海德格尔曾就东西方之间的语言差异，与一位日本学者展开过一场有趣的对话：

> 海：美学这个名称及其内涵出于欧洲思想，源出于哲学。所以美学
>   研究对东方思想来说终究是格格不入的。……
>
> 日：也许是的；因为自从与欧洲思想发生遭遇以来，我们的语言显
>   露出某种无能。
>
> 海：何以见得？
>
> 日：我们的语言缺少一种规范力量，不能在一种明确的秩序中把相
>   关的对象表象为相互包涵和隶属的对象。……
>
> 海：……这样一来，尽管有种种同化和混合，但一种与欧洲人的此
>   在的真正交往却没有发生。
>
> 日：也许根本不可能发生。……
>
> 海：可是还有一种远为巨大的危险呢。这种危险牵涉到我们双方。
>   它越是不显眼，就越具有威胁性。
>
> 日：怎么回事？……
>
> 海：……这种危险是从那些对话本身那里出现的，因为那是一些对

话（Gesprache）。

日：我不懂您的意思。……

海：我们的对话的危险隐藏在语言本身中，而不在我们深入讨论的
内容（Was）中，也不在我们所作的讨论的方式（Wie）
中。……

日：这种对话的语言把所谈的一切都欧洲化了。

海：然而对话却试图道说东亚艺术和诗歌的本质。

日：现在我多少明白了，您是在哪里觉察到这种危险的。对话的语
言不断地摧毁了去道说所讨论的内容的可能性。

海：早些时候我曾经十分笨拙地把语言称为存在之家（das Haus
des Seins）。如若人是通过他的语言才栖居在存在之要求（Ans-
pruch）中，那么，我们欧洲人也许就栖居在与东亚人完全不
同的一个家中。

日：假定欧洲语言与东亚语言不光有差别，而且是根本不同的
东西。

海：那么，一种从家到家的对话就几乎还是不可能的。①

在这里，海德格尔把东西语言之间对话的不可能比喻为两个完全不同的家对
居住之人所造成的隔阂，宛如后来美国的后现代主义理论家弗雷德里克·詹
姆逊（Fredric Jameson）所说的"语言是人的牢笼"。而事实上，东西之间的
跨文化对话绝不是无法进行的。就文学理论而言，从二十世纪初中国著名学
者王国维首开中西诗学话语的"化合"之先河，以朱光潜、钱锺书等为代表
的中国比较学者，一直在融合中西诗学话语方面，做着孜孜不倦的工作，并
取得了世所公认的成就。

---

① ［德］海德格尔：《从一次关于语言的对话而来》，见孙周兴选编：《海德格尔选集》（下），
上海三联书店1996年版，第1006—1009页。

第四章

中西诗学话语的历史性交汇

中国传统诗学与西方诗学之间的碰撞与融合，是二十世纪中国现代诗学的一个核心主题。在融汇中西诗学再造中国现代诗学的过程中，活跃于十九世纪末二十世纪初的王国维无疑起着开风气的先驱者的作用。正如有学者所指出的："在西方文明'滔滔而入中国'的晚清末期，他（王国维）抱着'发明光大'祖国文化学术的热忱，奋力钻研和引进西方哲学美学（以德国康德、叔本华学说为主），并结合传统诗论，试图建立一种新的诗学体系。他的一系列哲学诗学著述，在我国新旧社会、新旧文化交替之际，起了一定的思想启蒙作用。"①

第一节　近现代之交的中国诗学转型与王国维的学术使命

一、近现代之交的中国诗学转型

十九世纪中叶，鸦片战争的爆发揭开了中国近代史的序幕。众所周知，在鸦片战争之前，中国社会历经了数千年的封建制度，逐步形成并强化了以封建宗法制和农耕生产方式为代表的传统社会形态。不可否认，在中国漫长的封建社会的发展过程中，传统社会形态的古代中国曾经创造出足以跻身于世界民族先进之列的中国古代文明，并在此基础上奠定了独具特色的中华文化传统。但正如恩格斯在比较古代农耕文明生产方式与现代工业文明生产方

---

① 佛雏：《王国维诗学研究》，北京大学出版社 1999 年版，第 1 页。

式之间的差异时所指出的："野蛮时代是学会畜牧和农耕的时期，是学会靠人的活动来增加天然产物生产的方法的时期。文明时代是学会对天然产物进一步加工的时期，是真正的工业和艺术的时期。"① 中国的传统社会形态虽然不至于是一种"野蛮时代"，但作为一种植根于农耕生产方式之上的传统社会，相距以工业文明为代表的近代社会存有很大的落差，确是不争的事实。同时，更重要的是，由于中国农耕文明形成的超稳定的社会结构和封闭式的文化模式，从根本上抑制了自身主动寻求变革的内在动力，其内在的发展潜力也在长期的僵化停滞和自我封闭中消耗殆尽。所以，进入十九世纪之后，与西方飞速发展的资本主义文明形成鲜明对照的是，使中国正一步步地深陷封建社会的末路而无力自拔。鸦片战争的惨痛失利，使中国由一个主权独立的封建王朝逐步沦为一个半封建半殖民地的国家，传统形态的中国社会已经无力为继。对于传统形态的中国社会而言，西方列强的殖民入侵成为了促生中国社会深刻变革的外在推力，其最直接的后果，就是西方列强用船坚炮利轰开了中国闭关锁国的大门，中国固有的封闭式的自给自足的经济方式，在西方资本主义的强大冲击之下，开始分崩离析。早在 1848 年的《共产党宣言》中，马克思（Karl Marx）就从生产方式的变革决定社会形态变化的理论高度，对西方资本主义对包括中国在内的全球扩张所引发的社会发展趋势，做了如下经典性的表述：

> 资产阶级，由于开拓了世界市场，使一切国家的生产和消费都成为世界性的了。使反动派大为惋惜的是，资产阶级挖掉了工业脚下的民族基础。古老的民族工业被消灭了，并且每天都还在被消灭。它们被新的工业排挤掉了，新的工业的建立已经成为一切文明民族的生命攸关的问题；……过去那种地方的和民族的自给自足和闭关自守状态，被各民族的各方面的互相往来和各方面的互相依赖所代替了。物质的生产是如此，精神的生产也是如此。……民族的片面性和局限性日益成为不可能。②

---

① ［德］恩格斯：《家庭私有制和国家的起源》，《马克思恩格斯选集》第 4 卷，人民出版社 1995 年版，第 24 页。

② ［德］马克思：《共产党宣言》，《马克思恩格斯选集》第 1 卷，人民出版社 1995 年版，第 254—255 页。

近代的中国社会正是在西方资本主义殖民扩张的外力推动下，开始了包括物质生产方式以及建基于其上的政治思想和文学艺术在内的全方位的由传统形态向近现代形态的转化，就如张岱年等人在《中国文化概论》一书中所总结的："在近代中国，资本主义经济成分已不再是原始的萌芽状态，以大机器生产为特征的近代资本主义已经产生并逐渐发展，资产阶级随之产生并逐渐成长，它要求创造和发展为它服务的新文化，这就使传统文化产生了危机，并不得不向近代转型"。①

在中国文学由传统形态向近代形态转型的过程中，发生于十九世纪末二十世纪初的近代文学革新运动起着开先河的先驱作用。近代文学革新运动，包括"诗界革命"、"文界革命"和"小说界革命"三个方面的内容。其中，"诗界革命"最初是由夏曾佑、谭嗣同为推动变法维新提出来的，而真正从理论与创作实践上对"诗界革命"做出重要贡献的，主要是诗人黄遵宪和梁启超。关于他们在近代"诗界革命"中的作用，陈传才在《文艺学百年》中指出："黄遵宪成为资产阶级文学改革运动的领导者和理论家决非偶然。早在青年时代，他就有'改革诗体之志'，并在理论上提出了自己的主张。……所以在"诗界革命"的酝酿期，自然成了'新学之诗'的真正探索者。而标志其资产阶级政治理想的确立和新诗理论与实践的成熟期，则是1877年他出使日本以后，直至1898年罢官家居这段时间。虽然黄遵宪正式打出'新诗派'的旗帜，是在1897年，但事实上，当其《入境庐诗草》自序于1891年问世时，'新诗派'在理论与实践上，都已臻成熟了。其成熟期诗论强调诗歌随社会生活的变化而变化，进行富有民族特色的新创造；主张不主一家、不专一体、不拘一格，打破旧格律，开拓新形式"，而"梁启超一直关心'新诗派'的发展，并从理论的高度对'诗界革命'进行探索与总结。他借助资产阶级改良派的理论武器——近代进化论等，研究了中国诗歌的历史和现状，……把诗体改革概括为'熔铸新理想以入旧风格'、'以旧风格含新意境'。虽然这三'新'（新理想、新意境、新语句）、一'旧'（旧风格）的论述，未能明确提出以西方资产阶级的社会理想和文艺理论作指导，但他毕竟提出了学习和表现资产阶级的'真思想'与'真精神'。这对深化'诗界革命'，促进传统诗歌观念向近现代诗歌观念的转变，

---

① 张岱年等：《中国文化概论》，北京师范大学出版社1994年版，第447页。

是有其理论价值的。他还进一步指出，'诗界革命'不仅要革除旧思想、旧内容，还应革除旧形式、旧文体。他提倡诗乐结合、语言通俗、'以俗语入诗'的观点，对后来的文体变革也产生了积极的作用"。① "文界革命"，最先是康有为、夏曾佑发起的对于传统的"原道、徵圣、宗经"的文道观的批判，陈传才在《文艺学百年》中特别肯定了梁启超与严复在"文界革命"中所起到的作用，"梁启超不但从社会、文化的角度猛烈抨击'代圣人立言'的八股文，而且还从言文一致的观点批判八股文违背写作规律，从而把批判古文家之'道'和批判古文家之'法'结合起来。梁启超把写作规律概括为由内及外、由言及文，即由作者的思想感情转化为书面文字表达的过程，这样就把古文家所言之'法'违背创作规律的实质予以揭露，并通过自己的实践，创造一种反映人的觉醒而词笔锐达、条理备细、平易酣畅的新文体，即所谓自由的、浅显的文言文的'报章体'。……尽管在近代文论界正式提出'崇白话而废文言'口号者并非梁启超，……但梁启超从反八股文出发而主张以'俗语文体'写作的意义，则已超越了文体革命本身，而直接为改良派的政治主张服务"，而严复"主要通过翻译西方哲学、社会学、自然科学及文学作品，为中国近代思想界、文学界注入新思想，增添新话语。因而与康有为、梁启超有所不同。严复通过翻译赫胥黎的《天演论》、《进化与伦理》，发表《原强》、《辟韩》等文章，把达尔文的进化论、斯宾塞的进化伦理学和卢梭的'天赋人权'民主思想介绍给知识界，为改良派批判封建统治阶级的'天道'观及传统的'文道'观，提供了有力的武器"。② 关于"小说界革命"，陈传才指出，相比"诗界革命"、"文界革命"，"小说界革命"对于促进中国文学由传统观念向近现代观念的转换，影响更广、作用也更大，并肯定了梁启超在"小说界革命"中所起的作用及其在推动中国文论由传统形态向近代形态转换中的意义：

> 作为资产阶级改良主义者美学观、文艺观的集大成者，梁启超的文论（特别是小说）理论所着力探求的，是将文艺及其创造主体与接受主体置于社会、文化变革的时代中心的位置上，以怀抱改革社会、启迪民智的目的，去革新一向以封建主义教化为宗旨的旧文化、旧文学，用新

① 陈传才：《文艺学百年》，北京出版社 1999 年版，第 26—27 页。
② 陈传才：《文艺学百年》，北京出版社 1999 年版，第 28—29 页。

的思想与情感去重建文学教化的功能，凸现以人为中心的美育对改造社会人生、推动社会变革的重要作用。尽管梁启超所探求的是注重文学的社会价值与功利主义的文艺观，但却与施行封建教化为圭臬的传统功利主义文艺观不同，因为它赋予功利主义以近代的时代精神与文化价值，而且其社会价值观又不是排斥审美价值的。……正因为如此，在梁启超的文学理论批评实践中，力求借助西方近代文化精神去批判继承传统文论的政教说和审美说，使之上升为近代美学、文论的重要内容。①

然而，也正是在近代文学革新对于文学社会功能的一再渲染中，我们在肯定近代文学革新对于近代中国文学理论的转换所做的历史性贡献的同时，对其过于偏重文学的社会功用而相对忽视文学自身的美学规律的探求，理应保持清醒的认识。另外需要指出的是，近代文学革新的倡导者们对于西方文学、美学理论的了解乃至译介，大都是间接的（以日本作为中介）和浅显的，这使得近代文学革新运动虽对中国文学观念由传统观念向近现代形态的转换有开创之功，但真正要实现这一重大转换还有赖于以学术研究为本位并兼具中西学术素养的学界巨子的横空出世与自觉承担，他就是中国近现代文学理论的奠基人王国维。

二、王国维的中西学术素养

佛雏在《王国维诗学研究》一书的后记中，曾仿照王国维《汗德像赞》之例，作赞称誉王国维。其起首二句：

> 郁郁海宁，东南之秀。干、顾比肩，公出其右。
> 西学滔滔，公曰无伤。中西"化合"，灼灼有光。②

一语道出了王国维成为中国现代诗学奠基人的关键：中西兼修的学术涵养。

王国维（1877—1927），出生于浙江海宁。浙江海宁，山川秀美，人杰地灵，有清一代，人才辈出，"各有其诗文与考古方面的著述，蔚为一种以

---

① 陈传才：《文艺学百年》，北京出版社 1999 年版，第 39—40 页。
② 佛雏：《王国维诗学研究》，北京大学出版社 1999 年版，第 463 页。

读书、赏析、吟咏、考古为最大乐事的海宁文风"。① 在佛雏看来，海宁深厚而传统的治学风气，对于生活于其间的王国维的熏陶和影响很大，"王氏前期治哲学、美学、词学、戏曲史，后期（1912—1927）治古文字、古音韵、古器物、经史考据等古史学，迹其兴趣由来，似在少年时期即已微露端倪，且均与其乡先辈学风有其一定的继承关系"。② 按照佛雏的统计，王国维在传统治学方面与其乡先辈学者之间存在明显继承关系的，以史学论，计有晋代干宝（著《晋纪》、《搜神记》），明代谈迁（著《国榷》），清代查慎行（助修《西江志》）、沈术（著《明史要略》）以及卢轩（著《胡氏春秋传疑》）等在史学上卓有建树的著名人物。以哲学论，计有宋代张九成（著《横浦集》、《无垢先生心传录》），明代陈确（著《大学辨》、《乾初道人文集》），以及清代查慎行（著《周易玩辞集解》）等在理学和易学方面的哲学大家。以文字、音韵、校勘、考据之学论，计有周春（著《十三经音略》、《杜诗双声叠韵谱括略》）、吴骞（著《诗谱补亡后订》、《蜀石经毛诗残本考异》、《唐石经考异》、《孙氏尔雅正义拾遗》、《尺苑》），陈鳣（著《六艺论》、《诗人考》、《石经说》、《声类拾存》、《埤仓拾存》、《续唐书》、《两汉金石记》）陈莱孝（著《历代钟官图经》、《古钱图谱》、《语石外编》、《小学字类》）、钱保塘（著《帝王世纪续补》、《考异》，辑录《傅子》、《春秋疑年录》、《夏氏考古录》、《国与补音札记》、《清风室文集》、《诗集》）、蒋光煦（刊《别下斋丛书》、《涉闻梓旧》，著《东湖丛记》、《斠补隅录》）、许克勤（著《周易日记》、《经义杂识》、《十三经古注》、《方舆韵考》、《方言校》）等深为王氏"深致敬意"的前辈学者。以词论和词作论，计有从明入清的陆嘉淑（著《辛斋诗余》）、朱一是（著《梅里词》）、陈之遴（著《素庵诗余》），康雍间的查慎行（著《他山词》）、杨守知（著《致轩诗钞》）、查学（著《半椽词》），乾嘉间的吴骞（著《藕花渔唱》）、吴衡照（著《莲子居词钞》、《莲子居词话》）、许肇封（著《旎香词》）、陈沆（著《小波词钞》）、沈开勋（著《一渔词钞》）、许大坤（著《客村词》），道咸间的黄燮清（著《拙宜园词》、《国朝词综续钞》）、马锦（著《碧萝吟馆诗余》）、陈其泰（著《鸿雪词》）以及同光间的蒋学坚（著《怀亭词录》）、陈乃庚

---

① 佛雏：《王国维诗学研究》，北京大学出版社 1999 年版，第 374 页。
② 佛雏：《王国维诗学研究》，北京大学出版社 1999 年版，第 374 页。

（著《黄堂梦传奇》）等词学名家。① 王国维日后青出于蓝、后来居上，实有赖于乡学的砥砺与熏陶。

另外，海宁王氏，世家出身，尽管在王国维祖、父辈家道中落，但家学渊源对于王国维的影响，依然不能小视。王国维曾撰《先太学君行状》一文，对于自己的家学传承详表如下：

> 曾祖，国学生，貤封朝议大夫建臣；祖，国学生溶；本生祖，国学生瀚；父，国学生嗣铎；本生父，国学生嗣旦。

> 君姓王氏，讳乃誉，……浙江海宁州人。远祖禀，宋靖康中，以总管守太原，城陷，死之，赠安化郡王。孙沆，随高宗南渡，赐第盐官，遂为海宁人焉。自宋之亡，我王氏失其职，世为农商，以迄于府君。府君少贫甚，又遭"粤匪"之乱，……"粤匪"既平，其肆自上海迁于宁之硖石镇，君始得于贸易之暇，攻书画篆刻诗古文辞。会戚属有令江苏溧阳县者，延府君往佐之，前后凡十余年。由是遍游吴越间，得尽窥江南北诸大家之收藏。自宋、元、明、国朝诸家之书画，以至零金残石，苟有所闻，虽其主素不相识者，必叩门造访，摩挲竟日以去，由是技益大进。年四十，归，遂不复出。……君自三十以后，始作日记，至易篑前一日止，盖三十年如一日焉。君于书，始学褚河南、米襄阳，四十以后专学董华亭，识者以为得其神髓。画，无所不师，卒其所归，亦与华亭、娄东为近。又尝谓自冯墨香《国朝画识》、蒋霞竹《墨林今话》后，近世画人亦颇有足传者，故就平生所见近人书画，考其姓氏爵里，且评隲其所诣，为《游目录》十卷；又有诗集二卷，文若干篇，稿藏于家。君自光绪之初，睹世变日亟，亦喜谈经世之学，顾往往为时人所诟病，闻者辄掩耳去，故独与儿辈言之。今日所行之各新政，皆藐孤等二十年前膝下所习闻者也。②

从王国维的上述文字中，不难看出，他对于自己的家学渊源是颇为看重的。归其要者：其一，王氏书香门第，曾、祖、父，均为"国学生"；其二，其父王乃誉，"功书画篆刻诗古文辞"，是为全才；其三，其父"喜谈经世之

① 参阅佛雏：《王国维诗学研究》，北京大学出版社1999年版，第374—377页。
② 王国维：《先太学君行状》，《王国维文集》第一卷，中国文史出版社1991年版，第89—90页。

学"，于"新政"见识卓著。由于《行状》的为先人歌功颂德的文体性质，王国维对于自己祖上的追溯并没让人过于在意，他对父亲"其所成就，虽古人无以远过"的赞誉，也一度让人心存质疑。但根据佛雏对于王国维父亲王乃誉的《日记》及杂作等二十九卷手稿的详细阅读与考证，王国维的父亲王乃誉虽然为生计所迫务农从商，但绝对不失为一个有才情有见识的多才多艺的知识分子。他的一些艺术见解，与王国维日后的诗学、美学研究，存在着清晰可见的关联。① 特别是王乃誉对于王国维的悉心调教，尤为人称道。王乃誉的《日记》很大一部分篇幅记载的是他对王国维的家庭教育。比如，王国维很小就开始跟父亲学习诗文，"乃誉在书画艺文方面对儿子的亲身教育，做得极其认真。他十分重视书画之类的基本技法之认识与练习，又务使之与自身品格结合起来。……自己则每日必书或画，外间来索书求画者也不少，遂使整个家庭充满了一种珍赏书画的艺术气氛"，② "王氏（国维）'少以文名'，是信而有征的。在这当中，他的深具审美修养的父亲，为之耳提面命，自属一项极关重要的因素"。③ 再有，王乃誉的头脑并不迂腐，佛雏引王国维之弟国华的回忆，在中日甲午之役引发王国维由旧学向新学转化的关键时刻，"变政议起，先君（乃誉）以康梁疏论示先兄（国维），先兄于是弃帖括而不为"④，说明"促使王氏从旧学转向新学，从传统诗学转向西方美学，乃至从旧史学转向新史学，乃誉先生亦与有功"。⑤ 显然，家学渊源对于王国维的影响，既有对中国传统文化根基的奠定，也包含了对西方文化传统素养的汲收。

王国维甲午之役后开始接触"新学"。东文学社的日本学者藤田丰八博士是王国维学习和研究西方文化的启蒙老师，康德和叔本华的哲学则成为王国维接受西方文化的最大兴趣所在。对于康德、叔本华哲学的学习，王国维是下了很大工夫的。在 1905 年的《静安文集·自序》中，王国维自述："余之研究哲学，始于辛壬之间（即 1901—1902 年。——引者注）。癸卯（1903年。——引者注）春始读汗德（今译康德。——引者注）之《纯理批评》（今译《纯粹理性批判》。——引者注），苦其不可解，读几半而辍。嗣读叔

---

① 参阅佛雏：《王国维诗学研究》，北京大学出版社 1999 年版，第 397 页。

② 佛雏：《王国维诗学研究》，北京大学出版社 1999 年版，第 396—397 页。

③ 佛雏：《王国维诗学研究》，北京大学出版社 1999 年版，第 380 页。

④ 王国华：《海宁王静安先生遗书·序》，转引自佛雏：《王国维诗学研究》，北京大学出版社1999 年版，第 380 页。

⑤ 佛雏：《王国维诗学研究》，北京大学出版社 1999 年版，第 380—381 页。

本华之书而大好之。自癸卯之夏，以至甲辰之冬（1904 年。——引者注），皆与叔本华之书为伴侣之时代也。其所尤惬心者，则在叔本华之《知识论》，汗德之说得因之以上窥。然于其人生哲学观，其观察之精锐，与议论之犀利，亦未尝不心怡神释也。后渐觉其有矛盾之处，去夏所作《红楼梦评论》，其立论虽全在叔氏之立脚地，然于第四章内已提出绝大之疑问。旋悟叔氏之说，半出于其主观的气质，而无关于客观的知识。此意于《叔本华及尼采》一文中始畅发之。今岁之春，复返而读汗德之书，嗣今以后，将以数年之力，研究汗德。他日稍有所进，取前说而读之，亦一快也。"① 两年后，在《三十自序》中，研读康德、叔本华哲学的情况在他心里依然历历在目："始读汗德之《纯理批评》。至《先天分析论》几全不可解，更辍不读，而读叔本华之《意志及表象之世界》一书。叔氏之书，思精而笔锐。是岁（1903 年。——引者注）前后读二过，次及于其《充足理由之原则论》、《自然中之意志论》，及其文集等。尤以其《意志及表象之世界》中《汗德哲学之批评》一篇，为通汗德哲学关键。至二十九岁（1905 年。——引者注），更返而读汗德之书，则非复前日之窒碍矣。嗣是于汗德之《纯理批评》外，兼及其伦理学及美学。至今年从事第四次之研究，则窒碍更少，而觉其窒碍之处大抵其说之不可持处而已。"② 王国维学习康德、叔本华哲学所下苦功由此可见一斑，而他对康德、叔本华哲学的理解与把握也臻学界公认的心有灵犀的"化境"。③ 事实上，王国维对于西方文化的了解与阅读绝不止于康、叔两家，在上述所引的《三十自序》中，王国维自己还罗列了除康、叔之外的阅读书目，"始读翻尔彭之《社会学》，及文之《名学》、海甫定《心理学》，……读巴尔善之《哲学概论》，文特尔彭之《哲学史》，……此外如洛克休蒙之书，亦时涉猎及之。"④ 不仅如此，翻检王国维在此间前后写下大量的译介西方文化的论文，如《汗德像赞》、《叔本华像赞》、《叔本华之哲学及其教育学说》、《叔本华与尼采》、《书叔本华遗传说后》、《德国文豪格代、希尔列尔合传》、《尼采氏之教育观》、《汗德之哲学说》、《汗德之事

① 王国维：《静安文集·自序》，《王国维文集》第三卷，中国文史出版社 1991 年版，第 469 页。
② 王国维：《静安文集续编·自序一》，《王国维文集》第三卷，中国文史出版社 1991 年版，第 471 页。
③ 聂振武：《王国维美学思想述评》，辽宁大学出版社 1997 年版，第 52 页。
④ 王国维：《静安文集续编·自序一》，《王国维文集》第三卷，中国文史出版社 1991 年版，第 471 页。

实及其著书》、《汗德之知识论》、《德国文化大改革家尼采传》、《格代之家庭》、《德国哲学家叔本华传》、《希腊圣人苏格拉底传》、《希腊大哲学家柏拉图传》、《希腊大哲学家雅里大德勒传》、《英国教育大家洛克传》、《近代英国哲学大家斯宾塞传》、《法国教育大家卢骚传》、《脱尔斯泰伯爵之近世科学传》、《英国哲学大家休梦传》、《教育局之希尔列尔》、《英国哲学大家霍布士传》、《荷兰哲学大家似披诺若传》、《戏曲大家海别尔》、《英国小说家斯提逢孙传》、《霍恩氏之美育说》、《莎士比亚传》、《培根小传》、《英国大诗人白衣龙小传》等等，以及《西洋伦理学史要》（英，西额惟克著）、《教化论》（德，巴尔善著）、《心理学概论》（丹麦，海甫定著）、《悟性指导论》（英，洛克著）、《辨学》（英，耶方斯著）、《教育心理学》（美，禄尔克著）《伦理学概论》（英，模阿海特著）等译著，洋洋大观，令人眼花缭乱。可以说，王国维对于西方文化的了解范围之广和理解之深，已经远远超越了他那个时代的同辈学者。而他的深厚的中西学术素养，也让他无可争议占据了中国近现代转型时期的学术制高点。

三、王国维的学术使命

学术之于国家的崇高地位，王国维是极为推崇的。在他看来，学术作为一个国家的精神支撑，是具有永恒的价值和意义的。一个国家，只要学术不绝，这个国家就不会灭亡，反之，一个国家的灭亡也一定是从该国的学术灭绝开始。对于中国近代学术之不振，王国维深有感慨："学术之绝，久矣。昔孔子以老者不教、少者不学为国之不祥；闵子马以原伯鲁之不悦学，而卜原氏之亡。今举天下认而不悦学几何？不胥人人为不祥之，人而胥天下而亡也"。① 至于造成中国学术不发达的原因，王国维更是一针见血：

> 披我中国之哲学史，凡哲学家无不欲兼为政治家者，斯可异已！孔子大政治家也，墨子大政治家也，孟、荀二子皆抱政治上之大志者也。汉之贾、董，宋之张、程、朱、陆，明之罗、王无不然。岂独哲学家而已，诗人亦然。"自谓颇腾达，立登要路津。致君尧舜上，再使风俗淳。"非杜子美之抱负乎？"胡不上书自荐达，坐令四海如虞唐。"非韩

---

① 王国维：《教育小言十则》，《王国维文集》第三卷，中国文史出版社1991年版，第87页。

退之之忠告乎？"寂寞已甘千古笑，驰驱犹望两河平。"非陆观务之悲愤乎？如此者，世谓之大诗人矣！至诗人之无此抱负者，与夫小说、戏曲、图画、音乐诸家，皆以俳儒倡优自处，世亦以俳儒倡优畜之。所谓"诗外尚有事在"，"一命为文人，便无足观"，我国人之金科玉律也。呜呼！美术之无独立之价值也久矣。此无怪历代诗人，多托于忠君爱国劝善惩恶之意，以自解免，而纯粹美术上之著述，往往受世之迫害而无人为之昭雪也。此亦我国哲学美术不发达之一原因也。①

往昔，西汉司马迁推汉武帝时学术之盛为利禄使然，王国维则谓："一切（功利性的）学问皆能以利禄劝，独哲学与文学不然。……若哲学家而以政治及社会之兴味为兴味，而不顾真理之如何，则又决然非真正之哲学。……文学亦然。"② 近世康有为、梁启超、谭嗣同、严复等人以学问上之事业助政治上之企图，王国维更是无法苟同："或曰：'今日上之人，日言奖励学术；下之人，日言研究学术；子曷言其不悦学也？'曰：'上之奖励之者，以其名也，否则以其可致用也；其为学术自己故而尊之者几何？下之研究者，亦以其名也，否则以其可得利禄也，否则以其可致用也；其为学术自己故而研究之者，吾知其不及千分之一也。'"③

对于近世中国学术之危机，王国维是有清醒认识的："今之学者，其治艺者多，而治学者少。即号称治学者，其能知学与艺之区别，而不视学为艺者，又几人矣。故其学苟可以得利禄，苟略可以致用，则遂嚣然自足，或以筌蹄视之。彼等于学问固无固有之兴味，则其中道而止，固不足怪也，"④ "治新学者既若是矣，治旧学者又何如？十年之前，士大夫尚有闭户著书者，今虽不敢谓其绝无，然亦如凤毛麟角矣。"⑤ 对于近世中国学术的昏聩乏力，王国维忧心忡忡："日之暮也，人之心力已耗，行将就床；此时不适于为学，非与人闲话，则但可读杂记小说耳。人之老也，精力已耗行将就木；此时亦不适于为学，非枯坐终日，亦但可读杂记小说耳。今奈何一国之学者而无朝

---

　　① 王国维：《论哲学家与美术家之天职》，《王国维文集》第三卷，中国文史出版社1991年版，第7页。
　　② 王国维：《文学小言》，《王国维文集》第一卷，中国文史出版社1991年版，第24页。
　　③ 王国维：《教育小言十则》，《王国维文集》第三卷，中国文史出版社1991年版，第87页。
　　④ 王国维：《教育小言十则》，《王国维文集》第三卷，中国文史出版社1991年版，第87页。
　　⑤ 王国维：《教育小言十则》，《王国维文集》第三卷，中国文史出版社1991年版，第87页。

气，无注意力也，其将就睡欤？抑将就木欤？吾不得而知之。吾但祈孔子与闵子马之言不验而已矣"①，为改变近世中国学术的危机与沉沦，王国维大声疾呼"有一二天才出"，以"坚忍之志，永久之注意"，辅以"绵密之科学，深邃之哲学，伟大之文学"②，来承担起重振中国近代学术的历史责任。在这里，讲到"天才"，就不能不提王国维的"天才论"。正如许多学者已经指出的，王国维本人一向以"天才"自诩，他的"天才论"受到了康德、叔本华和尼采等人的"天才论"的很大影响，而这些在西方文化发展史上起着划时代作用的伟大天才，无一不是王国维敬仰并学习的伟大榜样。③ 讲到以学术为己任，付之于坚韧之意志、永久之注意和科学之方法，则王国维于十数年之间，以一己之力，在文学、艺术、哲学、美学、经学、史学、语言学和考古学等诸多学术领域，成就斐然，名作如林，"其学术世界之洪波浮燏、光风霁月，则莫测其弘深瑰丽，显示了真正学术大师之'大'、哲匠之'哲'、巨灵之'灵'。"④ 王国维曾在《三十自序》中，对于自身的学术有过如下评价："以余境之贫薄，而体之屡弱也，又每日为学时间之寡也，持之以恒，尚能小有所就，况财力精力之倍于余者，循序而进，其所造岂有量哉！故书十年间之进步，非徒以为责他日进步之券，亦将以励今之人使不自馁也。若夫余之哲学上及文学上之撰述，其见识文采亦诚有过人者，此则汪氏中所谓'斯有天致，非由人力，虽情符曩哲，未足多矜'者。"⑤ 其自谦之中所吐露出来的对于承担中国学术为己任的自信，已跃然纸上。

深厚的中西学术素养，毕生以学术为己任的执著追求，使王国维当仁不让地成为中国近现代之交包括诗学在内的现代学术转型的开路先锋。诚如陈寅恪在追悼王国维时所由衷赞叹的："自昔大师巨子，其关系于民族盛衰、学术兴废者，不仅在能承续先哲将坠之业，为其托命之人，而尤在能开拓学术之区宇，补前修所未逮。故其著作可以转移一时之风气，以示来者以轨则也。先生之学博矣，精矣，几若无涯岸之可望、辙迹之可寻。"⑥

---

① 王国维：《教育小言十则》，《王国维文集》第三卷，中国文史出版社 1991 年版，第 88 页。

② 王国维：《教育小言十则》，《王国维文集》第三卷，中国文史出版社 1991 年版，第 88 页。

③ 关于这一点，相关学者已多有论述，本文在此不多赘述。

④ 姚淦铭、王燕：《王国维文集·前言》，中国文史出版社 1991 年版，第 1 页。

⑤ 王国维：《静安文集续编·自序一》，《王国维文集》第三卷，中国文史出版社 1991 年版，第 472 页。

⑥ 陈寅恪：《王静安先生遗书序》，《陈寅恪集》，三联书店 2003 年版，第 248 页。

第二节　王国维对诗学话语的关注与中西"化合"说的提出

一、新学语的输入及挑战

新的学术话语的输入，是近代中国"文学上一最著之现象"。① 王国维指出，早在数十年前的咸（丰）、同（治）年间，随着新成立的上海、天津译书局对于西洋书籍的翻译，来自异域的新学语就已经在中国出现，只是由于当时所译之书，基本上不出数学与历学等形而下学的自然学科范畴，并不关涉哲学、文学等形而上学的思想层面，"故虽有新字新语，于文学上尚未有显著之影响也"。② 但随着近代以来对于西洋形上之学的译介，特别是"侯官严氏（复）所译之赫胥黎《天演论》出，一新世人耳目，……嗣是以后，达尔文、斯宾塞之名，腾于众人之口，物竞天择之语，见于通俗之文"。③ 译自西洋的新学语，"以混混之势，而侵入我国之文学界"，④ 成为中国文学界必须予以关注并进行理性思考的一个理论话题。

新学语为何如此"骎骎而入中国"？⑤ 在王国维看来，言语是思想的代表，而新学语的输入，最直接的意味就是新思想的输入。对于外来新思想之于本国学术思想的影响，王国维直言其"大"。他指出，中国先秦时期，王室衰微，诸侯并起，百家争鸣，是为中国学术思想原创的时代，所谓"自周之衰，文王、周公势力之瓦解也，国民之智力成熟于内，政治之纷乱乘之于外，上无统一之制度，下迫于社会之要求，于是诸子九流各创其学说，于是道德政治文学上，灿然放万丈之光焰，此为中国思想之能动时代"。⑥ 由秦入汉，天下太平，武帝"罢黜百家，独尊儒术"，学者只知守成，不思创造，先秦时期的活跃的学术思想至西汉开始出现停滞，所谓"其时新遭秦火，儒家唯以抱残守缺为事，其为诸子之学者，亦但守其师说，无创作之思想，学

---

① 王国维：《论新学语之输入》，《王国维文集》第三卷，中国文史出版社1991年版，第40页。
② 王国维：《论新学语之输入》，《王国维文集》第三卷，中国文史出版社1991年版，第41页。
③ 王国维：《论近年之学术界》，《王国维文集》第三卷，中国文史出版社1991年版，第37页。
④ 王国维：《论新学语之输入》，《王国维文集》第三卷，中国文史出版社1991年版，第41页。
⑤ 王国维：《论新学语之输入》，《王国维文集》第三卷，中国文史出版社1991年版，第41页。
⑥ 王国维：《论近年之学术界》，《王国维文集》第三卷，中国文史出版社1991年版，第36页。

界稍稍停滞矣"。^① 东汉末年，佛祖东来，中国学术思想已呈凋敝之状态，中国开始以被动之状态来接受异域佛教的影响，一直延续至六朝唐代，直到宋代儒学家用中土思想来调和印度佛学，中国思想界才在受动之情状下稍带了些能动的性质，所谓"佛教之东，适值吾国思想凋敝之后，当此之时，学者见之，如饥者之得食，渴者之得饮，担簦访道者，接武于葱岭之道，翻经译论者，云集于南北之都，自六朝至于唐室，而佛陀之教极千古之盛矣。此为吾国思想受动之时代。然当是时，吾国固有之思想与印度之思想互相并行而不相化合，至宋儒出而一调和之，此又由受动之时代出而稍带能动之性质者也"。^② 而从两宋到近代，中国思想再次陷于停滞与受动之状态，被动地接受来自西洋的新思想，所谓"自宋以后以至本朝，思想之停滞略同于两汉，至今日而第二之佛教又见告矣，西洋之思想是也"。^③ 在这里，通过对于中国思想发展历程的追溯，王国维意在表明，一国思想的停滞与凋敝，伴之而来的是外来思想的侵入，两汉之际的印度佛教是这样，近代以来的西洋思想也是如此。而作为思想外在表达的言语，近代以来的西洋新学语在中国的输入，显然是近代中国引入西洋新思想的必然反映和结果。

新学语是与新思想伴生的。正如王国维所指出的，由于"事物之无名者，实不便于吾人之思索"，^④ 所以，在引入、传播外来新思想新事物之时，如何为这些异质的新思想新事物量身打造出适当的新译名词，既是"不得不造新名"的无奈之举，^⑤ 也是本土学术话语在接受外来语汇时无可回避的挑战。王国维专门探讨了近代中国用汉字新译西洋名词术语的两种常用方法：一种是由近代中国著名学者严复开创的用中国旧有古语生造西洋学术译名的方法。在严氏所译中，最为人所称道的，无疑是其用中国的古语"天演"来译西洋赫胥黎（Henry Huxley）的"Evolution"。尽管严复对于自己的翻译极为自信，王国维也肯定其用中国古语来迻译西洋新术语"工者固多"，但依然指出"其不当者亦复不少"。^⑥ 比如严复用"宇"和"宙"来分别翻译英文中的"Space"（空间）和"Time"（时间），王国维认为，如果是用中国

---

① 王国维：《论近年之学术界》，《王国维文集》第三卷，中国文史出版社 1991 年版，第 36 页。
② 王国维：《论近年之学术界》，《王国维文集》第三卷，中国文史出版社 1991 年版，第 36 页。
③ 王国维：《论近年之学术界》，《王国维文集》第三卷，中国文史出版社 1991 年版，第 36 页。
④ 王国维：《论新学语之输入》，《王国维文集》第三卷，中国文史出版社 1991 年版，第 41 页。
⑤ 王国维：《论新学语之输入》，《王国维文集》第三卷，中国文史出版社 1991 年版，第 41 页。
⑥ 王国维：《论新学语之输入》，《王国维文集》第三卷，中国文史出版社 1991 年版，第 41 页。

古语中的"宇"和"宙"来对译英文中的"Infinite Space"（无限之空间）和"Infinite Time"（无限之时间），这是可以的，但是，由于"Space"（空间）仅为"Infinite Space"（无限之空间）的在空间中一小部分，"Time"（时间）也仅为"Infinite Time"（无限之时间）的在时间上的一小段，所以断不能用仅表示一小部分空间的"Space"即为"宇"，而把仅代表一小段时间的"Time"视为"宙"，以"宇宙"来代指"Space time"是用部分来代替整体，犯了概念论上的错误。按照王国维的意见，用中国古语翻译西洋术语，好处是古语中国古以有之，如移译恰当，易被国人所接受，但坏处是古语为中国所固有，并有明确的意指，而所译西洋新名物又为中国所未有，以固有的有明确含义的古名词来表自身未有的外来的新事物，即便是博雅如"侯官严氏所译之《名学》，古则古矣，其如意义之不能了然，何以吾辈稍知外国语者观之，毋宁手穆勒《原书》之为快也"，[①] 其难度可想而知。另一种是近代以来国人采用的直接移用日译西洋名物的方法。近代以降，日本在学习借鉴西洋方面走在了中国的前面，借日本之中介来输入西洋新思想，一直是近代中国学习借鉴西洋的一个重要路径，在西洋新学语的输入的这一点上更是尤为突出。众所周知，近代中国对于西洋思想著作的翻译，很多都是从日文转移的，不仅许多专业的名词术语，甚至像哲学（Philosopher）、文学（Literature）这样的学科名称，都是直接移用日本所迻译西语的汉文。对于日译新学语在近代中国的大量出现，王国维认为主要原因有二：一是日译新学语，经过日本相关专家数十年的考究、改正，已有相当的成绩，直接节取日人之译语，省去了自己创造的困难，"因袭之易，不如创造之难"[②]；二是日中两国文化相通，学术交流频繁，"有交通之便，无扞格之虞"[③]。但同时，王国维也指出，日人之译虽然可以提供方便，但其所译并非绝对精确。比如对于哲学中的两个重要概念"Idea"和"Intuition"，日译为"观念"和"直观"，王国维就认为，"Idea"和"Intuition"所含之意甚广，"观念"和"直观"的译法都未能完全传达原意，"夫'Intuition'者，谓吾心直觉五官之感觉，故听嗅尝触，苟于五官之作用外加以心之作用，皆谓之'Intuition'，不独目之所观而已。'观念'亦然。观念者，谓直观之事物。其物既

---

① 王国维：《论新学语之输入》，《王国维文集》第三卷，中国文史出版社 1991 年版，第 43 页。

② 王国维：《论新学语之输入》，《王国维文集》第三卷，中国文史出版社 1991 年版，第 42 页。

③ 王国维：《论新学语之输入》，《王国维文集》第三卷，中国文史出版社 1991 年版，第 42 页。

去，而其象留于心者，则但谓之观，亦有未妥"①。生造新字新语如此之难，则新学语的输入之于近代中国文学界的挑战，自然成为王国维关注的焦点。

二、王国维对于中西诗学话语特征的概括与分析

言语，是思想的外在表达；而一个国家民族在思想方面的思维类型，则直接决定了其在话语言说方面的鲜明特征。正如王国维所指出的："夫言语者，代表国民之思想者也，思想之精粗广狭，视言语之精粗广狭以为准，观其言语，而其国民之思想可知矣。周、秦之言语，至翻译佛典之时代而苦其不足；近世之言语，至翻译西籍时而又苦其不足，是非独两国民之言语间有广狭精粗之异焉而已，国民之性质各有所特长，其思想所造之处各异故。其言语或繁于此而简于彼，或精于甲而疏于乙，此在文化相若之国犹然，况其稍有轩轾者乎？"② 所以，通过对于一个国家民族的思想类型进行分类和探讨，来概括和分析其在诗学话语方面的特征，在王国维的眼里不失为一个科学而有效的方法。

名学（逻辑学的旧称），作为研究思维的形式和规律的科学，是最能反映和代表一个国家民族的思维类型和特征的。王国维指出，名学在中国和西方很早就已出现，其中，中国名学的代表是先秦时期的墨子和荀子，西方名学的代表则是芝诺和亚里斯多德，在中西名学之间"比而论之"，对于揭示中西思维的类型和特征是"最有兴味之事实"。③ 关于中国的名学，王国维首推墨子，视其为中国名学之祖。王国维认为，墨子名学中最有价值的部分是其《小取》篇中对于推理缪妄产生于"比类"（Analogy）的原因分析，所谓"物有以同而不，率遂同，辞之俦也。有所至而正。其然也，有所以然也，（其然也）同（句），其所以然也不必同。其取之也，有所以取之。其取之也同（句），其所以取之不必同。是故辟、俦、援、推之辞，行而异，转而危，远而失，流而离本，则不可不审也"④，以及由此而来的对于推理所得的四种分类："时而然"、"是而不然"、"一害而一不害"和"一是而一不是"。细分墨子的推理分类，王国维认为这实际上已经触及到了西洋亚里斯

---

① 王国维：《论新学语之输入》，《王国维文集》第三卷，中国文史出版社 1991 年版，第 42 页。
② 王国维：《论新学语之输入》，《王国维文集》第三卷，中国文史出版社 1991 年版，第 40 页。
③ 王国维：《周秦诸子之名学》，《王国维文集》第三卷，中国文史出版社 1991 年版，第 219 页。
④ 墨子：《小取》，见王国维：《周秦诸子之名学》，《王国维文集》第三卷，中国文史出版社 1991 年版，第 220 页。

多德的名学中对于"言词暧昧之缪妄"（Fallacy of Equivocation）和"偶然性之谬妄"（Fallacy of Accident）所作的推理分析，"自形式上观之，……，无甚差别"①。但相较于亚里斯多德完备系统的名学，王国维坦言，墨子名学的最大差距是仅列举推理之真妄的事实，而不作进一步的推理法则的逻辑推演，"墨子虽列举事实，而不能发见抽象之法则，以视雅里大德勒（今译亚里斯多德。——引者注）之谬妄论，遂不免鲁卫之于秦晋，是则可惜者也"②。墨子之后，王国维盛赞荀子的名学"实我国名学上空前绝后之作也"③。在王国维看来，荀子的名学是从经验论出发去建设概念论的，其要旨有三：1. 对于"名""实"约定俗成关系的说明，"后王之成名，刑名从商，爵名从周，文名从礼，散名之加于万物者，则从诸夏之成俗曲期；远方异俗之乡，则因之以为通。"④ 2. 对于名之确立标准的说明，"然则所为有名，（与）所缘有（以）同异，与制名之枢要，不可不察也。……然则何缘而以同异？曰：缘天官。凡同类同情者，其天官之意物也同，故比方之疑似而通。是所以共其约名以相期也。形体、色、理，以目异；声音清浊，调竽奇声，以耳异；甘苦、咸淡、辛酸、奇味，以口异；香、臭、芬、郁、腥、臊、酒、酸、奇臭，以鼻异；疾、养、热、滑、铍、轻、重，以形体异；说、故、喜、怒、哀、乐、爱、恶、欲，以心异。心有征知。征知，则缘耳而知声可也，缘目而知形可也。然而征知必待夫天官之当薄其类然后可也。五官薄之而不知，心征之而无说，则人莫不然谓之不知。此所缘而以同异也。"⑤ 3. 对于"共名""别名""宜名""实名""善名"分类的说明，"知异实者之异名也，故使异实者莫不异名也，不可乱也，犹使异（同）实者莫不同名也。故万物虽众，有时而欲遍举之，故谓之'物'。'物'也者，大共名也。推而共之，共则有共，至于无共然后止。有时而欲偏举之，故谓之'鸟兽'。'鸟兽'也者，大别名也。推而别之，别则有别，至于无别然后止。……名无固宜，约之以命，约定俗成谓之宜，异于约谓之不宜。名无固

① 王国维：《周秦诸子之名学》，《王国维文集》第三卷，中国文史出版社1991年版，第220—221页。

② 王国维：《周秦诸子之名学》，《王国维文集》第三卷，中国文史出版社1991年版，第222页。

③ 王国维：《周秦诸子之名学》，《王国维文集》第三卷，中国文史出版社1991年版，第222页。

④ 荀子：《正名》，见王国维：《周秦诸子之名学》，《王国维文集》第三卷，中国文史出版社1991年版，第222页。

⑤ 王国维：《周秦诸子之名学》，《王国维文集》第三卷，中国文史出版社1991年版，第224—225页。

实，约之以命实，约定俗成谓之实名。名有固善，径易而不拂，则谓之善名。……物有同状而异所者，有异状而同所者，可别也。状同而为异所者，虽可合，谓之二实。状变而实无别而为异者，谓之化。有化而无别，谓之一实。此事之所以稽实定数也。此制名之枢要也。"① 相较于西洋名学，王国维认为在某些方面荀子的名学足可与之"比肩"，如荀子以"天官"论名之标准的制定，"非于知识论上有深邃之知识者不能道也。自西洋古代哲学家以至近世之汗德（Kant），皆以直观（Perception）但为感性（Sensibility）之作用而无悟性（Understanding）之作用存乎其间。易言以明之，但为五官之作用，而非心之作用也。唯叔本华（Schopenhouer）于其充足理由之论文中，证明直觉中之有睿智的性质（Intellectual character）。……不过荀子此节之注脚而已。"② 而荀子对于"功名"与"别名"的分类，等同于西洋名学"类概念"（Genus）与"种概念"（Species）的区别，"宜名"、"实名"、"善名"的分类，也几可与柏庚所谓"市场之偶像"和汗德所谓"先天之欢迎"相互参。但唯其名学立脚地全在经验论，"于推理论一方面不能发展墨子之说"③，让王国维为其不能达至亚里斯多德之逻辑推演而扼腕长叹。

在王国维看来，中西名学间的差异直观地表现了中西方思维形式上的差异和各自特征。如果说中国人的思维是一种具象化、经验论的思维类型的话，那么西方人则是另一种抽象化、逻辑论的思维类型。这不仅可以解释中西名学的不同发展命运，"夫（中国）战国议论之盛，不下于印度六哲学派及希腊诡辩学派之时代。然在印度，则足目出，而从数论声论之辩论中抽象之而作因明学，陈那继之，其学诡定。希腊则有雅里大德勒自哀利亚派诡辩学派之辩论中抽象之而作名学。而在中国则惠施、公孙龙等所谓名家者流，徒骋诡辩耳，其于辩论思想之法则，固彼等之所不论，而亦其所不欲论者也。故我中国有辩论而无名学"④，更成为制约中西诗学话语的内在根源，诚如王国维本人在《论新学语之输入》一文中所概括的：

> 我国人之特质，实际的也，通俗的也；西洋人之特质，思辨的也，

———————————

　　① 王国维：《周秦诸子之名学》，《王国维文集》第三卷，中国文史出版社1991年版，第226—227页。

　　② 王国维：《周秦诸子之名学》，《王国维文集》第三卷，中国文史出版社1991年版，第225页。

　　③ 王国维：《周秦诸子之名学》，《王国维文集》第三卷，中国文史出版社1991年版，第222页。

　　④ 王国维：《论新学语之输入》，《王国维文集》第三卷，中国文史出版社1991年版，第40页。

科学的也，长于抽象而精于分类，对世界一切有形无形之事物，无往而不用综括（Cenerafization）及分析（Specification）之二法，故言语之多，自然之理也。吾国人之所长，宁在于实践之方面，而于理论之方面则以具体的知识为满足，至分类之事，则除迫于实际之需要外，殆不欲穷究之也。……故我中国有辩论而无名学，有文学而无文法，足以见抽象与分类二者，皆我国人之所不长。①

三、王国维的中西"化合"说

近代以降，随着西学东渐带来的中西文化的交流与碰撞，有关中西文化之间的体用之争甚嚣尘上。其中，有代表性的有王韬的"道器"说，"形而上者，中国也，以道胜；形而下者，西人也，以器胜。如徒颂西人，而贬己所守，未窥为治之本原者也"；②有左宗棠的"理事"说，"中国以义理为本，艺事为末；外国以艺事为重，义理为轻"；③郑观应的"本末主辅"说，"中学其本也，西学其末也。主以中学，辅以西学。知其缓急，审其变通"；④而张之洞综合以上各家之说所总结出的"中学为体，西学为用"⑤，流布甚广，"举国以为至言"⑥。

在学术研究上，王国维坚决反对人为制造的中西对立，"学之义不明于天下，久矣！今之言学者，有新旧之争，有中西之争，有有用之学与无用之学之争。余正告天下曰：学无新旧也，无中西也，无有用无用也。凡立此名者；均不学之徒，即学焉而未尝知学者也"⑦，明确主张中西互补、融会贯通，"余谓中西二学，盛则俱盛，衰则俱衰，风气既开，互相推助。且居今日之世，讲今日之学，未有西学不兴而中学能兴者；亦未有中学不兴而西学

---

① 王国维：《论新学语之输入》，《王国维文集》第三卷，中国文史出版社1991年版，第40—41页。

② （清）王韬：《韬园尺牍》，中华书局1959年版，第30页。

③ （清）左宗棠：《同治五年十三日左宗棠折》，转引自：《洋务运动》（5），上海人民出版社1961年版，第8页。

④ （清）郑观应：《西学》，《郑观应集》上册，上海人民出版社1982年版，第276页。

⑤ （清）张之洞：《劝学篇·外篇·设学第三》，见罗炳良主编：《劝学篇》，华夏出版社2002年版，第94页。

⑥ 梁启超：《清代学术概论》，复旦大学出版社1985年版，第79页。

⑦ 王国维：《国学丛刊序》，见《求善·求美·求真——王国维文选》，上海远东出版社1997年版，第110页。

能兴者"①。从总的方法论的角度言之，王国维引"知全"与"致曲"之辩证关系，述融通中西之必要，"夫天下之事物，非由全不足以知曲，非致曲不足以知全，虽一物之解释，一事之决断，非深知宇宙人生之真相者，不能为也。而欲知宇宙人生者，虽宇宙中之一现象，历史上一事实，亦未始无所贡献，故深湛幽渺之思，学者有所不避焉；迂远繁琐之讥，学者有所不辞焉。事物无大小，无远近，苟思之，得其真，纪之得其实，极其会归，皆有裨于人类之生存福祉，己不竟其绪，他人当能竟之；今不获其用，后世当能用之，此非苟且玩愒之徒所能知也！学问之所以为古今中西所崇敬者，实由于此。"② 从具体的话语层面言之，王国维强调，言语乃思想之代表，中西互有短长，西洋长于抽象精于分类，而短于"抽象之过往往泥于名而远于实"，③ 中国则长于实践而缺乏抽象与分类，双方相互融通，取长补短，"固自然之势也"。④ 王国维曾以近代知名学者辜鸿铭的英译《中庸》为例，对于融通中西哲学话语的必要性作过深入分析。他指出，《中庸》作为中国古代儒家哲学之"渊源"，其在中国哲学史上的重要地位自不待言，辜氏首选《中庸》作为英译，"亦可谓知务者矣"⑤，但《中庸》作为中国古代哲学的代表作，与西洋的近代哲学在话语言说上是"固不相同"的，而这一点却恰恰为辜氏所忽视。比如，《中庸》里的核心范畴"诚"：

> 诚者，天之道也。诚之者，人之道也。诚者不勉而中，不思而得，从容中道，圣人也。诚之者，择善而固执之者也。……自诚明谓之性，自明诚谓之教。诚则明矣，明则诚矣。……唯天下至诚，为能尽其性。能尽其性，则能尽人之性。能尽人之性，则能尽物之性。能尽物之性，则可以赞天地之化育。可以赞天地之化育，则可以与天地参矣。⑥

---

① 王国维：《国学丛刊序》，见《求善·求美·求真——王国维文选》，上海远东出版社 1997 年版，第 112 页。

② 王国维：《国学丛刊序》，见《求善·求美·求真——王国维文选》，上海远东出版社 1997 年版，第 112 页。

③ 王国维：《论新学语之输入》，《王国维文集》第三卷，中国文史出版社 1991 年版，第 41 页。

④ 王国维：《论新学语之输入》，《王国维文集》第三卷，中国文史出版社 1991 年版，第 41 页。

⑤ 王国维：《书辜氏汤生英译〈中庸〉后》，《王国维文集》第三卷，中国文史出版社 1991 年版，第 44 页。

⑥ 李学勤主编：《礼记正义》，北京大学出版社 1999 年版，第 1447—1148 页。

王国维认为，虽然可以把"诚"视作一个"为宇宙之根本"的哲学范畴，但与西洋哲学中一些带有本原意义的范畴，如裴希脱（Fichte）之"Ego"、解林（Schelling）之"Absolut"、海格尔（Hegel）　"Idea"、叔本华（Schopenhaue）之"Will"、哈德曼（Hartmann）之"Unconscious"等范畴相比，"诚"与中国哲学中其他相类似的范畴，如"道"、"太极"、"太虚"、"理"等一样，在概念使用上具有极强的易变性和流动性，所涵盖的意义也颇宽泛，不管是天道还是人伦，皆用此语来表达，并不让人觉得有混乱之感。反观辜氏的翻译，为表示出"诚"的不同意思，用了很多西洋的哲学语汇来与"诚"对译，用它们来分别翻译"诚"的不同意义，由此产生不连贯不统一的弊病。与之相关联的是对《中庸》的语句的翻译。王国维指出，与西洋哲学逻辑谨严的话语形态截然不同的是，中国哲学的行文相对比较随意，在逻辑思维和条理方面远没有西洋哲学那样精密，"夫（中国）古人之说，固未必悉有条理也，往往一篇之中，时而说天道，时而说人事。岂独一篇中而已，一章之中，亦复如此。幸而其所用之语，意义甚为广漠，无论说天说人时，皆可用此语，故不觉其不贯串耳"。① 而一旦忽视中西哲学话语间的差异，完全用西洋哲学话语来移译中国古代哲学，由此而来的病谬自然难免。比如辜氏对于《中庸》"诚则形，形则著，著则明，明则动，动则变，变则化。"的英译：

> Where there is truth, there is substance. Where there is substance, there is reality. Where there is reality, there is intelligence. Where there is intelligence there is power. Where there is power, there is influence. Where there is influence, there is creation. ②

王国维指出，《中庸》的这段话明明是就人事而言，但辜氏的英译用"truth"，"substance"、"reality"等西洋形而上学之语（Metaphysical Terms）后，俨然成为一种西洋哲学式的有关"正义"、"实体"、"实在"的形上阐释，而中国

① 王国维：《书辜氏汤生英译〈中庸〉后》，《王国维文集》第三卷，中国文史出版社 1991 年版，第 45—46 页。

② 王国维：《书辜氏汤生英译〈中庸〉后》，《王国维文集》第三卷，中国文史出版社 1991 年版，第 46 页。

哲学的原意在全然西洋化的哲学话语的"翻译"下荡然无存，"若译之为他国语，则他国语之与此语（中国学术话语）相当者，其意义不必若是之广，即令其意义对于此语，或广于此语，然其所得应用之处，不必尽同，故不贯串不统一之病，自不能免。而欲求其贯串统一，势不能不用意义更广之语，然语意愈广者，其语愈虚。于是古人之说之特质渐不可见，所存者其肤廓耳。"①

作为一位深处中西文化激烈冲撞之中的近代学人，王国维对于中西学术话语的长处和不足是深有体会的。一方面，他批评故步自封于旧学者的抱残守缺："学问虽博而无一贯之系统，或迂疏自是而不屑受后进之指挥，不过如商彝周鼎藉饰观瞻而已"②，直言中国乏抽象之力，不如西洋学术话语"言语之多"，在学术上尚未达"自觉（Self-consciousness）之地位"。但另一方面，对于西洋学术话语抽象太过泥于名而失于实的弊端，他也保持清醒的认识。在他看来，近代中国之学术界，要寻求学术之发达，必须打破中外之见，实现中西双方从思维方式到学术话语的融通，也即他所说的"化合"。③

第三节　《〈红楼梦〉评论》：引入西洋诗学研究范式的尝试

一、《〈红楼梦〉评论》的理论"立脚地"与新的批评观念的引入

1904 年，王国维的《〈红楼梦〉评论》的发表，因其批评理论的"立脚地"全在叔本华而聚讼纷纭。对于王国维《〈红楼梦〉评论》的这一理论"立脚地"，过往的研究往往纠缠于王国维所引叔本华理论的具体内容，而有意无意间忽略了王国维引叔本华之说用于《〈红楼梦〉评论》的真正用意及其对中国现代文学批评的理论指向。

按照王国维自己的记述，1904 年前后，正值其"与叔本华之书为伴侣"并对叔本华学说"心怡神释"的重要时期。④ 而据相关学者考订，1904 年在

---

① 王国维：《书辜氏汤生英译〈中庸〉后》，《王国维文集》第三卷，中国文史出版社 1991 年版，第 46 页。

② 王国维：《教育小言十则》，《王国维文集》第三卷，中国文史出版社 1991 年版，第 83 页。

③ 王国维：《论近年之学术界》，《王国维文集》第三卷，中国文史出版社 1991 年版，第 36 页。

④ 王国维：《静安文集·自序》，《王国维文集》第三卷，中国文史出版社 1991 年版，第 469 页。

《〈红楼梦〉评论》发表之前，王国维还有两篇重要的关于叔本华的文章发表，[①] 就是《叔本华像赞》和《叔本华之哲学及其教育学说》。前者是王国维以高山仰止之心情，抒发的对于叔本华的热情礼赞：

> 人知如轮，大道如轨。东海西海，此心此理。在昔身毒，群圣所都。《吠陀》之教，施于佛屠。亦越柏氏，雅典之哲。悼兹众愚，观影于穴。汗德晚出，独辟启涂。铸彼现象，出我洪炉。觥觥先生，集其大成。载厚其址，以筑百城。刻楠飞甍，俯视星斗。懦夫骇马，流汗却走。天眼所观，万物一身。搜源去欲，倾海量仁。嗟予冥行，百无一可。欲生之戚，公既诏我。公虽云亡，公书则存。愿言千复，奉以终身。[②]

后者则是王国维从知识论、形而上学、美学、伦理学等角度详述叔本华哲学及其教育学说的长篇论文。[③] 从知识论上讲，王国维指出，在西方哲学发展史上，康德之前的哲学家，就知识的本质之问题，都是持素朴实在论，即视外物先于知识而存在，而知识起于对外物的经验。康德知识论则一反素朴实在论的经验论基础，先验地设定人的知识的观念性质和仅存于人的感性和悟性的范围，将物自体视为外在于人的经验之外的世之本原，人的认识非是物之本体而是现象而已。而叔本华在知识论上，既承康德之知识观念论之说，谓一切万物皆有充足理由之原理决定，世界者非物自身，不过吾人之观念；又以意志之客观化可达至物之自身的直观，补救康德知识论对于物之自身认识的怀疑，"于是汗德矫休蒙之失，而谓经验的世界，有超绝的观念性与经验的实在性者，至叔本华而一转，即一切事物，由叔本华氏观之，实有经验的观念性而有超绝的实在性者也。"[④] 从形而上学上讲，王国维指出，西方的形而上学从古希腊的柏拉图到近代的莱布尼兹，都是偏重于知力方面，即视

① 参阅佛雏：《王国维诗学研究》附录部分王国维诗学著述系年，北京大学出版社 1999 年版，第 434 页。

② 王国维：《叔本华像赞》，《王国维文集》第三卷，中国文史出版社 1991 年版，第 313—314 页。

③ 王国维的这篇文章有较大篇幅谈叔本华的教育学说，由于叔本华的教育学说与王国维的文学批评之间没有多少直接关联，故这里略去王国维对叔本华教育学说的介绍。

④ 王国维：《叔本华之哲学及其教育学说》，《王国维文集》第三卷，中国文史出版社 1991 年版，第 319—320 页。

知力为世界及人之本体，其间虽有圣奥古斯丁和康德强调人的意志的价值，但没有从根本上动摇西方形而上学主知论的传统。及叔本华出，推意志为世界及人之第一原质，而以知力为第二原质，明意志与知力之关系，知力由意志生，并为意志所作用，将西方形而上学的根基逐渐由主知转向主意，"此则叔氏之大有造于斯二学者（形而上学）也"。① 从美学上讲，王国维指出，叔本华的意志论揭示了生活之欲的本质，"吾人之本质，既为意志矣，而意志之所以为意志，有一大特质焉：曰生活之欲。何则？生活者非他，不过自吾人之知识中所观之意志也。吾人之本质，既为生活之欲矣。故保存生活之事，为人生之唯一大事业。且百年者，寿之大齐。过此以往，吾人所不能暨也。于是向之图个人之生活者，更进而图种姓之生活，一切事业，皆起于此。吾人之意志，志此而已；吾人之知识，知此而已。既志此矣，既知此矣，于是满足与空乏，希望与恐怖，数者如环无端，而不知其所终；目之所观，耳之所闻，手足所触，心之所思，无往而不与吾人利害相关，终身仆仆而不知所税驾者，天下皆是也"②；并提出了美术的救济之道，"唯美之为物，不与吾人之利害相关系，而吾人观美时，亦不知有一己之利害。……而美之中，又有优美与壮美之别。……然此二者之感吾人也，因人而不同；其知力弥高，其感之也弥深。独天才者，由其知力之伟大，而全离意志之关系，故其观物也，视他人为深，而其创作之也，与自然为一。故美者，实可谓天才之特殊物也"。③ 从伦理学上讲，王国维指出，叔本华在伦理学上持经验的定业论，与超绝的自由论，与其知识论上的经验的观念论，与超绝的实在论，如出一辙，他的伦理学也自康德伦理学出，"而又加以系统的说明者也"。④ 从知识论至形而上学再由形而上学入美学、伦理学，在对西方哲学有深刻了解的王国维看来，叔本华哲学无疑在体系的严整性、语言的明晰性、材料的丰富性和论证的直观性上，达到了超迈前人、陵轹古今的伟大地位。康德和叔本华，是王国维最仰慕的两位大哲学家，但比之康德，王国维更加

---

① 王国维：《叔本华之哲学及其教育学说》，《王国维文集》第三卷，中国文史出版社 1991 年版，第 321 页。

② 王国维：《叔本华之哲学及其教育学说》，《王国维文集》第三卷，中国文史出版社 1991 年版，第 321 页。

③ 王国维：《叔本华之哲学及其教育学说》，《王国维文集》第三卷，中国文史出版社 1991 年版，第 321—322 页。

④ 王国维：《叔本华之哲学及其教育学说》，《王国维文集》第三卷，中国文史出版社 1991 年版，第 324 页。

肯定叔本华："哲学者，世界最古之学问之一，亦世界进步最迟之学问之一也。自希腊以来，至于汗德之生，二千余年，哲学上之进步几何？自汗德以降，至于今百有余年，哲学上之进步几何？其有绍述汗德之说，而正其误谬，以组织完全之哲学系统者，叔本华一人而已矣。而汗德之学说，仅破坏的，而非建设的。……叔氏始由汗德之知识论出而建设形而上学，复与美学伦理学以完全之系统，然则视叔氏为汗德之后继者，宁视汗德为叔氏之前驱者为妥也。"①

对照王国维的《〈红楼梦〉评论》，以叔本华哲学学说为其文学批评的理论出发点，是显而易见的。《〈红楼梦〉评论》中关于《红楼梦》对于人类生活之余的概观、《红楼梦》的精神、美学及伦理学上价值的评价，完全是依据其所述叔本华哲学的知识论、形而上学、美学和伦理学这四个角度递次展开的，一些具体的理论引述也直接与《叔本华之哲学及其教育学说》雷同。但与《叔本华之哲学及其教育学说》不同的是，《〈红楼梦〉评论》着眼的是用叔本华学说来对《红楼梦》这部文学作品进行文学及美学的评价，而非是像《叔本华之哲学及其教育学说》那样着眼于叔本华哲学学说的理论说明。也就是说，王国维在《〈红楼梦〉评论》中引叔本华学说，不过是将其作为文学评论的一个理论"立脚地"，一个从事文学评论的理论出发点而已。对于哲学与文学之间的密切关联，或者说哲学原理对于文学研究的指导作用，王国维是尤为看重的，如其在《奏定经学科大学文学科大学章程书后》一文中所强调的：

> 文学与哲学之关系，其密切亦不下于经学。今天吾国文学之最可宝贵者，孰过于周、秦以前之古典乎？《系辞》、《上下传》实与《孟子》、《戴记》等为儒家最粹之文学，若自其思想言之，则又纯粹之哲学也。今不解其思想，而但玩其文辞，则其文学上之价值已失其大半。此外周、秦诸子，亦何莫不然。自宋以后，哲学渐与文学离，然如《太极图说》、《通书》、《正蒙》、《皇极经世》等，自文辞上观之，虽欲不谓之工，岂可得哉。此外如朱子之于南宋，阳明之于明，非独以哲学鸣，言其文学，亦断非同时龙川、水心及前后七子等之所能及也。凡此诸子之

---

① 王国维：《叔本华之哲学及其教育学说》，《王国维文集》第三卷，中国文史出版社1991年版，第318页。

书，亦哲学，亦文学。今舍其哲学，而徒研究其文学，欲其完全解释，安可得也！西洋之文学亦然。柏拉图之《问答篇》，鲁克来谑斯之《物性赋》，皆具哲学文学二者之资格。……其所欲解释者，皆宇宙人生上根本之问题。不过其解释之方法，一直观的，一思考的；一顿悟的，一合理的耳。读者观格代、希尔列尔之戏曲，所负于斯披诺若汗德如何，则思过半矣。……不解外国哲学之大意而欲全解其文学，是犹却行而求前，南辕而北其辙，必不可得之数也。且定美之标准与文学上之原理者，亦唯可于哲学之一分科之美学中求之。虽有文学上之天才者，无俟此学之教训，而无才者亦不能以此等抽象之学问养成之。然以有此等学故，得使旷世之才稍省其劳力，而中智之人不惑于歧途，其功固不可没也。故哲学之重要，自经学上言之则如彼，自文学上言之则如此。①

哲学既然对文学研究有"定美之标准与文学上之原理"之功，则王国维《〈红楼梦〉评论》引叔本华学说作为文学评论之理论依据，对于一向重感性直观、轻理论依托的中国传统文学批评，无疑是引入了一种全新的批评观念，并将由此引发中国文学批评的深刻变革。

二、《〈红楼梦〉评论》的新见解与新学语的引入

正如王国维在《论新学语之输入》一文中所不断强调的，外来的新的观念思想的引入的同时，即意味着新的学语的引入。在《〈红楼梦〉评论》中，与引入西洋新学说作为文学批评理论立脚地这一崭新文学批评观念一同而来的，就是西洋新的文学批评术语的引入，其中，最具代表性的就是"优美与壮美"和"悲剧中的悲剧"。

"优美与壮美"，是西方近代美学的一对核心范畴。英国十八世纪美学家博克（Edmund Burke）在《论崇高与美》一文中，把美作了两种类型的划分：（优）美与崇高（壮美），并从心理学角度探讨了产生（优）美与崇高的不同的心理根源：（优）美的产生是基于喜悦的爱，以快感为基础；崇高

①　王国维：《奏定经学科大学文学科大学章程书后》，《王国维文集》第三卷，中国文史出版社1991年版，第71—72页。

的产生则基于自我保存的心理，并由此伴随着由自我保存和恐惧而产生的痛感。① 康德（Immanuel Kant）在博克的基础上，进一步从审美关系上说明了（优）美与崇高在审美对象、美感的来源及审美性质等方面的差异：从审美对象来看，（优）美涉及的是对象的形式，而崇高涉及的对象是"无形式的"，也即（优）美的对象的形式是有限的，我们可以凭借感觉把握它的全部形式，而崇高的对象的形式是无限的，它超越了我们的感觉能力，使我们无法感知其全部。从美感的来源来看，（优）美来源于对象的外在形象与人的主观认识目的的和谐，而崇高由于对象的数量和力的无限大，超越了人的感官能力以及悟性和想象力，无法达到与人的主观认识目的的和谐，必须借助于人的心意机能中的理性。从美感性质来看，（优）美是一种积极的快感，而崇高则是一种消极的快感。② 叔本华则保留了康德对于优美与壮美（崇高）的命名及正确的分类，但反对其道德内省和先验假设的分析手段，主张以人的主观方面与对象之间所处的特殊状态，作为区分优美与壮美的标准，"如果是优美，纯粹认识无庸斗争就占了上风，其时客体的美，亦即客体使理念的认识更为容易的那种本性，无阻碍地，因而不动声色地就把意志和为意志服役的，对于关系的认识推出意识之外了，使意识剩下来作为'认识'的纯粹主体，以致对于意志的任何回忆都没留下来了。如果是壮美则与此相反，那种纯粹认识的状况要先通过有意地，强力地挣脱该客体对意志那些被认为不利的关系，通过自由的，有意识相伴的超脱于意志以及与意志攸关的认识之上，才能获得。"③ 从王国维《〈红楼梦〉评论》对于"优美与壮美"的定义看：

> 美之为物有二种：一曰优美，一曰壮美。苟一物焉，与吾人无利害之关系，而吾人之观之也，不观其关系，而但观其物；或吾人之心中，无丝毫生活之欲存，而其观物也，不视为与我有关系之物，而但视为外物，则今之所观者也，非昔之所观者也。此时吾心宁静之状态，名之曰优美之情，而谓此物曰优美。若此物大不利于吾人，而吾人生活之意志

① 参阅［英］博克：《论崇高与美》，见《西方美学家论美和美感》，商务印书馆 1980 年版，第 123 页。

② 参阅［德］康德：《判断力批判》上卷，宗白华译，商务印书馆 1995 年版，第 83—103 页。

③ ［德］叔本华：《作为意志和表象的世界》，石冲白译，商务印书馆 1997 年版，第 282 页。

为之破裂，因之意志遁去，而知力得为独立之作用，以深观其物，吾人谓此物曰壮美，而谓其感情曰壮美之情。①

王国维"优美与壮美"的批评术语，显然是脱胎于西洋康德、叔本华（Arthur Schopenhauer）的。以"优美与壮美"这对美学范畴来评判《红楼梦》，王国维认为《红楼梦》一书是一部饱含优美与壮美的"绝大著作"：以优美论，则惜春、紫鹃是也，"其解脱由于苦痛之阅历，而不由于苦痛之知识。……由非常之知力，而洞观宇宙人生之本质，始知生活与痛苦之不能相离，由是求绝其生活之欲，而得解脱之道。"② 以壮美论，则贾宝玉是也，"彼于缠陷最深之中，而已伏解脱之种子：故听《寄生草》之曲，而悟立足之境；读《胠箧》之篇，而作焚花散麝之想。所以未能者，则以黛玉尚在耳，至黛玉死而其志渐决。然尚屡失于宝钗，几败于五儿，屡蹶屡振，而终获最后之胜利。"③ 在王国维看来，一切文学之目的，在于描写人生苦痛与其解脱之道，使人于此桎梏之世界中，远离生活之欲之争斗；而《红楼梦》中有关优美与壮美的内容"随处有之"，且书中壮美之部分，较多于优美之部分，即便是与欧洲近代文学"第一者"的歌德的《浮士德》相比，《红楼梦》也丝毫不逊色，堪称"宇宙之大著述"。④

"悲剧"是西方文学的传统类型。王国维指出，在西洋众多的悲剧理论中，以亚里斯多德和叔本华的悲剧论述最为精当：前者"于《诗论》中，谓悲剧者，所以感发人之情绪而高上之，殊如恐惧与怜悯之二者，为悲剧中固有之物，由此感发，而人之精神于焉洗涤。故其目的，伦理学上之目的"；⑤ 而后者置诗歌于美术之顶点，又置悲剧于诗歌之顶点，于悲剧之中又有三种之别："第一种之悲剧，由极恶之人，极其所有之能力以交构之者。第二种，由于盲目的运命者。第三种之悲剧，由于剧中之人物之位置及关系而不得不然者；非必有蛇蝎之性质与意外之变故也，但由普通之人物、普通之境遇，逼之不得不如是；彼等明知其害，交施之而交受之，各加以力而各

---

① 王国维：《〈红楼梦〉评论》，《王国维文集》第一卷，中国文史出版社1991年版，第4页。
② 王国维：《〈红楼梦〉评论》，《王国维文集》第一卷，中国文史出版社1991年版，第8页。
③ 王国维：《〈红楼梦〉评论》，《王国维文集》第一卷，中国文史出版社1991年版，第8页。
④ 王国维：《〈红楼梦〉评论》，《王国维文集》第一卷，中国文史出版社1991年版，第9页。
⑤ 王国维：《〈红楼梦〉评论》，《王国维文集》第一卷，中国文史出版社1991年版，第13页。

不任其咎"。① 王国维对于《红楼梦》的悲剧性质和悲剧类型的评述，所沿用的正是亚里斯多德与叔本华的悲剧理论，尤其是后者的第三种悲剧理论。

关于《红楼梦》的悲剧性质，王国维指出，中国文学向以大团圆式的喜剧著称："吾国人之精神，世间的也，乐天的也，故代表其精神之戏曲、小说，无往而不著此乐天之色彩：始于悲者终于欢，始于离者终于合，始于困者终于亨；非是而欲餍阅者之心，难矣。若《牡丹亭》之返魂，《长生殿》之重圆，其最著之一例也。"② 在他看来，中国文学中具厌世解脱之精神者，只有《红楼梦》和《桃花扇》。而两者相比，"《桃花扇》之解脱，非真解脱也；沧桑之变，目击之而身历之，不能自悟，而悟于张道士之一言；且以历数千里，冒不测之险，投缧绁之中，所索之女子，才得一面，而以道士之言，一朝而舍之，自非三尺童子，其谁信之哉？故《桃花扇》之解脱，他律的也；而《红楼梦》之解脱，自律的也。且《桃花扇》之作者，但借侯、李之事，以写故国之戚，而非以描写人生为事。故《桃花扇》，政治的也，国民的也，历史的也；《红楼梦》，哲学的也，宇宙的也，文学的也"。③ 由此，王国维引西洋悲剧理论，不仅视《红楼梦》之悲剧精神"大背于吾国之精神"，而且以《红楼梦》一书中主人公凡是与生活之欲相关系者，无不与苦痛相始终，视《红楼梦》一书为"彻头彻尾之悲剧"。

关于《红楼梦》的悲剧类型，王国维征引了叔本华的第三种类型的悲剧之说。他指出，在叔本华的三种悲剧之说中，最重要、最感人的悲剧无疑是第三种类型的悲剧。至于第三种类型的悲剧在感人方面远胜于第一、第二种类型的悲剧的原因，王国维认为叔本华分析得比较透彻，即第三种类型的悲剧，"彼示人生最大之不幸，非例外之事，而人生之所固有故也。若前二种之悲剧，吾人对蛇蝎之人物与盲目之命运，未尝不悚然战慄；然以其罕见之故，犹幸吾生之可以免，而不必求息肩之地也。但在第三种，则见此非常之势力，足以破坏人生之福祉者，无时不可坠于吾前；且此等惨酷之行，不但时时可受诸己，而或可以加诸人；躬丁其酷，而无不平之可鸣：此可谓天下之至惨也"。④ 在王国维看来，如以叔本华之悲剧学说，则《红楼梦》"正第

① 王国维：《〈红楼梦〉评论》，《王国维文集》第一卷，中国文史出版社1991年版，第11页。
② 王国维：《〈红楼梦〉评论》，《王国维文集》第一卷，中国文史出版社1991年版，第10页。
③ 王国维：《〈红楼梦〉评论》，《王国维文集》第一卷，中国文史出版社1991年版，第10页。
④ 王国维：《〈红楼梦〉评论》，《王国维文集》第一卷，中国文史出版社1991年版，第11—12页。

三种之悲剧也"。且《红楼梦》之悲剧性冲突的核心宝、钗、黛之间的"金玉之缘"与"木石之盟"的冲突：

> 贾母爱宝钗之婉淑，而惩黛玉之孤僻，又信金玉之邪说，而思压宝玉之病；王夫人固亲于薛氏；凤姐以持家之故，忌黛玉之才而虞其不便于己也；袭人惩尤二姐、香菱之事，闻黛玉"不是东风压倒西风，就是西风压倒东风"（第八十一回）之语，惧祸之及，而自同于凤姐，亦自然之势也。宝玉之于黛玉，信誓旦旦，而不能言之于最爱之之祖母，则普通之道德使然；况黛玉一女子哉！由此种种原因，而金玉以之合，木石以之离，又岂有蛇蝎之人物、非常之变故，行于其间哉？不过通常之道德，通常之人情，通常之境遇为之而已。①

所以，王国维比照叔本华赞《哈姆雷特》为"悲剧中的悲剧"之语，谓《红楼梦》"悲剧中之悲剧也"。②

《红楼梦》自清中叶问世以来，一直以"淫词艳语"为人"冷淡遇之"，③而王国维于近现代之交，独排众议，盛赞其为"宇宙之大著述"、"悲剧中之悲剧"，这既有赖于王氏的独具慧眼，也得益于新学语的大胆引用。

三、《〈红楼梦〉评论》与中国现代文学批评范式的确立

与新观念、新学语的引入相映成趣的是，《〈红楼梦〉评论》在批评范式上所体现出来的迥异于中国传统文学批评范式的现代特征。这种现代特征，包括两个方面的内容：其一是对文学研究重心由文学外部转向文学自身的强调；其二是对文学批评现代学术规范的建立。

关于文学的研究重心问题，在二十世纪中国现代诗学发展史上，王国维是率先提出诗学研究重心应回归"文学自己之价值"的第一人。在《论近年之学术界》一文中，他曾对中国近现代之交的诗学不以文学自身价值为研究重心深为忧虑："观近数年之文学，亦不重文学自己之价值，而唯视为政

---

① 王国维：《〈红楼梦〉评论》，《王国维文集》第一卷，中国文史出版社 1991 年版，第 12 页。
② 王国维：《〈红楼梦〉评论》，《王国维文集》第一卷，中国文史出版社 1991 年版，第 12 页。
③ 王国维：《〈红楼梦〉评论》，《王国维文集》第一卷，中国文史出版社 1991 年版，第 9 页。

治教育之手段，与哲学无异。如此者，其亵渎哲学与文学之神圣之罪，固不可逭，欲求其学说之有价值，安可得也！"① 主张"欲学术之发达，必视学术为目的，而不视为手段而后可"，② 在《〈红楼梦〉评论》中，他更是明确提出要使"文学自身之价值"的研究，成为文学批评无可替代的研究重心。

在《〈红楼梦〉评论》的"余论"部分，王国维把传统的对于《红楼梦》所作的"考证式"研究，作了两个类型的归纳：一谓述他人之事，一谓作者自写其生平。关于第一种说"大抵以贾宝玉为即纳兰性德"，王国维以为此说"非为所本"，如性德《饮水诗集·别意》六首之三：独拥余香冷不胜，残更数尽思腾腾。今宵更有随风梦，知在红楼第几层？《饮水词》中《于中好》一阕：别绪如丝睡不成，那堪孤枕梦边城。因听紫塞三更雨，却忆红楼半夜灯。《减字木兰花》一阕：莫教星替，守取团圆终必遂。此夜红楼，天上人间一样愁。"红楼"之字凡三见，又其亡妇忌日作《金缕曲》：此恨何时已，滴空阶寒更雨歇，葬花天气，"葬花"二字，始出于此③。然而以此就认定《红楼梦》的作者即为纳兰氏，王国维则断言其不可，原因很简单，"诗人与小说家之用语，其偶合者固不少。苟执此例以求《红楼梦》之主人公，吾恐其可以傅合者，断不止容若一人而已"。④ 至于第二种以《红楼梦》为作者自道其生平的说法，王国维指出，其说所依不过书中第一回有"竟不如我亲见亲闻的几个女子"一语，"信如此说，则唐旦之《天国戏剧》，可谓无独有偶者矣。然所谓亲见亲闻者，亦可自旁观者之口言之，未必躬为剧中之人物。如谓书中种种境界、种种人物，非局中人不能道，则是《水浒传》之作者必为大盗，《三国演义》之作者必为兵家，此又大不然之说也"。⑤ 在王国维看来，上述"考证式"研究的最大弊病，就是对于文学之兴味不是在文学自身，而是聚讼于文学之外的考证，其《〈红楼梦〉评论》对于文学自身的研究正是出于"破其（传统文学批评）惑"的目的。众所周知，二十世纪世界范围内的诗学在研究重心上有一个重大的转向，就是由关注文学的背境、文学的环境和文学的外因等为主的"外部研究"转向为对于文学自身的

---

① 王国维：《论近年之学术界》，《王国维文集》第三卷，中国文史出版社1991年版，第38页。
② 王国维：《论近年之学术界》，《王国维文集》第三卷，中国文史出版社1991年版，第38页。
③ 以上对于纳兰词的引述见王国维：《〈红楼梦〉评论》，《王国维文集》第一卷，中国文史出版社1991年版，第19—20页。
④ 王国维：《〈红楼梦〉评论》，《王国维文集》第一卷，中国文史出版社1991年版，第20页。
⑤ 王国维：《〈红楼梦〉评论》，《王国维文集》第一卷，中国文史出版社1991年版，第20页。

特性即"文学性"探寻的"内部研究"。比如二十世纪初的西方的俄国形式主义、捷克布拉格学派以及美国"新批评",都是借助对于文学研究重心的转向,来超越传统诗学向现代诗学转型的。而王国维《〈红楼梦〉评论》于近现代之交对于文学研究重心回归文学自身的强调,显然是与世界范围内的现代诗学转向合流的。

关于中国文学批评现代学术规范的建立,在二十世纪中国现代诗学发展史上,王国维同样是倡导建立中国文学批评现代学术规范的第一人。《〈红楼梦〉评论》的主干是由四个内容关联紧密逻辑依次递进的章节构成。其第一章"人生及美术之概观",开篇即对人生之苦于生活之欲而苦痛的悲剧本质做了提纲挈领式的理论概括:"生活之本质何?'欲'而已矣。欲之为性无厌,而其原生于不足。不足之状态,苦痛是也。既偿一欲,则此欲以终。然欲之被偿者一,而不偿者什百。一欲既终,他欲随之。故究竟之慰藉,终不可得也。即使吾人之欲悉偿,而更无所欲之对象,倦厌之情即起而乘之。于是吾人自己之生活,若负之而不胜其重。故人生者,如钟表之摆,实往复于苦痛与倦厌之间者也,夫倦厌固可视为苦痛之一种。"① 并把艺术也即王氏所谓的美术,看作是对人生苦痛的一种解脱或超越,"以其所观于自然人生中者复现之于美术中,而使中智以下之人,亦因其物之与己无关系,而超然于利害之外。……而美之为物有二种:一曰优美,一曰壮美。"② 在概述了生活之苦痛本质和艺术使人远离生活之欲的特有功能之后,王国维认为评价一部文学作品的"标准"也就一目了然了,那就是揭示人生之悲剧本质并以艺术之美使人远离之、超越之。而这也正是王国维接下来评论《红楼梦》所持的"标准"。第二章"《红楼梦》之精神",王国维指出,《红楼梦》一书的精神实质在于揭示出人生本质是深陷于欲念,是一种痛苦,并提出了解脱之道。关于前者,王国维引《红楼梦》首回主人公贾宝玉之神话来历以及一百一十七回宝玉与和尚之论申言之,关于后者,王国维提出了两种解脱之道:一种是于他人苦痛之处而大彻大悟,如惜春、紫鹃,这种解脱是"超自然的"、"神秘的"和"宗教的";另一种是于自身苦痛之中而迷途知返,如宝玉,此种解脱是"悲感的"、"壮美的"和"美术的"。由于王国维坚信生活与艺术之"标准"不外为——"宇宙一生活之欲而已!而此生活之欲之罪过,

---

① 王国维:《〈红楼梦〉评论》,《王国维文集》第一卷,中国文史出版社 1991 年版,第 2 页。
② 王国维:《〈红楼梦〉评论》,《王国维文集》第一卷,中国文史出版社 1991 年版,第 3—4 页。

即以生活之苦痛罚之：此即宇宙之永远的正义也。自犯罪，自加罚，自忏悔，自解脱。美术之务，在描写人生之苦痛与其解脱之道，而使吾侪冯生之徒，于此桎梏之世界中，离此生活之欲之斗争，而得其暂时之平和，此一切美术之目的也。"① 所以，王国维环视中西方的文学，欧洲近世文学推德国诗人歌德的《浮士德》为"第一"，中国二百多年来"大著述"则首推《红楼梦》。第三章"《红楼梦》之美学上之价值"，王国维引西洋叔本华三种悲剧之说，申言《红楼梦》展示的是第三种悲剧，是"彻头彻尾的悲剧"、"悲剧中之悲剧"。第四章"《红楼梦》之伦理学上之价值"，王国维指出，文学的美学价值与伦理学上的价值应是二而合一的，西洋亚里斯多德《诗学》对悲剧的恐惧与怜悯之目的的强调以及叔本华对美术之最终目的与伦理学最终目的的一致性的论述，都表明有伟大美学之价值的文学作品，其在伦理学上的价值同样伟大，以此来考察《红楼梦》在伦理学上之价值，则《红楼梦》之以解脱为理想者，"果足为伦理学上最高之理想"②。以上的四个部分，有总论，有分论；摆观点，下定义；重推理，得结论，条理清楚，层次分明，充分体现了现代学术规范的要求与风范，对于中国文学批评的现代学术规范的建立，无疑起到了重要的示范作用，诚如陈寅恪在总结王国维在文学批评上的贡献时所说的："其著作可以转移一时之风气，……其学术内容及治学方法，……取外来之观念与固有之材料互相参证。凡属于文艺批评及小说、戏曲之作，如《〈红楼梦〉评论》及《宋元戏曲考》、《唐宋大曲考》等是也"。③

新观念、新学语、新学术范式，在中国近现代之交的文学批评上，王国维的《〈红楼梦〉评论》，横空出世，以崭新之姿态，开启了中国文学批评从传统形态向现代形态的过渡，特别是"其方法论上的进步性，在二十世纪初期的我国文坛（包括词学界、戏曲界）上，独树新帜，俨有'截断众流'之势"。④

---

① 王国维：《〈红楼梦〉评论》，《王国维文集》第一卷，中国文史出版社，1991 年，第 9 页。
② 王国维：《〈红楼梦〉评论》，《王国维文集》第一卷，中国文史出版社 1991 年版，第 15 页。
③ 陈寅恪：《王静安先生遗书序》，《陈寅恪集》，三联书店 2003 年版，第 248 页。
④ 佛雏：《王国维诗学研究》，北京大学出版社 1999 年版，第 2 页。

第四节　由"欧穆亚"、"古雅"看王国维对中西诗学话语的"化合"

自 1904 年《〈红楼梦〉评论》发表至 1908 年《人间词话》的问世，王国维在这期间在文学批评上先后发表了《文学小言》（1906 年）、《屈子文学之精神》（1906 年）、《人间嗜好之研究》（1907 年）、《古雅之在美学上之位置》（1907 年）等文章。相较于《〈红楼梦〉评论》而言，这些文学、美学论文出现了以下两个新的特征：其一是其文学批评所依托的文体由小说这个叙事文体转向了诗歌类的抒情文体，；其二是其在文学、美学批评中提出了以"欧穆亚"和"古雅"为代表的新语汇。

一、王国维对于批评文体的转向及屈子诗歌地位的提出

在《〈红楼梦〉评论》中，王国维曾依照德国诗人席勒（Friedrich Schiller）"诗歌者，描写人生者也"的观点，对于文学下了这样的定义："美术中以诗歌、戏曲、小说为其顶点，以其目的在描写人生故"。① 其后，他认为上述定义"未免太狭"，将其更广之为"描写自然及人生"。② 与前面的文学定义相比，后面的定义特地加上了"自然"一语。对此，王国维的解释是："人类之兴味，实先人生，而后自然。故纯粹之模山范水，留连光景之作，自建安以前，殆未之见。而诗歌之题目，皆以描写自己深邃之感情为主。其写景物也，亦必以自己深邃之感情为素地，而始得于特别之境遇中，用特别之眼观之。故古代之诗，所描写者，特人生之主观的方面；而对于人生之客观的方面，及纯处于客观界之自然，断不能以全力注之也。故对古代之诗，前之定义，苦其广，而不苦其隘也"。③ 在这里，透露出王国维对于文学的两个新的关注点：感情与诗歌。

与之相对应的是王国维在《文学小言》中对于文学的抒情性与诗歌文体的崭新见解。关于文学的抒情性特征，王国维在《文学小言》之四中直言：

> 文学中有二原质焉：曰景，曰情。前者以描写自然及人生之事实为

---

① 王国维：《〈红楼梦〉评论》，《王国维文集》第一卷，中国文史出版社 1991 年版，第 5 页。
② 王国维：《屈子文学之精神》，《王国维文集》第一卷，中国文史出版社 1991 年版，第 31 页。
③ 王国维：《屈子文学之精神》，《王国维文集》第一卷，中国文史出版社 1991 年版，第 31 页。

主，后者则吾人对此种事实之精神的态度也。故前者客观的，后者主观的也；前者知识的，后者感情的也。自一方面言之，则必吾人之胸中洞然无物，而后其观物也深，而其体物也切；即客观的知识，实与主观的情感为反比例。自他方面言之，则激烈之情感，亦得为直观之对象、文学之材料；而观物与其描写之也，亦有无限之快乐伴之。要之，文学者，不外知识与感情交代之结果而已。苟无敏锐之知识与深邃之感情者，不足与于文学之事。①

而由对文学的抒情性特征的强调，使王国维对于文学的抒情性文体——诗歌有了更多的关注。在《文学小言》里，正如王国维自己所言，皆是就抒情的文学（诗歌）所发表的评价。如其第八：

> "燕燕于飞，差池其羽。""燕燕于飞，颉之颃之。"
> "睍睆黄鸟，载其好音。""昔我往矣，杨柳依依。"
> 诗人体物之妙，侔于造化，然皆出于离人孽子征夫之口，故知感情真者，其观物亦真。

其第十二：

> 宋以后之能感自己之感，言自己之言者，其唯东坡乎！山谷可谓能言其言矣，未可谓能感所感也。遗山以下亦然。若国朝之新城，岂徒言一人之言而已哉？所谓"莺偷百鸟声"者也。

其第十三：

> 诗至唐中叶以后，殆为羔雁之具矣。故五季、北宋之诗，除一二大家外，无可观者，而词则独为其全盛时代。其诗词兼擅如永叔、少游者，皆诗不如词远甚。以其写之于诗者，不若写之于词者之真也。至南宋以后，词亦为羔雁之具，而词亦替矣。除稼轩一人外，观此足以知文

_____

① 王国维：《文学小言》，《王国维文集》第一卷，中国文史出版社 1991 年版，第 25—26 页。

学盛衰之故矣。①

而对《〈红楼梦〉评论》中所涉及的小说、戏曲等叙事文体，王国维明确表示叙事文学非中国文学之所长，直言"叙事的文学，则我国尚在幼稚之时代。元人杂剧，辞则美矣，然不知描写人格为何事。至国朝之《桃花扇》，则有人格矣，然他戏曲则殊不称是。要之，不过稍有系统之词，而并失词之性质者也。以东方古文学之国，无一足以与西欧匹者，此则后此文学家之则矣。"② 事实上，王国维本人也曾尝试以一己之力来振兴中国的叙事文学，如其在 1907 年的《静安文集续编·自序（二）》中所言：

> 近年嗜好之移于文学，亦有由也，则填词之成功是也。……因词之成功，而有志于戏曲，此亦近日之奢愿也。然词之于戏曲，一抒情，一叙事，其性质既异，其难易又殊。又何敢因前者之成功，而蘧冀后者乎？但余所以有志于戏曲者，又自有故。吾中国文学之最不振者，莫戏曲若。元之杂剧，明之传奇，存于今日者，尚以百数。其中之文字，虽有佳者，然其理想与结构，虽欲不谓至幼稚，至拙劣，不可得也。国朝之作者，虽略有进步，然比诸西洋之名剧，相去尚不能以道里计。此余所以自忘其不敏，而独有志乎是也。③

但最终，由于"目与手不相谋，志与力不相副"等"人之通病"，④ 王国维投身戏曲创作并没有实绩出现，诚如其在《文学小言》中慨叹："抒情之诗，不待专门之诗人而后能之也。若夫叙事，则其所需之时日长，而其所取之材料富，非天才而又有暇日者不能。此诗家之数之所以不可更仆数，而叙事文学家殆不能及百分之一也。"⑤ 所以，继 1904 年《〈红楼梦〉评论》之后的《文学小言》（1906 年）对于抒情文体的批评转向，标志着王国维的文

---

① 王国维：《文学小言》，《王国维文集》第一卷，中国文史出版社 1991 年版，第 27—28 页。
② 王国维：《文学小言》，《王国维文集》第一卷，中国文史出版社 1991 年版，第 28 页。
③ 王国维：《静安文集续编·自序（二）》，《王国维文集》第三卷，中国文史出版社 1991 年版，第 473—474 页。
④ 王国维：《静安文集续编·自序（二）》，《王国维文集》第三卷，中国文史出版社 1991 年版，第 474 页。
⑤ 王国维：《文学小言》，《王国维文集》第一卷，中国文史出版社 1991 年版，第 28—29 页。

学批评在文体选择上已经自觉地与本国文学实践之所长进行了成功的对接。

另外，《文学小言》对于中国诗歌的关注点非常引人注目地集中在屈原身上。其第六：

> 三代以下之诗人，无过于屈子、渊明、子美、子瞻者。此四子者若无文学之天才，其人格亦自足千古。故无高尚伟大之人格，而有高尚伟大文章者，殆未之有也。

其第七：

> 天才者，或数十年而一出，或数百年而一出，而又须济之以学问，助之以德性，始能产真正之大文学。此屈子、渊明、子美、子瞻等所以旷世而不一遇也。

其第九：

> "驾彼四牡，四牡项领。我瞻四方，蹙蹙靡所骋。"以《离骚》、《远游》数千言言之而不足者，独十七字尽之，岂不诡哉！然以讥屈子之文胜，则亦非知言者也。

其第十：

> 屈子感自己所感，言自己之言者也。宋玉、景差感屈子之所感，而言其所言；然亲见屈子之境遇，与屈子之人格，故其所言亦殆与自己之言无异。贾谊、刘向其遇略与屈子同，而才则逊矣。王叔师以下，但袭其貌而无其情以济之，此后人之所以不复为楚人之词者也。

实已预示了《屈子文学之精神》之先河。

二、"欧穆亚"与《屈子文学之精神》

在《屈子文学之精神》一文的开篇，王国维开宗明义地把中国固有之思想作"北方派"与"南方派"的二类划分：

> 我国春秋以前，道德政治上之思想，可分之为二派：一帝王派，一非帝王派。前者称道尧、舜、禹、汤、文、武，后者则称其学出于上古之隐君子，或托之于上古之帝王。前者近古学派，后者远古学派也。前者贵族派，后者平民派也。前者入世派，后者遁世派也。前者热情派，后者冷性派也。前者国家派，后者个人派也。前者大成于孔子、墨子，而后者大成于老子。故前者北方派，后者南方派也。此二派者，其主义常相反对，而不能相调和。观孔子与接舆、长沮、桀溺、荷蓧丈人之关系，可知之矣。战国后之诸学派，无不直接出于此二派，……故虽谓吾国固有之思想，不外此二者，可也。①

并相应地把中国固有之文学同样作"北方派"与"南方派"的二类划分："吾国之文学，亦不外发表二种之思想。然南方学派则仅有散文的文学，如老子、庄、列是已。至诗歌的文学，则为北方学派之所专有。《诗》三百篇，大抵表北方学派之思想者也。"②

在王国维看来，中国的"北方派"文学与"南方派"文学各有所长、也各有所短。具体而言，就是："北方派"文学的长处，在于其拥有坚毅之情感，而这种坚毅之情感会催生出一种有助于人生与创作的欧穆亚（Humour）情怀，即"诗之为道，既以描写人生为事，而人生者，非孤立之生活，而在家族、国家及社会中之生活也。北方派之理想，置于当日之社会中；……易言以明之，北方派之理想，在改作旧社会；……然改作与创作，皆当日之社会之所不许也。……若北方之人，则往往以坚忍之志，强毅之气，恃其改作之理想，以与当日之社会争；而社会之仇视之也，亦与其仇视南方学者无异，或有甚焉。故彼之视社会也，一时以为寇，一时以为亲，如此循环，而遂生欧穆亚（Humour）之人生观。"③ 西文中的（Humour），汉译通常为"幽默"。按照相关学者的考证，王国维这里的所说的欧穆亚（Humour），既受英国理论家霍布士（Thomas Hobbes）关于人生的名言——

---

① 王国维：《屈子文学之精神》，《王国维文集》第一卷，中国文史出版社 1991 年版，第 30 页。
② 王国维：《屈子文学之精神》，《王国维文集》第一卷，中国文史出版社 1991 年版，第 30 页。
③ 王国维：《屈子文学之精神》，《王国维文集》第一卷，中国文史出版社 1991 年版，第 31 页。

"人生者，自观之者言之，则为一喜剧；自感之者言之，则又为一悲剧也。"——的影响，① 更有德国哲学家叔本华对于幽默（Humour）所作哲学分析的痕迹："叔氏认定，'严肃，被隐藏在一种诙谐的背后'，这就是'幽默'（Humour）。他对幽默的特性作了进一步的考察：'幽默依赖于一种主观的，然而严肃和崇高的心境，这种心境是在不情愿地跟一个与之极其抵牾的普通外在世界相冲突，既不能逃离这个世界，又不会让自己屈服于这个世界'；于是，作为这种'心境'跟这个'外在世界'之间的一种'调节'，'幽默'就出现了：或者通过同一的概念，试图把'自己的观点'和那个'外在世界'包摄一起来思考，终于在概念跟通过此种概念而被思考的现实之间，产生了一种'双重的乖讹'；或者通过'一种有趣的甚至滑稽剧的场景之展示'：结果就是某种'诙谐的印象'的产生，'然而就在这诙谐的背后，最深邃的严肃是隐藏着并且照耀着全局。'"② 从王国维对"欧穆亚"所作的分析来看，他所说的"欧穆亚之人生观"就是叔本华所说的"幽默"（Humour），也即他本人所总结的"是其性格与境遇（之）相得"。③ 他肯定中国北方派文学之欧穆亚之情怀，就是肯定其对于人生、社会的深邃之情感，并把它视作诗歌的文学独存于北方派文学的根本原因所在。但同时，王国维也指出了北方派文学的最大不足，就是缺乏想象力。而南方派文学，由于缺乏北方派所执的对于人生、社会深邃之情感，也即王氏所说的"欧穆亚之人生观"，难有诗歌的文学的存身之地是其最大的不足，"南方派之理想，则树于当日社会外。……（且）南方之人，以长于思辨，而短于实行，故知实践之不可能，而即于其理想中，求其安慰之地，故有遁世无闷，嚣然自得以没齿者矣。……此诗歌的文学，所以独产于北方学派中，而无与于南方学派者也。"④ 但南方派文学也有自己的长处，就是拥有恢宏的想象力，"南人想象力之伟大丰富，胜于北人远甚。彼等巧于比类，而善于滑稽：故言大则有若北溟之鱼，语小则有若蜗角之国；语久则大椿冥灵，语短则蟪蛄朝菌；至于襄城之野，七圣皆迷；汾水之阳，四子独往；此种想象，决不能于北方文学中发见之。故庄、列书中之某分，即谓之散文诗，无不可也。夫儿童想

---

① 王国维曾在《人间嗜好之研究》中引述了霍布士的这句名言，见《王国维文集》第三卷，中国文史出版社 1991 年版，第 27 页。

② 佛雏：《王国维诗学研究》，北京大学出版社 1999 年版，第 93—94 页。

③ 王国维：《屈子文学之精神》，《王国维文集》第一卷，中国文史出版社 1991 年版，第 33 页。

④ 王国维：《屈子文学之精神》，《王国维文集》第一卷，中国文史出版社 1991 年版，第 31 页。

象力之活泼，此人人公认之事实也。国民文化发达之初期亦然，古代印度及希腊之壮丽之神话，皆此等想象之产物也。以我中国论，则南方之文化发达较后于北方，则南人之富于想象，亦自然之势也。此南方文学中之诗歌的特质所以优于北方文学者也。"① 有鉴于此，王国维指出，中国文学的大诗歌的出现，要有赖于南北文学的取长补短和相互融合，"北方人之感情，诗歌的也，以不得想象之助，故其所作遂止于小篇。南方人之想象，亦诗歌的也，以无深邃之感情之后援，故其想象亦散漫而无所丽，是以无纯粹之诗歌。而大诗歌之出，必须俟北方人之感情，与南方之想象合而为一，即必通南北之骑驿而后可。"②

以融通中国南北文学的标准言之，屈原被王国维看作是中国文学第一人。在王国维看来，这种融通，首先得益于屈原以南方学者之身份对于北方思想的主动吸收：

> 屈子南人而学北方之学者也。南方学派之思想，本与当时封建贵族之制度，不能相容。故虽南方之贵族，亦当奉北方之思想焉。观屈子之文，可以征之。其所称之圣王，则有若高辛、尧、舜、禹、汤、少康、武丁、文、武，贤人则有若皋陶、挚说、彭、咸、比干、伯夷、吕望、宁戚、百里、介推，暴君则有若夏、羿、浞、桀、纣，皆北方学者之所常称道，而于南方学者所称黄帝、广成等不一及焉。虽《远游》一篇，似专述南方之思想，然此实屈子愤激之词，如孔子之居夷浮海，非其志也。《离骚》之卒章，其旨亦与《远游》同。然卒曰，"陟升皇之赫戏兮，忽临睨夫旧乡。仆夫悲余马怀兮，蜷局顾而不行。"《九章》中之《怀沙》，乃其绝笔，然犹称重华、汤、禹，足知屈子固彻头彻尾抱北方之思想，虽欲为南方之学者，而终有所不慊者也。③

其次，这种融通也得益于屈原对于北方"欧穆亚之人生观"和南方想象力的兼收并蓄：

---

① 王国维：《屈子文学之精神》，《王国维文集》第一卷，中国文史出版社 1991 年版，第 31—32 页。
② 王国维：《屈子文学之精神》，《王国维文集》第一卷，中国文史出版社 1991 年版，第 32 页。
③ 王国维：《屈子文学之精神》，《王国维文集》第一卷，中国文史出版社 1991 年版，第 32 页。

屈子自赞曰"廉贞"。余谓屈子之性格，此二字尽之矣。其廉固南方学者之所优为，其贞则其所不屑为，亦不能为也。女嬃之詈，巫咸之占，渔父之歌，皆代表南方学者之思想，然皆不足以动屈子。……盖屈子之于楚，亲则肺腑，尊则大夫，又尝管内政外交上之大事矣，其于国家既同累世之休戚，其于怀王又有一日之知遇，被疏者一，被放者再，而终不能易其志，于是其性格与境遇相得，而使之成为一种欧穆亚。《离骚》以下诸作，实此欧穆亚所发表者也。使南方之学者处此，则贾谊《吊屈原文》，扬雄《反离骚》是，而屈子非矣。此屈子之文学，所负于北方学派者。然就屈子文学之形式言之，则所负于南方学派者，抑又不少。彼之丰富之想象力，实与庄、列为近。《天问》、《远游》凿空之谈，求女谬悠之语，庄语之不足，而继之以谐，于是思想之游戏，更为自由矣。变《三百篇》之体，而为长句，变短什而为长篇，于是感情之发表，更为婉转矣。此皆古代北方文学之所未有，而其端自屈子开之。然所以驱此想象而成此大文学者，实由其北方之肫挚的性格。此庄周等之所以仅为哲学家，而周、秦间之大诗人，不能不独数屈子也。①

要之，《屈子文学之精神》的主旨，就是强调两种不同风格、流派的融通与化合，选择"欧穆亚（Humour）"这个西洋语汇，其立足点也是寻求中西诗学话语间的深度融合。

三、"古雅"与《古雅之在美学上之位置》

"古雅"，是王国维独自提出的一个美学概念，正如其在《古雅之在美学上之位置》一文的开篇中所言："'美术者天才之制作也'，此自汗德以来百余年间学者之定论也。然天下之物，有决非真正之美术品，而又决非利用品者。又其制作之人，决非必为天才，而吾人之视之也，若与天才所制作之美术无异者，无以名之，名之曰'古雅'。"② 显然，"古雅"的提出，明确针对的是西方近代美学的不足或缺失。

---

① 王国维：《屈子文学之精神》，《王国维文集》第一卷，中国文史出版社1991年版，第32—33页。

② 王国维：《古雅之在美学上之位置》，《王国维文集》第三卷，中国文史出版社1991年版，第31页。

在王国维看来，西方近代美学最大的贡献是对美的非功利性质的说明，"美之性质，一言以蔽之曰：可爱玩而不可利用者是已。虽物之美者，有时亦足供吾人之利用，但人之视为美时，决不计及其可利用之点。其性质如是，故其价值亦存于美之自身，而不存乎其外。"① 而自伯克、康德以优美与宏壮（壮美）来作美之划分，优美与壮美成为西方近代美学的一对核心范畴，"前者由一对象之形式不关于吾人之利害，遂使吾人忘利害之念，而以精神之全力沉浸于此对象之形式中。自然及美术中普通之美，皆此类也。后者则由一对象之形式，越乎吾人知力所能驭之范围，或其形式大不利于吾人，而又觉其非人力所能抗，于是吾人保存自己之本能，遂超越乎利害之观念外，而达观其对象之形式，如自然中之高山大川、烈风雷雨，艺术中伟大之宫室、悲惨之雕刻像，历史画、戏曲、小说等皆是也。"② 王国维指出，西方近代美学对于优美与宏壮的分类未尝不可以"视此为精密之分类"，③ 但由于优美与宏壮的分类并不能涵盖自然美与艺术美的全部，所以，作为优美与宏壮的补充，古雅不仅有其存在的价值，而且与优美和宏壮相比，古雅还具有以下一些特征：第一，相较优美与宏壮的"第一形式"性质，古雅属于"第二种形式"，即"一切之美，皆形式之美也。就美之自身言之，则一切优美皆存于形式之对称变化及调和。至宏壮之对象，汗德虽谓之无形式，然以此种无形式之形式能唤起宏壮之情，故谓之形式之一种，无不可也。就美术之种类言之，则建筑雕刻音乐之美之存于形式固不俟论，即图画诗歌之美之兼存于材质之意义者，亦以此等材质适于唤起美情故，故亦得视为一种之形式焉。……而一切形式之美，又不可无他形式以表之，唯经过此第二之形式，斯美者愈增其美，而吾人之所谓古雅，即此第二种之形式。即形式之无优美与宏壮之属性者，亦因此第二形式故，……故古雅者，可谓之形式之美之形式之美也。"④ 第二，优美与宏壮的"第一形式"之美，要借助古雅之"第二形式"来表达，即"古雅之致存于艺术而不存于自然。以自然但经过

---

① 王国维：《古雅之在美学上之位置》，《王国维文集》第三卷，中国文史出版社 1991 年版，第 31 页。

② 王国维：《古雅之在美学上之位置》，《王国维文集》第三卷，中国文史出版社 1991 年版，第 31 页。

③ 王国维：《古雅之在美学上之位置》，《王国维文集》第三卷，中国文史出版社 1991 年版，第 31 页。

④ 王国维：《古雅之在美学上之位置》，《王国维文集》第三卷，中国文史出版社 1991 年版，第 32 页。

第一形式，而艺术则必就自然中而有之某形式，或所自创造之新形式，而以第二形式表出之。即同一形式也，其表之也各不同。同一曲也，而奏之者各异；同一雕刻绘画也，而真本与摹本大殊；诗歌亦然。'夜阑更秉烛，相对如梦寐'，（杜甫《羌村诗》）之于'今宵剩把银釭照，犹恐相逢是梦中'，（晏几道《鹧鸪天》词），'愿言思伯，甘心首疾'，（《诗·卫风·伯兮》）之于'衣带渐宽终不悔，为伊消得人憔悴'，（欧阳修《蝶恋花》词）其第一形式同。而前者温厚，后者刻露者，其第二形式异也。一切艺术无不皆然，于是有所谓雅俗之区别起。优美与宏壮必与古雅合，然后得显其固有之价值。不过优美与宏壮之原质愈显，则古雅之原质愈蔽。然吾人所以感如此之美且壮者，实以表出之雅故，即以其美之第一形式，更以雅之第二形式表出之故也。"① 第三，古雅之"第二形式"，有独立于优美与壮美"第一形式"的美学价值，即"虽第一形式之本不美者，得由其第二形式之美雅，而得一种独立之价值。茅茨土阶，与夫自然中寻常琐屑之景物，以吾人之肉眼观之，举无足与于优美若宏壮之数，然一经艺术家之手，而遂觉有不可言之趣味。此等趣味，不自第一形式得之，而自第二形式得之无疑也。绘画中之布置，属于第一形式，而使笔使墨，则属于第二形式。凡以笔墨见赏于吾人者，实赏其第二形式也。……凡吾人所加于雕刻书画之品评，曰'神'、曰'韵'、曰'气'、曰'味'，皆就第二形式言之者多，而就第一形式言之者少。文学亦然，古雅之价值大抵存于第二形式。……由是观之，则古雅之原质，为优美及宏壮中不可缺之原质，且得离优美宏壮而有独立之价值，则固一不可诬之事实也。"② 第四，与优美和宏壮之先验的判断不同，古雅是后天的、经验的判断，即"古雅之但存于艺术而不存于自然，……至判断古雅之力亦与判断优美及宏壮之力不同。后者先天的，前者后天的、经验的。优美及宏壮之判断之为先天的判断，自汗德之《判断力批判》后，殆无反对之者。此等判断既为先天的，故亦普遍的、必然的也。易言以明之，即一艺术家所视为美者，一切艺术家亦必视为美。此汗德所以于其美学中，预想一公共之感官也。若古雅之判断则不然，由时之不同而人之判断之也各异。吾人

---

① 王国维：《古雅之在美学上之位置》，《王国维文集》第三卷，中国文史出版社1991年版，第32页。

② 王国维：《古雅之在美学上之位置》，《王国维文集》第三卷，中国文史出版社1991年版，第33页。

所断为古雅者，实由吾人今日之位置断之。古代之遗物无不雅于近世之制作，古代之文学虽至拙劣，自吾人读之无不古雅者，若自古人之眼观之，殆不然矣。故古雅之判断，后天的也，经验的也，故亦特别的也，偶然的也。"① 第五，与优美和宏壮得之于天才不同，古雅由人力为之，即"古雅之性质既不存于自然，而其判断亦但由于经验，于是艺术中古雅之部分，不必尽俟天才，而亦得以人力致之。苟其人格诚高，学问诚博，则虽无艺术上之天才者，其制作亦不失为古雅。而其观艺术也，虽不能喻其优美及宏壮之部分，犹能喻其古雅之部分。若夫优美及宏壮则非天才殆不能捕攫之而表出之。今古第三流以下之艺术家，大抵能雅而不能美且壮者，职是故也。……遂与第一流之文学家等类而观之，然其制作之负于天分者十之二三，而负于人力者十之七八，则固不难分析而得之也。又虽真正之天才，其制作非必皆神来兴到之作也。以文学论，则虽最优美最宏壮之文学中，往往书有陪衬之篇，篇有陪衬之章，章有陪衬之句，句有陪衬之字。一切艺术，莫不如是。此等神兴枯涸之处，非以古雅弥缝之不可。而此等古雅之部分，又非藉修养之力不可。若优美与宏壮，则固非修养之所能为力也"②，同时，古雅既为人力修养所为，其对人的美育作用，"至论其实践之方面，则以古雅之能力，能由修养得之，故可为美育普及之津梁。虽中智以下之人，不能创造优美及宏壮之物者，亦得由修养而有古雅之创造力；又虽不能喻优美及宏壮之价值者，亦得于优美宏壮中之古雅之原质，或于古雅之制作物中得其直接之慰藉。故古雅之价值，自美学上观之诚不能及优美及宏壮，然自其教育众庶之效言之，则虽谓其范围较大成效较著可也。"③

与《〈红楼梦〉评论》直接引用"优美与壮美"的概念范畴来从事《红楼梦》的评论不同，王国维"古雅"的提出，直接的指向则是弥缝优美与壮美这对美学范畴自身的缺陷与不足，这显示了王国维在对待西洋新学语上由借用到创新的接受过程。而且，如果说，"欧穆亚"的提出，还明显带有西洋新学语的痕迹的话，那么，"古雅"的出现，则显示了王国维超越西洋

---

① 王国维：《古雅之在美学上之位置》，《王国维文集》第三卷，中国文史出版社 1991 年版，第 33 页。

② 王国维：《古雅之在美学上之位置》，《王国维文集》第三卷，中国文史出版社 1991 年版，第 34 页。

③ 王国维：《古雅之在美学上之位置》，《王国维文集》第三卷，中国文史出版社 1991 年版，第 34—35 页。

新学语，努力寻求中国化表达的一种崭新尝试，并预示了后面《人间词话》立足于民族诗学话语特征"化合"中西诗学的一种可能。

第五节　从《人间词话》看王国维对中西诗学话语的"化合"

一、《人间词话》对于中国传统"意境论"的继承与改造

意境，又称"境界"，是中国古典美学用来标示审美意象的一种重要的美学范畴，指超越具体的、有限的物象、事件、场景，进入无限的时间和空间，从而对整个人生、历史、宇宙获得一种哲理性的感知和领悟。①

在中国古典文学批评史上，"意境"的提出经历了一个长期的过程。早在先秦时期，中国先哲们就开始了对于"意"的追寻。其中，作为儒家诗学经典的《易传》提出了"言不尽意"、"立象以尽意"的观点，而作为道家诗学经典的《庄子》则提出了"得意忘言"、"得意忘象"的主张。从唐代开始，在意—象这条线索之外，人们在文学批评中又突出强调了一个"境"字。唐人论"境"，始于著名的诗人王昌龄在《诗格》中提出的"三境"之说。唐代日僧遍照金刚编录的《文镜秘府录》引其言："诗有三境。一曰物境：欲为山水诗，则张泉石云峰之境，极丽绝秀者，神之于心，处身于境，视境于心，莹然掌中，然后用思，了然境象，故得形似。二曰情境：娱乐愁怨，皆张于意而处于身，然后驰思，深得其情。三曰意境：亦张之于意而思之于心，则得其真矣。"② 在这里，王昌龄不仅提出了一个与物、象、情、意等量齐观的"境"字，使人认识到"取境"的妙处，更重要的是由于王昌龄所提的"境"是与情、意等"了然"于心，"深得"其中的，引发了人们对于意—境密切关联的认识。③ 因此，遍照金刚在引述了王昌龄关于诗之三

---

① 参阅乐黛云等主编：《世界诗学大辞典》，春风文艺出版社1993年版，第681—682页。
② （唐）王昌龄：《诗格》，见徐中玉主编：《中国古代文艺理论专题资料丛刊·意境·典型·比兴篇》，中国社会科学出版社1994年版，第77页。
③ 这里需要指出的是，尽管王昌龄在诗的"三境"之说中已经直接使用了"意境"一词，但由于此中的"意境"是王昌龄用来标举与"物境"、"情境"相并列的一"境"，与其后人们频繁使用的"意境"范畴是有很大区别的。

境的论说后附会出"（诗之）事须境与意相兼始好"的评述。① 以后，中唐权德舆的"意与境会"②，晚唐司空图"思与境偕"③，北宋苏东坡"境与意会"④南宋严沧浪"镜花水月"⑤ 之喻，所循的都是"意"与"境"相偕合的线索。

明清时期，"意境"作为一个特定的美学范畴正式出现。明代朱承爵《存余堂诗话》论诗："作诗之妙，全在意境融彻，出音声之外，乃得真味"⑥，首标"意境"；清初笪重光《画筌》论画："绘法多门，诸不具论。其天怀意境之合，笔墨气韵之微，于兹篇可会通焉，"⑦ 再举"意境"。不仅如此，从明清始，有无"意境"通常成为人们判定艺术作品是否成功的一个尺度。如在文学领域，纪昀《瀛奎律髓刊误》评崔颢《登黄鹤楼》诗："此诗不可及者，在意境宽然有余。"⑧ 陈廷焯《白雨斋词话》评纳兰容若《饮水词》；"在国初亦称作手，……然意境不深。措词亦浅显。"⑨ 在绘画领域，蒋和《学画杂记》说："前人画长卷巨册，其篇幅章法不特有所摹仿，意境各殊，即用一家笔法，其中有岩有岫、有穴有洞、有泉有溪、有江有濑，自然丘壑生新，变化得趣。"⑩ 郑燮《题画竹六十九则》也谓："一丘一壑之经营，小草小花之渲染，亦有难处；大起造，大挥写，亦有易处；要在人之意境何如耳。"⑪ 进入晚清之后，随着近代西学东渐的影响，以"意境"为主

---

① （唐）遍照金刚：《文镜秘府录》，见徐中玉主编：《中国古代文艺理论专题资料丛刊·意境·典型·比兴篇》中国社会科学出版社 1994 年版，第 35 页。

② （唐）权德舆：《左武卫胄曹许君集序》赞许"凡所赋诗，皆意与境会"，转引自韩林德：《境生象外》，三联书店 1995 年版，第 63 页。

③ （唐）司空图：《与王驾评诗书》谓"五言所得，长于思与境偕，乃诗家之所尚者"，见《司空图选集注》，山西人民出版社 1989 年版，第 104 页。

④ （宋）苏轼：《题渊明饮酒诗后》赞陶诗："'采菊东篱下，悠然见南山。'因采菊而见南山，境与意会，此句最有妙处。"见《东坡诗话全编笺评》，西南师范大学出版社 1996 年版，第 117 页。

⑤ （宋）严羽：《沧浪诗话》以禅喻诗"诗者，吟咏情性也。盛唐诸人唯在兴趣，羚羊挂角，无迹可求。故其妙处透澈玲珑，不可凑泊，如空中之音，相中之色，水中之月，镜中之象，言有尽而意无穷。"见《宋诗话全编》，江苏古籍出版社 1998 年版，第 8719—8720 页。

⑥ （明）朱承爵：《存余堂诗话》，见《明诗话全编》，江苏古籍出版社 1997 年版，第 1960 页。

⑦ （清）笪重光：《画筌》，转引自韩林德：《境生象外》，三联书店 1995 年版，第 65 页。

⑧ （清）纪昀：《瀛奎律髓刊误》，转引自韩林德：《境生象外》，三联书店 1995 年版，第 66 页。

⑨ （清）陈廷焯：《白雨斋词话》，见徐中玉主编：《中国古代文艺理论专题资料丛刊·意境·典型·比兴篇》，中国社会科学出版社 1994 年版，第 80 页。

⑩ （清）蒋和：《学画杂记》，转引自韩林德：《境生象外》，三联书店 1995 年版，第 66 页。

⑪ （清）郑燮：《题画竹六十九则》，见徐中玉主编：《中国古代文艺理论专题资料丛刊·意境·典型·比兴篇》，中国社会科学出版社 1994 年版，第 78 页。

旨的中国传统美学曾经一度陷于沉寂。但是，随着王国维在 1908 年前后对"意境论"的重新提出和创造性改造，"意境论"成为二十世纪中国文学批评中出现最早且影响深远的批评模式。

从 1907 年以后，王国维的文学批评言必称"意境"，论诗词歌赋，王氏断言："文学之工与不工，亦视其意境之有无与深浅而已"[①]；论宋元戏曲，王氏又说："元剧最佳之处，不在其思想结构，而在其文章。其文章之妙，亦一言以蔽之曰：有意境而已矣。"[②] 在 1908 年王国维亲手删定的《人间词话》六十四则中，更是以"意境"（"境界"）为纲，详细评述了从唐五代北宋直至近代历代词人的词作，是公认的王国维"意境论"的集大成之作。在《人间词话》中，王国维并不讳言自己的"境界"一说是承继古人而来，但他显然更看重的是其对于前人的超越，如其在《人间词话》第九中所言：

> 《严沧浪诗话》谓："盛唐诸公，唯在兴趣。羚羊挂角，无迹可求。故其妙处，透澈玲珑，不可凑泊。如空中之音、相中之色、水中之影、镜中之象，言有尽而意无穷。"余谓：北宋以前之词，亦复如是。然沧浪所谓兴趣，阮亭所谓神韵，犹不过道其面目；不若鄙人拈出"境界"二字，为探其本也。[③]

在这里，王国维一语道出了他的"意境论"批评与中国传统美学范畴"意境"之间的本质区别：后者不过是"道其面目"，而他本人却是"探其本"的。所谓"道其面目"，是指仅仅触及了事务的表层和片面，而"探其本"则是深入到事物的本质与核心。如前所述，王国维深谙中国古典的文学批评传统，他对于中国固有的文学批评过于附着于"道面目"而轻"探本"是持批评态度的，他对中国传统的文学批评缺乏科学的抽象与分类、在学术上未达"自觉（Self-consciousness）之地位"，有着清醒的认识。正因此，王国维在展开自己的文学批评时有意识地引入西洋的成熟的诗学研究范式和概念术语，来对中国传统文学批评重感性轻理性、重具象轻分析的弊端进行改造。他的文学批评的最初尝试《〈红楼梦〉评论》尽管因"其立脚地"全在

---

① 王国维：《人间词·乙稿序》，《王国维文集》第一卷，中国文史出版社 1991 年版，第 176 页。
② 王国维：《宋元戏曲考》，《王国维文集》第一卷，中国文史出版社 1991 年版，第 389 页。
③ 王国维：《人间词话》，《王国维文集》第一卷，中国文史出版社 1991 年版，第 143 页。

叔本华使得他对于《红楼梦》所作的美学上伦理学上的评判不尽令人信服，但《〈红楼梦〉评论》引入西洋批评理念及范式而凸显出的文学批评方法论上的"先进性"与"进步性"是有目共睹的。① 《〈红楼梦〉评论》以后，王国维的文学批评更加注重中西文学批评范式及术语上的"化合"，标志他文学批评成熟的"意境论"批评正是中西诗学"化合"后的产物。这种"化合"后的"意境论"批评和中国传统的"意境说"之间的分野，诚如有学者所指出的："王国维的'境界'（意境）说，在我国整个诗学发展史上居有十分重要的地位。它跟西方的某些诗学遗产，特别是康德的'美的理想'、'审美意象'说，叔本华的'审美静观方式'及艺术'理念'说，关系也很密切。……境界（意境）——这是诗（以至一切文学）的本质之所在。美在境界——这是王氏诗学的一个核心。王氏看准了并把握了这个核心，如同禅家说的，'截断众流'。因而，比之他的先辈（如严羽、王士禛等），他有权利感到自豪。"② 显然，正是引入了西洋文学批评中重分析、重综括的特质，王国维才能一改中国传统文学批评"道面目"轻"探本"的不足，直寻文学的本质——意境。这是他的"意境论"批评不同于中国传统"意境说"的区别所在，更是其跃出传统"意境说"的局限由传统形态向现代形态过渡的根本原因之所在。

二、《人间词话》对于西方诗学学术范式及新学语的吸纳

王国维的文学批评，一向注重对于西方诗学研究范式和概念术语的吸纳。这一点，《人间词话》也不例外。

从诗学研究范式层面而言，《人间词话》明显借鉴了西方诗学研究重综合、分类和归纳的研究思路。下面是两段人们谈及王国维"意境论"批评经常引述的文字：

> 文学之事，其内足以摅己，而外足以感人者，意与境二者而已。上焉者意与境浑，其次或以境胜，或以意胜。苟缺其一，不足以言文学。原夫文学之所以有意境者，以其能观也。出于观我者，意余于境。而出于观物者，境多于意。然非物无以见我，而观我之时，又自有我在。故

---

① 参阅佛雏：《王国维诗学研究》，北京大学出版社1999年版，第2页。
② 佛雏：《王国维诗学研究》，北京大学出版社1999年版，第161页。

二者常互相错综，能有所偏重，而不能有所偏废也。文学之工不工，亦视其意境之有无，与其深浅而已。

　　苟持此以观古今人之词，则其得失，可得而言焉。温韦之精艳，所以不如正中者，意境有深浅也。——美成晚出，始以辞采擅长，然终不失为北宋人之词者，有意境也。南宋词人之有意境者，唯一稼轩，然亦若不欲以意境胜。白石之词，气体雅健耳。至于意境，则去北宋人远甚。及梦窗、玉田出，并不求诸气体，而唯文字之是务，于是词之道熄矣。自元迄明，益以不振。至于国朝，而纳兰侍卫以天赋之才，崛起于方兴之族。其所为词，悲凉顽艳，独有得于意境之深，可谓豪杰之士，奋乎百世之下者矣。同时朱陈，既非劲敌；后世项蒋，尤难鼎足。至乾嘉以降，——静安之为词，真能以意境胜。夫古今人词之以意胜者，莫若欧阳公。以境胜者，莫若秦少游。至意境两浑，则唯太白、后主、正中数人足以当之。静安之词，大抵意深于欧，而境次于秦。至其合作，——皆意境两忘，物我一体。①

在上述综论"意境论"批评的文字里，很明显的是把"意境论"批评划分成为这样两个层次：第一个层次是明确"意境"是文学的本质，这是"意境论"批评实施的第一个步骤，所谓"文学之事，其内足以摅己，而外足以感人者，意与境二者而已"，"文学之工与不工，亦视其意境之有无，与其深浅而已"，强调的都是"意境"对于文学的本质作用；第二个层次是用"意境"的美学内涵来具体地评判文学创作。在这里，所谓"意境"的美学内涵就是"意"与"境"二者的结合，因为"意"与"境""苟缺其一，不足以言文学。原夫文学之所以有意境者，以其能观也。出于观我者，意余于境。而出于观物者，境多于意。然非物无以见我，而观我之时，又自有我在。故二者常互相错综，能有所偏重，而不能有所偏废也"，所以在明确了"意境"之于文学的本质后，接下来要做的就是用"意境"的美学内涵即"意"与"境"的结合来评判具体的文学作品。所谓"温韦之精艳，所以不如正中者，意境有深浅也。——美成晚出，所以辞采擅长，然终不失为北宋

---

　　① 王国维：《〈人间词〉乙稿序》，《王国维文集》第一卷，中国文史出版社 1991 年版，第176—177 页。

人之词者，有意境也。南宋词人之有意境者，唯一稼轩，然亦若不欲以意境胜。白石之词，气体雅健耳。至于意境，则去北宋人远甚。及梦窗、玉田出，并不求诸气体，而唯文字是务，于是词之道熄矣。自元迄明，益以不振。至于国朝，而纳兰侍卫以天赋之才，崛起于方兴之族。其所为词，悲凉顽艳，独有得于意境之深，可谓豪杰之士，奋乎百世之下者矣。同时朱陈，既非劲敌；后世项蒋，尤难鼎足。至乾嘉以降，——静安之为词，直能以意境胜"等评语，都是持此"意境"之说得而言之的结果。但同时，由于"意"与"境"结合程度的不同，在用"意境"对具体的作家作品进行评述时，又可视"意"与"境"的结合情况再做三分：

> "上焉者意与境浑"，"太白、后主、正中数人足以当之"；
> "其次或以境胜"，"莫若秦少游"；
> "或以意胜"，"莫若欧阳公"。（《人间词话》）

这样，王国维的"意境论"批评实际上是一个包括两个层次、诸多具体步骤的批评模式。如果我们要把它作为一个批评范式加以总结的话，可把它具体划分为这样几个步骤：

第一，首先是明确文学的本质是"意境"，这是"意境论"文学批评的前提。

第二，在明确了"意境"之于文学的本质关系之后，紧接的步骤是运用"意境"的美学内涵来评判具体的作家作品。由于"意境"的美学内涵指的就是构成"意境"的两个基本元素"意"和"境"的结合，那么，根据"意"和"境"的具体结合情况，又生发出下面三个步骤：

第三，如果"意"与"境"结合得浑然一体，那么就可以评判这个作家的作品是"上等"的。

第四，如果"意"与"境"的结合是偏重于"境"的，那么就评判这个作家的作品是"次等"的。

第五，如果"意"与"境"的结合是偏重于"意"的，那么也同样评判这个作家的作品是"次等"的。

这种明显侵浸了西洋诗学研究范式的批评模式，是比较能够说明王国维《人间词话》"意境论"的批评特色的。

从具体的概念术语层面而言，正如佛雏所言，王国维《人间词话》的核心范畴"境界"（意境）一词，既是对中国传统美学范畴"意境"的继承，又摄取了西洋康德、叔本华关于艺术"理念"的某些重要内容，是中西诗学的一种"合璧"。① 具体地讲，就是构成王国维"境界"说的两个重要概念"合乎自然"和"邻于理想"，其来源都包含着对于康德、叔本华相关概念术语的吸纳与转化。比如王国维所讲的"合乎自然"，康德分析艺术天才的四种特性的第三种就是"自然性"，即天才艺术家、诗人所独有的为作品立法的自然天性。叔本华则进一步宣称：天才诗人本身"乃自然之自身之一部"，"唯自然能知自然，唯自然能言自然"。佛雏指出，康德、叔本华所说的"作为自然"的天才诗人，其最显著的特点就是"客观性"或者"客观的精神"。而"王氏把文学看成'客观的知识（认识）'与'主观的情感''二者交代（交错）之结果'。在这样的'交代'中，客观性似乎占更重要的地位，即使抒情诗，其中的'自我'或者'个性'、'主观性'，也必须受到客观性的检验，即这个'自我'在'人'的全体族类中的代表性达到何种程度。王氏称：'必吾人之胸中洞然无物，而后其观物也深，而其体物也切'，是指观照的客观性，即叔氏所谓'客观的静观'。又，'激烈之感情亦得为直观之对象'，是指'感情'的对象化，亦即客观化。这就包含着对这种感情本身的客观性的要求。在王氏看，诗人的抒情不应仅仅限于'自道身世之戚'，而应进入普遍的社会领域，全'人类'领域，从而取得最大的客观性。他称赞李后主晚期词'俨有释迦基督担荷人类罪恶之意'，正是夸大地指出了后主抒情的高度客观性，……叔氏曾把常人的认识功能比为'一盏照亮他自己的小径的灯'，而在天才诗人，则为'显示整个世界的阳光'。……叔氏为天才下了一个界说：'天才只不过是最完全的客观性。'……'诗人''常人'之别，既不系乎道德，也不尽关乎一般知识，而主要在于观照者'客观性'的多寡甚至有无。……可见，依王氏和叔氏，艺术（包括诗词）境界的创造者本身，必须'合乎自然'，即具有尽可能多的客观性。……必诗人本身'合乎自然'，取得充分的'客观性'，

---

① 佛雏：《王国维诗学研究》，北京大学出版社1999年版，第208页。

而后'能观';也必'能观',而后产生艺术的意境;这是'合乎自然'的一项至关重要的内容。"① 再如王国维所讲的"邻于理想",佛雏指出,其基本内涵并不出于叔本华对于艺术"理念"所作的几点说明:"第一,审美静观以及再现于艺术中的境界的美,存在于'特别(个别)之物'中被认出的代表其'全体'的'理念'。第二,对自然物(包括人)的美的认识,境界的认识,部分地来自观照者的'美之预想'。第三,艺术作品、艺术境界的创造,都是'后天中所与之自然物',经过某种'补助',使之同先天的'美之预想'(即该自然物的理念)'相合'的结果。"② 构成王国维"境界"说的两个重要概念"合乎自然"和"邻于理想"既然得益于西方概念术语的吸纳,则王国维《人间词话》"境界论"对于吸纳西方概念术语的重视也由此可见一斑。

三、《人间词话》:中西诗学话语"化合"的结晶

中国传统的"意境"说在谈及"意境"的时候,经常出现诸如"言已尽而意无穷"、"羚羊挂角,无迹可求"、"神龙见首不见尾"这样的语词,以突出"意境"说的含蓄蕴藉和"只可意会不可言传"的神秘之感。而王国维《人间词话》的"意境论"批评则刻意破除传统"意境"说的含蓄与神秘,强调"意境论"批评范畴的明晰性以及批评模式的可操作性,充分展示了其"化合"中西诗学话语的深厚功力。

《人间词话》首则即云:"词以境界为最上。有境界则自成高格,自有名句。五代北宋之词所以独绝者在此"。提纲挈领地把"意境"(即"境界")标举为"词"之纲,为"最上者"。

第二则:"有造境,有写境,此理想与写实二派之所由分。然二者颇难分别。因大诗人所造之境,必合乎自然,所写之境,亦必邻于理想故也"。对于"意境"的美学内涵做了"有境"和"写境"的二分,指出构成"意境"美学内核的既有"理想"这样偏于主观方面的内容也有"写实"这样偏于客观方面的内容,但同时强调构成"意境"的主客观两方面的内容是合二为一的,"颇难分别"。而紧接着第三至第六则对于"有我之境"与"无我之境"关系的说明:"有我之境,以我观物,故物皆著我之色彩。无我之

---

① 佛雏:《王国维诗学研究》,北京大学出版社 1999 年版,第 187—188 页。
② 佛雏:《王国维诗学研究》,北京大学出版社 1999 年版,第 189—193 页。

境，以物观物，故不知何者为我，何者为物"（第三则），对于"理想"与"写实"关系的说明："自然中之物，互相关系，互相限制。……故虽写实家，亦理想家也。又虽如何虚构之境，其材料必求于自然，而其构造，亦必从自然之法则。故虽理想家，亦写实家也"（第五则），对于"景"与"情"关系的说明："境非独谓景物也，喜怒哀乐，亦人心中之一境界。故能写真景物、真感情者，谓之有境界。否则谓之无境界"（第六则），强调的都是"意境"主（"意"）客（"情"）观的合二为一。在第七、第八则再次重申了"意境"之于创作的重要性，"'红杏枝头春意闹'，著一'闹'字，而境界全出。'云破月来花弄影'，著一'弄'字，而境界全出矣"（第七则），"境界有大小，不以是而分优劣"（第八则），并以"境界"为"探其本"（第九则），一语道出了其将"意境"作为文学之本的美学主张。

在明确了"意境"为文学之本，并对"意境"内在的"意""境"二元构成做了细致的说明之后，王国维开始以此作为美学评判的标准，具体评述了唐五代北宋直至近代历代词人的词作。这一部分起于第十则，止于五十三则，凡四十四则，是《人间词话》篇幅最长的一部分。从对历代词人的具体品评来看，这部分内容可以分为这样几类：

第一类是这样的一批"第一流"词人：

"太白纯以气象胜。'西风残照，汉家陵阙。'寥寥八字，遂关千古登临之口。"（第十则）

"词至李后主而眼界始大，感慨遂深，遂变伶工之词而为士大夫之词。"（第十五则）

"冯正中词虽不失五代风格，而堂庑特大，开北宋一代风气。"（第十九则）

"《诗·蒹葭》一篇，最得风人深致。晏同叔之'昨夜西风凋碧树。独上高楼，望尽天涯路。'意颇近之。但一洒落，一悲壮耳。"（第二十四则）

"永叔'人间自是有情痴，此恨不关风与月。''直须看尽洛城花，始与（当作"共"）东（当作"春"）风容易别。'于豪放之中有沉著之致，所以尤高。"（第二十七则）

"幼安之佳处，在有性情，有境界。"（第四十三则）

"纳兰容若以自然之眼观物，以自然之舌言情。……北宋以来，一人而已。"（第五十二则）

在这里，王国维之所以激赞太白（李白）、李后主（李煜）、冯正中（冯延巳）、晏同叔（晏殊）、永叔（欧阳修）、幼安（李清照）和纳兰容若等人的词是"第一流"词人，是因为他们的词"有气象"、"眼界大"、"有性情"、"有境界"，也即"有意境"。而特地强调纳兰诸人"以自然之眼观物，以自然之舌言情"，则进一步让人明了这里所谓的"有意境"具体所指的就是"意"与"境"偕。

除去上述的第一流词人之外，王国维把余下提及的人归入第二流词人之列。比如在评价南宋词人姜夔时，王国维就指出："古今词人格调之高，无如白石。惜不于意境上用力，故觉无言外之味，弦外之响，终不能与于第一流之作者也。"（第四十二则）为了清楚地说明何谓"不于意境上用力"，王国维特地用"隔"与"不隔"这对概念来加以解释：

白石写景之作，如"二十四桥仍在，波心荡、冷月无声。""数峰清苦，商略黄昏雨。""高树晚蝉，说西风消息。"虽格调高绝，然如雾里看花，终隔一层。梅溪、梦窗诸家写景之病，皆在一"隔"字。（第三十九则）

问"隔"与"不隔"之别，曰：陶谢之诗不隔，延年则稍隔矣。东坡之诗不隔，山谷则稍隔矣。"池塘生春草"、"空梁落燕泥"等二句，妙处唯在不隔。词亦如是。即以一人一词论。如欧阳公《少年游》咏春草上半阕云："阑干十二独凭春，晴碧远连云。年里万里，二月三月，行色苦愁人。"语语都在目前，便是不隔。至云："谢家池上，江淹浦畔。"则隔矣。白石《翠楼吟》："此地。宜有词仙，拥素云黄鹤，与君游戏。玉梯凝望久，叹芳草、萋萋千里。"便是不隔。至"酒祓清愁，花消英气。"则隔矣。（第四十则）

从上面引文的解释中，不难看出，所谓"不于意境上用力"，就是没有解决好构成"意境"的"意"与"境"的合二为一，"意"与"境"浑然天成，是为"不隔"，反之，则是"隔"。由于"意境"是有"意"与

"境"这两个基本元素构成的，而"隔"的情况的出现是片面地强调了"意"或"境"方面的元素忽视了另一方面的元素造成"意"与"境"的不和谐，所以"意"与"境"的分属又有了"以意胜"和"以境胜"两个类型：

> "以意胜"的代表有苏轼（东坡）、辛弃疾（稼轩）：
> "东坡之词旷，稼轩之词豪。"（第四十四则）
> "读东坡、稼轩词，须观其雅量高致，有伯夷、柳下惠之风。"（第四十五则）

> "以境胜"的代表有秦观（少游）：
> "少游词境最为凄婉。"（第二十九则）
> "'风雨如晦，鸡鸣不已。''山峻高以蔽日兮，下幽晦以多雨。霰雪纷其无垠兮，云霏霏而承宇。''树树皆秋色，山山尽（当作"唯"）落晖。''可堪孤馆闭春寒，杜鹃声里斜阳暮。'气象皆相似。"（第三十则）

《人间词话》行至五十三则，仅就"词"这种文体而言，以上的论述已经完整地演示了"意境论"批评范式的诸步骤和过程。然而，《人间词话》余下的十则内容也颇令人关注：

> 四言敝而有《楚辞》，《楚辞》敝而有五言，五言敝而有七言，古诗敝而有律绝，律绝敝而有词。盖文体通行既久，染指遂多，自成习套。豪杰之士，亦难于其中自出新意，故遁而作他体，以自解脱。一切文体所以始盛终衰者，皆由于此。（五十四则）

> 大家之作，其言情也必沁人心脾，其写景也必豁人耳目。其辞脱口而出，无矫揉妆束之态。以其所见者真，所知者深也，诗词皆然。持此以衡古今之作者，可无大误矣。（五十六则）

> 诗人对宇宙人生，须入乎其内，又须出乎其外。入乎其内，故能写

之。出乎其外，故能观之。入乎其内，故有生气。出乎其外，故有高致。（第六十则）

诗人必有轻视外物之意，故能以奴仆命风月。又必有重视外物之意，故能与花鸟共忧乐。（第六十一则）

"枯藤老树昏鸦。小桥流水平沙。古道西风瘦马。夕阳西下。断肠人在天涯。"此元人马东篱《天净沙》小令也。寥寥数语，深得唐人绝句妙境。有元一代词家，皆不能办此也。（第六十三则）

白仁甫《秋夜梧桐雨》剧，沉雄悲壮，为元曲冠冕。然所作《天籁词》，粗浅之甚，不足为稼轩奴隶。岂创者易工，而因者难巧欤？抑人各有能有不能也？读者观欧、秦之诗远不如词，足透此中消息。（第六十四则）

在这里，王国维不仅再次重申了"意境"是"意"（主）与"境"（客）的二元构成的美学观点，更重要的是，王国维指出文学的体式由诗（包括四言、五言、七言古体和律绝）入词，以及由词入（元）曲（杂）剧，是文体自身遵循的内在规律，文体本身没有难易高下之分，如果运用特定的美学原则来"衡定"它们的话，一切"皆然"。这意味着：王国维《人间词话》的"意境论"批评绝不是只局限于某一特定文体（比如词），而是普遍地适用于一切文体。

王国维被公认为十九世纪末二十世纪初开创中国现代文学批评（理论）的第一人。应该说，王国维对于中国现代文论的开创性贡献是与他对中西文论所做的历史性交汇工作密不可分的。并且，王国维对于中西诗学的历史性交汇的切入口是从诗学话语的"化合"展开的，这不仅体现了王国维对于中西诗学话语异质性的敏锐学识，而且从根本上奠定了从中西诗学话语融合的视角实现中国现代文论转型的发展道路。

第五章

中西诗学话语的融合（上）

在二十世纪的中国诗学发展史上，王国维不仅是中国诗学由传统形态转向现代形态的奠基人，而且他开创的"化合"中西诗学话语之路，更是为后世的中西比较诗学的走向，指引了发展道路。在王国维之后，以王国维为楷模，专注于中西比较诗学的研究，并在融合中西诗学话语方面做出突出贡献的，朱光潜是其中有代表性的一位。

第一节　话语的诱惑：从《无言之美》、《诗的无限》 看朱光潜诗学研究的起点

一、"无言之美"：朱光潜诗学研究的起点

1924 年朱光潜用白话文发表了他的第一篇诗学文章《无言之美》。在这篇文章的开头，他引人注目地引述了《论语》里孔子与门下弟子的一段关于"无言"的对话：

> 子曰："予欲无言。"子贡曰："子如不言，则小子何述焉？"子曰："天何言哉？四时行焉，百物生焉，天何言哉？"①

---

① 语出《论语·阳货》，见朱光潜：《无言之美》，《朱光潜全集》第 1 卷，安徽教育出版社 1987 年版，第 62 页。

对于《论语》里这段赞美"无言"的话，朱光潜并不否认它本来是就伦理和教育而言的，但作为一位着眼于诗学研究的学者，他坦言自己从中获得的是诗学的领悟，并特别强调对于"无言"的意蕴，宜从诗学观点去把握：

> 言所以达意，然而意决不是完全可以言达的。因为言是固定的，有迹象的；意是瞬息万变的，飘渺无踪的。言是散碎的，意是混整的。言是有限的，意是无限的。以言达意，好像用继续的虚线画实物，只能得其近似。

> 所谓文学，就是以言达意的一种美术。在文学作品中，语言之先的意象，和情绪意旨所附丽的语言，都要尽美尽善，才能引起美感。①

在朱光潜看来，这种以有限之言语传达无限之意义，是文学的根本所在，也即他所说的"无言之美"。

朱光潜考察了包括文学在内的诸多艺术门类，从中发现了大量的深藏于艺术创作实践之中的"无言之美"。比如，在文学作品中，"无言之美"的例子处处可见：

> 陶渊明的《时运》，"有风自南，翼彼新苗"；《读〈山海经〉》，"微雨从东来，好风与之俱"；本来没有表现出诗人的情绪，然而玩味起来，自觉有一种闲情逸致，令人心旷神怡。钱起的《省试湘灵鼓瑟》末二句，"曲终人不见，江上数峰青"，也没有说出诗人的心绪，然而一种凄凉惜别的神情自然流露于言语之外。此外像陈子昂的《幽州台怀古》，"前不见古人，后不见来者，念天地之幽幽，独怆然而涕下！"李白的《怨情》，"美人卷珠帘，深坐颦峨眉。但见泪痕湿，不知心恨谁。"虽然说明了诗人的情感，而所说出来的多么简单，所含蓄的多么深远？再就写景说，无论何种境遇，要描写得惟妙惟肖，都要费许多笔墨。但是大手笔只选择两三件事轻描淡写一下，完全境遇便呈露眼前，栩栩欲生。譬如陶渊明的《归田园居》，"方宅十余亩，草屋八九间。榆柳阴

---

① 朱光潜：《无言之美》，《朱光潜全集》第 1 卷，安徽教育出版社 1987 年版，第 62 页。

后檐，桃李罗堂前。嗳嗳远人村，依依墟里烟。狗吠深巷中，鸡鸣桑树巅。"四十字把乡村风景描写多么真切！再如杜工部的《后出塞》，"落日照大地，马鸣风萧萧。平沙列万幕，部伍各见招。中天悬明月，令严夜寂寥。悲笳数声动，壮士惨不骄。"寥寥几句话，把月夜沙场状况写得多么有声有色，然而仔细观察起来，乡村景物还有多少为陶渊明所未提及，战地情况还有多少为杜工部所未提及。①

在音乐中，也有同样的情况：

白香山在《琵琶行》里形容琵琶声音暂时停顿的情况说，"水泉冷涩弦凝绝，凝绝不通声暂歇。别有幽愁暗恨生，此时无声胜有声。"这就是形容音乐上无言之美的滋味。著名英国诗人济慈（Keats）在《希腊花瓶歌》也说，"听得见的声调固然幽美，听不见的声调尤其幽美"（Heard melodies are sweet；but those unheard are sweeter），也是说同样道理。②

在戏剧中，"无言之美"更容易看出：

许多作品往往在热闹场中动作快到极重要的一点时，忽然万籁俱寂，现出一种沉默神秘的景象。梅特林克（Maeterlinck）的作品就是好例。譬如《青鸟》的布景，择夜阑人静的时候，使重要角色睡得很长久，就是利用无言之美的道理。梅氏并且说："口开则灵魂之门闭，口闭则灵魂之门开。"赞无言之美的话不能比此更透辟了。莎士比亚的名著《哈姆雷特》一剧开幕便描写更夫守夜的状况，德林瓦特（Drink-water）在其《林肯》中描写林肯在南北战争军事旁午的时候跪着默祷，王尔德（O. Wilde）的《温德梅尔夫人的扇子》里面描写温德梅尔夫人私奔在她的情人寓所等候的状况，都足以证明无言之美的。近代又有一种哑剧和静的布景，或只有动作而无言语，或连动作也没有，就将靠无

---

① 朱光潜：《无言之美》，《朱光潜全集》第 1 卷，安徽教育出版社 1987 年版，第 64 页。
② 朱光潜：《无言之美》，《朱光潜全集》第 1 卷，安徽教育出版社 1987 年版，第 64—65 页。

第五章 中西诗学话语的融合（上）

言之美引人入胜了。①

在雕塑中，由于其本来就是无言的，也可以拿来说明无言之美：

> 雕刻以静体传神，有些是流露的，有些是含蓄的。这种分别在眼睛上尤其容易看见。中国有一句谚语说，"金刚怒目，不如菩萨低眉"，所谓怒目，便是流露；所谓低眉，便是含蓄。凡看低头闭目的神像，所生的印象往往特别深刻。最有趣的就是西洋爱神的雕刻，她们男女都是瞎了眼睛。这固然根据希腊的神话，然而实在含有美术的道理，因为爱情通常都在眉目间流露，而流露爱情的眉目是最难比拟的。②

综合这些实例，朱光潜归纳出"无言之美"的一个公例：

> 拿美术来表现思想和情感，与其尽量流露，不如稍有含蓄；与其吐肚子把一切都说出来，不如留一大部分让欣赏者自己去领会。因为在欣赏者的头脑里所生的印象和美感，有含蓄比较尽量流露的还要深刻。换句话说，说出来的越少，留着不说的越多，所引起的美感就越大越深越真切。③

不过，朱光潜也坦承如此讨论"无言之美"尚存在一些问题，比如文学追求无言之美，但文学毕竟是要靠语言来传达的。决定文学意义的究竟是"言"还是"无言"？如果文学之美是由"无言"决定的，人们对于它的获得要超"言"而求"言外意"，但由于各个人有各个人的见解，所得的言外意必将因人而异，那么文学之美又何以在人与人之间沟通？对于这些问题，朱光潜在《无言之美》中只是引陶渊明的诗"此中有真义，欲辨已忘言"作为结语，没有做出具体的回答，但他显然没有忘记这些问题的存在。

二、诗之话语：朱光潜诗学研究的主线

1948 年朱光潜在新中国建国前夕写了一篇名为《诗的无限》的诗学文

---

① 朱光潜：《无言之美》，《朱光潜全集》第 1 卷，安徽教育出版社 1987 年版，第 65 页。
② 朱光潜：《无言之美》，《朱光潜全集》第 1 卷，安徽教育出版社 1987 年版，第 65 页。
③ 朱光潜：《无言之美》，《朱光潜全集》第 1 卷，安徽教育出版社 1987 年版，第 66 页。

章。在文章的开头，作者再次回到了这些问题：

> 诗本是以言达意，言足达意，意尽于言，那就应该已尽了诗的能事；而历来论诗者却主张诗要"意在言外"，"言有尽而意无穷"，"有弦外之音"。这里有几个问题：第一，意既借言而达，所谓"言外之意"当然不是言所达出的，它从何而来？其次，"修辞立其诚"，所谓"言外之意"是"言在此而意在彼"，这岂不近于说谎？第三，意既可见于"言外"，而岂不是有一种意无须借言来达，而且言的达意功用是有限度的，这就是说，言往往不能达意？第四，言中之意与言外之意的界限究竟如何？如果有界限，那界限如何制定？如无界限，则言外之意固不能据言确定，即言中之意也就有伸缩性了。把这看法推到逻辑的结论，语言的达意功用不但是有限度的，而且是无凭准的。[1]

如何来回答这些问题呢？朱光潜认为，这些问题其实涉及的一个基本问题，就是"言"与"意"之间的传达，也就是孔子所讲的"辞达而已矣"。朱光潜指出，在"言"与"意"的传达之间，存在着两种性质不同的"达"。对于这两种性质不同的"达"的理解，可以通过以下四个方面来说明：第一，如果借用数学术语而言，一种"达"只是"常数"（constant），另一种"达"还有"变数"（wariable），用它们来解释"言"对"意"的传达，就是只有常数的"达"，言者与读者所了解的意思有一部分重叠，这是"言中之意"，而含有"变数"的"达"，言者与读者所了解的意思就出现部分参差，就是"言外之意"，其所以参差的原因在言与读者的资禀经验修养的不同。用一个例子来说，就是：

> 一、$2 + 2 = 4$
> 二、山气日夕佳，飞鸟相与还。
> 在（一）那个数学等式里，言恰达意，意尽于言，任何人不了解这个等式则已，若了解则所了解的必完全相同，少了解一分或多了解一分

---

① 朱光潜：《诗的无限》，《朱光潜全集》第 9 卷，安徽教育出版社 1993 年版，第 503 页。

都是不可能的，那就无所谓"言外之意"。在（二）陶潜的诗句里，有一部分也几如数学等式，那就是字面的意义（"言中之意"），这两句话所指的客观的事实；此外还有一个更重要的部分就是"变数"，随各个了解者的资禀经验修养（这些统而言之就是"人格"）而变，有些人可以见得浅一点，有些人可以见得深一点，这可变的就是"言外之意"。①

第二，借用语言学术语而言，就是"陈述"（state）和"暗示"（suggest）的分别。朱光潜以实物为喻，"陈述如射箭，中的为止；箭头恰对准鹄的，一点也不能支离；暗示如点燃火引，星星之火，可以燎原，引燃的火的大小一要看燃料的多寡，二要看情境的顺逆。陈述的语句贵精确，有一分说就一分，说一分就了解一分，言者与读者之中不能有些微差异，有差异就不算'达'；暗示的语句贵有含蓄，有三分可以只说一分，而读者应该能'举一反三'，弦外不生余响，那仍然是不'达'。"② 第三，就语句的所表对象而言，有"理"和"情"的分别。"理是走直线的，直截了当，一往无余，所以说理文贵明白晓畅，迂回或重复都是毛病；情是走曲线的，低回往复，不能自已，所以抒情文贵含蓄，情致愈深而语文也就愈缠绵委婉，直率无余味就难免肤浅。凡是诗都有几分惊奇的意识（sense of wonder），情感的流露都有几分惊赞的语气，所以古人有'一唱三叹'之说，它像音乐，必有回声余韵。"③ 第四，就读者的心理作用而言，这是"知"（know）和"感"（feel）的分别。懂得一个道理须凭理智。这种懂只是"知"或领会意义；懂得一种情致须凭情感，这种懂只领会意义还不够，必须亲领身受那一种情致，可"知"者大半可以言传，可"感"者大半只能意会。同样以陶渊明的那两句诗为例：

陶潜的"山气日夕佳，飞鸟相与还"两句诗，就字义说本很简单，问识字的人"你懂得么？"他都可以回答"懂得"，再追问他"懂得什么？"他或是解释字义，把天气好，鸟飞还当作一件与人漫不相干的事叙述一番；或是形容这景象在他心中所引起的反应，他觉得全宇宙中有一种和谐，他觉得安静肃穆，怡然自得。前者只是"知"，后者才是

① 朱光潜：《诗的无限》，《朱光潜全集》第 9 卷，安徽教育出版社 1993 年版，第 504 页。
② 朱光潜：《诗的无限》，《朱光潜全集》第 9 卷，安徽教育出版社 1993 年版，第 504—505 页。
③ 朱光潜：《诗的无限》，《朱光潜全集》第 9 卷，安徽教育出版社 1993 年版，第 505 页。

“感”。“感”人人不同，因为人格的深浅不同。“感”都是一个变数，即所谓“言外之意”。①

朱光潜在这里对于“言”和“意”的传达的区分，实质上是指明了文学的语言是一种特殊的语言，语言之于文学关系重大，只有深入到文学语言之中，才能得窥文学的无限意义。

纵观朱光潜的《无言之美》和《诗的无限》，其中透露出朱光潜对于诗学研究的两个基本判断：其一，文学的主旨是意象—情意—语言三位一体的“尽美尽善”，以引起美感；其二，文学是通过语言来传达的，由于文学本质上是一种语言艺术，语言之于文学意义重大。这样两个基点像一根红线贯穿朱光潜从事中西诗学研究的始终，特别是他对于文学的语言性特征的关注，成为其切入中西诗学研究的前提和起点。

朱光潜何以选择从话语层面切入诗学研究呢？在《无言之美》和《诗的无限》等文章中，除了他一再宣扬文学的本质是语言艺术这条理由之外，他还多次提到了在诗学研究方面对他“启发很多”的王国维。众所周知，在朱光潜的数量众多的诗学著作中，王国维的影响是清晰可见的，他的许多观点的提出都与王国维有关，王国维的名字也频繁地出现在他的论著中，晚年接受采访，他亲口承认王国维对自己的影响。② 显然，朱光潜选择从话语角度研究诗学与王国维存在着事实性的关联。

第二节　作为融汇中西诗学话语先驱的王国维与朱光潜

有关朱光潜与王国维在诗学研究上的关联，对于中国现代诗学和中西比较诗学的研究而言，无疑是令人感兴趣的。关于王国维，我们引述两个片段来看朱光潜自己是怎么评价这位学界前辈的。其一是朱光潜在自己于二十世纪 40 年代的诗学代表作《诗论》中，引王国维的“境界”一说申言诗的主旨就在情趣与意象的相互配合，而情趣与意象“浸润渗透”的极致就是王国

---

① 朱光潜：《诗的无限》，《朱光潜全集》第 9 卷，安徽教育出版社 1993 年版，第 505 页。
② 参见朱光潜：《答香港中文大学校刊编者的访问》，《朱光潜全集》第 10 卷，安徽教育出版社 1993 年版，第 652 页。

维所谓的"境界"。朱光潜指出，每首诗都自成一种境界，都是专属于艺术自身的"一种独立自足的小天地"，情趣与意象混整在其中，在刹那中见终古，在微尘中显大千，在有限中寓无限，"从前诗话家常拈出一两个字来称呼诗的这种独立自足的小天地。严沧浪所说的'兴趣'，王渔洋所说的'神韵'，袁简斋所说的'性灵'，都只能得其片面。王静安标举'境界'二字，似较概括，这里就采用它。"① 其二是二十世纪 80 年代朱光潜应香港中文大学新亚书院之邀赴港讲学，在回答香港中文大学校刊编辑访问时，坦言王国维对于自己的影响："我受到一些近代中国美学家的影响，主要是蔡元培和王国维。……王国维写过一本小书《人间词话》，我从中受到很多启发。"②应该说，朱光潜受到王国维的影响是清晰而持久的。然而，仅仅指出上述事实是远远不够的，如果我们再仔细探讨一下两人在诗学研究上的内在关联的话，不难发现，他们其实在许多方面都存在着令人惊讶的相似性。

一、从文化背境和家学渊源上看朱光潜与王国维之间的相似性

就文化背境和家学渊源而言，如前所述，海宁学风和家学渊源对王国维影响甚大，与之相类似的是，朱光潜同样受惠于桐城学派和家学传统。安徽桐城，是近代中国名闻遐迩的学术重镇，由何唐、方学渐、钱澄之、方以智、潘木崖、方苞、戴名世、刘大櫆、姚鼐、方东树、吴汝纶、马其昶等领军的"桐城派"文学的发源地和大本营就在这里。钱念孙在《朱光潜与中西文化》一书中，曾对此有一个形象的说明：

> 据马其昶《桐城耆旧传》记载，桐城人科举应试，明代自永乐到崇祯年间，中进士者八十人，中举人者一百六十五人；清代中进士者一百五十四人，中举人者六百二十八人。区区一县之地，五百年间，除去大批科举之外无意仕途的名儒硕学不算，除去"于桐城唾手可得"的众多

---

① 朱光潜在《诗论》中的这段说明，很容易让人联想起王国维本人在《人间词话》中的那段著名议论："严沧浪诗话谓：''盛唐诸公，唯在兴趣。羚羊挂角，无迹可求。故其妙处，透澈玲珑，不可凑泊。如空中之音、相中之色、水中之月、镜中之象，言有尽而意无穷。'余谓：北宋以前之词，亦复如是。然沧浪所谓兴趣，阮亭所谓神韵，不过道其面目；不若鄙人拈出'境界'二字，为其探本也。"王国维对于朱光潜的影响也由此可见一斑。见《朱光潜全集》第 3 卷，安徽教育出版社 1987 年版，第 50 页。

② 朱光潜：《答香港中文大学校刊编者的访问》，《朱光潜全集》第 10 卷，安徽教育出版社 1993 版，第 652 页。

秀才不算，仅黄榜有名的进士和举人，竟达千余名，其人才质量之高、数量之多，实为中国历史上罕见的奇观。如此庞大的知识分子队伍汇于一邑，相互激励，世代相传，不仅极大地促进了整个桐城文化的兴旺发达，而且使桐城文派声名煊赫，传人几乎遍及全国。常州学派的重要人物、阳湖派的创始人张惠言，就自认作文"受于师刘海峰（大櫆）"后，"稍稍得规矩"。湖南湘乡派的领袖曾国藩也说："国藩之粗解其文，由姚先生（鼐）启之也。"岭南一代大文豪林纾更是尊桐城派后期大家吴挚甫（汝纶）、马通伯（其昶）为业师，认为自己从中"大获其偿"。仅此足见当时盛传的"天下文章，其出桐城乎"的佳话，实非空谷来风。①

从家学上说，朱光潜出身读书人家，他的祖父朱海门学问极好，与桐城派古文大家吴汝纶有交谊，其学生陈剑潭在古文派也曾一时盛名。他的父亲朱黼卿，熟读经史百家，长于经义策论。朱光潜从六岁起开始在父亲的私塾里读书，一直到十五岁进小学，没有从过师，唯一的老师就是他的父亲。关于家学对于自己的影响，从朱光潜在《从我怎样学国文说起》一文中曾做过如下说明：

> 我的祖父做得很好的八股文，父亲处在八股文和经义策论交替的时代。他们读什么书，也就希望我读什么书。……四书、五经、纲鉴、《唐宋八大家文选》、《古唐诗选》之外就几乎全是闱墨制义。……私塾的读书程序是先背诵后讲解。在"开讲"时，我能了解的很少，可是熟读成诵，……我现在所记得的书大半还是儿时背诵过的，当时虽不甚了了，现在回忆起来，不断地有新领悟，其中意味确是深长。

> 日记能记到一两百字时，父亲就开始教我做策论经义。……所谓"经义"是在经书中挑一两句做题目，就抱着那题目发挥成一篇文章，……所谓"策"是在时事中挑一个问题，让你出一个主意，……所谓"论"就是议论是非长短，或是评衡人物，……或是判断史事。……这类文章

---

① 钱念孙：《朱光潜与中西文化》，安徽教育出版社 1995 年版，第 9—10 页。

有它们的传统作法。开头要一个帽子，从广泛的大道理说起，逐渐引到本题，发挥一段意思，于是转到一个"或者曰"式的相反的议论，把它驳倒，然后作一个结束。这就是所谓"起承转合"。……我从十岁左右起到二十岁左右止，前后至少有十年的光阴都费在这种议论文上面。这训练造成我的思想的定型，注定我的写作的命运。我写说理文很容易，有理我都可以说得出，很难说的理我能用很浅的话说出来。这不能不归功于幼年的训练。①

正如钱念孙在总结桐城学风与家学渊源对于朱光潜学术影响时所指出的："故乡的读书风气，先辈的学术业绩，对桐城人在心理上产生了难以磨灭的影响。它增强后辈作为桐城人的自豪感，也激发了他们发扬光大前人传统，参与文化创造的志向和欲望。"② 在这一点上，朱光潜与王国维可以说是惊人的相似。

二、从求学经历上看朱光潜与王国维之间的相似性

从求学经历而言，与王国维的求学分早期的"旧学"和后期的"新学"两个发展阶段完全相同，朱光潜的求学同样经历了一个由早期"旧学"阶段向后期"新学"阶段转变的过程。从时间上说，朱光潜的私塾、小学及中学，属于"旧学"学习阶段。按照他本人的自述，1903 年，他 6 岁时进父亲的私塾接受封建私塾教育，10 年间，除了父亲在课堂上教授的四书五经、《古文观止》和《唐诗三百首》之外，还有他背着父亲翻阅的《史记》、《战国策》、《国语》、《困学纪闻》以及《三国演义》、《水浒传》、《红楼梦》、《琵琶记》、《西厢记》等。③ 1912 年，朱光潜 15 岁时才进入小学学习，但仅在小学待了一个学期，就升入桐城中学上了中学。桐城中学是桐城派古文大师吴汝纶创办的，学校特别重视古文，主要课本是桐城派祖师姚鼐的《古文辞类纂》，教师的传授除要求学生朗读和背诵之外，还让学生自己学习作文。朱光潜这里学习得益颇多，尤其是他的国文教师潘季野，是一位宋诗派的诗

---

① 朱光潜：《从我怎样学国文说起》，《朱光潜全集》第 3 卷，安徽教育出版社 1987 年版，第 439—441 页。

② 钱念孙：《朱光潜与中西文化》，安徽教育出版社 1995 年版，第 10 页。

③ 参阅朱光潜：《从我怎样学国文说起》，《朱光潜全集》第 3 卷，安徽教育出版社 1987 年版，第 439—442 页。

人，在他的熏陶之下，朱光潜对中国旧诗养成了浓厚的兴趣。[①] 1916 年，朱光潜中学毕业，在家乡当了半年小学教员。出于对"国故"的仰慕，朱光潜本来打算考北京大学，但由于家贫拿不起路费和学费，只好就近考进了不收费的武昌高等师范学校中文系。朱光潜在武昌待了一年光景，对于学校是大失所望：

> 里面国文教员还远不如在中学教我的那些老师。那位以地理名家的系主任以冬烘学究而兼有海派学者的习气，走的全是左道旁门，一面在灵学会里扶乩请仙，一面在讲台上提倡孔教，讲书一味穿凿附会，黑水变黑海，流沙便是非洲沙漠。另外有一位教员讲《孟子》，在每章中都发见一个文章义法，章章不同，这章是"开门见山"，那章是"一针见血"，另一章又是"拔茧抽丝"。一团乌烟瘴气，弄得人啼笑皆非。[②]

不过，朱光潜在武昌并非毫无所得。他有生以来发现世间竟有那么多的书，规规矩矩地圈点了全部段玉裁的《说文解字注》，略窥中国文字学门径。而且，塞翁失马，因祸得福，得到被遣送到香港大学的机会，成为朱光潜生平一个大转机。在香港大学这座"洋学堂"里，朱光潜接受的是一种迥异于"旧学"的"新学"教育。在朱光潜整日学外国文、读外国书时，现代中国的一个重要事件"新文化运动"发生了。如果说 20 年前的"甲午之役"是促成王国维新旧学问转型的话，那么现在"新文化运动"同样成为划分朱光潜新旧学问之间的一道分水岭：

> 大家都知道，这运动（指"新文化运动"，引者注）是对于传统、伦理、政治、文化各方面的全面攻击。它的鼎盛期正当我在香港读书的年代。那时我是处在怎样一个局面呢？我是旧式教育培养起来的，脑里被旧式教育所灌输的那些固定观念全是新文化运动的攻击目标。好比一个商人，库里藏着多年辛苦积蓄起来的一大堆钞票，方自以为富足，一夜睡过来，满市人都喧传那些钞票全不能兑现，一文不值。你想我心服

---

① 参阅朱光潜：《作者自传》，《朱光潜全集》第 1 卷，安徽教育出版社 1987 年版，第 1 页。
② 朱光潜：《从我怎样学国文说起》，《朱光潜全集》第 3 卷，安徽教育出版社 1987 年版，第 443—444 页。

不心服？……当时许多遗老遗少都和我处在同样的境遇。他们咒骂过，我也跟着咒骂过。……但是我那时正开始研究西方学问。一点浅薄的科学训练使我看出新文化运动是必需的，经过一番剧烈的内心冲突，我终于受了它的洗礼。①

三、从诗学主张看朱光潜与王国维之间的相似性

就诗学主张而言，王国维在《〈红楼梦〉评论》中曾对艺术之本质做过如下的评判：

> 生活之本质何？"欲"而已矣。欲之为性无厌，而其原生于不足。不足之状态，苦痛是也。……人生之所欲，既无以逾于生活，而生活之性质又不外乎苦痛，故欲与生活、与苦痛，三者一而已矣。
>
> ……吾人之知识与实践之二方面，无往而不与生活之欲相关系，即与苦痛相关系。兹有一物焉，使吾人超然于利害之外，而忘物与我之关系。……然物之能使吾人超然于利害之外者，必其物之于吾人无利害之关系而后可；易言以明之，必其物非实物而后可。然则非美术何足以当之乎？……故美术之为物，欲者不观，观者不欲；而艺术之美所以优于自然之美者，全存于使人易忘物我之关系也。②

然而，正如王国维自谓《〈红楼梦〉评论》的理论"立脚地"全在叔本华，他的把艺术的本质归结为对于现实生活的疏离和超越的诗学主张源自叔本华美学，所以，王国维不仅称赞"其说精密确实"，而且一再地引证叔本华的《意志与观念之世界》：

> 人之意志，于男女之欲，其发现也为最著。故完全之贞操，乃拒绝意志即解脱之第一步也。夫自然中之法则，固自最确实者。使人人而行此格言，则人类之灭绝，自可立而待。至人类以降之动物，其解脱与堕

---

① 朱光潜：《从我怎样学国文说起》，《朱光潜全集》第 3 卷，安徽教育出版社 1987 年版，第 444 页。

② 王国维：《〈红楼梦〉评论》，《王国维文集》第一卷，中国文史出版社 1991 年版，第 2—4 页。

落，亦当视人类以为准。

　　人类之美之产于自然中者，必由下文解释之：即意志于其客观化之最高级（人类）中，由自己之力与种种之情况，而打胜下级（自然力）之抵抗，以占领其物力。且意志之发现于高等之阶级也，其形式必复杂。……故美之知识，断非自经验的得之，即非后天的而常为先天的；即不然，亦必其一部分常为先天的也。吾人于观人类之美后，始认其美；但在真正之美术家，其认识之也，极其明速之度，而其表出之也，胜乎自然之为。此由吾人之自身即意志，而于此所判断及发见者，乃意志于最高级之完全之客观化也。唯如是，吾人斯得有美之预想。而在真正之天才，于美之预想外，更伴以非常之巧力。彼于特别之物中，认全体之理想，遂解自然之嗫嚅之言语而代言之。①

朱光潜在《文艺心理学》中，同样以叔本华美学为依据论证美感经验的根本是艺术世界对于实用世界的脱离：

　　叔本华以为人生大患在有我，我的主宰为意志。人人都是他自己意志的奴隶，有意志于是有追求挣扎，有追求挣扎于是有悲苦烦恼。在欣赏文艺时我们暂时忘去自我，摆脱意志的束缚，由意志世界移到意象世界，所以文艺对于人生是一种解脱。②

并引叔本华在《意志与观念之世界》的一段"很透辟的话"加以说明：

　　如果一个人凭心的力量，丢开寻常看待事物的方法，不受充分理由律（the law of sufficient reason）的控制去推求诸事物中的关系条理，——这种推求的最后目的总不免在效用于意志，——如果他能这样地不理会事物的"何地""何时""何故"以及"何自来"（where,

---

① ［德］叔本华：《意志与观念之世界》，见王国维：《〈红楼梦〉评论》，《王国维文集》第1卷，中国文史出版社1991年版，第17、21、22页。
② 朱光潜：《文艺心理学》，《朱光潜全集》第1卷，安徽教育出版社1987年版，第213—214页。

when，why，whence），只专心观照"何"（what）的本身；如果他不让抽象的思考和理智的概念去盘踞意识，把全副精神专注在所觉物上面，把自己沉没在这所觉物里面让全部意识之中只有对于风景、树林、山岳或是房屋之类的目前事物的恬静观照，使他自己"失落"在这事物里面，忘去他自己的个性和意志，专过"纯粹自我"（pure subject）的生活，成为该事物的明镜，好像只有它在那里，并没有人在知觉它，好像他不把知觉者和所觉物分开，以至二者融为一体，全部意识和一个具体的图画（即意象——引者）恰相叠合；如果事物这样地和它本身以外的一切关系绝缘，而同时自我也和自己的意志绝缘——那么，所觉物便非某某物而是"意象"（idea）或亘古常存的形象，……而沉没在这所觉物之中的人也不复是某某人（因为他已把自己"失落"在这所觉物里面）而是一个无意志，无痛苦，无时间的纯粹的知识主宰（pure subject of knowledge）了。①

朱光潜与王国维的诗学观可谓是一脉相承。②

可以说，正是在文化背景、家学渊源、求学经历以及诗学主张上存在的诸多相似性，构成了朱光潜接受王国维诗学影响的内在根源。由此，我们也不难理解，朱光潜选择中西诗学作为研究对象是绝非偶然，他选择从话语切入中西诗学研究也是水到渠成。

第三节　朱光潜对于中西诗学话语的认知及 对中国现代诗学话语的提倡

朱光潜最初选择研究文学时，出于"字义的误解"，曾经以为做过几首

①　［德］叔本华：《意志与观念之世界》，见朱光潜：《文艺心理学》，《朱光潜全集》第 1 卷，安徽教育出版社 1987 年版，第 214 页。

②　王国维自谓是叔本华的信徒，他的诗学观深受叔本华（也许还应加上尼采）美学影响；朱光潜则是意大利美学家克罗齐的追随者，按照朱光潜本人对于西方美学流派的划分，叔本华、尼采、克罗齐同属于西方近代以来由康德、黑格尔直至克罗齐的唯心论美学，所以受到叔本华影响的王国维与深受克罗齐影响的朱光潜在诗学主张上持有相同或相近的立场，并不让人觉得奇怪。参阅朱光潜：《近代美学与文学批评》，《朱光潜全集》第 3 卷，安徽教育出版社 1987 年版，第 404 页。

诗，发表几篇文章，或是随便哼哼诗念念文章，看看小说，就是"研究文学"，等到去欧洲得窥西方文学研究之门径，才有庄周望洋兴叹的感触。① 置身于中西不同的学习氛围之中，朱光潜强烈感受到的是中西文学间语言的差异：

> 文学的媒介是语言文字。要明白一国的语言文字，第一要知道它的音（音韵学），第二要知道它的义（训诂学），第三要知道它的音的组合原则（音律学），第四要知道它的意的组合原则（文法学），第五要知道它的音和义的组合对于读者或听者所生的影响（修辞学及美学）这些都是专门学问。在中国和欧洲几个先进国中，这些学问都各已有几千年的历史。这几千年中学者对于它们已经费过许多心血，积蓄了许多有价值的经验。这些经验不是任何天才可以赤手空拳，毫无凭借，在毕生之内所能积蓄起来的。所以文学家不能不走捷径，先将前人关于语言文字研究所得的结果加以一番研究，用不着自己去在平地造山岳。只是这一层就已经够费心血了。②

他对中西诗学的讨论也是从话语方面展开的。

一、朱光潜对于诗学的语言性特征的认识

意大利美学家克罗齐（Benedetto Croce）认为，语言自身就是一种艺术，语言学和美学根本就是一件东西。朱光潜深受克罗齐的影响，一贯主张文学的媒介是语言文字，强调语言文字的创造和发展与诗学的情感思想合二为一。朱光潜指出，大多数论诗者在看待诗学与语言的关系时，通常认为诗学中的情感思想是先在的，是内容、是实质，作为媒介的语言组织是后天的，是形式，是外加，所谓表现，就是用外在的后天的语言去记录或翻译内在的先的情感和思想，但其实不然，情感思想与语言的关系，不是实质与形式的关系，也不是内与外、先与后的关系，而是同时发生、不分彼此的连贯关系，并罗列了下述理由：

第一是逻辑学方面的证明。朱光潜曾写过一篇名为《思想就是使用语

---

① 参阅朱光潜：《我与文学》，《朱光潜全集》第 3 卷，安徽教育出版社 1987 年版，第 338 页。
② 朱光潜：《文艺心理学》，《朱光潜全集》第 1 卷，安徽教育出版社 1987 年版，第 409 页。

言》的论文，运用形式逻辑来推演思想与语言的同一性。① 在定义部分，朱光潜对包括思想和语言在内的 10 个范畴做了清晰界定：1. 事物　是构成客观世界的物体和事件。2. 符号（sign）是指在思维主体心中代表事物的记号（symbol），分自然形象和人为符号两类。3. 思维　是指人类精神认识客观世界和解决其中问题的积极的心理过程。4. 思想　是指思想行为的结果。5. 思想客体（对象）　是指思维行为的手段或者思维操作的材料。6. 清楚的思想　是指这样一种思想：它受到意识的充分注意，思维主体也清楚地把握了相关的一些符号；模糊的思想是指处于萌芽阶段的思想，这种思想仍然处于意识的边缘，继续向前摸索。7. 思想倾向　是指心理的动力定向（motor - set），它推动思维继续进行并把它引到某一方向。8. 语言　是指称实有事物或想象事物的一种符号体系。9. 内含语言（implicit language）就是思维所操作的符号系统；外显语言（explicit language）是指含蓄语言为了传达而成为可见或可听的语言。10. 表达　是指使内含语言成为外显语言的过程。在公理部分，朱光潜列了 4 条：1. 思维不能在真空中进行；思维必须借某些对象或材料而进行。2. 我们只能思想那些以一些符号的形式呈现于心中的事物。3. 两个相隔的不同实体（例如点）只有增补中间环节才能结合成一个实体。4. 外显语言（或表达）中的任何内容都已经包含在内含语言（或思想）之内。依据上述的定义和公理，朱光潜得证以下诸命题：1. 一切思想客体（对象）都是符号。2. 凡是清楚的思想都可以得到表达。3. 如果内含语言的范围大于外显语言，除非创造新的符号，就可能存在不可表达的剩余部分。因此语言随着思想的发展而增长。4. 思想倾向本身是不可表达的；思想倾向只有成为思想客体（对象）才可以表达。5. 不清楚的思想是不可表达的；思想只有在变得清楚之后才可以表达。6. 思想和使用语言是同时发生的同一事情。②

　　第二是行为心理学派的实验。朱光潜指出，一般人以为思想全是脑的活动，"思想" 与 "用脑" 几成为同义词。其实这是不精确的，因为在运用思

---

①　朱光潜解释说，之所以不用通常说明文的松散文体，而选择形式逻辑的推演，是因为这种证明方式 "更为明确"、"更有条理"，且 "一直为欧几里德以来几何学家所采用，并通过斯宾诺莎的《伦理学》引进哲学领域。" 参阅朱光潜：《思想就是使用语言》，《朱光潜全集》第 9 卷，安徽教育出版社 1993 年版，第 383 页。

②　参阅朱光潜：《思想就是使用语言》，《朱光潜全集》第 9 卷，安徽教育出版社 1993 年版，第 383—389 页。

想时，我们不仅用脑，全部神经系统和全体器官都在活动。而在人类的这些活动器官中，语言器官活动对于思想尤为重要。比如，小孩子们心里想到什么，口里就同时说出来。有些人在街上走路自言自语，其实他们在思想。诗人做诗，常一边想，一边吟诵。有些人看书，口里不念就看不下去。为什么会这样呢？按照美国行为心理学派的实验研究，人的说话器官的活动总是和思维活动同时并且同构（homogeneously）进行的。他举了美国行为心理学派的代表人物来希列教授（K. S. Lashley）做过的一个验证发声与思维同步的实验：这个实验是给受验者一个"树"的语词，受验者先被要求低声背诵一遍，用熏烟鼓把受验者的喉舌运动痕迹记载下来；然后再叫他默想同一语词的意义而不发声，也用熏烟鼓把受验者的喉舌运动痕迹记载下来，通过比较这两次熏烟鼓纸上记载的痕迹，可以发现，两次痕迹尽管一较明显，一较模糊，而起伏曲折的波纹却大致平行类似。朱光潜认为，行为心理学派的实验业已证明，人的语言和思维是平行一致的，人在想某一事物的同时，人的说话器官就在做说出这个语词的各种动作，而如果人的说话器官受到人为压抑，人的思维也就不能进行下去，借用美国行为心理学派的另一代表人物华生教授（Watson）的话说，就是"思想是无声的语言，语言是有声的思想。"[①]

第三是人类学和文明史的佐证。朱光潜指出，人类学和文明史的进展也清楚地表明，人类思想的进步和语言的发展恰成正比。比如，在各民族的文化发展中，思想愈发达，语言也愈丰富，未开化的民族以及未受教育的民众不但思想粗疏幼稚，语言也极简单，而文明的进步最直观的表现就是词汇的逐渐扩展。各民族的思想习惯上的差别在其语言习惯上的差别也可以见出。如中国人的思想偏于综合，西方人的思想偏于分析，这种差别在语言上也是一样的。而且，不同民族思想方式的不同，正和他们的说话方式不同一样，每一种民族语言的每一个字都满载这个民族在其历史中所历过的生活经验。字词往往具有一种情感上的光环并提供大量的暗示和联想，这在另一种语言的相应词是找不到的。一些简单的词如英文中"fire"、"sea"、"castle"、"nightingale""sin"、"gentleman"、"Helan"、"liberty"等以及中文中如"家"、"庙"、"菊"、"燕"、"仁"、"礼"、"圣人"、"隐士"、"过年"、"玉

---

① 参阅朱光潜：《诗论》，《朱光潜全集》第 3 卷，安徽教育出版社 1987 年版，第 90—91 页。

门关"、"王昭君"等对本国人所产生的意义不会完全等同于那些不仅生来不说这种语言而且不熟悉这种传统的人所感受到的意义。而所有这些表明，思想与语言是同步的，思想不能脱离语言，语言也同样不能脱离思想。①

二、朱光潜对于中西诗学话语特征的认知

关于中国传统诗学的话语特征，朱光潜认为中国向来只有诗话而无诗学，"诗话大半是偶感随笔，信手拈来，片言中肯，简练亲切，是其所长；但是它的短处在零乱琐碎，不成系统，有时偏重主观，有时过信传统，缺乏科学的精神和方法"，而造成诗学在中国不甚发达的原因大概不外两种，"一般诗人与读诗人常存一种偏见，以为诗的精微奥妙可意会而不可言传，如经科学分析，则如七宝楼台，拆碎不成片断。其次，中国人的心理偏向重综合而不喜分析，长于直觉而短于逻辑的思考。"② 在朱光潜看来，谨严的分析与逻辑的归纳是治诗学者所需要的方法，诗学在中国被忽略是一种不幸，因为从文学史发展来看，作为文学理论研究的诗学是与艺术创造互为因果，文学的发展为理论研究提供条件，而理论的总结也反过来可以对文学创作进行帮助和影响。即便对于欣赏而言，诗学的理论指导意义也是不容一笔抹杀的，我们对于艺术作品的爱憎不应该是盲目的，只是感觉上觉得好或觉得不好是不够的，必须进一步追究它何以好或何以不好，而诗学的任务就是为文学的事实寻出理由。③

关于西方诗学的话语特征，朱光潜曾经在《近代美学与文学批评》一文中，把西方诗学从古代希腊一直到近代以来的发展分为三个时期来介绍：（一）古代希腊时期。这是西方诗学的创业时期。希腊文学批评有两大倾向：一个倾向是偏重实用，这方面的代表是亚里斯多德的《修辞学》；另一个倾向是偏重学理，这方面的代表是亚里斯多德的《诗学》。其中，《修辞学》所讨论的是各种辩论的方式和各种听众的心理，其目的是教会人们在辩论和演讲中对什么样的人说什么样的话才能奏效。《诗学》是探讨文学原理的，它把文学分门别类进行分析，找出诸门类的异同和每门类的要素，然后从中

---

① 参阅朱光潜：《思想就是使用语言》，《朱光潜全集》第 9 卷，安徽教育出版社 1993 年版，第 390 页。

② 朱光潜：《诗论·抗战版序》，《朱光潜全集》第 3 卷，安徽教育出版社 1987 年版，第 3 页。

③ 参阅朱光潜：《诗论·抗战版序》，《朱光潜全集》第 3 卷，安徽教育出版社 1987 年版，第 3 页。

得出一些原理来。亚里斯多德以后的西方文学批评都是围绕他的这两部著作展开的，他是西方文学批评（诗学）的开山祖师。（二）从古罗马、中世纪、文艺复兴，一直到十八世纪止，是西方诗学的守成时期，或称假古典主义时期。这一时期，西方诗学都只偏重于亚氏《修辞学》所代表的实用倾向。不仅这一时期的代表性的诗学著作，如朗吉弩斯的《论崇高》（Longinus：*On the Sublime*），贺拉斯的《与庇梭论诗艺》（Horace：*Epistle to Pisus*），维达的《诗学》（Vida：*Art Poetica*），布瓦罗的《论诗艺》（Boileau：*Art Poetique*）以及蒲柏的《批评论》（Pope：*Essay on Ctiticism*），从严格意义上讲，整个都是修辞学的、实用的，即便是对于亚里斯多德《诗学》的解读，也是用他们读《修辞学》所用的那一副实用的态度。（三）从十八世纪后半叶浪漫主义运动以来，是西方诗学的近代时期或是再造时期。"从消极方面看，近代文学批评要推翻传统的陈腐的规律，要抛开浅薄的实用目的，要放弃教训作者的态度，要从就文学而言文学的窄狭圈套中跳出。从积极方面说，它要回到真正的希腊精神，回到亚里斯多德的《诗学》一部书所代表的倾向，这就是说，回到哲学基础和科学方法。近代文学批评家从柯尔律治（Coleridge）到克罗齐（Croce）都不仅是文人，他们或同时是哲学家和科学家，或对于现代哲学和科学都有相当的研究和认识。他们与假古典时期的批评家根本不同的就在他们研究文学问题，或是有较高广的哲学的立场，或是有严密的科学方法。"① 在这里，科学性、学理性，成为朱光潜推崇西方诗学的重要话语特征。

朱光潜在英法留学多年，对于西方诗学学理化、科学化的话语特征的体会尤其深刻。1928 年至 1930 年间，在法国斯特拉斯堡大学学习期间，朱光潜曾用英文完成了他的博士论文《悲剧心理学》。在这部论著的首章"绪论"部分，作者开篇就提出问题："我们在下文准备讨论的问题可以用一句话来概括：我们为什么喜欢悲剧？"② 并对该选题做了说明：在日常生活中，人们不喜欢悲痛，但在艺术中，人们却被悲剧深深吸引，悲剧的喜感问题，成为文学批评中一个令人无法忽略的问题。探讨这个问题的重要性并不局限于心理学，而对解决美学、文学批评、舞台表演艺术以至宗教和哲学中一系

---

① 朱光潜：《近代美学与文学批评》，《朱光潜全集》第 3 卷，安徽教育出版社 1987 年版，第 403 页。

② 朱光潜：《悲剧心理学》，《朱光潜全集》第 2 卷，安徽教育出版社 1987 年版，第 212 页。

列的问题，如崇高与优美、悲剧性与喜剧性的区别，艺术创作的心理学基础，演员对于角色的处理以及宗教和哲学对于文学的影响等等重要文艺理论话题，都将是"一大贡献"。由于悲剧的欣赏是一个复杂的现象，没有哪一种原因就能对之作出全面的说明，所以朱光潜申明自己的研究策略是综合各种悲剧理论进行批判性研究：

> 我们将依次讨论在说明悲剧快感的原因时，可以在多大程度上考虑审美观照、恶意、同情心、道德感、乐观的人生观和悲剧的人生观、情绪缓和作用、活力感、智力好奇心的满足以及其他一些因素。……我们将主要在具体事实的基础上展开论述，……我们的方法将是批判的和综合的。[1]

以下第 2 章至第 12 章，作者对于西方从古希腊直到近代的不同流派的悲剧喜感理论分章别类，一一给予介绍和评析，并在尾章"总结与结论"中，对于悲剧喜感问题，得出四点总结性结论：1. 悲剧的欣赏首先是一种活动，所以自然会产生一般人类活动所共有的快感。2. 悲剧是对现实的补偿，是被人深切地体验到、得到美的表现并传达给别人的一种情感经验。强烈情感的经验本身就是快乐的源泉，表现的美和同感的结果更能增强这种快乐。3. 悲剧与一般艺术的区别在于它用真人为媒介，生动逼真地模仿动作，人们更愿意去剧场观剧，更能强烈地感受到生命的活力。4. 悲剧表现最严肃的行动，不仅像喜剧那样使我们觉得高兴，而且能使我们深受感动和振奋鼓舞。[2] 由此可见，《悲剧心理学》学理化、科学化的诗学研究范式是十分突出的。同时，由于这部论著是朱光潜"文艺思想的起点"，也是其后来的诗学代表作《文艺心理学》和《诗论》的"萌芽"，[3] 这种谨严的诗学研究范式一直伴随朱光潜诗学研究的始终。

---

① 朱光潜：《悲剧心理学》，《朱光潜全集》第 2 卷，安徽教育出版社 1987 年版，第 221—222 页。

② 参阅朱光潜：《悲剧心理学》，《朱光潜全集》第 2 卷，安徽教育出版社 1987 年版，第 461—465 页。

③ 朱光潜：《悲剧心理学·中译本自序》，《朱光潜全集》第 2 卷，安徽教育出版社 1987 年版，第 209 页。

三、朱光潜对以白话再造中国现代诗学话语的提倡

如前所述，"新文化运动"的发生，曾是朱光潜生平中的一个大事件。白话文与文言文的论争，是"新文化运动"的一个主要内容。在"新文化运动"发动之初，朱光潜对于用白话代文言是带着抵触情绪的，但最终经过内心的激烈斗争，放弃了文言，开始做白话文。在朱光潜看来，文言与白话之间的分别并不如一般人所想象得那样大：第一，就写作的难易说，文章要做得好都很难，用白话也并不比用文言容易。第二，就流弊说，文言固然可能导致空调俗滥板滞，白话也并非天生地可以免除这些毛病。第三，就表现力说，白话与文言各有所长，如果要写得简练、含蓄、富有伸缩性，宜于用文言；如果要写得生动、直率、切合于现实生活，就宜于用白话。第四，就写作技巧说，好文章的条件都是一样，首先是要有话说，其次要把话说得好。思想条理必须清楚，情致必须真切，境界必须新鲜，文字必须表现得恰到好处，谨严而生动，简朴不至枯涩，高华不至浮杂。文言文要好须如此，白话文要好也还须如此。但尽管如此，做过十五年文言文又做了数十年白话文的朱光潜最终还是"大体上比较爱写白话"，原因也很简单：语文的重要功用是传达，传达是作者与读者中间的交际，必须作者说得痛快，读者听得痛快，传达才能收到最大的效果。为作者想，文言和白话的分别固然不大；但为读者着想，白话确远比文言方便。[①]

然而选择了白话并不意味着就万事大吉，因为白话的定义很难下，如果它仅指的是大多数人日常所用的语言，那它的字和辞都太贫乏，绝不够用，所以，朱光潜主张，要想让白话在现代起到重要的传达作用，迫切需要对于白话施以再造，具体的方法有二：第一，是吸收文言文的遗产。白话与文言的区别是相对的，并没有严密分家的可能。而本来语文都有历史的承续性，字与词有部分的新陈代谢，绝无全部的死亡。提倡白话文的人们喜欢说文言是死的，白话是活的，朱光潜以为这话"语病很大"，它使一般青年读者们误信只要会说话就会做文章，对于文字可以不研究，对于旧书可以一概不读，这是为白话文作茧自缚。白话文必须继承文言的遗产，才可以丰富，才可以着土生根。因为这个信念，朱光潜写白话文，从不忌讳在文言中借字借

① 参阅朱光潜：《从我怎样做国文说起》，《朱光潜全集》第 3 卷，安徽教育出版社 1987 年版，第 445 页。

词，并且觉得早年的文言训练对于自己写白话文"还大有帮助"。不过，朱光潜极力避免用文言文的造句法以及文言文所习用的虚字如"之乎者也"之类，"因为文言文有文言文的空气，白话文有白话文的空气，除借字借词之外，文白杂糅很难得谐和"。① 第二，是适宜程度的欧化。朱光潜从略通外国的语言和文学时，就时时考虑怎样采取外国文学的风格和文字组织的优点，来替中国文创造一种新风格和新组织：

> 我写白话文，除得力于文言文的底子以外，从外国文字训练中也得了很不少的教训。头一点我要求合逻辑。一番话在未说以前，我必须把思想先弄清楚，自己先明白，才能让读者明白，糊里糊涂地混过去，表面堂皇铿锵，骨子里不知所云或是暗藏矛盾，这个毛病极易犯，我总是小心提防着它。我不敢说中国文人天生有这毛病，不过许多中国文人常犯这毛病却是事实。我知道提防它，是得力于外国文字的训练。我爱好法国人所推崇的明晰。第二点我要求合文法。文法本由习惯造成，各国语文都有它的习惯，就有它的文法。不过我们中国人对于文法向来不大研究，行文还求文从字顺，说话就不免随便。中国文法组织有两个显著的缺点。第一是缺乏逻辑性，一句话可以无主词，"虽然""但是"可以连着用。其次缺乏弹性，单句易写，混合句与复合句不易写，西文中含有"关系代名词"的长句无法译成中文，可以为证。我写白话文，常尽量采用西文的文法和语句组织。②

不过，朱光潜主张的白话的欧化应是受"适宜程度"的限制，不应和本国的文字的特性相差太远，绝不能全盘的照搬西方，有两种过度的欧化是朱光潜绝对不能赞成的：第一种是生吞活剥地模仿西文语言组织。第二种是堆砌形容词和形容字句，把一句话拖得冗长臃肿。最后，朱光潜特别指出，任何一个民族和时代的语言文字都不可能是僵化不变的，都是要随着时代的变化，有所学习，有所借鉴，唯此才可以永葆鲜活的生命力。他预言西方文化的东

---

① 朱光潜：《从我怎样做国文说起》，《朱光潜全集》第 3 卷，安徽教育出版社 1987 年版，第446 页。

② 朱光潜：《从我怎样做国文说起》，《朱光潜全集》第 3 卷，安徽教育出版社 1987 年版，第446—447 页。

流，是中国文学复苏的一个好机会。中国文字的欧化将来必须逐渐扩大，由语句组织扩大到风格。而这一点，已为从王国维到朱光潜以来的二十世纪中国现代诗学实践所证实。

第四节　"阐发"的范例：从《文艺心理学》看朱光潜 对中国现代诗学话语的再造（上）

"阐发法"是二十世纪 70 年代台湾比较文学学者古添洪、陈慧桦提出的一种比较文学研究方法，如他们在《比较文学的垦拓在台湾·序》中所宣称的：

> 我国文学，丰富含蓄；但对于研究文学的方法，却缺乏系统性，缺乏既能深探本源又能平实可辨的理论；故晚近受西方文学训练的中国学者，回头研究中国古典或近代文学时，即援用西方的理论与方法，以开发中国文学的宝藏。由于这援用西方的理论与方法，即涉及西方文学，而其援用亦往往加以调整，即对原理论与方法作一考验、作一修正，故此种文学研究亦可目之为比较文学。我们不妨大胆宣言说，这援用西方文学理论与方法并加以考验、调整以用之于中国文学的研究，是比较文学中的中国派。①

尽管在"阐发研究"是否可以代表比较文学中国学派这一问题上学界一直存有争议，但由王国维、朱光潜等现代学人开创的援用西方理论和方法来"阐发"中国文学的比较文学实践在中国比较文学研究领域内占有重要的一席之地，却是不争的事实。特别是朱光潜，被认为是二十世纪 30 年代引领此领域的着"先鞭"人。②

---

① 古添洪、陈慧桦：《比较文学的垦拓在台湾·序》，东大图书出版公司 1976 年，第 1—2 页。
② 参阅钱念孙：《朱光潜与中西文化》，安徽教育出版社 1995 年版，第 161 页。

一、"阐发"研究：从《悲剧心理学》到《文艺心理学》

朱光潜的阐发研究始于二十世纪 20 年代。其时的朱光潜就读于英国的爱丁堡大学和法国的斯特拉斯堡大学，在西方文学的洗礼下，朱光潜开始尝试运用西方文学的理论和方法来解读、分析中国的文学作品和理论，用他自己的话来说，就是借用西方文学的理论和方法来开拓"中国文学之未开辟的领土"：

> 我对于中国文学，兴味虽很浓厚，但是没有下过研究的工夫。近几年稍涉猎西方文学，常时返观到中国文学，两相比较，觉得中国文学在创作与批评两方面，都有许多待开辟的领土。①

为何要借用西方文学的理论和方法来"阐发"中国的文学创作和理论呢？朱光潜服膺西方文学研究讲求的学理性、科学性规范，痛感中国的文学研究在理论方法上存在两大弊端：一失之于笼统，二失之于零乱，无助于文学研究，故而主张中国的文学研究"最重要的方向"是借助于西方文学批评（literary criticism）的理论和方法，去发掘中国文学未开辟的宝藏，并坚信，"我们把研究西方文学所得的教训，用来在中国文学上开辟新境，终久总会使中国文学起一大变化的。"② 早在二十世纪 20 年代末，朱光潜写作他的诗学萌芽之作《悲剧心理学》，在末章论述悲剧和宗教、哲学的关联时，就曾借助西方的悲剧理论来试图解释中国为何没有悲剧的问题，在当时只能算是小试一把牛刀。③ 进入二十世纪 30 年代，随着《文艺心理学》的发表，朱光潜援用西方文学的理论和方法来对中国文学进行了集中的"阐发"：

> 近代美学所侧重的问题是："在美感经验中我们的心理活动是什么

---

① 朱光潜：《中国文学之未开辟的领土》，《朱光潜全集》第 8 卷，安徽教育出版社 1993 年版，第 134 页。

② 朱光潜：《中国文学之未开辟的领土》，《朱光潜全集》第 8 卷，安徽教育出版社 1993 年版，第 143 页。

③ 由于朱光潜认为中国没有西方悲剧这种文学体裁，所以在论述悲剧原理时只涉及对西方诸悲剧理论的介绍和评析，基本上没有涉及中国文学方面的内容。参阅朱光潜：《悲剧心理学》，《朱光潜全集》第 2 卷，安徽教育出版社 1987 年版，第 224 页。

样？"至于一般人所喜欢问的"什么样的事物才能算是美"的问题还在其次。这第二个问题也并非不重要，不过要解决它，必先解决第一个问题；因为事物能引起美感经验才能算是美，我们必先知道怎样的经验是美感的，然后才能决定怎样的事物所引起的经验是美感的。①

在《文艺心理学》的开篇，朱光潜就直言探讨文艺理论问题的关键是美感经验之于人的心理活动，② 由于美感经验就是人们在欣赏自然美或艺术美时的心理活动，所以朱光潜写作《文艺心理学》的主旨，就是"把文艺的创造和欣赏当作心理的事实去研究，从事实中归纳得一些可适用于文艺批评的原理。"③ 所用的方法则是吸收西方近代心理学的研究成果，从心理学的观点出发来研究美感经验，并证之以中外文艺实践：

第一，美感经验的性质是形象的直觉。美感经验是一种极端的聚精会神的心理状态，按照西方近代心理学的研究，在凝神的境界中，人的全部精神都聚会在一个对象上面，使之成为一个独立自足的世界，如德国的著名心理学家闵斯特堡（Munsterberg）在其《艺术教育原理》中所论证的：

> 如果你想知道事物本身，只有一个方法，你必须把那件事物和其他一切事物分开，使你的意识完全为这一个单独的感觉所占住，不留丝毫余地让其他事物可以同时站在它的旁边。如果你能做到这步，结果是无可疑的：就事物说，那是完全孤立；就自我说，那是完全安息在该事物上面，这就是对于该事物完全心满意足，总之，就是美的欣赏。④

以此来看中国传统文论所说的"用志不纷，乃凝于神"，即是强调美感经验

---

① 朱光潜：《文艺心理学》，《朱光潜全集》第 1 卷，安徽教育出版社 1987 年版，第 205 页。
② 在写作《文艺心理学》时，朱光潜曾坦言，自己颇为本书的书名感到踌躇，按照作者的本意，它是一部研究文艺理论的书籍，但它同时也可以叫做《美学》，因为它所讨论的问题通常都属于美学范畴。又由于本书讨论文艺或美学的观点是基于心理学的，所以，朱光潜最终不用《美学》的名目，而把它叫做《文艺心理学》，也即是说，在朱光潜心目中，文艺理论、美学和文艺心理学的名称，分别不大，我们基本上可以把它们看作是同一性质的研究。参阅朱光潜：《文艺心理学·作者自白》，《朱光潜全集》第 1 卷，安徽教育出版社 1987 年版，第 197 页。
③ 朱光潜：《文艺心理学·作者自白》，《朱光潜全集》第 1 卷，安徽教育出版社 1987 年版，第 197 页。
④ 朱光潜：《文艺心理学》，《朱光潜全集》第 1 卷，安徽教育出版社 1987 年版，第 212 页。

就是凝神的境界，"在凝神的境界中，我们不但忘去欣赏对象以外的世界，并且忘记我们自己的存在。纯粹的直觉中都没有自觉，自觉起于物与我的区分，忘记这种区分才能达到凝神的境界"，也就是说，"美感经验就是形象的直觉。这里所谓'形象'并非天生自在一成不变的，在那里让我们用直觉去领会它，像一块石头在地上让人一伸手即拾起似的。它是观赏者的性格和情趣的返照。欣赏者的性格和情趣随人随时随地不同，直觉所得的形象也因而千变万化。……（所以）严格地说，直觉除形象之外别无所见，形象除直觉之外也别无其他心理活动可见出。有形象必有直觉，有直觉也必有形象。直觉是突然间心里见到一个形象或意象，其实就是创造，形象便是创造成的艺术。因此，我们说美感经验是形象的直觉，就无异于说它是艺术的创造。"①

第二，美感经验的获得在于"心理的距离"。所谓"心理的距离"（psychical distance），是英国著名心理学家布洛（Bullough）推演的一条心理学原理，指的是人对于事物的感觉经验通常取决于人对于自身与事物之间的距离的处理，一种是近距离的处理，人与他所面对的事物全无距离可言，深陷于现实事物之中，对于事物的经验完全出于一种实用的目的，专心满足实际生活的需要；另一种则是人有意与他面对的事物拉开一定的距离，此时人对于事物的经验不再是实用的目的，而是一种超越现实羁绊的美学的欣赏。比如海上航行遇见大雾，出于轮船路程和自身安全的现实考虑，人会觉得心焦气闷、大难临头，这是因为他把自己和海雾的距离处理得太接近了，不能用泰然处之的态度去欣赏它，完全是一种实用的反映。但如果暂且不去考虑船的航程，也不去在意自身实际的危险，而是聚精会神地去看它，海雾就成了一种绝美的景致，这是把海雾摆在实用世界之外去看，使它和人的实际生活中间存有一定的"距离"，这是一种欣赏的态度。美感经验也取决于人是否能把事物摆在适当的"距离"以外去看。适当的"距离"，就是人与事物的"距离"要适中，不能"距离"太近，让实用的动机压倒美感，但也不能"距离"太远，完全脱离现实让人摸不着头脑，"不即不离"才是艺术追求的一个最好的理想。而懂得"距离"的道理，包括中国文学在内的文艺上许多问题就可以迎刃而解了。比如中国的旧戏，角色往往戴着面具或穿着高跟鞋，表演用歌唱的声调，以及中国

---

① 朱光潜：《文艺心理学》，《朱光潜全集》第 1 卷，安徽教育出版社 1987 年版，第 213—215 页。

绘画不用远近阴影，对于形象只求神骨的妙肖而不求骸体的逼真，曾被许多人看作是中国艺术落后、粗糙的表现，是不如西方近代写实艺术的短处，但在朱光潜看来，从"心理的距离"一说，我们很容易明白上述手法不过是艺术家寻求与现实拉开一定"距离"所做的艺术处理，都是叫人们把日常实用世界忘去，无沾无碍地来谛视美的形象，所以，它们非但不是中国艺术的所短，而恰恰是中国艺术的所长：

> 艺术和实际人生之中本来要有一种"距离"，所以免不了几分形式化，免不了几分不自然。演戏用歌唱的声调，雕刻用抽象化的人体，图画改变人物的本来面目，诗用音韵，都是因为这个道理。……我们觉得在这里应该替中国旧艺术作一个辩护。骂旧戏拉着嗓子唱高调不近情理的人们，如果看到瓦格纳（Wagner）的歌剧，也许恍然大悟这种玩艺儿原来不是中国所特有的。如果他们再稍稍费点功夫研究希腊的剧艺，也许知道戴面具、打花脸、穿高跟鞋，也不一定是野蛮艺术的特征。在图画雕刻方面，远近阴影原来是技巧上的一大进步，这种技巧的进步原来可以帮助艺术的进步，……中国从前画家本有"远山无皴，远水无波，远树无枝，远人无目"的说法，但是画家精义并不在此。看到吴道子的人物或是关仝的山水而嫌他们不用远近阴影，这种人对于艺术只是"腓力斯人"（Philistines）而已。……艺术的某种习惯既然造成很悠久的历史，纵然现代的时尚叫我们觉得它有些离奇，它自己却未尝没有存在的理由。……"距离"就是它的存在的理由之一。①

第三，美感经验的归宿是物我同一。美感经验通过心理的距离有了实现的可能，但其最终实现还需由物我两忘进到物我同一的境界，其中的关键是"移情作用"。按照心理学家的解释，移情作用是外射作用（projection）的一种。所谓外射作用，就是把属于人的知觉或情感外射到物的身上去，使它们与物融为一体。而按照西方近代美学家的意见，移情作用与外射作用并不完全等同，它们之间有两个最重要的分别：其一，在外射作用中物我不必同一，在移情作用中物我必须同一；其二，外射作用由我及物，是单方面的，

① 朱光潜：《文艺心理学》，《朱光潜全集》第1卷，安徽教育出版社1987年版，第231—232页。

移情作用不但由我及物，有时也由物及我，是双方面的。移情作用对于揭示中外文艺创作中的许多奥妙很有帮助。比如中国书法艺术历来讲求"骨力"、"姿态"、"神韵"、"气魄"，康有为在《广艺舟双楫》中说到的字有十美："一曰魄力雄强，二曰气象浑穆，三曰笔法跳越，四曰点画峻厚，五曰意态奇逸，六曰精神飞动，七曰兴趣酣足，八曰骨法洞达，九曰结构天成，十曰血肉丰美，"① 即为此例。照理，笔画原不过是墨涂的痕迹，其本身并无什么"骨力"、"姿态"、"神韵"、"气魄"，但中国书法家们把墨涂的痕迹看作是有生气有性格的东西，十之八九是移情作用的结果，"这种生气和性格原来存在观赏者的心里，在移情作用中他不知不觉地把字在心中所引起的意象移到字的本身上面去。字所以能引起移情作用者，因为它像一切其他艺术一样，可以表现作者的性格和临池时的兴趣，它也可以说是'抒情的'。"②

第四，美感经验的发生有赖于人的生理反应。现代实验心理学证明，人的移情作用的发生与人的生理反应成对应的关系，而"在美感经验中，我们常模仿在想象中所见到的动作姿态，并且发出适应运动，使知觉愈加明了，因此，筋肉及其他器官起特殊的生理变化。我们在聚精会神时，虽不必很明显地意识到筋肉运动的感觉及其他生理变化，但是它们可以影响到美感经验。"③ 比如中国文论向来着重一个"气"字。朱光潜举了其中的两例：

> 凡行文多寡短长抑扬高下，无一定之律而有一定之妙，可以意会而不可以言传。学者求神气而得之于音节，求音节而得之于字句；则思过半矣。其要在读古人文字时，便设以此身代古人说话，一吞一吐，皆由彼而不由我。烂熟后我之神气即古人之神气，古人之音节都在我喉吻间。合我之喉吻者便是与古人神气音节相似处，久之自然铿锵发金石。
>
> —— 刘海峰：《论文偶记》④

> 凡作诗最宜讲究音调。须熟读古人佳篇，先之以高声朗诵，以昌其

---

① 康有为：《广艺舟双楫》，见朱光潜：《文艺心理学》，《朱光潜全集》第 1 卷，安徽教育出版社 1987 年版，第 241 页。

② 朱光潜：《文艺心理学》，《朱光潜全集》第 1 卷，安徽教育出版社 1987 年版，第 241 页。

③ 朱光潜：《文艺心理学》，《朱光潜全集》第 1 卷，安徽教育出版社 1987 年版，第 270 页。

④ （清）刘海峰：《论文偶记》，见朱光潜：《文艺心理学》，《朱光潜全集》第 1 卷，安徽教育出版社 1987 年版，第 413 页。

气；继之以密咏恬吟，以玩其味。二者并进，使古人之声调拂拂然若我喉舌相习，则下笔时必有句调奔赴腕下，诗成自读之，亦自觉琅琅可诵，引出一种兴会来。

—— 曾国藩：《家训》①

传统的观点认为养"气"一说是"只可意会不可言传"的，但在朱光潜看来，这不过是说明美感与生理的关系的经验之谈，"从这两段话看，可知'气'与声调有关，而声调又与喉舌运动有关。……声本于气。所以想学古人之气，不得不求之于声。求之于声，即不能不朗诵古人作品。……朗诵既久，则古人之声可以在我的喉舌筋肉上留下痕迹，'拂拂然若与我喉舌相习'，到我自己作诗文时，喉舌筋肉也自然顺着这个痕迹活动，所谓'必有句调奔赴腕下'。从此可知文人所谓'气'也还只是一种筋肉的技巧。"②

二、《文艺心理学》与中西美感经验

由美感经验出发，朱光潜还就与之相关的其他一些重要文艺理论问题展开了探讨，并且明显加大了对于中国诗学进行分析的篇幅。

首先是关于美感与联想。朱光潜指出，西方近代美学不断突出美感与联想之间的关联，这个道理正好可解中国文学的妙处。例如唐朝诗人李商隐的《锦瑟》：锦瑟无端五十弦，一弦一柱思华年。庄生晓梦迷蝴蝶，望帝春心托杜鹃。沧海月明珠有泪，蓝田日暖玉生烟。此情可待成追忆？只是当时已惘然。是一首非常著名的诗歌，尤其是其五六两句，造境独到，深为后人称道，但与全诗的上下文的联络似不明显，尤其是第六句象是表现一种和暖愉悦的气象，与诗的悼亡主旨不合，引起后世注家注释纷纭，诸如"玉生烟，已葬也，犹言埋香瘗玉也"，"沧海蓝田言埋韫而不得自见"，"五六赋华年也"，"珠泪玉烟以自喻其文采"等等，③ 在朱光潜看来，这些说法都与原诗的上下文讲不通，原因是"向来注者不明白诗与联想的道理，往往强为之

① （清）曾国藩：《家训》，见朱光潜：《文艺心理学》，《朱光潜全集》第 1 卷，安徽教育出版社 1987 年版，第 413 页。

② 朱光潜：《文艺心理学》，《朱光潜全集》第 1 卷，安徽教育出版社 1987 年版，第 413—414 页。

③ 朱鹤龄：《李义山诗集笺注》，见朱光潜：《文艺心理学》，《朱光潜全集》第 1 卷，安徽教育出版社 1987 年版，第 289 页。

说，闹得一塌糊涂。"① 其实，只要以诗与联想的关联入诗，一切豁然开朗：

> 这首诗五六两句的功用和三四两句相同，都是表现对于死亡消逝之后，渺茫恍惚，不堪追索的情境所起的悲哀。情感的本来面目各人只可亲领身受而不可直接地描写，如须传达给别人知道，须用具体的间接的意象来比拟。例如秦少游要传出他心里一点凄清迟暮的情感，不直说而用"杜鹃声里斜阳暮"的景致来描绘。李商隐的《锦瑟》也是如此。庄生、蝴蝶，固属迷梦；望帝、杜鹃，亦仅传言。珠未尝有泪，玉更不能生烟。但沧海月明，珠光或似泪影，蓝田日暖，玉霞或似轻烟。此种情境可以想象揣拟，断不可拘泥地求于事实。它们都如死者消逝之后，一切都很渺茫恍惚，不堪追索；如勉强追索，亦只"不见长安见尘雾"，仍是迷离隐约，令人生哀而已。所以第七句说"此情可待成追忆?"四句诗的佳妙不仅在唤起渺茫恍惚不堪追索的意象，尤在同时能以这些意象暗示悲哀。"望帝春心"和"月明珠泪"两句尤其显然。五六两句胜似三四两句，因为三四两句实言情感，犹着迹象，五六两句把想象活动区域推得更远，更渺茫，更精微。一首诗中的意象好比图画的颜色阴影浓淡配合在一起，烘托一种有情致的风景出来。李商隐和许多晚唐诗人的作品在技巧上很类似西方的象征派，都是选择几个很精妙的意象出来，以唤起读者的多方面的联想。②

其次是关于艺术的想象与灵感。艺术的创造在未经传达之前，只是一种想象。在一般人看来，创造的想象是神秘的，朱光潜认为它是可以借助心理学的研究成果去揭示的。按照心理学家们的研究，人的想象主要基于两种心理作用：一为"分想作用"（dissociation），就是把某意象和与它相关的意象分裂开，把它单独提出，强调的是对意象的选择；一为"联想作用"（association），就是由甲意象而联想到乙意象，强调的是对意象的综合。朱光潜以此来解释中国中国文学中的意象的营造和"比兴""象征"的性质，颇有新

---

① 朱光潜：《文艺心理学》，《朱光潜全集》第 1 卷，安徽教育出版社 1987 年版，第 289 页。

② 朱光潜：《文艺心理学》，《朱光潜全集》第 1 卷，安徽教育出版社 1987 年版，第 289—290 页。本节朱光潜还用西方近代美学理论来详解了唐代诗人李贺的《正月》以及宋代诗人林逋的《山园小梅》，方法与对《锦瑟》的阐发相同，限于篇幅，不再赘述。

意。比如"长河落日圆","微风燕子斜","采菊东篱下，悠然见南山"，"风吹草低见牛羊"一类的意象处理，是在一个混整的情境中把和情感相协调的成分单独提出来，造成一种新意象，就是"分想作用"的结果。而"比兴""象征"的本质就是一种将具体的意象与抽象的概念融为一体的"联想作用"，"这就是说，它以具体的意象象征抽象的概念。不过……在文艺中概念应完全溶解在意象里，使意象虽是象征概念而却不流露概念的痕迹，好比一块糖溶解在水里，虽然点点水之中都有甜味，而却无处可寻出糖来。"① "灵感"一度被中外人士传为神的启示，但依朱光潜的理解，"灵感"可以同样通过心理学的研究得到说明。按照西方近代心理学的研究，人于意识以外，还有潜意识，潜意识是人的意识活动的源泉和动力所在，朱光潜运用这个"近代心理学上已成立的事实"，② 不仅清楚地说明艺术创作中的"灵感"就是潜意识作用的结果，而且特别提到文艺创造中的一件有趣的事实即"意象的旁通"，也是起于潜意识的酝酿。所谓"意象的旁通"，就是"诗人和艺术家寻求灵感，往往不在自己'本行'的范围之内而走到别种艺术范围里去。他在别种艺术范围之中得到一种意象，让它在潜意识中酝酿一番，然后再用自己的特别的艺术把它翻译出来。"③ 他引郭若虚在《图画见闻录》里所记的吴道子"引剑入画"的实例：

> 唐开元中，将军裴旻居丧，诣吴道子请于东都天官寺画神鬼数壁，以资冥助。道子答曰："吾画笔久废，若将军有意为吾缠结舞剑一曲，庶因猛励以通幽冥。"旻于是脱去缞服，若常时装束。走马如飞，左旋右转，挥剑入云，高数十丈，若电光下射，旻引手执鞘承之，剑透室而入。观者数千人，无不惊栗。道子于是援毫图笔，飒然风起，为天下之壮观。道子平生绘事，得意无出于此。④

并分析指出："这就是把从剑术所得来的意象翻译于图画。我们也可以说吴道子从剑术中得到灵感。剑术的意象和图画在表面上本不相谋，但是实在默

---

① 朱光潜：《文艺心理学》，《朱光潜全集》第 1 卷，安徽教育出版社 1987 年版，第 390 页。
② 朱光潜：《文艺心理学》，《朱光潜全集》第 1 卷，安徽教育出版社 1987 年版，第 397 页。
③ 朱光潜：《文艺心理学》，《朱光潜全集》第 1 卷，安徽教育出版社 1987 年版，第 400 页。
④ （唐）郭若虚：《图画见闻录》，见朱光潜：《文艺心理学》，《朱光潜全集》第 1 卷，安徽教育出版社 1987 年版，第 400—401 页。

相会通。画家可以从剑的飞舞中得到一种特殊的筋肉感觉，把它移来助笔力，可以得到一种特殊的胸襟，把它用来增进图画的神韵和气势。"① 此外，书法家张旭从公孙大娘舞剑得笔法之意，王羲之看鹅掌拨水取意为书法，散文家司马子长游名山大川赠文章气势，都是由于意象旁通的道理。所以，"艺术家如果想得到深厚的修养，不宜专在'本行'之内做功夫，应该处处玩索。云飞日耀，风起水涌，花香鸟语，以至于樵叟的行歌，嫠妇的野哭，当其接触感官时，我们常不自觉其在心灵中可生若何影响，但是一遇挥弦走笔，它们都会涌到手腕上来，在无形中驱遣它动作。在作品的表面上虽不必看出这些意象的痕迹，但是一笔一划之中都会潜寓它们的神韵和气魄。这些意象的蕴蓄就是灵感的培养。"②

再次是关于刚性美与柔性美。朱光潜指出，在美感经验中，由于所面对的事物的形态不同，它们所引起的美感的反应也往往不一致，这使得中外文艺家们经常采用对美进行分类的方法来概括不同的美感经验，比如中国在诗的方面有李杜与韦孟之别，在词的方面有苏辛与温李之别，在书法方面有颜柳与褚赵之别，在画的方面有北派与南派之别。清朝阳湖派和桐城派对于文章之美还有"阳刚"与"阴柔"的论争：

> 自诸子而降，其为文无有弗偏者。其得于阳与刚之美者，则其文如霆如电，如长风之出谷，如崇山峻崖，如决大河，如奔骐骥；其光也如杲日，如火，如金镠铁；其于人也如凭高视远，如君而朝万众，如鼓万勇士而战之。其得于阴与柔之美者，则其为文如升初日，如清风，如云，如霞，如烟，如幽林曲涧，如沦，如漾，如珠玉之辉，如鸿鹄之鸣而入寥阔；其于人也漻乎其如叹，邈乎其如有思，暖乎其如喜，愀乎其如悲。观其文，讽其音，则为文者之性情形状举以殊焉。

> —— 姚姬传：《复鲁絜非书》③

在朱光潜看来，姚姬传这里用来形容阳刚之美的，如雷电、长风、崇山、峻

---

① 朱光潜：《文艺心理学》，《朱光潜全集》第 1 卷，安徽教育出版社 1987 年版，第 401 页。
② 朱光潜：《文艺心理学》，《朱光潜全集》第 1 卷，安徽教育出版社 1987 年版，第 401 页。
③ （清）姚姬传：《复鲁絜非书》，见朱光潜：《文艺心理学》，《朱光潜全集》第 1 卷，安徽教育出版社 1987 年版，第 423—424 页。

崖、大河等，在西方文艺批评中素称为 sublime（中文一般译为"雄浑""崇高""伟大""庄严"），他用来形容阴柔之美的，如清风、云霞、幽林、曲涧等，在西方文艺批评中素称为 grace（中文一般译为"秀美""清秀""幽美"）。借助西方近代美学对于 sublime 和 grace 的讨论，如 sublime 有两种：一种是"数量的"，其大在体积、数量；一种是"精力的"，其大在精神气魄。人们面对雄伟事物时，心里觉得一种"霎时的抗拒"，却并不能压服人的内心，人通过对它的精神超越，sublime 油然而生，而 grace 则是出于"精力的节省"（H. Spencer 斯宾塞）或"欢爱的表现"（I. M. Guyau　顾约），出现柏格森（Bergson）所谓的"物理的同情引起精神的同情"等等①，我们不仅可以明了艺术家区分刚性美与柔性美的理论依据，而且可以更好地领会不同的美感类型给我们带来的美学享受。

　　《文艺心理学》是朱光潜文艺美学（诗学）方面的代表作。在谈到这部书的写作初衷时，作者坦言："文艺理论的研究简直是不可少的。……世间固然也有许多不研究美学而批评文艺的人们，但是他们……全凭粗疏的经验，没有严密的有系统的学理做根据。我并不敢忽视粗疏的经验，但是我敢说它不够用，而且有时还误事。"② 所以，《文艺心理学》作为现代中国为数极少的对于文艺理论的"严密的有系统的学理"研究，不仅突出地体现在其研究范式上的鲜明的学理化、科学化特征，而且清晰地展现于他援用西方文学理论和方法去"阐发"中国文学的理论和作品的过程之中。1932 年，朱自清在给《文艺心理学》的序文中，重点提及了该书在援用西方诗话话语阐发中国诗学并再造中国现代诗学话语方面的两个重要贡献：第一，"美学大约还得算是年轻的学问，给（中国）一般读者说法的书几乎没有；这可窘住了中国翻译介绍的人。据我所知，我们现在的几部关于艺术或美学的书，大抵以日文书为底本；往往薄得可怜，用语行文又太将就原作，像是西洋人说中国话，总不能够让我们十二分听进去。……到如今才有这部头头是道、醰醰有味的谈美的书"，"这书是以'美感经验'开宗明义，逐步解释种种关联的心理的，以及相伴的生理的作用，自是科学的态度。在这个领域内介绍

---

① 参阅朱光潜：《文艺心理学》，《朱光潜全集》第 1 卷，安徽教育出版社 1987 年版，第 424—436 页。

② 朱光潜：《文艺心理学·作者自白》，《朱光潜全集》第 1 卷，安徽教育出版社 1987 年版，第 199—200 页。

这个态度的，中国似乎还无先例。"① 第二，"书中虽以西方文艺为论据，但作者并未忘记中国；他不断地指点出来，关于中国文艺的新见解是可能的。所以此书并不是专写给念过西洋诗，看过西洋画的人读的，""我们可以用它作一面镜子，来照自己的面孔，也许会发现新的光彩。"② 应该说，上述评价是公允的、符合客观实际的。

第五节　"比较"的结晶：从《诗论》看朱光潜
对中国现代诗学话语的再造（下）

1931 年，继《文艺心理学》之后，朱光潜完成了他的另一部诗学代表作《诗论》。与《文艺心理学》相比，《诗论》在继承援用西方文学的理论和方法"阐发"中国文学的理论和作品之外，还引人注目地加入了用中国诗论来"印证"西方诗论的内容以及充满平等对话精神的中西比较诗学方面的研究，使之成为二十世纪 30 年代融汇中西诗学话语再造中国现代诗学的一部带有里程碑意义的诗学著作。

一、《诗论》：西方文学理论对于中国文论与创作的"阐发"

在《诗论》的序言中，朱光潜直言中国传统诗学的所短是"零乱琐碎，不成系统"，"缺乏科学的精神和方法"，而学理性、科学性恰恰是西方诗学的所长，写作《诗论》的一个初衷就是借鉴西方文学的理论和方法，来探究中国文学在创作与理论的长短究竟何在。③ 所以，在《诗论》中，援用西方文学的理论和方法来"阐发"中国诗学仍是其一大特色。其中，篇幅最大、最见功力的是援用西方近代诗学里的"直觉—表现说"来对中国传统诗学"境界说"的"阐发"。

---

① 朱自清：《文艺心理学·序》，《朱光潜全集》第 1 卷，安徽教育出版社 1987 年版，第 522，524 页。
② 朱自清：《文艺心理学·序》，《朱光潜全集》第 1 卷，安徽教育出版社 1987 年版，第 524 页。
③ 朱光潜：《诗论·抗战版序》，《朱光潜全集》第 3 卷，安徽教育出版社 1987 年版，第 3—4 页。

"境界说"是中国传统诗学中最具代表性的一种诗学主张。① 在朱光潜看来，中国传统诗学中的"境界说"以王国维提出的最为完备，比如他明确地指出艺术创造的根本是"境界"的营造，把"境界"的有无看作是衡量艺术创作成功与否的标志，并对"境界"的内涵分为"隔与不隔"、"有我之境与无我之境"和"主观与客观"三个层面展开具体的说明等等，但从整体上而言，以王国维为代表的中国"境界说"在理论表达的明晰性和准确性上存在着明显的不足。如何来解决这一问题呢？朱光潜认为，一切艺术无论是欣赏还是创造，都必须从中见到一种艺术独有的境界。其中的"见"字最要紧，因为凡所见都可以说是境界，但不一定都是艺术的境界。一种境界是否能成为艺术的境界，全靠"见"的作用如何。而要产生艺术的境界，"见"必须具备两个重要条件：第一，艺术的"见"必为"直觉"（intuition）。"直觉"是意大利美学家克罗齐美学批评的一个核心范畴，按照克罗齐在《美学》中的分析，人对于事物的知觉（perception）存在着"名理的知"和"直觉的知"的区别。所谓"名理的知"，是对于诸事物中关系的知（knowledge of the relations between things），也即通常所讲的对于事物的"意义"的了解，"直觉的知"，则是对于个别事物的知（knowledge of individual things），而艺术属于"直觉的知"的内容，不是"名理的知"的内容，在艺术中，人全神贯注于事物本身，所"觉"的只有事物本身形象在自己心中所现的"意象"（image），根本无暇思索它的意义或是它与其他事物的关系。朱光潜认为，艺术的"见"，就应该是克罗齐所说的关于"意象"的"直觉"。艺术的境界就是通过"意象"的"直觉"见出来的，"一个境界如果不能在直觉中成为一个独立自足的意象，那就还没有完整的形象，就还不成为诗的境界。一首诗如果不能令人当作一个独立自足的意象看，那还有芜杂凑塞或空虚的毛病。不能算是好诗。"② 第二，艺术的"见"必有"表现"（expression）。"表现"是克罗齐美学批评的另一核心范畴。所谓"表现"，就是人在对于"意象"的"直觉"过程中，所见意象必恰能表现一种情趣（feeling）。朱光潜指出，从近代西方移情论美学的"移情作用"（empathy）

---

　　① 朱光潜认为，中国传统诗学在论诗之本质时，喜欢用一个简短形象的术语来表示，如严羽的"兴趣"，王士禛的"神韵"、袁宏道的"性灵"以及王国维的"境界"，其中以王国维的"境界"最具概括性。参阅朱光潜：《诗论》，《朱光潜全集》第 3 卷，安徽教育出版社 1987 年版，第 50 页。
　　② 朱光潜：《诗论》，《朱光潜全集》第 3 卷，安徽教育出版社 1987 年版，第 52 页。

和"内模仿作用"（inner imitation）也可以看出在艺术的审美中内在的情趣和外来的意象相融合而互相影响，但还是克罗齐在《美学》中对这一问题说得更清楚："艺术把一种情趣寄托在一个意象里，情趣离意象，或是意象离情趣，都不能独立。"① 而朱光潜本人对于"境界"的重要界说，如"每个诗的境界都必有'情趣'（feeling）和'意象'（image）两个要素。'情趣'简称'情'，'意象'即是'景'"，"情景相生而且相契合无间，情恰能称景，景也恰能传情，这便是诗的境界"，"诗的境界是情景的契合。宇宙中事事物物常在变动生展中，无绝对相同的情趣，亦无绝对相同的景象。情景相生，所以诗的境界是由创造来的，生生不息的"，② 都是借助西方的文艺理论及范畴来"阐发"中国诗学得出的必然结果。

明确了境界为"情趣和意象的契合"的界定之后，朱光潜依据情趣和意象的契合关系，对中国传统诗学"境界说"中有关诗境的几种重要的分别，一一做了细致的剖析：

第一个是王国维在《人间词话》里所提出的"隔"与"不隔"的分别：

> 陶谢之诗不隔，延年则稍隔矣，东坡之诗不隔，山谷则稍隔矣。"池塘生春草"，"空梁落燕泥"等二句妙处唯在不隔。词亦如是。即以一人一词论，如欧阳公《少年游》咏春草上半阕云："阑干十二独凭春，晴碧远连云，二月三月，千里万里，行色苦愁人"，语语都在目前，便是不隔；至云"谢家池上，江淹浦畔"，则隔矣。白石《翠楼吟》"此地宜有词仙，拥素云黄鹤，与君游戏。玉梯凝望久，叹芳草，萋萋千里"，便是不隔，至"酒祓清愁，花销英气"，则隔矣。③

朱光潜引述王国维《人间词话》的这则评语后，指出王氏只列了"隔与不隔"的实例，却没有详细说明理由，而依他看，"隔与不隔的分别就从情趣和意象的关系上面见出。情趣与意象恰相熨帖，使人见到意象，便感到情趣；便是不隔。意象模糊零乱或空洞，情趣浅薄或粗疏，不能在读者心中现

---

① ［意大利］克罗齐：《美学》，见朱光潜：《诗论》，《朱光潜全集》第3卷，安徽教育出版社1987年版，第54页。

② 朱光潜：《诗论》，《朱光潜全集》第3卷，安徽教育出版社1987年版，第54—55页。

③ 王国维：《人间词话》，见朱光潜：《诗论》，《朱光潜全集》第3卷，安徽教育出版社1987年版，第57页。

出明了深刻的境界，便是隔。"① 比如欧阳修词的"谢家池上"是用谢灵运《登池上楼》"池塘生春草"的典故，"江淹浦畔"用的是江淹《别赋》"春草碧色，春水绿波，送君南浦，伤如之何？"的典故。谢诗江赋原来都不隔，何以欧词化用后就隔呢？"因为'池塘生春草'和'春草碧色'数句都是很具体的意象，都有很新颖的情趣。欧词因春草的联想，就把这些名句硬拉来凑成典故，'谢家池上，江淹浦畔'二句，意象既不明晰，情趣又不真切，所以隔。"② 不过，朱光潜认为王氏用"隔雾看花"和"语语都在目前"表示隔与不隔的分别，"似有可商酌处"。因为，在朱光潜看来，"雾里看花"和"语语都在目前"涉及的是艺术创作中的"显"和"隐"的不同处理，而衡量隔与不隔的标准，"诗原有偏重'显'与偏重'隐'的两种。法国十九世纪帕尔纳斯派与象征派的争执就在此。帕尔纳斯派力求'显'，如王氏所说的'语语都在目前'，如图画、雕刻。象征派则以过于明显为忌，他们的诗有时正如王氏所谓'隔雾看花'，迷离恍惚，如瓦格纳的音乐。这两派诗虽不同，仍各有隔与不隔之别，仍各有好诗和坏诗。"③ 这里，朱光潜用法国十九世纪帕尔纳斯派与象征派的争执来比附王国维的隔与不隔，同样是一种"阐发"的运用。

第二个是王国维在《人间词话》中提出的"有我之境"和"无我之境"的分别：

> 有有我之境，有无我之境。"泪眼问花花不语，乱红飞过秋千去"，"可堪孤馆闭春寒，杜鹃声里斜阳暮"，有我之境也；"采菊东篱下，悠然见南山"，"寒波澹澹起，白鸟悠悠下"，无我之境也。有我之境，以我观物，故物皆著我之色彩；无我之境，以物观物，故不知何者为我，何者为物。……无我之境，人唯于静中得之；有我之境，于由动之静时得之，故一优美，一宏壮也。④

朱光潜认为，王国维在这里指出的"有我之境"和"无我之境"的分别

---

① 朱光潜：《诗论》，《朱光潜全集》第 3 卷，安徽教育出版社 1987 年版，第 57 页。
② 朱光潜：《诗论》，《朱光潜全集》第 3 卷，安徽教育出版社 1987 年版，第 57 页。
③ 朱光潜：《诗论》，《朱光潜全集》第 3 卷，安徽教育出版社 1987 年版，第 57—58 页。
④ 王国维：《人间词话》，见朱光潜：《诗论》，《朱光潜全集》第 3 卷，安徽教育出版社 1987 年版，第 59 页。

"实在是一个很精微的分别"，但从西方近代美学观点来看，王国维对于"有我之境"和"无我之境"的使用同样"似待商酌"，因为"他所谓'以我观物，故物皆著我之色彩'，就是'移情作用'，'泪眼问花花不语'一例可证。移情作用是凝神注视，物我两忘的结果，叔本华所谓'消失自我'。所以王氏所谓'有我之境'其实是'无我之境'（即忘我之境）。他的'无我之境'的实例为'采菊东篱下，悠然见南山'，'寒波澹澹起，白鸟悠悠下'，都是诗人在冷静中所回味出来的妙境（所谓"于静中得之"），没有经过移情作用，所以实是'有我之境'。"① 有鉴于此，朱光潜建议用"超物之境"和"同物之境"这对名词来取代"有我之境"和"无我之境"的称谓。由于朱光潜的"超物之境"和"同物之境"的依据是西方近代美学的"移情作用"，所以他在这里的理论界说同样属于"阐发"性质。② 第三个是主观与客观的分别。王国维《人间词话》论诗有"主观"和"客观"的分别：

> 客观之诗人，不可不多阅世。阅世愈深，则材料愈丰富，愈变化，《水浒传》、《红楼梦》之作者是也。主观之诗人，不必多阅世。阅世愈浅，则性情愈真，李后主是也。（十七则）③

> 诗人对宇宙人生，须入乎其内，又须出乎其外。入乎其内，故能写之。出乎其外，故能观之。入乎其内，故有生气。出乎其外，故有高致。美成能入而不出。白石以降，于此二事皆未梦见。（六十则）④

而在朱光潜看来，"诗的境界是情趣和意象的契合。情趣是感受来的，起于自我的，可经历而不可描绘的；意象是观照得来的，起于外物的，有形象可描绘的。…… 二者之中不但有差异而且有天然难跨越的鸿沟。由主观的情趣如何能跳这鸿沟而达到客观的意象，是诗和其他艺术所必征服的困难。"⑤

---

① 朱光潜：《诗论》，《朱光潜全集》第 3 卷，安徽教育出版社 1987 年版，第 59—60 页。
② 有关朱光潜的"超物之境"和"同物之境"与王国维的"有我之境"和"无我之境"的孰优孰劣，学界历来有不同的争论，本文的主旨是指出朱氏立论的"阐发"性质，而对其理论优劣不作评判。
③ 王国维：《人间词话》，《王国维文集》第一卷，中国文史出版社 1991 年版，第 145 页。
④ 王国维：《人间词话》，《王国维文集》第一卷，中国文史出版社 1991 年版，第 155 页。
⑤ 朱光潜：《诗论》，《朱光潜全集》第 3 卷，安徽教育出版社 1987 年版，第 64 页。

而最终的解决之道是叔本华、尼采强调的主观意志与客观意象的冲突的调和，或者是华兹华斯（Wordsworth）所说的"沉静中回味来的情绪"（emotions recollected in tranquility）。由于"诗的情趣都从沉静中回味得来。感受情感是能入，回味情感是能出。诗人于情趣都要能入能出。单就能入说，它是主观的；单就能出说，它是客观的。能入而不能出，或是能出而不能入，都不能成为大诗人"①，所以，朱光潜从根本上反对诗的"主观"和"客观"的分别，他引克罗齐对于艺术的"古典的"和"浪漫的"分别的反对："在第一流作品中，古典和浪漫的冲突是不存在的；它同时是'古典的'与'浪漫的'，因为它是情感的也是意象的，是健旺的情感所化生的庄严的意象"②，认为克罗齐否认艺术的"古典的"和"浪漫的"分别，其实就是否认艺术的"主观"和"客观"的分别。朱光潜理论的"阐发"性质，也由此可见一斑。

二、《诗论》：中国诗论对于西方诗论的"印证"

在诗学研究中，朱光潜从不讳言西方诗学的所长和中国诗学的所短，但他坚决反对完全照搬西方的文化主张。他曾在一篇假想的苏格拉底与中国文化的"对话"中，借"苏格拉底"的口吻告诫中国现代学术界，"吸收西方文化，无论你们愿不愿意，关是闭不了的，西方文化迟早总要打进中国来"，"（但）你们不能放弃中国文化"。③ 在一篇《一番语重心长的话——给现代中国青年》的文章中，他则直言：

> 我国数千年来闭关自守。固有的文化可以自给自足，而且四周诸国家民族的文化学术水准都比我们的低，不曾感到很严重的外来的威胁。从十九世纪以来，海禁大开，中国变成国际集团的一分子，局面就徒然大变。……我们固有的文化学术不够应付现时代的环境。我们起初慑于西方科学与物质文明的威力，把固有的文化看得一钱不值，主张全盘接收欧化；到现在所接收的还只是皮毛，毫不济事，情境不同，移植的树

---

① 朱光潜：《诗论》，《朱光潜全集》第 3 卷，安徽教育出版社 1987 年版，第 64 页。
② ［意大利］克罗齐：《美学》，见朱光潜：《诗论》，《朱光潜全集》第 3 卷，安徽教育出版社 1987 年版，第 64 页。
③ 朱光潜：《苏格拉底在中国——谈中国民族性和中国文化的弱点》，《朱光潜全集》第 9 卷，安徽教育出版社 1993 年版，第 301 页。

常不能开花结果，……于是又有些人提倡固有文化，以为我们原来固有的全是对的。比较合理的大概是兼收并蓄，就中西两方成就截长补短，建设一种新的文化学术。①

在这里，朱光潜显然强调的是"兼收并蓄"、"就中西两方成就截长补短"的文化立场。体现在他的《诗论》中，就是除了坚持援用西方文学的理论和方法来"阐发"中国文学外，还引入了用中国诗论去"印证"西方诗学的内容。其中，最具代表性的就是用中国传统诗论中有关"谐""隐"对于西方学者关于"民间诗"（volkpoesie）和"艺术诗"（kunstpoesie）的分类的"印证"。

在《诗论》中，朱光潜指出西方的德国学者通常把诗分为"民间诗"和"艺术诗"两类，以为民间诗全是自然流露，艺术诗才根据艺术的意识与技巧，有意地刻画美的形象。但朱光潜认为，西方学者对于诗所作的这种区别"实在也只是程度上的而不是绝对的。民间诗也有一种传统的技巧，最显而易见的是文字游戏。"② 而文字游戏不外三种，朱光潜借助中国传统诗论一一作了理论说明：第一种是用文字开玩笑，中国传统诗论通常把它叫做"谐"。关于"谐"，朱光潜指出"谐"在中国民歌中多有表现，如中国民歌中广为传唱的：

> 一个和尚挑水喝，两个和尚抬水喝，三个和尚没水喝。

> 门前歇仔高头马，弗是亲来也是亲；门前挂仔白席巾，嫡亲娘舅当仔陌头人。③

但同时朱光潜也指出，在中国，"谐"并不为民歌所独有，文学创作中也常见，如：

---

① 朱光潜：《一番语重心长的话——给现代中国青年》，《朱光潜全集》第 4 卷，安徽教育出版社 1988 年版，第 10—11 页。
② 朱光潜：《诗论》，《朱光潜全集》第 3 卷，安徽教育出版社 1987 年版，第 26 页。
③ 朱光潜：《诗论》，《朱光潜全集》第 3 卷，安徽教育出版社 1987 年版，第 28 页。

> 人生寄一世，奄忽若飘尘。何不策高足，先据要路津？无为守贫
> 贱，轗轲常苦辛。
>
> —— 《古诗十九首》①

> 白发被两鬓，肌肤不复实。虽有五男儿，总不好纸笔。……天命苟
> 如此，且进杯中物！
>
> —— 陶潜《责子》

> 千秋万岁后，谁知荣与辱？但恨在世时，饮酒不得足。
>
> —— 陶潜《挽酒辞》①

而且，中国的文学理论家们很早就注意到了对于"谐"的理论分析。如王国维在《宋元戏曲史》里以为中国戏曲导源于巫与优，而优即以"谐"为职业的结论，以及刘勰《文心雕龙》特辟"谐隐"一类，关于"谐之言皆也；辞浅会俗，皆悦笑也"的见解，② 即是这方面的明证。第二种是用文字捉迷藏，中国传统诗论通常把它叫做"隐"或"迷"。关于"隐"，朱光潜指出："中国的谜语可以说和文字同样久远。六书中的'会意'据许慎的解释是'比类合谊，以见指伪，武信是也'，这就是根据谜语原则。'止戈为武，人言为信'，就是两个字谜。许多中国字都可以望文生义，就因为在造字时它们就已有令人可以当作谜语猜测的意味"③，这使得隐语与中国文学的关联异常密切。在民间歌谣方面，朱光潜列举两例：

> 侧，……听隔壁，推窗望月，……捎笆斗勿吃力，两行泪作一
> 行滴。
>
> —— （苏州人嘲歪头）

> 啥？豆巴，满面花，雨打浮沙，蜜蜂错认家，荔枝核桃苦瓜，满天
> 星斗打落花。
>
> —— （四川人嘲麻子）④

---

① 朱光潜：《诗论》，《朱光潜全集》第3卷，安徽教育出版社1987年版，第32页。
② 参阅朱光潜：《诗论》，《朱光潜全集》第3卷，安徽教育出版社1987年版，第26—27页。
③ 朱光潜：《诗论》，《朱光潜全集》第3卷，安徽教育出版社1987年版，第35页。
④ 朱光潜：《诗论》，《朱光潜全集》第3卷，安徽教育出版社1987年版，第37页。

在中国文学最常见的赋、诗、词等文体中，朱光潜略举数例：

此夫身女好而头马首者与？屡化而不寿者与？善壮而拙老者与？有父母而无牝牡者与？冬伏而夏游，食桑而吐丝，前乱而后治，夏生而恶暑，喜湿而恶雨，蛹以为母，蛾以为父，三伏三起，事乃大已。夫是谓之蚕理。

—— 荀子《蚕赋》

飞不飘飏，翔不翕习；其居易容，其求易给；巢林不过一枝，每食不过数粒。

—— 张华《鹪鹩赋》

镂五色之盘龙，刻千年之古字。山鸡见而独舞，海鸟见而孤鸣。临水则池中月出，照日则壁上菱生。

—— 庾信《镜赋》

光细弦欲上，影斜轮未安。微升古塞外，已隐暮云端。河汉不改色，关山空自寒。庭前有白露，暗满菊花团。

—— 杜甫《初月》

海上仙人绛罗襦，红梢中单白玉肤。不须更待妃子笑，风骨自是倾城姝。

——苏轼《荔枝》

过春社了，度帘幕中间，去年尘冷。差池欲住，试入旧巢相并。还相雕梁藻井，又轻语商量不定。飘然快拂花梢，翠尾分开红影。

——史达祖《双双燕》①

在朱光潜看来，"中国素以谜语巧妙闻名于世界，……中国人似乎特别注意自然界事物的微妙关系和类似，对于它们的奇巧的凑合特别感到兴趣，所以

---

① 朱光潜：《诗论》，《朱光潜全集》第 3 卷，安徽教育出版社 1987 年版，第 39—40 页。

谜语和描写诗都特别发达",① 并以此构筑了中国诗词中"比喻"格的基础,成为中国文学"比兴"传统的源头活水。第三种是用文字组成意义很滑稽而声音很圆转自如的图案,通常无适当名称,是一种纯粹的"文字游戏"。朱光潜从中国《北平歌谣》中择举两例:

> 老猫老猫,上树摘桃。一摘两筐,送给老张。老张不要,气得上吊。上吊不死,气得烧纸。烧纸不着,气得摔瓢。摔瓢不破,气得推磨。推磨不转,气得做饭。做饭不熟,气得宰牛。宰牛没血,气得打铁。打铁没风,气得撞钟。撞钟不响,气得老鼠乱嚷。

> 玲珑塔,塔玲珑,玲珑宝塔十三层。塔前有座庙,庙里有老僧,老僧当方丈,徒弟六七名。一个叫青头楞,一个叫楞头青;一个是僧僧点,一个是点点僧;一个是奔葫芦把,一个是把葫芦奔。青头楞会打磬,楞头青会捧笙;僧僧点会吹管,点点僧会撞钟;奔葫芦把会说法,把葫芦僧会念经。②

指出上述二例有几点值得特别注意:"第一是'重叠',一大串模样相同的音调象滚珠倾水似地一直流注下去。它们本来是一盘散沙,只借这个共同的模型和几个固定不变的字句联络起来,成为一个整体。第二是'接字',下句的意义和上句的意义本不相属,只是下句起首数字和上句收尾数字相同,下句所取的方向完全是由上句收尾字决定。第三是'趁韵',这和'接字'一样,下句跟着上句,不是因为意义相衔接,而是因为声音相类似。例如'宰牛没血,气得打铁。打铁没风,气得撞钟'。第四是'排比',因为歌词每两句成为一个单位,这两句在意义上和声音上通常彼此对仗,例如'奔葫芦把会说法,把葫芦僧会念经'。第五是'颠倒'或'回文',下句文字全体或部分倒转上句文字,例如'玲珑塔,塔玲珑'",③ 并特别强调,类似这样的文字游戏不仅在中国民间歌谣中常见,在中国正统的文人诗词中也经常被沿用:

---

① 朱光潜:《诗论》,《朱光潜全集》第3卷,安徽教育出版社1987年版,第40页。
② 朱光潜:《诗论》,《朱光潜全集》第3卷,安徽教育出版社1987年版,第45—46页。
③ 朱光潜:《诗论》,《朱光潜全集》第3卷,安徽教育出版社1987年版,第46页。

"重叠"是诗歌的特殊表现法,《诗经》中大部分诗可以为例。词中用"重叠"的甚多。例如"咸阳古道音尘绝,音尘绝,西风残照,汉家陵阙"(李白《忆秦娥》),"团扇团扇,美人并来遮面"(王建《调笑令》)。"接字"在古体诗转韵时或由甲段转入乙段时,常用来做联络上下文的工具,例如:"愿作东北风,吹我入君怀。君怀常不开,贱妾当何依"(曹植《怨歌行》)。"梧桐杨柳拂金井,来醉扶风豪士家。扶风豪士天下奇,意气相倾山可移"(李白《扶风豪士歌》)。"趁韵"在诗词中最普遍。诗人做诗,思想的方向常受韵脚字指定,先想到一个韵脚字而后找一个句子把它嵌进去。……韩愈和苏轼的诗里"趁韵"例最多。……"排比"是赋和律诗、骈文所必用的形式。"回文"在诗词中有专体,例如苏轼《题金山寺》一首七律,倒读顺读都成意义,观首联"潮随暗浪雪山倾,远浦渔舟钓月明"可知。①

台湾比较文学学者陈鹏翔在检讨"阐发法"时,提出在中西比较文学研究中,在援用西方理论和方法"阐发"中国文学的同时,也应同时关注中国诗学对于西方文学理论和方法的"考验"、"调整"和"修正"作用②,朱光潜《诗论》中的中国诗学对于西方诗学的"印证",应该是这方面的一个成功先例。

三、《诗论》:中西诗学的"比较"

"比较",一直是朱光潜在治学上坚持始终的视野和方法。在《我与文学及其他·谈趣味》一文中,他指出:"文艺不一定只有一条路可走。东边的景致只有面朝东走的人可以看见,西边的景致也只有面朝西走的人可以看见。向东走者听到向西走者称赞西边景致时觉其夸张,同时怜惜他没有看到东边景致美。向西走者看待向东走者也是如此。这都是常有的事,我们不必大惊小怪。理想的游览风景者是向东边走过之后能再回头向西走一走,把东

---

① 朱光潜:《诗论》,《朱光潜全集》第3卷,安徽教育出版社1987年版,第47页。
② 陈鹏翔:《建立比较文学中国学派的理论和步骤》,见黄维梁、曹顺庆主编:《中国比较文学学科理论的垦拓——台港学者论文选》,北京大学出版社1998年版,第151页。

西两边的风味都领略到。这种人才配估定东西两边的优劣。"① 在《谈文学·文学的趣味》一文中，他强调："一切价值都是由比较得来，生长在平原，你说一个小山坡最高，你可以受原谅，但是你错误。'登东山而小鲁，登泰山而小天下'，那'天下'也只是孔子所能见到的天下。要把山估计得准确，你必须把世界名山都游历过，测量过。研究文学也是如此，你玩索的作品愈多，种类愈复杂，风格愈分歧，你的比较资料愈丰富，透视愈正确，你的鉴别力（这就是趣味）也就愈可靠。"② 在《诗论·抗战版序》中，他再次明言："一切价值都由比较得来，不比较无由见（中西诗学）长短优劣"，并大声呼吁："现在西方诗作品与诗理论开始流传到中国来，我们的比较材料比从前丰富得多，我们应该利用这个机会，研究我们以往在诗创作与理论两方面的长短究竟何在，西方人的成就究竟可否借鉴。"③

在《诗论》的首章"诗的起源"，在论及诗之缘起的心理学解释时，朱光潜通过"比较"论述了中西方对于这个问题的不同回答。他指出，对于诗的起源的问题，中国诗学的回答是"表现情感"，如《虞书》关于"诗言志，歌永言"的记载以及《史记·滑稽列传》关于孔子"书以道事，诗以达意"的引述，都是强调诗歌的本质是表现情感。在朱光潜看来，中国传统的"诗言志"说里提到的"志"和"意"，"就含有近代语所谓'情感'（就心理学观点看意志与情愿原来不易分开），所谓'言'与'达'就是近代语所谓'表现'"④，并认为把上述见解发挥得"最透辟"的是汉代的《诗大序》：

> 诗者志之所之也。在心为志，发言为诗。情动于中而形于言，言之不足，故嗟叹之；嗟叹之不足，故永歌之；永歌之不足，不知手之舞之，足之蹈之也。情发于声；声成文，谓之音。⑤

---

① 朱光潜：《我与文学及其他·谈趣味》，《朱光潜全集》第 3 卷，安徽教育出版社 1987 年版，第 346—347 页。

② 朱光潜：《谈文学·文学的趣味》，《朱光潜全集》第 4 卷，安徽教育出版社 1987 年版，第 176 页。

③ 朱光潜：《诗论·抗战版序》，《朱光潜全集》第 3 卷，安徽教育出版社 1987 年版，第 4 页。

④ 朱光潜：《诗论》，《朱光潜全集》第 3 卷，安徽教育出版社 1987 年版，第 11 页。

⑤ 朱光潜：《诗论》，《朱光潜全集》第 3 卷，安徽教育出版社 1987 年版，第 11 页。

以及宋代朱熹《诗序》对于它的引申：

> 或有问于予曰："诗何为而作也？"予应之曰："人生而静，天之性
> 也；感于物而动，性之欲也。夫既有欲矣，则不能无思；既有思矣，则
> 不能无言；既有言矣，则言之所不能尽，而发于咨嗟咏叹之余者，又必
> 有自然之音响节奏而不能已焉。此诗之所以作也。"①

朱光潜同时指出，关于诗的起源的问题，西方人给出的是不同于中国人的
"另一种"回答："再现印象"。在朱光潜看来，西方人把诗的本质定义为
"模仿的艺术"（imitative art），尽管模仿的对象可以为情感、思想这样的心
理活动，也可以是其他自然现象，但由于西方人具有心理学家所谓"外倾"
（extroversion）的倾向，他们的文艺神阿波罗是以静观默索为至高理想的，
他们的眼睛老是朝着外面看，最使他们感觉兴趣的是浮世一切形形色色，所
以，西方人的"模仿"偏重的是再现外界事物的印象，如古希腊的亚里斯多
德在《诗学》里所说的：

> 诗的普通起源由于两个原因，每个都根于人类天性。人从婴孩时期
> 起，就自然会模仿。他比低等动物强，就因为他是世间最善于模仿的动
> 物，从头就用模仿来求知。大家都欢喜模仿出来的作品。这也是很自然
> 的。这第一点可以拿经验来证实：事物本身纵然也许看起来令人起不快
> 之感，用最写实的方法将它们再现于艺术，却使我们很高兴看，……此
> 外还另有一层理由：求知是最大的快乐，这不仅哲学家为然，普通人的
> 能力虽较薄弱，也还是如此。我们欢喜看图画，就因为我们同时在求
> 知，在明了事物的意义，……如果我们从来没有看过所画的事物，那
> 么，我们的快感就不是因为画是模仿它，而是因为画的手法、颜色等
> 等了。②

时至今日，在中西比较诗学的研究中，有关中西诗学呈现"表现"与"再
现"或"抒情"与"模仿"分野的评判几乎已是"众口同声"，但其始作俑

---

① 朱光潜：《诗论》，《朱光潜全集》第3卷，安徽教育出版社1987年版，第12页。
② 朱光潜：《诗论》，《朱光潜全集》第3卷，安徽教育出版社1987年版，第12—13页。

者应该是朱光潜的《诗论》。

在论述诗的境界在于情趣与意象的契合时，朱光潜专门作了"中西诗在情趣上的比较"。在他看来，由于西方诗和中国诗的情趣都集中于几种普泛的题材，其中最重要的是（一）人伦（二）自然（三）宗教和哲学三个层面，所以比较一下西方诗和中国诗在情趣的异同"是一种很有趣味的研究"。① 关于人伦，朱光潜指出，西方关于人伦的诗大半以恋爱为中心，而恋爱在中国诗中显然不如在西方诗中重要。究其根源，有以下几层原因：第一，西方社会侧重个人主义，爱情在个人生命中最关痛痒，最为西方人关注，以至掩盖其他人与人的关系，说尽一个诗人的恋爱史往往就已说尽他的生命史。中国则是一个侧重兼善主义的伦理社会，文人往往费大半光阴于仕宦羁旅，他们朝夕相处的不是妇女而是同僚和文友，所以中国诗言爱情的虽然也有，但是没有让爱情把其他人伦抹杀，特别是关乎君臣和朋友交谊的内容在中国诗中占有相当重要的位置。第二，西方受中世纪骑士传统的影响，女性在社会上地位较高，所受教育也较完善，男女之间在学问和情趣上常可以共鸣。在中国受儒家传统思想伦理的影响，女性地位低下，夫妻之间受制于伦理观念，男女之间很难有志同道合的乐趣。第三，中西恋爱观相去甚远。西方人重视恋爱，"恋爱至上"，中国人则重视婚姻而轻视恋爱。"西方诗人要在恋爱中实现人生，中国诗人往往只求在恋爱中消遣人生。中国诗人脚踏实地，爱情只是爱情；西方诗人比较能高瞻远瞩，爱情之中都有几分人生哲学和宗教情操"，而且，"西方爱情诗大半写于婚媾之前，所以称赞容貌诉申爱慕者最多；中国爱情诗大半写于婚媾之后，所以最佳者往往是惜别悼亡，……西诗以直率胜，中诗以委婉胜；西诗以深刻胜，中诗以微妙胜；西诗以铺陈胜，中诗以简隽胜。"② 关于自然，朱光潜指出，与爱情诗一样，中西诗歌对于自然的处理也判然有别，一个以委婉、微妙简隽胜，一个以直率、深刻铺陈胜，一种是刚性美，一种是柔性美，尽管西方未尝没有柔性美的诗，中国也未尝没有刚性美的诗，但西方诗的柔和中国诗的刚都非它们的本色特长。而且，中国诗人对于自然的态度多取静观、契合的看法，而西方诗人对自然多抱有泛神主义的态度，所以，"中国诗人在自然中只能听见到

---

① 朱光潜：《诗论》，《朱光潜全集》第 3 卷，安徽教育出版社 1987 年版，第 74 页。
② 朱光潜：《诗论》，《朱光潜全集》第 3 卷，安徽教育出版社 1987 年版，第 75—76 页。

自然，西方诗人在自然中往往能见出一种神秘的巨大的力量。"① 关于哲学和宗教，朱光潜指出，中国人的民族性格是"实用的"，偏重实际而不务玄想，所以就哲学说，伦理的信条最发达，而有系统的玄学则寂然无闻；就文学说，关于人事及社会问题的作品最发达，而凭虚结构的作品则寥若星辰。而西方人的民族性格则恰恰相反，深邃的哲学思想和炽热的宗教情怀是其所长。这让朱光潜禁不住感慨：

> 中国诗人何以在爱情中只能见到爱情，在自然中只能见到自然，而不能有深一层的澈悟呢？这就不能不归咎于哲学思想的平易和宗教情操的淡薄了。诗虽不是讨论哲学和宣传宗教的工具，但是它的后面如果没有哲学和宗教，就不易达到深广的境界。诗好比一株花，哲学和宗教好比土壤，土壤不肥沃，根就不能深，花就不能茂。西方诗比中国诗深广，就因为它有较深广的哲学和宗教在培养它的根干。……中国诗在荒瘦的土壤中居然现出奇葩异彩，固然是一种可惊喜的成绩，但是比较西方诗，终嫌美中不足。我爱中国诗，我觉得在神韵微妙格调高雅方面往往非西方诗所能及，但是说到深广伟大，我终无法为它护短。②

在《诗论》中，还有很大部分的篇幅是对中西诗歌的音律构成和性质的比较分析。朱光潜首先考察了欧洲几个主要语种的诗歌的音律构成情况，指出欧洲诗歌的音律是由音长、音高和音势三部分构成，并且呈现出三个重要的类型：第一种是以很固定的时间段落或音步为单位，以长短相间见节奏，字音的数与量都是固定的，如希腊诗和罗马拉丁诗，都是偏重音步的长短。读一个长音差不多等于读两个短音所占的时间，长短有规律地相间，于是现出很明显的节奏。第二种虽有音步单位，每音步只规定字音数目，不拘字音的长短分量；音步之间，轻音与重音相间成节奏，如英文诗，决定其节奏的不是音步的长短，而是字音的轻重，通过字音轻重的变化体现节奏。第三种是既不单纯用音步的长短也不单纯用字音的轻重，而是用字音的长短、音势、音高三者之间的自由伸缩来处理节奏，如法文诗中对于顿的运用。然后，朱光潜用比较的方法，来考察中国诗的音律的构成和性质。朱光潜指

---

① 朱光潜：《诗论》，《朱光潜全集》第 3 卷，安徽教育出版社 1987 年版，第 78 页。
② 朱光潜：《诗论》，《朱光潜全集》第 3 卷，安徽教育出版社 1987 年版，第 78—79 页。

出，中国诗的音律也是由三部分构成的，它们分别是声、顿和韵。所谓声，就是平上去入四声。在朱光潜看来，西方诗的节奏可以在字音的长短、高低、轻重上见出，但这并不适用于中国的四声：第一，在中国诗中，每个字音的长短高低轻重是可以随文义语气而有伸缩。意义着重时，声音自然随之而长而高而重；意义不着重时，声音也自然随之而短而低而轻。同是一个字，在这一音组里读长读高或读重，在另一音组里读低读短读轻，全看行文口气。第二，除文义语气之外，一音组中每个字音的长短、高低、轻重，有时还受邻音的影响而微有伸缩。第三，中国的四声不纯粹是长短、高低或轻重的分别，四声的平仄相间不能简单地等同于长短、高低、轻重的相间。因为以上的缘故，朱光潜反对拿西方诗的长短、高低、轻重来比拟中国诗的平仄，并特别强调四声对于中国诗的节奏影响不大，但对调节字音之间的和谐功用甚大。所谓顿，又叫逗或节，用来区分音组里的停顿。朱光潜认为，中国诗中每顿通常由两个字音组成，相当于西方诗中的音步，但有两点不同：第一，中国诗每顿的长短有伸缩。中国诗的顿在字面上虽然看起来较少伸缩，但读起来长短悬殊很大，这完全取决于语言的自然节奏以及字音之间的协调。第二，中国诗到顿必扬。在西方诗中，音步完全因轻重相间见节奏，普通是先轻后重，但先重后轻也未尝不可，但在中国诗中，顿绝对不能先扬后抑，必须先抑后扬，而且这种抑扬不完全在轻重上见出，而是同时在长短、高低、轻重三方面见出。出于以上的缘故，中国诗的节奏主要依靠的就是顿。所谓韵，分句内押韵和句尾押韵两种。中国诗向来以用韵为常例。朱光潜指出，由于中国的字音不像西方字音那样轻重分明，中国诗的平仄相间也不等同于西方字音的长短、轻重和高低相间，中国诗的节奏不能通过四声现出，只能在字音的其他元素上体现，顿是一种，韵是另外一种。用他自己的话来说，就是"韵是去而复返、奇偶相错、前后呼应的。韵在一篇声音平直的文章里生出节奏，犹如京戏、鼓书的鼓板在固定的时间段落中敲打，不但点明板眼，还可以加强唱歌的节奏。中国诗的节奏有赖于韵，与法文诗的节奏有赖于韵，理由是相同的：轻重不分明，音节易散漫，必须借韵的回声来点明、呼应和贯串。"[1]

由对中西诗的音律的组成和性质的比较研究出发，朱光潜继续探讨了这

① 朱光潜：《诗论》，《朱光潜全集》第 3 卷，安徽教育出版社 1987 年版，第 188 页。

样一个问题：中西诗都讲求字音的节奏和对称，但何以西方诗没有像中国诗那样最终走上音律谨严、对仗工整的"律"的道路？朱光潜比较了中西诗歌所依仗的语言文字性质的差异：第一，中文字尽单音，词句易于整齐划一。"我去君来"，"桃红柳绿"，稍有比较，即成排偶。西文单字与复音字相错杂，意象尽管对称词句却参差不齐，不易对称。例如雪莱（Bysshe Shelley）的：

> Music, when soft voices die,
> Vibrate in the memory;

> Odours, when sweet violets sicken,
> Live within the sense they quicken,

和丁尼生（Alfred Tennyson）的：

> The long light shakes across the lakes,
> And the wild cataract leaps in glory.

都是排偶，但是不能产生中国律诗的影响，就因为意象虽成双成对而声音却不能两两对称，而在英文里 light 和 cataract 意虽相对而音则多寡不同，不能成对，犹如"司马相如"不能对"班固"，虽然它们都是专名。第二，西文的文法严密，不如中文字句构造可自由伸缩颠倒，使两句对得很工整。比如"红豆啄余鹦鹉粒，碧梧栖老凤凰枝"两句诗，若依原文构造直译为英文或法文，即漫无意义，而在中文里却不失其为精练，就由于中文文法构造比较疏简有弹性。再如"疏影横斜水清浅，暗香浮动月黄昏"两句诗没有一个虚字，每个字都实指一种景象，若译为西文，就要加上许多虚字，如冠词、前置词之类。中文不但冠词和前置词可以不用，即主词动词亦可略去。在好诗里这种省略是常事，而且也很少发生意义的暧昧。单就文法论，中文比西文较宜于诗，因为它比较容易做得工整简练。① 由此，朱光潜得出了这样的

---

① 朱光潜：《诗论》，《朱光潜全集》第 3 卷，安徽教育出版社 1987 年版，第 202 页。

结论：

> 文字的构造和习惯往往能影响思想。用排偶文既久，心中就于无形中养成一种求排偶的习惯，以至观察事物都处处求对称，说到"青山"便不由你不想到"绿水"，说到"才子"便不由你不想到"佳人"。中国诗文的骈偶起初是自然现象和文字特性所酿成的，到后来加上文人求排偶的心理习惯，于是就"变本加厉"了。①

在这里，朱光潜再次彰显出他的诗学研究的独特视角——语言。

作为学贯中西的一代学人，朱光潜一生致力于融会中西诗学再造中国现代诗学的尝试和努力。他坦言："一是固有的（中国诗学）传统究竟有几分可以沿袭，一是外来的影响究竟有几分可以接收。这都是诗学者所应虚心探讨的。"②《诗论》是朱光潜诗学研究的一部集大成之作，他自认在自己的诗学研究中"用功较多"、"比较有点独到见解的"，就是这本《诗论》，并点明了其中的贡献："我在这里试图用西方诗论来解释中国古典诗歌，用中国诗论来印证西方诗论；对中国诗的音律、为什么后来走上律诗的道路，也作了（比较性质的）探索分析"。③ 应该说，朱光潜《诗论》通过"互释"、"互证"、"比较"融会中西诗学话语再造中国现代诗学的努力，是别开声面的，诚如朱光潜同时代的著名学者张世禄所指出的：

> 朱氏……讨论诗学上的各种问题，都引用西洋文艺的学说，以和中国原有的学说来相参合比较，以和中国诗歌的实例来衡量证验，这已经足以指示我们研究中国文学的一个必由的途径。却又一方面，对于西洋的各种学说，也并非一味盲从，往往能融会众说，择长舍短，从中抉取一个最精确的理论，以作为断案；并且有时因为看到了中国的事实，依据了中国原有的理论，回转来补正西洋学说的缺点，这就接受外来的学术而言，可以说是近于消化的地步。④

---

① 朱光潜：《诗论》，《朱光潜全集》第3卷，安徽教育出版社1987年版，第202页。
② 朱光潜：《诗论·抗战版序》，《朱光潜全集》第3卷，安徽教育出版社1987年版，第4页。
③ 朱光潜：《诗论·后记》，《朱光潜全集》第3卷，安徽教育出版社1987年版，第331页。
④ 张世禄：《评朱光潜〈诗论〉》，转引自钱念孙：《朱光潜与中西文化》，安徽教育出版社1995年版，第323—324页。

　　王国维是实现二十世纪中西诗学话语历史性交汇的第一人。不过，王国维对于西方诗学的认知更多的是通过日本这个中介来完成的。而与之相比，朱光潜有直接留学英、法的学习经历，对于西方诗学的认知无论是在广度上还是深度上，都较王国维这样的学术前辈更为深入。这样，从王国维到朱光潜，在融汇中西诗学话语再造中国现代诗学方面，不仅清晰地体现了二十世纪中国现代诗学一脉相承的学术继承线索，而且直观地反映了中西诗学话语融合的深化过程。

第六章

中西诗学话语的融合（下）

在王国维之后，以王国维为楷模，专注于中西比较诗学的研究，并在融合中西诗学话语方面做出突出贡献的，除了朱光潜之外，钱锺书是另一位有代表性的比较学者。

第一节　从钱锺书对王国维的评价看钱氏诗学研究的切入点

臧克和在《钱锺书与中国文化精神》一书的引言里，在谈到钱锺书之于二十世纪中国现代诗学的伟大意义时，特别地提及了钱锺书与王国维在开创中国现代诗学方面承前启后和集大成的性质："十九世纪之末造，本世纪之肇始，中国近代文化学术思想，特别是在第一次将中西学术思想沟通的意义之上，是王国维辈作了承上启下的集成总结；二十世纪末，'钱学'创辟，于一个时代之文化学术，不啻集大成，开风气：诚盛事也！"① 那么，钱锺书本人又是如何来评价中国现代诗学的第一人——王国维的呢？

一、钱锺书论王国维的"不隔"

1934 年钱锺书在《学文》月刊第一卷第三期发表《论不隔》一文，是为钱锺书评价王国维的开始。关于此文写作的缘由，钱锺书在文章的开头作了这样的说明：

---

① 臧克和：《钱锺书与中国文化精神》，百花洲文艺出版社 1993 年版，第 1 页。

偶然重翻开马太·安诺德的《译荷马论》（*On Translating Homer*），意外的来了一个小发现。试看下面意译的一节：

柯尔律治（Colerridge）曾说过，神和人的融合，须要这样才成——

这迷雾，障隔着人和神，

消溶为一片纯洁的空明。

（Whene'er the mist, which stands between God and thee.

Defecates to a pure transparency）

一篇好翻译也须具有上列的条件。在原作和译文之间，不得障隔着烟雾，译者自己的作风最容易造成烟雾，把原作笼罩住了，使读者看不见本来面目。

这道理是极平常的，只是那譬喻来得巧妙。柯尔律治的两句诗，写的是神秘经验；安诺德断章取义，挪用为好翻译的标准，一拍即合，真便宜了他！我们能不能索性扩大这两句诗的应用范围，作为一切好文学的标准呢？便记起王国维《人间词话》所谓"不隔"了。多么碰巧，这东西两位批评家的不约而同！更妙的是王氏也用雾来作比喻："觉白石《念奴娇》、《惜红衣》二词犹有隔雾看花之恨。""白石写景之作，虽格韵高绝，然如雾里看花，终隔一层。"安诺德的比喻是向柯尔律治诗中借来；王氏的比喻也是从别处移用的，杜甫《小寒食舟中作》："老年花似雾中看"——在这一个小节上，两家也十分相像。①

在钱锺书的这个说明里，透露了他对王国维评价的两个重要内容：第一，由安诺德（Matthew Arnold）"想起"王国维。安诺德是英国十九世纪的一位具有世界性影响的大批评家，钱锺书写作此文时刚从清华大学外文系西洋文学专业毕业，翌年又将赴英国留学，在钱氏的心目中，安诺德是一位足以代表西方的大批评家，现在他将王国维与安诺德并称"东西两位批评家"，王国维作为中国现代批评大家在他心里所占的分量是显而易见的。第二，他是移用了安诺德的"艺术化的翻译"（translation as an art）的"不隔"来解释王国维的"翻译化的艺术"（art as a translation）的"不隔"。具体地说，就是

---

① 钱锺书：《论不隔》，《钱锺书文集》，内蒙古人民出版社1996年版，第791页。

在安诺德艺术化的翻译里，译文与原文之间风度恰合，没有障隔，是为"不隔"。与之相同，在王国维的翻译化的艺术里：

> "不隔"也得假设一个类似于翻译的原文的东西。这个东西便是作者所想传达给读者的情感、境界或事物，按照"不隔"说讲，假使作者的艺术能使读者对于这许多情感、境界或事物得到一个清晰的、正确的、不含糊的印象，像水中印月，不同雾里看花，那么，这个作者的艺术已能满足"不隔"的条件：王氏所谓"语语都在目前，便是不隔"，所以，王氏反对用空泛的词藻，因为空泛的词藻是用来障隔和遮掩的，仿佛亚当和夏娃的树叶，又像照相馆中的衣服，是人人可穿用的，没有特殊的个性，没有显明的轮廓（contour）。①

还有：

> "不隔"须假设着一个类似翻译的原作的东西；有了这个东西，我们便可作为标准来核定作者对于那个东西的描写是不是正确，能不能恰如其分而给我们以清楚不含混的印象。在翻译里，这是容易办到的；因为有原作存在着供我们参考，在文艺里便不然了，我们向何处去找标准来跟作者的描写核对呢？作者所能给读者的只是描写，读者怎样会看出这描写是"隔"或"不隔"呢？这标准其实是从读者们自身产生出的，王氏说："语语都在目前，便是'不隔'。"由此演绎起来，"实获我心"，"历历如睹"，"如吾心之所欲言"，都算得"不隔"，只要作者的描写能跟我们亲身的观察，经验，想象相吻合，相调和，有同样的清楚或生动（Hume 所谓 liveliness），像我们自己亲身经历过一般，这便是"不隔"。好的翻译，我们读了如读原文；好的文艺作品，按照"不隔"说，我们读着须像我们身经目击着一样。②

不可否认，钱锺书移用安诺德的翻译理论来解读王国维的"不隔"，很有点钱锺书本人所说安诺德移用柯尔律治诗句"断章取义"的意味，但也由此展

---

① 钱锺书：《论不隔》，《钱锺书文集》，内蒙古人民出版社 1996 年版，第 792 页。
② 钱锺书：《论不隔》，《钱锺书文集》，内蒙古人民出版社 1996 年版，第 793 页。

现了钱锺书评价王国维诗学的一个突出特征，即比较诗学方法的引入。

二、钱锺书论王国维的悲剧理论

1935 年 8 月，钱锺书在《天下月刊》第 1 卷第 1 期发表《中国古代戏曲中的悲剧》一文。[①] 在这篇被张庆茂誉为二十世纪 30 年代钱氏最重要的论文里，钱锺书依照西方的悲剧理论，对于中国传统戏曲中的悲剧，予以了激烈的否定，并挑战式地将批评的锋芒指向了王国维：

> 我恕不同意（虽然并不很自信）已故中国古代戏曲专家王国维的见解。王国维在《宋元戏曲史》中说："明以后传奇，无非喜剧，而元则有悲剧在其中。就其存者言之，如《汉宫秋》、《梧桐雨》……等，初无所谓先离后合，始困终亨之事也。其最有悲剧之性质者，则如关汉卿之《窦娥冤》、纪君祥之《赵氏孤儿》。剧中虽有恶人交构其间，而其赴汤蹈火者仍出于其主人翁之意志。即列之于世界大悲剧中，亦无愧色也。"[②]

王国维在《宋元戏曲考》里明言《窦娥冤》和《赵氏孤儿》是中国戏曲中"最有悲剧之性质者"，因为"剧中虽有恶人交构其间，而其赴汤蹈火者仍出于其主人翁意志"，而钱锺书通过对这两部戏曲的细读：

> 先看《窦娥冤》。潦倒不堪的穷秀才窦天章要进京赶考，为了抵偿旧债，将女儿窦端云送给寡妇蔡婆。八年后，窦娥与蔡婆的儿子成亲。两年后，她的丈夫死于肺病。恶棍张驴儿觊觎她，但她坚守从一而终的道德信条而不肯答应。最后，张驴儿毒死其父，诬称她是凶手。于是就有了血凝白练的法场戏：为了使婆婆免受怀疑，窦娥一人承认所有指控，她被判死刑。临斩前，她祈求苍天可怜降给人间亢旱三年。这些发生在第三折。第四折，离家多年的窦天章任提刑肃政廉访使，重审此案并为窦娥之死昭雪。……在最后一折中，特有的因果报应对于我们被伤

---

① 钱锺书的原文用英文发表，标题为 Tragedy in Old Chinese Drama，中译文采用陆文虎的译文，见陆文虎：《围城内外——钱锺书的文学世界》，解放军出版社 2004 年版，第 419—429 页。
② 陆文虎：《围城内外——钱锺书的文学世界》，解放军出版社 2004 年版，第 423—424 页。

害的感情很有安抚作用，但重要的问题是：它加强悲剧事件了吗？即使我们暂时放弃这个问题，抛开第四折不论。我们能说前三折给我们留下了"处于不须安慰，不须胁迫，独立和自给自足状态"的完整悲剧印象吗？任何人只要用心想一下都会说不。人们的感觉是：窦端云的品格是如此高尚和完美无缺，她的死是如此悲惨，冤案强加于她是如此令人不能容忍，以至于第四折不可避免地要调整平衡。换句话说，作者已经设置了这种情节，使这出戏只能是以因果报应而不是以悲剧结束。为什么？窦端云之死不是她有什么过错，也不是命运注定。对于她的性格中可能有的缺陷，剧作家已经视而不见，并且最终希望我们也作如是观。……此外，剧中所表现的悲剧冲突纯粹是外在的。她初心不改：始终保持对已故丈夫的忠贞和对新求婚者的厌恶。她抗拒恶棍，以全副心力迎接挑战。在这种情形下，保持主人公的意志是一件比较容易的事。然而，通过展示窦端云爱惜自己生命与拯救婆婆的愿望之间的内心斗争，也许会构成内在的悲剧冲突。意味深长的是，剧作者没有把握住这一点。①

再看《赵氏孤儿》：

　　对《窦娥冤》的批评也多少适用于《赵氏孤儿》。这出戏的主人公是赵家的医人程婴，他牺牲自己的孩子，保住了赵氏孤儿，最后鼓励他向坏人报了仇。这出戏的结局是十足的因果报应和大团圆：坏人受酷刑毙命，孤儿找回了失去的一切，程婴的牺牲也得到报答。这里的悲剧冲突更激烈、更内在些。程婴在亲子之爱和痛苦的奉献职责之间的自我分裂得到了有力的表现。但不幸的是，亲情与责任之间的竞争力并不匹敌，很明显，其中一个不难战胜另一个。程婴显然认为（而且剧作家也希望我们同他一起认为）尽责牺牲比沉溺父爱更加正当——"若再剪除了这点萌芽，可不断送他灭门绝户？"这里的斗争并不激烈，紧张的悲剧对抗突然中止，天平朝向一边倾斜。这在公孙杵白身上表现得非常清楚，他舍命救孤，毫不犹豫地在爱与责中做出了抉择。这出被认为"列于世界大悲剧中亦无愧色"的剧作，是在身体的实现中完成，而不是在

① 陆文虎：《围城内外——钱锺书的文学世界》，解放军出版社 2004 年版，第 424—425 页。

精神的消耗中结束的。①

并据此对王国维关于它们的论断提出三条商榷意见："第一，它们是伟大的文学杰作。这一点，我们衷心赞同。第二，它们是伟大的悲剧，因为主人公坚持灾难性意愿。这一点，我们有所保留。第三，它们是伟大的悲剧，就像我们说《俄底浦斯》、《奥赛罗》以及《贝蕾妮斯》是伟大的悲剧一样。对此，我们恕不同意"。② 如何来看待钱锺书对于王国维悲剧理论的批评呢？需要指出的是，悲剧（Tragedy），本是西洋戏剧的类型和术语，从王国维和钱锺书对于中国传统戏曲中的"悲剧"的讨论来看，不管是前者取之于叔本华的三种悲剧理论，还是后者取法的 I. A. 瑞恰兹（Ivor Armstrong Richards）对于悲剧"处于不须安慰，不须胁迫，独立和自给自足的状态"的妙论，③ 都是借用西洋悲剧理论来评判中国的传统戏曲，在本质上都是属于比较诗学的性质。而这一点也恰恰是钱锺书本人在文章最后部分着意指出的：

> 我们对中西戏剧的比较研究是极有助益的，这有两个理由。第一，能够打消包括中国批评家在内的人们对我们自己的戏曲所抱的许多幻觉。第二，有助于研究比较文学的学者确定中国古代戏曲在艺术宫殿中的适当位置。我深信，假使比较文学专业的学者肯把中国古代文学纳进他们的视野，他们就会找到许多新资料，足以动摇西方批评家奉为圭臬的那些理论教条。对治中国古代文学批评史的学者来说，这种切实的比较研究是特别重要的，因为他们由此才能够懂得我国古代批评家的材料同西方批评家的有怎样的不同，懂得西方批评家和我们自己的批评家之间，为什么一方批评的基本原理不能被对方所了解和利用。④

三、钱锺书论王国维的诗歌创作

二十世纪 40 年代，钱锺书评价王国维"誉语虽是最多、分量也算最重"

---

① 陆文虎：《围城内外——钱锺书的文学世界》，解放军出版社 2004 年版，第 426 页。
② 陆文虎：《围城内外——钱锺书的文学世界》，解放军出版社 2004 年版，第 424 页。
③ 陆文虎：《围城内外——钱锺书的文学世界》，解放军出版社 2004 年版，第 421 页。
④ 陆文虎：《围城内外——钱锺书的文学世界》，解放军出版社 2004 年版，第 428—429 页。

的论著，① 就是《谈艺录》。《谈艺录》第三则纵论近代中国诗界维新诸公：对于黄遵宪、严复，钱锺书几乎是全盘否定的。如对前者，"近人论诗界维新，必推黄公度。《人境庐诗》奇才大句，自为作手。五古议论纵横，近随园、欧北；歌行铺比翻腾处似舒铁云；七绝则龚定庵。取迳实不甚高，语工而格卑；伧气尚存，每成俗艳。尹师鲁论王胜之文曰：'赡而不流'；公度其不免于流者乎。大胆为文处，亦无以过其乡宋芷湾。差能说西洋制度名物，掎摭声光电化诸学，以为点缀，而于西人风雅之妙、性理之微，实少解会。故其诗有新事物，而无新理致。……凡新学而稍知存古，与夫旧学而强欲趋时者，皆好公度。盖若辈之言诗界维新，仅指驱使西故，亦犹参军蛮语作诗，仍是用佛典梵语之结习而已"，② 对于后者，"严几道号西学巨子，而《愈愚堂诗》词律谨伤，安于故布"；"几道本乏深湛之思，治西学亦求卑之无甚高论者，如斯宾塞、穆勒、赫胥黎辈；所译之书，理不胜词，斯乃识趣所囿也"。③ 至于王国维，钱锺书则基本是持肯定态度的：

> 老辈唯王静安，少作时时流露西学义谛，庶几水中之盐味，而非眼里之金屑。其《观堂丙午以前诗》一小册，甚有诗情作意，惜笔弱词靡，不免王仲宣"文秀质羸"之讥，是治西洋哲学人本色语。④

并举其《观堂丙午以前诗》中佳者，如《杂感》：厕身天地苦拘挛，姑射神人未可攀。云若无心常淡淡，川如不竞岂潺潺。驰怀敷水条山里，托意开元武德间。终古诗人太无赖，苦求乐土向尘寰。钱锺书论其展示的是"柏拉图之理想"，"而参以浪漫主义之企羡"。⑤《出门》：出门惘惘知奚适，白日昭昭未易昏。但解购书那计读，且消今日敢论旬。百年顿尽追怀里，一夜难为怨别人。我欲乘龙问羲叔，两般谁幻又谁真。钱锺书又谓其申"普罗太哥拉斯（Protagoras）之人本论"，"用之于哲学家所谓主观时间（Duration）"，⑥ 并特别指出：

---

① 刘衍文：《漫话钱锺书先生》，《钱锺书研究采辑》第 2 辑，三联书店 1996 年版，第 84 页。
② 钱锺书：《谈艺录》，中华书局 1984 年版，第 24 页。
③ 钱锺书：《谈艺录》，中华书局 1984 年版，第 24 页。
④ 钱锺书：《谈艺录》，中华书局 1984 年版，第 24 页。
⑤ 钱锺书：《谈艺录》，中华书局 1984 年版，第 25 页。
⑥ 钱锺书：《谈艺录》，中华书局 1984 年版，第 25 页。

"百年顿尽"一联，酷似唐李益《同崔邠登鹳雀楼》诗之"事去千年犹恨速，愁来一日即知长"；宋遗老黄超然《秋夜》七绝亦云："前朝旧事过如梦，不抵清秋一夜长"；皆《淮南子·说山训》："拘囹圄者，以日为修；当死市者，以日为短"之意。张茂先《情诗》即曰："居欢惕夜促，在戚怨宵长"；李义山《和友人戏赠》本此旨而更进一解曰："猿啼鹤怨终年事，未抵熏炉一夕间。"然静安标出"真幻"两字，则哲学家舍主观时间而立客观时间，牛顿所谓"绝对真实数学时间"者是也。①

在这里，不难看出中西诗学之间的融合程度是钱锺书褒贬黄、严、王三人诗作的一个主要标准。所以，尽管在钱锺书眼里，王国维的诗存在诸如"笔弱词靡"、"诗律不细"等缺点，但由于其"时时流露西学义谛"仍然备受钱氏推崇。

纵观钱锺书对于王国维的评价，应该说，在钱氏的诗学研究中王国维的影响是清晰可见的。而且，钱氏对于王国维诗学研究的切入点是明确地标举比较诗学性质的。这一点，也贯穿于钱氏融会中西建构中国现代诗学的始终。另外，钱锺书曾在《管锥编》中引王国维在《文学小言》中那段著名的话："古今之成大事业、大学问者，不可不历三种之境界：'昨夜西风凋碧树，独上高楼，望尽天涯路，'此第一境界也；'衣带渐宽终不悔，为伊消得人憔悴，'此第二境界也；'众里寻他千百度，回头蓦见，那人正在，灯火阑珊处'，此第三境界也"。② 后辈学人论及钱氏学问之境界，也往往征引王氏为学之第三境界移说钱氏，实在是非常确切。③

第二节　从对莱辛《拉奥孔》的"论"和"读"看钱锺书与朱光潜对于诗学研究话语的不同取舍

如前所述，在中国现代诗学的创生过程中，由王国维到朱光潜以及由王

---

① 钱锺书：《谈艺录》，中华书局 1984 年版，第 25 页。
② 钱锺书：《管锥编》第 2 册，中华书局 1986 年版，第 452 页。
③ 参阅敏泽：《论钱学的基本精神和历史贡献》，《钱锺书研究集刊》第 1 辑，上海三联书店1999 年版，第 9 页。

国维到钱锺书，都存在着一条清晰可见的发展线索。那么，在朱光潜和钱锺书两人之间的情况又是怎样呢？从很多方面来说，他们两人都有很多相似之处。从年龄上讲，朱光潜是 1907 年出生，钱锺书是 1910 年出生。相比 1877 年出生的王国维，他们算是学术晚辈，但两人之间年龄相差不过 3 岁，是不折不扣的同代学人。从学术背景上讲，他们早年都受过中国传统的旧学教育，都有深厚的家学渊源，又都有后来多年留学英法学习西方文学的经历。从研究范围上看，他们都在诗学研究或者确切地说是中西比较诗学研究方面出力甚多，而且成就斐然。然而，当我们试图去寻找两人之间的现实关联时，却难以在他们各自的诗学研究中发现对方的存在。他们之间的关系就宛如钱锺书本人在《围城》中使用过的那个著名比喻："好比两条平行的直线，无论彼此距离怎么近，拉得怎样长，终合不拢来成为一体。"① 不过，仔细比照两人的诗学著作，也不难发现一些有趣的对应，其中，最具代表性的就是他们对于莱辛《拉奥孔》的"论"和"读"。

一、莱辛《拉奥孔》论"诗画异质"

拉奥孔是十六世纪在罗马发掘出的一座雕像，造型是拉奥孔和他的两个儿子被两条大蛇绞缠时痛苦挣扎的情形。按照古罗马诗人维吉尔（Vergilius）在史诗《埃涅阿斯》中的记述，拉奥孔是一个特洛亚祭司，希腊人和特洛亚人为了争夺美女海伦，展开了一场长达十年的大战，相持不下，希腊人为了夺取战争的胜利设下了木马计，但被特洛亚祭司拉奥孔识破，并试图阻止木马给特洛亚人带来灾祸，结果惹怒了偏向希腊人的海神波塞冬，海神放出两条巨蛇，将拉奥孔和他的两个儿子一并绞死了。人们通常认为，十六世纪出土的拉奥孔雕像，就是以维吉尔的史诗《埃涅阿斯》中的记述为蓝本的。到了十八世纪，德国著名学者莱辛对拉奥孔的雕像造型和史诗描写进行了仔细的比照，发现两者之间存有重要的区别，比如，史诗里详细记述了拉奥孔父子在被巨蛇绞缠奋力挣扎时的大声呼号，但在出土的雕像上，拉奥孔的面部只表现了一种轻微的叹息，具有古典艺术所特有的恬静与肃穆。为什么雕像的作者不表现诗人所描写的号啕呢？"试想一下拉奥孔的口张得很大，然后再下判断。让他号啕大哭来看看！拉奥孔的形象本来是令人怜悯的，因为它

---

① 钱锺书:《围城》，人民文学出版社 1980 年版，第 25 页。

同时表现出美和苦痛；照设想的办法，它就会变成一种惹人嫌厌的丑的形象了，人们就会掩目而过，因为那副痛苦的样子会引起反感，……（而且）只就张开大口这一点来说，除掉面孔其他部分会因此现出令人不愉快的激烈的扭曲以外，它在画里还会成为一个大黑点，在雕刻里就会成为一个大窟窿，这就会产生最坏的效果"，"（所以）雕刻家要在既定的身体苦痛的情况之下表现出最高度的美。身体苦痛的情况之下的激烈的形体扭曲和最高度的美是不相容的。所以他不得不把身体苦痛冲淡，把哀号化为轻微的叹息。这并非因为哀号就显出心灵不高贵，而是因为哀号会使面孔扭曲，令人恶心。"[①] 再有，按照史诗的记述，那两条巨蛇身形巨长，在拉奥孔的腰上绕了三道，在颈部绕了两道，身体完全被缠绕住，而在雕像上它们仅仅绕着拉奥孔的两脚，拉奥孔身上的筋肉完全显露出来，用以表现拉奥孔的苦痛，"如果（像史诗那样）蛇绕身两道，就会把躯干完全掩盖起，结果那种很能表情的腹部痛苦和抽搐就会看不见了。"[②] 同样的道理是对衣服的处理。史诗里的拉奥孔是特洛亚的祭司，是穿着祭司的道袍的，但雕像上的拉奥孔是全身赤裸的，因为它必须通过四肢筋肉的挛曲来展现主人公所受到的苦痛，如果让拉奥孔穿着衣服，一切就被遮掩着了，而"对于诗人来说，衣服并不算衣服，它遮掩不住什么，我们的想象总是能透过衣服去看。不管维吉尔所写的拉奥孔是否穿了衣服，他身上每部分的痛苦，对于想象来说，都是一样可以眼见的。"[③] 为此，莱辛写了专门的文艺理论著作《拉奥孔》，来专论诗的文字艺术和图画的造型艺术之间的区别，[④] 在西方文艺理论发展史上产生很大反响，也引起了部分中国学者的关注和兴趣，朱光潜和钱锺书就是其中的两位。

二、朱光潜《诗论》对莱辛"诗画异质"的评述

朱光潜在《诗论》中专辟一个第七章论"诗与画"的关系，副题就是"评莱辛的诗画异质说"。朱光潜首先详细概述了莱辛在《拉奥孔》提出的几个主要观点：第一，诗的文字艺术与图画的造型艺术所用的材料不同，所处理的对象不同，艺术性质也不相同。具体地说，就是诗所使用的材料是抽

---

① ［德］莱辛：《拉奥孔》，朱光潜译，人民文学出版社 1988 年版，第 16 页。
② ［德］莱辛：《拉奥孔》，朱光潜译，人民文学出版社 1988 年版，第 37—38 页。
③ ［德］莱辛：《拉奥孔》，朱光潜译，人民文学出版社 1988 年版，第 39 页。
④ 莱辛《拉奥孔》的副标题就是"论画与诗的界限"，并在标题下引述普鲁塔克的名言："它们在题材和摹仿方式上都有区别"。

象的文字符号，图画所使用的材料是具象的物质；对于文字符号来说，它是抽象的，只能在时间上相承续，而对于具体的物质来说，它是具象的，只能在空间中承续，所以，诗的艺术和图画艺术，是两种不同性质的艺术，也即时间的艺术和空间的艺术，如莱辛的《拉奥孔》里所总结的：

> 如果图画和诗所用的模仿媒介或符号完全不同，那就是说，图画用存于空间的形色，诗用存于时间的声音；如果这些符号和它们所代表的事物须互相妥适，则本来在空间中相并立的符号只宜于表现全体或部分在空间中相并立的事物，本来在时间上相承续的符号只宜于表现全体或部分在时间上相承续的事物。全体或部分在空间中相并立的事物叫"物体"（body），因此，物体和它们的看得见的属性是图画的特殊题材。全体或部分在时间上相承续的事物叫做"动作"（action），因此，动作是诗的特殊题材。①

第二，诗的艺术和图画的艺术尽管是两种性质不同的艺术，但彼此之间并非没有关联，画并不是绝对不能叙述动作，诗也不是绝对不能描写静物，如莱辛的《拉奥孔》所说：

> 物体不仅占空间，也占时间。它们继续地存在着，在续存的每一顷刻中，可以呈现一种不同的形象或是不同的组合。这些不同的形象或组合之中，每一个都是前者之果，后者之因，如此则它仿佛形成动作的中心点。因此，图画也可以模仿动作，但是只能间接地用物体模仿动作。
>
> 就另一方面说，动作不能无所本，必与事物生关联。就发动作的事物之为物体而言，诗也能描绘物体，但是也只能间接地用动作描绘物体。
>
> 在它的并列的组合中，图画只能利用动作过程中某一顷刻，而它选择这一顷刻，必定要它最富于暗示性，能把前前后后都很明白地表现出来。同理，在它的承续的叙述中，诗也只能利用物体的某一种属性，而它选择这一种属性，必定能唤起所写的物体的最具体的整个意象，它应

---

① ［德］莱辛：《拉奥孔》，见朱光潜：《诗论》，《朱光潜全集》第3卷，安徽教育出版社1987年版，第141页。

该是特应注意的一方面。①

第三，图画叙述动作，不能从头到尾地叙述，只能选择最富于"暗示性"的顷刻。具体地说，就是图画所选择的那一顷刻应在动作将达"顶点"而未达"顶点"之前：

> 艺术家在变动不居的自然中只能抓住某一顷刻。尤其是画家，他只能从某一观点运用这一顷刻。他的作品却不是过眼云烟，一纵即逝，须耐人长久反复玩味。所以把这一顷刻和抓住这一顷刻的观点选择得恰到好处，须大费心裁。最合适的选择必能使想象最自由地运用。我们愈看，想象愈有所启发；想象所启发的愈多，我们也愈信目前所看到的事实。在一种情绪的过程中，最不易产生这种影响的莫过于它的顶点（climax）。到了顶点，前途就无可再进一步；以顶点摆在眼前，就是剪割想象的翅膀，想象既不能在感官所得印象之外再进一步，就不能不倒退到低一层弱一层的意象上去，不能达到呈现于视觉的完美表现。比如说，如果拉奥孔只微叹，想象很可以听到他号啕。但是如果他号啕，想象就不能再往上走一层；如果下降，就不免想到他还没有到那么大的苦痛，兴趣就不免减少了。②

而诗要描写物体，也不能直接地去描绘，只能用间接地去暗示。具体的方法有两种：一种是通过描写物体美所产生的影响来暗示。如莱辛《拉奥孔》中所引的《荷马史诗》对于海伦之美的描述：

> 这些老者们看见海伦来到城堡，都低语道："特洛伊人和希腊人这许多年来都为着这样一个女人尝尽了苦楚，也无足怪；看起来她是一位不朽的仙子。"③

---

① ［德］莱辛：《拉奥孔》，见朱光潜：《诗论》，《朱光潜全集》第 3 卷，安徽教育出版社 1987 年版，第 143 页。

② ［德］莱辛：《拉奥孔》，见朱光潜：《诗论》，《朱光潜全集》第 3 卷，安徽教育出版社 1987 年版，第 143—144 页。

③ ［德］莱辛：《拉奥孔》，见朱光潜：《诗论》，《朱光潜全集》第 3 卷，安徽教育出版社 1987 年版，第 145 页。

另一种是通过化美为"媚"（charm）来暗示。"媚"的定义是"流动的美"（beauty in motion），莱辛在《拉奥孔》中举例的是一段意大利诗，朱光潜在《诗论》中把它换做成《诗经·卫风》的一章关于美人的描写：

> 手若柔荑，肤如凝脂，领如蝤蛴，齿如瓠犀，螓首蛾眉；巧笑倩兮，美目盼兮。

并解释说：

> 这章诗前五句最呆板，它费了许多笔墨，却不能使一个美人活灵活现地现在眼前。我们无法把一些嫩草、干油、蚕蛹、瓜子之类东西凑合起来，产生一个美人的意象。但是"巧笑倩兮，美目盼兮"两句，寥寥八字，便把一个美人的姿态神韵，很生动渲染出来。这种分别就全在前五句只历数物体属性，而后两句则化静为动，所写的不是静止的"美"而是流动的"媚"。①

其次，朱光潜对于莱辛的《拉奥孔》在西方文艺理论发展史上的贡献，做了如下的评判：第一，在莱辛之前，西方人对于诗与画的认识是同质的，但莱辛明白地提出了与传统的诗画同质说截然不同的诗画异质说，指出各种艺术在相同之中有不同者在，每种艺术应该注重自身的特殊的便利和特殊的限制，以选择适合自身发展的方向。从莱辛起，西方的艺术在理论上开始出现明显的分野。无论他的结论是否完全精确，他的精神是"近于科学的"。②第二，在莱辛之前，西方没有人关注艺术与媒介如形色之于图画、语言文字之于文学的重要关联，莱辛在欧洲是第一个提出这个理论问题的理论家。他指出，每种艺术都依托于一定的媒介，每种艺术的特质多少都要受到它的特殊媒介的制约。艺术与媒介的密切关联，在现代西方由于克罗齐美学的提倡，曾经引起很大的反响，但它的理论来源是十八世纪的莱辛。第三，莱辛讨论艺术，并不抽象地专在作品本身着眼，而同时顾到作品在读者心中所引

① 朱光潜：《诗论》，《朱光潜全集》第3卷，安徽教育出版社1987年版，第146页。
② 朱光潜：《诗论》，《朱光潜全集》第3卷，安徽教育出版社1987年版，第147页。

起的活动和影响。比如"他主张画不宜选择一个故事的兴酣局紧的'顶点',就因为读者的想象无法再向前进;他主张诗不宜历数一个物体的各面形相,就因为读者所得的是一条直线上先后承续的意象,而在物体中这些意象却本来并存在一个平面上,读者须从直线翻译回原到平面,不免改变原形,致失真相。这种从读者的观点讨论艺术的办法是近代实验美学与文艺心理学的。莱辛可以说是一个开风气的人。"① 不仅如此,朱光潜还以中国的诗画艺术为参照,对于莱辛的诗画异质说提出了两点委婉的批评:第一,运用莱辛的诗画异质学说来分析中国的诗与画,难以适用:

> 中国画从唐宋以后就侧重描写物景,似可证实画只宜于描写物体说。但是莱辛对于山水花卉翎毛素来就瞧不起,以为它们不能达到理想的美,而中国画却正在这些题材上做功夫。他以为画是模仿自然,画的美术来自自然美,而中国人则谓"古画画意不画物","论画以形似,见与儿童邻"。莱辛以为画表现时间上的一顷刻,势必静止,所以希腊造型艺术的最高理想是恬静安息(calm and repose),而中国画家六法首重"气韵生动"。中国向来的传统都尊重"文人画"而看轻"院体画"。"文人画"的特色就是在精神上与诗相近,所写的并非实物而是意境,不是被动地接收外来的印象,而是熔铸印象于情趣。一幅中国画尽管是写物体,而我们看它,却不能用莱辛的标准,求原来在实物空间横陈并列的形象在画的空间中仍同样地横陈并列,换句话说,我们所着重的并不是一幅真山水,真人物,而是一种心境和一幅"气韵生动"的图案。这番话对于中国画只是粗浅的常识,而莱辛的学说却不免与这种粗浅的常识相冲突。②

第二,莱辛关于诗只宜于叙述动作的学说,也不适用于中国诗:

> 莱辛以为诗只宜于叙述动作,这因为他所根据的西方诗大部分是剧诗和叙事诗,中国诗向来就不特重叙事。史诗在中国可以说不存在,戏剧又向来与诗分开。中国诗,尤其是西晋以后的诗,向来偏重景物描

---

① 朱光潜:《诗论》,《朱光潜全集》第3卷,安徽教育出版社1987年版,第147页。
② 朱光潜:《诗论》,《朱光潜全集》第3卷,安徽教育出版社1987年版,第150—151页。

写，与莱辛的学说恰相反。中国写景诗人常化静为动，化描写为叙述，就这一点说，莱辛的话是很精确的。但是这也不能成为普遍的原则。在事实上，莱辛所反对的历数事物形象的写法在中国诗中也常产生很好的效果。大多数写物赋都用这种方法，律诗于词曲里也常见。……莱辛的毛病，像许多批评家一样，就在想勉强找几个很简赅固定的公式来范围艺术。①

三、钱锺书《读〈拉奥孔〉》对莱辛"诗画异质"的感想

钱锺书则专门写了一篇长文《读〈拉奥孔〉》，分三个方面谈了自己阅读莱辛《拉奥孔》的"感想"：第一，莱辛《拉奥孔》里所讲的关于绘画或造型艺术和诗歌或文字艺术在功能和性质上的区别的主要论点，可以对中国的艺术理论有所发现。比如莱辛《拉奥孔》对于诗画功能上区别的看法：

> 绘画宜于表现"物体"（Körper）或形态，而诗歌宜于表现"动作"（Handlungen）或情事，中国古人也浮泛地讲过。晋代陆机分划"丹青"和"雅颂"的界限，说："宣物莫大于言，存形莫善于画"（张彦远《历代名画记》卷一《叙画之源流》引）；这里的"物"是"事"的同义字，就像他的《文赋》："虽兹物之在我。"《文选》李善注；"物，事也。"北宋邵雍在两首诗里说得详细些："史笔善记事，画笔善状物。状物与记事，二者各得一"；"画笔善状物，长于运丹青。丹青入巧思，万物无遁形。诗笔善状物，长于运丹诚。丹诚入秀句，万物无遁情。"（《伊川击壤集》卷一八《史画吟》、《诗画吟》）但是，莱辛的议论透彻深细得多。②

再有莱辛对于绘画的空间艺术和诗的时间艺术性质的界定以及诗画所受时空限制的说明：

> 联想起唐代的传说："客有以按乐图示王维，维曰：'此《霓裳》

① 朱光潜：《诗论》，《朱光潜全集》第3卷，安徽教育出版社1987年版，第151—152页。
② 钱锺书：《读〈拉奥孔〉》，《钱锺书文集》，内蒙古人民出版社1996年版，第599页。

第三叠第一拍也。'客未然，引工按曲，乃信。"（《太平广记》卷二一一引《国史补》卷二一四引《卢氏杂说》记"别画者"看"壁画音声"一则大同小异）宋代沈括《梦溪笔谈》卷一七批驳了这个无稽之谈："此好奇者为之。凡画奏乐，止能画一声。"从那简单一句话里，我们看出他已悟到时间艺术只限于一刹那内的景象了。"止能画一声"五个字也帮助我们了解一首唐诗。徐凝《观钓台画图》："一水寂寥青霭合，两崖崔翠白云残。画人心到啼猿破，欲作三声出树难。"……诗意是：画家挖空心思，终画不出"三声"连续的猿啼，因为他"只能画一声"。徐凝很可以写："欲作悲声出树难"或"欲作鸣声出树难"，那不过说图画只能绘形而不能"绘声"。他写"三声"，寓意精微，"三"和"一"、"两"呼应，就是莱辛所谓绘画只表达空间里的平行（nebeneinander），不表达时间上的后继（nacheinander）。所以，画人画"一水"加"两崖"的排列易，他画"一"而"两"、"两"而"三"的"三声"继续难。《拉奥孔》里的分析使我们回过头来，对徐凝这首绝句和沈括那条笔记刮目相看。①

第二，从中国的艺术理论出发，也可以对莱辛的艺术观点有所补正。比如，莱辛说诗与画各有分属，各有长短，而诗中有画又非画所能表达，是中国古人常讲的：

苏轼记参寥语："'楚江巫峡半云雨，清簟疏帘看弈棋。'此句可画，但恐画不就尔！"（《东坡题跋》卷三句出杜甫《七月一日题终明府水楼》第二首）陈著说："梅之至难状者，莫如'疏影'，而于'暗香'来往尤难也！岂止难而已？竟不可！逋仙得于心，手不能状，乃形之言。"（《本堂集》卷四《代跋汪文卿梅画词》指林逋《山园小梅》："疏影横斜水清浅，暗香浮动月黄昏"）张岱说："如李青莲《静夜思》诗：'举头望明月，低头思故乡。''思故乡'有何可画？王摩诘《山路》诗'蓝田白石出，玉川红叶稀'，尚可入画；'山路原无雨，空翠湿人衣'，则如何入画？又《香积寺》诗'泉声咽危石，日色冷青松'，

---

① 钱锺书：《读〈拉奥孔〉》，《钱锺书文集》，内蒙古人民出版社 1996 年版，第 600 页。

'泉声'、'危石'、'日色'、'青松'皆可描摹，而'咽'字、'冷'字决难画出。故诗以空灵，才为妙诗，可以入画之诗尚是眼中金屑也。"《琅嬛文集》卷三《与包严介》值得注意的是，画家自己也感到这种困难。嵇康《兄秀才公穆入军赠诗》之一五"目送归鸿，手挥五弦"，画家顾恺之说："画'手挥五弦'易，'目送归鸿'难。"（《世说新语·巧艺》第二一）董其昌说："'水作罗浮磬，山鸣于阆钟。'此太白诗，何必右丞诗中画也？画中欲收钟。磬不可得！"（《容台集·别集》卷四）①

但从中国的艺术理论来看，诗之难以入画的原因不能完全归结于莱辛的空间与时间的不同分属，而应是诗的特性使然，比如，"'画不就'的景物无须（前面所引的）那样寥阔、流动、复杂或伴随着香味、声音。诗歌描写一个静止的简单物体，也常有绘画无法比拟的效果。诗歌里渲染的颜色、烘托的光暗可能使画家感到彩色碟破产，诗歌里勾勒的轮廓、刻画的现状可能使造型艺术家感到凿刀和画笔力竭技穷。"② 而且，文学中的一些重要的修辞方法，如诗文中描叙事物时所用颜色的"虚""实"处理以及运用比喻有意营造的"似是而非、似非而是"的情景，都是"绘画不能复制诗文的简单证明"。③ 第三，莱辛诗画理论中的某些主张可以与中国的艺术理论相互印证。比如，莱辛所说的画家应当挑选全部"动作"里最耐人寻味和想象的那"片刻"，千万别画故事"顶点"的情景：

> 中国古人画故事，也知道不挑选顶点或最后景象。黄庭坚《豫章黄先生文集》卷二七《题摹〈燕郭尚父图〉》："往时李伯时为余作李广夺胡儿马，挟儿南驰，取胡儿弓引满以拟追骑。观箭锋所值，发之，人马皆应弦也。伯时笑曰：'使俗子为之，作箭中追骑矣。'余因此深悟画格。"看来唐人早"悟"这种"画格"。楼钥《攻媿集》卷七四《跋〈秦王独猎图〉》："此《唐文皇独猎图》，唐小李将军［李昭道］之笔。……三马一豕，皆极奔骤；弓既引满而箭锋正与豕相值。岂山谷、

① 钱锺书：《读〈拉奥孔〉》，《钱锺书文集》，内蒙古人民出版社1996年版，第601页。
② 钱锺书：《读〈拉奥孔〉》，《钱锺书文集》，内蒙古人民出版社1996年版，第601页。
③ 钱锺书：《读〈拉奥孔〉》，《钱锺书文集》，内蒙古人民出版社1996年版，第601页。

龙眠俱未见此画耶?”李公麟深能体会富有包孕的片刻，只要看宋人关于他另一幅画《贤己图》的描写。岳珂《桯史》卷二：“博者五六人，方据一局，投进盆中，五皆卢，而一犹旋转不已。一人俯盆疾呼，旁观者皆变色起立。”……避免“顶点”，让观者揣摹结局，全由那颗旋转未定的骰子和那个俯盆狂喊的赌客体现出来。《独猎图》景象的结果可以断定，《贤己图》景象的结果不能断定；但两者都面临决定性的片刻，刬然而止，却悠然而长，留有“生发”余地。①

而且莱辛讲的诗的“富于包孕的片刻”原则：

> 古代中国文评，似乎金圣叹的评点里最着重这种叙事法。《贯华堂第六才子书》卷二《读法》第一六则：“文章最妙，是目注此处，却不便写，却去远远处发来。迤逦写到将至时，便又且住。如是更端数番，皆去远远处发来，迤逦写到将至时，即便住，更不复写目所注处，使人自于文外瞥然亲见。《西厢记》纯是此一方法，《左传》、《史记》亦纯是此一方法”；……他的评点使我们了解“富于包孕的片刻”不仅适用于短篇小说的终结，而且适用于长篇小说的过接。……中国章回小说的手法……“回末起波”、“务头”、“急处”、“关子”往往正是莱辛所理解的那个“片刻”。②

朱光潜和钱锺书谈论莱辛《拉奥孔》的文章，有相同的地方，比如对莱辛学说的基本论点的把握和引入中国的艺术理论展开比较分析等等；也有不同的地方，比如前者的论文主要偏重于对莱辛诗画异质说的“论述”，而后者的文章则主要偏重的是对中国相关艺术理论的“发明”。但毫无疑问，两者之间最为显著的区别是在诗学研究中所选取的不同的话语方式。如果说朱光潜的研究如他的整个《诗论》的名称已经展示出来的极富西洋学术规范的“论”的方式的话，那么钱锺书的研究选取的却是中国传统文论常有的“读后感想”形式。而且，好像是已经提前预见了人们会对自己的诗学选择提出疑问似的，钱锺书在他的《读〈拉奥孔〉》里，一开始就用大段篇幅表明了

---

① 钱锺书：《读〈拉奥孔〉》，《钱锺书文集》，内蒙古人民出版社1996年版，第611页。
② 钱锺书：《读〈拉奥孔〉》，《钱锺书文集》，内蒙古人民出版社1996年版，第617页。

自己的立场：

> 在考究中国古代美学的过程里，我们的注意力常给名牌的理论著作
> 垄断去了。不用说，《乐记》、《诗品》、《文心雕龙》、诗文话、画说、
> 曲论以及无数挂出牌子来讨论文艺的书信、序跋等等都是研究的对象。
> 同时，一个老实人得坦白承认，大量这类文献的探讨并无相应的大量收
> 获。好多是陈言加空话，只能算作者礼节性地表了个态。……倒是诗、
> 词、随笔里，小说、戏曲里，乃至谣谚和训诂里，往往无意中三言两
> 语，说出了精辟的见解，益人神智；把它们演绎出来，对文艺理论很有
> 贡献。也许有人说，这些鸡零狗碎的东西不成气候，值不得搜采和表
> 彰，充其量是孤立的、自发的偶见，够不上系统的、自觉的理论。不
> 过，正因为零星琐屑的东西易被忽视和遗忘，就愈需要收拾和爱惜；自
> 发的孤单见解是自觉的周密理论的根苗。……更不妨回顾一下思想史
> 罢。许多严密周全的思想和哲学系统经不起时间的推排销蚀，在整体上
> 都垮塌了，但是它们的一些个别见解还为后世所采取而未失去时效。好
> 比庞大的建筑物已遭破坏，住不得人、也唬不得人了，而构成它的一些
> 木石砖瓦仍然不失为可资利用的好材料。往往整个理论系统剩下来的有
> 价值东西只是一些片断思想。脱离了系统而遗留的片刻思想和萌芽而未
> 构成系统的片断思想，两者同样是零碎的。眼里只有长篇大论，瞧不起
> 片言只语，甚至陶醉于数量，重视废话一吨，轻视微言一克，那是浅薄
> 庸俗的看法——假使不是懒惰粗浮的借口。①

正是因为执著于对于中国传统文论的诗词随笔、诗话笺注等"零星琐屑"
的谈艺方式的"收拾"和"爱惜"，使得钱锺书在融会中西诗学话语再造
中国现代诗学中做出了与众不同的选择，并在中西比较诗学研究里独树
一帜。

---

① 钱锺书：《读〈拉奥孔〉》，《钱锺书文集》，内蒙古人民出版社 1996 年版，第 597 页。

第三节　"以故为新"之一：《谈艺录》及其对传统诗话的改造

一、《谈艺录》对中国传统诗话形式的继承

文尖在《作家钱锺书论》中谈到钱锺书与"五四新文化"传统的关系时指出，尽管从年龄上来说，从二十世纪 30 年代即开始在中国文坛崭露头角的钱锺书应是属于受"五四"新文化风雷激荡的一代，但后者的文化选择好像更多的是承受"复古"一脉的"学衡派"的关联，而有意无意间与高举"革新"大旗的新文化取向保持一定的距离，比如他对五四新文化运动的发轫人之一的周作人的影响广布的《中国新文学的源流》的质疑，以及他对"文言白话皆为存在之事实"的强调等等。① 的确，与同时代的大多数的选择"向新"的学人相比，钱锺书的"复古"取向多少有些"另类"或如他本人所说的"不时髦"。② 然而，钱锺书似乎对别人斥其"复古"或嘲笑他"学不像时髦"并不为意。他曾在《大公报·文艺副刊》上发表《论复古》一文，对于"复古"谈了自己的四点著名意见："（一）文学革命只是一种作用（function），跟内容和目的无关；因此（二）复古本身就是一种革新或革命；而（三）一切成功的文学革命都多少带些复古——推倒一个古代而另抬出旁一个古代；（四）若是不顾民族的保守性、历史的连续性而把一个绝然新异的思想或作风介绍进来，这个革新定不会十分成功。"③ 这里的"复古本身就是一种革新或革命"以及"（革新须）顾民族的保守性、历史的连续性"提法，既显示了他与抱残守缺的旧派的根本分野，也体现了他与浮躁凌厉的新派的不同取向，那就是"以故为新"。1948 年他的第一部诗学著作《谈艺录》的发表，就是"以故为新"的一个成功范例。

从承续传统这方面来说，《谈艺录》最显著的就是对中国传统诗话形式的继承。诗话是颇具中国特色的一种诗学形式。清人何文焕在《历代诗话序》中指出："诗话于何昉乎？赓歌记于《虞书》，'六义'详于古《序》，

---

① 参阅文尖：《作家钱锺书论》，见陆文虎主编：《钱锺书研究采辑》2，三联书店 1996 年版，第 12 页。

② 钱锺书：《论复古》，《钱锺书文集》，内蒙古人民出版社 1996 年版，第 795 页。

③ 钱锺书：《论复古》，《钱锺书文集》，内蒙古人民出版社 1996 年版，第 799 页。

孔孟论言，别申远旨，《春秋》赋答，都属断章。"① 按照他的这个说法，先秦时期的《尚书》、《春秋》以及儒家孔孟的论言中已经出现了一些语录断章式的说诗片段，是后世诗话的滥觞。而据陆文虎的考证，"名副其实堪称"后世诗话先河的，是汉代的《毛诗序》和魏晋南北朝时期钟嵘的《诗品》为代表的诗歌理论专著。到了唐代，诗歌创作上空前繁荣，但在诗歌理论上只出现了司空图《二十四诗品》、皎然《诗式》、张为《诗人主客图》、孟棨《本事诗》等为数不多的著作，"并没有形成比较成形的诗话著作"。宋代是诗话的正式始创期，"有宋一代，诗人们急需在唐人已经达到了的诗歌创作高峰面前，找出一条新的出路，创作实践所提出的这一要求，使得诗话应运而生，突然勃兴。"② 诗话的始作俑者是欧阳修，他的《诗话》（又称《六一诗话》）以及司马光的《续诗话》（又称《温公续诗话》）、刘攽的《诗话》（又称《中山诗话》）是宋代诗话类著作的"真正开山之作"。除了这三部诗话之外，宋代较有价值或较有影响的还有陈师道、范温、陆游、杨万里、姜夔、刘克庄、严羽等人写作的诗话著作。金元时期，诗歌创作成就不大，诗话"亦不甚发达"，数量只有10余种，其中比较重要的是王若虚的《滹南诗话》和方回的《瀛奎律髓》。明代诗歌创作比较活跃，诗话也"日趋精细密致"，且"在内容和形式两方面则均有所发展"，出现了一批有名的诗话作者，如瞿佑、李东阳、徐祯卿、杨慎、谢榛、王世贞、胡应麟等。入清以后，"争相撰著诗话在文人阶层蔚成了一种风气，前后出现的诗话竟达四、五百种之多，大大超过了有史以来全部诗话的总和。其中最重要、也最精彩的有王士祯、沈德潜、厉鹗、袁枚、赵翼、翁方纲、刘熙载、陈衍、梁启超等人之所作。"③ 欧阳修在自题其《诗话》中，曾明言诗话乃"居士退居汝阴，而集以资闲谈"的谈艺性质，钱锺书在《谈艺录》正文前交代写作的缘起：

> 余雅喜谈艺，与并世才彦之有同好者，稍得上下其议论。（民国）二十八年夏，自滇归沪渎小住。友人冒景璠，吾尝言诗有癖者也，督余

① （清）何文焕：《历代诗话序》（上），中华书局1981年版，第1页。
② 陆文虎：《中国古典诗学的集大成和传统诗话的终结——读〈谈艺录〉》，见《围城内外——钱锺书的文学世界》，解放军出版社2004年版，第233页。
③ 陆文虎：《中国古典诗学的集大成和传统诗话的终结——读〈谈艺录〉》，见《围城内外——钱锺书的文学世界》，解放军出版社2004年版，第235页。

撰诗话。曰："咳唾随风抛掷可惜也。"余颇技痒。因思年来论诗文专篇，既多刊布，将汇成一集。即以诗话为外篇，与之表里经纬也可。①

可见，《谈艺录》尽管没有直接使用诗话的名谓，但其属于诗话一类的体例是毋庸置疑的。②

《谈艺录》与历代诗话之间的密切关联同样引人注目。按照陆文虎对《谈艺录》征引历代诗话所作的梳理，"发现中国诗话史上的主要著作，几乎都被本书（《谈艺录》）所列或引述"。③ 具体而言，宋代诗话现存 42 部，《谈艺录》引用了其中的 36 种。计有：欧阳修的《六一诗话》、司马光的《温公续诗话》、刘攽的《中山诗话》、魏泰的《临汉隐居诗话》、释慧洪的《冷斋夜话》、陈师道的《后山诗话》、王直方的《王直方诗话》、蔡絛的《西清诗话》、洪刍的《洪驹父诗话》、范温的《潜溪诗眼》、蔡居厚的《蔡宽夫诗话》、阮阅的《诗话总龟》、叶梦得的《石林诗话》、吴可的《藏海诗话》、吕本中的《童蒙诗训》和《紫薇诗话》、周紫芝的《竹坡诗话》、唐庚的《唐子西文录》、朱弁的《风月堂诗话》、曾慥的《高斋诗话》、张戒的《岁寒堂诗话》、曾季狸的《艇斋诗话》、葛立方的《韵语阳秋》、吴沆的《环溪诗话》、胡仔的《苕溪渔隐丛话》、何汶的《竹庄诗话》、魏庆之的《诗人玉屑》、杨万里的《诚斋诗话》、姜夔的《白石诗话》、敖陶孙的《诗评》、刘克庄的《后村诗话》、范晞文的《对床夜语》、严羽的《沧浪诗话》、蔡正孙的《诗林广记》。金元时期的诗话仅有 10 余种，《谈艺录》引用了其中的 8 种。计有：王若虚的《滹南诗话》、方回的《瀛奎律髓》和《名僧诗话》、韦居安的《梅磵诗话》、辛文房的《唐才子传》、范椁的《木天禁语》、吴师道的《吴礼部诗话》、陈绎曾的《诗谱》。明代诗话现存 40 种，《谈艺录》引用其中的 15 种，计有：瞿佑的《归田诗话》、李东阳的《怀麓堂诗话》、都穆的《南濠诗话》、安盘的《颐山诗话》、徐祯卿的《谈艺录》、谢榛的《四溟诗话》、刘世伟的《过庭诗话》、王世贞的《艺苑卮言》、王世懋的《艺圃撷余》、郭子章的《豫章诗话》、胡应麟的《诗薮》、胡震亨的《唐

---

① 钱锺书：《谈艺录》，中华书局 1984 年版，第 1 页。

② 另外，钱锺书在《谈艺录》正文前的那一小段说明，也清楚地交待了自己《谈艺录》的书名借用的是清代诗话作者徐祯卿的同名诗话。参阅钱锺书：《谈艺录》，中华书局 1984 年版，第 1 页。

③ 陆文虎：《中国古典诗学的集大成和传统诗话的终结——读〈谈艺录〉》，见《围城内外——钱锺书的文学世界》，解放军出版社 2004 年版，第 234 页。

音癸签》、顾元庆的《夷白斋诗话》、谢肇淛的《小草斋诗话》、陆时雍的《诗话类编》。清代诗话数量众多，《谈艺录》引用其中的 68 种，计有：冯班的《钝吟杂录》、吴乔的《围炉诗话》、吴景旭的《历代诗话》、施闰章的《蠖斋诗话》、毛先舒的《诗辩坻》、贺贻孙的《诗筏》、贺裳的《载酒园诗话》、黄生的《载酒园诗话评》、毛奇龄的《西河诗话》、叶燮的《原诗》、朱彝尊的《静志居诗话》、王士禛的《渔洋诗话》、《带经堂诗话》和《然灯记闻》、刘大勤的《师友诗传续录》、田雯的《古欢堂杂著》、查慎行的《初白庵诗评》、宋长白的《柳亭诗话》、赵执信的《谈龙录》、田同之的《西园诗说》、沈德潜的《说诗晬语》、李重华的《贞一斋诗话》、黄任的《消夏录》、黄子云的《野鸿诗的》、厉鹗的《宋诗记事》、查为仁的《莲坡诗话》、郑方坤的《全闽诗话》和《五代诗话》、汪师韩的《诗学纂闻》、袁枚的《随园诗话》、赵翼的《瓯北诗话》、吴骞的《拜经楼诗话》、翁方纲的《石洲诗话》、陶元藻的《全浙诗话》、王应奎的《柳南随笔》、洪亮吉的《北江诗话》、法式善的《梧门诗话》、舒位的《乾嘉诗坛点将录》和《瓶水斋诗话》、郭麐的《灵芬馆诗话》、吴文溥的《南野堂笔记》、黄培芳的《香石诗话》、尚熔的《三家诗话》、方东树的《昭昧詹言》、梁章钜的《退庵随笔》、潘德舆的《养一斋诗话》、朱庭珍的《筱园诗话》、崔旭的《念堂诗话》、林昌彝的《海天琴思录》、马鲁的《南苑一知集论诗》、陆心源的《宋诗记事补遗》、吴兰雪的《石溪舫诗话》、丁绍仪的《听秋声馆诗话》、张维屏的《听松楼诗话》和《诗人征略》、袁洁的《蠡庄诗话》、计发的《鱼计轩诗话》、蒋超伯的《通斋诗话》、何日愈的《退厂诗话》、张道的《苏亭诗话》、佚名的《茶村诗话》、郭曾炘的《瓠庐诗话》、吴仰贤的《小匏庵诗话》、王闿运的《湘绮楼论唐诗》、陈衍的《石遗室诗话》、梁启超的《饮冰室诗话》、李家孚的《合肥诗话》、杨钟义的《雪桥诗话》等。① 《谈艺录》与传统诗话之间的密切关联也由此可见一斑。

二、《谈艺录》对中国传统诗话形式的改造

然而，尽管诗话在中国诗学中的地位十分重要，中国诗学的许多主要理论主张出自诗话，但作为一个"以资闲谈"为主的谈艺方法，传统诗话也存

---

① 陆文虎：《中国古典诗学的集大成和传统诗话的终结——读〈谈艺录〉》，见《围城内外——钱锺书的文学世界》，解放军出版社 2004 年版，第 234—238 页。

在着严重的缺陷。清代的章学诚在《文史通义·诗话》中直指诗话之弊端："论文考义，渊源流别，不易知也；好名之习，挟人尽可能之笔，著唯意所欲之言，可忧也，可危也。"① 郭绍虞的《中国文学批评史》（上卷）也指出："《诗话》……曰'以资闲谈'，则知其撰述宗旨初非严正。是以论辞则杂举隽语，论事则泛述闻见，于诗论方面无多阐发，只成为小说家言而已。"② 这里所说的"著唯意所欲之言"、"撰述宗旨初非严正"、"诗论方面无多阐发"，都是传统诗话存在的弊端。对于传统诗话所存的问题，钱锺书是有清醒认识的。首先，针对传统诗话的"随意性"和"闲谈"性质，钱锺书的《谈艺录》明确地树立"严正"的写作宗旨：

> 《谈艺录》一卷，虽赏析之作，而实有患之书也。始属稿湘西，甫就其半。养疴返沪，行箧以随。人事业脞，未遑附益。既而海水群飞，淞滨鱼烂。予侍亲率眷，兵罅偷生。如危幕之燕巢，同枯槐之蚁聚。忧天将厌，避地无之，虽欲出门西向笑而不敢也。销愁舒愤，述往思来。托无能之词，遣有涯之日。以匡鼎之说诗解颐，为赵歧之乱思系志。掎摭利病，积累遂多。濡墨已干，杀青尟计。苟六义之未亡，或六丁所勿取；麓藏阁置，以待贞元。时日曷丧，清河可俟。古人固传心不死，老我而扪舌犹存。方将继是，复有谈焉。③

这里的"匡鼎之说诗解颐"用的是西汉经学大师匡衡的典故。匡鼎即匡衡，班固《汉书·匡衡》载："匡衡……好学，家贫，庸作以供资用，尤精力过绝人。诸儒为之语曰：'无说《诗》，匡鼎来；匡说诗，解人颐。'衡射策甲科，……调补平原文学。学者多上书荐衡经明，当世无双，……；后进皆欲从衡平原，……衡对《诗》诸大义，其对深美。"④ "赵歧之乱思系志"用的则是东汉经学大家赵歧的典故。范晔《后汉书·赵歧传》载："歧少明经，有才艺，（遭乱世）……歧多所述作，著《孟子章句》传于世。"⑤ 赵歧《孟

---

① （清）章学诚：《文史通义》卷五，上海书店 1988 年版，第 76 页。
② 郭绍虞：《中国文学批评史》（上卷），百花文艺出版社 1999 年版，第 330—331 页。
③ 钱锺书：《谈艺录·序》，中华书局 1984 年版，第 1 页。
④ （汉）班固：《汉书·卷八十一·匡张孔马传第五十一》，中华书局 2000 年版，第 2483 页。
⑤ （汉）范晔：《后汉书·卷六十四·吴延史卢赵列传第五十四》，中华书局 2000 年版，第 1433—1436 页。

子章句》），认为"儒家唯有《孟子》，闳远微妙，缕奥难见，宜在条理之科。于是乃述己所闻，证以经传，为之章句，具载本文，章别其指，分为上、下，凡十四卷"。① 清儒焦循称赞："赵氏子《孟子》，既分其章，又依句敷衍而发明之，所谓'章句'也。章有其指，则总括于每章之末，是为'章指'也。叠诂训于语句之中，绘本义于错综之内，于当时诸家，实为精密而条畅。"② 钱氏以古代先贤自励，《谈艺录》毫不讳言承继先贤、继往开来之志。其次，针对传统诗话专以"杂举隽语"、"于诗论方面无多阐发"的弊端，钱锺书的《谈艺录》也明确地提出了"周澈"的理论诉求：③

> 凡所考论，颇采"二西"之书，以供三隅之反。……东海西海，心理攸同；南学北学，道术未裂。④

《谈艺录》首则"诗分唐宋"：

> 诗分唐宋，唐诗复分初盛中晚，乃谈艺者之常言。而力持异议，颇不乏人。《苏平仲文集》卷四《古诗选唐序》论杨士弘《唐音》体例不善，早曰："盛时诗不谓之正音，而谓之始音。衰世诗不谓之变音，而谓之正音。又以盛唐、中唐、晚唐，并谓之遗响。是以体裁论，而不以世变论。异乎十三国风、大小雅之所以为正变者"云云。已开钱牧斋《有学集·唐诗英华序》之说。余窃谓就诗论诗，正当本体裁以划时期，不必尽与朝政国事之治乱盛衰吻合。士弘手眼，未可厚非。⑤

提出的是对划分诗歌类型的理论依据的探讨。从上面引述的文字来看，通常的划分诗歌类型的理论依据是时代，比如诗分唐宋以及对唐诗的初、盛、中、晚的划分，即为此例，而钱氏以为不然。钱锺书通过补订的方式，申言

---

① （汉）赵歧：《孟子章句·题辞》，见李学勤主编：《孟子注疏》，北京大学出版社 1999 年版，第 10 页。

② （清）焦循：《孟子正义》上卷，中华书局 1987 年版，第 27 页。

③ "周澈"一语取自钱锺书《谈艺录》1983 年再版"引言"中的"言之成理未澈，持之有故而未周"的说明，参阅钱锺书：《谈艺录·引言》，中华书局 1984 年版，第 1 页。

④ 钱锺书：《谈艺录·序》，中华书局 1984 年版，第 1 页。

⑤ 钱锺书：《谈艺录》，中华书局 1984 年版，第 1—2 页。

以下意见：1. 唐诗可以有初、盛、中、晚之分，但唐诗的初、盛、中、晚并不与唐代的初、盛、中、晚完全画等号，如姜西溟《湛园未定稿》卷四《唐贤三昧集序》谓："四唐不可以作诗人之年月论。如毛诗作诵之家父，见于桓公八年来聘，十五年来求车，为周东迁后人，而其诗不害为小雅。黍离行役之大夫，及见西京丧乱，为周东迁前人，而其诗不害为王降而风"云云。① 2. 唐诗与宋诗的区别，也非朝代之间的不同，而是诗歌自身体裁风格的差异。具体地说，就是唐诗和宋诗代表的是两种不同体裁和风格的诗歌，而非指它们是不同时代的诗歌，所谓"唐诗多以丰神情韵擅长，宋诗多以筋骨思理见胜，……非曰唐诗必出唐人，宋诗必出宋人也。故唐之少陵、昌黎、香山、东野，实唐人之开宋调者；宋之柯山、白石、九僧、四灵，则宋人之有唐音者。"② 3. 唐宋诗代表诗的两种风格或境界，一个人同时兼有唐宋两种诗风也并非不可能。如"明之王弇州，即可作证。弇州于嘉靖七子，实为冠冕；言文必西汉，言诗必盛唐。《四部稿》中，莫非实大声宏之体。然《弇州续稿》一变矜气高腔，几乎剗言之瘢，刮法之痕，平直切至。屡和东坡诗韵"，而"近来湖外诗家，若陈抱碧、程十发辈，由唐转宋，（也）适堪例类"。③ 4. 上述文学现象不是中国文学所独有，西方文学中也有类似的情况。比如从文学史上说，英国十八世纪安妮女王主政时期，其时的文学派别却被称谓为"罗马大帝时代文学"，而更令人感兴趣的是，引领当时的文坛领袖安迪生，又是后来十九世纪维多利亚文学的代表；从文学理论上讲，德国诗人席勒在论述诗歌流派的文章中，"谓诗不外两宗：古之诗真朴出自然，今之诗刻露见心思：一称其德，一称其巧。顾复自注曰：'所谓古今之别，非谓时代，乃言体制'；故有古人而为今之诗者，有今人而为古之诗者且有一人之身掺合今古者，"④ 并最终验证了正文中的结论：划分文章流别的理论依据，既非文学之外的时代，也非某一特定的人名，而是文学自身的体裁和风格，是文学中的一个普遍性规律，"中外一理也"。⑤ 应该说，"诗分唐宋"这则的行文体例和理论说明，在《谈艺录》里是很具代表性的：都是先在正文部分提出一个文学理论问题的看法，然后从中外文学理论

---

① 钱锺书：《谈艺录》，中华书局 1984 年版，第 2 页。
② 钱锺书：《谈艺录》，中华书局 1984 年版，第 2 页。
③ 钱锺书：《谈艺录》，中华书局 1984 年版，第 4 页。
④ 钱锺书：《谈艺录》，中华书局 1984 年版，第 2—3 页。
⑤ 钱锺书：《谈艺录》，中华书局 1984 年版，第 2 页。

和实践中旁征博引，最后达至对于此一理论问题的详细说明，并使之成为一个带有普泛性意味、涵盖中外的文学结论。在这方面，《谈艺录》里比较突出的例证还有很多，如第四则论"诗乐离合，文体递变"、第四十八则论"文如其人"等。① 所以，尽管钱锺书的《谈艺录》采用的是传统的诗话形式，但由于他对传统诗话弊端的有意识的改造，使得《谈艺录》超越了传统诗话的局限，成为中国传统诗话的"集大成"或"终结"，如陆文虎在《中国古典诗学的集大成和传统诗话的终结——读〈谈艺录〉》中所指出的："西方诗歌多有专以批评名家者，其理论又偏重诗之评判，因此，批评家们对于建构理论体系怀有极大的热忱，铺排演绎出了不少大部头的著作。中国以诗话为代表的诗歌理论与之大相径庭，我们少有专门的批评家，诗话大率是诗人之余事。因此，诗话的作者常常只是从一己之创作经验出发，随兴漫与，赏鉴多、分析少，诗法多、诗论少，极难见到有系统的美学批评和完整的理论体系。……《谈艺录》的作者也是诗人，但是，由于钱先生把作诗以为余事，而将论诗作为本分，兼以其广博淹贯的中西文学与哲学修养这一特具条件，使《谈艺录》成为一部迥异于以往诗话的诗话。"②

最后，需要指出的是，在过去很长的一段时期内，钱锺书的包括《谈艺录》在内的几部诗学论著，由于沿用的是中国传统的诗学话语形式，而不采用当下时髦的高头讲章式的理论专著形式，曾被冠以"琐碎"、"缺乏建构体系的能力"、"小巧"、"缺乏理论深度"等口实，受到部分学人的责难和质疑。此类批评看似言之凿凿，其实不然。首先，像《谈艺录》这样沿用传统诗话形式的论著，虽然没有采用"时髦的"理论专著的形式，但并不是没有理论或是有意忽视理论，如敏泽在《论钱学的基本精神和历史贡献》一文中所分析的：

> 钱先生是一直反对"脱空经"式的文学理论批评，或我们今天所说的教条主义的文学理论的，认为切中肯綮、鞭辟入里的具体阐释，比省事地授予空洞的理论头衔，甚至"封号"要有意义得多。现象永远要比理论丰富，"哲人之高论玄微、大言汗漫，往往可惊四筵而不能践一步"

---

① 限于篇幅，本文不予展开，参阅钱锺书：《谈艺录》第26、161页的相关论述。
② 陆文虎：《中国古典诗学的集大成和传统诗话的终结——读〈谈艺录〉》，见《围城内外——钱锺书的文学世界》，解放军出版社2004年版，第244页。

（《管锥编》二册，第 436 页，引者注）。再庄严、再响亮的理论，也囊括和概括不了对于千差万别的艺术现象的解释。甚至赞成地引用格里巴尔泽的话，认为"逻辑不配裁判文艺"（《谈〈拉奥托〉》，《旧文四篇》第 38 页——引者注）。但钱先生并非在任何意义上轻忽理论。他对我国的古典文学研究向来只注重于名物、典故的注释和考证之类，而不重视学习理论，不从理论上进行分析的现象深致不满就可以说明这一点。他的著作本身更可以说明这一点：在他的学术著作中，曾经引过中西多少理论家著作中的观点，怎么能说他轻视甚至反对理论本身呢？

因此，应该说，钱先生所反对的，只是那种架空臆说的理论，譬如说以构造体系为主要追求目标、却疏于对具体文艺现象做刻苦而深入的研究的、带有教条主义胎记的理论。①

其次，关于钱氏诗学的"体系性"，张培锋在《"钱学"体系论》一文中，坚决反对把"体系"等同于单一的线性结构的做法：

> 撩开"体系"神秘的面纱，我们发现，一般人所谓"体系"无非是建立在对某种知识系统的分析和分类上。……钱锺书指出："西方哲理名家亦每陷于分别智论而不自知。"可谓石破天惊之语。……许多建立在"分析"之上的"体系"，就其某一点来看，似乎言之成理，但合在一起，就往往成为盲人摸象式以偏概全的谬论，或是只见森林不见树木、或者只见市镇不见房屋。概论成为空论，丰富的事实遮蔽于抽象的概念之中，精密的分析淹没于空洞的构架之中。概论之不可靠，正在于此。这也是许多思想系统只有个别的孤单见解还有价值，而整个体系并不能成立的原因。②

而主张钱氏诗学的体系是一种非线性的"圆形"结构，如"《谈艺录》开篇'诗分唐宋'一节与结尾'论难一概'一节遥相呼应，从具体的批评入手，

---

① 敏泽：《论钱学的基本精神和历史贡献》，《钱锺书研究集刊》第 1 辑，上海三联书店 1999 年版，第 21 页。

② 张培锋：《"钱学"体系论》，《钱锺书研究集刊》第 1 辑，上海三联书店 1999 年版，第 80 页。

论证了'论难一概'（即难以概论）这一主题，全书形成一个硕大的圆圈。"① 再次，也是最主要的，钱锺书本人从来不认为像诗话这样的所谓"鸡零狗碎"的中国传统论艺方式是"不成气候，值不得搜采和表彰"的，相反，他肯定其对于文艺理论的演绎"很有贡献"。

钱锺书强调文学传统的连续性，注重对于包括诗话在内的中国传统诗学形式的继承，但他并不讳言传统诗学所存在的弊端，并运用自己学贯中西的理论学识对之加以创造性的改造，使之服务于再造中国现代诗学的需要，如他自己所说："古籍诚然是过去的东西，但是我们的兴趣和研究是现代的，不但承认过去东西的存在，而且认识到过去东西里的现实意义"②，换句话说，就是"以故为新"。

第四节 "以故为新"之二：《宋诗选注》的现代意义

一、《宋诗选注》与前人选本的关系

《宋诗选注》是钱锺书"以故为新"的又一个成功范例。

诗文选注在中国有着悠久的历史传统。关于《宋诗选注》与前人选本的关系，钱锺书在《〈宋诗选注〉·序》中着重提到了两部重要的前人选本：吴之振等的《宋诗钞》和厉鹗等的《宋诗纪事》。尽管钱锺书用了较大篇幅指出这两部书存在一些不尽人意的地方，使用它们的时候，"心里得作几分保留"。比如吴之振等的《宋诗钞》：

> 对于卷帙繁多的别集，它一般都是从前面的部分钞得多，从后面的部分钞得很草率，例如只钞了刘克庄《后村居士诗集》卷一至卷十六里的作品，卷十七至卷四十八里一字未钞。老去才退诚然是文学史上的普通现象，最初是作者出名全靠作品的力量，到后来往往是作品有名全亏

---

① 张培锋：《"钱学"体系论》，《钱锺书研究集刊》第 1 辑，上海三联书店 1999 年版，第 79 页。事实上，钱锺书《谈艺录》中第三十一则专列"说圆"一则，参阅钱锺书：《谈艺录》第 111 页正文部分的论述以及 307 页的补遗部分。

② 转引自敏泽：《论钱学的基本精神和历史贡献》，《钱锺书研究集刊》第 1 辑，上海三联书店 1999 年版，第 37 页。

作者的招牌；但是《宋诗钞》在《凡例》里就声明"宽以存之"，对一个人的早期作品也收得很滥，所以那种前详后略的钞选不会包含什么批判。其次，它的许多《小序》也引人误会，例如开卷第一篇把王禹偁说得彷佛他不是在西昆体流行以前早已成家的；在钞选的诗里还偶然制造了混淆，例如把张耒《柯山集》卷十《有感》第三首钞在苏舜钦名下，题目改为《田家词》。管庭芬的《〈宋诗钞〉补》直接从有些别集里采取了作品，但是时常暗暗把《宋诗纪事》和曹庭栋《宋百家诗存》来凑数，例如《〈南阳集〉补钞》出于《宋诗纪事》卷十七，《〈玉楮集〉钞》完全根据《宋百家诗存》卷十二。①

而厉鹗等的《宋诗纪事》：

> 有些书籍它没有采用到，有些书籍它采用得没有彻底，有些书籍它说采用了而其实只是不可靠的转引，这许多都不必说。有两点是应该讲的：第一，开错了书名，例如卷四十七把称引尤袤诗句的《诚斋诗话》误作《后村诗话》，害得……以讹传讹；第二，删改原诗，例如卷七和三十三分别从《宋文鉴》里引了孙仅《勘书》诗和潘大临《春日书怀》诗，但是我们寻出《宋文鉴》卷二十二和卷二十三里这两首诗来一对，发现《宋诗纪事》所载各各短了两联。②

但钱锺书依然肯定这两部书都是"伟大的著作"，并特别指出对于本书的选编而言，它们"供给些难得的材料，……没有他们的著作，我们的研究就要困难得多。不说别的，他们至少开出了一张宋代诗人的详细名单，指示了无数探讨的线索，这就省掉我们不少心力，值得我们深深感谢"。③ 对此，钱锺书的弟子刘永翔在《读〈宋诗选注〉》一文中，就其中的相关线索，做了专门的考证：第一，钱氏《宋诗选注》所选诗人及作品，所依据的原始材料主要来源于吴之振等的《宋诗钞》：

---

① 钱锺书：《〈宋诗选注〉序》，人民文学出版社 1958 年版，第 22—23 页。
② 钱锺书：《〈宋诗选注〉序》，人民文学出版社 1958 年版，第 23 页。
③ 钱锺书：《〈宋诗选注〉序》，人民文学出版社 1958 年版，第 24 页。

（《宋诗选注》）所选的八十家诗人中，王禹偁、林逋、苏舜钦、欧阳修、李觏、文同、秦观、孔平仲、唐庚、黄庭坚、陈师道、韩驹、刘子翚、杨万里、陈造、四灵、刘宰、戴复古、汪元量等二十二家诗无一不见于《宋诗钞》或《宋诗钞补》，先生没有再费心力去搜求沧海遗珠。王安石、王令、王庭珪、陈与义、裘万顷、戴复古、刘克庄、方岳、严羽等九家诗，先生也仅在以上二书所选外每家仅添一首，梅尧臣、范成大诗则多一些，一加二首，一加三首。最意想不到的是，先生在《〈宋诗选注〉·序》中特别指出《宋诗钞》对刘克庄诗只钞《后村居士诗集》卷一至卷十六里的作品、卷十七至卷四十八里一字未钞的现象，提醒读者在使用时"心里得作几分保留"，然而，《宋诗选注》所录刘诗七首中，竟有六首见于《宋诗钞》，而不见于此书的那首《北来人》也并不出于刘集卷十七以后，而是出于最前面的第一卷！①

第二，除《宋诗钞》外，《宋诗选注》主要依据的是厉鹗等的《宋诗纪事》：

柳开、郑文宝、晏殊、柳永、晁端友、江端友、董颖、吴涛、尤袤等九人之诗无一不见于《宋诗纪事》，尽管有的诗在注中标明较为原始的出处，但看得出是以《宋诗纪事》为线索检得的。先生对此书寝馈实深，遗著中有《宋诗纪事补正》便是一证。②

第三，还有少量的出源于钱锺书在《〈宋诗选注〉序》提到的《宋百家诗存》：

贺铸、洪炎、周紫芝、姜夔、利登、叶绍翁、乐雷发七家诗集具存，所选却无一不见于《宋百家诗存》；洪炎、吕本中、曹勋三家别集亦在，所选于《宋百家诗存》所录外仅各益一首；……除此之外，先生取资旧选尚有版本上的证据。……如叶绍翁《游园不值》的首二句，

① 刘永翔：《读〈宋诗选注〉》，《钱锺书研究集刊》第2辑，上海三联书店2000年版，第123—124页。

② 刘永翔：《读〈宋诗选注〉》，《钱锺书研究集刊》第2辑，上海三联书店2000年版，第124—125页。

《南宋六十家小集》本《靖逸小集》作"应嫌屐齿印苍苔，十扣柴扉九不开"，其他总集如《诗家鼎脔》、《江湖小集》、《宋艺圃集》甚至童蒙读物《千家诗》文字均然；仅《宋百家诗存》一书作"应怜屐齿印苍苔，十扣柴扉久不开"，而《宋诗选注》226 页与之全同。①

《宋诗选注》与传统旧本之间的密切关联是毋庸讳言的。

二、《宋诗选注》对传统诗文选注的革新

然而，《宋诗选注》并非只有守成没有创新。其对传统诗文选注的革新可分选、评、注三个方面来分别论述。

首先是"选"。关于传统诗文选本的弊端，钱锺书曾引清代诗学大家叶燮的话说："叶燮论诗文选本，曾慨叹说：'名为文选，实则人选'。一般名为'文艺评论史纲'也，实则是《历代文艺界名人发言纪要》，人物个个有名气，言论常常无实质。"② 有鉴于此，钱锺书在《〈宋诗选注〉·序》里明确地提出了不同于流俗的编选标准。那么，钱锺书关于《宋诗选注》的编选标准是什么呢？许多人想当然的认为是其序言最后提到的那个著名的"六不选"：

> 押韵的文件不选，学问的展览和典故成语的把戏也不选。大模大样的仿照前人的假古董不选，把前人的词意改头换面而绝无增进的旧货充新也不选；……有佳句而全篇太不匀称的不选，……当时传诵而现在看不出好处的也不选。③

但是，"六不选"只是以否定的形式剔除了不能入选的情况，并没有从正面说明那些是可以入选的。胡适曾对钱锺书的《宋诗选注》里选取了较大篇幅的反映宋代社会现实的诗作大为不满，批评选者是为"迎合风气"。④ 而钱锺书在《〈宋诗选注〉序》开篇就是对于宋代诗歌反映"历史情况"的说明：

---

① 刘永翔：《读〈宋诗选注〉》，《钱锺书研究集刊》第 2 辑，上海三联书店 2000 年版，第 125 页。

② 钱锺书：《读〈拉奥孔〉》，《钱锺书文集》，内蒙古人民出版社 1996 年版，第 597 页。

③ 钱锺书：《〈宋诗选注〉序》，人民文学出版社 1958 年版，第 19—20 页。

④ 参阅钱锺书：《香港版〈宋诗选注〉前言》，见《宋诗选注》，人民文学出版社 1958 年版，第 298 页。

宋朝收拾了残唐五代那种乱糟糟的割据局面，能够维持比较长时期的统一和稳定，所以元代有汉唐宋为"后三代"的说法。不过，宋的国势远没有汉唐的强大，我们只要看陆游的一个诗题："五月十一日夜且半，梦从大驾亲征，尽复汉唐故地"。宋太祖知道"卧榻之侧，岂容他人鼾睡"，会把南唐吞并，而也只能在他那张卧榻上做陆游的这场仲夏夜梦。到了南宋，那张卧榻更从八尺方床收缩而为行军帆布床。此外，又宽又滥的科举制度开放了做官的门路，既繁且复的行政机构增添了做官的名额，宋代的官僚阶级就比汉唐的来得庞大，所谓"州县之地不广于前而……官五倍于旧"；北宋得"冗官冗费"已经"不可纪极"。宋初有人在诗里感慨说，年成随你多么丰收，大多数人还不免穷饿："春秋生成一百倍，天下三分二分贫！"最高增加到一百倍的收成只是幻想，而至少增加了五倍的冗官倒是事实，人民负担的重和痛苦的深也可想而知，倒如所选的唐庚《讯囚》诗就老实不客气的说大官小吏都是盗窃人民"膏血"的贼。国内统治阶级和人民群众的矛盾因国际的矛盾而抵触得愈加厉害；宋人跟辽人和金人打仗老是输的，打仗要军费，打败仗要赔款买和，朝廷只有从人民身上去榨取这些开销，例如所选的王安石《河北民》诗就透露这一点，而李觏的《感事》和《村行》两首诗更说得明白："太平无武备，一动未能安……役频农力耗，赋重女工寒……"，"农业家家坏，诛求岁岁新，平时不为备，执事彼何人……"。北宋中叶以后，内忧外患、水深火热的情况愈来愈甚，也反映在诗人的作品里。诗人就像古希腊悲剧里的合唱队，尤其像那种参加动作的合唱队，随着搬演的情节的发展，歌唱他们的感想，直到那场戏剧惨痛的闭幕、南宋亡国，唱出他们最后的长歌当哭："世事庄周蝴蝶梦，春愁臣甫杜鹃诗！"①

乍看，上面这段"说明"似乎很是"迎合风气"，其实不然。因为钱氏紧接着的补白是："作品在作者所处的历史环境里产生，在他生活的现实里生根立脚，但是它反映这些情况和表示这个背景的方式可以有各色各样"，② 并用

---

① 钱锺书：《〈宋诗选注〉序》，人民文学出版社1958年版，第1—3页。
② 钱锺书：《〈宋诗选注〉序》，人民文学出版社1958年版，第3页。

较大的篇幅详列了其中的三种主要方式：第一种是像梅尧臣的《田家语》和《汝坟贫女》这样的直接反映社会现实的方式。"我们可以参考许多历史资料来证明这一类诗歌的真实性，不过那些记载尽管跟这种诗歌在内容上相符，到底只是文件，不是文学，只是诗歌的局部说明，不能作为诗歌的唯一衡量。也许史料里把一件事情叙述得比较详细，但是诗歌里经过一番提炼和剪裁，就把它表现得更集中、更具体、更鲜明，产生了又强烈又深永的效果。反过来说，要是诗歌缺乏这种艺术特性，只是枯燥粗糙的平铺直叙，那末，虽然它在内容上有史实的根据，或者竟可以补历史记录的缺漏，它也只是押韵的文件……诗是有血有肉的活东西，史诚然是它的骨干，然而假如单凭内容是否在史书上信而有徵这一点来判断诗歌的价值，那就仿佛要从爱克司光透视里来鉴定图画家和雕刻家所选择的人体美了。"① 第二种是范成大的《州桥》这样的间接反映社会现实的方式。"使我们愈加明白文学创作的真实不等于历史考订的事实，因此不能机械地把考据来测验文学作品的真实，恰像不能天真地靠文学作品来供给历史的真实。历史考据只扣住表面的迹象，这正是它的克己的美德，要不然它就丧失了谨严，算不得考据，或者变成不安本分、遇事生风的考据，所谓穿凿附会；而文学创作可以深挖事物的隐藏的本质，曲传人物的未吐露的心理，否则它就没有尽它的艺术的责任，抛弃了它的创造的职权。"② 第三种是萧立之的《送人之常德》这样的回避社会现实的方式。显然，贯穿钱氏《宋诗选注》的主线，并非对于社会现实的反映，而是其一再主张的文学自身的"艺术特性"，也即是"文学性"标准。"文学性"是钱氏编选《宋诗选注》的指导思想，尽管由于受制于传统以及特定的时代等多种因素，"选诗很像有些学会之类选举会长、理事等，有'终身制'、'分身制'。一首诗是历来选本都选的，你若不选，就惹起是非；一首诗是近来其他选本都选的，要是你不选，人家也找岔子"③，以至在《宋诗选注》的具体编选中出现"以为可选的诗往往不能选进去，而以为不必选的诗倒选进去了"的瑕疵，④ 但总体说来，它的"文学性"的编选标准

---

① 钱锺书：《〈宋诗选注〉序》，人民文学出版社 1958 年版，第 3 页。
② 钱锺书：《〈宋诗选注〉序》，人民文学出版社 1958 年版，第 3—4 页。
③ 钱锺书：《〈宋诗选注〉序》，人民文学出版社 1958 年版，第 298 页。
④ 钱锺书：《〈宋诗选注〉序》，人民文学出版社 1958 年版，第 298 页。

是贯穿《宋诗选注》本身的，而且是极富现代意识的。①

其次是"评"。对于传统诗文选本的"评"，钱锺书恶其"乏真尚灼见"。《谈艺录》第三十九则以龚自珍诗评为例：

> 龚定庵《常州高材篇》可作常州学派总序读。于乾嘉间吾郡人各种学问，无不提要钩玄。论词章则曰："文体不甚宗韩欧"，此阳湖派古文也。又曰："人人妙擅小乐府，尔雅哀怨声能道"，此常州派诗余也。而于常州人之诗，独付阙如。故篇中人物，与袁随园"常州五星聚文昌"一绝所举者，唯孙季述一人相同；然不称为"奇才"，而推其"绝学"。②

并在《补遗》中直言："历世诗文序跋评识，不乏曾涤生所谓'米汤大全'中行货；谈艺而乏真赏灼见，广搜此类漫语而寄耳目、且托腹心者，大有其人焉。"③《宋诗选注》的"评"分为两个部分。第一部分是总序里对于宋代诗歌的总体评价。钱锺书主要谈了三点：第一，关于宋诗与唐诗之间的关系。钱锺书指出，宋代诗歌出现在古典诗歌高度发达的唐代诗歌之后，宋诗基本上是循着借鉴唐诗的道路来发展的，"有唐诗作榜样是宋人的大幸，也是宋人的大不幸。看了这个好榜样，宋代诗人就学了乖，会在技巧和语言方面精益求精；同时，有了这个好榜样，他们也偷起懒来，放纵了摹仿和依赖的惰性。……宋人能够把唐诗修筑的道路延长了，疏凿的河流加深了，可是不曾冒险开荒，没有去发现新天地。用宋代文学批评的术语来说，凭藉了唐诗，宋代作者在诗歌的'小结里'方面有了很多发明和成功的尝试，譬如某一个意思写得比唐人透澈，某一个字眼或句法从唐人那里来而比他们工稳，然而在'大判断'或者艺术的整个方向上没有什么特著的转变，风格和意境虽不寄生在杜甫、韩愈、白居易或贾岛、姚合等人的身上，总多多少少落在他们的势力范围里。"④ 第二，关于宋诗的缺点。钱锺书着重提到两点：其一

---

① "文学性"是中西方现代诗学的主旨，也是钱锺书编选《宋诗选注》的标准，这也与王国维以来中国现代诗学的走向合拍，钱氏在后面提到的"六不选"不过是对前面的"文学性"标准的一种通俗说法或补充说明而已。

② 钱锺书：《谈艺录》，中华书局1984年版，第134页。

③ 钱锺书：《谈艺录》，中华书局1984年版，第463页。

④ 钱锺书：《〈宋诗选注〉序》，人民文学出版社1958年版，第10—11页。

是过于偏重说理，忽略形象创作，"宋诗……爱讲道理，发议论；道理往往粗浅，议论往往陈旧，也煞费笔墨去发挥申说"；① 其二是过于偏重艺术的"流"的借鉴，忽略艺术的"源"的关注，"宋诗……表示出诗歌创作里把'流'错认为'源'的危险。……把末流当作本源的风气仿佛是宋代诗人里的流行性感冒。嫌孟浩然'无材料'的苏轼有这种倾向，把'古人好对偶用尽'的陆游更有这种倾向；不但西昆体害这个毛病，江西派也害这个毛病，而且反对江西派的'四灵'竟传染着同样的毛病。他们给这种习气的定义是：'资书以为诗'，后人直率的解释是：'除却书本子，则更无诗'。宋代诗人的现实感虽然没有完全沉没在文字海里，但是有时已经像李逵假洑水，探头探脑的挣扎。"② 第三，关于宋诗的成就。以往对于宋诗的评价极不一致，常常出现两个极端，或是被指了无新意、一钱不值，或是又被顶礼膜拜、身价十倍，钱锺书认为，从整体上来说，宋诗的成就不及唐诗，但在元诗、明诗和清诗之上，"我们可以夸奖这个成就，但是无须夸张、夸大它"。③ 第二部分是选本里面对被选诗人作出的简评。看得出来，钱氏《宋诗选注》对宋诗中的一些代表人物的评断是很用心的，其篇幅也较别的作者明显偏长。如评王安石，"他比欧阳修渊博，更讲究修词的技巧，……而后来宋诗的形式主义却也是他培养了根芽。他的诗往往是搬弄词汇和典故的游戏、测验学问的考题；借典故来讲当前的情事，把不经见而有出处的或者看来新鲜而其实古旧的词藻来代替常用的语言"，而且，"（由于）北宋初期的西昆体……只有极局限、极短促的影响，……王安石的诗无论在声誉上、在内容上、或在词句的来源上都比西昆体广大得多。……流传下来的。宋代就有注本的宋人诗集从王安石集数起，并非偶然"。④ 评苏轼，"他一向被推为宋代最伟大的文人，在散文、诗、词各方面都有极高的成就。……他在风格上的大特色是比喻的丰富、新鲜和贴切，而且在他的诗里还看到宋代讲究散文的人所谓'博喻'或者西洋人所称道的莎士比亚式的比喻，一连串把五花八门的形象来表达一件事物的一个方面或一种状态。这种描写和衬托的方法仿佛是采用了旧小说里讲的'车轮战法'，连一接二的搞得那件事物应接不

① 钱锺书：《〈宋诗选注〉序》，人民文学出版社 1958 年版，第 7 页。
② 钱锺书：《〈宋诗选注〉序》，人民文学出版社 1958 年版，第 12—13 页。
③ 钱锺书：《〈宋诗选注〉序》，人民文学出版社 1958 年版，第 10 页。
④ 钱锺书：《宋诗选注》，人民文学出版社 1958 年版，第 41—44 页。

暇，本相毕现，降伏在诗人的笔下"，而"苏轼的主要毛病是在诗里铺排古典成语，所以批评家嫌他'用事博'、'见学矣然似绝无才'、'事障'、'如积薪'、'窒、积、芜'、'獭祭'"。① 评黄庭坚，"他是'江西诗社宗派'的开创人，生前跟苏轼齐名，死后给他的徒子法孙推崇为杜甫的继承者。自唐以来，钦佩杜甫的人很多，而大吹大擂地向他学习的恐怕以黄庭坚为最早。他对杜诗的那一点最醉心呢？他说：'老杜作诗，退之作文，无一字无来处；盖后人读书少，故谓韩杜自作此语耳。古之能为文章者，真能陶冶万物，虽取古人之陈言入于翰墨，如灵丹一粒，点铁成金也'。在他的许多关于诗文的议论里，这一段话最起影响，最足以解释他自己的风格，也算得江西诗派的纲领"，而"这种'贵用事'、'殆同书抄'的形式主义，到了宋代，在王安石的诗里又透露迹象，在'点瓦成金'的苏轼的诗里愈加发达，而在'点铁成金'的黄庭坚的诗里登峰造极。……黄庭坚有著著实实的意思，也喜欢说教发议论；不管意思如何平凡、议论怎样迂腐，只要读者了解他用的那些古典成语，就会确切知道他的心思，所以他的诗给人的印象是生硬晦涩，语言不够透明，仿佛冬天的玻璃窗蒙上一层水汽、冻成一片冰花。黄庭坚曾经把道听途说的艺术批评比于'隔帘听琵琶'，这句话正可以形容他自己的诗"。② 评陈与义，"在北宋南宋之交，也许要算他是最杰出的诗人。他虽然推重苏轼和黄庭坚，却更佩服陈师道，把对这些近代人的揣摩作为学杜甫的阶梯；同时他跟江西派不很相同，因为他听说过'天下书虽不可不读，然慎不可以有意于用事'"，然而"陈与义在南宋诗名极高，……他的影响看来并不大，也没有人归他在江西派里。……（但）南宋末期，严羽说陈与义'亦江西之派而小异'，刘辰翁更把他和黄庭坚、陈师道讲成一脉相承，方回尤其仿佛高攀阔人作亲戚似的，一口咬定他是江西派，从此淆惑了后世文学史家的耳目。"③ 评杨万里，"杨万里却是（南宋）诗歌转变的主要枢纽，创辟了一种（不同于江西派）新鲜泼辣的写法，衬得陆（游）和范（成大）的风格都保守或者稳健。因此严羽《沧浪诗话》的《诗体》节里只举出'杨诚斋体'，没说起'陆放翁体'或'范石湖体'"，然而，"杨万里对江西派的批评没有明说，从他的创作看来，大概也是不很满意（江西派）

---

① 钱锺书：《宋诗选注》，人民文学出版社 1958 年版，第 61—62 页。
② 钱锺书：《宋诗选注》，人民文学出版社 1958 年版，第 97—98 页。
③ 钱锺书：《宋诗选注》，人民文学出版社 1958 年版，第 131—132 页。

那几点，所以他不掉书袋，废除古典，真能够做到平易自然，接近口语。不过他对黄庭坚、陈师道始终佩服，虽说把受江西派影响的'少作千余'都烧掉了，江西派的习气也始终不曾除根，有机会就要发作；他六十岁以后，不但为江西派的总集作序，还要增补吕本中的《宗派图》，来个《江西续派》，而且认为江西派好比'南禅宗'，是诗里最高的境界。南宋人往往把他算在江西派里，并非无稽之谈。"① 评陆游，"他的作品主要有两方面：一方面是悲愤激昂，要为国家报仇雪耻，恢复丧失的疆土，解放沦陷的人民；一方面是闲适细腻，咀嚼出日常生活的深永的滋味，熨帖出当前景物的曲折的情状"，同时"关于陆游的艺术，也有一点应该补充过去的批评。非常推重他的刘克庄说他纪闻博，善于运用古典，组织成为工致的对偶，甚至说'古人好对偶被放翁用尽'，后来许多批评家的意见也不约而同。这当然说得对，不过这忽视了他那些质朴清空的作品，更重要的是抹杀了他对这个问题的看法。我们发现他时常觉得寻章摘句的作诗方法是不妥的，尽管他自己改不掉那种习气。……他的朋友早已指出他'不嗣江西'这一点。杨万里和范成大的诗里保留的江西派的痕迹都比他的诗里来得多。"② 评范成大，"他晚年所作的《四时田园杂兴》不但是他的最传诵、最有影响的诗篇，也算得中国古代田园诗的集大成。……范成大的《四时田园杂兴》……使得脱离现实的田园诗有了泥土和血汗的气息，……田园诗又获得了生命，扩大了境地"，但"他也受到了中晚唐人的影响，可是像在杨万里的诗里一样，没有断根江西派习气时常要还魂作怪。杨万里和陆游运用的古典一般还是普通的，他就喜欢用冷僻的故事成语，而且有江西派那种'多用释氏语'的通病，也许是黄庭坚以后、钱谦益以前用佛典最多、最内行的名诗人"等等，③ 不惜笔墨，且独具慧眼，道前人所未道，成为《宋诗选注》的一大特色。

最后是"注"。在《宋诗选注》的"选"、"评"、"注"中，"注"历来为人所称道。比如胡适对于《宋诗选注》的"选目""迎合风气"大为不满，但仍然公允地肯定"注确实写得不错"。④ 那么，《宋诗选注》的"注"

---

① 钱锺书：《宋诗选注》，人民文学出版社 1958 年版，第 158—159 页。
② 钱锺书：《宋诗选注》，人民文学出版社 1958 年版，第 170—173 页。
③ 钱锺书：《宋诗选注》，人民文学出版社 1958 年版，第 193—195 页。
④ 参阅钱锺书：《〈宋诗选注〉附录》，人民文学出版社 1958 年版，第 298 页。1988 年钱锺书为《宋诗选注》香港版所写的序言里特别标注了胡适的这个评语，想来钱氏对于自己的"注"也是十分自信的。

究竟好在那里呢？这就是人们常常提到的钱氏比较独特的"委曲寻究、旁通发明"的注释法。① 所谓"委曲寻究"，就是通常所说的"挖脚跟"，也即是追根溯源，把一首诗的来源讲得头头是道、清清楚楚。《宋诗选注》里绝大多数的诗注里都是交代了诗的本源或出处的。如王安石《泊船瓜洲》：京口瓜洲一水间，钟山只隔数重山。春风又绿江南岸，明月何时照我还。钱氏特注其中的"春风又绿江南岸"句，指出这句是王安石讲究修词的有名的例子，因为据说诗人在草稿上前后改了十几次，从最初的"到"字，改为"过"字，又改为"入"字、"满"字等等，最后才定为"绿"字。此句也因此成为王氏的得意之作，其另一首《送和甫寄女子》诗里说："除却春风沙际绿，一如送汝过江时"，把得意的话又用了一篇。而事实上，按钱氏注释，"绿"字这种用法在唐诗中"早见而屡见"，如丘为《题农夫庐舍》："东风何时至？已绿湖上山"；李白《侍从宜春苑赋柳色听薪莺百啭歌》："东风已绿瀛洲草"；常建《闲斋卧雨行乐至山馆次湖亭》："行乐至石壁，东风变萌芽，主人山门绿，小隐湖中花"等等，并顺理成章地提出一连串的文学理论话题："王安石的反复修改是忘记了唐人的诗句而白费心力呢？还是明知道这些诗句而有心立异呢？他的选定'绿'字是跟唐人暗合呢？是最后想起了唐人诗句而欣然沿用呢？还是自觉不能出奇制胜，终于向唐人认输呢？"② 唐庚《春归》：东风定何物？所至轧苍然。小市花间合，孤城柳外圆。禽声犯寒食，江色带新年。无计驱愁得，还推到酒边。钱氏注其最后一联"无计驱愁得，还推到酒边"，指出其本源是六朝诗人庾信的《愁赋》："闭户欲推愁，愁终不肯去；深藏欲避愁，愁已知人处"，并特别说明，此赋在宋代极为流行，并补充说明，除了唐庚以外，宋代还有多位诗人在诗中"用到它或引申它"，如王安石、黄庭坚、黄叔达、沈与求、陈师道、晁说之、陈与义、贺铸、韩驹、曾几、朱翌、薛季宣、姜夔等等。③ 曾几《苏秀道中自七月二十五日夜大雨三日秋苗以苏喜而有作》：一夕骄阳转作霖，梦回凉冷润衣襟。不愁屋漏床床湿，且喜溪流岸岸深。千里稻花应秀色，五更桐叶最佳音。无田似我犹欣舞，何况田间望岁心。钱氏注其三四联"不愁屋

---

① 参阅刘永翔：《读〈宋诗选注〉》，《钱锺书研究集刊》第二辑，上海三联书店 2000 年版，第 131 页。

② 钱锺书：《宋诗选注》，人民文学出版社 1958 年版，第 48—49 页。

③ 钱锺书：《宋诗选注》，人民文学出版社 1958 年版，第 94—95 页。

漏床床湿，且喜溪流岸岸深"，本源是杜甫《茅屋为秋风所破歌》的"床床屋漏无干处"和《春日江村》第一首的"春流岸岸深"；五六联"千里稻花应秀色，五更桐叶最佳音"直接引用唐代诗人殷尧藩《喜雨》诗里原句，并指出："在古代诗歌里，秋夜听雨打梧桐照例是个教人失眠添闷的境界，像唐人刘媛的《长门怨》说：'雨滴梧桐秋夜长，愁心和雨断昭阳；泪痕不学君恩断，拭却千行更万行。'又如温庭筠的《更漏子》词说：'梧桐树，三更雨，不道离情正苦；一叶叶，一声声，空阶滴到明。'元人白仁甫的《梧桐雨》第四折后半折，尤其把这种情景描写个畅。曾几这里来了个旧调翻新：听见梧桐上的潇潇冷雨，就想象庄稼的欣欣生意；假使他睡不着，那也是'喜而不寐'，就像他的《夏夜闻雨》诗所说：'凉风急雨夜萧萧，便恐江南草木凋；自为丰年喜无寐，不关窗外有芭蕉。'"① 所谓"旁通发明"，就是在注释中注意引述同类的旁证来相互印证，以达到"触类而观其汇通"。② 《宋诗选注》中这样的例子很多，如梅尧臣的《陶者》：陶尽门前土，屋上无片瓦；十指不沾泥，鳞鳞居大厦。 钱氏大量引述了同类的例子，如汉代刘安《淮南子》卷十七《说林训》里有几句类似谚语的话："屠者藿羹，车者步行，陶人用缺盆，匠人处狭庐——为者不得用，用者不肯为"，唐代诗人孟郊的《织妇词》"如何织纨素，自著蓝缕衣！"，郑谷的《偶书》"不会苍苍主何事，忍饥多是力耕人！"，于濆的《辛苦行》"垅上扶犁儿，手种腹常饥；窗下掷梭女，手织身无衣"；杜荀鹤的《蚕妇》"年年道我蚕辛苦，底事浑身著苎麻"，罗隐的《蜂》"采得百花成蜜后，为谁辛苦为谁甜？"等等，说明像梅氏《陶者》一样，都是"同样的用意而采取了比喻的写法"，"写劳动人民辛苦产生的果实，全给剥削者掠夺去享受"。③ 李观《乡思》：人言落日是天涯，望极天涯不见家；已恨碧山相阻隔，碧山还被暮云遮。钱氏引其同时代人石延年的《高楼》诗"水尽天不尽，人在天尽头"，范仲淹的词《苏幕遮》"山映斜阳天接水，芳草无情，更在斜阳外"，欧阳修的《踏莎行》词"楼高莫近危栏倚，平芜尽处是春山，行人更在春山外"等说明，它们与李观的《乡思》一样，表现的是诗词中常见的两种描写离愁别绪的用意和手法："一、天涯虽远，而想望中的人物更远；二、

---

① 钱锺书：《宋诗选注》，人民文学出版社 1958 年版，第 127—128 页。
② 钱锺书：《管锥编》第二册，中华书局 1986 年版，第 606 页。
③ 钱锺书：《宋诗选注》，人民文学出版社 1958 年版，第 16 页。

想望中的人物虽近，却比天涯还远"。① 刘永翔称赞《宋诗选注》的注解"探本穷源，详其演变，解颐析骨，精采绝伦"②，是为钱注之"好"的绝佳说明。

总之，诚如有学者所指出的，钱锺书的《宋诗选注》虽然采用的是中国传统的诗文选注的形式，但它不同于"重词语训诂、名物考释、校勘补正的传统选本"，③ 而是用现代的眼光对"选"、"评"、"注"做了革新，使之成为传达现代诗学的一个鲜活方式。钱锺书本人曾就《宋诗选注》说过："不论一个时代，或一个人，过去的形象经常适应现在的情况而被加工改造"④，《宋诗选注》借传统来创新的现代意义是显而易见的。

第五节　"以故为新"之三：《管锥编》对于传统读书札记的"破体"和对中西诗学话语的反思

一、《管锥编》与中国传统读书札记的关联

《管锥编》是钱锺书"以故为新"的一座文化丰碑。

《管锥编》遑遑数巨册，百万字篇幅，用的却是中国传统的读书札记的形式。在中国，撰写读书札记一直为文人学士们所钟爱。这种风气在清代尤甚。梁启超在《清代学术概论》里曾经这样评述清儒对于读书札记的写作："推原札记之性质，本非著书，不过储著书之资料；然清儒最戒轻率著书，非得有极满意之资料，不肯泐力为定本；故往往有终其身在预备资料中者。又当时第一流学者所著书，恒不欲有一字余于己所心得之外；著专书或专篇，其范围必较广泛，则不免于所心得外摭拾冗词以相凑附；此非诸师所乐，故宁以杂记体存之而已。"⑤ 在这里，梁启超显然认为撰写读书札记是一种比专著专论更严肃、更具心得的写作形式，这与钱锺书对于诗学文体的一贯主张——"许多严密周全的思想和哲学系统经不起时间的推排销蚀，在整

①　钱锺书：《宋诗选注》，人民文学出版社1958年版，第32—33页。
②　刘永翔：《读〈宋诗选注〉》，《钱锺书研究集刊》第2辑，上海三联书店2000年版，第131页。
③　季进：《论钱锺书与阐释学》，《钱锺书研究集刊》第1辑，上海三联书店2000年版，第72页。
④　钱锺书：《宋诗选注》，人民文学出版社1958年版，第299页。
⑤　梁启超：《梁启超论清学史两种》，复旦大学出版社1985年版，第81页。

体上都垮塌了，但是他们的一些个别见解还为后世所采取而未失去时效。好比庞大的建筑物已遭破坏，住不得人了，而构成它的一些木石砖瓦仍然不失为可资利用的好材料"——是不谋而合。加上钱锺书本人一向不喜抽象的理论建构，推崇"具体的文艺鉴赏与批判"，① 且阅读广泛，用他自己的话来说，就是"世界上还有一种人。他们觉得看书的目的，并不是为了写书评或介绍。他们有一种业余消遣者的随便和从容，他们不慌不忙地浏览。每到有什么意见，他们随手在书边的空白上注几个字，写一个问号或感叹号，像中国旧书上的眉批，外国书里的 Marginalia（旁注、边注的意思。——引者注）这种零星随感并非他们对于整部书的结论"②，所以，钱锺书的《管锥编》选择传统读书札记的形式，应该是水到渠成。

《管锥编》中的"管锥"一语出自《庄子·秋水篇》。在这篇文章中，魏公子魏牟在与辩学家公孙龙辩论时，批评对方："子乃规规然而求之以察，索之以辩，是直用管窥天，用锥指地也，不亦小乎！"意为用细细的竹管去看天，用尖尖的锥子去量地，实在是小不可言。钱锺书《管锥编》取"管锥"作为书名，并引"锥指管窥"之喻，③ 以示自谦之意。然而，据相关学者的考释，"管锥"之喻在钱氏这里除了表示谦虚之外，至少还有以下三个方面的含义：第一，"管锥编"暗藏着作者"钱锺书"的名字，是"钱锺书集"的意思。按照陆文虎的考证：钱锺书曾以"中书君"作为笔名，而"中书君"一语出自唐代韩愈《昌黎集》中的一篇《毛颖传》。该文以笔拟人，称为"中书君"，后来，"中书君"便成为笔的别名。同时，《毛颖传》称，毛颖"封诸管城，号曰管城子。"所以，笔又被称为"管城子"。再有，笔还有一个别名是"毛锥子"。语出《新五代史·史弘肇传》："弘肇曰：'安朝廷，定祸乱，直须长枪大剑，若毛锥子安足用哉？'三司使王章曰：'无毛锥子，军赋何从集乎？'毛锥子盖言笔也。"以其形状相似，故称。"'管'、'锥'二字尽可看作'管城子'、'毛锥子'之省称，皆指笔而言"。④ 由于"管"、"锥"都是笔的意思，而钱氏又以笔为笔名（"中书君"），这样在"管锥"与"钱锺书"之间构成了一个有趣的循环，如李洪岩所指出的：

① 钱锺书：《中国诗与中国画》，见钱锺书：《旧文四篇》，上海古籍出版社 1979 年版，第 7 页。
② 钱锺书：《写在人生边上·序》，中国社会科学出版社 1990 年版，第 2 页。
③ 钱锺书在《管锥编·序》中说："瞥观疏记，识小积多。学焉未能，老之已至！遂料简其较易理董者，锥指管窥，先成一辑"，《管锥编》第一册，中华书局 1986 年版，第 1 页。
④ 陆文虎：《围城内外——钱锺书的文学世界》，解放军出版社 2004 年版，第 79 页。

"钱锺书是以笔的名字作笔名，又以自己的笔名换算作书名。这一点，除他之外，恐怕再难找出第二个人了。（并且）笔是用来写字的，换言之，'笔'的特点就在于'锺书'，而'锺书'与'中书'同音。汉代学者刘向校雠中秘藏书，有所谓'中书'、'外书'的区别，所以，'管锥编'这三个字大概还暗示有读尽天下的秘籍、考清学术源流的含义"。① 第二，"以管窥天，以锥指地"的意思，既表示自谦，也表示自有一方天地。"管锥"在这里显然含有自成一家、独得其乐的意思，而钱锺书的号是"槐聚"，原本出自元代诗人元好问的两句诗："枯槐聚蚁无多地，秋水鸣蛙自一天"，也正印证了这一点。② 第三，"管锥"还代表了一种深深打上钱氏烙印的治学方法。钱锺书的《管锥编》公认是"博、大、精、深"，其治学的方法，有学者论述为"单位观念史学"方法，也有学者归之为"以实涵虚"，而更多的学者则相信"管锥编"书名中的"管锥"一语已经包含了作者治学方法的足够暗示。如陆文虎就在《〈管锥编〉释义》一文中，认为"管锥"引领的是一条走入艺术殿堂的路径："'管'者，键也，钥也。艺术的殿堂。虽说人人皆可凭窗窥视，然而，没有合适的钥匙，是不能登堂入室，得到其奥秘与真谛的。……所谓'锥'，则既可以视作刘勰'雕龙'之利器，又可以视作元好问'绣鸳鸯'之金针，都是用来刻画'文心'，指引艺术创作、艺术批评或艺术欣赏的，都是用以'打通'文学壁障的工具"。③ 李洪岩则在《〈管锥编〉书名考》一文中认为，"管锥"表示的是一种"以具体显现共相"的现象学的方法论。其中，"'管'、'锥'是具体，'天'、'地'则是共相"，而"所谓'以管窥天，以锥指地'，从方法学的角度看，就是通过对许多具体微观问题的阐释，来揭示一些宏观的理论性问题"。④《管锥编》中的"编"，是编订成集的意思。《管锥编》五巨册，上迄《周易正义》，中经《毛诗正义》、《左传正义》、《史记会注考证》、《老子王弼注》、《列子张湛注》、《焦氏易林》、《楚辞洪兴祖补注》、《太平广记》、止于《全上古三代秦汉三国六

① 李洪岩：《〈管锥编〉书名考》，《钱锺书研究集刊》第 1 辑，上海三联书店 1999 年版，第 192 页。

② 李洪岩：《〈管锥编〉书名考》，《钱锺书研究集刊》第 1 辑，上海三联书店 1999 年版，第 192—193 页。

③ 陆文虎：《围城内外——钱锺书的文学世界》，解放军出版社 2004 年版，第 79 页。

④ 李洪岩：《〈管锥编〉书名考》，《钱锺书研究集刊》第 1 辑，上海三联书店 1999 年版，第 193 页。

朝文》，如钱锺书本人在《管锥编·序》中关于"瞥观疏记，识小积多"和"料简其较易理董者"的说明的那样，是一部明白无误的札记性质的编述之作。陆文虎曾经结合中国古籍的体例分类，这样评价《管锥编》：

> 中国的古籍浩若烟海，究其体例，则大体可分为三类：一、著作，将"人未知而己先知，人未觉而己先觉"的内容发为著作，"俾人皆知之觉之，而天下之知觉自我始，是为'作'"（焦循语），如《五经》可被其目。二、编述，以前人创制的大量可资凭借的材料为基础，用自己新创的义例，加以提炼，使之既具备集大成的特色，又具备崭新的思想、观念和方法，从而获得新的生命，创造出一部更有价值的新书。没有体精用宏的卓识高才，是不可能作"编述"工作的。所以，古籍中成功的编述作品，其价值并不在"著作"以下。如《史记》即属其类。三、抄纂，排比现成资料，组订抄纂成书。如《太平广记》是。《管锥编》是一部成功的编述之作。钱先生对不同时代、不同国度、不同学科、不同语言、不同文体和不同风格的材料，根据自己的观点的需要，作了游刃有余的剪裁和合理的配置。作者所特具的高超的熔铸能力，使得《管锥编》达到了编述之作的最高标准——"成一家之言"的境界。①

正是由于编述属于中国学人著书立说的一种传统形式，以"搜采和表彰"传统为己任的钱锺书选择编订读书札记来连缀《管锥编》，是丝毫不让人感到奇怪的，而钱锺书对于《管锥编》的英文译名"Limited Views：Essays on Ideas and Letters（有限的观念与文学的札记）"的认可，也清楚地说明这一点。②

二、《管锥编》对中国传统读书札记的改造

然而，诚如钱锺书一贯主张的以"现代的兴趣和研究"来对传统的形式加以改造，《管锥编》虽然从文体上采用的是传统的读书札记，但它的主旨是现代诗学的"兴趣"和"研究"。这主要体现在以下两个方面。

---

① 陆文虎：《围城内外——钱锺书的文学世界》，解放军出版社 2004 年版，第 79—80 页。
② 参阅陆文虎：《围城内外——钱锺书的文学世界》，解放军出版社 2004 年版，第 78 页。

首先是对于传统读书札记的"破体"。中国传统读书札记历来偏重"纂辑"、"摭拾"之类的内容，清代"乾嘉"学派更是将训诂、音韵、考据等内容发挥到极致。钱锺书早年受惠于"乾嘉"学风的熏陶，但他对此派治学方法一直抱有清醒的认识。早在青年学习时代，他就在《释文盲》一文中，对于乾嘉朴学只关注训诂音韵方面的考据而忽视对于文学本身的评判，提出过严厉的批评："训诂音韵是很有用、顶有趣的学问，就只怕学者们的头脑还是清朝朴学时期的遗物，以为此外更无学问，或者以为研究文学不过是文学或其他的考订。朴学者的霸道是可怕的。"① 在《管锥编》中，他更是明确提出以现代之精神和方法来对中国传统的治学手段予以现代性的汇通和改造：

> 乾嘉"朴学"教人，必知字之诂，而后识句之意，识句之意，而后通全篇之义，进而窥全书之指。虽然，是特一边耳，亦只初桄耳。复须解全篇之义乃至全书之指（"志"），庶得以定某句之意（"词"），解全句之意，庶得以定某字之诂（"文"）；或并须晓会作者立言之宗尚、当时流行之文风、以及修词异宜之著述体裁，方概知全篇或全书之指归。积小以明大，而又举大以贯小；推末以至本，而又探本以穷末；交互往复，庶几乎义解圆足而免于偏枯，所谓"阐释之循还"（der hermeneutische Zirkel）者是矣。②

在《管锥编》里，这种用现代批评意识来汇通传统治学方法的思路是贯穿始终的。以《管锥编》第 1 册中关于《毛诗正义》的二则札记为例。《诗经》是中国最早的诗歌总集，而《毛诗序》是中国诗学里最早的诗学纲领的总结。《隰有苌楚》："夭之沃沃，乐子之无知。……乐子之无家，乐子之无室"。郑玄《笺》注："知，匹也，于人年少沃沃之时，乐其无匹配之意。'无家'谓无夫妇室家之道"；孔颖达《毛诗正义》："谓十五六时也"，解释说这里的"无知"、"无家"、"无室"就是指两性之间的人之常情，钱氏则引《荀子·王制》篇："水火有气而无生，草木有生而无知，禽兽有知而无义"之以"知"为"虑"，解其诗意为："苌楚无心之物，遂能夭沃茂盛，

---

① 钱锺书：《释文盲》，《写在人生边上》，中国社会科学出版社 1990 年版，第 69 页。
② 钱锺书：《管锥编》第一册，中华书局 1986 年版，第 171 页。

而人则有身为患，有待为烦，形设神劳，唯忧用老，不能长保朱颜青发，故睹草木而生羡也。室家之累，于身最切，举示以概忧生之嗟耳"①，并指出《诗经》中的此种手法在中外文学实践中最常见的两种表现形式。一类是顺其意而用的情况：

> 窃谓元结《系乐府·寿翁兴》："借问多寿翁，何方自修育？唯云'顺所然，忘情学草木'"，即《诗》意；而姜夔《长亭怨》："树若有请时，不会得青青如许"，尤为的诂。"青青如许"即"夭之沃沃"，"若有情"即"无知"。……杜甫《哀江头》："人生有情泪沾臆，江水江花岂终极"；鲍溶《秋思》之三："我忧长于生，安得及草木"；韦庄《台城》："无情最是台城柳，依旧烟笼十里堤"；戴敦元《践春》："春兴莺花都作达，人如木石定长生"；均可参印。李贺《金铜仙人辞汉歌》："天若有情天亦老"，亦归一揆，不詹詹于木石，而炎炎大言耳。宋人因袭不厌，如陈著《渔家傲》词："天为无情方不老"，则名学之"命题换质"（obversion）也。鲍照《伤逝赋》："唯桃李之零落，生有促而非夭；观龟鹤之千祀；年能富而情少"，又谓无情之物，早死不足悲、不死不足羡耳。②

另一类是反其意而用之的情况：

> 桓谭《新论·辩惑》："刘子骏信方士虚言，谓神仙可学。尝问言：'人诚能抑嗜欲，阖耳目，可不衰竭乎？'余见其庭下有大榆树，久老剥折，指谓曰：'彼树无情欲可忍，无耳目可阖，然犹枯槁朽蠹，人虽欲爱养，何能使不衰？'"与《隰有苌楚》之什指趣适反，顾谓树"无情欲"、"无耳目"，则足申"无知"。元结又有《七不如》一文："常自愧不如孩孺，不如霄寐，又不如病，又不如醉。有思虑不如静而闲，有喜爱不如忘。及其甚也，不如草木"，此非羡草木长寿，乃自愧"不如"草木无知，则释老绝思虑、塞聪明之遗意。与《长楚》复貌同心异，而略近西洋所谓原始主义（Primitivism）。浪漫诗人初向往儿童，继企羡动物，终尊仰植物，为道日损，每况愈下。席勒诗言："草木为汝师"；列

---

① 钱锺书：《管锥编》第一册，中华书局 1986 年版，第 128 页。
② 钱锺书：《管锥编》第一册，中华书局 1986 年版，第 128—129 页。

奥巴迪文言，不愿为人，而宁为生机情绪较减削之物，禽兽不如为草木。元氏之作，于千载以前，万里而外，已示其几矣。①

《车攻》："萧萧马鸣，悠悠旆旌"，钱氏引唐代李德裕《文章论》："千军万马，风恬雨霁，寂无人声"和南宋《陆象山全集·语录》："'萧萧马鸣'，静中有动；'悠悠旆旌'，动中有静"，来"移笺毛传"，以"窥二语烘托之妙"，并征引中外诗人巧妙剪裁寂闻对照、有闻无声的名篇，总结出对于此种文学现象的规律性的认识：

> 王籍《入若耶溪》诗："蝉噪林逾静，鸟鸣山更幽。"……杜甫《题张氏幽居》则云："伐木丁丁山更幽"；雪莱诗又谓啄木鸟声不能破松林之寂，转使幽静更甚（That even the busy woodpecker / Made stiller wither sound / the inviolable quietness）；皆所谓"生于此意"，即心理学中"同时反衬现象"（the phenomenon of simultaneous contrast）。眼耳诸识，莫不有是；诗人体物，早具会心。寂静之幽深者，每以得声音衬托而愈觉其深；虚空之辽广者，每以有事物点缀而愈见其广。《车攻》及王、杜篇什是言前者。后者如鲍照《芜城赋》之"直视千里外，唯见起黄埃"，或王维《使至塞上》之"大漠孤烟直"；景色有埃飞烟起而愈形旷荡荒凉，正如马鸣蝉噪之有闻无声，谓之有见无物也可。雪莱诗言沙漠浩阔无垠，不睹一物，仅余埃及古王雕像残石（Nothing beside remains. Round the decay / Of that colossal wreck, boundless and bare, / The lone and level sands stretch far away）；利奥巴迪诗亦言放眼天末，浩乎无迹（immensitia），爱彼小阜疏离，充其所量，为穷眺寥廓微作遮拦（Sempre caro mi fuquest' ermo colle, / e questa siepe, che da tanta parte / dell' ultimo orizonte il guardo esclude）。皆其理焉。②

可以说，正是基于现代批评意识的自觉，《管锥编》突破了传统读书札记的内容的局限，成为中国现代诗学的一部划时代的力作。诚如周振甫所说："《管锥编》是读书札记，（但）这样的札记以前国内没有见过，因为它包括

---

① 钱锺书：《管锥编》第一册，中华书局 1986 年版，第 129—130 页。
② 钱锺书：《管锥编》第一册，中华书局 1986 年版，第 137—139 页。

古今中外，偏重于比较文学，包括文字训诂修辞兼及哲理等"，① 或如敏泽所总结的："他对传统的札记又有很大的突破和发展，——不只是就内容方面的合古今中外于一体一方面说的，而且在文体上他也突破了历来札记的'纂辑'、'摭拾'之类的局限，合义理、考据、辞章而一之，真正实现了钱先生所说的'名家名篇，往往破体，而文体亦因以恢弘焉'的论断，把传统的札记发展到了一个崭新的历史高度"。②

其次是对中西诗学话语的反思。作为一位身处中西诗学激烈碰撞之中的现代学人，钱锺书始终关注中西诗学间的话语问题。在《谈艺录》中，他明确地说语言是诗的"安身立命"所在，③ 在《管锥编》里，他再次强调"语言文字为人生日用之所必须，著书立说尤寓托焉而不得须臾或离者也"。④《管锥编》里涉及诗学话语方面的内容很多。概而言之，主要论及三个方面：第一，对于中国传统诗学话语的认识。《管锥编》开篇"论易之三名"，以较大篇幅探讨汉语的一字多义特征：

　　《论易之三名》："《易纬乾鉴度》云：'易一名而含三义，所谓易也，变易也，不易也。'郑玄依此义作《易赞》及《易论》云：'易一名而含三义：简易一也，变易二也，不易三也'。"按《毛诗正义·诗谱序》："诗之道放于此乎"；《正义》："然则诗有三训：承也，志也，持也。作者承君政之善恶，述己志而作诗，所以持人之行，使不失坠，故一名而三训也。"皇侃《论语义疏》自序："捨字制音，呼之为'伦'。……一云：'伦'者次也，言此书事义相生，首末次也；二云：'伦'者理也，言此书之中蕴含万理也；三云：'伦'者纶也，言此书经纶今古也；四云：'伦'者轮也，言此书义旨周备，圆转无穷，如车之轮也。"董仲舒《春秋繁露·深察名号》篇第三五："合此五科以一言，谓之'王'；'王'者皇也，'王'者方也，'王'者匡也，'王'者黄也，'王'者往也。"智者《法华玄义》卷六上："机有三义：机是微义，是关义，是宜义。应者

---

① 周振甫：《〈管锥编〉（第一部分）审读报告》，《钱锺书研究集刊》第 3 辑，上海三联书店 2000 年版，第 4 页。

② 敏泽：《论钱学的基本精神和历史贡献》，《钱锺书研究集刊》第 1 辑，上海三联书店 1999 年版，第 8 页。

③ 钱锺书：《谈艺录》，北京：中华书局 1984 年版，第 412 页。

④ 钱锺书：《管锥编》第二册，中华书局 1986 年版，第 406 页。

亦为三义：应是赴义，是对义，是应义。"……胥微不仅一字能涵多意，抑且数意可以同时并用，"合诸科"于"一言"。①

德国哲学家黑格尔曾经举德文"奥伏赫变"（Aufheben）为例，以"灭绝"（ein Ende machen）和"保存"（erhalten）相反两意融会于一字"奥伏赫变"（Aufheben），说明德语是思辨的语言，鄙薄中国的汉语字义单一缺乏变化、无法胜任哲学的思辨。钱锺书则引上述例证有力地驳斥了西方学者对于汉语的偏见，指出汉语完全可以像黑格尔引以自豪的德语一样，做到既"一字能涵多意"又"数意可以同时并用"，"赅众理而约为一字，并行或歧出之分训得以同时合训焉，使不倍者交协、相反者相成"，② 成为汉语学界对于中国传统诗学话语的最有力之辩护。第二，钱锺书为汉语的思辨性辩护，但他并不为中国传统诗学话语忽视严密论证的缺点护短。在《谈艺录》里，他对中国传统诗学片面追求"得意忘言"、"得意忘象"而最终忽视具体论证的过程，提出过批评：

> 诗藉文字语言，安身立命；成文须如是，为言须如彼，方有文外远神、言表悠韵，斯神斯韵，端赖其文其言。品诗而忘言，欲遗弃迹象以求神，遏密声音以得韵，则犹飞翔而先剪翮、踊跃而不践地，视揠苗助长、鉴趾益高，更谬悠矣。③

在《管锥编》中，他再次重申了"穷理析意，须资言象"的必要性：

> 《易》之有象，取譬明理也，"所以喻道，而非道也"（语本《淮南子·说山训》）。求道之能喻而理之能明，初不拘泥于某象，变其象也可；及道之既喻而理之既明，亦不恋着于象，舍象也可。到岸舍筏、见月忽指、获鱼兔而弃筌蹄，胥得意忘言之谓也。词章之拟象比喻则异乎是。诗也者，有象之言，依象以成言；舍象忘言，是无诗矣，变象易言，是别为一诗甚至非诗矣。故《易》之拟象不即，指示意义之符

---

① 钱锺书：《管锥编》第一册，中华书局1986年版，第1页。
② 钱锺书：《管锥编》第一册，中华书局1986年版，第2页。
③ 钱锺书：《谈艺录》，中华书局1984年版，第412页。

（sign）也；《诗》之比喻不离，体示意义之迹（icon）也。不即者可以取代，不离者勿容更张。①

第三，对于语言与诗学之间的矛盾关联的体悟。钱锺书指出，诗学的运思必须依靠语言来进行而又无法完全凭靠语言来实现的矛盾，常常使得先哲们发出"去言"、"非言"之感慨。如《老子》："道可道，非常道；名可名，非常名"，"知者不言，言者不知"；《庄子·知北游》："辩不如默。道不可闻。……道不可见，见而非也；道不可言，言而非也。……至言去言，至为去为"；《维摩诘所说经》："心行处灭，言语道断"等等。② 也常常让专门从事语言写作的诗人诉难言之无奈：

> 词章之士以语文为专门本分，托命安身，而叹恨其不足于宣心写妙者，又比比焉。陆机《文赋》曰："恒患意不称物，文不逮意"；陶潜《饮酒》曰："此中有真意，欲辨已忘言"；《文心雕龙·神思》曰："思表织旨，文外曲旨，言所不追，笔固知止"；黄庭坚《品令》曰："口不能言，心下快活自省"；古希腊文家（Favorinus）曰："目所能辨之色，多于语言文字所能道"；但丁叹言为意胜；歌德谓事物之真质殊性非笔舌能传。③

尽管钱锺书本人对于"去言"、"非言"的主张是持批评态度的，他说："《易·系辞》上曰：'书不尽言，言不尽意'，最切事人情。道、释二氏以书与言之不能尽，乃欲并书与言而俱废之，似斩首以疗头风矣"④，但他坦承话语的确是一个困扰诗学的核心问题：

> 语言文字为人生日用之所必须，著书立说尤寓托焉而不得须臾或离者也。顾求全责善，啧有烦言。作者每病其传情、说理、状物、述事，未能无欠无余，恰如人意中之所欲出。务致密则苦其粗疏，钩深颐又嫌

---

① 钱锺书：《管锥编》第一册，中华书局1986年版，第12页。
② 钱锺书：《管锥编》第二册，中华书局1986年版，第453—454页。
③ 钱锺书：《管锥编》第二册，中华书局1986年版，第408页。
④ 钱锺书：《管锥编》第二册，中华书局1986年版，第458页。

其浮泛；怪其粘着欠灵活者有之，恶其暧昧不清明者有之。立言之人句斟字酌、慎择精研，而受言之人往往不获尽解，且易曲解而滋误解。"常恨言语浅，不如人意深"（刘禹锡《视刀环歌》），岂独男女之情而已哉？"解人难索"，"余欲无言"，叹息弥襟，良非无故。语文之于心志，为之役而亦为之累焉。是以或谓其本出猿犬之鸣吠（le cri perfectionné des singes et des chiens），哲人妄图利用；或谓其有若虺蛇之奸狡（der Schlangenbetrug der Sprache），学者早蓄戒心。不能不用语言文字，而复不愿用、不敢用抑且不屑用，或更张焉，或摒弃焉，初非一家之私忧过计，无庸少见多怪也。①

《管锥编》是公认的钱锺书最成熟的一部诗学巨著。在利用旧有文体对于传统诗学进行现代革新方面，《管锥编》堪称集大成之作。特别是其对于中西诗学话语的反思以及通过融会中西诗学话语再造中国现代诗学的努力，体现了钱锺书在诗学话语方面的独特视角和个性选择，并在中西比较诗学的研究中独树一帜。

同朱光潜一样，钱锺书是二十世纪中国诗学继王国维之后着力通过中西诗学话语的融合再造中国现代诗学的另一位代表人物。在钱锺书与王国维之间，同样体现了二十世纪中国诗学的学术继承关系，但相较于朱光潜更多地着力于用西方诗学体系和范畴来阐发和融合中国传统诗学话语不同，钱锺书则更加注重中西诗学话语之间的互释与融通，体现了二十世纪中国现代诗学在融合中西诗学话语方面的多元化选择。

---

① 钱锺书：《管锥编》第二册，中华书局 1986 年版，第 406—407 页。

下 编
中西诗学话语的转换

    1989 年，美国著名学者拉尔夫·科恩（Ralph Cohen）联合英、德、法、加、美等国的二十余位知名学者，从多个角度对文学理论在二十世纪 90 年代及未来的走向予以深入的分析与探讨，结集为《文学理论的未来》。在这部被学术界公认为"理论批评的里程碑"的论文集的序言里，科恩指出，当今世界的文学理论正处于前所未有的急剧变化之中，并呈现出两个重要的发展指向：其一是文学理论的多元化取向，科恩把它概括为四个方面的内容：（1）政治运动与文学理论的修正；（2）解构实践的相互融合、解构目标的废弃；（3）非文学学科与文学理论的扩展；（4）新型理论的寻求、原有理论的重新界定、理论写作的愉悦；① 其二是文学理论的话语性质的关注，科恩引述了美国理论家海登·怀特（Hayden White）对于文学理论的话语性质的说明：

    正因为历史话语运用了文学虚构作品中以最纯粹的形式出现的意义—生产（meaning – production）结构，现代文学理论、尤其是它与转

---

    ① ［美］拉尔夫·科恩：《文学理论的未来·序言》，程锡麟等译，中国社会科学出版社 1993 年版，第 2 页。

义论的语言、话语和文本性概念相一致的那些观点就和当代历史写作理论发生了直接关系。……

现代文学理论所提供的有关历史写作的观点意义十分广泛，超出了关于叙述话语性质的争论和关于历史知识性质的争论这两方面的参加者的想象范围。历史话语（与历史研究相比）是一般话语的一种特殊情况。因此，历史话语的理论家们不能忽视话语的一般理论，它们是在现代文学理论内部，在语言、言语和文本性的新概念基础上发展起来的，而这些新概念允许我们重新阐述本义性、指称性、作者地位、读者和代码等传统观念。这并非因为现代文学理论对语言、言语和文本性的这些新概念所提出的问题提供了明确的答案，而是因为与此相反，它使一个研究领域重新发生了问题，这个领域，至少在历史理论中，是长期当作毫无疑问的。[①]

并指出："文学理论就其范围而言是一种有关话语的论述，它必然要对历史话语进行分析，……用怀特的话来说就是，'现代文学理论必然是一种历史的理论、历史意识的理论、历史话语的理论、历史写作的理论'。文学理论的各个组成部分通过不同的学科像蛛网一样扩散开来，成为一种阐释的指南、贯通性（correspondence）的源泉、分析的基础。"[②] 这些前瞻性的预测和细致的分析，对于二十世纪 90 年代以来中西诗学话语的当代转换，提供了崭新的认识视角和理论启示。

---

① ［美］海登·怀特：《"描绘逝去时代的性质"：文学理论与历史写作》，《文学理论的未来》，程锡麟等译，中国社会科学出版社 1993 年版，第 67、76 页。

② ［美］拉尔夫·科恩：《文学理论的未来·序言》，程锡麟等译，中国社会科学出版社 1993 年版，第 12—13 页。

第七章

中国古代文论的现代转换

第一节 中国当代文论的"失语"与中国古代文论现代转换的提出

二十世纪 90 年代中期以来，有关当代中国文论的话语危机的反思与论争，成为当代中国文学理论界的一个持续的热点话题。其中，最具代表性的就是对于中国当代文论"失语"的论争及古代文论现代转换的提出。

一、二十世纪末的隆重话题：中国当代文论的"失语"

1995 年，中国学者曹顺庆在《东方丛刊》发表的《二十一世纪中国文化发展战略与重建中国文论话语》一文，代表了中国学界对于科恩的《文学理论的未来》的理论回应。在这篇展望中国文化发展战略的文章中，作者指出，二十世纪是东西方文化激烈冲突与碰撞的世纪，二十一世纪将是一个东西方对话与交融的世纪，具体的表征就是世界的多元文化的形成以及东西方文化之间的交流与对话，而且，"这种多元文化的对话与交流，主要成就很可能集中在文化体系迥异的东西文化的相互对话与交融上。而作为远东文明代表的中国文化，将在这种东西异质文化对话与交融之中扮演举足轻重的角色。从人类文化发展史的角度来看，东西文化的大交汇导致的对话与交融，及其新文化的建构，很可能是全世界文化发展史上最辉煌的乐章！从中国文化发展的角度来看，这种'文化转型'，这种由中西文化对话而产生的交融，无疑提供了一次让古老的中华文化获得又一次生机的巨大机遇",① 基于这一认识，作者对中国文化在未来的基本走向做出了如下判断：

> 二十一世纪的中国文化，将不再亦步亦趋地仿效、追随西方文化，更不应该再祭起"全盘西化"的奴才旗帜；二十一世纪的中国文化，当然也绝不可能退回去只读"四书五经"，复古倒退。中国文化，已经处于中西文化交汇的大潮之中，好比舟行水上，只有顺应这一交汇的潮流，才可能发展；只有主动适应，并推动这一潮流，才可能登上辉煌之巅。……我们将理智地告别二十世纪关于"中体西用"、"全盘西化"、"西体中用"等纠缠不清的老话题，抛弃中西文化优劣论的机械判断；而全力关注于中西文化的相互对话与理解、相互交流与交融；关注于中西文化各自的民族特色与价值，中西文化互补互释而又多元并存的可能与实现，尤其是关注这对话、交流与互补之中萌生的文化新枝，关注在各民族多元文化基础之上重新建构的大厦，关注各民族以其特有的旋律与音色交织成的世界文化宏伟交响乐的新乐章！②

然而，也正是在考虑二十一世纪中国文化主动地与西方文化进行对话之际，作者深切地感到了遗憾，"中国现当代文化基本上是借用西方的理论话语，而没有自己的话语，或者说没有属于自己的一套文化（包括哲学、文学理论、历史理论等等）表达、沟通（交流）和解读的理论和方法"。③ 为了说明话语在文化对话中的重要性，作者重点引述了收录在科恩《文学理论的未来》一书中的美国黑人文学理论家小亨利·路易斯·盖茨（Henry Louis Gates）对于重建黑人文学理论话语的说明：

> 黑人批评文本的思想状况怎么样呢？我们自己的批评话语的状况又是怎样的呢？我们以谁的声音讲话？难道我们只是重新命名从白人那一

---

① 曹顺庆：《二十一世纪中国文化发展战略与重建中国文论话语》，《东方丛刊》1995 年第 3 期，第 214 页。

② 曹顺庆：《二十一世纪中国文化发展战略与重建中国文论话语》，《东方丛刊》1995 年第 3 期，第 214—215 页。

③ 曹顺庆：《二十一世纪中国文化发展战略与重建中国文论话语》，《东方丛刊》1995 年第 3 期，第 215 页。

方那里接受过来的术语吗？正由于我们必须鼓励我们的作家去迎接这场挑战，作为批评家的我们也必须求助于我们自己思想和感情的特殊黑人结构以发展我们自己的批评语言。我们必须通过求助黑人土语——当没有白人在场时，我们相互间讲的语言——来做到这一点。我的中心论点是：黑人用黑人土语使他们的艺术和生活理论化。除非我们求助于土语，以使我们的阅读理论和模式具有坚实的基础，否则我们必将……一直戴着黑人对手的标准的陈规旧习的假面具。……

我们必须根据我们自己的黑人文化对"理论"本身进行重新界说，我们决不承认这一种族主义的前提，即理论只是白人所从事的事情，而我们则注定只能去模仿白人同行，……我们目前的任务就是要创立并运用我们自己的批评理论，假设我们自己的命题，……我们决不……向白人权力的悲剧性诱惑屈服，向把白人批评理论的授权语言或作为"广泛通用"的语言或作为我们自己的语言而接受的错误做法屈服，或向把理论的授权面具同我们自己的黑人面孔相混淆的错误做法屈服。……我们终于必须戴上黑人特性授予权力的面具并讲那种话——黑人特殊的语言。①

在曹文看来，盖茨对于黑人文论话语的强调对于中国文论自身话语的建构是有启示意义的。盖茨本人也曾明确地把黑人文论话语的建构赋予世界性的意义："在我看来，我的任务就是要有助于确保黑人和第三世界的学生学到黑人和所谓的第三世界的文学，……并且还要培养大学生和研究生清楚地去思维、阅读、甚至写作，帮助他们揭露那些捏造语言的惯用手法、骗人的主张、和难以自圆其说的论点、空洞的宣传、以及邪恶的谎言"②，而对照盖茨等人对于黑人文论话语的积极建构，曹文对于当代中国文论话语的缺失表达了忧虑之情，"在近 100 年的漫长岁月中，中国文学研究几乎完全用别人的解读模式来阐释我们传统中的文本。……当历史的车轮正迈向二十一世纪之

---

① ［美］小亨利·路易斯·盖茨：《权威、（白人）权力与（黑人）批评家；或者，我完全不懂》，见拉尔夫·科恩：《文学理论的未来》，程锡麟等译，中国社会科学出版社 1993 年版，第 230—241 页。

② ［美］小亨利·路易斯·盖茨：《权威、（白人）权力与（黑人）批评家；或者，我完全不懂》，见拉尔夫·科恩：《文学理论的未来》，程锡麟等译，中国社会科学出版社 1993 年版，第 226—227 页。

际，当世界文化正向多元化转型之际，当世界许多民族（包括美国黑人）都正在或将要努力重建自己的理论话语之际，当东西文化正日益走向对话之际，……我们必须重建话语"①，并挑战式的把当代中国文论的话语现状归结为一种"失语"：

> 中国现当代文论话语，与西方文论话语更为接近，甚至基本上操的是西方文论（包括俄苏文论）话语系统。问题的严重性就在这里：在话语问题上，现当代中国学者基本上认同西方话语，离中国传统话语已经十分遥远，近乎断根，患上了极为严重的失语症！②

"失语"的提出，绝非是曹顺庆一人的愤激之词，环顾此一时期学术界对于当代中国文学理论在世界文论中所处地位的评价，诚如曹顺庆本人所一再引述的：

> 我们东方国家，在文艺理论方面噤若寒蝉，在近现代没有一个人创立出什么比较有影响的文艺理论体系……没有一本文艺理论著作传入西方，起了影响，引起轰动。
>
> ——季羡林：《东方文论选·序》

> 在当今的世界文论中，完全没有我们中国的声音。二十世纪是文评理论风起云涌的时代，各种主张和主义，争妍斗丽，却没有一种是中国的。……尽管中国的科学家有多人得过诺贝尔奖，中国的作家却无人得此殊荣，中华的文评家无人争取到国际地位。
>
> ——黄维梁：《〈文心雕龙〉"六观"说和文学作品的评析》

> 中国没有理论，这是我说的，至少现在是这样。当我们要用理论来讲话时，想一想罢，举凡能够有真实含义的或者说能够通行使用的概念

---

① 曹顺庆：《21 世纪中国文化发展战略与重建中国文论话语》，《东方丛刊》1995 年第 3 期，第 218 页。

② 曹顺庆：《21 世纪中国文化发展战略与重建中国文论话语》，《东方丛刊》1995 年第 3 期，第 224—225 页。

和范畴，到底有几多不是充分洋化了的（就算不是直接抄过来）。如果用人家的语言来言语，什么东西可以算得上中国自己的呢？

——孙津：《世纪末的隆重话题》①

从这个意义上讲，中国当代文论"失语"的提出，尽管让中国文学理论界备觉尴尬，但中国文论"失语症"的提出，基本上反映了当代中国文学理论界对于自身文论话语的热切关注和大致共识，而由此引发的对于此一问题的深入剖析乃至激烈讨论，使之成为贯穿二十世纪末二十一世纪初中国当代文学理论界的一个无法回避而又十分隆重的一个理论话题。

二、中国当代文论"失语"的内在根源及病态表现

在提出中国当代文论的"失语"之后，曹顺庆又发表了《文论失语症与文化病态》一文，对造成中国当代文论"失语"的内在根源以及文论失语症的病态表征，给予进一步的理论说明。

关于中国当代文论"失语"的内在根源，曹顺庆直言在于近代中西文化的激烈碰撞以及由此引发的中国持续的文化大破坏：

> 在中华文化漫长的历史上，虽然也有过不少的文化冲撞，但中华文化始终处于主流地位，根深蒂固，体现了宏大广博、兼收并容的恢宏气度，从来没有产生过真正的文化危机感。然而，自十九世纪末至二十世纪，中华文化第一次受到了西方文化的严峻挑战。西方文化借着西方列强的坚船利炮，轰开了中华文化的坚固堡垒。中华文化之根，第一次真正动摇了。在民族危亡之中，救亡图存的意识，迫使中华民族不得不"求新声于异邦"，甚至不惜打倒孔家店，抛弃传统文化。自"五四"以后，中华文化发展的轨迹上，呈现出一条巨大的断裂带。这种文化选择，在当时是迫不得已的，是在外力（包括军事、政治、经济等力量）的强迫下的不得已选择，而并非中国文化合乎逻辑的发展使然，因此必然是一种非正常的文化发展，或者说是一种病态的发展。②

---

① 参阅曹顺庆《文论失语与文化病态》、《中外比较文论研究的基本目标与重建中国文论话语》等文章对上述主张的具体引述。

② 曹顺庆：《文论失语症与文化病态》，《文艺争鸣》1996年第2期，第51页。

曹顺庆并不否认"五四"新文化运动对于旧的文化传统的反叛在当时有其历史进步意义，但他强调的是"五四"新文化运动在对自身文化传统彻底否定的同时也彻底地斩断了中国现当代文论与传统文化之间的血脉联系，"与中国文学一样，在五四时期，中国文论也'大河改道'，在'打倒孔家店'的口号声中告别了传统文论。然而，当中国文坛尚未来得及从新文学实践中总结出一套文论规则之时，西方各种文论就早已抢滩登陆，牢牢控制了中国文坛。中国现当代文论这一新生儿尚未睁开眼睛认清谁是母亲之际，便被洋奶妈的乳头堵住了嘴，从此她只好靠吸吮西方文论的乳汁而成长起来：现实主义、浪漫主义、唯美主义，以及亚理斯多德、柏拉图、克罗齐、尼采……西方文论话语，从一开始就成为现当代文论表述的基本规则。中国现当代文论从她诞生的那天开始，便注定了其先天不足的失语症"，而且，"中国现当代文论这种先天不足的严重失语症，在长达半个多世纪的文学学术实践中，虽然有一些'民族化'、'大众化'的呼声，但并未得到根本的改造和变革，建国后俄苏文论的称霸，新时期当代西方文论的时髦与走红，反而更强化了这种失语状态"，所以，曹顺庆坚定地表示，"中国现当代文论的失语症，其病根在于文化大破坏，在于对传统文化的彻底否定，在于与传统文化的巨大断裂，在于长期而持久的文化偏激心态和民族文化的虚无主义。因为一个民族文化话语系统，不可能从虚空中诞生，割断了传统，必然导致失语，这就是我们的结论。"①

关于失语症的性质，曹顺庆明确把它看作是一种文化病态，并对中国当代文论"失语"的病态表征，做了四个方面的归纳：第一是民族心态的失衡。曹顺庆指出，中华民族曾经拥有着辉煌的历史和灿烂的文化，但进入近代，却受尽欺凌与屈辱，巨大的民族屈辱，像梦魇一样压抑着中华民族的自尊心，在屈辱与自尊的绞杀之中，中国人的心态被扭曲了，失衡了。这种失衡的心态，最明显的状态就是偏激心态的泛滥。在曹顺庆看来，这种偏激心态往往呈现出自卑与自大两个极端，前者最典型的是"五四"对于西洋文化的全盘照搬，后者的典型则是建国后"文化大革命"对于人类文明成果的一概否定，"从五四'打倒孔家店'到'文化大革命'，'破四旧'、'批林批

---

① 曹顺庆：《文论失语症与文化病态》，《文艺争鸣》1996 年第 2 期，第 53 页。

孔'，其间既有其一脉相承之处，又有其鲜明区别之处。其相承之处在于二者同为偏激心态，同为对传统文化的彻底否定和打倒。其区别之处在于，'五四'时期更多的是文化自卑心理，盖因当时中国处处被动挨打，到处受列强欺辱，似乎令人觉得中国事事不如人，遂由极自卑归罪于传统，导致彻底否定中国传统文化，并由极自卑而渴望'求新声于异邦'，企图全盘向西方学习，通过全盘西化来重铸一个新中国。而'文化大革命'的'破四旧'，横扫传统文化，则从自卑一极滑到盲目自大的另一极端，目空一切，自以为老子天下第一，'试问苍茫大地，谁主沉浮——我们！'这种'文革'式的豪言壮语，典型地体现了这种盲目自大的偏激心态。由盲目自大而导致了闭关锁国，闭目塞听，横扫一切，幻想在真空中重塑一个'红彤彤的新世界'"，① 显然，偏激心态给中华文化带来了巨大的破坏，文论失语症，正是这种文化大破坏的后果。第二是对传统文论解读能力的低下。所谓"解读能力的低下"，曹顺庆把它分为两个层次：其一是一般读者对古代文学和文论原文的理解能力的不足，主要表现是无法直接阅读原典，而只能依靠"古文今译"；其二是专家学者对于古典文论解读的困难，曹顺庆列举了出现在文学研究中的两个典型例证，一个是关于白居易诗论及其创作究竟是现实主义还是浪漫主义的论争，有人根据白居易《与元九书》中的"文章合为时而著，歌诗合为事而作"、"救济人病，裨补时阙"，及其《卖炭翁》、《秦中吟》的诗作，断定白居易的诗论为现实主义；也有人据同一篇《与元九书》中的"感人心者，莫先乎情，……诗者：根情，苗言，华声，实义"以及《长恨歌》等诗作，坚持白居易诗论是主情的浪漫主义，两派主张针锋相对，莫衷一是；另一个是对于"风骨"究竟是指内容还是形式的论争，有人撰文认为"风"是指形式，骨是指内容；有人撰文认为"风"是内容，"骨"是形式；还有人撰文认为"风"和"骨"，既是内容也是形式，各派观点互相矛盾，漏洞百出。在曹顺庆看来，相较于一般读者对于原典理解能力的低下，专家学者对于古典文论解读的混乱，是一种更应引起我们关注的文化病态，因为"这种解读能力的低下，并非意味着古代文学与文论专家水平不高，而是所操文论话语的不同所致"，具体而言，就是一味套用西方文论话语来解读中国的诗歌创作或文论范畴，导致错误的发生，即"中国诗自有中

---

① 曹顺庆：《文论失语症与文化病态》，《文艺争鸣》1996 年第 2 期，第 52—53 页。

国诗的神韵，中国文学自有中国文学的品格，用西方的话语来解说中国诗学，用别人的规则来衡量中国诗作，自然方枘圆凿，龃龉难入，不理解，曲解显然在所难免。……问题主要不在于中国文论本身，而在于当代学者所掌握和运用的学术话语上。中国现当代学者，基本上操的是西方文论话语，建国后主要操的是俄苏文论话语，这套话语与中国传统文论话语差别甚大，其话语规则，有时大相径庭。用这套与中国话语差别甚大的文论话语来解读中国古代文论，当然就会出现误读和曲解。……必然产生上述群言混乱，漏洞百出的悲剧性结果。"① 第三是文化价值判断的扭曲。曹顺庆指出，由于长期的文化虚无主义和长期的文论话语的失落，使人们习惯于用西方文化和西方文论的价值标准来判断中国的文学和文论，由此产生了价值判断的扭曲，并主要体现在以下两个方面：其一是完全以西方文论标准为框架，来硬套中国文学与文论；其二是采用文化保守主义的立场，捍卫中国传统文化的价值。在曹顺庆看来，以西方文论为标准来评判中国文论，这种"全盘西化"的主张，在文化价值判断上的偏颇与扭曲是显而易见的；而打着捍卫传统文化的保守派或民粹派，他们的本意是要捍卫中国传统文化的价值，但他们维护传统文化所采取的手段，往往是千方百计从西方文化中为中国文化的价值寻找根据，总是试图从中国古老文化中发掘、寻找出与西方文化的"先进"、"时髦"的内容相似或相一致的内容，以证明中国传统文化固有的甚至是高于西方文化的价值，这样，保守派虽然在对待中国传统文化的态度上与西化论者尖锐对立，但在移用西方文化作为评判中国传统文化的标准方面，保守派与西化论者并无本质的差异。故此，曹顺庆强调"中国文化自有中国文化的价值标准，引入西方参照系也无可非议，甚至是必要的，关键问题在于是否以西方价值标准为唯一的、至高的标准。因为中国文化与西方文化，在价值取向，范畴术语、思维表达模式等许多方面都很不相同，以西律中，不一定就能证明中国文化的价值，有时还恰恰相反"，并明言"力倡'全盘西化'者，与这种文化保守派（或曰民粹派），实质上是患的同一种文化病，即严重的失语症，一种完全盲目（许多情况下是不自觉地）认同于西方文论话语的文化病态现象。"② 第四是理论创造力的低下。曹顺庆指出，理论家所说的"中国没有理论"，"在世界文论中没有我们中国的声音"，是中国当代

---

① 曹顺庆：《文论失语症与文化病态》，《文艺争鸣》1996 年第 2 期，第 54—55 页。
② 曹顺庆：《文论失语症与文化病态》，《文艺争鸣》1996 年第 2 期，第 56 页。

文论缺乏创造力的真实写照，而造成这一尴尬现状的根本原因是中国现当代文论一味摹仿、照搬西方文论而导致的文论失语。在曹顺庆看来，百年中国近现代文论的发展历程就是一个摹仿、追随西方文论的历史过程：

> 五四时期是第一个摹仿高潮，各种文艺理论和思潮几乎是蜂拥而入，在浪漫主义"风靡全国青年"之后，现实主义又成为文坛主流，紧接着掀起了现代主义浪潮：唯美主义、未来主义、意象主义、象征主义、表现主义、意识流……柏格森、尼采、弗洛伊德、波德莱尔、韩波、马拉美、魏尔伦、叶芝、梅特林克、奥尼尔、乔伊斯、艾略特……多得数不过来的主义作家、理论家，令人眼花缭乱，目迷五色，……新生的（中国）文学理论，在牙牙学语之时便碰到的是西方文论风靡中华之际，她最初的摹仿，就是西方文论话语，当然她也就只会这一套话语。
>
> 建国（1949年）以后，又是另一次摹仿高潮，这一次与五四不同之处在于，不是选择太多，而是别无选择。苏联"老大哥"的文论一家独霸，几个斯基（车尔尼雪夫斯基、别林斯基、毕达可夫斯基）的理论，俨然一副唯我独尊的面孔。俄苏一整套"文论概念体系"，被认为是正宗的马列主义文论体系，占领了中国高校课堂及中国文坛长达数十年之久，至今余波尚存，未有根本性的改观。
>
> 80年代以后，中华大地又兴起了一次大规模的摹仿西方文论的高潮。这一次摹仿的主要是现代派文论和成就斐然的当代西方文论。这次摹仿有两大特征，其一是学术界戏称的"伪现代主义"，即许多文学创作及文论研究者基本上不懂外文，他们的摹仿品是从"二道贩子"那里倒来的；其二是现代主义思潮加上众多当代西方文论的短时间大批量的涌入，不但令当代文坛目不暇接，亦几令当代文人"消化不良"。时至今日，当我们尚没能从狼吞虎咽，饱嗝连天的状态中解脱出来之时，"后现代"、"后殖民"等等理论又开始时髦走红……①

而一味摹仿是不可能有真正的创造的，要改变这一局面，就必须放弃对于西方文论的无止尽的摹仿，回过头来重建中国自己的文论话语。

---

① 曹顺庆：《文论失语症与文化病态》，《文艺争鸣》1996年第2期，第57页。

中国当代文论"失语"的出路何在？曹顺庆认为，中国当代文论的"失语"是近代以来文化大破坏的结果，要改变中国当代文论的"失语"状态，首先就必须在产生文化的文化根基上重续中华民族的文化血脉：

> 我们认为，中国文学理论之所以创造乏力，并不在于中国人不敢创造或不能创造，而正在于它中断了传统，被人从本土文化精神的土壤中连根拔起；而传统中断的内在学理原因，则在于传统的学术话语没有能够随着时代生活的发展变化而及时得到创造性的转换，因而在新的时代条件下失去了精神创生能力，活的话语蜕变为死的古董，传统精神的承传和创新也就失去了必要的手段。这就是我们所说的当今文论的严重"失语症"。……西方的文学理论概念产生于西方的民族精神和西方长期的文学艺术实践，中国的则产生于中国的民族精神和中国人长期的文学艺术实践，两种话语，两套概念，在根源上各有所本，在有效性上各有所限，在运作上也就各有其游刃有余和力所不及的地方。然而长期以来，我们却过分看重了西方理论范畴的普适性，把某些西方文论概念当成了放之四海而皆准的东西了，而对文化的差异和任何一种理论范畴都具有的先天局限性重视不够。于是人们习惯于把某些外来的理论范畴作为普适性的标准框架，用它们来规范和解释中国艺术和中国文论范畴，把这种操作视为天经地义的事。甚至当我们一些人在无法用西方概念解释中国概念时，仍然不去反思自己的操作本身的合理性，反而把这种困难作为中国文论概念"不科学"、"不适用"的例证。[①]

其次，由于中国当代文论的"失语"的深层原因是精神上的"失家"，所以曹顺庆主张重续民族文化的血脉，就是诗学研究中始终贯穿着"返回家园"的自觉意识：

> 1. 返回语言之家，即对传统话语的研究以找回中国固有的言说方式为目的，而不以用现存概念对之进行"现代解释"为目的；
> 2. 返回精神家园，即在中国传统言说方式的研究中不以表层的语

---

① 曹顺庆、李思屈：《再论重建中国文论话语》，《文学评论》1997年第4期，第44页。

言现象为指归，而以蕴含其中的意义生成方式为指归。①

再次，这种"返回家园"的具体表现，曹顺庆认为就是中国诗学话语的重建，并把其具体的路径和方法总结为：

> 通过中外文论的比较研究，来进行传统话语的发掘整理，使中国传统话语的言说方式和文化精神得以彰明；然后使之在当代的对话运用中实现其现代化的转型；最后在对中外文论的广取博收中实现中国文论话语的重建。②

三、关于中国当代文论"失语"的论争

有关中国文论的"失语"与"重建"的问题提出后，在中国当代文学理论界引起了广泛的关注和论争，在赢得不少赞同之声的同时，也出现了一些激烈的批评与质疑。其中，最具代表性的是陶东风的《关于中国文论"失语"与"重建"问题的再思考》论文的发表。在这篇长文中，陶东风首先指出了"失语"论自身存在的内在矛盾性，比如，"失语"的提出主要针砭的是中国近现代文论完全是对西方文论的摹仿与照搬，没有自己的声音，而"失语"本身的理论源点却是西方当代理论的启发；"失语"论者一方面表达了与西方文论对话的渴望，但同时又认定不同文化之间有着不同的规则，不同的话语之间常常难以相互理解，中国现当代文论既然在摹仿、照搬西方文论时已经"失语"，则中西文论之间的对话如何可能？再有，"失语"论者提出要激活传统文论话语，但问题是如果我们已经"失语"了，我们如何去"激活"，用什么方式去"激活"：

> （曹先生）他坚决否定了用西方的理论框架、概念术语（如现实主义、浪漫主义、内容、形式、风格等）来阐释古代文论（如"风骨"、"神韵"等）的所谓"贴标签"方法，而是应该"从传统文论的意义生

---

①　曹顺庆、李思屈：《再论重建中国文论话语》，《文学评论》1997年第4期，第45页。
②　曹顺庆：《中外比较文论研究的基本目标与重建中国文论话语》，见钱中文等主编：《中国古代文论的现代转换》，陕西师范大学出版社1997年版，第330页。

成方式、话语表达方式等方面入手，发掘、复苏、激活传统文论话语系统"。问题是：拿什么样的理论去激活古代文论的"意义生成方式"、"话语表达方式"？既然曹先生认定西方的文论话语与中国（古代）文论话语格格不入、不能用以"阐释"中国古代文论，而中国现代当代的文论又"全盘西化"了，不幸我们手头有的又只有这些洋文论或洋化的中国当代文论，我们用什么去"激活"呢？因为即使是"意义生成方式"、"话语表达方式"，也是由古代文论的具体术语、概念以及思维方式构成的，是存在于语言中的，它之被"激活"同样只能依赖、使用语言，而我们已经"失语"！我们没有自己的话语！怎么激活？即使像作者在其他文章中提出的"虚实相生"这样的"原命题"或"意义生成方式"，其具体的阐释或激活也同样是需要一套现代理论话语的，而作者认定所有的现代理论都是西方理论，用西方理论解释中国文论这种"拼贴法"不但不能激活、而且只能导致更严重的失语。那么，出路在那里？①

其次对于中国文论话语的重建，陶文认为曹顺庆提出的"返回家园意识"同样语焉不详、逻辑欠周：

> "返回家园意识"，它的含义有二：一是返回语言之家，返回"中国固有的言说方式"；二是返回传统的"意义生成方式"。有趣的是，作者一方面说要返回"中国固有的言说方式"，同时又强调这个言说方式不是"文言"，文言早已不是汉语的主流形式，白话才是，而且当代日常生活中的汉语口语也是"母语"的组成部分。这样，我就不明白"返回""中国固有的言说方式"或者"话语复活"到底是什么意思？如果我们母语的主流恰恰是现代汉语，那么"母语"或者"固有的言说方式"不是本来就一直被人们言说着吗？何谓"返回"（"返回""复活"的前提是我们的母语已经"死了"）？而且作者不是一再说中国的现代汉语已经"西化"了么？它怎么又可以作为我们的"家园"了呢？
>
> 至于"精神返家"或者"返回我们民族特有的意义生成方式"，作者除了重复"日日新，又日新"外没有提供任何具体的新见解。这样，

---

① 陶东风：《关于中国文论"失语"与"重建"问题的再思考》，《云南大学学报》（社会科学版）2004 年第三卷第五期，第 62 页。

所谓文论"重建"之路，前者（返回母语）自相矛盾，而后者（返回民族特有的意义生成方式）则笼统无当。尽管作者试图做到逻辑周延但最终还是不能周延。①

不过，在对"失语"论提出的质疑的同时，陶文并不否认"失语"论者所说的中国现当代文论与传统文论之间存在着"断裂"的现象，但作者认为这是中国文论由古代文论方式向现代文论方式的转换中必然要产生的，并直言这一问题的实质是近代以来一直困扰中国知识分子的现代性与民族性的张力话题。与此同时，作者并不讳言中国文论话语存在的困境，而是明确主张在现代性与民族性的交汇中，实现中国文论话语的重建，并在此意义上肯定了"失语"论者在此一问题上的贡献：

> 现代性与民族性的矛盾是存在的，但却不是不可化解的。一方面，中国现代人的生活样态、文化样态等均发生了巨大的变化（或"断裂"），这个断裂以后的现代文论当然存在浓重的西方色彩，但却不能说与中国的现代文化完全格格不入。因为既然同是"现代型"的文化—文论，它们就必然分享一些基本的共同点。更重要的是：如果我们坚持文论"重建"的民族现实本体论，那么，我们不能不承认我们今天的生活方式与文化形态已经受到西方现代化的影响。……我们切不可认为现代文论是西方的，所以这种再阐释或转换就一定是不可能的。"失语"论者自己也一直在做这方面的工作。②

这样，围绕着中国当代文论的"失语"，赞同者与质疑者之间的争论与不同声音的出现，已经显露出"失语"论提出者所展望的"多元声音"的呈现。同时，由于中国现当代文论本身是一个由中国传统文论、马列文论和西方文论多方交杂的复合体，在反思中国当代文论的"失语"与"重建"之际，有关中国古代文论的现代转换、马克思主义文论的中国化以及西方文

---

① 陶东风：《关于中国文论"失语"与"重建"问题的再思考》，《云南大学学报》（社会科学版）2004年第三卷第五期，第65页。

② 陶东风：《关于中国文论"失语"与"重建"问题的再思考》，《云南大学学报》（社会科学版）2004年第三卷第五期，第70页。

论的中国化，更使中国当代文论呈现出一个前所未有的"杂语共生"的局面，诚如有学者所指出的：

> 百年来西潮的涌入，直接、间接地影响着中国。特别是近十多年来，西方各种文艺思潮纷纷走场，将许多历时性的学术派别共时性地展呈于中国文坛。可以说，中国文论家的学术视野从未像今天这样宏阔，他们的概念术语从未像今天这样丰富，然而他们也从未像今天这样踟蹰不前。冷静审视当今文论界，有三种力量交汇于同一期待中：一是最具民族特色的中国古代文学理论，一个世纪以来，它被置于饱受西学熏染的、操着现代汉语的我国学者的研究'对象'的客体地位，它渴望转客为主，进入当代现实；二是国人手中的西方"新潮"文艺理论在经历十多年的速成学习后，中国学者特别是新一代学者，仍然感到它与本土文化根基、本土创作实践间的某种隔膜，它渴望在中国的现实土壤中找到扎扎实实的生长点；三是半个世纪中发育起来的中国当代文学理论（即马列文论。——引者注），当它自身从带有庸俗教条影响的学理中挣脱出来后，渴望与当代中国社会一同获得健康良性的发展与更新。①

四、中国古代文论现代转换的提出

中国古代文论与印度文论和西方文论并称世界三大文论体系。中国并非没有自己的文论话语和体系，只是进入二十世纪之后，在占有优势地位的西方诗学话语和体系的遮蔽之下，中国文论失去了自己的声音。所以，如何在新的历史形势下重新激活中国古代文论，使之适应现代的需要，成为当代中国学界破解中国当代文论的"失语症"的一个重要内容。借用中国学界的一个流行说法，就是中国古代文论的现代转换。

中国古代文论的现代转换，是循着传统与现代这样两个基点展开的。

关于中国古代文论的传统性质，蔡钟翔以中国古代的艺术思维理论为例，罗列了十个方面的内容：（一）心物应感。中国古人认为艺术思维的引发是由于心与物的内外相感，它不同于西方的摹仿和移情，是主客体的交互

---

① 屈雅君：《变则通，通则久——"中国古代文论的现代转换"研讨会综述》，《文学评论》1997 年第 1 期，第 46 页。

感发和双向互动。（二）情景遇合。中国古人认为艺术创作源于诗人情感的驱动，"情动于中而形于言"，因而特别强调自然景物的作用，自然景物激活和强化了情感，又使情感得以外化为审美意象。（三）神与物游。中国古人强调神思，"写气图貌，既随物以宛转；属采附声，亦与心而徘徊"；"目既往还，心亦吐纳"，神与物游并不简单地等同于形象思维，既有以虚为实、"使情成体"的形象性特征，又有以实为虚、"化景物为情思"的情感性特征。（四）自然。中国古人推崇艺术作品的自然天成，强调心物感应和情景遇合，都是自然的结果，"文之为物，自然灵气，惚恍而来，不思而至"。（五）兴会。兴会又称"兴会神到"，略同于今人所说的灵感，但中国古人更强调兴会的自发性、偶发性和突发性，要求诗人兴会未至，不要轻易动笔，必乘兴而后作，兴会一至，则不可稍有迟疑，火速命笔，如兔起鹘落。（六）虚静。中国古人讲虚静，就是要排除外界的干扰，保持内心的专一致志，所谓"陶钧文思，贵在虚静，疏瀹五藏，澡雪精神"。（七）忘。虚静的极致就是达到了忘的境界。"忘"既指物我两忘，也指心手两忘。前者如《庄子》写梓庆削木为鐻，一忘庆赏爵禄，二忘非誉巧拙，三忘四肢形体，也即忘我的状态；后者如苏轼所言"口必至于忘声而后能言，手必至于忘笔而后能书"。（八）物化。物我两忘，就是物我同一，中国古人称之物化。钱锺书《谈艺论》论诗人处理主客体关系的三个层次：一是"设想"，二是"同感"，三是"非我非物之境界"，即为物化。（九）悟。中国古人以悟来指称艺术创作中的直觉，江西诗派以"法""悟"相对，"法在人，故必学；巧在己，故必悟"（陈师道），严羽所谓"妙悟"，"不涉理路，不落言筌"，都是意在揭示艺术创作中的超逻辑、超语言的特性。（十）意在笔先和意随笔生。意在笔先强调的是中国古代文论传统的尚意指向，而意随笔生则反映了中国明清诗学理论家对于艺术思维随机性的灵动变化的深刻理解。[①] 李春青则从发生学上论述了中国古代诗学观念的独特性。他指出，在中国古代诗学传统形成过程中，存在着一个迥异于西方诗学的生成方式，具体地讲，就是西方诗学的产生存在着一个由作品到诗学理论的升华过程，一般是先有相当数量的文学创作，然后有理论家对其加以总结，形成相应的理论观念，再进而指导进一步的文学创作，比如亚里斯多德的《诗学》就是在总结古代希

---

① 参阅蔡钟翔：《略谈对古代艺术思维理论的开发》，见钱中文等主编：《中国古代文论的现代转换》，陕西师范大学出版社1997年版，第52—54页。

腊的荷马史诗和悲剧创作的基础上建立的一种诗学体系；而在中国古代，并不存在这样一个由作品到诗学理论的升华过程，中国传统诗学观念不仅不是对创作实践的归纳和总结，反而它的发生常常是先于诗文创作的，通常是先存在某种非诗学的理论观念，然后有理论家用这些观念来规范文学创作，使之转化为一定的诗学观念，再进而指导文学创作。比如儒家诗学是从儒家思想学说转化而来的，转化的中介就是对于《诗经》的解读。但值得注意的是，儒家学派的创始人孔子对于《诗经》"兴、观、群、怨"之价值功能以及"乐而不淫，哀而不伤"之审美标准的规定主要不是一种客观认识而是一种价值赋予，即孔子是从儒家政治伦理价值观出发来赋予《诗经》作品上述价值，目的是要把诗作为实现政治伦理目的的工具。孔子对《诗经》的这种阐释视角为后世儒家说诗者树立了榜样，也为儒家诗学奠定了基础。道家诗学同样是从道家思想学说转化而来的。尽管在道家思想创始人老庄的理论视野中并没有严格意义的诗学问题，老庄之学向诗学观念的转换也远不如儒家那样有明确的自觉性，人们有取于老庄之学的首要的是其形而上学思及瞬时大变、无可无不可的处世准则，但是由于老庄之学欲以消解文化价值体系的方式使人与社会还原为本真自在状态，诗与艺术已自然包融其中，人们在先欣赏老庄的玄思冥想、羡慕其人生理想之后开始建构起相应的诗学观念。所以，儒道诗学在价值取向上存有差异，但在诗学观念由思想转化上是一致的，"二者的共同之处在于：对诗学观念来说它们都是作为先在的背景与基础而存在的，是它们之间价值取向的差异决定了中国古代诗学的两大系统"。①

与肯定中国古代文论传统性质并行不悖的是学者们对于传统文论现代性缺乏的反思。其一是现代意识的缺失。王元骧比较了中西文论的哲学渊源，认为西方传统文论是从"主客二分"的知识论哲学基础上产生出来，具有浓厚的唯科学主义的色彩，中国古代文论则是从"天人合一"的人生论或生存论思想背景上引申出来，更富有强烈的人文精神。尽管王元骧并不否认中国传统文论对于人文精神的推崇与当代人类思想发展的价值取向存在着一致性，但他特别强调，中国古代文论依托于"天人合一"思想所体现出的人文精神，与当代关于人的现代意识以及人们今天所要求重建的人与自然的和谐以及人自身的全面发展的目标是有很大距离，甚至可以说有着本质的差别

---

① 李春青：《浅谈中国古代诗学观念的特点及其阐释方法问题》，见钱中文等主编：《中国古代文论的现代转换》，陕西师范大学出版社1997年版，第248页。

的。因为中国古代哲学的这种"天人合一"思想，没有像西方哲学那样以"主客二分"为前提，是一种完全没有自觉主体意识为中介、未经任何知行分析的、混朴的、原始状态的主客统一，显然带有鲜明的原始思维的性质和特征。具体地讲，就是中国传统哲学所遵循的"天人合一"的思想观念和思维方式，虽然从字面上看似乎一开始就确立和肯定了人的主体地位，但是这里的"人"是不能作为"主体"来理解的，因为主体是相对于客体而言的，只有当世界成为人的有目的、有意识的活动对象之后，主客体的关系才能形成，才使人具有主体的特征，在活动中人才具有了积极、主导和能动的地位。而中国的古代哲学，在"天道"和"人道"这两者之间，无论是儒家学派的孟子主张的"存其心养其性，所以事天也"（《孟子·尽心（上）》），还是道家学派的庄子所主张的"安时而处顺"，"知其不可奈何，而安之若命，唯有德者能之"（《庄子·德充符》），始终是认为"天道为本"，要求"人道"顺应"天道"，即所谓"顺天命"，这种要求人们听命自然、消极服从自然的思想取向与近代以来"主客二分"哲学强调人的能动作用，把人看作是改造自然、征服自然的主体力量判然有别，是与现代的人文理想和人文精神完全对立的。① 梁道礼则直言，文学之道千古一贯，对文之道的意识却是历史的。所谓"现代意识"，实际上是现代对特别有困难的文学基本问题的意识，而人只有在实践中遇到特别困难的时候，才去回顾历史，以求获得历史所能给与的征服特别困难的珍贵馈赠。具体到中国古代文论，作为历史留给我们的珍贵遗产，它包含许多有价值的内容，能够为今人探究文学的普遍问题提供智慧和可能的路径，但是古代文论毕竟是过往时代的产物，与当代的现实要求有很大的距离，需要一个站在现代文论所遇到的普遍问题的立场，对古代文论深昧细察，凭藉现代意识，激活古代文论的生命。② 其二是现代学理的缺失。关于中国古代文论在理论形态和表述方式的特点和不足，相关学者多有论述。比如对于中国古代文论理论观照方式的定性，中国学界历来有体验型、具象型、直觉型、审美型等归纳，尽管有学者论及中国古代文论的这种理论观照和指述方式"并非只有体验而没有分析，只有具象而没

——————————

　① 参阅王元骧：《试论古代文论的"现代转换"》，见钱中文等主编：《中国古代文论的现代转换》，陕西师范大学出版社1997年版，第43—44页。

　② 参阅梁道礼：《回顾与前瞻——古代文论现代转换中应该注意的问题以及可以选择的方向》，见钱中文等主编：《中国古代文论的现代转换》，陕西师范大学出版社1997年版，第58—59页。

有抽象，只有直觉而没有理性，而是二者的结合，基于后者而又对其加以超越，不即不离，若合若分"①，但相较于西方文学理论重知性分析和理性探究而言，中国古代文论在现代学理层面上的不足是显而易见的。梁道礼在谈到中国古代文论重实用而轻反思、重体悟而轻逻辑、重智慧而轻知识的总体特征时指出，在中国古代，像刘勰那样专门从事对文学进行理性思考的文论家屈指可数，绝大多数文论家是由作家兼任。而一般说来，兼作文论家的作家，既无建立体系的宏愿，又缺乏严格选择形式的耐心。在表达对于文学的体悟时，往往采用诸如诗赋、序跋、论赞、书启、家训、问答乃至注释这样兴之所至、顺手拈来的形式，这一方面使古代文论表现出自由活泼的姿态，另一方面也给古代文论带来了"形式散乱"的弱点。"形式散乱"并不代表古代文论缺乏真知灼见，相反，在形式散乱的中国古代文论中，随处可见闪光的思想，只不过这些闪光的思想，或为游骑而未归，或为散珠而未串，解决此种问题的根本之道是通过对外来（主要是西方的）学理的吸收，给中国古代文论一个严谨的形式。② 王元骧则把现代学理的基本精神归纳为对于科学性辩证逻辑的遵循，即对事物的把握从"感性的具体"开始，经过"知性的抽象"，最后上升到"理性的具体"，以此来看中国古代文论，王元骧认为中国古代文论一直没有形成像西方那样一套严密而完整的概念、范畴、逻辑体系，中国古代文论的许多概念和用语，如"风骨"、"神韵"、"兴象"、"滋味"、"肌理"、"格调"等等，虽然充分表现了中国古代文论家对于文学敏锐而细致的鉴赏能力以及对于文学独特的领悟和洞见，没有近代西方文论所常用的一些名词和术语带来的知性抽象的缺点，但由于这些思想往往只是凭感悟和直觉来把握的，没有经过科学的分析，不免陷于混沌、含糊和迷离，只是停留在"感性的具体"的水平上，没有达到理论思维所要求的"理性的具体"的高度。而文学理论作为一门理论科学是不能只满足于对经验现象的描述的，它需要在掌握大量经验现象的基础上，经过分析、综合，创造出一种思想、范畴的体系来，所以，要使古代文论为今天所用，必须运

---

① 党圣元：《论中国古代文论范畴体系结构》，见钱中文等主编：《中国古代文论的现代转换》，陕西师范大学出版社1997年版，第223页。

② 梁道礼：《回顾与前瞻——古代文论现代转换中应该注意的问题以及可以选择的方向》，见钱中文等主编：《中国古代文论的现代转换》，陕西师范大学出版社1997年版，第59页。

用现代学理对于古代文论加以现代性的改造。^① 中国古代文论的现代转换显然势在必行。

第二节　中国古代文论现代转换的方法论根基

中国古代文论究竟该如何实现自身的现代转换？如前所述，中国古代文论的现代转换是在中国当代文论失语的困境下提出的，目的是在世界文论中发出我们自己的声音，所以，中国古代文论的现代转换绝不是全盘照搬西方的理论，而是立足于自身的现代性转换，这是中国古代文论现代转换的根本所在。

美国天普大学宗教学研究所的华裔学者傅伟勋教授在谈到中国传统经典的现代诠释时，提出了一个他称之为"创造的诠释学模型"。按照他的理论，作为一般方法论模型的创造的诠释学，可以分为五个辩证的层次：第一个是"实谓"层次。在"实谓"层次，我们探问："原作者（或原典）实际上说了什么？"这基本上关涉到原典校勘、版本考证与比较等等校勘学课题。第二个是"意谓"层次。在"意谓"层次，我们该问："原作者（或原典）想要表达什么，他（或它）的真正意思是什么？"我们于此层次，通过语意澄清、脉络考察、逻辑分析、传记研究等等，设法尽量"如实客观地"理解诠释原典的内在意义或原作者所意向着的原原本本的意思，而且只要我们相信原典有其客观意义，通过一番忠实的诠释工夫，就可获致原原本本的"意谓"。第三个是"蕴谓"层次。在"蕴谓"层次，我们进一步探问："原作者可能想说什么？可能蕴涵哪些意思意义？"这涉及种种思想史的理论线索、语言表达的历史积淀累积、已出现过的较为重要的原典诠释、原思想家与后代继承者之间的前后思维连贯性的多方面探讨等等。通过此一较有诠释开放性的探讨方式，一方面能够破除"如实客观"的诠释学独断论调，另一方面又能超越"意谓"层次上可能产生的诠释片面性或诠释者个人的主观臆断。第四个是"当谓"层次。在"当谓"层次，我们还得更深一层地发问："原作者（本来）应该指谓什么，意谓什么？"或是"我们诠释者应该为原作者说出什么？"于此第四层次，我们必须设法在原作者教义的表面结构底下探

---

①　王元骧：《试论古代文论的"现代转换"》，见钱中文等主编：《中国古代文论的现代转换》，陕西师范大学出版社1997年版，第44—45页。

查，发掘原作者自己也看不出来的深层结构，据此批判地考察在"蕴谓"层次所找到的种种可能"义蕴"或"蕴涵"，从中发现最有诠释理据或强度的深层义蕴或根本义理。第五个是"创谓"层次。"创谓"是创造的诠释学的最高层次，到了这个层次，创造的诠释者必须发问："为了救活原有思想，或为了突破性的理路创新，我必须践行什么，创造地表达什么？"第四层次与第五层次的基本分辨在于，前者只要"讲活"原典或原有思想，仍然停留在"批判的继承"阶段；而后者则要"救活"原典或原有思想，批判地超越原思想家的教义局限性或内在难题，为原思想家解决他所留下来未能完成的思想课题，实现"创造的发展"。① 傅伟勋以儒学现代化为例，详解了他的现代诠释学转换模式：第一，"实谓"层次上，中国儒学史上虽有宋明理学的义理之学和清代朴学的考据之学的分野，但现代儒学研究者必须拥有对儒学经典的理解具有扎实完备之"实谓"的学术共识，此为儒学现代化转换的一项基层工作。原因很简单，如果对儒学经典的"实谓"内容都持有异议，那么势必造成对于儒学原典理解上的重大差异。比如，朱熹与王阳明对于《大学》一篇的"实谓"结论的不同解读，根本原因是两人所据的儒学原典存有差异，即王阳明批评朱熹擅改了《大学》原有经文："《大学》古本乃孔门相传旧本耳。朱子疑其有所脱误，改正补辑之，在某则谓其本无脱误，悉从其旧而已矣。……旧本之传数千载矣，……亦何所按据而断其此段之必在于彼？彼段之必在于此？与此之如何而缺？彼之如何而补？"② 而朱熹则依据程颐的看法，认为《大学》旧本颇有错简，"故因程颐所定而更考经文，为之分章断句，将前七段当做曾子述孔子言的'经'，其余十章，看成门人记曾子意的'传'；同时又将'经'中'大学之道……在亲民'的'亲'字，改成'新'字"。③ 故儒学现代化诠释转换的第一要务是求得对于儒学原典"实谓"的共识。第二，"意谓"层次上，不仅所据"实谓"不同会导致出现"意谓"的纷争，前面提到的王阳明与朱熹对于《大学》原典的分歧即为儒学著名公案，而且对于原典本义的诠释也会因理解的差异出现分野。比如，当代新儒学中何炳棣与杜维明对于"克己复礼"的论争，就是

---

① 参阅傅伟勋：《从德法之争谈到儒学现代诠释学课题》，《二十一世纪》1993 年 4 月号。

② （明）王阳明：《传习录·答罗整庵少宰书》，见傅伟勋：《从德法之争谈到儒学现代诠释学课题》，《二十一世纪》1993 年 4 月号，第 101 页。

③ 傅伟勋：《从德法之争谈到儒学现代诠释学课题》，《二十一世纪》1993 年 4 月号，第 101 页。

关于"意谓"争论的一个佳例。在《"克己复礼"真诠——当代新儒家杜维明治学方法的初步检讨》一文中，何炳棣认为，"克己复礼"的真实含义应是"'克己'，就是克制自己的欲望，恪守周礼，不能越轨。……克己是复礼的前提，不克制生活上的侈糜、政治上的僭越，就无法恢复到礼乐有序、天下有道的局面。（并且）克己复礼主要是对统治阶级说的，即要求统治阶级提高尊周礼、行仁政的道德自觉性"，① 并以此批评杜维明把"克己"等同于"修身"、过分强调积极方面的"修身"而忽略消极抑压的"克己"原义："由于他自始即要把具有顽强约制性的礼迟早化为类似仁的发自于内的道德及精神力量，所以在理论上才感到'紧张'。等到他把礼的主要约制面完全不顾，从'修身'方面推到'自我完成'之后，仁和礼才取得统一，礼才成为孔子仁说的外形化。从历史发展程序看，他的这个申论肯定是错误的。"② 而杜维明则在《从既惊讶又荣幸到迷惑而费解——写在敬答何炳棣教授之前》一文中回应说："何先生坚持'克己'的真诠应是'克制自己'种种僭越无礼的欲望言行，我并不反对。我要指出的是……孔子这一概念不是意指人应竭力消灭自己的物欲，反之，它意味着人应在伦理道德的脉络内使欲望获得满足。事实上'克己'这个概念与修身的概念密切相接，它们在实践上是等同的。……我所担心的误解是把'克己'理会成宗教意义上的'禁欲主义'。"③ 故在儒学现代化诠释转换中，如何如实地还原儒学原典的本义，成为从"实谓"层次过渡到"意谓"层次的关键。第三，"蕴谓"层次上，从历代对于儒家经典的众多注疏上看，儒学研究者对于从"蕴谓"到"蕴谓"的诠释连贯性都有相当的了解，但问题是其中偏重诠释"客观性"的注疏家，想从各种"意谓"之中探索选定符合原典本义的注解出来，由此陷入一种诠释的循环："正因对于'意谓'没有定论，他们才去收集历代有过的种种注疏，从'意谓'转到'蕴谓'；但又由于过分相信有所谓'意谓'的纯客观性，他们又想在已收集的种种'蕴谓'之中寻找唯一正确的

① 何炳棣：《"克己复礼"真诠——当代新儒家杜维明治学方法的初步检讨》，见傅伟勋：《从德法之争谈到儒学现代诠释学课题》，《二十一世纪》1993 年 4 月号，第 101 页。

② 何炳棣：《"克己复礼"真诠——当代新儒家杜维明治学方法的初步检讨》，见傅伟勋：《从德法之争谈到儒学现代诠释学课题》，《二十一世纪》1993 年 4 月号，第 101 页。

③ 杜维明：《从既惊讶又荣幸到迷惑而费解——写在敬答何炳棣教授之前》，见傅伟勋：《从德法之争谈到儒学现代诠释学课题》，《二十一世纪》1993 年 4 月号，第 101 页。

'意谓'答案。可是寻找的准则是什么？如何判定？"① 这意味着对于儒学原典的"蕴谓"解读不必强制性地归于一端，应该允许诠释者有基于原典的符合诠释学"当谓"意义的个体化解读。第四，"当谓"层次上，既然对于儒学原典的"意谓"难有定论，故儒家注疏家中有创造性头脑的，如朱熹和王阳明，就懂得跳出诠释的循环，不从"蕴谓"转回"意谓"，而是从"蕴谓"层次进一步转至"当谓"层次。比如，朱熹的《四书集注》，"在收录各类'蕴谓'之时，心中已有'当谓'准则，特别偏重程颐之言，其他注疏则多半变成附庸而已。而他所以偏重程子之言，且自有'当谓'定论，乃是由于他已自'当谓'进升'创谓'层次，于此层次完成'性即理'的哲学理论，依此证成他的'当谓'定论的缘故"②，而王阳明的诠释学进路同样如此，"阳明批评朱熹说：'圣人惧人之求之物外也，而反覆其词。旧本析而圣人之意亡矣。是故不务于诚意，而徒以格物者，谓之支'（《大学古本序》）。这里所说的'圣人之意'绝不可能是'意谓'，而是阳明自认为是的'当谓'，即解'格物'之义应当是'格其心之物也，格其意之物也，格其知之物也'（《传习录·答罗整庵少宰书》）；而阳明此一'当谓'定论的终极理据，则来自他的'心即理'或'致良知'说，亦即他的'创谓'证成他的'当谓'定论，反之非然。"③ "创谓"即为"当谓"之终极理据，则由"当谓"层次最终进到"创谓"层次势为必然。第五，"创谓"层次上，批判地继承并创造性地发展儒家传统的突破性、开创性精神，是实现儒家经典创造性转换的根本所在。在这一点上，儒家传统里的自孟子至王阳明的心系思想家，是最具代表性的，即"他们特重思维工夫，采取自上而下的进路，以'创谓'为根基，证成'当谓'，然后依此考察较下层次的诠释学课题。自下而上的治书、治学工夫远不及自上而下的思维工夫重要。孟子故云：'尽信书，不如无书'，并为孔子仁义之道开创了性善论的哲理奠基，证成仁义之道。陆象山亦云：'自古圣贤发明此理，不必尽同。如其子所言，有皋陶之所未言；夫子所言，有文王周公之所未言；孟子所言，有吾夫子之所未言，理之无穷如此'（《陆九渊集·语录上》）……王阳明也说：'夫学

---

① 傅伟勋：《从德法之争谈到儒学现代诠释学课题》，《二十一世纪》1993 年 4 月号，第 103 页。
② 傅伟勋：《从德法之争谈到儒学现代诠释学课题》，《二十一世纪》1993 年 4 月号，第 103—104 页。
③ 傅伟勋：《从德法之争谈到儒学现代诠释学课题》，《二十一世纪》1993 年 4 月号，第 104 页。

贵得之心。求之于心而非也，而况其未及孔子者乎。求之于心而是也，而况其未及孔子手。求之于心而是也，虽其言之出于孔子，不敢以为是也，虽其言之出于庸常，不敢以为非也，而况其出于孔子者乎。'（《传习录》中）"①从表面上看，从孟子至王阳明的心学一系似乎在对儒学原典的诠释观念上颇似西方德里达（Jacques Derrida）的解构策略，但"心学一系的象山与阳明并未'解构'"经书或传统到永破不立的地步，他们心目中存在着天下之公理、公道（也即心学），因此有其积极正面的真理'创谓'，非德里达只破不立、无有自己一套哲学真理的把握可比"。② 在傅伟勋看来，儒家的现代化诠释学转换，在"实谓"、"意谓"、"蕴谓"三个层次上已具相当的学问楷模，儒学现代化的关键是在继承传统儒学的学问成果上，引进日常语言分析、语意学、结构主义、后结构主义、解构理论等西方分析哲学的方法论，以补充自身诠释学的细节工夫的不足，同时，更重要的是在"当谓"和"创谓"两个层次上，把孔孟乃至宋明理学家之言，放在日益民主自由化、多元开放化的现代社会里去重新诠释、探问儒学的现代价值和意义，使之成为现代社会活的思想。傅伟勋的这一"创造的诠释学模型"的理论分析及儒学现代诠释学转换的示例，受到中国学界的重视和肯定，不仅在方法论上被视作是人文学科研究上的基本方法，③ 而且被公认为中国古代文论的现代性诠释提供了一个重要的方法论根基。

杜书瀛在《面向传统：继承与超越》一文中，针对中国古代文论的现代转换问题，反对部分学者提出的"告别现代，回归古典"或回归儒家传统的提法，主张在中国古代文论的现代转换中循"古为今用"的原则："因为'古'不是目的。'古'是手段，'今'才是目的，'古'是为了'今'。继承传统是为了建设有中国特色的现代文艺学。如果明确了目的在'今'，那么，就会站在今天的高度，用科学的立场、观点、方法去分析'古'，采取吸收其精华、剔除其糟粕的即有选择的态度去对待'古'"④，并明确地肯定了傅伟勋的"创造的诠释学模型"对于中国古代文论现代转换的方法论意

① 傅伟勋：《从德法之争谈到儒学现代诠释学课题》，《二十一世纪》1993 年 4 月号，第 104 页。

② 傅伟勋：《从德法之争谈到儒学现代诠释学课题》，《二十一世纪》1993 年 4 月号，第 104 页。

③ 参阅陈文忠主编：《文艺学美学研究导论》绪论"人文学科与人文关怀"的第三部分"人文学科的研究方法"，安徽师范大学出版社 2011 年版，第 10 页。

④ 杜书瀛：《面向传统：继承与超越》，见钱中文等主编：《中国古代文论的现代转换》，陕西师范大学出版社 1997 年版，第 22—23 页。

义："傅先生……所说的创造性诠释的五个辩证层次，与我们从'古为今用'的立场出发，对古籍的分析处理，是一致的。他说得更细，十分便于操作，对我们很有用处，我们可以运用傅先生的方法，对古代文论典籍进行五个层次的创造性诠释，不但弄清它们原来的面貌、含义和可能有以及应当有的意思，而且站在今天的高度，找出突破性的创新理路，找出对今天有价值的新含义。按傅先生的说法，即不但要'讲活'文论的原有思想，而且要'救活'文论的原有思想。"① 蒲震元在《现代诠释与微观考辨》一文中，同样肯定了傅伟勋的"创造性诠释学"模式对于中国古代文论现代转换的方法论意义："傅伟勋……'创造的诠释学模型'，……从一般方法论角度……将这种模型分为五个'层次'，……这五层的一、二层次，重点在于通过诠释包括校勘、参证、比较、考察、分析、研究，'如实客观地'理解原典的'内在意义'或原作者'原原本本的意思'；第三层则要求更进一步体现创造性诠释学的开放性，超越'如实客观'的诠释和'意谓'层次可能产生的主观臆断；第四层次要求更进一步发掘原作者自己也看不出来的深层义蕴或根本义理；第五层则要救活原典或原有思想并作出创造性的发展与创新，它已突破一般诠释学的范围，进入创造性思维的领域了"②，并从"现代诠释"和"微观考辨"两个方面，对中国古代文论的现代转换提出了自己的看法。在现代诠释方面，作者点出了现代诠释理论对于中国古代文论现代转换的积极意义：其一，有利于当代学者更自觉地立足于时代的要求，对文本（包括各种资料）的深层意义及当代价值作出多方位、多渠道的探讨与说明。其二，西方现代诠释学中某些学派关于应该对文本的深层意义作出精心诠释的观点，有利于启发我们加强读者、作品与作者间的多重对话关系的研究，消除后现代主义片面否定事物的确定意义与本质、主张"文本"一生成作者即"死去"等片面观点的影响，坚持对文论资料和作品作"沿彼讨源"和"以意逆志"、"知人论世"的科学分析与探求。其三，西方现代诠释学重视读者的"前结构"及"期待视野"，重视"视域融合"和在"言说"的推进中创新的观点，有利于启发我们重视知识结构的更新和重视在百家争鸣中发扬学派和研究者的个性。繁荣学术理论需要展开真正的争鸣，在对古代文艺

---

① 杜书瀛：《面向传统：继承与超越》，见钱中文等主编：《中国古代文论的现代转换》，陕西师范大学出版社 1997 年版，第 29 页。

② 蒲震元：《现代诠释与微观考辨》，《文艺研究》1998 年第 3 期，第 6 页。

思想体系的研究和诠释中，需要建立和扶持不同学术观点的研究者和派别，并应提倡研究者在争鸣中不断更新知识结构，自愿转换思维角度和方式。多方面地进行创造性诠释和探索，以促进我国学术研究事业的进一步繁荣。[1]在微观考辨方面，蒲震元强调了微观考辨在现代诠释中的独特作用：其一，微观考辨能防止现代诠释中大而无当、凿空而言的弊病。其二，微观考辨有利于防止现代诠释中将古人现代化或轻率地否定古人、随意曲解古人的错误倾向。其三，微观考辨有利于促进百家争鸣，达成现代诠释学的"圆览"之功。[2] 应该说，在中国古代文论的现代转换的方法论层面上，傅伟勋的"创造性诠释学"是有广泛共识的，正如吴艳在《"转换"的危机与对策》一文中所指出的：傅伟勋的"五谓"说的"最高境界是批判地超过原思想家的教义局限性或内在难题，为之解决留下来的未能完成的思想课题，亦即'创造性发展'"，而"古文论的现代转换工作，是每一位具有'复兴'意识的人都可以参与的工作。'操作'过程实际上存在不同层面的要求，以'转换'队伍现状分析，……主要集中在两个方面：一是对古文论研究者的标高；一是对文学批评者的要求。前者应尽可能接近'原典'，并对'原典'进行现代化诠解——一种创造性的诠释。对后者的要求是从文学批评入手，求得实际中对古文论的复兴与'救活'。"[3] 而二十世纪 90 年代以来，中国学界开始的包括范畴的转换、观点的转换和体系的转换在内的古代文化的现代转换，正是对于这种"创造性诠释"观念的现实回应。

第三节　范畴的转换：中国古代文论现代转换的起点

范畴的转换是中国古代文论现代转换的起点。

关于中国古代文论范畴的转换，蒋孔阳在《对中西美学比较研究的一些想法》一文，提出了中西比较、古为今用的研究思路，并归纳了中国古代文论范畴转换的三种类型：第一种是中国古代文论的一些范畴，如涉及文学艺

---

① 蒲震元：《现代诠释与微观考辨》，《文艺研究》1998 年第 3 期。
② 蒲震元：《现代诠释与微观考辨》，《文艺研究》1998 年第 3 期。
③ 吴艳：《"转换"的危机与对策》，见钱中文等主编：《中国古代文论的现代转换》，陕西师范大学出版社 1997 年版，第 135—136 页。

术作品美学呈现的"意象",西方文论中与之相关的范畴是"形象"。作为中国古代文论原创的一个范畴,"意象"一直到今天还在被使用,但是由于受到西方文论的影响,中国的现代文论中已经更多地使用"形象"一语,这就需要在"意象"和"形象"之间展开比较分析,避免在两者之间出现不加辨析的简单的混用情况。第二种是中国古代文论的一些范畴,如涉及文学艺术作品构思与创作的"想象",中国古代文论范畴中使用的有"意度"、"准况"和"神思"等,但相较于我们现在已经广泛使用的西方文论范畴的"想象"一语,它们在今天已被很少使用。在这种情况下,"意度"、"准况"和"神思"这些中国古代文论业已使用的范畴,作为古代文论史的研究对象,固然可以保持它们原来的面貌,但在今天文论的具体使用上,应该用现在通行的西方文论中的"想象"去替代它们。第三种是中国古代文论的一些范畴,如涉及文学艺术作品美学风格的"意境",不仅深具中国的民族特色,而且言简意赅,韵味无穷,在过去有生命,在今天依然有生命,可以吸收西方文论的相关内容,使之继续在当今的中国文论中发挥重要的作用。① 在为中国古代文论的范畴转换提供了高屋建瓴的研究思路的同时,也中国古代文论的范畴转换指明了具体可行的现实路径。②

首先是中西文论范畴的互释与互用。在这方面,中国学者顾祖钊对于中国古代文论范畴"意象"的"复活使用"是很有代表性的。在《文学作品的文本层次和文学形象的理想形态》一文中,顾祖钊辨析了"意象"一词在中国文论中的发展线索,指出"意象"是中国古代文论中首创的一个审美范畴,不仅源头出现得早,而且贯穿于中国古代文论发展的始终:

> 意象……的最早源头可以上溯到《周易·系辞》。其云:"子曰:书不尽言,言不尽。然则圣人之意,其不可见乎?子曰:圣人立象以尽意。"所以意象的古义是"表意之象"。这个"意"是指那种只有圣人才能发现的"天下之赜",孔颖达在《周易正义》解释为只有圣人才能发现的"天下深赜之至理"。所以意象的古义是指用来表达某种抽象

---

① 参阅蒋孔阳:《对中西美学比较研究的一些想法》,见《中西美学艺术比较》,湖北人民出版社 1986 年版,第 39 页。

② 参阅古风:《中国古代文论的现代转换》,见钱中文等主编:《中国古代文论的现代转换》,陕西师范大学出版社 1997 年版,第 146—147 页。

的观念和哲理的艺术形象。"意象"作为一个概念，最早出现于汉代王充的《论衡·乱龙》里。其云："夫画布为熊麋之象，名布为侯，礼贵意象，示义取名也。"这里的"意象"是指以"熊麋之象"来象征某某侯爵威严的具有象征意义的画面形象，从它"示义取名"的目的看，已是严格意义上的观念意象。……我国在汉代以前，意象说已名实俱备，十分成熟：把意象理解为"表意之象"，理解为圣人们用象征手法创造的艺术形象（广义的），这正是中国当时文学艺术的实际决定的。……清代文论家叶燮说："可言之理，人人能言之，又安诗人之言？可征之事，人人能述之，又安诗人之述之？必有不可言之理，不可述之事，遇之于默会意象之表，而理与事无不灿然于前者也。"这种"不可言之理"、"不可述之事"叶燮又称为"至理"、"至事"，他认为诗人追求的应是这种表达"至理"、"至事"的高级艺术形象，并称它为达到艺术至境的意象。①

关于西方文论范畴中的"形象"，顾祖钊指出，文学形象的含义是指读者在阅读文学言语系统过程中，经过想象和联想而在头脑中唤起的具体可感的动人的生活图景，并具有如下四个基本特征：1. 文学形象是主观与客观的统一。2. 文学形象是假定与真实的统一。3. 文学形象是个别与一般的统一。4. 文学形象是确定性与不确定性的统一。② 在顾祖钊看来，中国文论的"意象"范畴与西方文论的"形象"范畴，虽然所用的名词或术语不同，但相互之间可以比较分析进行互释。一方面，"形象"的几个基本特征，"意象"也有相同或类似的说明，如清代文论家章学诚论"意象"的主客观统一的辩证关系，"（他）明确地把形象分为两种，一种是'天地自然之象'，即物象，是自然存在的，不是人类构造出来的，是客观的；一种是'人心营构之象'，即作品中的形象，这是人创造出来的，或者说是主观创造的产物。这种形象虽是人们有意为之，不是天生自然之物，但最终还是客观物象曲折的反映。所以章学诚认为'人心营构之象，亦出于天地自然之象也'。这就是

① 顾祖钊：《文学作品的文本层次和文学形象的理想形态》，见童庆炳主编：《文学理论教程》，高等教育出版社 2004 年版，第 230—231 页。

② 顾祖钊：《文学作品的文本层次和文学形象的理想形态》，见童庆炳主编：《文学理论教程》，高等教育出版社 2004 年版，第 210—212 页。

说，形象既是主观的产物，又有客观的根据，是主观与客观的统一。"① 又如魏晋时期的王弼对"言—象—意"辩证关系的论述，同样是对文学形象的确定性与不确定性的理性把握，"在王弼看来，'言、象、意'是一个由表及里的审美层次结构。人们首先接触的是'言'，其次'窥'见的是'象'，最后才能意会到由这个'象'所表示的'意'。三个因素都是重要的，缺一不可。……王弼说'尽意莫若象'，这是说它（意象）与（文学）深层结构的关系，又说'言生于象'，这是强调它（意象）对（文学）表层结构的作用。"② 另一方面，"意象"所揭示的五个基本特征：哲理性、象征性、荒诞性、抽象性和多义性，同样可以在西方文论的"形象"理论和创作实践中，得到对应的理论说明。如对于审美意象的哲理性特征的揭示，"正像中国古代把意象看成是表达'至理'的手段一样，二十世纪（西方）现代派文学和艺术的许多流派，也以表达哲理和观念作为它们创造意象（这里的"意象"指的是西方的 image，也即通常所说的"形象"。——引者注）的目的和最高审美理想。尼采曾呼吁，诗人应当成为伟大的'艺术哲学家'，用他们的作品，给人们以'形而上学的慰藉'。英国诗人艾略特也说：'最真的哲学是最伟大的诗人之最好的素材；诗人最后的地位必须由他诗中所表现的哲学以及表现的程度如何来评定。'……由于意象本质上是'表意之象'，用形象直接表达哲理的文学艺术作品，往往就是意象艺术。"③ 再如中国"意象"范畴对于"立意以象"的象征性的说明，"美国当代著名学者杰姆逊宣称：'现代主义的必然趋势是象征性'。……这里的'象征'，是取狭义的象征论。……对于狭义的象征，黑格尔曾有过严格的界定，他说：'象征一般是直接呈现于感性观照的一种现成的外在事物，对这种外在事物并不直接就它本身来看，而是就它所暗示的一种较广泛较普遍的意义来看。因此，我们在象征里应该分出两个因素，第一是意义，其次是这意义的表现。'……也就是说，象征的'意义的表现'部分是一种艺术形象。这种'形象'实际上已经变成（象征）某'意

---

① 顾祖钊：《文学作品的文本层次和文学形象的理想形态》，见童庆炳主编：《文学理论教程》，高等教育出版社 2004 年版，第 210 页。
② 顾祖钊：《文学作品的文本层次和文学形象的理想形态》，见童庆炳主编：《文学理论教程》，高等教育出版社 2004 年版，第 207—213 页。
③ 顾祖钊：《文学作品的文本层次和文学形象的理想形态》，见童庆炳主编：《文学理论教程》，高等教育出版社 2004 年版，第 232 页。

义'的载体了。"① 正是通过"意象"与"形象"之间的互释，顾祖钊指出，在中西文论中，"意象"与"形象"不仅在文艺学、心理学、语言学等学科中有着广泛的用途，而且在实际的使用过程中出现两个范畴相互重叠的情况。比如，它们的第一层次是心理意象，这是指在知觉的基础上所形成的呈现于脑际的感性形象。第二个层次是内心意象，这是人类为实现某种目的而构想的、新生的、超前的意向性设计，在文学创作中就表现为艺术构思所形成的心中之象。第三个层次是泛化意象，这是对文学艺术作品中出现的一切艺术形象或语象的泛称，基本上相当于通常所说的"艺术形象"或"文学形象"。第四个层次是观念意象及其高级形态的审美意象，简称意象或文学意象。② 因此，尽管从手段上而言，为了避免泛化的意象太过宽泛且易引起混淆，可以用现在已经通行的"文学形象"或"形象"来转换泛化的意象观，但在本质上，可以在"意象"和"形象"之间进行灵活的"互用"或"转换"，通过转换使用"文学形象"或"形象"去复活"意象"一词的古义，用它来专指"一种特殊的表意性艺术形象或文学形象"，③ 使之成为实现中国古代文化范畴转换的一个现实路径。

其次是移中就西的范畴替换。台湾学者陈慧桦在《文学创作与神思》一文中，用"比较的"方法，对比分析了中国古代文论范畴"神思"与西方文论范畴"想象"之间的异同。关于"神思"，陈慧桦指出，这是中国古代文学批评中的文学创作论的核心范畴，其中，刘勰的《文心雕龙·神思篇》和陆机的《文赋》，无论是对于神妙文思之起源与捕捉的细致描绘：

> 文之思也，其神远矣。故寂然凝虑，思接千载；悄焉动容，视通万里；吟咏之间，吐纳珠玉之声，眉睫之前，卷舒风云之色，其思理之致乎！
>
> ——《文心雕龙·神思篇》

---

① 顾祖钊：《文学作品的文本层次和文学形象的理想形态》，见童庆炳主编：《文学理论教程》，高等教育出版社 2004 年版，第 232—233 页。

② 顾祖钊：《文学作品的文本层次和文学形象的理想形态》，见童庆炳主编：《文学理论教程》，高等教育出版社 2004 年版，第 230 页。

③ 顾祖钊：《文学作品的文本层次和文学形象的理想形态》，见童庆炳主编：《文学理论教程》，高等教育出版社 2004 年版，第 230 页。

其始也，皆收视反听，耽思傍讯，精骛八极，心游万仞。其致也，情瞳昽而弥鲜，物昭晰而互进；倾群言之沥液，漱六艺之芳润；浮天渊以安流，濯下泉而潜浸。于是沈辞怫悦，若游鱼衔钩而出重渊之深；浮藻联翩，若翰鸟缨缴而坠曾云之峻。收百世之阙文，采千载之遗韵；谢朝华于已披，启夕秀于未振；观古今于须臾，抚四海于一瞬。

——陆机《文赋》

还是对于文思通塞之道的理论说明：

故思理为妙，神与物游；神居胸臆而志气统其关键，物沿耳目而辞令管其枢机，枢机方通，则物无隐貌，关键将塞，则神有遁心。

——《文心雕龙·神思篇》

若夫应感之会，通塞之纪，来不可遏，去不可止，藏若景灭，行犹响起。方天机之骏利，夫何纷而不理。思风发于胸臆，言泉流于唇齿。纷葳蕤以馺遝，唯毫素之所拟。文徽徽以溢目，音泠泠而盈耳。及其六情底滞，志往神留，兀若枯木，豁若涸流。揽营魂以探赜，顿精爽于自求。理翳翳而愈伏，思乙乙其若抽。是以或竭情而多悔，或率意而寡尤；虽兹物之在我，非余力之所戮。故时抚空怀而自惋，吾未识夫开塞之所由。

——陆机《文赋》

都是最精妙的、有代表性的，同时也是深具中国古代文论用词精妙、飘拂不定的"灵动"特色的，即"中国人所说的神思是一种既神秘又神妙的精神活动，它来无踪，去无影，刘勰以为'志气'可以统其关键；陆机则以为捕捉文思，应'伫中区以玄览，颐情志于典故'。开始捕捉时，应'收视反听，耽思傍讯'，才能做到'精骛八极，心游万仞'的地步，至于讲到'应感之会，通塞之纪'，他也只有感叹系之，'吾未识夫开塞之所由'了。"① 关于"想象"（Imagination），陈慧桦指出，西方的文学批评自亚里斯多德以

---

① 陈慧桦：《文学创作与神思》，见温儒敏主编：《中西比较文学论集》，北京大学出版社 1991 年版，第 56—57 页。

来，尽管对于文学创作中的"想象"的探讨不乏其人，但真正把"想象"说得透彻明白、具有理论创见的是英国浪漫主义文论家柯尔律治，这主要是由于：其一，柯尔律治在西方第一个明确地把"想象"定义为一个能把众多性质相同或相异的事物统一在一起的思维活动，拥有一种综合一切的魔术般的力量：

> （它）在相反或龃龉的性质间，求得平衡或调和后浮现出来：它调和差别与同一；具体与通性；意象与观念；普遍与个别；古老及熟知物体与新奇及新鲜的感触；结合超越平常的情感事态与超越平常的秩序；结合清醒的判断及坚定的自我控制，与深邃或激动的感触与热望；当想象力溶合与协调那自然的现象与人工艺术，依旧使艺术臣服于自然；使方式臣服于材料；使我们对讨人的赞美，臣服于我们对于诗篇本身的同情。
>
> ——《论想象》

其二，柯尔律治在西方第一个在"想象力"与"幻想"之间进行区分，并通过对"想象力"做两类划分，强调"想象"的创造力和重要性：

> 我认为想象力分为两等。第一等想象力，我认为，是一切人类观察的活力与主要工具，且在人类有限的心智内，重复着无限"我是"之永恒创造行为。我认为，第二等想象力，是第一等想象力的回声，与有意识的意志同存，不过仍和第一等想象力的功用相同，只有程序上及在活动方式上有差别。第二等想象力，能够熔化、扩散、分解，以便再创造；若上述过程不能完成时，则第二等想象力，会积极从事理想化与统一化的工作。想象力在本质上富于活动，而一切事物（仅作为事物）在本质上是固定的与死亡的。
>
> 相反的，幻想没有其他的东西可供把玩，只有固定的与不变的性质。的确，它是从时空秩序里解放出来的一种方式的记忆；它同时也被意志的经验现象所修改，并且与之混合——这种意志现象，我们称之为"抉择"。但是，幻想同样接受普遍记忆的协助，须从联想法则中，接受已制成的全部材料。
>
> ——《文学传记》

相较于中国古代文论"神思"范畴的"灵动"特征，陈慧桦同意把西方文论范畴的"想象"归入"机械"一类的性质，即"西方人士所谓的想象力虽也是自由的，但是，它显然是一种调和主体和客体的力量，而陆机和刘勰都以'游'字来形容这种心灵活动，但这种'神与物游'的思绪活动并非独立地运作于作家心灵与物体之间，它毋宁是一种把心物涵摄起来的力量，并不如西方人士所说的那么机械化。"① 正因此，在陈慧桦看来，尽管从引文内容上看，西方人所称的"想象"，几乎"就是"陆机所说的"应感之会，通塞之纪"或刘勰所称的"神思"，但通过中西文论间的细致的比较分析，我们除了可以获得"我们所谓之神思，并不完全等于西方人所说的想象"的一个印象之外，还可以得致三个结论：第一，中国的"神思"不像西方的"想象"特别地指明文学创作的运思是一种综合力量，能把各种不同性别甚至对立的事物调和起来。另外，中国的"神思"也没有西方的"想象"那样有着严格的主体与客体之分，"神思"被看作是"一种涵盖统摄住主体和客体的力量"，而"想象"常把主体和客体看成对立的，把想象力视作是"运作于二者之间的一种媒介力量"。第二，西方的"想象"对于文思这种心灵活动的分析探讨"非常机械化"，远不及中国的"神思"从纯粹美学视角来描绘文思这种心灵活动本质来得这般"神妙"和"纤巧"。第三，西方的"想象"探讨文思这种心智活动时，只是就事论事，没有像中国的"神思"那样详细地论述文思的培养之道。② 应该说，陈慧桦对于"神思"和"想象"之间的比较分析是有代表性的。他的本意是要说明文学创作与"神思"之间的关系，但从他引入"神思"与"想象"之间的对比分析，特别是他一再说不能把中国的"神思"完全等同于西方的"想象"，其实背后凸显的一个现实却是，中国的"神思"对于文思的描绘和认识固然有其独到的见解，甚至在某些方面远比西方的"想象"细致、巧妙，但"神思"一语的神秘莫测、飘忽难定，只可意会不可言传，使得其在当下人们对于文学创作中的文思问题的理论思考和术语表述中远没有西方的"想象"那样易于把握和通行。对于类似"神思"这样的中国古代文论范畴，在中国古代文论范

① 陈慧桦：《文学创作与神思》，见温儒敏主编：《中西比较文学论集》，北京大学出版社1991年版，第58页。

② 参阅陈慧桦：《文学创作与神思》，见温儒敏主编：《中西比较文学论集》，北京大学出版社1991年版，第63页。

畴的现代转换中，在学理地辨析它们的美学内涵后，就可以实行移中就西的范畴替换，原因很简单，"我们固然要保持它们本来的面貌，作为研究的对象，但却不能把它们广泛地运用到我们今天来。例如韩非所说的'意度'、王充所说的'准况'、刘勰所说的'神思'等，都是想象之意。如果我们不学西方美学，不用西方传来的'想象'一词，而去用'准况'与'神思'等词，那岂不是舍易就难、自讨苦吃吗？"①

再次是引西入中的范畴更新。在中国古代文论范畴的现代转换中，对于"意境"范畴的转换被公认是"最成功的"。"意境"，又称"境界"，是中国古典文论（美学）用来标示文学、绘画、书法等艺术活动中审美风格特点的一种美学范畴，不易作精确的界定。一般地说，意境是指能在具体、有限的物象、事件、场景中唤起无限的时间和空间体验，从而对人生、历史、宇宙获得哲理性感知和领悟的特定过程或状态，② 是特定的艺术形象和它所表现的艺术情趣与氛围及其可能触发的丰富的艺术联想与幻想的总和。③ 在中国古典文学批评史上，"意境"的提出经历了一个长期的过程。早在先秦时期，中国先哲们就开始了对于"意"的追寻。其中作为儒家诗学经典的《易传》提出了"言不尽意"、"立象以尽意"的观点，而作为道家诗学经典的《庄子》则提出了"得意忘言"、"得意忘象"的主张，它们是"意境"范畴的源头。从唐代开始，在意—象这条线索之外，人们在文学批评中又突出强调了一个"境"字。自从诗人王昌龄在《诗格》中提出包括"物镜"、"情境"和"意境"在内的"三境"说后，有关"意"与"境"谐的论述越来越多。明清之际，"意境"作为一个特定的美学范畴正式出现。如明代朱承爵《存余堂诗话》论诗："作诗之妙，全在意境融彻，出音声之外，乃得真味"④，首标"意境"；清初笪重光《画筌》论画："绘法多门，诸不具论。其天怀意境之合，笔墨气韵之微，于兹篇可会通焉，"⑤ 再举"意境"。不仅如此，从明清始，有无"意境"通常成为人们判定艺术作品是否成功的一个尺度。如在文学领域，纪昀《瀛奎律髓刊误》评崔灏《登黄鹤楼》诗："此诗不可

---

① 蒋孔阳：《对中西美学比较研究的一些想法》，见《中西美学艺术比较》，湖北人民出版社1986年版，第39页。

② 参见乐黛云等主编：《世界诗学大辞典》，春风文艺出版社1993年版，第681—682页。

③ 参见蒲震元：《中国艺术意境论》，北京大学出版社1999年版，第21页。

④ （明）朱承爵：《存余堂诗话》，见《明诗话全编》，江苏古籍出版社1997年版，第1960页。

⑤ （清）笪重光：《画筌》，转引自韩林德：《境生象外》，三联书店1995年版，第65页。

及者，在意境宽然有余。"① 陈廷焯《白雨斋词话》评纳兰容若《饮水词》：
"在国初亦称作手，……然意境不深。措词亦浅显。"② 在绘画领域，蒋和
《学画杂记》说："前人画长卷巨册，其篇幅章法不特有所摹仿，意境各殊，
即有一家笔法，其中有岩有岫、有穴有洞、有泉有溪、有江有濑，自然丘壑
生新，变化得趣。"③ 郑燮《题画竹六十九则》也谓："一丘一壑之经营，小
草小花之渲染，亦有难处；大起造，大挥写，亦有易处；要在人之意境何如
耳。"④ 进入晚清之后，随着近代西学东渐的影响，以"意境"为主旨的中国
传统美学曾经一度陷于沉寂。但是，随着中西文化交流的深入与发展，特别是
一批学贯中西的学人如王国维、宗白华、朱光潜等在融会中西美学方面的创造
性努力，中国传统美学中的"意境"范畴经过中西"化合"的融会贯通后在
二十世纪中国文学批评中占居了核心的位置。比如，在王国维的文学批评中，
"意境"占据着中心地位。他言必称"意境"，论诗词歌赋，王氏断言："文学
之工与不工，亦视其意境之有无，与其深浅而已"；⑤ 论宋元戏曲，王氏又说：
"元剧最佳之处，不在其思想结构，而在其文章。其文章之妙，亦一言以蔽
之曰：有意境而已矣"。⑥ 不仅如此，王国维还身体力行地将"意境"付诸
具体的文学批评实践，尤其是他的《人间词话》，堪称意境论批评之集大成
者。尽管有少部分学者在论述王国维文学批评时，把其对"意境"的使用望
文生义地看作是对中国文论传统的回归，但更多的学者则敏锐地看到了王国
维对于传统文论范畴"意境"的引西入中的现代改造。佛雏在论述王国维的
"意境"概念的渊源时，特别强调了它的"中外合璧"的性质：

> 王氏的"合乎自然"与"邻于理想"二者结合的"意境"说，跟
> 叔本华所谓后天的"自然物"与先天的"美之预想"（理想）二者"相
> 合"的审美"理念"说，渊源甚深。

---

① （清）纪昀：《瀛奎律髓刊误》，转引自韩林德：《境生象外》，三联书店 1995 年版，第 66 页。
② （清）陈廷焯：《白雨斋词话》，见徐中玉主编：《中国古代文艺理论专题资料丛刊·意境·
典型·比兴篇》，中国社会科学出版社 1994 年版，第 80 页。
③ （清）蒋和：《学画杂记》，转引自韩林德：《境生象外》，三联书店 1995 年版，第 66 页。
④ （清）郑燮：《题画竹六十九则》，见徐中玉主编：《中国古代文艺理论专题资料丛刊·意境·
典型·比兴篇》，中国社会科学出版社 1994 年版，第 78 页。
⑤ 王国维：《〈人间词话〉乙稿序》，《王国维文集》第 1 卷，中国文史出版社 1997 年版，第 176 页。
⑥ 王国维：《宋元戏曲史》，《王国维文集》第 1 卷，中国文史出版社 1997 年版，第 389 页。

王氏关于既"合乎自然"又"邻于理想"的"意境"说，就其"理想"言，……实亦徘徊于叔本华式的"人的理念"之中。……所谓"第一义"终不离乎"忧生之嗟"。但王氏毕竟深受传统伦理与诗学的薰染，故在具体作家、作品分析中，亦往往不自觉地突破了叔氏"理想"的藩篱。

　　至于境界客体之"合乎自然"而又"邻于理想"，在王氏，如前所述实以创作对象（自然与人）的"理念"化为依归，但在具体赏析作品时，却又对叔说往往有相当的"生发"。比如第一，"美"与"真"合，而"真"重于"美"。王氏在诗词意境中所追求的"物"之"神理"与"魂"，"人"之"伊人""那人"，都具叔本华式的"理念"的意味与实质。他所标举的"真景物""真感情"，都非自然历史原本的"真"，而实为"理念"的"真"。王氏意之所重似在诗词境界的构成，即美的显现，但"美"必合乎理念的"真"，宁可改变某些"自然"以得此"真"，而不可舍此"真"而拘守"自然"；宁可牺牲某些"美"以就此"真"，而绝不可屈此"真"以就"美"。……王氏"美"与"真"（理念的真）合，"真"重于"美"的观点，对叔氏说作了进一步的阐发。①

并在此基础上，肯定了其不同于中国传统诗学的"新"意：

　　王氏标举传统诗学的"境界"（意境）一词，而摄取叔氏关于艺术"理念"的某些重要内容，又证以前代诗论词论中的有关论述，以此融贯变通，自树新帜。他的"境界"说原是中学西学的一种"合璧"。总的看，"境界"说跟"诗言志"的诗学传统之间存在着一种带根本性的差异。它有自己的新的原则，或者新的审美标准。②

王一川则从现代中国人身处全球化时代的现代性体验入手，点明了王国维对于"意境"的现代改造之于中国古代文论范畴现代转换的示范意义："意境

---

① 佛雏：《王国维诗学研究》，北京大学出版社 1999 年版，第 200—204 页。
② 佛雏：《王国维诗学研究》，北京大学出版社 1999 年版，第 208 页。

在现代风行，尽管可以为它找出缺乏原创性的种种根据（无论是字源学的还是诗学的），但有一点应是无可否认的：它适时地满足了现代中国人在全球化时代重新体验古典性文化韵味的特殊需要。这个术语尽管早已在古代出现，但却从来也没有获得过现代这般的重要性；同时，尽管在王国维之前已频频出现于晚清诗坛，但并没有被灌注真正的现代性意义。只有从王国维开始，意境才获得真正的现代性生命：他借助德国古典美学慧眼重新发现意境在中国文化中的积极意义，力图通过这一范畴为中国人在现代安身立命寻求合适的传统美学形式。"① 很显然，诸如"意境"一类的文论范畴转换，绝非是对传统文论中的"意境"范畴的简单袭用，而是基于现代意识之上的对于传统文论范畴的内容更新和根本转换，而这一点恰恰是中国古代文论范畴现代转换得以成功的关键所在。

第四节　观点的转换：中国古代文论现代转换的中点

观点的转换是中国古代文论现代转换的中点。

关于中国古代文论的观点转换，童庆炳在《中国古代文论的现代意义》一书中直言其中存在的两种"不可取"的研究倾向："第一，只是把古代文论当作与现实的文论建设无关的对象，单纯解释字、词、句，只是作一些训诂的工作，结果是把古代文论仅仅当作一个死的东西来对待。……必要的训诂工作是研究的前提，但如果到此止步，那么……这种训诂工作的意义是很有限的，因为这还没有进入真正研究的层次。第二，把中国古代文论纳入西方文论的逻辑框架，名为'现代阐释'，实则消解了中国古代文论原有的民族文化个性，其弊病是把中国古代文论作为论证西方文论的资料，中国古代文论固有的文化特色完全消失了"，② 并就中国古代文论观点的现代转化，③ 提出了三点原则性主张：其一、历史优先原则。所谓历史优先原则，就是"把中国古代文论资料放回到产生它的文化、历史的语境中去考量，力图揭

---

① 王一川：《文学理论》，四川人民出版社 2003 年版，第 268 页。

② 童庆炳：《中国古代文论的现代意义》，北京师范大学出版社 2001 年版，第 1 页。

③ 童先生不同意学界所用的"转换"一词，主张用"转化"一词替代，因为"古文论不可能'转换'成现代文论，但古文论可以融化、转化到现代形态的文论中来"。参见童庆炳：《中国古代文论的现代意义》，北京师范大学出版社 2001 年版，第 3 页。

示它原有的本真面目，其中包括作者论点的原意、与前代思想的承继关系、背景因素、现实针对性等"。① 尽管从现代阐释学的观点来看，对于古代文论的历史本真面目已经不可能完全"复原"，但强调"历史优先原则"的目的，是通过力所能及的"还原"工作，"激活古文论，使它在（古今）对话中能作为一个活的、有生命的主体出现"。② 其二、对话原则。对话原则包括古今对话和中西对话两个层面，前者是古今之间的一种平等对话，即"把古人作为一个（对话）主体并十分地尊重他们，不要用今人的思想随意曲解他们；今人也作为一个对话的主体，以现代的学术视野与古人的文论思想进行交流、沟通、碰撞，既不是把今人的思想融会到古人的思想中去，也不是把古人穿上现代的服装，而是在这反复的交流、沟通、碰撞中，实现古今的融合，引发出新的思想与结论"，③ 后者则是中西之间的一种平等对话，即"中国创造的文化（包括中国文论）可以作为一个主体，西方文化（包括西方文论）也可以作为一个主体，两个主体之间进行平等的对话，通过对话彼此沟通，互相借鉴，取长补短，共同'富裕'"。④ 其三、自洽原则。所谓"自洽原则"，就是要求达到"逻辑的自圆其说的标准"。这种逻辑，"既指形式逻辑，更重要的是指辩证逻辑，辩证逻辑要求从历史的、发展的、全面的观点来研究问题，换言之，在对话中获得的思想应是符合历史进步的、具有发展观点的、全面的，而不是非历史的、反对发展的、片面的，只有这样的结论才能达到逻辑的自洽"，⑤ 而与之相应的是，"对话不是各说各的话，对话要有必要的沟通、汇合、吸收、交锋、碰撞，要通过对话的确有所发现、有所创获。在对话中，古代文论中有价值的部分显露出来，现代人的思想艺术追求的合理性也充分表现出来。"⑥ 基于此，童庆炳选取了中国古代文论中有代表性的观点，循古今对话和中西对话的策略，对中国古代文论观点的现代转化，提供了一些足资学习和借鉴的示范标本。

---

① 童庆炳：《中国古代文论的现代意义》，北京师范大学出版社 2001 年版，第 2 页。
② 童庆炳：《中国古代文论的现代意义》，北京师范大学出版社 2001 年版，第 2 页。
③ 童庆炳：《中国古代文论的现代意义》，北京师范大学出版社 2001 年版，第 3 页。
④ 童庆炳：《中国古代文论的现代意义》，北京师范大学出版社 2001 年版，第 338 页。
⑤ 童庆炳：《中国古代文论的现代意义》，北京师范大学出版社 2001 年版，第 3 页。
⑥ 童庆炳：《中国古代文论的现代意义》，北京师范大学出版社 2001 年版，第 3 页。

一、"以意逆志"说、"知人论世"说对"文学接受"思想的"原创"

"以意逆志"和"知人论世",是中国儒家诗学的代表人物孟子提出的两个著名的文论主张。其中,"以意逆志"出自于《孟子·万章上》:

> 咸丘蒙曰:"舜之不臣尧,则吾既得闻矣。《诗》云'普天之下,莫非王土;率土之滨,莫非王臣。'而舜既为天子矣,敢问瞽瞍之非臣如何?"曰:"是诗也,非是之谓也。劳于王事而不得养父母也。曰:'此莫非王事,我独贤劳也。'故说诗者,不以文害辞,不以辞害志;以意逆志,是为得之。如以辞而已矣,《云汉》之诗曰:'周余黎民,靡有孑遗。'信斯言也,是周无遗民也。"

"知人论世"出自于《孟子·万章下》:

> 孟子谓万章曰:"一乡之善士,斯友一乡之善士;一国之善士,斯友一国之善士;天下之善士,斯友天下之善士。以友天下之善士为未足,又尚论古之人。颂其诗,读其书,不知其人,可乎?是以论其世也。是尚友也。"

对于孟子"以意逆志"和"知人论世"的诗学主张,童庆炳是分三个层次来进行他的现代读解的:

首先,是点明孟子"以意逆志"和"知人论世"的诗学主张产生的历史语境:

> 孟子的"以意逆志"说和"知人论世"说……和春秋战国时期的引诗活动密切相关。当时,在外交、内交等各种不同的场合,引诗的活动相当普遍。但在引诗活动中,人们不尊重诗的原义,用《左传》的话来说,是"赋诗断章,余取所求",用今天的话来说,是断章取义,各取所需。孟子对这一现象不满意。同时,《诗》所表达的观念与现实也确有矛盾,如何解决这些矛盾,也是孟子思考的一个问题。这就是孟子

的"以意逆志"和"知人论世"的解诗的方法提出的背景情况。①

并依照"以意逆志"和"知人论世"的引文，还原它们的本义。其中，"以意逆志"的要点是："第一，对作品要有整体的理解，不能以个别的字误解对整句的理解，也不能以个别的句子误解对整首诗的理解，用整体来统帅局部；第二，在解诗过程中，要以自己对诗的理解去接近和推求诗作者的原义，接近和推求了诗的原义，才能引用诗来说明问题"，② 而"知人论世"的本义是讲与古人交朋友的问题，但由于与古人交友要颂其诗，读其书，因此读懂古人诗书的关键就是要知道他的为人，而要知道他的为人，就必须了解他所生活的"世"。③

其次，是用我们今天的理解，提炼出"以意逆志"说和"知人论世"说对于当代文论依然"很有价值"的三个方面：

第一，孟子的解诗方法，已经意识到诗的解释关系到作品（诗、文、辞）——作者（"知其人"）——时代（"论其世"）这样一个整体的系统，就是说，我们要解诗，只了解其中的一个环节是不够的，首先要读懂作品，着眼于作品整体，不拘泥于个别字句，进一步还要了解诗作者的种种情况，特别是他的为人，再进一步还须了解作者所生活的时代，把这三个环节联系起来思考，才能解开诗之谜。第二，孟子意识到解诗必须联系历史与现实，诗里传达的意思是一个样，可历史、现实告诉我们的又是一个样，两者并不一致，在这种情况下，要重视对历史现实的了解，对历史、现实了解透彻了，才能准确把握诗的意义。第三，孟子已经意识到解诗活动有一个如何消除距离的问题，就是说诗是古人的作品，离我们已很远，诗产生的环境、背景、时间等，与我们现在解诗时的环境、背景、时间等是不一样的，这就造成了"距离"，如何消除这种距离，达到对诗的理解呢？孟子提出"逆"的方法，即以自己的体会（意）去回溯、推求诗作者的"志"，以此来消除两者之间的"距

① 童庆炳：《中国古代文论的现代意义》，北京师范大学出版社2001年版，第92—93页。
② 童庆炳：《中国古代文论的现代意义》，北京师范大学出版社2001年版，第94页。
③ 童庆炳认为，孟子这里所说的"世"，不是现在通常所说的时代历史背景，而是当时狭义的"世"之治乱的政事，但他同意后人把这个"世"理解为"时代历史背景"更有意义。参阅童庆炳：《中国古代文论的现代意义》，北京师范大学出版社2001年版，第95页。

离"。但"距离"是否能完全消除呢？孟子意识到这主要靠读者的努力，但努力又总是有限的，"意"无法完全逆回到"志"。实际上，这里已提出一个现代阐释学的作者和读者的"视界融合"的问题，即解释始终存在着一个与时间距离作斗争的问题，但又永远无法消除这种距离。①

最后，是引西方的"接受美学"理论来印证"以意逆志"说和"知人论世"说的"原创"性质。在童庆炳看来，"接受美学"的基本思想，就是主张文学是作者和读者共同创造的，文学作品的意义并不是由作者单方面决定的，而是作者与读者进行对话的结果。以此言之，西方的"接受美学"关于读者的接受在文学活动中具有重大作用的思想并非绝对的"原创"，因为早在 2000 年前中国的孟子已经揭示了这一点。比如，孟子的"以意逆志"的看法，其基本思想就是"要以自己对诗（当时指《诗经》）的体会和理解（即以自己之意）去推测、估摸作者在诗里所表现的意义（即作者之志）。但是由于各人对这同一首诗的体会和理解不同，那么对这同一首诗就会有不同的解读和评价。这自然也可以理解为不同的读者与诗作者的不同对话。"②不仅如此，童庆炳还特别征引了孟子之后中国历代诗评家关于文学接受的类似见解，除了要说明西方"接受美学"的思想不是"原创"、它的思想萌芽在中国早就存在之外，还从中西文化比较的高度，分析了中国古代作家重视读者作用的文化传统："中国古代重视读者的作用，与我们的文化传统有关。与西方强调个人主义不同，中国古代文化强调'众人'的相互作用。……这种'和而不同'为核心的文化思想折射到文学活动问题上，则认为'诗人'不是至上的，诗人必须寻找读者，寻找'知音'般的读者。诗人与读者是处于潜对话状态。……中国古代诗人很少有西方某些诗人那种'傲慢'，根本不把读者看在眼里。……正是中国的'和而不同'的文化，促使中国古代重视读者的作用，重视不同的人都可以己之意去理解作品，重视对作者的相同或不同的解读"。③ 不过，童庆炳在肯定中国古代文论观点的价值的同时，也对其后继的理论存在提出了理性反思："我们没有理由妄自菲薄，但是我们

---

① 童庆炳：《中国古代文论的现代意义》，北京师范大学出版社 2001 年版，第 95 页。
② 童庆炳：《中国古代文论的现代意义》，北京师范大学出版社 2001 年版，第 96 页。
③ 童庆炳：《中国古代文论的现代意义》，北京师范大学出版社 2001 年版，第 99 页。

应该反思，我们前人的精深精辟之论和批评实践，例如孟子的'以意逆志'说，为什么永远作为思想'幼芽'存在着，而不能生根、开花、结果，发展成繁茂的理论之树？"① 而这正是我们今天要对中国古代文论进行现代转化的初衷所在。

二、从"虚静"说与"距离"说、"物化"说与"移情"说的比较分析看中国"心胸"理论与西方"注意"理论的分野

在解读中国道家诗学的代表人物庄子的文论思想时，童庆炳重点提及了他的"虚静"说和"物化"说，并引西方的"距离"说和"移情"说，进行比较分析。

首先是对"虚静"说与"距离"说的辨析。关于"虚静"说，童庆炳用递进的三个层次说明了它的要点：第一，"虚静"是庄子言明"道—美—诗"三位一体至高的精神状态，要想接近和把握庄子"道—美—诗"三者合一的链条，就必须要进入其所说的虚静状态。第二，进入虚静状态的前提是"去欲"、"无己"。所谓"去欲"，就是排除个体的各种欲念，"无己"则是要求忘却自我。这是对"内"的要求，对"外"的要求还有排除天下世事的干扰的"外天下"、消灭物欲，不计贫富得失的"外物"、以及将生死置之度外的"外生"。其主旨，"就是摆脱一切功利思想的束缚，这样才能使心境清明洞彻（'朝彻'），并进而见到独立无待的道（'见独'），游心于天地之大美，悠然进入诗的世界。"② 第三，达到"去欲"、"无己"的路径是"心斋"和"坐忘"。其中，"心斋"是抛弃感官，用虚无之心去对待万物，所谓"若一志，无听之以耳而听之以心，无听之以心，而听之以气。听止于耳，心止于符。气也者，虚而待物者也。唯道集虚。虚者，心斋也"。（《庄子·内篇·人间世第四》），"坐忘"则是通过废除肢体，停止思想，以开窍之心去真正感知宇宙，与道大通，所谓"堕肢体，黜聪明，离形去知，同于大通，此谓坐忘"（《庄子·内篇·大宗师第六》）。其核心是通过"心斋"和"坐忘"，达致"去欲"和"无己"，形成审美的胸次和人格，在并最终进入虚静状态。关于"距离"说，童庆炳同样点出了它的两个要点：其一是"心理距离"。所谓"心理距离"，是指西方美学家在"距离说"中所

---

① 童庆炳：《中国古代文论的现代意义》，北京师范大学出版社 2001 年版，第 99 页。
② 童庆炳：《中国古代文论的现代意义》，北京师范大学出版社 2001 年版，第 114 页。

说的"距离"，不是指现实中的时间或空间上的距离，而是特指我们在观看事物时，在事物和我们自己的实际利害关系之间插入的一段"距离"，使我们能够借助这种人为的"距离"换一种眼光去看世界。比如，英国学者爱德华·布洛（Edward Bullough）举的"雾海航行"的著名例子：在海上航行的时候，遇到大雾。在现实的利害关系之下，船上的水手和乘客都会为航行安全和旅途行程感到不安、惊恐。但是，此时如果水手和乘客能自我调节自身的心理状态，在他们与迷雾之间保持一段"距离"，就会暂时忘却大雾给他们带来的危险和不便，转而从大雾弥海的壮美场景中感受到一种审美的愉悦。从本质上讲，西方的"距离"说的"距离"，不是现实中的时空距离，而是一种"心理距离"。其二是"非功利性"。所谓"非功利性"，就是强调审美体验的无关功利的性质。如布洛所说的事物的两面，一面是"正常视象"，另一面是"异常视象"。其中，"正常视象"是指事物与人的功利欲望相关的一面，而"异常视象"则是指事物与人的利害冲突无关的一面。在通常情况下，事物的"正常视象"一面是具有最强的实际吸引力的一面，我们的心也总是倾向这一方面，所以我们常常被功利欲望羁绊而看不到美。只有在不为日常的功利欲望所支配的情况下，我们才会把事物摆到一定距离之外去观照，才能发现事物的美。这意味着，"无功利性"是获得审美心理距离的关键。①

其次，是对"物化"说和"移情"说的辨析。关于"物化"说，童庆炳指出，庄子的"物化"说是与其"虚静"说密切相关的。比如，庄子的"虚静"说提出了用"心斋"、"坐忘"之法达致"无己"、"去欲"的虚静状态，而"心斋"、"坐忘"要达到的最高境界就是"物化"。如《庄子·齐物论》中所描述的"庄周梦蝶"：

> 昔者庄周梦为蝴蝶，栩栩然蝴蝶也，自喻适志与！不知周也。俄而觉，则蘧蘧然周也。不知周之梦为蝴蝶与，蝴蝶之梦为周也？周与蝴蝶则必有分矣。此之谓"物化"。②

---

① 参阅童庆炳：《中国古代文论的现代意义》，北京师范大学出版社 2001 年版，第 118 页。

② 《庄子·齐物论》，见童庆炳：《中国古代文论的现代意义》，北京师范大学出版社 2001 年版，第 120 页。

或如《庄子·秋水》所讨论的"游鱼之乐":

> 庄子与惠子游于濠梁之上。庄子曰:"儵鱼出游从容,是鱼之乐也。"慧子曰:"子非鱼,安知鱼之乐。"庄子曰:"子非我,安知我不知鱼之乐?"①

所展示的就是"物化"的最高境界:"物我两忘"、"物我同一"和"物我转化"。关于"移情"说,童庆炳引西方"移情"论创立者特多尔·立普斯(Theodor Lipps)对于"移情"的说明:

> 如果我在一根石柱里面感觉到我自己出力使劲,这和我要竖立石柱或毁坏石柱的出力使劲是大不相同的。再如我在蔚蓝的天空里面以移情的方式感觉到我的喜悦,那蔚蓝的天空就微笑起来。我的喜悦是在天空里面的,属于天空的。这和对一个对象微笑不同。②

并点出了"移情"说的要点是:"主客消融"、"物我两忘"、"物我同一"和"物我相赠"。

最后,是对"虚静"说与"距离"说、"物化"说与"移情"说的比较分析。童庆炳指出,单从理论的表层内容上来看,"虚静"说与"距离"说、"物化"说与"移情"说都存有"相近"或"相通"之处,比如,"虚静"说与"距离"说都主张在审美活动中必须消除世俗功利的干扰,认为审美唯有摆脱现实的功利欲望的束缚,"使人的内心处于一种'澄明'的状态,这才有可能去发现普通事物美的一面";③而"物化"说与"移情"说都是强调审美主体对于审美客体的心理投射作用,都主张打破审美主体与审美客体之间的界限,实现主客体的融合为一。但从理论的深层次来看,中西文论间又存在着一种本质上的差异,即从根本上而言,中国的"虚静"说和"物化"是一种"心胸"理论,而西方的"距离说"和"移情"说是一种

---

① 《庄子·秋水》,见童庆炳:《中国古代文论的现代意义》,北京师范大学出版社 2001 年版,第 120 页。

② [德]立普斯:《论移情作用》,见童庆炳:《中国古代文论的现代意义》,北京师范大学出版社 2001 年版,第 122 页。

③ 童庆炳:《中国古代文论的现代意义》,北京师范大学出版社 2001 年版,第 119—120 页。

"注意"理论：

"虚静"说是心胸理论，"距离"说则是注意理论，这两者截然不同。作为人的心胸的"虚静"境界，要经过长期的修养，始能让自己的心胸处于无功利的境界，这才能够看到世界的"异常视象"，从而感受到美。从老庄开始，就认为这不是一日一时之功，要长期修养。刘勰也提出了"养术"的主张，即所谓"秉心'养气'，无务劳虑，含章司契，不必老情"。"养术"就是"养气"。"养气"要长期修炼，不求一时之功。……西方的"心理距离"是一种注意力的调整，心理定向的临时转变，与人格心胸无关。……心理注意力的转变，可以摆脱功利欲望，就会获得"心理距离"，就会产生对美的体验。距离说的基本思想是审美过程中的临时的精神自我调整，恰好就是求一时之功。①

中国的艺术"物化"说与西方的"移情"说，在要求审美者的心境处于物我同一、物我两忘、物我互赠上面是一致的，因此中外诗人、艺术家都有很多把本来没有生命的事物描绘成具有生命的事物的诗句和其他艺术作品，这方面的例子是不胜枚举的。但是，中国的艺术"物化"论和西方的"移情"论的根本不同点是，中国的"物化"论是"胸次"理论，要靠长期的修养和体验，没有刻骨铭心的体验，是不可能达到"物化"境界的。……西方的"移情"论则是注意理论，在物与我之间，主体把注意力放在自身的情感上面，于是面对着物所引起的情，形成大脑皮层的兴奋中心，于是发生强烈的负诱导作用抑制了周围区域的兴奋，使人的注意力从物移到情，甚至物我两忘，物我互赠。②

在童庆炳看来，"虚静"说与"距离"说、"物化"说与"移情"说的这种"胸次"理论和"注意"理论的分野，可以折射出中西文论和文化上的差异，比如，中国的"胸次"理论反映出中国文化凡事讲渐进，西方则常常讲突进，且西方的"注意"理论由于是可以临时调节的，更多的时候是作为一种技巧来使用，而中国的"胸次"理论讲的则是人格的长期修养，属于中国

---

① 童庆炳：《中国古代文论的现代意义》，北京师范大学出版社 2001 年版，第 119 页。
② 童庆炳：《中国古代文论的现代意义》，北京师范大学出版社 2001 年版，第 122—123 页。

艺术理论的精髓。对于中国诸如"胸次"理论一类的现代转化，同样不必崇洋媚外、妄自菲薄。

三、"童心"说与马斯洛的"第二次天真"说的契合及现代意义

在解读中国古代十家文论家的文论思想中，童庆炳专辟了明代文论家李贽一章，在重点评析了李贽的"童心"说的美学内涵的同时，还专门引证了西方现代人本主义学者亚伯拉罕·马斯洛（Abraham maslow）的"第二次天真"说，对比分析了两者在理论基础和理论假设上存在的精神契合。

关于李贽的"童心"说的美学内涵，童庆炳归纳了四个方面的内容：第一，贵真反假。在中国的诗学传统中，儒家诗学以"善"为美，如孔子论《诗》特别标举"诗无邪"，强调"兴观群怨"和"事君"、"事父"，把"善"作为衡量文学的首要标准，文学之"真"则被放到很不重要的地位。道家诗学以"真"为美，对人对事，都讲求一个"真"字，在"真"与"善"之中更强调"真"的意义。刘勰则在吸收道家求真的基础之上，融会了禅宗的"本心"思想，其"童心"的本义就是"真心"，贵真实，反虚假。第二，"重情轻理"。李贽继承了中国古代文论的重情传统，并用重自然之情轻礼义之理的新观念，颠覆了中国历来奉为圭臬的"发乎情止乎礼义"的情理观，如其《读律肤说》所言："盖声色之来，发乎情性，由乎自然，是可以牵合矫强而致乎？故自然发乎情性，则自然止乎礼义，非情性之外复有礼义可止也。唯矫强乃失之，故以自然之为美耳。"① 第三，尊今卑古。有明一代，尊古卑今成为文学时尚，严重阻碍了文学的健康发展。李贽提倡"童心"说，针锋相对地提倡尊今卑古的文学主张，反对复古主义的流弊，恢复文学直面现实的功能。第四，崇"化工"贬"画工"。李贽在《杂说》中论"化工"贬"画工"之间的区别："《拜月》、《西厢》，化工也；《琵琶》，画工也。夫所谓画工者，以其能多天地之化工，而熟知天地之无工乎？今夫天之所生，地之所长，百卉具在，人见而爱之矣，至觅其工，了不可得，岂其智固不能得之欤！要知造化无工，虽有神圣，亦不能识化工之所在，而其谁能得之？由此观之，画工虽巧，以落二义矣。文章之事，寸心千

---

① （明）李贽：《读律肤说》，见童庆炳：《中国古代文论的现代意义》，北京师范大学出版社2001年版，第275页。

古，可悲也夫"，① "画工"是一种人为的刻意雕琢，而 "化工"对应的是非人有意为之的自然的天地造化。"童心"的出发点，就是以 "自然"、"本色"的 "赤诚之心"达致 "造化无工"的至高境界。

关于李贽 "童心"说和马斯洛的 "第二次天真"说的精神契合。童庆炳指出：李贽 "童心"说的理论基础是人的自然本性论，其包含的两个基本理论假设是：其一，对人的自然本性倾向于 "真"的理论假设。如李贽在《童心说》中肯定 "童心"是 "心之初"、"最初一念之本心"，把 "童心"看作是作家进行文学创作的必备，即 "作家若是能保持住 '童心'，就保持了倾向于真的自然人性。……只要自然的童心常在，就有真纯之心常在，那么在任何一个时间里采用任何文体都没有什么人不能进行文学创作，以达到实现自我的目的。……反之，'童心'一旦被蒙蔽，人性中倾向于真的态势也就改变，人就成为假人，人既然是假的，那么无论干什么都假，创作也必然是虚假的"。② 其二，保持 "童心"的关键是使其免受 "道理"的蒙蔽。在李贽看来，宋明理学之 "道理"的泛滥，直接导致的就是人的 "童心"的丧失："然童心胡然而遽失也？盖方其始也，有闻见从耳目而入，而以为主于其内而童心失。其长也，有道理闻见而入，而以为主于其内而童心失"，③ 而保持 "童心"的关键，就是 "必须谨防僵死的理学思想对心灵的侵蚀，使 '最初一念的本心'永远鲜活，永远保持倾向于真的自然状态。"④而马斯洛的 "第二次天真"说的理论基础是西方现代的人本主义，同样包含了肯定人的自然本性和反对用理性教条窒息人性的理论假设：

> 这种内在本性，就我们迄今对它的了解来说，看来并不是内在、原初必然邪恶的。基本的需要（对于生存、安全和有保障、有归属和感情、尊重和自尊，以及自我实现的需要），基本的人类情绪，基本的人类智能，从它们表面看，或者是中性的、前道德的，或者纯粹是 "好的"。破坏性、虐待狂、残酷、恶毒等等，迄今看来并非是内在

---

① （明）李贽：《杂说》，见童庆炳：《中国古代文论的现代意义》，北京师范大学出版社 2001 年版，第 276 页。

② 童庆炳：《中国古代文论的现代意义》，北京师范大学出版社 2001 年版，第 272 页。

③ （明）李贽：《童心说》，见童庆炳：《中国古代文论的现代意义》，北京师范大学出版社 2001 年版，第 272 页。

④ 童庆炳：《中国古代文论的现代意义》，北京师范大学出版社 2001 年版，第 272—273 页。

的，……人的本性远远不是像它被设想得那样坏。实际上可以说，人性的可能性一般都被低估了。

由于人的这种内部本性是好的，或者是中性的，而不是坏的，所以最好是让它表现出来，并且促进它，而不是压抑它。如果容许它指引我们的生活，那么我们就会成长为健康的、富有成果的和快乐的。①

在童庆炳看来，尽管李贽"童心"说和马斯洛的"第二次天真"说在理论产生的时代、历史文化语境乃至外在的理论表述上都存在着明显的差异，但在精神实质上却有着惊人的契合，尤其是它们对于人性本质的肯定已经建基于人类自然本性之上的理论假设，更是出乎寻常的"相似"，"马斯洛所说的'第二次天真'、'健康的儿童性'，实际上也就是李贽所说的成人身上的'童心'"。②

童庆炳认为，中国明代李贽的"童心"说与西方现代人本主义心理学说之所以会有具体内容和精神实质上的相同和相通，这是绝非偶然的：

首先自然人性的复归是一个带有普遍性的问题，虽然东西方人所处的文化背景不同，思维方式不同，但一旦深入到问题的核心，就有可能获得相似的理解。况且世界毕竟不完全是隔绝的，李贽的学说融会了老庄哲学，……马斯洛则对禅宗感兴趣。可以说是老庄和禅宗把李贽的"童心说"和人本主义心理学的某些学说联系在一起。其次，李贽的学说和西方人本主义心理学虽然相隔三个世纪，但他们都面临着相似的社会问题，李贽所面临的是中国晚明时期市民经济兴起所产生的社会混乱，人本主义心理学所面对的是资本主义高度繁荣时期所产生的社会弊端，具体的历史语境是不同的，可从抽象的意义上说，却有相通之处。③

不仅如此，童庆炳还站在中国古代文论观点的现代转化的立场上，点明了李

---

① ［美］马斯洛：《存在心理学探索》，见童庆炳：《中国古代文论的现代意义》，北京师范大学出版社 2001 年版，第 279—280 页。
② 童庆炳：《中国古代文论的现代意义》，北京师范大学出版社 2001 年版，第 281 页。
③ 童庆炳：《中国古代文论的现代意义》，北京师范大学出版社 2001 年版，第 283 页。

赞"童心"说的现代意义：

> 首先，在目前正在进行的社会转型期中，由于不规范的市场经济的影响，文学的本性在很大程度上失落了，……今天文学本性的失落，从根本上说是人的本性的扭曲和失落，因此，回到文学的本性，就意味着要求作家从各种各样的面具后面走出来，重新回到"人之初"，回到"心之初"，重新获得"童心"或得到"第二次天真"，作一个既"不成熟"又成熟的人，一个既深刻又有诗意的人，既保持人类的诗性智慧又能批判社会的人，总之是作一个有"童心"的"真人"。

> 其次，"童心说"作为一种创作美学，对我们今天的创作仍具有指导和启迪意义。文学的生命在于不断地出新，千篇一律的重复是文学创作的死亡。二十世纪西方的第一个文论流派——俄国形式主义文论流派，提出了"陌生化"原理，其核心思想就是要避免使文学落入"自动化"的套板反应，……童心说强调作家要有"最初一念之本心"，实际上是暗示作家们，要以那种对周围的事物永远是第一次看见的感觉去描写事物，也就是用一种陌生化的眼光看事物。……伟大的艺术家总是成熟而又充满童心的。……"童心"则是一次又一次的新的创造动力。由此可见三百年前李贽的"童心说"作为一种创作美学，不但属于过去，而且也属于现在和未来。①

在这里，这种现代意义虽然是就李贽的"童心"说而言，但是可以普遍地适用于整个的中国古代文论观点的现代转化。

第五节　体系的转换：中国古代文论现代转换的终点

体系的转换是中国古代文论现代转换的终点。

体系的转换是中国古代文论现代转换中最高层次的转换，同时也是学界

---

① 童庆炳：《中国古代文论的现代意义》，北京师范大学出版社 2001 年版，第 284—286 页。

里公认的难度最大的转换。其困难正如王运熙、黄霖在其主编的三卷本《中国古代文学理论体系》中所指出的：

> 一方面中国古代的历史过于悠久，典籍过于浩繁，问题过于复杂。就社会发展而言，尽管古代中国……历时几千年，经历过上升、发展、停滞等不同历史阶段，更替过汉、唐、宋、明等诸多朝代；就传统文化精神而言，除儒、道两大家之外，还有墨、法等诸家，后来又有佛家，都对民族精神的构建起过重要的作用；就文学作品而言，虽以诗、文为正统，但还是有词、曲、小说等诸多文体；因此，要在这个基础上，照顾到各个方面，拈出一核心精神，描绘其完整体系，确实是并非易事。另一方面，中国传统文化精神对于"体系"的关注向来是漫不经心的。在文学理论批评史上，除了"体大思精"、"笼圈条贯"的《文心雕龙》之外，很少用整体系统的眼光来总结中国古代文学现象和文论精神的。……总的说来，中国古代文论的表现形态多感想式、经验型的，缺少理论性、条贯式的著作。[1]

但尽管如此，二十世纪以来中国学者一直在为现代意义上的中国古代文论体系的建构做着孜孜不倦的努力和尝试。比如，早在二十世纪20、30年代，中国学者李笠、段凌辰、陈怀、刘麟生等就开始了中国古代文论体系的建构工作。此后，傅庚生、郭绍虞、朱东润、罗根泽等学者，也对中国古代文学理论的批评史资料收集和系统梳理，做出了很大的贡献。进入二十世纪80年代以来，随着一批年富力强的中生代学者的崛起，掀起了一股建构中国古代文论体系的热潮。而二十世纪90年代末至二十一世纪初推出的由王运熙、黄霖等人主持完成的"八五"期间国家社会科学规划重点课题项目成果《中国古代文学理论体系》，从"原人论"、"范畴论"、"方法论"三个方面，对中国古代文学理论进行了全面性的梳理和体系性的整合，代表了中国学界建构中国古代文学理论体系的新的尝试。

第一是"原人论"。关于"原人"一词的用义和"原人文学论"的主旨，黄霖、吴建民、吴兆路在《中国古代文学理论体系·原人论》一书中开

---

① 黄霖、吴建民、吴兆路：《中国古代文学理论体系·原人论·绪论》，复旦大学出版社2000年版，第2页。

宗明义地指出：

> "原人"一词，先见于《孟子·尽心下》："一乡皆称原人焉，无所
> 往而不为原人。"这里的"原"字，同"乡愿"的"愿"，作形容词用。
> "原人"即是貌似诚实谨慎的人。这不是本书所取的意思。后至唐代韩
> 愈曾作《原道》、《原人》等著名的"五原"论。接着，佛家宗密也写
> 了思想史上颇有影响的《原人论》。这里的"原"字作动词用，是推究
> 其本原的意思。"原人"，主要是考究人的本原。这也不是本书所讲
> "原人"的意思。本书所标举的"原人"的"原"字，乃同《文心雕
> 龙·原道》，以及更早的《淮南子·原道训》所用"原"字的意思。
> 《淮南子》高诱注"原道"曰："原，本也。本道根真，包裹天地，以
> 历万物，故曰原道。"刘勰在《文心雕龙·序志》中更为明确地解释
> "原道"为"本乎道"。这里的"原"字，就是以某为本原的意思。"原
> 人文学论"，就是说一部中国古代文学批评史，千言万语，归根到底就
> 是立足在"原人"的基点上。中国古代文学理论批评体系的核心就是以
> 人为本原。①

并把"原人文学论"的具体表现形式概括为："心化"、"生命化"和"实用
化"。所谓"心化"，就是中国古代文论思想家所强调的"人以心为本"，这
是中国古代文学理论批评的核心精神，也是构建中国古代文学理论批评体系
的主要基石。"心化"的理论特征首先表现在中国第一个自觉的文论命题
"诗言志"上，即作为中国"千古诗教之源"和中国诗论的"开山纲领"，
"诗言志"的本义就是"诗是言诗人之志"的意思，"它的出现，奠定了
中国古代文论'原人'及其'心化'论的基础。由此而往，在中国古代文
学理论批评的历史长河中，把文学看成是作者个人主观心志的表现和外化
的主张一直是股不断的主流，它冲淡、排挤、包容着文学再现的理论而滚
滚向前。……'诗言志'说确在中国诗论史上不仅具有开山初创的'第一

---

① 黄霖、吴建民、吴兆路：《中国古代文学理论体系·原人论》，复旦大学出版社 2000 年版，
第 5 页。

性'地位，而且具有通贯千古'历时性'意义。"① 其次，"心化"的理论特征还表现在中国古代文论论述文学创作的完整过程中，"从感物动心以创造发生，到细论心物之间的互动关系，再到意象的生成，意境的创造，以及创作心境的不同等有关心化的问题，都有所关注和阐发，构成了'心化'论的一个比较完整的体系。"② 所谓"生命化"，就是说中国古代文论把文学活动的实质，看作是一种生命活动，是人类生命高度成熟的表现，文学生命论，就是视文学为"生命的形式"，强调文学是人的生命化的结晶，也即文学是人的生命的表现。中国古代文论的"生命化"特征不仅表现为文学创作过程是作家的生命活动过程，而且表现为文学作品是作家主体生命的表现形式和艺术结晶，即：

> 一方面，文学作品以观照人的生命为基本使命。文学作品表现着人的生命，是人的生命的写照，这是几千年中国文学的基本事实。从诗经、楚辞、汉魏晋南北朝文学、唐诗、宋词、元曲到明清小说，中国文学的发展历程实际展示了古代不同历史时期人们生命活动的现实状况。各个历史时期人们的心灵、精神、情感、思想，都生动形象地载入各朝各代的文学作品之中。中国古代最有价值、恒久流传的作品，正是那些充分展示伟大生命精神的作品。……强调文学的生命意识，是中国古代文学理论的重要特质。中国古代的诗论以"言志"、"缘情"为基本，此外又有"滋味"说、"韵味"说、"性情"说、"性灵"说、"神韵"说等，这些观点的核心，都离不开人的情感精神，都以人的生命表现为根本。

> 另一方面，中国古代文论家认为，文学的生命特征不但表现为文学以表现生命为使命，而且表现为文学自身又具有生命形式的特点，也就是说，文学作品本身的结构形式具有生命特征。对于文学作品的这一特点，中国古代文论家常以人体生命喻之。……在古代文论家看来，文学作品亦如人，有气象、体面、肌肤、骨骼、血脉、声音、精神以及华冠

---

① 黄霖、吴建民、吴兆路：《中国古代文学理论体系·原人论》，复旦大学出版社 2000 年版，第 27—28 页。

② 黄霖、吴建民、吴兆路：《中国古代文学理论体系·原人论》，复旦大学出版社 2000 年版，第 22 页。

衣履，是一个生机盎然、有血有肉的生命体。也就是说，中国古代文论家对文学作品的认识达到了这种深刻的程度：文学作品是一种生气灌注的有机形式，它源于生命，以表现生命为根本使命，同时自身又获得了生命的形式特点，并以自身生命形式的特点而给人以无穷的美感。①

所谓"实用化"，是说中国古代文论在主张以人为本、重视文学表现人的自然的情性的同时，还特别强调人作为人类社会的一员，应承担必要的社会责任和义务，尊重文学的社会功用性质，并为规范和协调人与人之间的各种关系提出了一系列的文学理论命题：其一，以"治世与观风"、"教化与明道"、"济时与讽世"为主要内容的政教功用论。其二，以"文质彬彬"统领文学作品内容与形式平衡的文质论。其三，以"温柔敦厚"为"中和之美"的诗教原则。其四，以"太上立德"、"其次立言"等人品为根底的德言论。其五，以"文随世变、与时高下"为主的文质代变论，让中国古代文论带有明显的伦理性、实用性、功利性的实用化色彩。另外，"心化"、"生命化"、"实用化"，虽各有侧重，但又相互联系，使"以人为本"的"原人论"成为一个统一的整体。

第二是"范畴论"。关于中国古代文论的"范畴论"的体系特征，汪涌豪在《中国古代文学理论体系·范畴论》中直言中国古代文学理论的范畴论体系是一种"潜体系"：

> 所谓"潜体系"，显然是相对于"显体系"而言的。即与西方以观念表现为形式特征的体系，或说已完成了学科形态的体系不同。西人多以形式逻辑为手段，以求真求知为目的，通过分析、归纳和推理，建起严谨缜密的理论系统。古代中国人因受从语言到文化，从思维习惯到思想资料都不尚分析的传统的影响，在用概念、范畴固定和网络自己对客观对象的认识时，通常以辩证逻辑为依据，通过意会和体悟，达到对其特性的系统说明。如果说，西人建构理论体系也讲体悟，但这种体悟是建立在仔细深入的分析之后的话，那么，在古代中国人，领悟之后并不再需要辨析什么，亟亟说明什么。这种不再辨析说明的论述立场和文化

---

① 黄霖、吴建民、吴兆路：《中国古代文学理论体系·原人论》，复旦大学出版社2000年版，第194—195页。

选择，以及基于价值论认同而发展出的浓郁的人文精神，而不是像西人基于认识论认同而发展出的科学精神，造成了古代各种理论体系，包括文学理论体系和文学范畴体系，其深邃的思想，丰富的内容，弥漫和洋溢在一个立体网状的动态构造之中，而其平面静态的结构图式，则并不十分分明。①

正因此，汪涌豪对于中国古代文论的范畴论的整合，不取西洋形式整严的逻辑推演范式，而是依照中国文论范畴的实际情况，以性质分类作列，从"本原性范畴"、"创作论范畴"、"作品形态和风格论范畴"和"鉴赏与批评论范畴"等方面入手，梳理中国古代文论诸范畴之间的依存关系和内在的逻辑构连。其中，"本原性范畴"，是指关涉文学本体存在的那部分实性范畴。以"道"和"气"为根本，统领"心"、"志"、"性"、"情"、"意"等表示主体的本原范畴，以及"物"、"事"、"理"等代表客体的本原范畴。这些本原性范畴相互之间关系密切，连贯成一个统一的序列。用一个简化的图示来说明，就是：

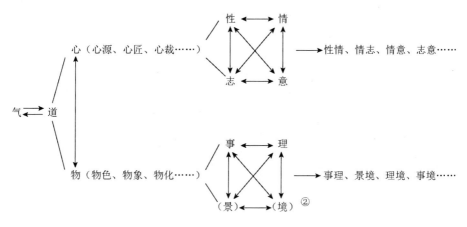

"创作论范畴"，是指关涉文学创作发动的文论范畴。以"兴"、"神思"、"无法"为纲，把"养兴"、"发兴"、"兴会"、"兴寄"、"精思"、"虚静"、"养气"、"妙悟"、"才"、"胆"、"识"、"学"、"力"、"法"、"自然"等一干范畴，相互关连成一个统一的序列。用一个简化的图示来说明，就是：

---

① 汪涌豪：《中国古代文学理论体系·范畴论》，复旦大学出版社 2000 年版，第 630 页。
② 汪涌豪：《中国古代文学理论体系·范畴论》，复旦大学出版社 2000 年版，第 543 页。

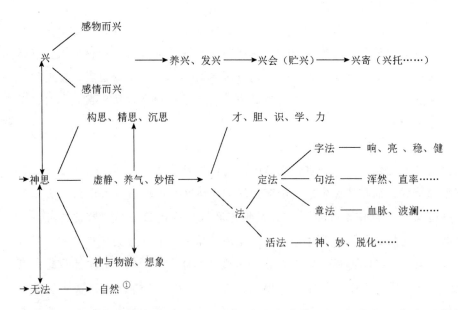

所谓"作品形态和风格论范畴",是指关涉文学作品呈现形态和艺术风格的文论范畴。其中,以"声色"、"格调"、"韵致"、"意境"、"雅谐"、"高古"、"清远"、"浑融"为总目,把包括"精警"、"圆朗"、"繁碎"、"新奇"、"雄深"、"劲健"、"浅切"、"卑弱"、"澄淡"、"简约"、"昏浊"、"滞浊"、"深厚"、"宏壮"、"浅促"、"平庸"等众多的文论范畴,连贯成一个系统化的构成。用一个简化的图示来说明,就是:

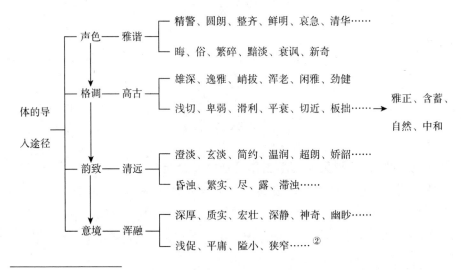

① 汪涌豪:《中国古代文学理论体系·范畴论》,复旦大学出版社 2000 年版,第 571 页。
② 汪涌豪:《中国古代文学理论体系·范畴论》,复旦大学出版社 2000 年版,第 607 页。

"鉴赏与批评论范畴"，是指关涉文学鉴赏与批评的文论范畴。以"知音"为指向，循主体规范和客体规范两条线索，把"虚静"、"澄心"、"鉴照"、"圆览"、"观"、"味"、"解"等诸多范畴，连接成为一个完整的系统。用一个简化的图示来说明，就是：

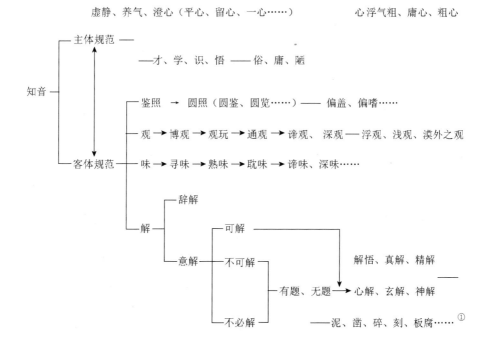

第三是"方法论"。关于中国古代文学批评方法的总体特征及具体所使用的批评类型和体制，刘明今的《中国古代文学理论体系·方法论》从批评意识、批评思维、批评的具体方法三个方面，做了细致的梳理和归纳工作。其中，批评意识与方法方面，历时地考察了中国古代文学批评的几种主要的批评意识类型：其一，文化历史意识。所谓"文化历史意识"，是指把文学作为文化现象和历史现象来看待的一种批评意识。这种"文化历史意识"起源于先秦时期的泛文化批评，当时文学意识尚未独立，人们对于文学的认识通常都是把它看作是一种广义的社会文化现象来评判的。如《论语·八佾》："子夏问曰：'巧笑倩兮，美目盼兮，素以为绚兮。何谓也？'子曰：'绘事后素。'曰：'起予者商也，始可与言诗矣'。"进入汉代以后，随着文学观

① 汪涌豪：《中国古代文学理论体系·范畴论》，复旦大学出版社 2000 年版，第 629 页。

念的逐步清晰与独立，泛文化批评也渐渐更新、发展为两种既有联系又有差别的批评类型：一种是历史批评，即视文学为历史文献，以历史的眼光来探索其发生、发展的机制，并以历史实录的标准来要求文学，如刘因《叙学》："古无经史之分，《诗》、《书》、《春秋》皆史也，因圣人删定笔削，立大经大典，即为经也"①；另一种是教化批评，即视文学为政治教化的工具，以强烈的实用的功利观念来限制文学、评价文学，如《诗大序》："风，风也，教也。风以动之，教以化之"，唐孔颖达《礼记正义》释"诗教"为："温谓颜色温润，柔谓情性和柔。诗依违讽谏，不指切事情，故云温柔敦厚，是诗教也。"② 其二，人物品鉴意识。所谓"人物品鉴意识"，是指把文学看作是体现作者才性、品质的一种批评意识，并由此形成以品藻人物为主要内容的才情论文学批评。相较于早期的教化论文学批评，才情论文学批评无论是对文学自身独立定位的肯定，还是对作家才性及创作心理的关注，都有力地促进了中国古代文学批评的发展。其三，审美超越意识。所谓"审美超越意识"，是指"不把文学束缚在具体意义上，如讽谕、教化、娱悦、抒愤写情等特定的目的，或藉文辞之美以表现个人的才性，而是指向别一种境界。它与教化论、才性论之有明确的批评理想、批评标准不同，其理想与标准往往难于体悟，即使体悟了也难于言说，因而带有形而上的意味。"③ 其四，批评的自觉、自主意识。所谓"批评的自觉、自主意识"，是指自觉、有意识地进行文学批评，以批评本身为目的，而不是把文学批评看作是文化批评、历史批评或其他批评的附庸。这种批评的自觉、自主意识，首先表现为批评家本人的自觉、自主，即批评家自觉。主动地超越一般作者或一般读者的身份，克服主观性、片面性、随意性，去追求客观的、稳定的、可操作的文学批评标准；其次表现为批评方法的自觉、自主，即批评家去自觉、主动地寻求和使用适合某种批评规范的文学批评方法。批评思维与方法方面，共时地探究了中国古代文学批评所使用的几种独特的思维方法：其一，体用不二。"体"，是指事物的本体、本质；"用"，则是指事物的功能、属性、作用或表现。西方对于"体""用"之间的关系分得比较清楚，论事先说明本体，

① （明）刘因：《叙学》，见刘明今：《中国古代文学理论体系·方法论》，复旦大学出版社2000年版，第26页。

② （唐）孔颖达：《礼记正义》，见刘明今：《中国古代文学理论体系·方法论》，复旦大学出版社2000年版，第64页。

③ 刘明今：《中国古代文学理论体系·方法论》，复旦大学出版社2000年版，第112页。

然后因体及用；中国则不同，往往不在"体""用"之间做区分，论事也是用在体先，因用推本，形成一种代表古代中国人"即用致体、体用不二"的认知事物的独特思维方法，并对中国古代文学批评"影响甚大"：

> 中国古代文论中"文"的概念游移不定，或者大而无垠，囊括一切文字之作，或又仅仅被视为辞藻的组合、个人情感的抒发，又或者反对之而另求他义，凡此种种均与体用不二、以用为体的思维方式有关；进而对各类文体的认识也莫不从其功能出发加以界定，因用而致体。这体现出一种尚用的观念，因为尚用，故体的概念不明确，导致文学批评缺乏理论的规定性、准确性；但也因为尚用，故必然尚变，因为用总是与时而变的，此所谓"文之时义大矣哉！"人们因此对文，对各类文体均不持固定不变的观点，而能比较通达地对待各种与文学有关的现象。①

其二，整体直觉。古代中国人把人、社会以及整个自然界都看成是一个浑融不分的有机整体。由于在古代中国人的意识中，人的主体与外界客体在本质上是一体的，不可分的，故他们对于事物和客观世界的认识，并不依靠概念分析和逻辑推理，而是依靠直觉，通过将自身融合于对象之内的体认，凭借灵感式的妙悟，直接去把握事物的本质，形成古代中国"整体直觉"的独特认知事物的思维方法，而"这样的思维方法体现于文学批评便是将文学作品所有的各部分作为一个整体进行观赏，泯去读者与作者的界限，充分地投入，体会其精蕴，同时发挥自身的想象，加以理解，作出判断。"② 其三，通观整合。"通观"，是要求把握认识的全部发展过程，"整合"，则是要对认识加以融会贯通。"通观整合"同样是古代中国人的一种独特的思维方法，也在很大程度是影响了中国古代文学批评的独特运思：

> 通观整合思维与整体直觉思维都与中国古代天人合一的思想有关。因为人与天地万物为一体，在本质上是一致的，共同组成了一有机整体，故人可以直观天地自然，体悟其大道；同时也能够将宇宙的一切，包括人生、文学统一地进行观照，综合各方面因素来思考，排斥片面

---

① 刘明今：《中国古代文学理论体系·方法论》，复旦大学出版社2000年版，第216—217页。
② 刘明今：《中国古代文学理论体系·方法论》，复旦大学出版社2000年版，第254页。

的、局部的、简单化的观点，整合出一折衷群言的体系。先秦的阴阳五行学说，《吕氏春秋》、《淮南子》等包罗世间万象的恢宏的体系，司马迁"究天人之际，通古今之变，成一家之言"的宏愿，以及宋邵雍以"元"、"会"、"运"、"世"之数推究天地运化之终始、治乱兴衰的规律，等等，无不体现了这样一种思维定势。中国文学批评的展开也是如此，从具体的作家作品的评析，创作方法的归纳，以至整个批评发展演变的趋势，均明显地体现了通观整合思维的影响。①

其四，圆融不执。"圆融"，是指以"圆"为贵，融合不同或对立的观点；"不执"，则是不拘泥于一定之见，以空灵无碍的态度对待一切。"圆融不执"不仅在思维方法体现了古代中国人不偏不倚，圆融无碍的思维特点，而且对于中国古代文学批评的展开有"重大的影响"，如钱锺书《谈艺录·说圆》所述："吾国先哲言道体道妙，亦以圆为贵。《易》曰：'蓍之德，圆而神。'皇侃《论语义疏·叙》说《论语》名曰：'伦者，轮也。言此书义旨周备，圆转无穷，如车之轮也。'"② 批评的具体方法方面，详细地罗列了中国古代文学批评中的有代表性的批评方法：其一，知人论世。"知人论世"的方法来源于《孟子·万章下》，说的是知人知世以知诗，以及因诗而知人知世。其批评特点是"知人"与"论世"联系在一起，强调的对作家、作品、世运三者关系的"综合认识"。③ 其二，附辞会义。"附辞会义"的方法来源于《文心雕龙·附会》，"附辞"，是因其辞而求其意；"会义"则是就其全篇统合之，以求其主题大义。其批评特点是"立足于文本，从文本出发，阐发作品的意蕴，……它重视对文本本身词语意象的理解，在此基础上阐明文本的意义或作家的意图；……以对文本本身的理解为目的，批评家的主观色彩被加强，或出于某种思想原则、或出于某种审美意趣，或出于某种人生领悟，各种都可从文本词语中作出不同的阐释，人各有解，自成其说。"④ 其三，品藻流别。"品藻流别"的方法来源于《文心雕龙·才略》，"品藻"，是品评词藻的高下；"流别"，则是历述文学源流变化。其批评特

---

① 刘明今：《中国古代文学理论体系·方法论》，复旦大学出版社 2000 年版，第 307—308 页。
② 刘明今：《中国古代文学理论体系·方法论》，复旦大学出版社 2000 年版，第 333 页。
③ 参阅刘明今：《中国古代文学理论体系·方法论》，复旦大学出版社 2000 年版，第 376 页。
④ 刘明今：《中国古代文学理论体系·方法论》，复旦大学出版社 2000 年版，第 431—432 页。

点是关注"作品本身的艺术表现，包括风格类型、体制结构、声律语言等各方面的特征"。① 其四，明体辨法。"明体辨法"的方法来源于《墨子·法仪》和《文心雕龙·法术》。"明体"，是辨明文体，"辨法"则是辨别为文之法度。其批评特点是"探讨为文之大法，或示人以具体的作法，这是许多（中国古代）批评家进行文学批评的主要目的。……对法的归纳总结亦往往从体出发，因体以明法，将体与法打成一片来谈法。"②

《原人论》、《范畴论》和《方法论》，既各自独立，各有侧重，又互相联系，相互呼应，连贯成一个统一的中国古代文学理论体系。尽管从实际完成内容来看，《中国古代文学理论体系》尚有不少有待商榷之处，比如，无论是对中国古代文学理论体系的"原人"、"范畴"、"方法"的原则划分，还是对"原人论"、"范畴论"、"方法论"的具体论证，学界都有质疑和不同的声音存在。这些都是事实，没有必要回避。但是，作为对于中国古代文学理论体系的一次系统化的整理，《中国古代文学理论体系》在梳理和整合中国古代文学理论的内在体系和民族精神方面所做出的探索和尝试，仍然是值得肯定的。特别是其提出的"为发展现代的中国文学理论而服务"的研究宗旨，③ 切合了当代中国古代文论体系现代转换的理论关切，为中国古代文论体系的现代转换提供了有益的借鉴和帮助。

自二十世纪90年代提出"中国古代文论的现代转换"以来，尽管学界一直有质疑和反对的声音存在，但是，历经20年的不懈努力与实践，"中国古代文论的现代转换"，不仅明确地奠定了古代文论现代转换"以我为主"、"古为今用"的方法论根基，而且循着"话语转换"、"观点转换"和"体系转换"的路径，在古代文论现代转换方面做出了许多卓有成效的探索和尝试，取得了为学界所公认的实绩。带有中国鲜明民族特色的古代文论，也借现代转换的时代契机，有望成为中国当代文学理论的一个活生生的组成部分。

---

① 刘明今：《中国古代文学理论体系·方法论》，复旦大学出版社2000年版，第494页。
② 刘明今：《中国古代文学理论体系·方法论》，复旦大学出版社2000年版，第531—532页。
③ 王运熙、黄霖：《中国古代文学理论体系·前言》，复旦大学出版社2000年版，第2页。

第八章

马克思主义文论的中国化

在过去的近一百年的时间里，马克思主义文论在中国的译介、传播和取得主导地位，是中国当代文论的一个重要的内容。正如李衍柱在其主编的《马克思主义文艺理论在中国》一书的开篇所指出的："马克思主义文艺理论是整个马克思主义科学思想体系的组成部分。……马克思主义文艺理论是怎样传播到中国，并在中国这个以农民为主体的东方文明古国的土地上生根、开发、结果的？马克思主义文艺理论在中国传播和发展经过哪些阶段，具有些什么历史特点？马克思主义文艺理论在中国的历史命运如何？这些问题，是每一个研究中国文艺思想史的同志都不能回避的"。① 在反思中国当代文论的"失语症"的过程中，对于"马克思主义文论的中国化"认识的深化，无疑有着重大的理论价值和现实意义。

第一节 马克思主义文论在中国的译介与传播及马克思主义文论的中国化问题的提出

马克思主义文论在中国的译介与传播恰与中国现代文学的创生同步，学界通常依据中国现当代文学的划分方法，把马克思主义文论在中国的译介、传播和发展，做相应的四个阶段的划分：

第一个十年（1919—1927）

众所周知，马克思主义文论的创始人马克思和恩格斯并没有单独的文论

---

① 李衍柱主编：《马克思主义文艺理论在中国》，山东文艺出版社 1990 年版，第 1 页。

著作问世，他们的文论思想散见于他们的著作、札记和信件之中，所以，马克思主义文论在中国译介和传播是与马克思主义学说在中国的引入同步的。比如，中国共产党的创始人之一的李大钊，是较早向中国引入马克思主义学说的先驱，他在"五四"运动和中国共产党成立前后，发表了《俄罗斯文学与革命》、《我的马克思主义观》、《由经济上解释中国近代思想变动的原因》、《什么是新文学》、《法俄革命之比较观》、《物质变动与道德变动》、《马克思的历史哲学》、《真正的解放》、《现代青年活动的方向》、《唯物史观在现代史学上的价值》等一系列著名的文章，在把马克思列宁主义看作是"二十世纪世界革命的新信条"的同时，对马克思列宁主义的文论思想，特别是马克思主义对于文艺的意识形态性质的论述和从唯物史观出发对于文艺变革的社会根源的探寻，给予较大篇幅的引述和充分的肯定，对于马克思主义文论思想在中国的传播和影响，做出了很大的贡献。中国共产党的另一位创始人陈独秀，在他主编的《新青年》杂志上撰写《关于社会主义的讨论》、《俄罗斯革命与我国民之觉悟》、《马克思的两大精神》、《马克思学说》等文章，并编发了郑振铎翻译的高尔基（Maksim Gorky）的《文学与现在的俄罗斯》、震瀛翻译的英国人朗斯·布拉格（Lens Prauge）的《列宁》和俄国文艺理论家卢那察尔斯基（Lunacharsky）的《苏维埃政府的保存艺术》等文章，使《新青年》杂志成为传播马克思主义文论思想的一块重要的理论阵地。此外，邓中夏、恽代英、萧楚女、李求实、沈泽民、蒋光赤等早期共产党人，也为马克思主义文论思想在中国的传播，做了大量的宣传和译介工作。

不过，正如有学者所指出的，马克思主义文论在中国传播的初期，不是首先译介马克思主义创始人马克思和恩格斯的相关著作，而是大量译介苏俄的马克思主义文艺理论著作。[①] 按照孙东的选辑整理，这一时期，国内译介的苏俄文艺理论著作，主要有沈雁冰译的《俄国文学与革命》（《文学周报》1923 年 11 月 12 日第 96 期），郑超麟译列宁（Vladimir Lenin）的《托尔斯泰和当代工人运动》（《国民日报·觉悟》1925 年 2 月 23 日），鲁迅译的《苏俄文艺政策》（《奔流》连载 1925 年 6 月 20 日），任国桢译的《苏俄文艺论战》（上海北新书局 1925 年），仲云译的托洛斯基（Davidovich Bronsch-

---

① 参阅李衍柱主编：《马克思主义文艺理论在中国》，山东文艺出版社 1990 年版，第 275 页。

tine）的《论无产阶级的文化与艺术》（《文学周报》1926 年 3 月 14 日第 216 期—219 期），冯乃超译的列宁的《论党的出版物与文学》（《中国青年》 1926 年 12 月 2 日第 144 期），冯雪峰译的《新俄的无产阶级文学》（北新书局 1927 年）和《新俄的演剧运动与跳舞》（北新书局 1927 年）等等。① 毛泽东在《论人民民主专政》中曾经历数了自 1840 年鸦片战争以来先进的中国人向西方寻找救国救命真理的过程：洋务运动、太平天国运动、戊戌变法、义和团运动以及辛亥革命……，指出帝国主义的侵略打破了中国人学习西方的迷梦，中国人向西方学习真理，但是行不通，理想无法实现，最后都归于失败。而第一次世界大战震动了全世界，俄国人进行了十月革命，创立了世界上第一个社会主义国家，过去蕴藏在地下为外国人所看不见的伟大的俄国无产阶级和劳动人民的革命精力，在列宁、斯大林（Vissarrionovich Sta-lin）领导之下，像火山一样突然爆发出来了，这给中国人以极大的震动和启示。受苏俄革命的影响，中国人从思想到生活，都出现了一个崭新的变化，"十月革命一声炮响，给我们送来了马克思列宁主义。十月革命帮助了全世界的也帮助了中国的先进分子，用无产阶级的宇宙观作为观察国家命运的工具，重新考虑自己的问题。走俄国人的路——这就是结论。"② 这不仅解释了苏俄马克思主义文论进入现代中国的最初因缘，也揭示了其在后来中国现代文论所占主导地位的根本所在。

第二个十年（1927—1937）

第二个十年又称"左翼十年"，伴随着二十世纪 30 年代世界性的无产阶级革命热潮的出现和中国共产党领导的国内革命的深入，马克思主义在中国进入了广泛传播的阶段。按照刘庆福的统计，这一时期马克思主义文论在中国的译介，出现以下四个特点：1. 开始注重对于马克思主义文论创始人马克思和恩格斯的涉及文论的相关论著的译介。主要有冯雪峰从日文转译的马克思的《〈政治经济学批判〉导言》和《马克思论出版底自由与检阅》，瞿秋白根据俄文资料编译的《现实——马克思主义文艺论文集》、《马克思恩格斯和文学上的现实主义》、《恩格斯和文学上的机械论》，以及陆侃如、胡风、易萌、陈北鸥等人翻译的《致玛·哈克奈斯》、《致敏·

---

① 参阅李衍柱主编：《马克思主义文艺理论在中国·附录》，山东文艺出版社 1990 年版，第 314—315 页。

② 毛泽东：《论人民民主专政》，《毛泽东选集》第四卷，人民出版社 1991 年版，第 1471 页。

考茨基》、《致保·恩斯特》、《马克思致斐·拉萨尔》和《恩格斯致斐·拉萨尔》等 5 封马克思恩格斯论文艺的著名书信。2. 对于列宁的关于托尔斯泰（Lev Tolstoy）的文艺论著和列宁回忆录的译介。其中，列宁关于托尔斯泰的几篇著名论文，如《列甫·托尔斯泰：俄国革命的一面镜子》、《列·尼·托尔斯泰》、《列·尼·托尔斯泰与他的时代》和《列·尼·托尔斯泰与近代的劳动运动》等，在中国出现了多个译本，而译自列宁夫人撰写的《列宁回忆录》也是公认的记录列宁文论思想的重要文献。3. 对于苏俄马克思主义文艺理论家普列汉诺夫（Georgii Plekhanov）、卢那察尔斯基和高尔基的译介取得重大成果。普列汉诺夫的《艺术论》、《艺术与社会生活》以及卢那察尔斯基的《艺术之社会的基础》、《艺术论》等苏俄马克思主义文论的经典著作在此间翻译出版。高尔基的文艺论著，特别是他晚年的许多重要的文艺论文，也以前所未有的方式被集中译介给中国读者，计有《高尔基文录》（鲁迅编，柔石等译）、《高尔基论文选集》（廖仲贤编译）、《文学论》（林林译）、《我的文学修养》（逸夫译）、《高尔基给文学青年的信》（以群译）、《高尔基文艺书简集》（逸夫译）、《青年文学各论》（石夫编译）、《高尔基文学论集》（扬伍编译）、《托尔斯泰回忆杂记》（郁达夫译）、《高尔基论苏联文学》（世界文学研究社译）、《苏联的文学》（曹靖华译）、《怎样写作》（以群、荃麟合译）、《我怎样学习》（戈宝权译）、《回忆安特列夫》（黄远译）等 14 种之多。4. 对于梅林（Franz Mehring）、拉法格（Paul Lafargue）、卢卡契（Georg Luacs）等著名的西方马克思主义文艺理论家和藏原惟人（Kurahara Korehito）、青野秀吉（Aono Suekichi）和升曙梦（Akutagawa Ryunosuke）等日本早期的马克思主义文艺理论家的译介。①

第三个十年（1937—1949）

第三个十年正值中国的抗日战争和解放战争时期，严酷的战争环境并没有阻断马克思主义文论在中国的译介和传播。这一时期，在马克思主义文论译介工作方面取得突出成绩的是对革命导师马克思、恩格斯、列宁、斯大林文艺论著的翻译出版。其中，关于马克思恩格斯论述文艺的专集有两本，一本是欧阳凡海编译的《马恩科学的文学论》，另一本是楼适夷编译的《（马

---

① 参阅李衍柱主编：《马克思主义文艺理论在中国》，山东文艺出版社 1990 年版，第 281—291 页。

恩）科学的艺术论》。关于列宁的文艺论著，除了何芜编译的《列宁给高尔基的信》和萧三编译的《列宁论文化与艺术》（上册）这两本专集外，还有《列宁论作家》、《党的组织和党的文学》等 20 多篇重要的文艺论文。关于斯大林的文艺论著，有戈宝权编译的《斯大林论民族文化》、《斯大林论作家》、《斯大林论苏联文化革命》、《列宁斯大林论电影》和《列宁斯大林论高尔基》，还有贺依、曹葆华翻译的《斯大林与文化》。正如有学者所指出的，尽管这一时期对于马克思主义文论的译介所选范围相对受限，没有以往那样选择广泛，但由于比较集中于马克思恩格斯列宁斯大林这些马克思主义文论的奠基人的文艺论著的译介，对于马克思主义文论的系统性和深刻性的认识，无疑是得到了深化的。比如，1940 年，由曹葆华、天兰译，周扬编校，延安鲁迅艺术学院出版了《马克思恩格斯列宁斯大林论艺术》一书，收录了马恩论文艺的 5 封书信，列宁论托尔斯泰的 4 篇文章，以及苏联学者写的马列艺术研究论文 2 篇，周扬在为该书所写《后记》中，高度赞扬马恩列的文艺见解，并明确指出散见在他们论著中的文艺主张有一个"完全的和谐的体系"。1944 年，周扬选编了《马克思主义与文艺》一书，选辑了马克思、恩格斯、列宁、斯大林、毛泽东、普列汉诺夫、高尔基和鲁迅有关文艺的论述，并在《序言》中对马克思主义文艺思想作了系统性的阐述，成为指导中国马克思主义文艺工作的重要文献。① 此外，高尔基、卢那察尔斯基、卢卡契以及日丹诺夫（Andrei Zhdanov）等苏俄文艺理论家的文艺论著的翻译出版，也对马克思主义文论在中国的确立起到了促进作用。

建国以来（1949—）

中华人民共和国建立以后，马克思主义文论在中国的译介、传播和发展，进入了一个日益完善的新阶段。首先是对马克思主义文论创始人马克思恩格斯著作的翻译。虽然马克思恩格斯的文艺论著在建国前就已经被译介进中国，但有两个缺点一直存在：一是对于马克思恩格斯著作的翻译基本上都是从日文和俄文转译过来，很少是从德文直接翻译的，这样无法保证译文的准确性和权威性；二是对于马克思恩格斯著作的翻译数量明显不足，马克思恩格斯的一些论及文艺的重要著作迟迟没有中文译本。建国以后，随着《马克思恩格斯全集》的翻译出版，上述问题得到了根本性的解决。这部集全国

---

① 参阅李衍柱主编：《马克思主义文艺理论在中国》，山东文艺出版社 1990 年版，第 296—297 页。

之力，费时数十载直接从德文翻译的中译文全集，在大大加强了中译文对于原文的忠实性和可信度的同时，也为学习和研究马克思主义文论提供了很多便利，出现了一大批中国学者自行选编的以全集为蓝本的马克思恩格斯论文艺的专集本，极大地提升了我国对于马克思恩格斯文艺论著的出版和认识水平。其次是对梅林、拉法格、卢卡契等西方马克思主义理论家和普列汉诺夫、卢那察尔斯基和高尔基等苏俄马克思主义理论家的翻译。尽管这些马克思主义文艺理论家在中国的译介在建国前就已开始，但鉴于当时的翻译条件和水平，对于他们的文艺论著的翻译很不充分，建国后上述情况有了根本性的改善。以普列汉诺夫为例，建国前主要是鲁迅、冯雪峰从日文对其《艺术论》和《艺术与社会生活》的节译，建国后则在中国翻译出版了《论西欧文学》（吕荧译）、《没有地址的信　艺术与社会生活》（曹葆华等译）、《论艺术》（曹葆华译）、《普列汉诺夫美学论文选》（程代熙译）和《普列汉诺夫美学论文集》（曹葆华译）等 5 本书，这些直接译自俄文的中文译本，不仅首次全文翻译了普列汉诺夫的代表作《艺术论（没有地址的信）》，而且基本上收全了普列汉诺夫重要的文艺和美学论文，堪称"我国翻译出版普列汉诺夫文艺和美学论著取得的一个重大成果"。[1] 再次是马克思主义文论体系在中国的最终确立。马克思主义学说从被引入中国之初，就与旧中国形形色色的非马克思主义学说进行着激烈的思想交锋，并逐渐展示其严谨的科学性和强大的生命力。然而，在新中国建立之前，受制于具体历史条件的制约，马克思主义在思想领域的主导地位并没有在旧中国确立。但是，伴随着新中国的成立，马克思主义在思想领域的领导地位在中国得以确立，成为指导包括文艺在内的新中国各项工作的理论指南。在文艺理论领域，尽管建国初期，受到苏俄马克思主义文论模式的影响，中国在建构马克思主义文论体系方面自主性不够，对于马克思主义文论的理解，也曾出现认识上的偏差，甚至走了弯路，但进入新时期以来，中国在建构马克思主义文论体系方面取得了长足的进步。马克思主义文论不仅是中国当代文论的一个重要组成部分，而且是指导中国当代文论建设的理论准则。

　　回顾马克思主义文论在现代中国的近百年的译介、传播和发展，历经的是一个逐步完善和深化的过程。马克思主义文论的引入对于中国文艺理论建

---

① 李衍柱主编：《马克思主义文艺理论在中国》，山东文艺出版社 1990 年版，第 306 页。

设无疑起到了巨大的推动作用，但与此同时，马克思主义文论体系的引入，也给中国文艺理论界带来了一个无法回避的问题，这就是马克思主义文论的中国化问题。

事实上，马克思主义文论的中国化，并不是今天才提出的。早在 1938 年 10 月，毛泽东在中国共产党六届六次大会上作题为《中国共产党在民族战争中的地位》的报告中，就明确地提出了马克思主义的中国化问题。他指出，马克思主义作为一个普遍真理，无疑是具有科学性的指导意义的，但是这个指导意义必须与各个国家的具体实践相联系才能得以实现的，而马克思主义的伟大力量，就在于它是和各个国家具体的革命实践相联系的。对于中国而言，我们这个民族有数千年的历史，有着丰厚的历史遗产，作为马克思主义的历史主义者，我们不应当割断我们自己的历史，而应当在遵循马克思主义理论指导的同时承继我们民族这份珍贵的遗产，因为马克思主义必须和中国的具体特点相结合并通过一定的民族形式才能实现，离开中国特点来谈马克思主义，只是抽象的空洞的马克思主义。因此，"使马克思主义在中国具体化，使之在其每一表现中带着必须有的中国的特性，即是说，按照中国的特点去应用它，成为全党亟待了解并亟须解决的问题。洋八股必须废止，空洞抽象的调头必须少唱，教条主义必须休息，而代之以新鲜活泼的、为中国老百姓所喜闻乐见的中国作风和中国气派。"① 1940 年 1 月，在陕甘宁边区文化协会第一次代表大会上，毛泽东作题为《新民主主义论》的讲演，再次强调中国新民主主义的文化是必须带有中华民族的特性的，要求全体文艺工作者重视马克思主义的中国化的问题，"中国共产主义者对于马克思主义在中国的应用也是这样，必须将马克思主义的普遍真理和中国革命的具体实践完全地恰当地统一起来，就是说，和民族的特点相结合，经过一定的民族形式，才有用处，绝不能主观地公式地应用它。公式的马克思主义者，只是对于马克思主义和中国革命开玩笑，在中国革命队伍中是没有他们的位置的。中国文化应有自己的形式，这就是民族形式"。② 1942 年 5 月，在与延安的文艺工作者座谈时，毛泽东告诫延安的文艺工作者，马克思列宁主义是一切革命者都应该学习的科学，文艺工作者不能是例外，文艺工作者要虚心

---

① 毛泽东：《中国共产党在民族战争中的地位》，《毛泽东选集》第二卷，人民出版社 1991 年版，第 534 页。

② 毛泽东：《新民主主义论》，《毛泽东选集》第二卷，人民出版社 1991 年版，第 707 页。

地学习马克思主义，"一个自命为马克思主义的革命作家，尤其是党员作家，必须有马克思列宁主义的知识"，[①] 但他同时指出，对于马克思主义的学习不能是教条主义的机械照搬，而应该是遵循马克思主义的中国化的原则，即"我们说的马克思主义，是要在群众生活群众斗争里实际发生作用的活的马克思主义，不是口头上的马克思主义"。[②] 1956 年 8 月，在与中国音乐家协会的负责同志会谈时，毛泽东再次明确指出，"艺术的基本原理有其共同性，但表现形式要多样化，要有民族形式和民族风格。一棵树的叶子，看上去是大体相同的，但仔细一看，每片叶子都有不同。有共性，也有个性，有相同的方面，也有相异的方面。这是自然法则，也是马克思主义的法则"，并重申，"在中国，马列主义的基本原理要和中国的革命实际相结合。……在政治方面是如此，在艺术方面也是如此"。[③] 综观毛泽东在不同历史阶段关于马克思主义的中国化的论述，可以归纳为这样三个方面的认识：第一，马克思主义的科学性和真理性，决定了它是指导中国实践的普遍真理，"马列主义的基本原理应该接受，不接受是没有道理的，也不利"。[④] 第二，马克思主义的基本原理要和中国的具体实际相结合并通过一定的民族形式才能实现，"马克思列宁主义……是和各个国家具体的革命实践相联系的。……使马克思主义在中国具体化，……即是说，按照中国的特点去应用它"。[⑤] 第三，这个民族形式就是要充分注重中国的历史传统和民族特性，呈现"中国作风"和"中国气派"。应该说，作为马克思主义在中国的践行者，毛泽东对于马克思主义的中国化的态度是以一贯之的，他对马克思主义的中国化的理论分析和见解，对于马克思主义文论的中国化的理论指导意义，是无可置疑的。

然而，令人遗憾的是，在很长的时期里，马克思主义的中国化的问题在中国的文学理论界并没有获得很好的解决。特别是进入二十世纪 90 年代以后，甚至出现了质疑"马克思主义中国化"这一提法或命题"不科学"的

---

① 毛泽东：《在延安文艺座谈会上的讲话》，《毛泽东选集》第三卷，人民出版社 1991 年版，第 852 页。

② 毛泽东：《在延安文艺座谈会上的讲话》，《毛泽东选集》第三卷，人民出版社 1991 年版，第 858 页。

③ 毛泽东：《同音乐工作者的谈话》，《人民日报》1979 年 9 月 8 日。

④ 毛泽东：《同音乐工作者的谈话》，《人民日报》1979 年 9 月 8 日。

⑤ 毛泽东：《中国共产党在民族战争中的地位》，《毛泽东选集》第二卷，人民出版社 1991 年版，第 499—500 页。

声音的出现，其理由有二：其一，"马克思主义中国化"是毛泽东早期提出来的，在其后期已经"放弃"了这一提法。其二，科学是"具有普遍性的东西"，不能因时因地而发生变化，马克思主义既然是"科学"，就应该是"普遍性"的，不能因为"中国化"而丧失其科学的普遍性质，"马克思主义中国化"的提法本身是"不科学"的。对此，由朱立元牵头主持的教育部哲学社会科学研究重大课题项目《马克思主义文艺理论中国化研究》作了有针对性的驳斥：

> 批评者的理由之一是毛泽东后来放弃了这个提法。确实，毛泽东后来在正式文件中没有再用"中国化"的提法。……主要是"马克思主义中国化"改为"使马克思主义在中国具体化"，我们不敢妄猜毛泽东为何做此修改，但至少认为他并没有真正放弃"马克思主义中国化"的思想和提法，因为这个提法后来不但没有消失，反而在全党得到广泛的传播和应用，其中最值得重视的是，1945年在中共七大上刘少奇代表中央讲话时明确提出"要使马克思主义系统地中国化"，这实际上是要求马克思主义在各个领域、各个方面、各项工作中全面、系统地中国化，比之毛泽东的提法又有推进。……无论是从理论上还是实践上说，"马克思主义中国化"的命题是站得住的，是经得起历史检验的。

> 批评者的理由之二，也是"根本原因"，是"马克思主义中国化"的命题"不科学"。批评者认为，科学"就是具有普遍性的东西"，进而理直气壮地责问道："这样的东西要不要中国化，能不能中国化？平面几何、普通物理、高等数学等需要中国化、能够中国化吗？"……这个责问犯了双重错误：第一，混淆了自然科学与人文社会科学的区别。马克思主义理论的核心思想是唯物主义历史观。恩格斯指出，这一新的历史观"不仅对于经济学、而且对于一切历史科学（凡不是自然科学的科学都是历史科学）都是一个具有革命意义的发现"。这里恩格斯明确区分了自然科学（如平面几何、普通物理、高等数学等）和历史科学（即人文社会科学），虽然两者都是科学，都有普遍性，但性质完全不一样。自然科学的普遍性是针对自然界的客观规律而言的，是独立于人类社会的，与唯物史观无关；而历史科学（人文社会

科学）的普遍性则体现在揭示人类社会历史发展的规律上，即使涉及自然界问题，也纳入人类社会的历史视野，因而以唯物史观为哲学基础。显然，这是对上述批评者混淆了自然科学与人文社会科学的区别的看法针锋相对的。第二，用自然科学的科学性来要求、衡量和建设属于历史科学的问题。自然科学既然独立于人类社会，一般说来对于所有民族、国家都是一样的（也有特例，如中、西医学），所以一般不存在民族、国家特色问题，也就不存在"中国化"问题；而历史科学是关于人类社会历史发展的科学，而人类社会的发展虽然有普遍规律可寻，但这种发展在不同时期、不同民族、国家里，是不平衡的，因而马克思主义作为"放之四海而皆准"的普遍真理，就有了在不同时期、不同民族、国家里进行不同应用、不同实践的问题，提出"中国化"也就是理所当然、势所必然了。所以，批评者的上述责问在理论上是完全站不住脚的。[①]

在从学理上捍卫了"马克思主义中国化"命题的科学性、真理性的同时，还明确了马克思主义文艺理论中国化与马克思主义中国化之间的关系：

> 既然作为整体的马克思主义中国化的科学性与合法性得以确立，那么，作为马克思主义的一个有机组成部分的"马克思主义文艺理论中国化"命题的科学性与合法性也就无可质疑了。这个命题与马克思主义中国化命题一样，在理论上、逻辑上是十分必要的，也是完全可以成立的。同样，"马克思主义文艺理论中国化"的提法本身也已经预设了马克思主义文艺理论所指范围主要是马克思主义创始人的文艺理论及其在西方一百多年来的演变、发展，换言之，它主要是西方思想文化体系中的马克思主义文艺理论。要不然，就不存在"中国化"的问题了。……当然，马克思主义文艺理论中国化与马克思主义中国化这两个命题之间不能简单地画等号。

> 马克思主义文艺理论的中国化乃是整个马克思主义中国化的总过程

---

① 朱立元等：《马克思主义文艺理论中国化研究》，经济科学出版社 2009 年版，第 3—5 页。

和大系统的一个不可分割的有机组成部分，虽然其中有时两者的进程不完全同步，但总体上是一致的，所以我们不能离开整个马克思主义的中国化这一总过程来孤立地看待马克思主义文艺理论的中国化，不能将之从整个马克思主义的中国化的大系统中割裂出来。就是说，马克思主义文艺理论的中国化过程、亦即中国特色马克思主义现代文论的构建过程，其社会背景是马克思主义与中国革命和建设的实践日益结合、中国的现代化事业从理想追求一步步走向现实实施的过程，亦即整个马克思主义的中国化过程。因此，离开了上述总过程和大系统，马克思主义文艺理论的中国化、乃至中国现代文论史上许多重大事件和问题就都得不到正确合理的理解和说明。①

并在此基础上，阐明了马克思主义文艺理论的中国化对于中国当代文论的整体架构和理论创新的重大意义：

近年来文艺理论界一直在对当前文艺学学科的问题和危机进行严肃认真的反思，并就新世纪文艺学的建设和建构提出了种种设想和方略。……努力探索马克思主义文艺理论的中国化和文艺学的理论创新，乃是当代文艺学走出困境、完成创新建构的必由之路。

从大的方面看，现代中国最伟大的理论创新，就是近百年来马克思主义的不断中国化，毛泽东思想、邓小平理论、"三个代表"的思想和科学发展观就是这种理论创新的重要里程碑。……就理论创新而言，……（它们）就是把来自西方思想文化传统的马克思主义的普遍真理，作为最根本的思想资源，与中国（民族的）革命和建设的具体实践结合起来，为着解决中国新民主主义革命和社会主义现代化建设这一中国本土的、民族的语境中的中国现实问题，来应用马克思主义基本原理的。这样一种将马克思主义理论应用于中国革命与建设现实语境的做法，不但推动了中国革命与建设实践的发展，而且也在中国本土的、民族的条件下丰富、发展了马克思主义，其本身就是伟大的

---

① 朱立元等：《马克思主义文艺理论中国化研究》，经济科学出版社 2009 年版，第 5—11 页。

理论创新。

　　具体到文艺学学科，也是同样道理。把马克思主义文艺理论作为基本的思想资源，为着解决中国现实思想文化语境中的文艺实践和理论发展的实际问题而加以应用，并在应用中加以发展，这就是实实在在的，也是本来意义上的文艺学的理论创新。这种理论创新，可以是全面的、系统的，也可以是局部的、个别的。但对于当代文艺学新理论体系的建构都是非常必要的。①

很显然，"马克思主义文艺理论中国化"的提出，不仅是二十世纪以来中国文艺理论坚持马克思主义思想指导的科学命题，同时也是建构中国当代文艺学亟待解决和完善的现实问题。

第二节　马克思主义文论中国化的方法论原则

　　马克思主义文艺理论是普遍真理，马克思主义文艺理论的中国化即是要把马克思主义文艺理论的普遍真理和中国文艺理论的具体现实相结合，这就决定了马克思主义文论的中国化必须遵循马克思主义文艺理论普遍真理的指导性与中国文艺理论的具体现实相结合的方法论原则。

　　首先是马克思主义文艺理论普遍真理的指导性。马克思主义文艺理论的哲学根基是马克思和恩格斯创立的唯物辩证法。唯物辩证法由唯物史观和辩证法两部分组成。关于唯物史观，马克思曾在《关于费尔巴哈的提纲》一文中明确地把唯物史观看作是其认知自然界和人类社会的哲学根基，并指出了自己的唯物史观与唯心主义和旧唯物主义的根本区别："从前的一切唯物主义（包括费尔巴哈的唯物主义）的主要缺点是：对对象，现实，感性，只是从客体的或者直观的形式去理解，而不是把它们当作感性的人的活动，当作实践去理解不是从主体方面去理解。因此，和唯物主义相反，能动的方面却被唯心主义抽象地发展了，当然，唯心主义是不知

---

① 　朱立元等：《马克思主义文艺理论中国化研究》，经济科学出版社 2009 年版，第 11—13 页。

道现实的，感性的活动本身的。"① 在《德意志意识形态》一文，马克思又详细阐述了唯物史观的重要内容：第一，人类的物质生产是整个人类社会发展的出发点。人类社会是一个极其复杂的有机体，对于人类社会发展的出发点，唯心史观和唯物史观是截然不同的，唯心史观把从头脑中产生出来的范畴、观念作为历史发展的出发点，而唯物史观则把人类的物质生产作为历史发展出发点。第二，物质关系是全部人类社会历史的基础。社会现象纷繁复杂，人们在社会交往中所结成的关系是多种多样的，而人们在生产中所产生的交往形式，即生产关系，则是人类一切社会关系的基础，它决定了人与人之间的一切社会关系，决定了整个社会历史的发展，决定了历史发展的各个不同阶段的性质。只有以这样一种物质关系、经济关系作为整个历史的基础，作为一种历史观，才能再现社会有机体的普遍本质，才能揭示出生产力和生产关系、经济基础和上层建筑之间的矛盾运动，才能把握人类社会发展的客观规律。第三，社会存在决定社会意识。社会存在和社会意识的关系问题，是划分唯心主义和唯物主义的唯一标准。唯心主义的谬误在于从想象出发，用抽象的观念、范畴、意识去解释社会存在，而唯物主义则是从现实出发，强调社会存在对社会意识的决定性作用，始终站在现实历史的基础上，从实践出发来解释观念的形成。第四，生产方式决定历史性质。生产力和与之相适应的生产关系，构成人类社会的生产方式。历史的每一阶段都遇到一定的物质结果，一定的生产力总和，人对自然以及个人之间历史地形成的关系，都遇到前一代传给后一代的大量生产力、资金和环境，尽管这些生产力、资金和环境为新的一代所改变，但它们也预先规定新的一代本身的生活条件，使它得到一定的发展和具有特殊的性质。生产方式是社会生存的基础和发展的源泉，决定并制约着人的全部活动以及全部社会生活的领域和过程。第五，生产力和人民群众是社会变革的决定力量和物质基础。生产力的发展，致使生产力和生产关系矛盾的激化，最终导致社会革命的爆发，生产力和生产关系的矛盾是社会革命的物质基础，而人民群众作为社会革命的主体则是推动历史发展的决定力量，"历史上周期性地重演的革命震荡是否强大到足以摧毁现存一切的基础；如果还没有具备这些实行全面变革的物质因素，就是

---

① ［德］马克思：《关于费尔巴哈的提纲》，《马克思恩格斯选集》第 1 卷，人民出版社 1995 年版，第 54 页。

说，一方面还没有一定的生产力，另一方面还没有形成不仅反抗旧社会的个别条件，而且反抗旧的'生活生产'本身、反抗旧社会所依据的'总和活动'的革命群众"。① 马克思的唯物史观对于揭示人类社会历史发展本质规律，在人类哲学发展史上无疑具有革命性贡献，诚如恩格斯在《马克思墓前的讲话》中所概括的：

> 正像达尔文发现有机界的发展规律一样，马克思发现了人类历史的发展规律，即历来为繁芜丛杂的意识形态所掩盖着的一个简单事实：人们首先必须吃、喝、住、穿，然后才能从事政治、科学、艺术、宗教等等；所以，直接的物质的生活资料的生产，从而一个民族或一个时代的一定的经济发展阶段，便构成基础，人们的国家设施、法的观点、艺术以至宗教观念，就是从这个基础上发展起来的，因而，也必须由这个基础来解释，而不是像过去那样做得相反。②

关于辩证法。辩证法是人类认知自然、社会和思维本身的一种思维方式。中国早在先秦时期就出现了用相互对立和阴阳两极交互作用来说明天地万物发生、发展变化的朴素辩证法思想。而在西方，古希腊哲学家们也在围绕世界之本原的论争中产生了辩证法。在中外哲学发展史上，公认的系统地提出辩证思维原则，是从德国哲学家黑格尔开始的。黑格尔在客观唯心主义的基础上丰富和发展了西方从古希腊到近代的辩证法概念的含义，即他不只是把辩证法看作一种思维方法，而是把它视作是适用于一切现象的普遍原则。他继承了西方哲学史上关于辩证法是揭露对象自身矛盾的思想，同时在概念矛盾运动的辩证分析中进一步阐明了所谓辩证法就是研究对象本质自身的矛盾，并把这种矛盾视为支配一切事物和整个宇宙发展的普遍法则，这是西方哲学史上第一个明确地在宇宙观意义上使用"辩证法"概念。在此基础上，黑格尔指出，辩证法所揭示的对象本质自身的矛盾和作为发展动力的原则，不仅是普遍适用的，而且是获得其他科学知识

---

① ［德］马克思：《德意志意识形态》，《马克思恩格斯全集》第 7 卷，人民出版社 2008 年版，第 45 页。

② ［德］恩格斯：《马克思墓前的讲话》，《马克思恩格斯选集》第 3 卷，人民出版社 1995 年版，第 776 页。

的灵魂，是"真正的哲学方法"；只有通过辩证法，才能把握哲学真理，才能真正获得其他各门科学知识。此外，黑格尔很重视概念的运动原则，把辩证法视为研究对象本质自身的矛盾，并且试图揭示运动和发展的内在联系，从现象的内在联系上揭示运动和发展的源泉和真实内容，从而把辩证法的研究推向了一个崭新阶段。马克思和恩格斯批判地继承了黑格尔的辩证法思想，在吸纳其辩证法思想合理内核的同时，摒弃了其唯心主义基础，创立了唯物辩证法。唯物辩证法的核心思想是把辩证法看作是自然、人类社会和思维发展的最一般规律的科学，强调辩证法是客观世界本身所固有的规律，把思维中的辩证法视为客观规律在人的头脑中的自觉反映，指明辩证法的规律是来源于客观现实，而不是来自黑格尔所谓的主观精神或绝对观念。唯物辩证法的具体内容包括基本规律和客观范畴两个部分。其中，基本规律包括：对立统一规律揭示事物内部对立双方的统一和斗争是事物普遍联系的根本内容，是事物变化发展的源泉和动力。质量互变规律揭示一切事物运动、变化、发展的两种基本状态，即量变和质变以及它们之间的内在联系和规律性。否定之否定规律揭示事物由矛盾引起的发展，即由肯定——否定——否定之否定的螺旋式的前进运动。客观范畴方面，包括本质与现象、内容与形式、原因与结果、必然性与偶然性、可能性与现实性等等，这些范畴都是客观事物自身的本质关系的反映，它们从不同的侧面揭示了事物的本质联系，人们借助这些范畴能正确地把握客观世界的本质联系。这样，马克思和恩格斯的唯物辩证法，通过对旧的唯心辩证法的积极扬弃，让"辩证法"概念在唯物主义基础上获得了真正科学的内容，并使"辩证法"在人类思维历史发展上第一次取得了真正科学的形态。应该说，正是得益于唯物史观和唯物辩证法的哲学根基，包括马克思主义文艺理论在内的马克思主义思想体系的科学性、真理性和指导性才得以真正确立，并经受住了历史的检验。关于马克思主义文艺理论的真理性及其对中国文论的指导作用，李衍柱在《马克思主义文艺理论在中国》一书的绪论部分中指出，尽管文艺理论在中国和西方有很长的发展历史，中国和西方的许多文学理论家，如中国的老子、庄子、孔子、荀子、王充、曹丕、陆机、刘勰、司空图、严羽、李贽、李渔、王夫之、叶燮、王国维，西方的柏拉图、亚里斯多德、贺拉斯、达·芬奇、布瓦洛、狄德罗、莱辛、康德、歌德、席勒、黑格尔、柯尔律治、别林斯基、车尔尼雪夫斯基、杜勃罗留波夫（Nicolai Dobrolioubov）、列甫·托尔斯泰等，都有探讨艺术规律的理论著作，对于文艺理论的发展，也都各自做出了自己的贡献，但由于时代和阶级的条件的限制，他们的文艺理论远没有达到科学的高度。而由马克思恩格斯创立的马克思主义文艺理论，批判地继承前人的文艺理论遗产，加以科学性的改造，把文艺理论推到一个全新的发展阶段，并在以下四个方面与传统的文艺理论有了质的区别：第一，马克思恩格斯创立的辩证唯物论和历史唯物论是马克思主义文艺理论的理论基石。在马克思恩格斯之前，无论是中国还是西方的文艺理论，都是建立在唯心史观的基础上，都不可避免地带有唯心主义和形而上学性质。直到马克思恩格斯创立了辩证唯物论和历史唯物论，才使文艺理论第一次奠定在科学的世界观和方法论的基础上，从而在世界文艺理论史上引起了最深刻的革命变革。第二，马克思恩格斯关于社会存在和社会意识、经济基础与上层建筑的学说，科学地揭示了文艺的社会本质和功能，辩证地说明了文艺与生活、文艺与政治、经济的关系，为探讨文艺的起源、研究文艺发展的规律，指出了正确的途径。而历史上出现的种种割裂文艺与生活、文艺与政治、经济的关系的观点，否认或夸大文艺的社会功能的观点都是错误的。第三，马克思恩格斯关于人的本质的科学阐释，关于人类艺术地掌握世界的方式的论述，对于研究文艺的对象，探讨文艺的特点、规律具有重大的理论价值和方法论意义。而从抽象的人的出发，从抽象的人性出发，去说明文艺现象、研究文艺学、美学问题，是马克思恩格斯以前的美学家、文艺理论家所犯的通病。第四，马克思深刻地论证了生产与消费的辩证关系，在文艺理论史上第一次把艺术生产与艺术消费看作是一个相互依存、相互影响的系统过程，揭示了艺术生产与物质生产的不平衡规律，提出了美学的历史的观点相统一的文艺批评标准问题。[①] 朱立元则在论证马克思主义文艺理论中国化的方法论问题时明确指出：

> 一个半世纪以前，马克思主义的创始人马克思和恩格斯提出了一个崭新的思想体系——马克思主义。马克思主义的诞生不仅为无产阶级革命提供了强大的思想武器，而且也给社会科学研究带来了革命性的影

[①] 李衍柱主编：《马克思主义文艺理论在中国》，山东文艺出版社 1990 年版，第 2—5 页。

响。对于文艺理论学科同样也是如此。马克思和恩格斯对文艺理论都有浓厚的兴趣，在不少理论著作中也都曾论及文艺理论方面的问题。他们以科学的世界观为基础，娴熟地运用唯物辩证法观察和分析文学艺术现象和重要理论问题，对一系列文艺理论的基本问题，如艺术的起源问题、现实主义问题、倾向性问题、典型问题、悲剧问题等都提出了许多极其深刻的见解，给我们以重要启示。

毋庸置疑，马克思主义经典作家的文艺理论具有很强的真理性，即使一个多世纪过去了，对于今天中国的文艺理论研究者仍然是十分宝贵的精神财富，值得珍视。事实上，随着马克思主义传入中国，马克思主义文艺理论也开始为中国的文艺理论工作者所关心，所熟悉。尤其是新中国成立以后，马克思主义成为这个新生的人民共和国的指导思想，马克思主义文艺理论也开始成为新中国文艺理论领域的主导力量。①

马克思主义文艺理论的中国化必须坚持以马克思主义文艺理论为指导思想，已然成为中国学界的理论共识。

其次是马克思主义文艺理论的普遍真理与中国文艺理论具体现实的结合。马克思主义文艺理论的普遍真理之所以要与中国文艺理论的具体现实相结合，既与马克思主义文艺理论自身理论形态的统括性和异质性有关，又与马克思主义文艺理论中国化的目标指向息息相关。关于马克思主义文艺理论自身理论形态的统括性，朱立元指出，马克思主义文艺理论是包含理论基础和范畴体系两个层面的。理论基础涉及的是方法论层面的问题。具体地讲，就是马克思主义研究和探讨文艺理论问题的基本理论思路和方法原则，上面提到的辩证唯物论、唯物史观、社会存在决定社会意识、经济基础决定上层建筑、人类艺术地掌握世界方式以及生产与消费的辩证关系，其实都是属于方法论层面的基础性的理论原则。范畴体系则关涉的是理论的具体表现形态和方式，它是由一系列的概念、范畴熔铸而成的具体的文论体系范式。而马克思主义文艺理论的范畴、概念体系尽管在文论发展史上是最深刻、科学的，但也存在着明显的薄弱之处：

---

① 朱立元等：《马克思主义文艺理论中国化研究》，经济科学出版社2009年版，第15页。

（一）由于马克思主义经典作家是从整个无产阶级革命事业出发，从哲学、政治经济学和科学社会主义三大部分组成的理论整体上来把握、处理文艺和美学问题的，因而从现有的马克思主义文艺理论来看，其范畴系统偏重于那些最基础、最根本的概念设定与推演，如物质生产与精神生产、社会存在与社会意识、艺术生产与艺术消费等等，这些范畴概念的展开和运演对于把被唯心史观颠倒的关于文艺的本质观念再颠倒过来，无疑具有决定性影响；但是相比之下，有关文艺自身审美特质方面的范畴概念及其推演则相对不那么充分。（二）与此相关，马克思主义文艺理论中，强调文艺的阶级性、党性那一面的范畴概念及其推演比较充分，而注意文艺的人民性、民族性、人类共同性这一面的范畴概念相对薄弱一些，而后者与文艺的创作、接受等关系更为密切；强调文艺与其他意识形态发展的共同、普遍规律较多，而注意文艺发展的个别、特殊规律不够；强调文艺的变革性较多，而对其某些超越时代、阶级、民族的普遍继承性注意不够；强调文艺的认识论、反映论因素较多，而对文艺的创造论、生产论因素的阐述相对不够，因而更重视文艺的客观性而较忽视文艺的主体性；强调文艺创作与鉴赏中的理性指导，而对创作、鉴赏活动中的非理性因素注意不够；如此等等。相对注意不够的这些后一方面的内容，在范畴概念体系中亦相对未能得到充分的体现，显得较为贫乏，且在整个理论体系中所占地位较低。……（三）现有马克思主义文艺理论中对西方文论史、美学史上的范畴概念尚未作系统的梳理、改造、吸收和综合。马克思主义经典作家论文艺问题一般是从现实出发的，他们自然也吸收了西方文论传统中的若干精华，并作出了创造性的发挥，但他们来不及、也不可能对整个西方美学、文论的丰富驳杂的范畴概念作全面、深入的总结、整理、批判、分析、改造和吸收，因而必然还留下了大量的空白。（四）马克思主义经典作家没有、也不可能对东方、特别是中国的源远流长的丰富独特的文艺创作、理论传统进行系统的归纳、总结。①

关于马克思主义文论范畴体系的归属性质，英国文艺批评家柏拉威尔（S.

---

① 朱立元：《关于当代马克思主义文艺学体系的民族化问题》，《思考与探索》，上海社会科学院出版社 1991 年版，第 76—77 页。

Prawer）在《马克思和世界文学》一书中以编年的形式收集了马克思在其一生各个阶段发表的关于文学的见解，细致地梳理了马克思文学批评中所使用的概念、范畴在西方文论发展史上的渊源，特别是其与德国古典美学之间的历史连续性，比如马克思关于个别与一般、特殊与代表、具体与象征相结合的观点，直接来源于歌德和席勒的魏玛古典主义。他的关于"全面的人"的理想，与弗里德里希·施勒格尔所设想的"自由的有文化教养的人"的形象有许多共同之处。他的美学思想与康德、黑格尔美学，也有着千丝万缕般的联系。他的许多批评概念、术语和范畴则直接采用于这些德国作家和理论家。① 马克思本人也从不否认自己的理论体系得益于对康德、黑格尔等人的批判继承，强调继承与变革之间的辩证关系，"人们自己创造自己的历史，但是他们并不是随心所欲地创造，并不是在他们自己选定的条件下创造，而是在直接碰到的、既定的、从过去承继下来的条件下创造。一切已死的先辈们的传统，像梦魇一样纠缠着活人的头脑"。② 对于马克思的文论体系而言，它所"直接碰到的、既定的、从过去承继下来的"就是整个西方从古希腊一直到十九世纪的文论传统。尽管从世界观和方法论层面而言，马克思凭借其创造性的变革，使马克思主义文论超越了以往文论发展的局限，将其提升成为指导文论发展的普遍真理和原则，但就具体的文论范畴体系而言，马克思主义文论是与它产生于其间的西方文论体系和传统一脉相承的。相较于中国传统的文论范畴体系而言，生发于西方文论传统的马克思主义文论范畴体系，显然是一种有别于中国文论范畴体系的"异质性"的文论范畴体系。所以，马克思主义文论的中国化，绝不是用马克思主义文论的普遍原则去替代中国的传统文论，而是在坚持马克思主义文论的科学的理论指导之下，正视马克思主义文论在具体的范畴体系方面的异质性质，通过马克思主义文论范畴体系与中国传统的文论范畴体系之间的交融与对话，实现马克思主义文论从方法论到文论范畴体系的中国化。以往我们由于只强调马克思主义文论在方法论层面的指导作用，没有注意到马克思主义文论范畴体系层面的异质性质，忽视了在具体

① 参阅［英］柏拉威尔：《马克思和世界文学》，梅绍武等译，三联书店1980年版，第550—551页。

② ［德］马克思：《路易·波拿巴的雾月十八日》，《马克思恩格斯选集》第1卷，人民出版社1995年版，第585页。

的文论范畴体系层面实现马克思主义文论范畴体系与中国传统的文论范畴体系之间的对接，使得马克思主义文论的中国化一直停留在方法论的理论指导层面，无法在具体的文论范畴体系层面取得进展和突破。进入二十世纪 90 年代以来，随着对于马克思主义文论范畴体系的"异质性"的认识深入，从具体的文论范畴体系层面寻求马克思主义文论范畴体系和中国传统文论范畴体系之间的相结合，逐渐成为学界关注马克思主义文论中国化的共识。但需要指出的是，马克思主义文艺理论的中国化并不局限于对于中国传统文论的吸纳和融合，原因很简单，中国的文艺理论除了自身原创性质的传统文论之外，还包括二十世纪以来受马克思主义文论和西方文论影响下生发的与中国传统文论性质迥异的现代文论和当代文论，并且"马克思主义文艺理论中国化"的提出，始终是围绕着二十世纪以来建构中国当代文艺学这一终极目的为指向的，这就要求我们在寻求马克思主义文艺理论基本原理与中国文艺理论相结合时，在关注马克思主义文艺理论与中国传统文论的汇通、融合的同时，绝不能忽视二十世纪中国现当代文论对于马克思主义文艺理论中国化的重要意义。正因此，包括朱立元等人在内的中国学者，在论及马克思主义文艺理论中国化的方法论原则时，特别点出了实施马克思主义文艺理论中国化的当下性意义：

> 研究马克思主义文艺理论中国化这一学术课题，尽管可以去研究整个二十世纪"中国化"的历史；研究中国古代文论对马克思主义文艺理论中国化的影响；研究其"中国化"的未来走向等，然而所有这些研究，实际都具有当下性。因为一切文化传播，都是当下实现的。以往的"中国化"历程与文化成果已成过去；未来的"中国化"尚未开始；只有当下的"中国化"实践正在进行。从研究主体看，其文化立场、意识、理念与方法，又必然是当下的。……因为如果没有当下，便无所谓过去，未来也无以展望。原始意义上的马克思主义文艺理论自诞生至今，大约一个半世纪，它是一种属于历史范畴的思想体系，因为其具有普遍的真理性而具有当下性。然而，这普遍的真理性的现实实现，离开文化传播即不断的阐释，是绝对不可能的。①

---

① 朱立元等：《马克思主义文艺理论中国化研究》，经济科学出版社 2009 年版，第 21 页。

并明确提出马克思主义文艺理论中国化应该涵盖中国文论传统和现当代文论现状的全部内容。从这个意义上讲，坚持马克思主义文艺理论的指导下的马克思主义文艺理论基本原理与中国文论的具体内容相结合，既是马克思主义文艺理论中国化的方法论原则，也是当代中国践行马克思主义文艺理论中国化、实现自身文艺学理论建构的必由之路。

第三节　马克思主义文论与中国传统文论的契合与融通

在以往的马克思主义文论的中国化的实践中，最通常的做法，是在说明马克思主义文论时尽量多从中国传统文论中摘取类似的观点和材料。这在当时建构中国的马克思主义文艺学的过程中，对于马克思主义文论与中国传统文论之间的相结合，起到过一定的促进作用。但是从今天的观点来看，此种"结合"，大都停留在一些具体观点、命题的相似、相近的比照或解释上，除了给人牵强附会、黏合拼凑之感外，就是将中国传统的文论仅仅作为马克思主义文论的一种"点缀"或"补充说明"，距离双方真正的融合还有很大的一段距离。那么，在当代究竟该如何进行马克思主义文论的中国化呢？当代中国学者曾对此进行过热烈的讨论，其中尤以朱立元的《关于当代马克思主义文艺学体系的民族化问题》，从哲学思维方式、基本观念和范畴概念系统等三个层面所作的马克思主义文论与中国传统文论的契合和融通最具代表性。

首先是哲学思维方式层面。朱立元指出，作为异质文化的马克思主义文论要真正地实现中国化，最根本的是要在哲学基础和思维层面上寻求马克思主义文艺理论与中国传统文艺理论的融通点与结合部，不能仅仅满足于浅表层次、个别观点的比附。而马克思主义与中华传统哲学思维方式，至少在以下几个方面是有相通之处的：第一，整体思维方式。马克思主义唯物辩证法的世界观和方法论强调的是辩证思维的原则，这种辩证思维的一个重要特点，就是对对象从其普遍联系中作全面的、整体的把握，也即整体思维方式。而中国文化和哲学中，有着源远流长的朴素辩证法的传统，重整体把握是中国传统思维方式的重要特点。比如中国古代哲学思维中的"近取诸身，远取诸物"的类比推理方法，把天地、人和自然万物都看作是一个像人体一样的活生生的有机生命整体，就是一种典型的整体思维方式。"（此一）中国传统思维中之整体把握方式，是以人自身为范本而导引出来的，且不仅强调整体中三部分的多样统一，更强调这种统一的生命有机体性质。因之，这种整体思维方式是同艺术思维息息相通的。从总体上看，这种整体思维方式是与马克思主义的辩证思维方式相一致的"。① 第二，两端中和的思维方式。中国古代朴素辩证法思想中已包含着一分为二和合二为一的思想。所谓"物生有两"，"天下万物生于两，不生于一"，"易有太极，是生两仪，两仪生四象，四象生八卦"，"天地交而万物通也，上下交而其志同也"等，都是讲统一物之分为两个对立部分，并由两部分之间的矛盾运动引起万事万物的生成变化。从整体来看，中国古代哲学对于事物矛盾的解决不是没有对立和斗争，但不是一味斗争，不是一方吃掉另一方，而是于对立的两端之间寻求"中和"。"中和"，不仅是华夏思维的一个重要特征，也是中国古典美学和文艺理论的一个理想境界。中国的两端中和的思维方式，与马克思恩格斯所强调的"不允许单单标榜片面'斗争'"的辩证思维是相一致的，"建构当代马克思主义文艺学，在思维层次上不能不考虑到两端中和的方式，不能不吸收在此思维方式指导下形成的中和美学思想传统中的合理因素，并加以融通。这也是马克思主义文艺学民族化的重要方面"。② 第三，流动圆合的思维方式。马克思主义辩证思维认为客观世界与人的认识都是在矛盾的对立统一中不断运动的，而这种运动是呈圆形的螺旋曲线的。中国古代朴素的辩证思维中同样包含着这样一种近似的流动圆合的思想。如老子的"反者，道之动"，庄子的"两者交通成和，而物生焉"，说的就是这个意思。这种流动圆合的思维方式也对中国审美意识产生了深刻影响，形成以圆为美德审美理想。"中国传统美学、文论的审美追求在思维上是流动圆合的方式，是圆环形运动轨迹，就其合理方面而言，是同马克思主义的辩证思维有相通、相合之处的，虽然这是以中国式的智慧方式表达出来的。马克思主义文艺学的民族化，不可不对流动圆合的思维方式细细考察，有批判地消化吸收"。③ 第

---

① 朱立元：《关于当代马克思主义文艺学体系的民族化问题》，《思考与探索》，上海社会科学院出版社 1991 年版，第 55 页。

② 朱立元：《关于当代马克思主义文艺学体系的民族化问题》，《思考与探索》，上海社会科学院出版社 1991 年版，第 58 页。

③ 朱立元：《关于当代马克思主义文艺学体系的民族化问题》，《思考与探索》，上海社会科学院出版社 1991 年版，第 60 页。

四，直觉妙悟的思维方式。马克思主义的辩证思维与形而上学思维的根本区别，就是前者是从发展与多样统一的联系中来把握对象、揭示真理，而后者则是静止、孤立、片面地肢解、规定对象。辩证思维是"从抽象上升到具体"的具体思维，"而具体之所以具体，因为它是许多规定的综合，因而是多样性的统一"，而形而上学思维则是从具体到抽象，把事物本有的多样性统一分割、肢解、孤立、凝固成单个的抽象属性或概念，从而无法把握到事物内部丰富的活生生的联系与本质。而中国直觉妙悟的思维方式——"不以思辨理性为特征，而以实用理性为特征；不主张形式逻辑，而强调反逻辑的形式；不体现为理性思考，而表现为感性顿悟；不停留在概念认知，而渗透于知行合一"，从根本上说与马克思主义的辩证思维相吻合，可以看作是辩证思维在东方的一种独特形态。并且，"尤为重要的是，中国传统美学、文论在内容上极端重视直觉顿悟，而且实际上经常把直觉顿悟就看成为审美思维方式。……中国古代美学、文论在内容与形式上都以直觉顿悟为特点。因此，马克思主义文艺学的民族化，在哲学思维层次上，亦不能不重视对（中国）直觉妙悟方式的深入研讨。"①

其次是基本思路和观念层面。所谓基本思路和观念，朱立元指出，就是指建构文艺学体系时关涉总体理论框架、贯通整个体系、纲举目张的基本构想与思路，以及一系列带有根本性、全局性的最重要的文学、美学观念。在他看来，马克思主义文论的中国化，最关键的就是找到马克思主义文论体系的理论构架、基本思路、推演轨迹、核心观念等同中国传统文论的交叉契合处，一方面用马克思主义观点来总结、提高、改造中国传统文论，另一方面又使马克思主义文艺理论以中国式的思路和观念得到表达和充实、丰富。具体言之，就是以下四个方面的内容：1. 文艺的意识形态本质。朱立元认为，对于文艺的意识形态本质的说明，是马克思主义文艺学的最根本思路和原则，也是马克思主义文艺学与一切非马克思主义文艺学的根本分界线。文艺的意识形态本质，就是把文艺看成是有一定的经济基础（物质生产方式）即人们一定的社会存在所决定的精神生产部门和社会意识形态，也即文艺的发生、发展的终极原因不应从文艺自身或其他意识形态的变化中去寻找，而应从社会经济结构的变更中去寻找。就这一根本思路和理论重心而言，中国传

---

① 朱立元：《关于当代马克思主义文艺学体系的民族化问题》，《思考与探索》，上海社会科学院出版社 1991 年版，第 61—63 页。

统文艺理论可以提供丰富的思想资料。比如先秦时期的《乐记》就已经记述了艺术与政治盛衰、世道变化的密切关联，魏晋时期挚虞的《文章流别志论》和葛洪的《抱朴子》都对文艺顺应时代社会的变化，有了自觉的理论认识，刘勰的《文心雕龙·时序》不仅点明了文学由质到文的演化事实，而且用"时运交移，质文代变"和"文变染乎世情，兴废系于时序"，对文学受制于社会发展的性质，做了很好的理论概括。"我国美学、文论传统中文随世移、政治和学术文化的发展决定文艺的变化这一基本思路可以说始终占据主导地位，并一直延伸到现代。把文学变化放在社会政治、文化环境的变动中来加以考察，这一点同马克思主义关于经济决定文艺须通过政治及其他思想文化'中介'方能实现的主张，在'中介'作用这一阶段与范围内有相通之处，是显而易见的。"① 2. 文艺的社会功用。朱立元指出，尽管马克思主义文论的创始人本身拥有深厚的文学艺术修养和高明的鉴赏能力，也非常重视文艺的审美功能和怡情养性的功能，但由于他们处于无产阶级革命事业的领导地位，他们对文艺作品的作用是同整个无产阶级事业联系在一起的，很自然地强调文艺在政治、伦理方面的社会功能。比如，马克思恩格斯对于以巴尔扎克为代表的十九世纪西方现实主义作家的肯定，很大程度上就是从其作品孕含的认识和政治启示功能着眼的。而中国古代文论对于文艺社会功能的基本看法，也是偏重于政治、伦理教化作用。比如，孔子的"兴观群怨"说，从总体上就是强调文艺的政治、伦理教化作用的。《诗大序》更是明确地把文艺的教化功能概述为："故正得失、动天地、感鬼魂莫近于诗，先王以是经夫妇、成孝敬、厚人伦、美教化、移风俗。"同时，"（由于）中国古代的政治文化是伦理化的，而中国古代的伦理思想和道德规范则处处渗透着政治内容，因此，也可以说这是政治伦理一体化的文化方式。在这样一种总体文化笼罩下，我国的文艺功能理论，在强调政治教化作用方面的基本特征是，一方面主张充分发挥文艺维护现有政治体制、秩序的作用，另一方面则更重视对人们伦理道德修养和人格完善的启迪、感化，而归根结蒂这两方面又是浑然统一的。……总起来看，这样一种重政治伦理教化的文艺功能论，在思路上与马克思主义是有相通、相近处的。到了现代，鲁迅的'遵命'文学论、用文艺唤醒民众'引起疗救的注意'等观点，以及毛泽东同

① 朱立元：《关于当代马克思主义文艺学体系的民族化问题》，《思考与探索》，上海社会科学院出版社 1991 年版，第 68 页。

志关于文艺是革命事业机器上的螺丝钉和'团结人民、教育人民、打击敌人、消灭敌人的有力武器'的观点，应当说，就是把马克思主义的观点与中国传统文艺功能说在新历史条件下结合的产物"。① 3. 文艺的批评标准。关于马克思主义文论的文艺批评标准，朱立元认为，就是把思想政治的标准放在第一位，艺术审美标准放在第二位，最高的标准则是思想性与艺术性的完美融合。比如恩格斯在评价拉萨尔的《济金根》时所提出的"美学观点和历史观点"相统一的标准，尽管把美学标准提在了前面，但由于《济金根》是一部历史悲剧，所以恩格斯对于它的分析和评价主要还是从历史观点来着眼的。"马恩对文艺作品的批评，从来是从审美特点、从艺术品格方面入手的，而不是对艺术性看得无足轻重的；但他们批评的侧重点则总是放在思想内容上，放在对作品历史真实性、对现实关系描写的正确性以及思想政治倾向性的审视和评价上，而且常常是把思想与艺术结合在一起讨论的。"② 而中国传统文论的批评标准同样是强调政治思想内容与艺术形式的完美结合的。比如，陆机《文赋》的"理扶质以立干，文垂条而结繁"，刘勰《文心雕龙》所标举的"原道"、"徵圣"和"宗经"，说的都是以思想内容为主、审美形式为辅的文学批评标准。而且，"推而广之，整个中国传统文论中，这种文学批评的标准都是占主导地位的。毛泽东同志关于'以政治标准放在第一位，以艺术标准放在第二位'的思想，以及以'政治与艺术的统一，内容与形式的统一'为最高标准的看法，可以说，既是中国传统美学、文论批评标准理论的一个历史总结，也是马克思主义文艺批评标准观在中国现代革命文艺实践中的运用，体现了马克思主义文艺理论中国化的一个方面的启示"。③ 4. 文艺对世界的特殊掌握方式。朱立元指出，马克思所提到的艺术的"实践—精神的"掌握世界的方式，是一个关涉文艺学全局性的重要问题。在他看来，"实践—精神的"掌握世界的方式，包含了两个方面的内容：一是把艺术的掌握世界的方式与认识的掌握世界方式明确地区分开来；二是艺术的掌握方式是"实践—精神的"掌握方式中的一种，并表明：艺术的重

---

① 朱立元：《关于当代马克思主义文艺学体系的民族化问题》，《思考与探索》，上海社会科学院出版社 1991 年版，第 71—72 页。

② 朱立元：《关于当代马克思主义文艺学体系的民族化问题》，《思考与探索》，上海社会科学院出版社 1991 年版，第 72 页。

③ 朱立元：《关于当代马克思主义文艺学体系的民族化问题》，《思考与探索》，上海社会科学院出版社 1991 年版，第 73 页。

要方式不是认识、反映的方式，而是主体实践、能动创造对象世界的方式。对于文艺本质的把握，不能只停留于认识论范围，而必须关注艺术在审美创造和精神生产上的独特方式。朱立元认为，在理解艺术的"实践—精神的"掌握世界方式上，中国传统美学、文论有着丰富的遗产。因为，中国传统美学、文论，不是强调文艺对世界的反映、认识特点，而是更强调文艺对世界的心灵感应、精神创造特点，所以，"建构当代马克思主义文艺学体系时，应从艺术生产的'实践—精神的'掌握世界的方式出发，深入阐明艺术的审美认识、思维、创造、传达、接受等的方式和特征。这样，能使文艺学体系在基本思路、观念层面上更为辩证、全面。中国美学、文论在这方面作出过重要贡献，用马克思主义观点给以科学总结，对于促进马克思主义文艺学的民族化有重要意义"。①

再次是范畴概念系统层面。朱立元指出，任何理论体系都是以一系列范畴、概念为基础组合成各种命题、判断，进而推导演绎出来的，就文艺学而言，一定的范畴、概念体系是我们认识并说明艺术实践过程中的一些小阶段，是帮助我们掌握错综复杂的文艺现象并予以辩证解释的逻辑基础和单位。在他看来，与哲学思维方式和基本思路观念层相比，范畴概念系统层面在文艺理论体系中是较为外层的，是在一个体系的理论表述与展开中可以直接看到的，而前两个层次往往隐身在这一层次背后，并不一定直接显露出来。因此，马克思主义文艺学的民族化必然要在范畴、概念体系这一层面上得到最鲜明、充分的体现，而前两个层面的民族化，最终也要落实到范畴体系的民族化上。换言之，前两个层次的思维结果，要以范畴概念系统的形式得到逻辑上的实现。至于实现的具体路径，朱立元认为至少有以下三种：

其一，应吸收、改造中国历代美学、文论中有生命力的范畴概念来丰富、充实马克思主义文艺学的范畴系统。朱立元指出，尽管马克思主义文艺理论的范畴、概念系统在西方文论、美学史上是最深刻、科学的，但从历史发展角度看，也在文艺自身审美特质、艺术的民族性等概念范畴方面，存在着一些相对薄弱之处。而中国美学、文论恰恰在马克思主义文艺理论这些相对薄弱的方面有大量精彩、具体、有价值的论述，这些论述中包含着许多至今仍有生命力的范畴、概念，经过梳理、改造，完全可以吸收过来，在补充

---

① 朱立元：《关于当代马克思主义文艺学体系的民族化问题》，《思考与探索》，上海社会科学院出版社 1991 年版，第 75 页。

和丰富马克思主义文艺学的范畴系统的同时，也使马克思主义文艺学更具中国特色。至于具体的手段，朱立元认为可以采取替代和补充这样两种基本方式。替代，就是要用中国美学、文论中的范畴、概念代替马克思主义文艺理论中原有的相似概念。比如，马克思主义文艺学中一个常用而又十分重要的范畴"形象"，朱立元认为就完全可以用中国美学中的"意象"来替代，因为"意与象之合成为一个范畴，其意义，内涵比单个的'形象'要全面、丰富得多，也更合创作的规律。形象只是可见之有形之象，难包括非视觉之具象；形象也只有客观性，与创作主体无涉。意象则不然，'象'是一切感性具象形态，不限于视象；而'意'则是创作主体的创作意向、意图、意志、意绪、情意等，意象之结合就使形象的单纯客观性变为主客体交融、统一的范畴；而且，从创作实际来看，所有艺术形象无不熔铸着创作主体的意向、意志、意图，从来不存在什么纯客观的形象，而'形象'范畴却无法概括主体性的含义。因此，用'意象'范畴来代替'形象'，不仅内涵更丰富了，而且更切近文艺创作的实际规律，因而也更准确了。"① 补充，就是用中国传统美学、文论中的范畴、概念来弥补马克思主义文艺理论在相关范畴、概念上的薄弱与不足。以中国古代美学、文论中的"感兴"为例，相较于马克思主义文论中的"反映"范畴，朱立元直言，在说明文学与外部世界的关联时，"'感'有触发、感动、与外物感应交会等意；'兴'有为感而发抒之、体验之、直观之、妙悟之，并由此而产生的精神超越和审美愉悦。'感兴'范畴，绝非被动的反映，亦非简单的感受，而是在对外物（生活）感受、体验过程中一种触动、感发和精神升华，并由此而直观对象、与之交融神会，从而激发起强烈的创作冲动、形成艺术想象、意象思维的最好心境和最佳契机。与'感兴'这些丰富的心理学内涵相比，'反映'就显得单薄了。所以，就具体创作过程中艺术家同生活的关系而言，引入'感兴'范畴以补'反映'概念之不足，似乎是可取的。"② 此外，在创作心理学、审美形态学、艺术风格论、艺术鉴赏论、艺术修辞学等马克思主义文艺学涉足较少或相对薄弱的方面，朱立元也认为，改造、吸收中国传统美学、文论在这

---

① 朱立元：《关于当代马克思主义文艺学体系的民族化问题》，《思考与探索》，上海社会科学院出版社 1991 年版，第 78 页。

② 朱立元：《关于当代马克思主义文艺学体系的民族化问题》，《思考与探索》，上海社会科学院出版社 1991 年版，第 79 页。

些方面的范畴概念作为补充，是大有可为的，这既大大丰富了马克思主义文艺学体系的范畴概念，又具有浓烈的中国特色与气派。

其二，应当批判地借鉴中国古代朴素的两端中和思维方式，在建构马克思主义文艺学体系的范畴体统时，尽量注意对立范畴的辩证组合。在朱立元看来，尽管马克思主义文艺学毫无疑问是自觉贯彻辩证法的，西方美学、文论也有这方面的成果，但中国传统美学、文论的辩证法因素尤为丰富，特别是以两端中和方式来组建文论范畴群的经验极其宝贵，在组建马克思主义文艺学的范畴系统时，需要借鉴中国古代美学、文论在这方面的优势，使马克思主义文论的辩证思维在范畴概念层次得到更充分的贯彻。其中，中国美学、文论中依据两端中和思维方式组建的对立范畴组合，如形与神的统一，情与景、意与境的统一，真实与玄诞的统一，虚与实的统一，含与露的统一，曲与直的统一，以及结实与空灵的统一等等，经过适当的改造、发挥、引申，都可以为马克思主义文艺学所吸收、采纳。

其三，在吸收、改造中国传统美学、文论的范畴时，应当力求与马克思主义文艺学原有的范畴群达到有机的结合，使之成为一个高度统一的范畴整体系统。朱立元指出，在建构马克思主义文艺学体系时，一定要防止把马克思主义文艺学原有的范畴群和中国传统美学、文论中吸收的范畴群作为两大块，机械地拼凑的倾向。要努力寻找具体的路径使两者互为依托、相辅相成，水乳交融，成为一体。按他自己的设想来说，就是：

> 第一，以马克思主义文艺理论的范畴群为基础范畴群，在范畴的逻辑推演过程中，逐步、逐级改造、融合、吸收中国美学、文论的范畴群，尽量减少突兀感。……
>
> 第二，以马克思主义辩证思维的理性推演为范畴体系的构架，充实、吸收中国美学、文论范畴群中的非理性因素，在现代理性的高级层次上达到两者的经纬交织。……
>
> 第三，在改造、吸收中国文论、美学中有生命力的范畴概念时，首先应当注意吸收现、当代中国文论、美学的成果。……仔细研究现当代中国马克思主义文艺理论家、美学家在文艺理论范畴民族化方面的具体成果，既可少走弯路，减少盲目性和重复、无效劳动，又可使马克思主

义文艺理论范畴群与中国美学、文论范畴群的有机结合有值得参照的经验。①

从哲学思维方式到基本思路观念再到范畴概念体系，无疑是三个连续递进的文论层次。朱立元对于马克思主义文论与中国传统文论在上述三个文论层次的理比较分析，不仅在学理层面上厘清了马克思主义文论与中国传统文论存在契合和融通之处，而且指出了马克思主义文论与中国传统文论相结合的可行道路和具体路径，使得马克思主义文论与中国传统文论的结合超越了浅表层次的比照和"局部、零碎的拼接"，真正走向"整体的、深层的融合"。②

第四节　中国现代文论对于马克思主义文论话语的吸纳与调适

二十世纪上半叶马克思主义在现代中国的译介、传播与接受，在时间上恰与中国现代文论的生发与奠定同步，并对中国现代文论产生了深远的影响，"它不仅丰富了中国现代文论话语的内容，更是改写了中国现代文艺理论的整体格局。它是中国文论现代化进程中融合外来文论思想进而形成有中国特色的文艺理论的一个成功范例"。③ 在中国学者李夫生看来，中国现代文论与马克思主义文论之间的这种密切的亲缘关系，是马克思主义文论中国化的一个重要内容。在《现代中国文论中的马克思主义话语（1919—1949）》一书中，李夫生借助美国后殖民主义理论家赛义德（Edward·Said）的"理论旅行"思想和比较文学中的"变异"概念，从"人民文学"、"现实主义"、"典型理论"和"革命文学"这几个中国现代文论从马克思主义文论中所吸纳的重要概念范畴入手，深入地探析了马克思主义文论在中国现代语境下的话语"变异"以及中国现代文论在对异质的马克思主义文论话语的中国化过程中所呈现出的调适性变化。

---

① 朱立元：《关于当代马克思主义文艺学体系的民族化问题》，《思考与探索》，上海社会科学院出版社 1991 年版，第 84—86 页。

② 参阅朱立元：《关于当代马克思主义文艺学体系的民族化问题》，《思考与探索》，上海社会科学院出版社 1991 年版，第 50 页。

③ 李夫生：《现代中国文论中的马克思主义话语（1919—1949）》，湖南人民出版社 2010 年版，第 1 页。

关于"人民文学"，李夫生指出，尽管从字源上讲，中国早在先秦时期就有了"民人"和"人民"的语词，如《诗经·大雅》："人有土田，女反有之；人有民人，女覆夺之"，《周礼》："以土宜之法，辨十二土之名物，以想民宅而知其利害，以阜人民，以蕃鸟兽"，《墨子》："今王公大人之君人民，主社稷，治国家。欲修保而勿失"，《晏子春秋》："王者以民人为天，民人以食为天"，《孟子》："孟子曰：'诸侯之宝三：土地、人民、政事'"等等，① 但中国古代文化中的"人民"的本义都是指称普遍百姓，缺少现代所指称的"人民"的意义。"人民"这个概念的现代意义并非源于本土的汉语文化，而是出自于西方文化。如西语里的"population"（即"人民"）一词，由"politees"（即"公民"）和"polis"（即"城邦"）两部分组成，其所包含的"人民"概念具有现代意义上的两个重要维度："1）整体性，即人民是按照社会契约结合而成的整体；2）个体性，也就是说，构成人民的是公民。"② 在李夫生看来，马克思主义经典作家对于"人民"一词的使用都是现代意义上的，并在基础上形成了系统性的"人民文学"概念，如，马克思对人的"一切社会关系总和"和"自由全面发展"的论述，确证了人的价值的公平正义的现代意义。恩格斯则在论述拉萨尔（Ferdinand Lassalle）的剧本《济金根》和哈克奈斯的小说《城市姑娘》时，提出了文学的"人民性"问题。列宁则在《党的组织和党的出版物》和《青年团的任务》等著作中，不仅提出了"人民文学"的基本观念以及人民文学的评价标准，而且提出了文艺为劳动人民服务的普罗文学的口号。而中国现代文论中的"人民文学"概念的直接来源就是马克思恩格斯和列宁这些马克思主义的经典理论家。比如，毛泽东《在延安文艺座谈会上的讲话》中对于"人民大众"的界定，以及把文学艺术比喻为革命机器的"齿轮和螺丝钉"，强调文艺为人民大众服务，都是与马克思恩格斯特别是列宁的"人民文学"概念一脉相承的。但与此同时，李夫生也特别强调，中国现代文论在继承马克思恩格斯、列宁的"人民文学"的概念的同时，也从现代中国的具体国情出发，对马克思恩格斯、列宁的"人民文学"概念进行了中国化的改造。比如，在马

---

① 参阅李夫生：《现代中国文论中的马克思主义话语（1919—1949）》，湖南人民出版社 2010 年版，第 280 页。

② 李夫生：《现代中国文论中的马克思主义话语（1919—1949）》，湖南人民出版社 2010 年版，第 281 页。

克思恩格斯、列宁的"人民文学"概念中，"人民"或"人民大众"是一个笼统的表述，毛泽东则在《在延安文艺座谈会上的讲话》中，从现代中国的人口构成入手，明确了中国语境下"人民大众"的具体内容以及文艺服务公众的具体对象："什么是人民大众呢？最广大的人民，占全人口百分之九十以上的人民，是工人、农民、兵士和城市小资产阶级。所以我们的文艺，第一是为工人的，这是领导革命的阶级。第二是为农民的，他们是革命中最广大最坚决的同盟军。第三是为武装起来了的工人农民，即八路军、新四军和其他人民武装队伍的，这是革命战争的主力。第四是为城市小资产阶级劳动群众和知识分子的，他们也是革命的同盟者，他们是能够长期地和我们合作的。这四种人，就是中华民族的最大部分，就是最广大的人民大众。"① 此外，在马克思恩格斯、列宁的著作中，文艺为人民大众服务仅仅是一个理论口号，而在中国现代文论建构中，"人民文学"被以立法的方式加以确立，成为指导中国现代文艺的核心思想，其突出标志就是毛泽东《在延安文艺座谈会上的讲话》确立了文艺的"文艺为政治服务，文艺为人民大众服务"的"二为方针"，建构了"以人民为本位"的马克思主义文艺理论体系。在李夫生看来，毛泽东的《在延安文艺座谈会上的讲话》起到了在文学上"为人民正名"、"为人民立法"、"为人民立言"的作用，并通过"为人民服务"的方式得以实现。比如，"为人民正名"，就是"'人民'被赋予了崭新意义，去除了千百年来，笼罩在'人民'头上的'财产'、'奴隶'、'被统治者'等被扭曲的其他意义，而给予人民充分的当家做主的权力，既赋予'以民为本'的东方意识，又有'民权在先'的西方理念。而对于文艺理论而言，更重要的是强调了人民大众在文艺作品中的中心地位，人民大众不仅成了文艺作品的主人公和表现对象，更重要的是，人民大众成为文艺创作的主体，不仅在文艺作品中得以体现，而且直接参与到文艺创作中来"。② "为人民立法"，是指通过法律、章程、规定等形式，确立人民在政治生活和文艺创作中的合法地位，并在政党领导的原则下，明确人民大众在文艺创作过程和文艺作品中的主体地位。"为人民立言"，则是"摆脱了文艺创作代自

---

① 毛泽东：《在延安文艺座谈会上的讲话》，见李夫生：《现代中国文论中的马克思主义话语（1919—1949）》，湖南人民出版社，2010 年，第 285—286 页。

② 李夫生：《现代中国文论中的马克思主义话语（1919—1949）》，湖南人民出版社 2010 年版，第 289 页。

己'立言'的狭隘性，而将为群体'工农大众'说话、代言作为文艺作品的使命和职责。……'人民群众'的'大众书写'，替代了帝王将相的'领袖书写'，不仅仅是形式上的重要变更，更是唯物史观上的重大革命"。[①] 正因此，李夫生反对把以毛泽东的《在延安文艺座谈会上的讲话》为代表的中国现代文论中的"人民文学"文论思想看作是对马克思恩格斯、列宁的文论范畴的简单继承，而是把其视为中国化马克思主义文艺理论的光辉典范。[②]

关于"现实主义"，李夫生指出，它是一个完全西方化的文论范畴。在西方，现实主义有两个基本含义：一种是创作方法或原则，其源头起自古希腊的柏拉图、亚里斯多德，中经狄德罗、席勒、别林斯基等理论家，使现实主义成为一种再现社会现实为主导的创作方法和原则，其主要特点，"首先是题材选择的现实性。所谓题材选择的现实性主要指两个方面，一是直接取材于现实生活，抽取现实生活中的真实而具有普遍意义的事物加以反映和描写；一是虽然选取的是历史性的题材，但是作家力图透过种种历史事件，来还原、描摹历史的具体情状，还历史以本来面目。其次是主客体关系上注重客观性。而所谓客观性，即是说创作主体在创作的过程中，尽可能地保持一种客观的态度。用主体客观的态度来体现生活原生态，在表现人物性格时，尊重生活逻辑，不以自己的意志强加于客观对象之上。第三，在艺术描写中，特别注重细节的真实。现实主义强调表现社会生活中复杂的现实关系，强调通过具体的细节的描绘来抵达现实生活。"[③] 现实主义的另一种含义是特指发生于某一历史时段的文艺思潮或文艺运动，如文艺复兴时期的现实主义文学、古典主义和启蒙时期的现实主义文学，以及十九世纪的批叛现实主义文学等等。马克思、恩格斯和列宁的现实主义理论，如"较大的思想深度和意识到的历史内容，同莎士比亚剧作的情节的生动性和丰富性的完美融合"、"伟大的现实主义作家的世界观中的反动特性，并不妨碍他们用概括的、正确的和客观的方法去描绘社会现实"等等，是在唯物史观指导之下，对于西方的现实主义文学、特别是十九世纪批判现实主义文学的继承和发展。对于

---

① 李夫生：《现代中国文论中的马克思主义话语（1919—1949）》，湖南人民出版社 2010 年版，第 289 页。

② 参阅李夫生：《现代中国文论中的马克思主义话语（1919—1949）》，湖南人民出版社 2010 年版，第 288—289 页。

③ 李夫生：《现代中国文论中的马克思主义话语（1919—1949）》，湖南人民出版社 2010 年版，第 293 页。

"现实主义"在中国的传入，李夫生指出，尽管过去中国学界流行的说法是认为中国传统文论中没有"现实主义"这个范畴的称谓却存现实主义精神，但此种说法从"纯粹的学术角度"来看是站不住脚的：

> 一是中国古代文艺理论抒情重于写实。这是中国传统文论与西方文艺理论的一个极大的差别。所以，中国诗学特别强调"抒情"、"意境"等虚白的东西，而西方诗学却恰恰相反。也正是因为这个原因，在中国传统文学评论系统中，总是扬虚抑实，所以中国抒情诗特别发达，而史诗、叙事诗则比较落后。……
>
> 二是中国传统文论中虽然也有"物感说"等文学理论，强调音乐"人心之动，物使之然也。感于物而动，故形于声。"有类似"感于哀乐，缘事而发"和"饥者歌其食，劳者歌其事"的说法，但纵观中国文学发展的历史长河，纪事写实类的作品从来不占主流地位，虽然晚清也出现过《红楼梦》这样优秀的对现实生活进行深刻批判的作品以及像《儒林外史》、《官场现形记》等这样的暴露小说，但它们与真正典范的现实主义作品仍然存在着相当大的不同。《红楼梦》主体构架的魔幻色彩，使其与中国古代的志怪之类作品更为相似。①

"现实主义"之于现代中国完全是一个舶来的概念，具体的引入时间是"五四"新文化运动。在李夫生看来，"五四"新文化运动以来现代中国对于"现实主义"的引进和接受，与现代中国的现实语境息息相关，比如，现实主义文学理论在二十世纪初期在中国被广泛接受的三个重要原因："一是当时科学主义想象和对现实主义中的科学脉理的体认；二是现实主义的到来，承载了极其重要的文化变革的希望；三是由于它比其他的文学形式能描写更为宽广的社会现象，被当成了最为先进的西方形式"，② 都不是出自于内在的美学要求，而是应运于现代中国实现社会变革的现实需要。与此直接对应的则是，随着现代中国现实语境的变化，现代中国文论对于现实主义文学观念

---

① 李夫生：《现代中国文论中的马克思主义话语（1919—1949）》，湖南人民出版社 2010 年版，第 299—300 页。

② 李夫生：《现代中国文论中的马克思主义话语（1919—1949）》，湖南人民出版社 2010 年版，第 300 页。

的接受和关注点也发生显著的变化。比如，二十世纪 20 年代，中国现代文论的一个重要内容是现实主义与浪漫主义的论争，而进入二十世纪 30 年代，随着中苏关系的紧密，苏俄的社会主义现实主义文学观开始成为中国左翼文学的重要的理论资源。李夫生特别引证了美国学者安敏成对于"现实主义"概念自身的"含混性"、"流变性"以及中国本土语境在接受现实主义时的因变处理："安敏成指出的现实主义的内在矛盾，是极具启发性的。……现实主义的发展史表明，正是这种矛盾，使它在世界范围内和中国近代以来既屡受青睐又屡受批评；而正是这种矛盾，给了现实主义以永久的生命力"，① 并着重指出，正是由于现实主义自身的理论张力和现代中国的现实语境，使得现实主义在现代中国文学中大放异彩，"从马克思主义者到自由主义者，从陈独秀到瞿秋白，从鲁迅到周扬、胡风都对现实主义文学情有独钟，纷纷在他们的著作中对现实主义发表各自的看法。更多的作家身体力行，用自己所理解的'现实主义'文艺理论思想践行着它的美学主张"，② 形成具有中国特色的现实主义文艺观。

关于"典型"，李夫生指出，"典型"是西方文论中的一个重要范畴，同时也是马克思主义文论的一个核心范畴。其中，在西方文艺理论发展史上，古希腊是西方"典型"论的源头，苏格拉底和柏拉图最早提出了"典型"的概念，亚里斯多德则从诗表现的是"带有普遍性的"题材和诗人应该如何塑造人物性格这两个方面，论述了艺术的典型性问题，比如，亚里斯多德对于诗"描述可能发生的事，即根据可然或必然的原则可能发生的事"和历史"描述已经发生的事"的区别，是对典型问题所涉及的普遍性与特殊性的概括性说明，"事实上启迪了后来的马克思主义文艺思想——艺术源于生活，高于生活，也是后来毛泽东的著名论断'艺术美比生活美更具普遍性'思想的最初发轫"，③ 而亚里斯多德所提出的"按人应有的样子来描写"和"根据人的实际形象塑造角色"来刻画人物性格的两种方法，说的就是典型化中人物塑造可以用理想化的方式加以实现的问题，其对文学中的人物

---

① 李夫生：《现代中国文论中的马克思主义话语（1919—1949）》，湖南人民出版社 2010 年版，第 301 页。

② 李夫生：《现代中国文论中的马克思主义话语（1919—1949）》，湖南人民出版社 2010 年版，第 301 页。

③ 李夫生：《现代中国文论中的马克思主义话语（1919—1949）》，湖南人民出版社 2010 年版，第 304 页。

"性格"与"思想"必须言词一致的论述，提出了人物性格塑造的基本思路，即"通过塑造个别人物的性格去反映一般，揭示生活发展的必然性、规律性。这实际上为后世的'典型'理论提供了'个别到一般'的逻辑思维范式"。① 近代是"典型"论的发展期。启蒙时期的狄德罗和莱辛，发展了"典型"理论，并在德国古典主义美学家黑格尔那里，实现了"典型"论的一个"质的飞跃"。在《精神现象学》中，黑格尔提出的"这一个"的概念丰富了"典型"说的辩证法思想：其一，黑格尔的"这一个"，既是一个个具体可感的个体，同时又是表现"共相"的整体，是个别和一般，特殊性和普遍性的辩证统一体。其二，黑格尔的"这一个"，是"这时"和"这里"的双重存在形式，这意味着他的"这一个"是有特定的时间和空间的规定性的。在《美学》中，黑格尔用"美是理念的感性显现"这个著名定义，不仅明确了典型的定义，而且指出了艺术的理想性格即典型形象是理性内容与感性形象的统一。在黑格尔之后，俄国的别林斯基对于典型性格与典型环境之间的关系的论述，以及车尔尼雪夫斯基对于典型化的现实根基的说明，进一步补充和发展了西方的典型理论。而马克思和恩格斯在批评地继承上述典型理论的基础上，从唯物史观出发，奠定了马克思主义典型论的两个核心主张：其一，典型的性质是个性和共性的统一、普遍性和特殊性的统一，"每个人都是典型，但同时又是一定的单个人，正如老黑格尔所说的，是一个'这个'，而且应当是如此"。② 其二，典型化是塑造典型人物的关键，"除细节的真实外，还要真实地再现典型环境中的典型人物"。③ 在李夫生看来，相较于西方成熟而完备的典型理论，尽管在中国古代文论话语中，"典型"一词很早就已出现，如《诗经·大雅·荡》："虽无老成人，尚有典刑"，但这里的"典刑"一词的本义是"常事故法"，与西方文论范畴中的"典型"根本不是一回事。另外，尽管在中国古代文论中也有涉及"典型"方面的讨论，如以小见大，以少总多，以形写神，以及中国明清之际小说评点中对于人物塑造"形似"、"逼真"的说明，与西方的典型说有"近似"和"不谋

---

① 李夫生：《现代中国文论中的马克思主义话语（1919—1949）》，湖南人民出版社 2010 年版，第 305 页。

② ［德］恩格斯：《致敏·考茨基》，见李夫生：《现代中国文论中的马克思主义话语（1919—1949）》，湖南人民出版社 2010 年版，第 310 页。

③ ［德］恩格斯：《致哈克奈斯》，见李夫生：《现代中国文论中的马克思主义话语（1919—1949）》，湖南人民出版社，2010 年，第 311 页。

而合"的地方，但从根本上而言，中国传统文论中，既没有出现明确的"典型"范畴，更没有形成完整的典型理论体系，中国近现代文论中的"典型"概念得益于马克思主义典型理论的引入。李夫生梳理了马克思主义典型理论在现代中国引入和传播的三个重要阶段：第一是二十世纪20年代初，马克思主义典型概念在现代中国的最初引入，其标志是鲁迅于1921年在《译了〈工人绥惠略夫〉之后》一文中正式引入了"典型"和"典型人物"的概念。不仅如此，鲁迅还在以后的各类作品中，在用"借一斑略知全豹，以一目尽传精神"、"专用一个人"和"杂取种种人"概述文学典型化的精髓的同时，还熟练地运用典型理论塑造了中国现代文学中一个又一个崭新的、让人难以忘怀的文学形象，"对于马克思主义文学典型理论在我国的传播和研究，具有开拓之功，……还提出了自己一整套具有中国民族特色的关于'典型'的理论主张，直接丰富和发展了文学典型理论"。[①] 第二是二十世纪30年代，马克思主义典型理论在现代中国的广泛传播，其标志是胡风与周扬对于马克思主义典型理论的著名论争。胡风从马克思"人是社会关系的总和"的观点出发，强调"典型"的普遍性内涵，"所谓普遍的，是对于那人物所属的社会群里的各个个体而说的；所谓特殊的，是对于别的社会群或别的社会群里的各个个体而说的"，[②] 主张"典型化"的过程就是"综合"或"艺术的概括"，即"一个典型，是一个具体的活生生的人物，然而却又是本质上具有某一群体底特征，代表了那个群体的"。[③] 而周扬尽管也接受马克思"人是社会关系的总和"的学说，但他强调"典型"虽有普遍性的一面，但更具独特性，"（虽然）在'人的本质是社会关系的总和'这个意义之下，人总是群体的人，各个人具有群体的共同性，但是在同一个群体的界限里面，各个人对于现实的各方面有各种各样的接近和体验，因此虽同是群体的利害的表现者，但是各个人的性格却是沿着不同的独特的方向而发展的……一个典型应当同时是一个活生生的个体。从来文学上的典型人物都是'描写

① 李夫生：《现代中国文论中的马克思主义话语（1919—1949）》，湖南人民出版社2010年版，第314页。

② 胡风：《什么是"典型"和"类型"？》，见李夫生：《现代中国文论中的马克思主义话语（1919—1949）》，湖南人民出版社2010年版，第317页。

③ 胡风：《什么是"典型"和"类型"？》，见李夫生：《现代中国文论中的马克思主义话语（1919—1949）》，湖南人民出版社2010年版，第317页。

得很生动，各具特色，各具不同的个性征候的人'"。① 而"我们将胡、周论争的孰是孰非问题搁置不论，……来看这场关于'典型'的论争，无论争论的结果怎么样，有一点功劳是不容抹杀的，即通过这场论争，马克思主义文艺理论中的核心概念之一——'典型'已经纳入到中国现代文艺理论的范畴，并且开始比较熟练地运用到了当时的文学批评实践中来。在实践的运用中，逐渐融入我们的民族特色，逐渐发扬光大"。② 第三是二十世纪40年代，中国化的马克思主义典型理论的最终确立，其标志是毛泽东《在延安文艺座谈会上的讲话》对于中国化的马克思主义典型理论的集中概括和表述："人类的社会生活虽是文学艺术的唯一源泉，虽是较之后者有不可比拟的生动丰富的内容，但是人民还是不满足于前者而要求后者。这是为什么呢？因为虽然两者都是美，但是文艺作品中反映出来的生活却可以而且应该比普通的实际生活更高，更强烈，更有集中性，更典型，更理想，因此就更带普遍性。"③ 在这里，对于文艺比普通的实际生活"更高"、"更强烈"、"更有集中性"、"更典型"、"更理想"、"更带普遍性"的理论表述，既在精神实质上与马克思、恩格斯的"典型"概念一脉相承，又是针对中国现代文学具体实践有的放矢的，成为中国化的马克思主义典型理论的"最高范本"。④

关于"革命文学"，李夫生指出，英文 revolution（革命）一词来源于拉丁文 revolvere，本意是指天体周而复始的时空运动。十六世纪时，反政府的起义、叛乱和暴动使用 revolt 一词，revolution 开始有了政治含义。十八世纪法国革命，进一步明确了 revolution（革命）一词的政治内涵，并衍生出两种政治模式：和平渐进和激烈颠覆。而马克思主义的"革命"概念，在吸纳西方"革命"思想中有关"和平渐进和激烈颠覆"的内涵的同时，从唯物史观的哲学高度，增添了"革命"概念的社会内容，如马克思在《〈政治经济学〉导言中》里所说："物质生活的生产方式制约着整个社会生活、政治生活和精神生活的过程……社会的物质生产力发展到一定阶段，便同它们一直

---

① 周扬：《典型与个性》，见李夫生：《现代中国文论中的马克思主义话语（1919—1949）》，湖南人民出版社 2010 年版，第 318 页。

② 李夫生：《现代中国文论中的马克思主义话语（1919—1949）》，湖南人民出版社 2010 年版，第 318 页。

③ 毛泽东：《在延安文艺座谈会上的讲话》，见李夫生：《现代中国文论中的马克思主义话语（1919—1949）》，湖南人民出版社 2010 年版，第 319 页。

④ 参阅李夫生：《现代中国文论中的马克思主义话语（1919—1949）》，湖南人民出版社 2010 年版，第 319 页。

在其中运动的现存生产关系或财产关系发生矛盾。于是这些关系便由生产力的发展形式变成生产力的桎梏。那时社会革命的时代就到来了"①，不仅从生产力的发展水平决定社会进程的角度，科学地解释了产生社会革命的内在根源，而且更新了"革命"概念的社会内涵。马克思主义文艺理论对于"文学"与"革命"关系的分析，重点突出的就是文学作品对于社会革命的再现问题。如，马克思恩格斯与斐迪南·拉萨尔就其剧本《济金根》展开的文学作品应该如何看待和再现1848年德国革命问题的文学讨论，以及列宁对于列夫·托尔斯泰文学作品是"俄国社会革命的镜子"的理论论述，都是强调文学对社会革命的现实主义反映，突出文学再现社会革命的镜像作用。俄国十月革命后，随着其文学批评中"革命文学"概念的提出和滥殇，尤其是二十世纪30年代"社会主义现实主义"创作主张的提出，在世界左翼文坛，"革命文学"的概念开始通行乃至泛滥。在李夫生看来，尽管从中国的词源学角度来看，"革命"一词早在先秦就已出现，如《易经》中的"天地革而四时成，汤、武革命，顺乎天而应乎人，革之时义大矣"的文学记载，但这里的"革命"一词的本义是指王朝的改朝换代和自然更替，并用天地自然的四时运行来意谓王朝循环变代的历史必然性，以后中国历代儒家对"革命"一词虽解释角度有意，但其最原处的基本含义一直沿袭下来。而从中国现代文学文论中流行的"革命文学"概念的几个核心要点来看，比如：

1）关于文学的阶级性问题，立足于马克思主义的基本观点，认为文学有阶级性，文学是阶级斗争的工具，文学必须服从政治和革命的要求；

2）关于作家的世界观问题，认为革命作家应该克服小资产阶级性，努力获得马克思主义世界观和唯物辩证法的方法论，参加革命的行动；

3）在革命文学的对象和生活体验问题上，认为对象是工农大众，作家应该体验他们的生活，在他们中间普及革命文学；

4）在形式问题上，认为受对象的制约，革命文学的形式应该通俗易懂，容易被工农大众接受。用语应接受工农大众，文体要通俗化，必

---

① ［德］马克思：《〈政治经济学〉导言》，见李夫生：《现代中国文论中的马克思主义话语（1919—1949）》，湖南人民出版社2010年版，第321页。

须反映工农意识。①

不仅在"革命文学"的概念内涵上直接来源于马克思主义的"革命文学"思想，而且在精神血脉上与马克思主义文艺理论原理息息相关，即"1）对阶级性观念情有独钟。……'阶级性'观念深入人心。相应的，文学的阶级性观念也已成为每个人的文学观念的精神内核之一；2）与之相应，世界观总是受一定的阶级地位决定的观念也相当牢固，而作家的阶级地位总是与其世界观相一致的，所以文学观念的变革，更涉及文学家本身世界观的改造；3）具备初步的'人民文学'观念。② 但与此同时，李夫生也特别指出，中国现代文论的"革命文学"概念虽然源自异域，但其发生、发展与现代中国的现实革命语境密不可分。比如，二十世纪 20 年代"文学革命"在中国的勃兴，对应的是 1927 年的中国革命的低潮时期，"革命文学之所以旺盛起来，自然是因为由于社会的背景，一般群众，青年有了这样的要求。当从广东开始北伐的时候，一般积极的青年都跑到实际工作去了，那时还没有什么显著的革命文学运动，到了政治环境突然改变，革命遭到了挫折，阶级的分化非常明显，国民党以'清党'之名，大戮共产党及革命群众，而死剩的青年们再入于被压迫的境遇，于是革命文学……才有了强烈的活动"。③ 二十世纪 30 年代，第一次国内革命战争时期国民党的白色恐怖统治，"革命文学"与中国共产党领导的"左翼文学"联系在一起，"当时左翼作家往往身处于上海租界，浓郁的小资氛围与他们的政治倾向之间有着很大的距离。由于租界里男女比例的失衡，身体欲望的膨胀和色情事业的发达，使得租界的作家善于和嗜好于在文本中使用性话语来撺掇故事。左联要求左翼文学使用的却是政治话语。内在的叙事愿望和外在的观念要求相结合，性话语和政治话语就成了二十世纪 30 年代左翼文本的两种基本话语，从而导致了'革命加恋爱'叙事模式的泛滥。左翼作家往往把政治话语穿插在性话语中，并以否定

---

① 李夫生：《现代中国文论中的马克思主义话语（1919—1949）》，湖南人民出版社 2010 年版，第 325—326 页。

② 李夫生：《现代中国文论中的马克思主义话语（1919—1949）》，湖南人民出版社 2010 年版，第 326 页。

③ 鲁迅：《上海文艺之一瞥》，见李夫生：《现代中国文论中的马克思主义话语（1919—1949）》，湖南人民出版社 2010 年版，第 326 页。

性话语的合理性来确立政治话语的权威地位"。① 这使得中国现代文论中的
"革命文学"观念带有鲜明的中国革命的时代烙印。

　　同时由于马克思恩格斯、列宁等马克思主义理论家对"革命文学"并没
有作出过多的理论阐述，仅在一些理论著作中就阶级和社会经济领域展开
过一些相关的讨论，而中国现代文论中的"革命文学"观念则在历次的革命
文学论争中使之不断得以深化和完善，"因此，'革命文学'作为现代中国
一个带有马克思主义文艺思想色彩的术语，它既与马克思主义文艺理论有着
密不可分的血肉联系，又不是完全马克思式的文学命名。（另外）在现代中
国的'革命文学'的发展过程中，它既与苏联的'革命浪漫主义和现实主
义'、'社会主义现实主义'等密切相关，受到它的极大的影响，但又有极
大的不同之处，……呈现出一种……具有鲜明特色的中国'革命文学'"。②

　　诚如李夫生所指出的，围绕"人民文学"、"典型"、"现实主义"和
"革命文学"等马克思主义文论话语在现代中国的传播、变异过程以及中国
现代文论在吸纳、接受外来文论话语上给予的调适性变化，其根本目的就是
要探讨"作为一种外来思想理论资源的马克思主义话语，怎么样进行和完成
它在现代中国文艺理论中的转换的问题"。③ 从这个意义上讲，梳理和考察中
国现代文论对于马克思主义文论话语的吸纳与调适，并不是一个单向度地溯
源、还原马克思主义文论话语在现代中国的传播问题，而是一个反思、探讨
马克思主义文艺理论的中国化的重要命题。

第五节　中国当代文论对于马克思主义文论中国化的应对和深化

　　从时间划断上讲，中国当代文论（文学）与中国现代文论（文学）的
分界线被约定俗成地划定为 1949 年中国人民共和国的建立。不过，正如许
多学者已经指出的，从文论（文学）的性质上看，新中国建国初期的文论

---

　　① 李夫生：《现代中国文论中的马克思主义话语（1919—1949）》，湖南人民出版社 2010 年版，
第 328 页。
　　② 李夫生：《现代中国文论中的马克思主义话语（1919—1949）》，湖南人民出版社 2010 年版，
第 329 页。
　　③ 李夫生：《现代中国文论中的马克思主义话语（1919—1949）》，湖南人民出版社 2010 年版，
第 331 页。

（文学）与二十世纪 40 年代的中国现代文论（文学）具有不可分割的继承性和连续性，中国当代文论（文学）的"当代性"，并没有得到真正的确立。但随着二十世纪 70 年代末 80 年代初中国改革开放的提出，以"新时期"为命名的中国当代文论（文学）揭开了新的一页。在回顾"新时期"以来的中国当代文论与马克思主义中国化的问题时，朱立元在其主持的《马克思主义文艺理论中国化研究》研究课题中明确指出，"新时期"以来的中国当代文论与马克思主义中国化的核心问题，归根结底就是如何在中国文艺当下的现实语境里进一步深化马克思主义文艺理论的中国化，即"一方面，……马克思主义文艺理论中国化经过 80 多年的实践，应该说，马克思主义文艺理论已经初步中国化了；同时，中国文艺学经过百年的发展、革新、积累、创造，特别是在马克思主义文艺理论的指导下，逐渐形成了不同于十九世纪末之前的可概括为'古典文论'传统的一个新传统。这个新传统，尤其在二十世纪最后 20 多年即新时期以来获得了长足的多元的发展，它的异于古典传统之'新'，得到了充分的体现。这就是我们所立足的当代新文论传统。另一方面，随着西方文论话语的不断输入，全球化和市场化在思想领域造成越来越大的影响，同时随着我国改革开放的深入、社会主义市场经济的逐步建立、信息时代的迅猛展开，我国文学艺术和文化领域不断涌现出新情况、新现象，这些新情况、新现象构成了当前中国文学、文化发展的现实语境。而这一现实语境产生和提出了一系列新的'中国'文艺（或与文艺问题相关的）问题，要求马克思主义文艺理论给予科学的回答"。①在朱立元等人看来，尽管中国当代文论与马克思主义文论中国化的问题，牵涉很广，几乎可以涵盖中国当下文艺的诸个方面，比如："（1）文学的主体性和主体间性问题；（2）文学研究的方法论问题；（3）拨乱反正、批判极左文艺思想问题；（4）文学与人文精神问题；（5）中国文学艺术中的现代性与后现代性问题；（6）后现代主义、解构主义与中国文艺理论问题；（7）文学的'语言哲学'问题；（8）'全球化'、'本土化'与'文化殖民主义'问题；（9）市场经济、大众文化、消费主义与文学、文论的关系问题；（10）文学的'新理性'、'新感性'问题；（11）'性'与当代文学、文论问题；（12）中国古典文学、文论的现代转型问题；（13）虚拟世界、网络

---

① 朱立元等：《马克思主义文艺理论中国化研究》，经济科学出版社 2009 年版，第 254 页。

文学问题；（14）加强与当代西方马克思主义的对话和交流问题；（15）中国特色的马克思主义文艺理论体系的建构问题；（16）当代中国审美文化的新特点及其应对策略问题；（17）马克思主义的艺术生产理论与中国当代文化艺术产业建设问题；（18）文学与审美意识形态论问题；（19）马克思主义文艺理论中国化的历史回顾和经验总结；（20）马克思主义文艺理论的人学基础及其在中国当代的应用问题；（21）马克思主义文艺理论与文学史研究新思路；（22）当代中国文艺学的真问题（真正的危机所在）；（23）马克思主义文艺理论的本体论（存在论）维度问题；（24）马克思主义文艺理论中国化作为文艺学理论创新的基础问题；（25）文化研究与当代文学、文论研究问题；（26）从原始马克思主义到中国马克思主义文艺理论的真理性；（27）'中国化'、'非中国化'与'反中国化'之关系；（28）马克思主义与自由主义，守成主义文艺理论之关系；（29）当下社会主义意识形态与文艺实践之关系；（30）二十世纪马克思主义文艺理论的中国传播对当下中国马克思主义文艺理论建构的影响"等等，① 但其中最"紧迫的问题"主要是三个："1）新时期文学研究中的审美意识形态论问题；2）文学的功能和价值问题，包括文学中的人性和马克思主义文艺理论的人学基础问题、人文精神与新理性精神问题等；3）全球化语境下的文艺学建设和实践问题。"②

　　首先是新时期审美意识形态理论与马克思主义文艺理论的中国化。关于新时期审美意识形态理论与马克思主义文艺理论的中国化之间的关系，朱立元等人在《马克思主义文艺理论化与当前文艺理论若干重大问题研究》中指出，文艺的意识形态与审美之间的关系问题并不是新时期才提出来的一个新问题，而是从一开始就是马克思主义文艺理论的一个重要领域。不仅马克思、恩格斯这些马克思主义的创始人重点讨论过文艺的意识形态性质和审美属性，而且在他们之后，苏联的马克思主义者和西方的马克思主义者，也都立足于各自不同的特定时代和历史语境对文艺的意识形态与审美之间的关系问题，进行了深入的思考和探索。这些都成为二十世纪中国现当代文论尤其是新时期文艺理论接受、吸纳、探讨文艺的意识形态与审美之间的关系问题的思想资源。因此，对于新时期审美意识形态理论的考察，不能仅仅局限于新时期审美意识形态理论对于文革时期极端政治功利主义的反驳，而应从二

---

① 朱立元等：《马克思主义文艺理论中国化研究》，经济科学出版社 2009 年版，第 254—255 页。

② 朱立元等：《马克思主义文艺理论中国化研究》，经济科学出版社 2009 年版，第 256 页。

十世纪以来的中国现当代文论与马克思主义文艺理论中国化的整体互动入手，深入地探析新时期审美意识形态理论对于马克思主义文艺理论中国化的理论贡献和现实意义。具体而言，就是：第一，新时期审美意识形态理论对于马克思恩格斯等马克思主义经典理论家意识形态理论的接受、吸纳、扬弃和重建。即二十世纪初的中国现代文论，对于文艺的意识形态与审美的关系，一直存在两种对立的观点：一种是"意识形态论"，把文艺的本质看作是反映和认识生活的一种社会意识形态；另一种是"审美论"，强调文艺的本质在于审美。随着马克思主义文论的引入，马克思主义的意识形态论在中国化的过程中成为中国现代文论的主导思想，"中国化了的马克思主义文论规划了'文艺为政治服务'的基本轨道，文艺的意识形态性被张扬，而马克思主义文论关于'自由的精神生产'等阐述文艺审美自律的话语则被有意无意地遮蔽了"，① 同时，"由于长期的左倾教条主义思想的影响，文艺的政治化理解不仅没有随着社会生活从战争到建设的转变而转变，反而进一步走向简单化、教条化、极端化和粗浅化，到'文革'期间更是达到了登峰造极的地步。意识形态被简化为政治，又将政治进一步狭隘化为特定时期的具体政策，而政策本身又常常是极左的。这样一来，文艺的真理性等同于政治乃至具体政策的传声筒，审美性完全被意识形态性所吞没，文艺彻底失去了自己应有的独立性"。② 新时期的文艺理论反对文艺工具论对于文艺意识形态本质的片面强调，突出并确立了文艺的审美特性。不过，新时期文艺理论对于文艺审美特性的发掘和重视，并不是简单地用文艺的审美属性去否定或取代文艺的意识形态性质，而是用系统和综合的观点去整合文艺的审美和意识形态的双重属性，形成了标示新时期中国当代文论发展成就的审美意识形态理论。审美意识形态理论既是中国当代文论对于文艺本质问题认识的深化，"辩证地吸取和扬弃了我国现代文论源头的意识形态论和审美本性说两派文艺本质观的成就和局限，在一种新的学术视野中对文艺的本性做了富于创造性的理论综合。它克服了意识形态论文艺本质观重视艺术的意识形态普遍性而轻视文艺自身的特殊性的偏颇，也克服了审美本性说以审美本性排斥艺术的意识形态性偏颇，将文艺的普遍本质与特殊本质有机地融为一体，从而对

---

① 朱立元等：《马克思主义文艺理论中国化研究》，经济科学出版社 2009 年版，第 259 页。
② 朱立元等：《马克思主义文艺理论中国化研究》，经济科学出版社 2009 年版，第 259 页。

文艺的本质做出了新的解释"①，同时也是中国当代文论在马克思主义文论中国化上的实绩，"审美意识形态论的提出……显然在马克思主义文论那里有深刻的理论根源。……由于历史条件的限制，马克思当时并没有系统地详尽地对于艺术、文学与意识形态的全部复杂关系展开阐述。正因为如此，经过马克思之后的不同时期、不同派别的马克思主义理论家们的不断探索，文艺与意识形态关系问题才成为马克思主义文论的核心命题。就此而言，新时期审美意识形态论作为新的艺术本质观，标志着我国的文艺学研究已经走出了对于马克思主义文论的简单依从和机械模仿的阶段"。② 第二，新时期审美意识形态理论对于苏联马克思主义文论的接受、吸纳、扬弃和重建。苏联马克思主义文论曾经是中国人接受和学习马克思主义文论的重要途径之一，并对二十世纪以来的马克思主义中国化的进程产生过历史性的重大影响。二十世纪 50 至 60 年代，苏联文艺理论界曾就文艺的本质问题展开过激烈的理论论争，出现了以布罗夫为代表的"审美本性论"和与波斯彼洛夫为代表的"意识形态本性论"的两派对立观点，前者尖锐地批评了艺术是以感性形象形式反映现实生活的特殊意识形态的传统观点，主张艺术与其他社会意识形态相比，不但具有特殊的感性表现形式，也具有自己特殊的内容，强调艺术的本质是审美，并明确指出"不仅艺术形式，而且艺术的全部实质，都应该肯定是审美的"；③ 后者则批评审美本性论抹杀了文艺的意识形态性质，以及文艺内容在认识论上的客观性，主张"美在艺术作品中的产生和存在，是与作品内容在意识形态上正确的倾向性，与作品内容在认识上的客观性不可分的"。④ 这两派观点对于中国新时期关于文艺本质问题的论争和文艺审美意识形态论的提出有着不容回避的启示和借鉴作用，但"我国新时期文艺理论对于文艺本质的当代探讨和论争已具有自己特定的理论传统、现实语境和内在的逻辑理路，说苏联马克思主义理论家对于审美与意识形态关系问题的讨论对于我国新时期关于文艺本质论争具有一定的启示作用，并不等于说二者之间存在简单的复制或移植关系，更不能因此否定新时期审美意识形态论的理

---

① 朱立元等：《马克思主义文艺理论中国化研究》，经济科学出版社 2009 年版，第 262 页。

② 朱立元等：《马克思主义文艺理论中国化研究》，经济科学出版社 2009 年版，第 262 页。

③ ［苏］阿·布罗夫：《艺术的审美实质》，见朱立元等：《马克思主义文艺理论中国化研究》，经济科学出版社 2009 年版，第 262 页。

④ ［苏］格·尼·波斯彼洛夫：《论美与艺术》，见朱立元等：《马克思主义文艺理论中国化研究》，经济科学出版社 2009 年版，第 262 页。

论创造性。"① 第三，新时期审美意识形态论理论对于西方马克思主义文论的接受、吸纳、扬弃和重建。在西方马克思主义的意识形态批评视野中，意识形态与审美的关系问题是其核心的论题之一。西方马克思主义文论家如卢卡契、伊格尔顿等人都在不同程度上对于意识形态与审美关系问题上做出了自己的思考和探索，取得了重要的学术贡献，并对中国新时期以来的审美意识形态论的提出和推进起到了促进和深化作用。从中国新时期审美意识形态论对于西方马克思主义意识形态理论的接受和吸纳来看，西方马克思主义意识形态理论对于审美意识形态的辩证综合性质的论述，诸如"审美活动是一个感性交流的过程，身体作为物质载体奠定了审美活动的经验基础，但这并不意味着审美是一个纯粹自律自足的领域，而是在其中潜行着权力运作之手；其次，审美意识形态以其自身的辩证法表明了审美的意识形态属性与审美的超越性之间的互动，美学话语中潜涌着资产阶级对于意识形态统治地位的欲望，并通过审美这种感性的愉悦内化于个体的无意识结构中，从而成为统治的一种同谋，而同时审美自身的自律性、自由性以及对于现实的超越性又培育了反抗控制的自由主体，从而使审美成为统治意识形态的颠覆者；再其次，身体范畴作为审美与意识形态之间的中介，进一步表明了美学作为理论话语建构和物质实践过程的两个层面，为美学存在和发展奠定坚实的基础，并且通过审美主体的建构进一步呈现了审美与意识形态的关系；最后，审美意识形态范畴包含审美活动和美学话语两个层面，但无论哪一个层面，其中渗透的审美与意识形态的关系原则是一致的"等等，② 无疑强化和丰富了中国新时期审美意识形态论的理论资源。但从中国新时期意识形态论的实质内容看来，又与西方马克思主义的意识形态理论在理论表述和侧重点上存在明显区别。比如，西方马克思主义的意识形态理论关注的焦点是审美意识形态中的权力运作，尤其是统治的意识形态如何通过审美活动的感性愉悦植入个体建构新的审美主体，以及美学话语如何作为意识形态控制机制的组成部分发挥意识形态国家机器的职能，而中国新时期的审美意识形态论关注的不是揭示审美意识形态话语中的权力运作问题，而是如何实现对于文学本质的揭示，以及这种揭示的有效性问题。另外，西方马克思主义的意识形态理论强调对于审美与意识形态关系的动态的辩证的把握，而中国新时期的审美意识

---

① 朱立元等：《马克思主义文艺理论中国化研究》，经济科学出版社 2009 年版，第 264 页。
② 朱立元等：《马克思主义文艺理论中国化研究》，经济科学出版社 2009 年版，第 268—269 页。

形态论则从历史主义着眼，对于审美意识形态作一种不变的本质主义的理解。这不仅透露出中西马克思主义审美意识形态论的不同理解，"同时意味着，新时期审美意识形态论的提出绝非是对于西方文论的简单移植或者模仿"。①

其次是人文精神与马克思主义文艺理论的中国化。在《马克思主义文艺理论中国化与当前文艺理论若干重大问题研究》中，朱立元等人历史地回顾了二十世纪90当代中国文艺理论界兴起的"人文精神"大讨论所涉及到的几个中心问题：

> 第一是对人文精神的理解。概括来看，一是学者基本上是将人文精神与人的生存及其价值联系起来考虑，比如认为人文精神显示了人的终极价值，它是道德价值的基础和出发点，或者认为"人文精神"主要指一种追求人生意义或价值的理性态度。二是注意到这一概念的复杂性，认为人文精神至少包含三层含义……归纳为三项规定：作为精神文明底蕴，普遍的人类意义；作为历史性现象；人文精神具有强烈的理想风格。三是注意这一概念的开放性。四是普遍性、个别性和实践性。
> 第二是关于人文精神的危机。……（1）我们今天置身的文化现实正处在深刻的危机之中；（2）作为这危机的一个重要方面，当代文化人的精神状态普遍不良；（3）从知识分子自身原因讲，在于丧失了对个人、人类和世界的存在意义的把握；（4）知识分子普遍的精神失据是在近代以来的历史过程中，由各种政治、军事、经济和文化因素合力造成的；（5）要想真正摆脱这样的失据状态，很可能需要几代人的持续努力；（6）作为这个努力的开端，特别愿意来提倡一种关注人生和世界存在的基本意义，不断培植和发展内心的价值需求，并且努力在生活的各方面去实践这种需求的精神；（7）人文精神实践是一个不断生长、日益丰富的过程，一个通过个人性和差异性来体现普遍性的过程，就此而言，正是这种实践的丰富性和多样性，真正体现了人文精神的充沛活力。
> 第三是人文精神重建问题。人文精神的重建，首先是针对这种在思

---

① 朱立元等：《马克思主义文艺理论中国化研究》，经济科学出版社 2009 年版，第 271 页。

想解放和商品大潮中的困惑，以求重新获得信念的支持和角色的重新定位。……其次，学界普遍将这一问题同知识分子联系起来，强调知识分子承担人文精神的价值立场和责任。……

第四是在重建人文精神的同时如何认识和对待中国传统文化。当前重建人文精神应当重视自身的传统，但对传统本身应有具体分析的态度，……分清"活的文化传统"和已经凝固的"传统文化产品"……要向世界开放，充分大胆地吸取西方有用的东西，但我们不能全盘西化，不能忘记从中国的具体国情出发；同时要尊重中国的历史文化传统，很好地利用传统来建设社会主义精神文明，开拓中国的新文化。

第五是人文精神与终极关怀。在人文精神的讨论中，很多学者提到，人文精神应具有终极关怀。……同时，……强调终极关怀的个人性，具体说就是：（1）你只能从个人的现实体验出发去追寻终极价值；（2）你能够追寻到的，只是你对这个价值的阐释，它绝不等同于这个价值本身；（3）你只是以个人的身份去追寻，没有谁可以垄断这个追寻权和解释权。正是在这个意义上，人文学者在学术研究中最后表达出来的，实际上也首先是他个人对于生存意义的体验和思考。①

在朱立元等人看来，尽管从表层上看，人文精神的大讨论是对二十世纪90年代以来在市场经济和社会转型的影响下出现的文学创作和文学理论中出现的人文精神失落的现实问题的回应，但其内在深层次的精神主旨是新时期以来对马克思主义的人学理论的新认识，即马克思主义的基本出发点和理论基础就是以"人"为本的人学理论，马克思主义文艺理论作为马克思主义的有机组成部分，同样洋溢着浓烈的人文精神。在马克思主义文艺理论体系中，对人的关注不仅是其理论的出发点，更是其理论的中心内容，人的解放和自由也始终是马克思主义文艺理论衡量文学作品价值的最高标准。弘扬人文精神不仅是马克思主义文艺理论的价值取向，也是马克思主义文艺理论中国化的价值坐标。因此，"马克思主义人学理论为马克思主义文艺理论中国化奠定了坚实的人学基础。马克思主义经典作家'通过人并且为了人而全面占有人的本质'的伟大思想，以及对于人的全面发展的设想和追求，在我国文艺

---

① 朱立元等：《马克思主义文艺理论中国化研究》，经济科学出版社2009年版，第284—287页。

理论实践中具体化为对于人的现实命运的关注、对于人文精神的弘扬，并作为联结文学艺术与现实生活的最为直接的通道而贯穿于文艺创作和文艺理论发展和建设始终。人文精神成为新时期以来文学艺术高举的大纛，同时也成为中国学术界二十多年来的热点论域，这一事实本身就是马克思主义文艺理论中国化的鲜活体现。"①

最后是全球化语境下中国当代文艺理论与马克思主义文艺理论的中国化。进入二十世纪 90 年代以后，随着全球经济、政治和文化一体化趋势的出现与深化，以及中国对于"全球化"进程的融入，"全球化"问题不仅成为当代中国经济领域的热点，同时也是当代中国文化不容回避的一个严峻现实。在朱立元等人看来，在全球化语境下，中国当代文艺理论面临着与当下全球文艺发展现实疏离和自身学科发展滞后的深刻危机，具体表现为：第一，中国当代文艺理论对于中国当代文学发展的新现实、新思潮、新特点的疏离与隔膜。其突出表征是：中国当代文学的文学创作自新时期以来，无论在作品数量、质量、品种和艺术探索方面都取得了长足的进步，比如，新时期中国现实主义多元化的提出，初步繁荣了中国当代文学的创作局面。二十世纪 80 年代中期，随着现代主义思潮的引入，先锋派文学和现代派文学成为中国当代文学的亮点。进入二十世纪 90 年代以后，"随着市场经济的崛起，市民文学也呈现多姿多彩的繁荣景观。现代主义实验已被迅速抛弃，更新的'后现代'写作开始侵入文体，……写作的'零度'状态、语言游戏、调侃人生、削平深度，直至近年的'私人化'追求、'木子美'等的性体验写作，以及'80 后现象'等，频频更迭，令人目不暇接"。② 与之相比，中国当代文论的发展明显落后。比如，新时期以来中国当代文论尽管在一些重要的文艺理论基本问题如人性论、审美反映论和审美意识形态论上有所突破，但就整体而言，中国当代文论的体系、观点、方法都较陈旧，有的甚至思想上比较僵化。"面对新时期以来中国文学所发生的巨大变化，所表现的许多过去从未见到过的新现象、新思潮，我们当时的文学理论总的说来反应是滞后的，要么视而不见、避而不谈，要么不得不操起原先那套理论术语勉强给予评论，结果往往隔靴搔痒，不得要领。……对于（二十世纪 90 年代以后）这些纷至沓来的文学新现象、新态势，我们的文学理论更显得准备不

---

① 朱立元等：《马克思主义文艺理论中国化研究》，经济科学出版社 2009 年版，第 283 页。
② 朱立元等：《马克思主义文艺理论中国化研究》，经济科学出版社 2009 年版，第 306 页。

足，在不少方面甚至可以说无能为力。即使有少数理论家仓促引进西方后现代主义文论的某些观点和词句，但由于仓促，对西方后现代文论与中国文学现状两个方面都未'吃透'，因而也不可能在理论上作出令人满意的说明"。① 第二，中国当代文论对于世界文学发展的新现实、新思潮、新特点的疏离与隔膜。其突出表征是：二十世纪后半叶以来，世界文学历经了巨大的历史性变迁，即"西方传统的现实主义、浪漫主义文学让位于形形色色、名目繁多的现代主义实验文学；……（二十世纪）60 年代以来，后现代主义思潮闯入文坛，文学创作跌落为特殊的写作活动，它用语言游戏来抹平深度，抹去历史意识，切断与传统的联系，最后导致主体的'零散化'与失落"。② 而中国从 1949 年新中国建构到 1976 年"文革"结束，由于长时间的文化上的闭关锁国政策，对于世界文学的最新发展变化了解甚少。在这种情况下，中国当代文论不仅无力对世界文学的新发展、新特点，从理论上作出准确切实的概括，"至于将中国文学与外国文学作为一个整体，互为参照，对它们的共同本质、特征、规律加以理论的描述和阐发，就更力不从心了"。③ 第三，中国当代文论对于当下信息时代的大众传媒文艺、网络文学等新鲜的文学形态和体制的疏离和隔膜。其突出表征是："近十年来，随着大众传媒，特别是电视媒介覆盖面的日益扩大，电视多方面的传播信息功能的充分开发，文学的存在方式发生了重大的变化。……近年来随着信息时代的到来，电脑的普及，互联网的便捷，网络文学引人注目地闯入文学的殿堂，它是文学又一种新的存在和传播方式。进入新世纪以来，网络文学取得了更加迅猛的发展和令人瞩目的成就。毫无疑问，它是人类生存方式、生活方式、思维方式、交流方式发生根本变革的特征，它也必将变革文学的现状"④，对于当下文学发展的这些新品质、新态势，中国当代文学理论"虽然已有一些学者给予关注和研究，但还远远不够"。⑤ 而要破解全球化语境下中国当代文艺理论的困境，就必须坚持马克思主义文艺理论的指导原则，借

---

① 朱立元等：《马克思主义文艺理论中国化研究》，经济科学出版社 2009 年版，第 306 页。
② 朱立元等：《马克思主义文艺理论中国化研究》，经济科学出版社 2009 年版，第 306—307 页。
③ 朱立元等：《马克思主义文艺理论中国化研究》，经济科学出版社 2009 年版，第 306—307 页。
④ 朱立元等：《马克思主义文艺理论中国化研究》，经济科学出版社 2009 年版，第 308 页。
⑤ 朱立元等：《马克思主义文艺理论中国化研究》，经济科学出版社 2009 年版，第 308 页。

助中国古代、现代和西方三大文论传统的现代转换，实现中国当代文论与马克思主义文艺理论的深度融合，即"要走自己的路，以马克思主义文艺理论为指导，立足于我们现当代已形成的文论新传统的基点上，打破长期以来形成的僵化的惯性思维尤其是二元对立的思维模式，逐步建立起对话交往思维方式；以开放的胸怀，一手向国外（主要是西方）的传统，一手向（中国）古代的传统，努力吸收人类文化和文论的一切优秀成果，进行创造性的融合和发展，逐步建构起多元、丰富的适合于应对和说明中国和世界文学艺术发展新现实的，既具现代性又有中国特色的马克思主义文艺理论开放体系"。①

张旭东等人在探讨中国当代文学的"当代性"特征时，曾就"当代性"做过如下概述：当代性是仍然在展开的、尚未被充分历史化的经验，而最高意义上的当代，是现代性的最激烈、最充分、最政治化的形态它存在的本体论形态是行动、是实践、是试验、是冒险、是选择、判断和决定。② 就中国当代文论的"当代性"而言，尽管"仍在展开"和"尚未充分历史化"，但其最终的确立是与中国当代文论的马克思主义文艺理论的中国化相一致的，正如朱立元等人在《马克思主义理论中国化与当前文艺理论若干重大问题研究》中已经指出的："马克思主义中国化的根本目的，是要回答和解决中国革命和现代化建设的种种实际问题，在与中国革命和建设的具体实践的不断结合中，应用和发展马克思主义，并使之具有鲜明的中国特色。……进入新世纪，马克思主义文艺理论……中国化……的基本态度和思路，即有目的地去应用马克思主义文艺理论的基本原则、观点和方法，来回答和解决当代中国语境中的各种中国文艺问题。这是马克思主义文艺理论中国化的唯一正确途径，也是使马克思主义文艺理论在解决当代中国语境中的中国文艺问题过程中得到进一步的创新和发展、从而推动这种中国化进程的主要方式。"③

马克思主义文论自二十世纪初引入中国，迄今已经走过了百年历程。尽管"马克思主义文论中国化"的问题从马克思主义传入中国之时就已经被提出和讨论，但二十世纪90年代以来中国学界对于"马克思主义文论中国化"问题的深入探讨，不仅从学理上论证了"马克思主义文论中国化"命题的合

---

① 朱立元等：《马克思主义文艺理论中国化研究》，经济科学出版社2009年版，第318页。

② 参阅张旭东等：《当代性；先锋性；世界性——关于当代文学六十年的对话》，《学术月刊》2009年第10期。

③ 朱立元等：《马克思主义文艺理论中国化研究》，经济科学出版社2009年版，第253—254页。

法性和科学性，而且明确了"马克思主义文论中国化"的马克思主义文艺理论普遍真理的指导性与中国文艺理论的具体现实相结合的方法论原则。在历史地梳理和总结了中国现当代文论在寻求"马克思主义文论中国化"的进程中所取得的成就的同时，也直面和回应了中国当代文论的"马克思主义文论中国化"所存在的问题和挑战。这对于我们在新世纪进一步推进和深化"马克思主义文论中国化"和中国当代文艺学的建构，无疑是有重要的理论指导和现实意义的。

第九章

西方文论的异质性和中国化转换

　　在二十世纪的中国文学理论的发展过程中，对于西方文论的译介、传播和接受，同样是一个重要的内容。大体而言，西方文论被大规模地引入中国，主要有三个重要的阶段：第一，是十九世纪末二十世纪初，中国文化与西方文化发生整体性碰撞之初，在西学东渐的时代背景之下，中国文学理论界得风气之先，大规模地译介西方近现代文学理论。第二，是二十世纪70年代末80年代初，在改革开放之风的引领下，中国掀起了译介西方现代文论的热潮。第三，是二十世纪90年代开始，伴随着全球化浪潮席卷全球，中国又开始了对于西方后现代文学理论的译介。这样，在西方几个世纪以来以历时态形成发展的近、现代和后现代主义文学理论，在二十世纪的中国几乎以共时态的形式涌入中国，并深刻地影响到了二十世纪中国文学理论的整体走向和文论转型。

第一节　西方文论的异质性与二十世纪中国文学理论的两次转型

　　对于中国的传统文论而言，来自于异域的西方文论带有明显的异质性内容。二十世纪西方文论的引入，以及由此引发的中西文论间的深度碰撞，直接导源了二十世纪中国文学理论的两次转型。

一、西方文论的涌入与二十世纪初中国文学理论的第一次转型

　　二十世纪初中国文学理论的第一次转型，指的是中国文学理论由传统形态向现代形态的转变，这次转型是伴随着西方文学的涌入完成的，具有明显

的"外化"性质。蔡元培曾以西方的文艺复兴作比拟，对发端于二十世纪初的中国新文学运动在文学创作和理论上的革新贡献给予热情礼赞：

> 欧洲近代文化，都从复兴时代演出；而这时代所复兴的，为希腊罗马的文化；是人人所公认的。我国周季文化，可与希腊罗马比拟，也经过一种烦琐哲学时期，与欧洲中古时代相埒，非有一种复兴运动，不能振发起衰；五四运动的新文学运动，就是复兴的开始。
>
> ……欧洲的复兴，……人才辈出，历三百年。我国的复兴，自五四运动以来不过十五年，新文学的成绩，当然不敢自诩为成熟。其影响于科学精神民治思想及表现个性的艺术，均尚在进行中。但是吾国历史，现代环境，督促吾人，不得不有奔轶绝尘的猛进。[1]

尽管有人对蔡元培的这一比拟提出异议，但正如罗钢在《历史汇流中的抉择：中国现代文艺思想家与西方文学理论》一书中所指出，单就对民族精神发展的历史意义而言，中国新文学革新运动与西方的文艺复兴却有相似之处，比如，它们都是从漫长停滞的封建思想统治下将自身解放出来，成为不折不扣的一次思想大解放；都是重新激发民族的创造力，催促民族精神新生的一次大刺激；都是改变了历史发展的方向，开辟各自历史上的一个崭新时代……等等；但恰恰是在与西方文艺复兴的比较中，可以看出中国新文学革新运动的不同于前者的"外化"特征：如果说西方的文艺复兴，就像其自身名称所宣示的"古代希腊罗马艺术的复活"的那样，是回过头去，从自身的民族文化传统中寻找和发掘仍然具有生机的思想和形式，加以改造，以满足现实文化革新的需要，如马克思所说："借用它们的名字、战斗口号和衣服，以便穿着这种久受崇敬的服装，用这种借来的语言，演出世界历史的新的一幕。"[2] 那么，中国的新文学革新运动，则不是选择包括西方文艺复兴在内的中外文化变革常用的"托古改制"的道路，尽管中国古代的多次文学革新运动，如唐代的古文运动和新乐府运动，都是采用"复古—革新"的方式来进行的，尽管中国文学有着不亚于西方的悠久深厚的古老传统；中国新文学革

---

① 蔡元培：《中国新文学大系·总序》，上海良友图书1935年版，第3—11页。

② ［德］马克思：《路易·波拿巴的雾月十八日》，《马克思恩格斯选集》第1卷，人民出版社1995年版，第585页。

新运动义无反顾地斩断与自身文学传统的关联，循着像青年鲁迅所倡导的"别求新声于异邦"的口号，选择了一条通过广泛地吸收和借鉴西方近现代文学的经验来重建中国民族新文学的途径。"正是这种选择，造成了五四新文学运动区别于西方文艺复兴，也区别于中国文学史上历次大大小小的文学革新运动的一个最基本的历史特征"①，而且：

> 这一特征在文学理论方面表现得尤为明显。如果我们把中国传统文论与五四时期诞生的中国现代文学理论加以比较，就会发现，二者在思维方式、理论构架、基本术语等各个方面都面貌迥异，几乎就是两种完全不同的话语。而在这一新的话语中，中国文学批评沿袭了上千年的道、气、理、趣、神思、风骨、意境等概念一下子都荡然无存，代之而起的是中国人闻所未闻的各种主义，以及再现、表现、现象、典型等陌生的术语。这些陌生的主义和观念都无一例外地来源于西方。中国现代文艺思想家们正是凭借这些西方的思想材料，建构起中国现代文学理论的大厦。②

关于中国文学理论通过移植、借鉴西方文论来实现自身文论现代转型的原因，陈传才的《文艺学百年》从中国近代物质生产方式的变迁的分析入手，探讨了中国文学理论由传统形态向现代形态转型的内在根源。他指出，中国的先民很早就确立了农耕为主的物质生产方式，并在漫长而缺少变化的农耕生活中，培育了对宗法—血缘关系的深厚感情和依赖于自然的习性，确立了超稳定的社会结构和封闭式的文化模式。与中国自给自足、封闭的农业经济形式相适应，中国传统文化主要是一种以儒家思想为主导的政治—伦理文化。其核心价值观念是强调个体欲求服从于社会群体的政治理想与道德规范，因而"修身、齐家、治国、平天下"成为中国古代士人的最高人生理想，个人的权利和要求往往被忽视和遮蔽，人的愿望、情感与欲求淹没在"存天理、灭人欲"的道德规范之中。不可否认儒家的这套思想体系在很长

---

① 罗钢：《历史汇流中的抉择：中国现代文艺思想家与西方文学理论》，中国社会科学出版社2000年版，第2页。

② 罗钢：《历史汇流中的抉择：中国现代文艺思想家与西方文学理论》，中国社会科学出版社2000年版，第2页。

的历史时期里一直是支撑中国传统文化的主导力量，对维护中国传统社会的稳定和文化传承起到过积极的促进作用，但由于它的强烈的政治—伦理导向在被中国历代的统治者强化为一种维护政权统治的官方哲学后，它的不务求实、禁锢思想的消极作用也是显而易见的。由于包括儒家思想学说在内的中国传统文化是中国自给自足、封闭的农业文明的产物，在长期封闭、自足的环境中无法得到根本性的改造，但随着近代资本主义生产方式在中国的出现并逐渐发展，近代中国在物质生产方式发生重大转变的同时，也带来了建基于传统物质生产方式之上的传统文化的深刻变革，"近代以降，伴随着中国社会变革而形成古代文论向现代文论转型的根本原因，是生长于封建社会农业经济土壤之中的传统文化，其超稳定结构的内在潜力难以焕发生机，致使其封闭式的文化模式显现出陈腐衰颓之势。……所以，随着传统社会、文化结构的变异，一股引进西方近现代政治、学术及美学、文艺思想的潮流冲击着传统文化的根基。以梁启超等为代表的资产阶级改良派，以西方近代文化变革为参照，以卢梭、孟德斯鸠为榜样，'我所思兮在何处，卢孟高文我本师'，为革新中国社会而进行新思想、新文化的启蒙；王国维等现代学术文化先驱，则尝试运用西方现代哲学、美学的理论方法，研究中国古典文艺与理论，提出了诸如'境界'说等现代意识与古代思想、艺术材料相融会的新文论、新范畴。近代文化变革所掀起的浪涛，为古典形态文艺学向现代形态文艺学的转换点燃了火种，激起了狂飙巨浪！"① 罗钢的《历史汇流中的抉择：中国现代文艺思想家与西方文学理论》则从近代中西文化的碰撞和交流的过程分析入手，揭示中国文论移植、借鉴西方文论完成自身文论现代转型的现实根源。他指出，近代中西文化的碰撞与交流，是西方殖民主义用军舰火炮轰开了古老的中华帝国的大门，以血与火揭开序幕的。是伴随着西方殖民主义对中国日甚一日的掠夺和侵略，伴随着中国日益加深的民族危机发展起来的。这种情况决定了近代中国向西方学习的过程是一个充满痛苦和矛盾的过程。一方面，中国人是被迫在一种屈辱的情况下，向自己的敌人学习，在接受西方思想文化存在巨大的情感和心理障碍；另一方面，一次次与西方列强的较量和屈辱的失败，又迫使中国的有识之士认识到，传统的制度和文化并不能抵御西方列强的侵略，也不能通过自身的调整来适应外部环境的变

---

① 陈传才：《文艺学百年》，北京出版社 1999 年版，第 12 页。

化，必须变革，不变不足以挽救民族的危亡。而西方文化，在与近代中国的比照中，是比中国固有的封建文化更加高级的、更具活力的文化，"于是经过一次次痛苦的教训以后，人们向西方追求真理的决心愈来愈坚定，摈弃传统的糟粕和学习西方文化的精华，构成了从鸦片战争到五四运动中国近代思想运动的两个相互依存，相互联系的重要方面。二者关系的消长变化，显示出中国近代思想发展的历史轨迹。"① 显然，正是内在的经济因素和外在的现实压力，决定了包括文学理论在内的近代中国选择向西方学习真理实现自身文化的现代转型，是一种历史的必然。

关于西方文论在近现代中国移植、借鉴的实际情况，罗钢的《历史汇流中的抉择：中国现代文艺思想家与西方文学理论》以五四划界，把五四之前的梁启超和王国维看作是近代中国移植、借鉴西方文学理论的先驱，而把五四以来的中国现代文艺思想家看作是移植、借鉴西方文学理论奠基和重建中国现代文论的主导力量。关于前者，罗著在肯定了梁启超和王国维在移植、借鉴西方文学理论改造中国传统文学理论上的开创性贡献的同时，也点出了其在接受西方文化方面所表现出来的矛盾、动摇以及明显的过渡性质，比如，"梁启超尽管接受了一些西方近代的政治观念，但他的文艺观基本上还是十分传统的，……梁启超提倡小说改良，是希望借助文学来宣传西方的自由民主学说，但他心目中的文学，却仍然是一种带有浓厚封建性质的文学。这种内在的矛盾，是他倡导的小说改良最后终于失败的根本原因"，② 而"王国维融合中西文学理论的努力诚然是可贵的，但他仅仅将个别西方文学观念植入中国传统文艺思想体系，而不对这种体系进行根本性的改造，这种移西就中的综合方式便显然不能适应中国现代文艺思想建设的要求。……而王国维却根本意识不到这种彻底的变革，甚至完全反对这种彻底的变革。……就此而言，与梁启超一样，王国维对西方文学理论的认识和接受也是局部的，片面的，是非常有限的。"③ 关于后者，罗著选取了五四新文学运动中近代西方的几种主要文艺思潮，如现实主义、人道主义、浪漫主义、各

① 罗钢：《历史汇流中的抉择：中国现代文艺思想家与西方文学理论》，中国社会科学出版社2000年版，第4页。
② 罗钢：《历史汇流中的抉择：中国现代文艺思想家与西方文学理论》，中国社会科学出版社2000年版，第11—12页。
③ 罗钢：《历史汇流中的抉择：中国现代文艺思想家与西方文学理论》，中国社会科学出版社2000年版，第14—15页。

种形式的现代主义和新人文主义等，详细地梳理它们在现代中国的引入及表现，并特别指出，"五四时期人们接受西方文化，目的是为了扫清封建思想地基之后，重建中国的新文化，这种目的使他们对西方文化的态度较之近代的王国维等人不能不有根本的不同。如果说王国维等人是站在中国传统文化的基地上，力求在不触动中国传统文化的某些根本基础的前提下接受西方文化，因此很难完整地认识西方文化的真实价值，那么五四一代人则是用西方文化彻底批判、清理、总结中国传统文化。用他们的话说，'并不是将特别国情来容纳新思想，而是将新思潮来批判这特别国情，来表现或是解释它。'由于他们这种鲜明的态度，西方思想文化在五四时期中国新文化的重建过程中便产生了十分突出和重要的作用。"① 温儒敏的《中国现代文学批评史》，在分期上打破了以五四为"现代"始点的传统划段，把王国维视为中国现代文学批评的"第一人"，并相应地把中国现代文学批评史的时间上限前移至二十世纪初。在西方文学理论流派与中国现代文艺理论家关联的选择上，选取了包括王国维、周作人、成仿吾、梁实秋、茅盾、李健吾、冯雪峰、周扬、胡风、朱光潜、沈从文、梁宗岱、李长之和唐湜在内的 14 家，在时间的跨度和批评家代表性上，也考虑得更为周全。但细观温著对于中国现代文学批评史的整体思路，如其对王国维开创中国现代文学批评新视景的评价："王国维垦拓现代批评的第一个步骤，就是引进西方的批评思维方法，以突破传统批评的局限。这种希望借用外力刺激以推进和改造本土文化的自觉，与晚清西学输入的大趋势是合拍的，王国维适应这一时潮趋向，尝试为传统久远而日益显出沉滞的中国文学批评拓展新途。……（而且）当许多同时代学者在求新求变的潮流中满足于捃扯西洋新名词新技法时，王国维却大刀阔斧引进西方批评理论，从根本上调整（中国）批评的思维方式，这就更彻底，也更有冲击力。王国维之所以能有超前的理论建树，在'文学革命'发动的十多年前就着手为现代批评奠基，完全出于理论上的自觉。"② 其对西方文学理论流派与中国现代文艺理论家复杂关联的认知："五四时期的批评承受多元的外来影响，形成了众多不同倾向和流派，如作比较简单的分类，则有'为人生'的现实主义批评、'表现论'的浪漫主义批评、印象式的批

---

① 罗钢：《历史汇流中的抉择：中国现代文艺思想家与西方文学理论》，中国社会科学出版社 2000 年版，第 17 页。

② 温儒敏：《中国现代文学批评史》，北京大学出版社 1993 年版，第 2—8 页。

评、心理分析批评以及古典主义批评，等等。一般文学史容易将这多元竞争、互补并存的状况简化为二元对立，只注意文学研究会的'为人生'与创造社的'为艺术'两大批评派系的区别与争论。事实上不是二元对立，而是多元竞存互补。因此在评论周作人时，笔者就特别注意到这位原属'为人生'派的批评家在短短几年间批评观的变迁，注意到他后来对'为人生'与'为艺术'两派的综合与超越。同样，在持'表现论'的浪漫派批评家成仿吾身上，也看到其对文学社会性、功利性标准的吸纳。这种互补的情况有时又体现在不同批评倾向的冲突中。例如梁实秋几乎全盘否定了五四新文学，他的新人文主义观点可以说与浪漫派针锋相对，他那保守而带清教色彩的批评又始终是'反主潮'的。他的许多批评结论并不一定正确，但也又时常歪打正着地指出了主潮派文学的某些偏弊。书中注意到这种现象，从整个批评史格局去考察，特别指出不同派系的批评之间的冲突又有某种制衡和互补的作用"[1]，尽管具体的结论和观点与罗著存有差异，但在通过西方近现代文论的移植、借鉴来观照中国现代文论的生成与发展的研究思路上却是一以贯之的。而他们所揭示的西方文学理论的涌入与中国文学理论的现代转型呈现出的一体两面现象，也是二十世纪初中国文学理论第一次转型时期不争的事实。

二、西方文论的异质性和二十世纪末中国文学理论的第二次转型

关于西方文论的异质文化性质，中国新文化运动的主将陈独秀早在1915年《青年杂志》创刊号上发表《法兰西人与近世文明》一文，就以中西文明对举，明言西方文明不仅是与中国文明性质不同的文明，而且是比中国文明更为先进的一种文明："近世文明，东西洋绝别为二，代表东洋文明者，曰印度，曰中国，此两种文明虽不无相侔之点，而大体相同，其质量举未能脱古代文明之窠臼，名为'近世'，其实犹古之遗也。可称曰'近世文化'者，乃欧罗巴人所独有，即西洋文明也，亦谓之欧罗巴文明，移植亚美利加，风靡亚细亚者，皆此物也。"[2] 中国现代文学奠基人之一的茅盾1920年在担任《小说月报》主编后公布的《改革宣言》里，进一步将移植、借鉴西方文学看作是创造中国新文学的必由路径和神圣责任："同人以为今日谈

---

① 温儒敏：《中国现代文学批评史·自序》，北京大学出版社1993年版，第2页。
② 陈独秀：《法兰西人与近世文明》，《青年杂志》第1卷第1号。

革新文学非徒事模仿西洋而已，实将创造中国之新文艺，对世界尽贡献之责任，夫欲取远大之规模尽贡献之责任，则预备研究愈久愈博愈广，结果愈佳。即不论如何相反之主义咸有研究之必要。故对于为艺术而艺术与为人生而艺术，两无所祖，必将忠实介绍，以为研究之材料。"① 在茅盾看来，五四时期"受新思潮影响的知识分子，如饥似渴地吞咽外国传来的各种新东西，纷纷介绍外国的各种主义、思想和学说，大家的想法是，中国的封建主义是彻底要打倒了，替代的东西只有到外国找，'向西方寻找真理'，所以，当时'拿来主义'十分盛行"，具体到中国的文学理论，"中国一向没有什么正式的文学批评论，有的几部大书如《诗品》、《文心雕龙》之类，其实不是文学批评论，只是诗赋、词赞……等等文体的主观定义罢了，所以我们现在讲文学批评，无非是把西洋的学说搬过来，向民众宣传"。② 所以，正如罗钢所指出的，五四知识分子把西方近现代文艺思潮引入中国的时候，不仅是把中国传统文化和西方近现代文化当作两个异质的整体来看待的，而且明确地主张用后者整体性地取代前者：

> 人们对五四新文化运动提出的一项最有力的责难，就是它造成了民族文化传统的某种"断裂"。这并不是毫无根据的。的确，五四时期西方思潮，包括西方文艺思潮的大规模输入，正是以传统的某种形式上的"断裂"作为条件的。很明显，从一开始，西方文学和文学理论就是作为对传统文学和文艺思想的一种克制出现的，是在旧的封建文艺思想体系作为已经解体的封建文化的一个部分丧失其功能的情况下，作为它的一种替代物引进的，是五四知识分子为了填补旧文化体系的瓦解所造成的思想真空接受过来的。因此，一方面，如果没有五四知识分子对传统文化的全面抨击，如此大规模的西方思潮的输入是难以设想的。另一方面，如果没有大量的先进的西方文化作为参照，作为后盾，那么这种对中国思想文化传统的彻底反省和批判也是不可能的。③

---

① 茅盾：《小说月报改革宣言》，《小说月报》第 12 卷第 1 号。
② 茅盾：《"文学批评"管见一》，《小说月报》第 13 卷第 8 期。
③ 罗钢：《历史汇流中的抉择：中国现代文艺思想家与西方文学理论》，中国社会科学出版社 2000 年版，第 251—252 页。

也就是说，二十世纪初中国文学理论的第一次转型的关键，就是用异质的西方文学理论来取代中国的传统文学理论。异质性，不仅不是近现代中国引入和接受西方文论的障碍，而恰恰是近现代中国引入和接受西方文论的原由所在。

二十世纪30年代，随着马克思主义文学理论在中国的兴起，西方文学理论在中国的影响受到削弱，二十世纪50—70年代，随着苏俄文学理论在中国的强势地位，西方文学理论在中国一度沉寂。但二十世纪70年代末80年代初，伴随着改革开放和思想解放，中国再次掀起了引入西方现代文学理论的热潮。如果说二十世纪初中国引入的西方文学理论隶属于西方近现代的文艺思潮的话，那么二十世纪80年代以来，中国引入的西方文学理论则属于西方二十世纪以来的现代主义思潮以及新近发生的后现代主义思潮。进入二十世纪90年代，伴随着现代中国对于西方现代文学理论的持续引入，中国现代文论与西方现代文论出现了明显的合流趋势。对于这样的一种趋势，有学者认为二十世纪以来中国的文学和文学理论都是学习、借鉴西方文学和文学理论的，但从时间段上来看，由于在二十世纪80、90年代之前，中国引入、借鉴的西方文学和文学理论，从时间和性质上讲属于西方十九末至二十世纪初的近代文学范畴，因而从整体上讲，二十世纪的中国文学和文学理论并非是现代性的，不过是与西方近代文学和文学理论一样的"近代性"的性质。[①] 只是到了二十世纪90年代，随着现代中国对西方现代主义和后现代主义的引入与借鉴，中国文学理论才真正获得了与西方文学现代文学理论对话和交流的资格和水平，中国文学理论才有可能在吸收、借鉴西方现代文学理论的情况下实现自身的现代建构。应该说，在二十世纪90年代的中国理论界，出现以西方现代理论为参照来反观中国理论现状的思路与做法，并不让人感到意外。新时期的改革开放，西方形形色色现代文学理论一并涌入中国，与中国相对封闭和单一的文学理论和批评格局相比，西方现代文学理论无论是在流派的多元性上还是批评范式的创新性上，都让国人大开眼界，由此产生引入和借鉴的冲动。"久而久之，便形成一种思维定势或观念情结：谈'现代'，当然是以西方为标准，而（中国文学理论的）'现代建构'，也当然以西方为主要参照"。[②] 事实上，二十世纪90年代的以西方为参照的现

---

① 参阅杨春时、宋剑英：《论二十世纪中国文学的近代性》，《学术月刊》1996年第12期。
② 陈传才：《文艺学百年》，北京出版社1999年版，第307页。

代论的主张，与二十世纪初的用西方文论整体性地取代中国传统文论的做法，并无本质上的区别，比如，双方都是在中西文论之间持二元对立的主张，都是认为西方文论是比中国传统文论更先进的文论体系，并且都是以异质的西方文论作为衡量中国文论是否现代的标准。如果一定要在两者之间找出一点区别的话，就是二十世纪90年代的"西化论"，生逢其时地披上了至今方兴未艾的"全球化"的外衣，成为以西方为主导的现代化宏大叙事的一个组成部分。

按照西方的现代化理论，整个世界正处于由西方资本主义推进的全球化的浪潮之中，全球化并不单纯体现于经济领域，而是随着经济全球化的推动力，逐渐渗透、延伸至政治和文化领域，并极大地改变着我们生活于其间的这个世界。德国学者赖纳·特茨拉夫（Rainer Tetzlaff）在他主编的《全球化压力下的世界文化》一书中，曾综合各家的观点，将"全球化"定义为迄自西方中世纪封建制度的危机一直延续至今的一种历史性的世界转型，包括民族国家边界的消失以及整个世界日益网络化和现代化的趋势：

> 大卫·赫尔德领导的伦敦研究小组的全球化概念广为流传：
>
> "我们认为全球化是一个历史过程，在此过程中网络和社会关系系统在空间上不断扩展，人的行为方式、积极性以及社会力量的作用表现出洲际（或区域之间）的特点。"（佩拉汤等，1998）
>
> 全球化包括多种相互交织的跨越边界的交流过程，这些过程在技术上已成为可能。政治上也为所有繁荣中心地区所要求。此外，如下内容也属于全球化含义：
>
> "日益增加的资本、商品和人员的跨国流动；借助于新的通讯技术从而变得更加密切的网络化；通过分散不同产地的商品生产和服务所形成的更为复杂的国际劳动分工；思想、概念、图像和消费方式及消费品的快速流通；不断增强的全球风险与危机意识；跨国机构和全球网络化；政治运动数量的上升及其意义的增强。因此，它涉及到这些过程在纵向和横向即在国家、次国家和跨国家层级上的相互渗透。"（伦德林，1998）①

---

① ［德］赖纳·特茨拉夫：《全球化压力下的世界文化》，吴志成、韦苏等译，江西人民出版社2000年版，第4—5页。

受西方学者的现代化理论的影响，部分中国学者在探讨中国的现代化时，往往以西方发达国家为目标和主要参照尺度，比如说中国的科学技术达到或接近国际水平，中国现代化的近期目标是在五十年内赶上西方中等发达国家水平，中国国民小康生活的水准折合成美元人均 GDP 应是多少等等，虽然名义上讲的是国际惯例和尺度，但实际上这些就是西方尺度。按照这些中国学者的想法，只要遵照这些（西方）尺度，中国才能像西方社会那样实现自己的现代化，才能在全球化中获得与西方平等对话的地位。然而，正如反对上述"西化论"主张的学者们所指出的，"'全球化'与'现代化'在当今是处于同一个历史进程中，但两者并非一回事。'全球化'指的是在如今的'地球村'时代，整个人类的生存发展已联系在一起，彼此相互影响和制约，任何民族国家再要封闭发展已无可能，这意味着人类需要加强彼此的相互沟通，共同寻求在这个'地球村'建立共同生存和发展的良性生存环境。'全球化'虽然为各民族国家的相互交流、借鉴提供了更多的可能性，但并不意味着可以消融民族发展道路的多样性。'现代化'则是指人们对某种理想的生存发展目标的努力追求或实践发展趋向，在不同的民族国家，其生存发展的理想目标不会是没有差别的，因而现代化不可能只有一种尺度和模式，更不可能走同样的实践道路。西方有西方的现代化道路，中国则有中国的现代化进程，未必非要用西方的尺度和模式来衡估不可"。[①] 尤其是对文化而言，不像科技、经济之类的单一指标可以用现行通用的国际标准来衡量，其内在的丰富的民族内涵与特质，并不存在一个普遍适用的国际标准。正因此，二十世纪 90 年代以来，在中国文论"失语"引发的中国文学理论的第二次转型的过程中，学者们反思了西方文论在中国的百年发展历程，摒弃了"全盘西化"的理论主张，希冀在继承传统文论精神，汇通西方文论的理念和方法的基础上，提出具有中国特色的现代文艺理论命题，形成兼具民族性与现代性的中国现代文论的理论范式和话语类型：

　　　　对于二十世纪中国社会的现代转型，无论其进程如何的缓慢、艰难和曲折，应当说是在探索、开拓着现代化的发展道路，或至少是在为这

[①]　陈传才：《文艺学百年》，北京出版社 1999 年版，第 308 页。

条道路奠基。与此相适应，二十世纪中国文学和文学批评的现代转型，同样具有这种意义，……如今着眼于中国社会的未来发展，国家已经提出建设有中国特色社会主义现代化的理想目标和战略规划，其中既有"全球化"的参照在内，但更重要的恐怕还是"中国特色"。也许不能以西方标准来衡估说这不是"现代化"，而只能说这不是西方式的现代化。在这个"有中国特色社会主义现代化"当中，理应包括文学和文学批评的现代化，它一方面应当与整个社会的现代化发展相适应，以获得自身生存发展的条件，另一方面还应当为促进整个社会现代化发展服务。在这样一种逻辑前提下，说中国文学理论与批评形态主要以西方现代主义为参照，恐怕于理未通。①

可以说，二十世纪初中国文学理论第一次转型整体性地引入西方文学理论着眼的是后者理论体系的"异质性"，二十世纪末中国文学理论第二次转型对于"西化论"的拒斥，同样是针对西方文论的"异质性"而发的，而"中国特色"的提出，也意味着西方文论的中国化是当代中国应对当代文论"失语"的应有之义。

第二节　西方化的中国文学理论体系建构：策略还是无奈？

在 20 世纪的中西文论碰撞中，相较于西方文论义界分明、体系严整的形式特征而言，中国文论常常被贬斥为概念模糊、体系零散，而借用异质的西方文论范畴、体系来阐发、重塑中国文论的概念范畴和体系架构，成为 20 世纪中国文论转换的一个重要路径。其中，最具代表性的人物就是美籍华裔学者刘若愚。他的《中国文学理论》（1975 年），是英语世界里第一部用西方的文学理论系统地阐发中国文学理论的重要论著，不仅因其视野开阔、材料丰富被国际比较学界誉为中西比较诗学中的"首屈一指之作"，② 更由于其在综合中西诗学话语上的不懈努力，"不止是用英语讲述中国诗学的'语

---

① 陈传才：《文艺学百年》，北京：北京出版社 1999 年，第 308—309 页。

② ［美］J·L·弗罗特：《现代语言杂志》，见［美］刘若愚：《中国的文学理论》，赵帆声等译，中州古籍出版社 1986 年版，第 1 页。

际的批评家'（an Interlingual Critic），他更想把我国传统的同二十世纪欧美的文学理论综合起来而自成一家言的'语际的理论家'（an Interlingual Theorist）",① 成为二十世纪西方化的中国文学理论建构的显著标志。

一、中西比较诗学视野下的中国文学理论

在《中国文学理论》一书中，刘若愚明言，对于中国文学理论的系统梳理是着眼于一个可能的"世界性的文学理论"（An eventual universal theory Of literature）。对于任何一种文学理论而言，都不可避免地要求理论的普遍适用性，否则理论就难成其为理论了。近代以来，西方学者写下大量的以"文学理论"（Theory of Literature）为名目的理论著作，但由于其视野不出欧美文化圈，西方学者所谓的"文学理论"不过是各种不同类型的"西方文学理论"，用英文表示应为 Western Theories of Literature，而不是他们所标榜的带有普泛意味用之四海而皆准的"文学理论"（Theory of Literature）。所以，自从法国比较学者艾田伯（Rene Etiemble）于二十世纪 60 年代末倡导"比较诗学"以后，通过对于不同文学理论体系之间的比较研究，获得超越不同文学理论体系的"共同文学规律"或"共同诗学"（Shared Poetics），并由此导向一种普遍意义上的"世界性的文学理论"，已经成为国际比较学界的共识。刘若愚把中国文学理论标题为 *Chinese Theories of Literature*，就是要表明中国文学理论（Chinese Theories of Literature）同西方文学理论（Western Theories of Literature）一样，都是文学理论（Theory of Literature）的重要分支，也都是"世界性的文学理论"（An eventual universal theory Of literature）的不可缺少的组成部分。刘若愚并不讳言，西方文学理论学界对于中国文学理论所知甚少，但他希望西方的比较学者和文学理论家能通过自己所提供的中国文学理论多加了解，不再只根据西方的经验，阐述一般性的文学理论，而这正是其写作《中国文学理论》一书的"第一个也是终极的目的"。②

刘若愚《中国文学理论》的"第二个也是较为直接的目的"，是为研究中国文学与批评的学者阐明中国的文学理论。刘若愚指出，尽管有关中国文学理论方面的批评史著作和论文，中文、日文和英文都出了不少，但绝大多

---

① 夏志清：《冬夏悼西刘》，转引自詹杭伦：《刘若愚：融合中西诗学之路》，文津出版社 2005年版，第 1—2 页。

② ［美］刘若愚：《中国文学理论》，杜国清译，江苏教育出版社 2006 年版，第 2 页。

数的不过是资料的收集堆砌、穿插以事实的叙述而已，"而许多重要的批评概念与术语仍未阐明，主要的中国文学理论仍未获得适当的论述。"① 在刘若愚看来，出现这种情况不足为奇，因为中国的文学理论，通常是简略而隐约地暗示在各类零散的著作中的，很少得到有系统的阐述或明确的描述，所以有必要对中国丰富的文学批评资料，进行系统、完整的理论分析。关于中国文学理论，刘若愚依照西方诗学的理论系统，将其做了如下系统性的概括：先秦两汉时期，是中国文学理论的发端期。其中，在春秋战国时，中国文学理论的几种主要理论，如表现论、实用论、审美论、形而上学论等，就已经在中国古代典籍如《左传》、《论语》、《易传》、《老子》和《庄子》等中出现最初的源头，而汉代的《诗大序》则开始了对表现论、决定论和实用论的调和。魏晋南北朝时期，是中国文学批评多姿多彩、百花齐放的发展期，也是中国各种文学理论的重要融合期。如曹丕的《典论·论文》，是中国最早的专门讨论文学的论文，其开篇"文以气为主"对于基于气质的各人才气是文学最重要的因素的强调，是表现论的一个经典说明；而其结尾部分对于文学实际功用的推崇——"盖文章，经国之大业，不朽之盛事。年寿有时而尽；荣乐止乎其身。二者必至之常期，未若文章之无穷。是以古之作者，寄身于翰墨，见意于篇籍；不假良史之辞，不托飞驰之势，而声名自传于后"（曹丕：《典论·论文》）。陆机的《文赋》，有对文学是感情的自然表现的明确肯定，"遵四时以叹逝，瞻万物而思纷。悲落叶于劲秋，喜柔条于芳春"（陆机：《文赋》），这是属于表现理论方面的内容；有对文学的功用是对宇宙原理的显示的形象描述，"观古今于须臾，抚四海于一瞬。笼天地于形内，挫万物于笔端"（陆机：《文赋》），这是属于形而上学理论方面的内容；有对写作技巧及其所蕴含的美学特质的分类说明，"其为物也多姿；其为物也屡迁。其会意也尚巧；其遣言也贵妍。暨音声之迭代，若五色之相宣"（陆机：《文赋》），这是属于技巧理论与审美理论方面的内容；有对文学实际功用的简短提及，"济文武于将坠，宣风声于不泯"（陆机：《文赋》），这是属于实用理论方面的内容。刘勰的《文心雕龙》，则包含了中国文学批评中除决定理论以外的所有六种文学理论的要素：形而上学理论方面，刘勰《文心雕龙》中的"原道"篇，是中国文学理论中表现形上理论"最透彻"、"最

---

① ［美］刘若愚：《中国文学理论》，杜国清译，江苏教育出版社 2006 年版，第 5 页。

博大精深"的；在表现理论方面，刘勰《文心雕龙》中的"体性"篇和"情采"篇，对于"感情"、"情理"、"自然"的强调，足证其为中国文学理论上的表现理论家；审美理论方面，刘勰《文心雕龙》中的"情采"篇，对于文学内在本质（质）与外表优美（文）辩证关系的说明，在中国审美理论中自有其位置；实用理论方面，刘勰《文心雕龙》中的"末章"对于文学功用的说明："唯文章之用，实经典枝条：五礼资之以成，六典因之致用。君臣所以炳焕，军国所以昭明"（刘勰：《文心雕龙》），对于文学实用概念的强调是十分明显的。唐宋时期，是实用主义理论的得势期和其他理论的蛰伏期。在这一时期，中国文学理论最突出的现象就是文学的实用概念盛行，无论是唐代的李白、杜甫、韩愈，还是宋代的周敦颐、程颢、程颐，都是文学实用论的维护者，实用主义文论主宰了这一时期的文风；相形之下，唐代的李商隐、司空图以及宋代的欧阳修、苏轼、苏辙对于实用论的异议，尽管显示了形上、表现、审美等非实用理论的存在，但无力从根本上改变实用论在此阶段一家独大的统治地位。元明时期，是中国文学理论的拟古期。与唐宋时期实用主义盛行不同，元明时期出现了强大的拟古主义思潮，在文学理论上的表现，就是弃实用论转而强调形上理论和技巧理论。清代，是中国传统文学理论在西方文学理论影响之前的最后发展阶段。中国文学理论的六种理论在此一时期都有展现，如王夫之、王士禛的形上理论，金圣叹、叶燮、袁枚的表现理论，阮元、姚鼐的审美理论，李渔、翁方纲、刘大櫆的技巧理论，汪琬的决定理论，沈德潜的实用理论等，这些理论既独立发展，又交互影响，结果产生出许多争论以及一些综合。对于中国文学理论的概括，正如刘若愚本人所言："对中国各种不同理论，我给予篇幅讨论的是根据在我看来属于其本质的内涵，以及能够提供与西方理论作最明显最有提示性之比较的特点，而不是根据其相对的历史上的重要性，"① 从本质上讲，刘若愚对于中国文学理论的阐述说明，属于阐发研究性质。

刘若愚《中国文学理论》的第三个目的，是为中西批评观的综合铺出比迄今存在的更为适切的道路，以便为中国文学的实际批评提供健全的基础。早在二十世纪 60 年代初写作《中国诗学》（*The Art of Chinese Poetry*）时，刘若愚就开始了在中国以严羽、王夫之、王士禛为代表的"妙悟派"（Intution-

---

① ［美］刘若愚：《中国文学理论》，杜国清译，江苏教育出版社 2006 年版，第 177 页。

alists）和西方以马拉美、艾略特为代表的象征主义在概念术语、批评方法上进行综合的尝试。二十世纪 60 年代末，随着对法国美学家杜夫海纳（Mikel Dufrenne）以及波兰美学家英加登（Roman Ingarden）等现象学美学家著作的阅读，中西诗学在诗学观念与话语言说方面存在着的许多"并非纯粹是偶然的巧合"，让刘若愚更加坚定了从概念术语、批评方法上综合中西诗学的可能。在《中国文学理论》一书中，刘若愚以中国形上理论为例，详细探讨了其与西方表现理论、象征主义理论、现象学理论之间在概念术语和批评方法上融通的可能性：关于形上理论与表现理论，刘若愚特地提到了中西方对于镜子的隐喻作用的使用。他指出，中国的形上理论与西方的表现理论都大量出现了对于镜子的隐喻性修辞，并显示出令人感兴趣的相似性。如中国理论家所使用的"镜中之象"、"镜中之花"的比喻，主要用于描述诗无法用语言来传达的那种难以捉摸的性质，一如中国道家所认为的语言是传达那不可传达者之不充分但却必要的工具。然而，企图传达那不可传达者、表现那不可表现者的这种矛盾，不独为中国批评家所认识，也同样为西方的表现理论所察觉。如英国诗人马洛（Christopher Marlowe）对于镜子的隐喻：即使所有神奇完美的精华，／他们取自那不朽的诗的花朵，／从中，如从镜里，我们看见／人类智能所达到的最高境界——／即使这些构成一首诗的一句，／而一切都融合在美的价值中，／可是在他们不息的脑中，仍然盘旋着／至少一种思想，一种天赐优美，一种奇迹，／这些是任何能力都不能化为文字的。① 传达的是与中国诗人同样的体验。而歌德关于镜子的譬喻："……假如你能将如此活生生，如此温暖地存在你心中的东西抒发在纸上，因此它可能变成你灵魂的镜子，正如你的灵魂是无限之上帝的镜子一样！"② 比之中国明代谢榛的镜子之喻："夫万景七情，合于登眺，若面前列群镜，无应不真。忧善无两色，偏正唯一心……镜犹心，光犹神也"③，几可互释。关于中国的形上理论与西方的象征主义理论，刘若愚指出，双方不仅在诗的观念上"有点像"，如西方象征主义诗人所持有的地上及其一切可见物都是"上天的照应"（un correspondance du ciel）的观念，以及对于诗所下的"宇宙神秘

---

　　① ［美］刘若愚：《中国文学理论》，杜国清译，江苏教育出版社 2006 年版，第 76 页。

　　② ［德］歌德：《少年维特之烦恼》，见［美］刘若愚：《中国文学理论》，杜国清译，江苏教育出版社 2006 年版，第 77 页。

　　③ （明）谢榛：《四溟诗话》，见［美］刘若愚：《中国文学理论》，杜国清译，江苏教育出版社 2006 年版，第 77 页。

意义之表现"的定义，都类似中国形上诗观，所关切的都是诗人与宇宙的关系及其基本原理；而且对于语言的概念也显示出"某些类似"，如刘勰对于中国文字的原型乃是神灵光辉的显示的说明，与马拉美（Stephane Mallarme）对于文字魔力的敬奉，显示了中西方诗人对于文字魔力的推崇。而马拉美对于诗人无力把握语言的绝望："我们都是失败者，……我们以有限衡量无限，怎能不失败？我们将我们短暂的生命和微弱的力量，与按照定义不可能达到的理想，放在同一天平上"①，与《庄子》里的话："吾生也有涯，而知也无涯，以有涯随无涯，殆已；已而为知者，殆而已矣"，② 显然在精神上"同气相求"。③ 关于中国的形上理论与西方的现象学理论，刘若愚从三个方面归纳了双方在诗学观念与概念术语上的相似点：第一，像中国形上批评家认为文学和自然都是"道"的显示一样，西方现象学理论家杜夫海纳也认为艺术和自然都是"有意义的存在"的显示，而且"意义"与"存在"被视为同一。中国形上理论的"道"的概念，与西方现象学的"存在"概念是可以并比的。第二，像中国形上理论主张物我合一和情景不分一样，西方现象学理论也主张"主体"（"subject"）与"客体"（"object"）的合一以及"知觉"（"noesis"）与"知觉对象"（"noema"）的不分。第三，中国的形上理论和西方的现象学理论都提倡一种"二度直觉"（"second intuition"），都承认语言的"矛盾性"（"paradoxical nature"），即"一种不充分而又必需的方式用以表现难以表现者，以及再发现主观性与客观性的区分并不存在的、概念之前与语言之前的意识状态"。④ 正因此，刘若愚对于中西诗学的综合始终是把批评观念与概念术语的综合放在第一位的，如其本人所强调的："对中国文学的任何严肃批评，必须将中国批评家对其本国文学的看法加以考虑，而且，不能将纯粹起源于西方文学的批评标准完全应用于中国文学，这应该是显然自明的道理；反之，一个现代批评家，不管属于哪一国籍，在以世界性的观点来研究中国文学时，对于仅采用任何中国传统文学理论作为必要的或者充分的批评基础，也许不会感到满意。因此，中西批评概念、方法与标

---

① ［法］马拉美：《自传》，见［美］刘若愚：《中国文学理论》，杜国清译，江苏教育出版社2006年版，第83页。

② 《庄子·养生主》，见［美］刘若愚：《中国文学理论》，杜国清译，江苏教育出版社2006年版，83—84页。

③ ［美］刘若愚：《中国文学理论》，杜国清译，江苏教育出版社2006年版，第84页。

④ ［美］刘若愚：《中国文学理论》，杜国清译，江苏教育出版社2006年版，第214页。

准的综合，有其必要。"①

二、中国文学理论在诗学话语上的挑战

在综合中西文学理论的诗学观念、概念术语的过程中，由于中西文学理论在诗学话语上的各自特征与相互间的巨大差异，刘若愚直言，诗学的话语问题是综合中西文学理论时必须面对的困难，尤其是中国文学理论的独特的诗学话语特征对于中西比较诗学所带来的挑战，更是首当其冲，"这些困难，是研究中国文学批评必然具有的，而在以英文探讨中国文学理论时显得更大；因为中文或日文的作者可以用同义词或重复句，或者引用原文而不加以批注来解释定义，可是，以西方语言写作者却不能如此，而必须面对翻译的问题。在中文与英文之间要找出一个同义词，不但所指的对象相同，而且含义和联想也相同者，往往不可能；甚至在日常语言的层次上都是如此，更不用说是深奥微妙的文学讨论了。"② 深谙中西文学理论传统而又坚持用英文从事中西比较诗学研究的刘若愚，对于中国文学理论在诗学话语上的困难深有感触，并分概念术语、话语言说和诗学形态三个层面对其作概括性的说明。

概念术语层面，刘若愚指出，中国文学理论在诗学话语上的最大困难就是其核心概念术语的宽泛性与不确定性。比如，在中国古文中，最接近西方"literature"的对应词是"文"，而"文"在中国文化的演化中，一直拥有着各种不同的含义。在先秦的文化典籍《论语》中，已经出现了"文"的几种不同的用法：有时候，"文"意指"文化"（culture）或"文明"（civilization），如《论语·八佾》："子曰：'周监于二代，郁郁乎文哉！'"；有时候"文"又意指"文雅"（cultural refinement）或"文饰"（outward embellishment），与意指"本质"（natural quality）或"内质"（inner substance）的"质"相对照，如《论语·雍也》："子曰：'质胜文则野，文胜质则史。文质彬彬，然后君子。'"；有时候"文"还意指"学识"（scholarship）或"学问"（learning），如《论语·学而》："子曰：'弟子入则孝，出则悌，谨而信，泛爱众而亲仁。行有余力，则以学文。'"到了汉代，"文"这个字常用来指某种修饰，尤其是指以对偶与押韵为特色的文学作品。另外，这一时期，与"文"一起出现的还有"文章"（literary compositions），意指"文

---

① ［美］刘若愚：《中国文学理论》，杜国清译，江苏教育出版社2006年版，第6页。
② ［美］刘若愚：《中国文学理论》，杜国清译，江苏教育出版社2006年版，第7—8页。

雅"（cultural refinement），以及"文学"（literary learning），意指一般学识。而到了六朝时期，"文学"与"文章"成了同义词，并有了"文""笔"之分，前者相当于"纯文学"（belles letters），而后者泛指"平白文章"（plain writing）。唐代以后，"文"又用来指称宽泛一类的"散文"，来与韵文一类的"诗"相对。近现代以后，"文"既指专门一点的"文学"，有时也可以指更宽一点的"文艺"。再如，"气"也是中国古代文论的一个核心范畴。先秦时期的管子曾把"气"定义为赋予万物生命的理论或原理，"精也者，气之精者也。气道乃生；生乃思；思乃和；知乃止矣"，[①] 孟子则将"气"看作是一种"集义所生"的道德力量，"其为气也：至大至刚，以直养而无害，则塞于天地之间。其为气也：配义与道，无是馁也；是集义所生者，非义袭而取之也。行有不慊于心，则馁矣"。[②] 汉代的《淮南子》对"气"作了两种不同意义的划分：一个是指宇宙万物的元气，另一个是指人的生气，"血气者人之华也，而五藏者人之精也。夫血气能专于五藏而不外越，则胸腹充而嗜欲省矣。胸腹充而嗜欲省，则耳目清听视达矣。耳目清听视达谓之明。五藏能属于心而无乖，则勃志胜而行不僻矣。勃志胜而行之不僻，则精神盛而气不散矣"。[③] 魏晋时期的曹丕在《典论·论文》中集中谈到了"气"。其中，"文以气为主。气之清浊有体，不可力强而致。譬诸音乐：曲度虽均，节奏同检，至于引气不齐，巧拙有素，虽在父兄，不能以移子弟"，这里的"气"，是指作家个人的"才气"；而同文中所言"徐幹时有齐气"，以及《与吴质书》中所言"公幹有逸气"，这里的"气"，则是指作家创作的风格。而且，前者具体所指作家所反映出的地方精神方面的风格，而后者具体所指作家所展现出的个人才华方面的风格。在刘若愚看来，类似"文"、"气"这样的例子，最能反映中国文学理论核心概念范畴在诗学话语上的模糊性与不确定性，这种批评术语所带来的困难也是显而易见的，"在中文的批评著作中，同一个词，即使由同一作者所用，也经常表示不同的概念；而不同的词，可能事实上表示同一概念。……就单音节的汉字而言，意义不明

---

① 《管子》，见〔美〕刘若愚：《中国文学理论》，杜国清译，江苏教育出版社 2006 年版，第103 页。

② 《孟子·公孙丑》，见〔美〕刘若愚：《中国文学理论》，杜国清译，江苏教育出版社 2006 年版，第 103 页。

③ 《淮南子》，见〔美〕刘若愚：《中国文学理论》，杜国清译，江苏教育出版社 2006 年版，第 104 页。

确的问题已够严重，至于双音节的词，那就更复杂了，因为两个音节在句法上彼此常呈现出模棱两可的关系；事实上，有时候我们无法确知两者之间的关系是句法上的还是语形上的，或者，换而言之，两个音节是表示两个概念或只是一个；若是前者，彼此的关系又是如何。……（两个音节）合在一起，在理论上可能以令人迷惑的各种方式加以解释，其中有些是合理的，而其余的毫无意义。"①

话语言说层面，刘若愚指出，中国文学理论在诗学话语上的另一个困难就是中国批评家习惯上使用极为诗意的语言所表现的，不是知性的概念而是直觉的感性，而这种直觉的感性在本质上是无法明确定义的。在刘若愚看来，中国批评家对于直觉的感性，主要是受到中国道家思想的影响，特别是庄子对于人的认知方式所作的说明："无听之以耳，而听之以心；无听之以心，而听之以气。听止于耳，心止于符。气也者虚而待物者也。唯道集虚，虚者心斋也。"按照刘若愚的解释，庄子的上述言论实际上是区分了三种认知的方式：最下的方式是"听之以耳"，即感官知觉（sense perception）的方式；其次的方式是"听之以心"，即概念思考（conceptual thinking）的方式；最高的方式是"听之以气"，即直觉认识（intuitive cognition）的方式。而中国文学批评家们所偏爱的正是直觉认识的方式。如刘勰《文心雕龙·神思》对于诗人创作借直觉之力超越时空限制的诗意表达：

> 文之思也，其神远矣。故寂然凝虑，思接千载；悄焉动容，视通万里。吟咏之间，吐纳珠玉之声；眉睫之前，卷舒风云之色。其思理之致乎？故思理为妙，神与物游。神居胸臆而志气统其关键；物沿耳目而辞令管其枢机。枢机方通则物无隐貌；关键将塞则神有遁心。是以陶钧文思，贵在虚静；疏瀹五藏，澡雪精神。

刘若愚把它英译为：

> When a writer is thinking, his spirit travels far. Therefore, when he concentrates his pondering in stillness, his thoughts will touch（what lies be-

---

① ［美］刘若愚：《中国文学理论》，杜国清译，江苏教育出版社 2006 年版，第 7 页。

yond) a thousand years; when he quietly moves his countenance, his vision will penetrate ten thousand miles. Amidst his chantings and hummings, sounds of Pearls and jades issue forth; before his eyebrows and lashes, colors of wind – swept clouds unfold. Is this not brought about by the natural order of thought? Therefore, when the natural order of thought is subtle and miraculous, the spirit will roam together with external objects. The spirit dwells in the bosom, and the vital force (ch'i) and the will (chih) master its lock and keys; objects follow the ear and the eye, and eloquent language controls their bolts and triggers. When the bolts and triggers have begun to work, then objects will not hide their forms; when the locks and keys are about to be blocked, then the spirit will seek to escape. Hence in moulding his thoughts, a writer should value emptiness and stillness: cleanse his five viscera and purify the quintessence of his spirit (ching – shen). [1]

而司空图《二十四诗品·形容》直接以诗的形式形容诗之风格：

> 风云变态，
> 花草精神。
> 海之波澜，
> 山之嶙峋——
> 俱似大道：
> 妙契同尘。
> 离形得似，
> 庶几斯人。

刘若愚的英译为：

The changing appearance of wind – swept clouds.

The quintessential spirit (ching – shen) of flowers and plants,

---

① ［美］刘若愚：《中国文学理论》，杜国清译，江苏教育出版社 2006 年版，第 50 页。

The waves and billows of the sea,

The rugged crags of the mountains——

All these resemble the great Tao：

Identify with them intuitively，even to the dust.

Leave forms behind but catch true likeness，

Then you will come close to being the right man. ①

对照上面的二段中英文字，从字面上看，刘若愚的英文翻译勉强直译了中文的表层字面意义，但深藏于中文字里行间的深层含义以及中文行云流水般的诗意表达，在知性化的西文的翻译下已经荡然无存。以刘若愚公认的中英文的造诣之深，而有如此之尴尬，则中国文学理论诗意化的表达所带来的困难可想而知，如其在解释用西文"intuitively"来译中文之"妙"时所言："'妙'字通常译为'Wonderful'或'subtle'，而我译为了'intuitively'，因为这个字时常用以描写直觉的领悟或直觉的艺术作品，这些似乎是无法加以理性解释的。"②

诗学理论形态层面，刘若愚指出，中国文学理论的诗学形态尽管不乏《典论》、《文赋》和《文心雕龙》这类专门的文学理论研究或文学批评，但更大数量的是诸如书牍、序跋、诗话、注疏、笔记、旁注之类的诗学样式。按照西方对于文学理论研究的传统分类，文学理论的研究通常分为文学本论（theories of literature）与文学分论（literary theories）两个部分：前者研究文学的基本性质与功用，属于本体论的（ontological）范畴；后者研究文学的形式、类别、风格和技巧，属于现象论的（phenomenological）或者方法论的（methodological）范畴。但正如刘若愚所指出的，由于在中国传统社会中，没有职业批评家，"文学本论研究者"（theorist of literature）与"文学分论研究者"（literary theorist）之间的界限并不明显，中国大部分的批评家往往是由诗人或散文家兼任的，所以，中国文学理论的诗学形态通常不取西方诗学逻辑谨严的"文学本论"形式，而是更多地采用比较随意、松散与自由的"文学分论"形式。在刘若愚看来，中国不计其数的文章、书牍、序跋、诗话、注疏、笔记、旁注等"文学分类"之作，形式上虽然不取"文学本论"

---

① ［美］刘若愚：《中国文学理论》，杜国清译，江苏教育出版社 2006 年版，第 52 页。

② ［美］刘若愚：《中国文学理论》，杜国清译，江苏教育出版社 2006 年版，第 53 页。

的理论架构，但"莫不含有理论的金块"。① 比如，汉代的《诗大序》是中国出现较早也较完整的诗论，其理论形态所取的形式正如其篇名"诗序"所揭示的，是一篇《诗经》研究的序文：

> 诗者，志之所之也。在心为志，发言为诗。情动于中而形于言；言之不足，故嗟叹之；嗟叹之不足，故咏歌之；咏歌之不足，不知手之舞之足之蹈之也。情发于声，声成文，谓之音。治世之音安以乐，其政和；乱世之音怨以怒，其政乖；亡国之音哀以思，其民困。故正得失，动天地，感鬼神，莫近于诗。先王以是经夫妇，成孝敬，厚人伦，美教化，移风俗。②

刘若愚认为《诗大序》的这段话包含了中国文学理论的几种重要理论的来源：首先是表现理论，"诗者，志之所之也。在心为志，发言为诗。情动于中而形于言；言之不足，故嗟叹之；嗟叹之不足，故咏歌之；咏歌之不足，不知手之舞之足之蹈之也。"其次是审美理论，"情发于声，声成文，谓之音。"再次是决定理论，"治世之音安以乐，其政和；乱世之音怨以怒，其政乖；亡国之音哀以思，其民困。"最后是实用理论，"故正得失，动天地，感鬼神，莫近于诗。先王以是经夫妇，成孝敬，厚人伦，美教化，移风俗。"并且，这几种理论都对后世中国文学理论产生了重要的影响。与之相类似的例证，刘若愚还举出了魏晋时期的萧统的《文选·序》：

> 式观元始，眇观玄风，冬穴夏巢之时，茹毛饮血之世。世质民淳，斯文未作。逮乎伏羲氏之王天下也，始画八卦，造书契，以代结绳之政。由是文籍生焉。易曰：观乎天文以察时变，观乎人文以化成天下。文之时义远矣哉！③

以及其弟萧纲的《〈昭明太子集〉序》：

---

① ［美］刘若愚：《中国文学理论》，杜国清译，江苏教育出版社 2006 年版，第 5 页。

② 《诗大序》，见［美］刘若愚：《中国文学理论》，杜国清译，江苏教育出版社 2006 年版，第 179 页。

③ （梁）萧统：《文选·序》，见［美］刘若愚：《中国文学理论》，杜国清译，江苏教育出版社 2006 年版，第 37 页。

文籍生，书契作，咏歌起，赋颂具，成孝敬于人伦，移风俗于王政，道绵乎八极，理浃乎九垓，赞动神明，雍熙锺后，此之谓人文。①

此外，其他的诸如书牍、诗话、注疏、笔记等在中国文学理论发展史起到重要影响的批评之作，刘若愚也不厌其详地作了大量的引述。刘若愚并不否认中国文学理论的这些诗学形态"有些零散"，给中国文学理论的研究带来一定的困难，但他强调，绝不能因为中国文学理论在诗学形态上的"零散"而有任何轻视之心，相反，充分尊重中国文学理论的诗学形态，认真收集、整理中国文学理论在这方面的相关资料，则"理论的金块，让人们从（中国文学理论的上述形式的）技巧性的讨论、实际批评、引用句以及轶事的沙堆中晒出来"。②

三、西化的中国文学理论：策略，还是无奈？

中西文学理论在诗学话语上存有不小的差异，中国文学理论的话语特征也给中西比较诗学研究带来很大的挑战，如何实现中西诗学在话语上的综合，并进而实现中西文学理论的综合呢？同许多中西比较诗学的研究者选择艾伯拉姆斯的"文学四要素"图示来综合中西诗学的研究策略一样，刘若愚也把解决问题的基点定位在对艾氏理论的借用上，如其在《中国文学理论》一书的导论中所申明的"我们回头看看本书的研究所牵涉的困难。为了克服词义不清所引起的困难，同时为了提供一个概念的框架以分析中国文学批评作品，从而提出其中可能含有的文学理论，我设计了一个分析的图表以及用以质问任何批评见解的一套问题。此一图示是依据艾伯拉姆斯（M. H. Abrams）在《镜与灯》（*The Mirror and the Lamp*）一书中所设计的四个要素，可是安排以不同的方式。"③

美国文学理论家艾伯拉姆斯在《镜与灯》一书的导论中，提出了一个由宇宙、作品、艺术家和欣赏者组成的"文学四要素"的三角形图示，并强调

---

① （梁）萧纲：《〈昭明太子集〉序》，见［美］刘若愚：《中国文学理论》，杜国清译，江苏教育出版社 2006 年版，第 38 页。

② ［美］刘若愚：《中国文学理论》，杜国清译，江苏教育出版社 2006 年版，第 5 页。

③ ［美］刘若愚：《中国文学理论》，杜国清译，江苏教育出版社 2006 年版，第 12 页。

借助这个由艺术家、作品、宇宙、欣赏者四个要素构成的体系框架，可以对古往今来各种理论进行综合性的比较研究：因为尽管任何像样的理论多少都考虑到了所有这四个要素，但几乎所有的理论都只明显地倾向于其中的一个要素。也就是说，批评家往往只是根据四要素中的一个要素，就生发出其用来界定、划分和剖析艺术作品的主要范畴，生发出借以评判作品价值的主要标准。因此，运用"文学四要素"，可以把历史上的各种艺术理论从整体上划分为四类，其中有三类主要是就作品与另一要素即宇宙、欣赏者和艺术家的关系来解释作品，依次为模仿论、实用论和表现论，第四类是把作品视为一个自足体单独加以研究，认为其意义和价值不与外界任何事物相关，是为客观论。① 刘若愚认为，艾伯拉姆斯"文学四要素"的三角形图示把"作品"置于中心地位，显然是受二十世纪以来西方现代主义文学批评"向内转"的影响，用以突出文学作品的中心地位，而中国传统文学的发展进程中，作品与其他的三个要素宇宙、欣赏者和艺术家处于等量齐观的位置，故此，刘若愚在分析中国文学理论时取消了作品的中心位置，使之成为四要素中一个普通要素，把艾伯拉姆斯的三角形图示重新排列为一个双向的圆形图示：

并借助这个图示，把中国文学理论作四个阶段、六种主要理论的划分：

第一种是形上理论，它关涉的是宇宙对于作家的影响以及作家对于宇宙的反映，属于文学创作的第一阶段。刘若愚指出，在中国形上理论中，宇宙原理被称为"道"，"道"是万物的唯一原理与万有的整体，并围绕两个核心问题展开：作者如何了解"道"，以及作者如何在作品中显示"道"。关于形上理论在中国的发展，刘若愚认为先秦时期是形上理论的起源时期，

---

① 参阅 ［美］艾伯拉姆斯：《镜与灯》，郦稚牛等译，北京大学出版社 1989 年版，第 5—6 页。
② 由于刘若愚所讨论的只是文学理论，所以在这里他用"作家"、"读者"代替了艾伯拉姆斯四要素中的"艺术家"、"欣赏者"，参阅 ［美］刘若愚：《中国文学理论》，第 13—14 页。

《易传》和《乐记》是形上概念的两个来源；魏晋时期挚虞的《文章流别志论》是形上概念的初期表现，刘勰的《文心雕龙》则代表了形上概念的全盛发展；隋唐以后至清代，形上理论开始为其他的一些理论流派如实用理论、表现理论、审美理论所吸收，以支派的形式断续地存在。另外，由于中国的形上理论与西方的模仿理论和表现理论涉及的都是作家与宇宙这两个要素之间的关联，所以，刘若愚着重比较了中国形上理论与西方模仿理论和表现理论相似与不同之处：形上理论与模仿理论相似的地方，在于这两种理论都共同指向"宇宙"，而彼此不同的地方，在于对于"宇宙"之所指，以及对于"宇宙"与作家和文学作品之间的相互关系的不同处理。具体而言，就是在模仿理论中，"宇宙"可以有三种指向：物质世界、人类社会和超自然的"理念"，其中的第三种指向最接近形上理论，但仍存有一些微妙的差别，模仿理论的"超自然的理念"被认为存在于某种超出世界以及艺术家心灵的地方，而形上理论的"道"就存在于自然万物中。至于宇宙、作家和文学作品间的相互关系，在西方的模仿理论中，作家与宇宙是一种被动关系，诗人或被认为是有意识地模仿自然或人类社会，或被认为是神灵附体，而在中国形上理论里，作家与宇宙是一种能动的关系，含有一个从有意识地致力于观照自然到与"道"的直觉合一的转变过程。形上理论与表现理论相似的地方，就是在作家与宇宙的关系上两者都对主观与客观的合一有兴趣，两者的不同则在于，西方的表现理论在作家与宇宙间明显地偏向于作家，不管是想象（imagination）或"感情的错觉"（Pathetic Fallacy）或"感情移入"（empathy），都被认为是一种投射（projection）或交感（reciprocity）：诗人将他本身的感情投射到外界事物上，或与之相互作用；中国的形上理论在作家与宇宙间则明显地偏向宇宙，整个过程被认为是容受过程（reception）：诗人"虚""静"其心灵，以便容受"道"。[①]

第二种是决定理论，它阐明文学是当代政治和社会状况不自觉与不可避免的反映或显示这种概念。刘若愚指出，决定理论，与形上理论和模仿理论相同的是，都是关涉作家与宇宙间的关联，都属于文学创作的第一阶段，但它与形上理论不同的是，它将宇宙视为人类社会，而不是形上理论所认为的普遍的"道"。与模仿理论不同的是，决定理论认定作家与宇宙的关系，是

---

① ［美］刘若愚：《中国文学理论》，杜国清译，江苏教育出版社 2006 年版，第 74 页。

不自觉地显示而不是模仿理论认为的有意识的模仿。在刘若愚看来，中国的决定理论最早的源头是先秦时期《左传》里对于"季札观礼"的记载以及《乐记》中对于音乐与时代密切关联的说明。汉代是中国决定理论比较集中的时期：汉初的《诗大序》将《乐记》里的艺术决定内容运用于诗，让诗有了决定理论的内涵；后期的郑玄在《诗谱序》从"正"、"变"关系入手，进一步发展了《诗大序》的决定理论。而清代汪琬对于文学发展与时代兴衰的辩证关系的剖解：

> 当其盛也，人主励精于上，宰臣百执趋事尽言于下；政清刑简，人气和平。故其发之于诗率皆从容而尔雅。读者以为正，作者不自知其正也。及其既衰，在朝则朋党之相讦，在野则戎马之交讧；政繁刑苛，人气愁苦。故其所发又皆哀思促节者为多。最下则浮且靡矣。虽有贤人君子，亦尝博大其学，掀决其气，以求篇什之昌，而卒不能进及于前。读者以为变，作者亦不自知其变也。故正变所形，国家治乱系焉；人才之消长，风俗之隆污系焉。

则被刘若愚视作"中国文学批评中所能发现的、关于文学是当代政治和社会情况之不自觉地显示这种（决定）理论的最明白的说明"。[①]

第三种是表现理论，它关涉的是作家与作品间的关系，属于文学创作的第二阶段。刘若愚指出，中国表现理论的源头在先秦时期的《诗经》中以及有所表露，《尚书》中对于"诗言志，歌永言，声依永，律和声"的记载，则是中国表现理论的最早结晶，并在汉代的《诗大序》中得到进一步的确立和发展。魏晋时期是表现理论的活跃期，曹丕的《典论·论文》、陆机的《文赋》、刘勰的《文心雕龙》以及钟嵘的《诗品》，或认为文学表现的是普遍的人类情感，或认为文学表现的是作者的个人性格，或认为文学表现的是作者个人的天赋、感受或道德，极大地丰富了中国表现理论。隋唐时期，表现理论陷入晦暗期，表现理论成为实用理论的附属品。明中叶，随着李贽《童心说》和公安三袁"独抒性灵"的提出，表现理论在中国一度复苏，并在清代的金圣叹、叶燮和袁枚那里得以继承。关于中西表现理论之间的比

---

① ［美］刘若愚：《中国文学理论》，杜国清译，江苏教育出版社 2006 年版，第 97 页。

较，刘若愚认为，两者同为表现理论，相互间存有相似点是很明显的，不需要特别指出，反而是两者间的差异，需要仔细辨别："第一，在西方的表现理论中，想象力的创造性具有占据重心的重要性，可是中国的表现理论家，除了陆机和刘勰等少数例外，很少强调创造性。例如柯尔律治描述'第二想象'为'溶化、扩解、消散，以便再创造'的能力，而华兹华斯也主张'想象力也赋形和创造'，可是类似的陈述难得在中国的表现理论中找到。……其次，中国的表现理论批评家，除了一两个过激派像李贽和金圣叹以外，并不像西方表现理论家那样，倾向于重视激情，认为它是艺术创作的先决条件。大多数中国表现理论批评家，会欣然接受华兹华斯认为诗是'强烈感情的自然流露'这种理论，但须以'真诚'（sincere）或'真挚'（genuine）代替'强烈'（powerful）。最后，除了李贽和金圣叹，中国表现理论批评家，虽然同意中国形上理论批评家与西方表现理论批评家，认为自然与直觉比技巧重要，可是他们不会进而像克罗齐（Benedetto Croce）那样，认为直觉即表现，而宁可赞同卡里（Joyce Cary）所认为的，从直觉到表现这段过程是需要全力以赴的艰难过程。大多数中国表现理论家虽然将主要重点放在自然表现上，可是并不完全排除自觉的艺术技巧。"①

第四种是技巧理论，与表现理论同属文学创作的第二阶段，但与表现理论不同的是，它认为写作过程不是表现论所说的自然表现，而是作者精心构成的过程。刘若愚指出，在中国文学批评中，技巧理论通常隐含在文学实践中，很少在理论中加以阐扬，但尽管如此，中国文学批评史上的一些理论家，如南朝沈约的"四声八韵"之说，明代高启、李东阳、李梦阳的技巧理论，以及清代李渔的剧作法、翁方纲的"肌理说"等等，既显示了中国文学批评家对于文学技巧理论的关注，也表现出了与西方一些类似理论的相同点，"即他们都专注于创作的技巧，而且公然接受或默认作为技艺的文学概念"。②

第五种是审美理论，它与技巧理论有着密切的关系，但与技巧理论关涉作家与作品关系属于文学创作第二阶段不同，审美理论着重于作家对读者的直接影响属于文学创作的第三阶段，"当批评家从作家的观点讨论文学而规范出作文的法则，他可以说是在阐扬技巧理论；而当他描述一件文学作品的

---

① ［美］刘若愚：《中国文学理论》，杜国清译，江苏教育出版社 2006 年版，第 131—132 页。
② ［美］刘若愚：《中国文学理论》，杜国清译，江苏教育出版社 2006 年版，第 149 页。

美以及它给予读者的乐趣，那么他的理论可以被称为审美理论"。① 刘若愚指出，在中国文学批评中，审美概念的起源可以追溯到先秦两汉时期《左传》、《易传》、《说文解字》、《释名》等古代文献对于"文"的字源解释，而审美主义真正以理论的形式出现是魏晋时期的《文赋》、《文心雕龙》和《文选·序》。唐代的司空图和宋代的欧阳修以及清代的阮元，则是中国审美理论的后期提倡者。而且，与西方类似的理论相比：

> （中国）文学的审美理论，在西方也有许多类似者，不论其标称为"享乐主义"（hedonism）、"形式主义"（formalism）还是"审美主义"（aestheticism）。……都与中国审美理论具有一个共通之点：他们都主要着重在文学作品对读者或观众的直接影响。有时候我们看出中国与西方理论之间引人注意的相似性。例如，刘勰的三种文——"形"（formal）、"声"（auditory）和"情"（emeional）——类似帕特南的《英文诗学》（*The Art of English Poesie*）中所提的三种修辞方法（"感觉的"[sensible]、"听觉的"[auricular]和"警句式的"[sententious]），以及庞德的"造形的"（Phanopoeia）、"造声的"（Mdopoeia）和"造义的"（Logopoeia）。在另一方面，自然也有一些相异的地方。一般而言，中国审美理论家不习惯于像亚里士多德、朗吉弩斯和普罗提诺那样讨论抽象的"美"或分类审美的效果，而满足于印象式地描述审美经验，时常做出与感官经验的类比。在这点上，他们类似十九世纪西方的唯美主义者，但是他们从来不至于提倡"为艺术而艺术"，或者像王尔德那样，宣称一切艺术是非道德或不道德的。②

第六种是实用理论，它坚持文学是达到政治、社会、道德或教育目的的手段的概念，属于文学创作的第四个阶段。刘若愚指出，由于得到儒家的赞许，实用理论在中国传统文学批评中是最有影响力的，从先秦至清代，有关实用理论的界说络绎不绝，如：

> 小子，何莫学乎诗？诗，可以兴，可以观，可以群，可以怨；迩之

---

① ［美］刘若愚：《中国文学理论》，杜国清译，江苏教育出版社 2006 年版，第 150 页。
② ［美］刘若愚：《中国文学理论》，杜国清译，江苏教育出版社 2006 年版，第 159 页。

事父，远之事君；多识于鸟兽草木之名。（《论语·阳货》）

上以风化下，下以风刺上；主文而语谲谏，言之者无罪，闻之者足以戒，故曰风。（《诗大序》）

唯文章之用，实经典枝条：五礼资之以成，六典因之致用。君臣所以炳焕，军国所以昭明。（刘勰《文心雕龙》）

文所以载道也。轮辕饰而人弗庸，徒饰也。况虚车乎？文辞，艺也；道德，实也。笃其实，而艺者书之；美则爱，爱则传焉。（周敦颐《文辞》）

诗之为道，可以理性情，善伦物，感鬼神，设教邦国，应对诸侯，用如此其重也。（沈德潜《说诗晬语》）

夫诗教之大，关于国之兴微，而今之论诗者，以为不急。或则沉吟乎斯矣，而又放敖于江湖裙屐间；借以为揄扬赠答者有之。诗之衰也，诗义之不明也。（黄节《诗学》）

而且，"虽然有时实用理论批评家一方面与形上理论批评家，而另一方面与表现理论批评家使用相同的批评术语，可是所含的基本观念颇为不同。例如，形上和实用理论批评家都谈论文学与'道'的关系，可是前者认为文学是'道'的显示，而后者认为文学是宣扬'道'的工具；至于'道乃宇宙原理'的形上概念，与'道乃道德'的实用概念这两者之间的不同，那更不用说了。至于表现理论批评家与实用理论批评家在讨论文学与个人性情之关系时，其不同在于前者认为文学是作家个人性情的表现，而后者认为文学是陶冶或调节读者之性情的手段。在实用理论中，注意力的焦点，不可避免地集中于文学对读者的长远的影响。"①

刘若愚的《中国文学理论》发表之后，在赢得中西比较学界高度赞誉的

① ［美］刘若愚：《中国文学理论》，杜国清译，江苏教育出版社 2006 年版，第 176 页。

同时，也招致了部分学者的严厉批评，特别是对援用西方文学理论体系和概念术语来"图解"中国文学理论的做法，提出了强烈质疑，把它归之为"西方中心主义"的典型表现。对于"西方中心主义"的批评，刘若愚显然是不能接受的。在《中国文学理论》的结语部分，他就明确地表示了去除比较文学中"西方中心主义"的态度，"致力于超越（不同）历史和超越（不同）文化，寻求超越（不同）历史和文化差异的文学特点和性质以及批评的概念和标准"。[①] 刘若愚一直致力于中国和西方的批评概念、方法和标准的统合，在他看来，这种综合"不是将中西的观念并列在一起而以机械的方式加以综合"，也不是"中西理论各占一半的完美混合"，[②] 而是在中西两方面诗学传统的范围内的一种独创性综合。然而，正如我们对《中国文学理论》一书中的主要内容已做的梳理所能看到的，刘若愚用以建构中国文学理论体系的框架是西方艾伯拉姆斯的"文学四要素"体系，他对中国文学理论所作的形上理论、决定理论、表现理论、技巧理论、审美理论、实用理论等六种理论流派的划分，所依据的也是西方的文论范畴和概念术语。可以说，刘若愚用西方文学理论来研究中国文学理论的方法，是不争的事实。那么，究竟如何看待刘若愚的西化的中国文学理论研究呢？在解释为何以形上理论作为中国文学理论的开端时，刘若愚就曾直言："在中国的文学理论中，这些（形上）理论并非最有影响力或最古老的，可是我选择这些理论来开始讨论，且将给予最大的篇幅，是因为……这些理论事实上提供了最有趣的论点，可与西方理论作为比较；对于最后可能的世界文学理论，中国人的特殊贡献最有可能来自这些理论。"[③] 在这里，刘若愚吐露了其援用西方文学理论研究中国文学理论并进而从事中西文学理论比较研究的真实用意：就是借助西方诗学话语达至对中国诗学话语的建构，并由此使中西诗学间的比较与综合成为可能。作为一个有着中国文学理论学养的华裔学者，刘若愚对于中国文学理论的民族传统及其对世界文论的独特作用，有着超越西方学者的真知灼见；但同时作为一个身受西方学术传统熏陶的留美学者，特别是作为一位坚持用英文向西方批评界介绍中国文学理论的比较学者，刘若愚对于从诗学话语上实现中西间的综合，始终保持着一种清醒的认识：

---

① ［美］刘若愚：《中国文学理论》，杜国清译，江苏教育出版社 2006 年版，第 209 页。
② ［美］刘若愚：《中国文学理论》，杜国清译，江苏教育出版社 2006 年版，第 215 页。
③ ［美］刘若愚：《中国文学理论》，杜国清译，江苏教育出版社 2006 年版，第 20 页。

任何一位认真从事文学研究的人以及认为自己是文学批评家的人，一定会遇到一些问题：在理论上，有关于文学及文学批评之性质与功用的问题；在方法论上，有关于解释与评价的问题，……在试图回答这些问题时，批评家必须从千头万绪的文学理论和批评方法中做一抉择，或者将其中一些试加综合。当批评家所关心的文学，既不使用他本国语言也不产生于他本身的文化背景，或者当批评家试图将他本国语言的文学以外国语言解释给外国读者时，这些问题显得更为尖刻而且更加复杂。更糟的情形也许是：有人（像我自己）试图向西洋读者解释传统的中国文学，因为以英文写作的法国或德国批评家，能够假定与他的读者共有一种共同的文化遗产，而不必感到与他本国的文化断绝，然而以英文写作的中国批评家却无法在他试想解释的作者、作为批评家（兼为读者与作者）的自己以及他的读者之间，假定有不仅关于文学，甚至关于人生、社会和现实的共同知识、信仰和态度。……

作为一个向西洋读者介绍中国传统文学的解释者，我一向认为中国的文学批评（Chinese literary criticism）与对中国文学的批评（the criticism of Chinese literature）之间的关系是一个至关重要的难题，而且一直致力于中国和西洋的批评概念、方法和标准的综合。①

所以，西化的中国文学理论固然是刘若愚冀希与西方文学理论进行综合并有助于世界文论的一种策略，但由此造成的西方文学理论对中国文学理论的"扭曲"或"误读"，则又不能不说是中国文学理论在世界诗学的弱势地位不得不借助西方诗学强势话语来实现自身言说的一种无奈。

第三节 中西文论的同质同构：西方中心主义的中国式解构

在二十世纪的中西文论碰撞中，尽管对于西方文论的异质性的认知，一直占据着主流地位，但也不乏打破中西文论二元对立的分野、实现中西文论

---

① ［美］刘若愚：《中国文学理论》，杜国清译，江苏教育出版社 2006 年版，第 210—211 页。

同质融通的努力。其中，最具代表性的就是张隆溪的《道与逻各斯》对于中西文论同一性的比较分析，以及对于西方中心主义的中国式解构。

一、道与逻各斯：对于中西语言二元对立偏见的拆解

在西方，"逻各斯"是一个兼有"思想"与"言说"的两重性的重要词汇。张隆溪梳理了西方学者对于"逻各斯"的词源学上的解释：

> 叔本华曾引用西塞罗的话说："逻各斯"这个希腊词既有理性（ratio）的意思，又有言说（oratio）的意思。斯蒂芬·乌尔曼也评论说："逻各斯"作为一个众所周知的歧义词，对哲学思想产生了重大影响，因为它"具有两个主要的意思，一个相当于拉丁文 oratio，即词或内在思想借以获得表达的东西，另一个相当于拉丁文 ratio，即内在的思想本身。"换句话说，"逻各斯"既意味着思想（Denken）又意味着言说（Sprechen）。伽达默尔也提醒我们："逻各斯"这个词虽然经常翻译成"理性"或"思想"，其最初和主要的意思却是"语言"，因而，人作为"理性的动物"，实际上也就是"有语言的动物"。①

并指出在整个西方哲学传统中，明显地存在着一个被法国后现代主义理论家雅克·德里达称之为"逻各斯中心主义"的形上等级制。这种等级制以口头言说与书面文字的二元对立为根基，其中，作为思想表达的口头语言被认为是充分的，而记录口头表达的书面文字，由于是能指的能指、表达的表达，是不被信任的。在张隆溪看来，西方"逻各斯中心主义论"最具代表性的理论家主要有两位：黑格尔和雅克·德里达。关于前者，张隆溪指出，作为西方传统意义上的经典理论家，黑格尔对于"逻各斯中心主义"的形上等级制给人留下最深印象的表述就是其对中西语言二元对立的绝然划分，即按照黑格尔欧洲中心和种族优越的观点，德语是完美的哲学语言，足以胜任对于思想的书面表达，只有东方语言，特别是非拼音式的中国文字，才典型地体现了书面表达存在的问题。具体地说，就是德语乃至整个西方拼音文字，作为声音的记录，记录了思想的言说，是一种高级的文字形式；而表意的非拼音

① 张隆溪：《道与逻各斯》，四川人民出版社 1998 年版，第 72 页。

的中国文字，由于缺乏适当的语音变化和逻辑语汇，是一种发育不全的有缺陷的低级语言形式。由于黑格尔的上述谬论，已经受到中国学者钱锺书的有力驳斥，基于此种考虑，张隆溪把拆解西方中西语言二项对立偏见的批评指向，略过了黑格尔，而直指雅克·德里达。张隆溪指出，雅克·德里达对于西方逻各斯中心主义的解构批评："西方拼音文字作为对生动声音的完整复刻，镌刻着一种逻各斯中心的偏见，这种偏见赋予言说以高于文字的特权，把逻各斯的真理视为"声音和意义在语音中的清澈统一。相对于这种统一，书写文字始终是衍生的、偶然的、特异的、外在的，是对能指（语音）的复制。如亚里斯多德、卢梭（Jean-Jacques Rousseau）、黑格尔所说，是'符号的符号'"①，无疑是有深刻洞见的，而同时德里达把逻各斯中心主义限定在"西方"视域内，又确是意味深长的，因为这意味着逻各斯中心主义完全是一种纯粹的西方现象，仅仅只与西方思想相关联。所以，尽管德里达对西方传统的逻各斯中心主义倾向进行了无情的解构，并从非拼音的中国文字中发现了从西方逻各斯中心主义倾向获得突围的出路，但是，在张隆溪看来，这并不足以使国人丧失对于西方后现代主义应有的理论警惕，因为，"黑格尔的看法固然代表了西方传统的欧洲中心主义观念，可是当代一些号称批判欧洲中心主义的后现代派思想家们，在论及中国或非西方文化的时候，却往往和黑格尔的看法如出一辙。例如德里达攻击西方传统里的逻各斯中心主义和语音中心主义，认为把口说的话视为优于书写的文字是西方文化里根深蒂固的形而上学的等级观念，而与此同时，他又断言中文和日文使用的非拼音文字足以'证明有一种完全在逻各斯中心主义之外发展起来的强有力的文明。'如果说黑格尔以为中文缺乏逻辑而不宜思辨，德里达则恰好以为中文没有西方的逻辑、理性等逻各斯中心主义的累赘，可以有助于打破西方的逻各斯中心主义传统。一褒一贬，态度固然不同，但就立论的基点言之，即以为中文和中国人的思维缺乏逻辑和理性这一观念，则两者并无二致"。②

在中国，有没有一个字像"逻各斯"一样，代表了一种与西方形上等级制相同或相似的东西呢？在张隆溪看来，或许是最奇怪的巧合，汉语中确实有一个词不仅包含了思想与言说的二重性，而且同样再现了最重要的哲学思想，它就是"道"。在中国哲学著作《老子》的开篇第一行，"道"就重复

---

① 张隆溪：《道与逻各斯》，四川人民出版社 1998 年版，第 66—67 页。
② 张隆溪：《〈道与逻各斯·中译本序〉》，四川人民出版社 1998 年版，第 10—11 页。

出现了三遍："道可道，非常道；名可名，非常名"。在英语中，"道"通常被翻译为 way，《老子》的这句话的英文翻译是 the way that can be spoken of is not the constant way，张隆溪认为，这虽然不是误译，但 way 仅仅是"道"这个多义汉字的一个普通意思，远没有触及到它的最关键的直接涉及思想与言说之间复杂的相互关联的核心意思，为了突出"道"所具有的"思"与"言"的二重含义，张隆溪建议把"道可道，非常道；名可名，非常名"英译为：

The tao that can be tao – ed（"spoken of"）// Is not the constant tao；

The name that can be named // Is not the constant name.[①]

并引老子对"道"的说明："有物混成，先天地生。寂兮寥兮，独立而不改，周行而不殆，可以为天地母。吾不知其名，强字之曰道"，以及注释家魏源的解释："道固未可以言语显而名迹求者也。及迫关尹之请，不得已著书，故郑重于发言之首，曰道至难言也。使可拟议而指名，则有一定之义，而非无往不在之真常矣"[②]，指出老子在其著作开篇强调文字是无力甚至是徒劳的，是巧妙地利用了"道"的两重含义："道"作为思否弃了"道"作为言，因为按照老子的意思，内在把握到的思一旦外现为文字的表达，就立刻失去了思的丰富内涵，用老子自己的话说，就是失去了"常"（恒常性）。在张隆溪看来，汉语的"道"对于思想与言说之间悖谬关系的揭示，完全可以与西方的"逻各斯"放在平等的位置等同视之，如果是用传统的诸如内与外、直觉与表达、能指与所指一类对立统一的概念术语来说明，那么就没有理由不把西方先哲对逻各斯与中国先哲对道进行的沉思视为处于和谐相通的境地；而如果是用德里达的口头表达对于书写文字的形上等级来考察，则意指与言词、内容与形式、志意与表达的二元对立同样植根于中国的文化传统之中，并以两两相对的形式形成形上等级制。其最终的结果是："不仅在西方的逻各斯中，而且在中国的'道'中，都有一个词在力

① 张隆溪：《道与逻各斯》，四川人民出版社 1998 年版，第 73 页。
② （清）魏源：《老子本义》，见张隆溪：《道与逻各斯》，四川人民出版社 1998 年版，第 74—75 页。

图为那不可命名者命名，并试图勾勒出思想和语言之间那颇成问题的关系，即：一个单独的词，以其明显的双重意义，指示着内在现实和外在表达之间的等级关系"。①

在张隆溪看来，揭示"道"与"逻各斯"之间的密切关联，对于人们跨越文化与语言的界限从事比较诗学的研究可谓意义重大。因为，如果我们固守西方学者的中西语言二元对立的偏见，把逻各斯看作纯粹是西方的文化现象，仅仅与西方思想相关，而把中国看作是缺乏逻辑思维的，仅仅作为非西方的他者的话，那么中西方之间的这种绝对异质性就将限制中西诗学进行比较研究的可能。但"道"与"逻各斯"之间的比较研究表明，中西方都存在着对于思想与言说二重复杂关系的认识，而且思想、言说和文字的形上等级制不仅存在于西方，同样也存在于东方。换言之，逻各斯中心主义并非仅仅是主宰着西方的思维方式，而是构成了思维方式本身。如此，中西语言二元对立的偏见将无处遁身，跨越中西方文化与语言的比较诗学研究将"激励着人们的进一步探索"。②

二、言说的焦虑：轮扁的寓言与"拴住了舌头的缪斯"

如前所述，思想总是被言说的，但正如张隆溪所指出的，思想与言说之间的复杂的悖谬关系决定了哲学家、诗人在用语言表达思想的过程中一次次地陷入无可避免的反讽之中，"总是不得不对他认为不可说的东西说许多话，不得不为阐明他认为文字中并不存在的东西写许多书"。③ 为了形象地说明中西诗哲们面对的言说的焦虑，张隆溪把它具象化为中西诗学中的两个重要的原型意象：轮扁的寓言与"拴住了舌头的缪斯"。

轮扁的寓言，语出《庄子·天道》：

> 桓公读书于堂上，轮扁斫轮于堂下，释椎凿而上，问桓公曰："敢问公之所读者何言耶？"
>
> 公曰："圣人之言也。"
>
> 曰："圣人在乎？"

---

① 张隆溪：《道与逻各斯》，四川人民出版社 1998 年版，第 79 页。
② 张隆溪：《道与逻各斯》，四川人民出版社 1998 年版，第 79 页。
③ 张隆溪：《道与逻各斯》，四川人民出版社 1998 年版，第 87 页。

公曰："已死矣。"

曰："然则君之所读者，古人之糟魄已夫！"①

在张隆溪看来，庄子的这则以工匠简单的制造轮子的技艺尚不能诉诸语言传授给儿子来类比古人的思想无法借助文字来传达的著名寓言，生动地反映了庄子对于语言和表达的有限性的尖锐批判，如其本人所言"世之所贵道者，书也。书不过语，语有贵也。语之所贵者，意也。意有所随，意之所随者，不可以言传也，……则知者不言，言者不知"，② 而轮扁的寓言，则成为了日后中国传统诗学对语言持激进质疑态度的最为人频繁引述的一个原型意象。比如，陆机《文赋》，出于语言表达的局限性的感慨，"恒患意不称物，文不逮意。盖非知之难，能之难也"，以轮扁作喻，把诗人、理论家难以诉诸语言来想象和感受对象事物与风格文体之妙的症结描述得淋漓尽致："丰约之裁，俯仰之形，因宜适变，曲有微情。或言拙而喻巧，或理朴而辞轻。或袭故而弥新，或沿浊而更清，或览之而必察，或研之而后精。譬犹舞者赴节之投袂，歌者应弦而遣声。是盖轮扁所不得言，亦非华说之所能精"。③ 刘勰《文心雕龙》，出于文学构思之思绪万千与成篇之后的惜墨如金的极大反差，由衷慨叹诗之具有"伊挚不能言鼎，轮扁不能语斤"的神妙。④ 徐祯卿《谈艺录》，出于诗的精妙的无可穷尽，用轮扁来喻《易经》中对于文、意、物之间的等级关系的传统认定："轮匠之超悟，不可得而详也。《易》曰：书不尽言，言不尽意。若乃因言求意，其亦庶乎有得欤？"⑤ 在这里，张隆溪不厌其烦地引述中国古代不同历史时期的三位有代表性的文论家对于轮扁意象的征引，显然是要说明，在中国的诗学传统中轮扁的寓言作为诗人、理论家对于语言表达的有限性的表征已经深入人心，用张隆溪自己的话来说，就是庄子的轮扁的寓言 ……传达的是这样一种观点，语言绝不可能充分达意。……"（而批评家）对轮扁的引述饶有意味地表明：庄子或道家的哲学在中国诗学传统中是如何地富有影响——尽管在中国的大部分历史中，儒家的伦理学和政治学事实上在道德和社会方面主宰着中国人的思想。……事实

---

① 庄子：《天道》，见张隆溪：《道与逻各斯》，四川人民出版社1998年版，第35页。
② 庄子：《天道》，见张隆溪：《道与逻各斯》，四川人民出版社1998年版，第110页。
③ （晋）陆机：《文赋》，见张隆溪：《道与逻各斯》，四川人民出版社1998年版，第111页。
④ （梁）刘勰：《文心雕龙》，见张隆溪：《道与逻各斯》，四川人民出版社1998年版，第111页。
⑤ （清）徐祯卿：《谈艺录》，见张隆溪：《道与逻各斯》，四川人民出版社1998年版，第112页。

上，传统的中国文评经常提到轮扁，以至这一特殊的形象可以说已成了拴住舌头的诗人和批评家——他们发现他们对诗的亲知很难传达给他人——的原型意象"。①

在西方的神话中，缪斯是掌管文艺的女神，是诗人创作灵感的源泉。在西方诗人的传统观念里，诗人的创作不是自己在说话，而是在代神说话，所以古代希腊最早的史诗作者荷马在创作的开篇，就是首先向文艺女神缪斯乞求灵感，而这也成了后世作家竞相模仿的惯例。把诗的创作看作是神灵附体，固然是一种关于诗的理想化的幻觉，但正如张隆溪所指出的，这里面其实是牵涉了一个最基本的问题，"即言说的问题或一切语言表达的不足性问题"。② 于是，我们看到了一幕幕西方诗人对于语言表达的欠完满性的永恒困惑：德国诗人席勒，曾对古代诗人与神灵完美结合的"素朴的、神话的时代"满怀憧憬：那时，诗的神奇的拥抱 // 仍迷人地围绕着真实。③ 以对应自己时代对于言说的困难和无力：那富于生气的精神，为何不能向另一个精神显现？ // 当灵魂说话时，啊！灵魂已不再说话。④ 英国浪漫主义诗人雪莱，在构思创作时满怀期待："因为创作时的心灵就像正在熄灭的煤炭，那看不见的影响，像间断的风一样给他以暂时的辉煌"，⑤ 而在创作进行后由于语言表达的有限心情变得如此暗淡："当写作开始时，灵感已经衰退，迄今传达给这个世界的最灿烂的诗歌，很可能只是诗人本来理念的薄薄的影子"。⑥ 英美意象派诗人 T. S. 艾略特（Thomas Stearns Eliot），对于诗歌的语言性质是有清醒认识的："在诗'之中'运作的批判精神、进入到诗歌写作中的批判性努力，也许始终优越于在诗'之上'运作的批判精神——无论是自己的诗还是别人的诗……当我说现代诗极具批判性质时，我的意思是，现代诗人并不仅仅是优雅韵文的作者，他不得不向自己提出这样的问题如：'诗的目的是什么？'——他要问的不仅是'我要说些什么？'而毋宁是'我将怎样说，对谁说？'……如果诗是一种'交流'方式，那么，那有待交流

---

① 张隆溪：《道与逻各斯》，四川人民出版社 1998 年版，第 111 页。
② 张隆溪：《道与逻各斯》，四川人民出版社 1998 年版，第 108 页。
③ ［德］席勒：《希腊诸神》，见张隆溪：《道与逻各斯》，四川人民出版社 1998 年版，第 108 页。
④ ［德］席勒：《语言》，见张隆溪：《道与逻各斯》，四川人民出版社 1998 年版，第 108 页。
⑤ ［德］雪莱：《诗辩》，见张隆溪：《道与逻各斯》，四川人民出版社 1998 年版，第 109 页。
⑥ ［德］雪莱：《诗辩》，见张隆溪：《道与逻各斯》，四川人民出版社 1998 年版，第 109 页。

的东西也是诗，仅仅偶然地才是已经进入到诗中的体验和思想"，① 而他的代表诗作《四个四重奏》满是对于语言的自我批判：

我们关注着言说，而言说逼迫我们// 去净化部落的方言// 并催促头脑去作事后和事先的洞察。(《小吉丁》，2.73—75)

因为去年的词属于去年的语言// 明年的词等待另一种声音。(《小吉丁》，2.65—66)

词的动，乐曲的动，// 只是在时间中：然而那仅有生命的// 却唯有一死。词，在言说之后// 走入沉默。唯有在形式中，// 词与乐曲才能走入// 那样的静寂，像中国的瓶// 在静寂中仍永远地动。(《烧毁的诺顿》，5.1—7)

词的辛劳，// 在重负与紧张中破碎，断裂，// 它由于不精确而滑落、溜走、灭亡// 和衰朽，它不再适得其所，// 不再驻留于静谧。(《烧毁的诺顿》，5.13—17)

一种以陈旧的诗歌方式所作的迂曲研究，// 使人仍然与词和意义进行// 那难以容忍的角力。诗，并不重要，// 它并非（重新开始）人曾经期待过的。(《东科克》，2.19—22)

每一个词组和每一个句子都既是终结又是开端，// 每一首诗都是一块墓志铭。而任何行动// 都迈向封锁，迈向火焰，下到大海的咽喉，// 走向难读的石碑：那就是我们的起点。(《小吉丁》，5.11—14)②

在这里，张隆溪频繁地征引西方诗人对于语言表达的有限性的论述，同样是

---

① ［英］T. S. 艾略特：《诗人及批判家的功用》，见张隆溪：《道与逻各斯》，四川人民出版社 1998 年版，第 132—133 页。
② ［英］T. S. 艾略特：《四个四重奏》，见张隆溪：《道与逻各斯》，四川人民出版社 1998 年版，第 124—130 页。

想说明对于言说的困难的体认，也是困扰西方哲学家和诗人的一个重要问题，按照西方人的说法，就是"拴住了舌头的缪斯"，如英国诗人威廉·莎士比亚（William Shakespeare）在那首著名的十四行诗中所表述的：

> 我的拴住了舌头的缪斯默默无语，
> 人们对你的美评却累牍连篇，
> 那是用金笔写出的文字，
> 以及所有诗神们赐予的妙言。
> 我有好的想法，他们有好的辞采；
> 我像目不识丁的牧师喊着"阿门"，
> 尾随着才子们精雕细琢的毫端
> 那每一首光彩灿烂的颂咏。
> 听见你被赞誉，我说："的确，很对，"
> 在心中把更多的东西加诸那最高的颂美。
> 因为我对你的爱——
> 虽然拙于辞令，却总是排在首位。
>   那么，请敬他们，为他们可敬的唏嘘；
>   敬我，为我喑哑的思想、质朴的言语。①

轮扁的寓言与"拴住了舌头的缪斯"，形象地反映了中西哲学家、诗人面对言说的焦虑。维特根斯坦和罗素曾经希望用一种理想的、逻辑上完美无瑕的语言来消除思想与表达之间的断裂，但在张隆溪看来，这一理想语言的标准是我们无法达到的，因为正如康德所说的，"语言无法逃避的隐喻性，构成了哲学话语的实质，并从而使哲学和诗性表达之间的区分变得可疑"，② 所以，面对思想与表达的断裂，哲学家、诗人将永远束缚和居留在言说的焦虑之中。

三、无言诗学与空白的意义

面对思想与表达的断裂，诗人除了焦虑是否就完全无能为力？答案当然

---

① ［英］威廉·莎士比亚：《十四行诗》（第 85 首），见张隆溪：《道与逻各斯》，四川人民出版社 1998 年版，第 113—114 页。

② 张隆溪：《道与逻各斯》，四川人民出版社 1998 年版，第 88 页。

是否定的。正如张隆溪所指出的，尽管诗人会由于语言表达的不足而屡屡遭受挫折，但最终，诗人将能找到一种特殊的诗性方式来解决他所面对的困境，找到某种方式去说那不可言说的一切，其中，最具代表性的，就是陶潜的无言诗学和马拉美的空白的意义。

公元四世纪的中国诗人陶潜（365—427），被张隆溪称之为质朴无华的"淳朴"诗人。① 张隆溪指出，由于生活在陶潜一个世纪之前的文论家陆机（262—303）在《文赋》中已经对言说的焦虑表达了充分的关注，所以陶潜之前和陶潜时代的诗歌创作，在很大程度上可以视为对陆机提出的语言表达难题做出的反应。同时，又由于那个时代的诗歌创作的总体风格，在铺成叙事上极尽奢侈夸张之能事，在遣词造句上极力追求绮丽矫饰，希冀通过尽情挥霍滥用华词丽藻，来试图平衡语言表达的无力，所以陶潜的诗歌创作，在用词上的极其俭约，以及风格上的朴实无华，成为那个时代诗歌创作的一个另类。对于陶潜诗歌创作所体现出的迥异于同时代其他诗人的语言风格，张隆溪指出：

当我们读他的诗文时，我们很快便明白：陶潜从未试图追随他那个时代的潮流和趋势——在生活和诗歌写作上都是如此。一千五百多年来，他一直因其道德上的正直而著名，人们喜爱陶潜拒绝在上司面前屈辱自己并宣称"我岂能为五斗米折腰向乡里小儿"的故事。以这种傲岸的语言，他放弃了他卑微的官职，并且，就像一位"憨第特"（**法国作家伏尔泰同名小说的主人公。——引者注**）的先辈，他退回去照料自己的园地，过着农夫的生活。陶潜的身上有某种倔强和勇气，这使他在自己选择的道路上成为孤独的行者，同样，这种矢志不屈的独立精神也造就了他的为人和他的诗。Le style est l'homme（风格即人）也许是一个富于欺骗性的陈词滥调，但在陶潜身上，生活风格和写作风格却有着密切的关联，因为两者都是经过深思熟虑后作出的选择，两者都以简朴作为明确的特征。传统的批评推崇陶潜道德人格上的正直，推崇他的诗具有的陶冶和教化作用，却在极大程度上忽略了：他对自然和人生中他认为真正有价值的东西的忠贞，也同样决定了他对语言的使用。②

① 张隆溪：《道与逻各斯》，四川人民出版社 1998 年版，第 193 页。
② 张隆溪：《道与逻各斯》，四川人民出版社 1998 年版，第 197—198 页。

所以，张隆溪尽管肯定人们在陶潜生活和作品之间建立联系的做法，但他特别强调，对于陶潜的阅读必须深入其文本的语言之中，从诗歌语言的本体论意义上来把握他对语言性质的诗性感受。从对语言性质的理解而言，张隆溪认为，陶潜无疑深受庄子对于意义、表达、沉默等全部问题的思考的影响。比如陶潜最著名的《饮酒》第五首：结庐在人境，而无车马喧。// 问君何能尔，心远地自偏。// 采菊东篱下，悠然见南山。// 山气日夕佳，飞鸟相与还。此中有真意，欲辨已忘言。在张隆溪看来，"陶潜显然是在暗用《庄子》中的说法：言为意设犹如筌为鱼设，一旦得鱼便可以忘筌，一旦得意便可以忘言。对于哲学家庄子，'意'是可以直觉把握和默默知晓的东西，它不可能诉诸言语；但对于诗人陶潜，却必须把自己在冥默中把握到的东西说出来。这样，'忘言'便暗示着试图言说时遭到的挫折，诗人担心他永不可能把自然的真意形诸语言。……（而）沉默和缺乏直接的表达，恰恰使诗歌大有用武之地。在这样的背景中，'忘言'就不仅表示诗人的无力言说，而且告诉我们：诗人可以用负面的表达，用富于暗示性的沉默来更好地传达。"① 而以此来看陶潜的质朴平淡的语言风格，不仅不是缺乏文采的无能为力，而是体现了他对语言本质的深湛理解，以及他为克服语言固有的局限而做出的高明选择：因为既然"意义的体验在语言之外，最好的办法就是让它得不到表达，而不是去对它作无力的表达"，② 这样的一种不用直接表达而用间接地暗示来应对语言的复杂性和克服诗性言说困难的方式，就是"无言诗学"的原则。

十九世纪法国象征主义大师马拉美在诗歌创作中坚持"空白的意义"。所谓"空白的意义"，就是"用富于暗示性的语言来创造某种美丽而不可描述的东西所具有的神秘气氛"，③ 也即不用一览无遗的直接表达，而用暗示这种省略的语言来作间接的表达。马拉美对于"空白的意义"的一段解释："诗是应当一点一点地领悟的，直接描述等于压抑掉四分之三的诗歌享受。暗示才是我的梦想，它完美地运用了那构成象征的神秘，为展示某种精神状态而慢慢召唤某种东西，或者反过来说，它挑选某种东西，并通过逐渐的译

---

① 张隆溪：《道与逻各斯》，四川人民出版社 1998 年版，第 213 页。
② 张隆溪：《道与逻各斯》，四川人民出版社 1998 年版，第 213—214 页。
③ 张隆溪：《道与逻各斯》，四川人民出版社 1998 年版，第 180 页。

解从中召唤出某种精神状态",① 在张隆溪看来，就是要清楚地表明："诗并非某种可以一览无遗，可以直接描述的东西；它是隐隐约约的暗示，掩盖在雾一般的、富于召唤性的、旨在创造某种精神状态或情感氛围的语言之中；阅读的快感就在于感觉到某种虽不确定却十分美丽的东西，它是对某种神秘的体验，这种神秘只能经过长期反复的沉思才能逐渐地获得解释。这里，所说的神秘丝毫也不涉及另一世界（the otherworldlyness）或无以言喻的上帝之道（the ineffable holy world）；毋宁说，这不过是一种表达方式，它用暗示而非直接描述的方式指向那如括弧或空白般栖居在诗之中央的东西。……意指包含在诗歌之负面表达中的可能和植根在语言深处的可能"。② 就如他的著名的十四行诗《花瓶》里那段突然发向读者的声音：

> 我相信那两张嘴，
> 我母亲和她的情人，
> 都没有从那只怪兽吮饮，
> 我，这冰冷的天花板下的精灵！③

张隆溪援引洛伊德·奥斯汀（Lloyd Austin）的评论，把它看作是说明马拉美"空白的意义"的最好例子：

> 这声音来自那"并不存在的玫瑰，一个精灵般守候在冰冷的天花板下的幻影。"这幻影般的玫瑰告诉我们：它并不存在，因为它并未出生，它母亲和母亲的情人并未彼此相爱。从而存在的就只是一只空着的花瓶，花瓶里什么也没有，只有 I' inexhaustible veuvage（无尽的孀居）——也就是说，只有不育和无孕。空着的花瓶拒绝 "A rien expirer annoncant / Une rose dans les tenebres"（嘘出任何声音来宣布/那枝隐藏在黑暗中的玫瑰）。然而，花的缺席却导致诗的出现，文本中央的空白成了文本性的起源。因为，这首诗正在向我们讲述它的主体的不存在，

---

① ［法］马拉美：《书信》，见张隆溪：《道与逻各斯》，四川人民出版社 1998 年版，第 180—181 页。

② 张隆溪：《道与逻各斯》，四川人民出版社 1998 年版，第 181 页。

③ ［法］马拉美：《花瓶》，见张隆溪：《道与逻各斯》，四川人民出版社 1998 年版，第 188 页。

讲述那并未出生的玫瑰和它那并未恋爱的母亲。①

在张隆溪看来，只要明白未写出的文字在文学创作中的重要性，我们就不难理解马拉美为什么如此强调空白和缺席，甚至不妨也把它的诗学归为"无言诗学"。

"无言诗学"和"空白的意义"，代表了诗人对于言说的焦虑所做出的应对和努力。从表面上看，它们似乎是对言说焦虑的消极回避，而实质上是对言说焦虑的积极克服，因为借助它们，"诗人既表现了言说的困难，又表现了为克服这一困难而娴熟地运用无言。（而）恰恰是在言说的中央，沉默可以比言说更具表现力"。②

四、"以意逆志"和"意图阐释"

文学，是一个作家、文本和读者互动的整体。在探讨了作家与言说的复杂关系之后，张隆溪接下来要追问的话题就是：对于语言的理解会在作家、文本、读者之间造成怎样的互动以及建基于三者之间的"同一性"是否真的可能。

在中国的诗学传统中，张隆溪认为产生最早、影响最大的文学阐释理论就是孟子提出的"以意逆志"。张隆溪指出，中国诗学最早的"诗言志"说，以及由它直接演化而来的诗的定义："诗者，志之所之也。在心为志，发言为诗"，传达了中国人对于诗的语言属性和言情本质的最原初的认识："这里，以语言为媒介，诗被认为是内在意向的外在表达。无论这种内在的东西被理解为理智的或情感的态度，理解为一种抱负或一种强烈的欲望，理解为真实的或想象中的体验，汉语中所说的'志'（这里翻译为 intention）都必不可免地事先假定了人的存在，假定了一个意欲着的主体。……中国诗人显然是意义的创造者，因为他的'志'——他认为在他心中并被他体验到的那种东西——乃是他的诗的本源。这样，自然而顺理成章的便是：诗的意义应该是诗人意欲表现的东西；作者的意图——那先于文本的'作者之心'

---

① ［英］洛伊德·奥斯汀：《名字的神秘》，见张隆溪：《道与逻各斯》，四川人民出版社 1998 年版，第 188 页。

② 张隆溪：《道与逻各斯》，四川人民出版社 1998 年版，第 217 页。

（mens auctoris）——应该成为终极的参照，成为一切阐释的目标"①，而孟子的"以意逆志"："故说诗者，不以文害辞，不以辞害志。以意逆志，是为得之。如以辞而已矣，《云汉》之诗曰：'周余黎民，靡有孑遗。'信斯言也，是周无遗民也"②，给了传统的意图论以有力的总结。因为，"显然，孟子认为诗歌语言的理解需要考虑到修辞上的夸张和对语法标准的偏离。拘泥于字面的理解之所以不可取，是因为它对字句的机械阅读把握不住文本在本来的语境中真正想要表达的意思。在孟子看来，要把握文本的真正意思，只能根据作者的意图去恢复其历史背景和上下文关系。个别的字句作为整体的一部分，不能用来模糊和掩盖文本的意思，对它们的理解，应该看它们与整个文本的关系。同样的关系也存在于文本与作者的意图之间。当诗中的句子对某一点进行了夸张以期达到某种特殊的效果时，作者的意图应该是通向正确理解的指南"③，并且，"由于孟子在儒家传统中的巨大影响，这种理解与阐释中的意图论倾向主宰了许多中国批评家的话语——他们对作品的阐释，往往在目的论上以恢复作者的本意为鹄的，在方法论上以再现作品的历史背景和诗人当时的体验为宗旨"。④ 比如，刘勰的"知音"：

> 夫缀文者情动而辞发，观文者披文而入情，沿波讨源，虽幽必显。世远莫见其面，觇文辄见其心。岂成篇之足深，患识照之自浅耳。⑤

以及仇兆鳌的"反覆沉潜"：

> 是故注杜者必反覆沉潜，求其归宿所在；又从而句栉字比之，庶几得作者苦心于千百年之上，恍然如身历其世，面接其人，而慨乎有余悲，悄乎有余思也。⑥

---

① 张隆溪：《道与逻各斯》，四川人民出版社 1998 年版，第 222—223 页。
② 孟子：《万章（上）》，见张隆溪：《道与逻各斯》，四川人民出版社 1998 年版，第 223 页。
③ 张隆溪：《道与逻各斯》，四川人民出版社 1998 年版，第 223—224 页。
④ 张隆溪：《道与逻各斯》，四川人民出版社 1998 年版，第 224 页。
⑤ （梁）刘勰：《文心雕龙》，见张隆溪：《道与逻各斯》，四川人民出版社 1998 年版，第 225 页。
⑥ （清）仇兆鳌：《杜少陵集详注》，见张隆溪：《道与逻各斯》，四川人民出版社 1998 年版，第 227 页。

在西方的诗学中，张隆溪认为美国理论家赫施（E. D. Hirsch）的"意图阐释"是西方阐释学的现代拥护者中"最雄辩、最著名"的一个。[①] 张隆溪指出，为了解决"阐释的语言混乱"或哲学阐释学与文学批评中极端相对主义的危险，赫施试图为有效的阐释建立一个理论的基础，"一种能普遍认可、普遍共享的准则"。[②] 为此，赫施首先区分了"意思"（meaning）和"意义"（significance）两个概念。按照他的解释，"意思"（meaning）是由文本予以再现的东西，是作者用特殊的符号或符号序列予以表达的东西，完全是这些符号的再现，是恒定不变的；而"意义"（significance）则表示的是"意思"与一个人、一种概念、一种情境或任何可以想象职务之间的关系，是因人物、概念、情境等不同而发生变化的。然后，赫施把"意思"和"意义"的区分来与"理解"（comprehension）和"阐释"（interpretation）的区分作对应，把"理解"看作是对作者语言意思的"不多不少、恰如其分的感知或建构"，而把"阐释"看作是对文学作品的具体评论，这种评论虽与"意思"有关，但更多的是与"意义"相关联。在张隆溪看来，通过上述两对概念的区分，赫施为他的"意图阐释"理论提供了必要的理论辩护，"因为他认为面对千变万化的事态和阐释，作者的意思始终是自我同一的，阐释中的种种歧异只能视为对文学作品可变意义所做的不同评论。在赫施看来，真正的理解，其任务应该是重建作者意欲表达的意思，这是唯一不变的因素，因而是唯一能够产生正确解释的依据"。[③]

不过，对于赫施的"意图阐释"理论，张隆溪并不认同。他指出，赫施"意图阐释"理论中的两个核心论点："意思"和"意义"的区分以及不同的读者对于"同一意思"的意向，缺乏必要的理论论证，"严格地讲，意义的不确定更多地是批评实践中的实际现象而非理论问题，因为对一句话本来意思或本来语境总会有不同的推论，从而对同一文本、同一语言结构、'同一语言意思'也总会有不同的解释。宣称文本的'意思'始终自我同一，只有'意义'才发生改变，并不能真正解决这一问题，而只是把一个不变的意思作为理论上的构造凌驾于文学批评的实践之上，即设想有某种超验的物

---

① 张隆溪：《道与逻各斯》，四川人民出版社 1998 年版，第 227 页。

② ［美］赫施：《阐释的有效性》，见张隆溪：《道与逻各斯》，四川人民出版社 1998 年版，第 227—228 页。

③ 张隆溪：《道与逻各斯》，四川人民出版社 1998 年版，第 228 页。

自体在此之外却又不可能在现实的文学阐释中得以认识"。① 同时，赫施的"意图阐释"把文学阐释的标准归为"作者的意思"，在张隆溪看来，这意味着在赫施的文学阐释范式中，批评家事先对于"作者的意思"的个人理解将起着决定性的作用，而这种包含了批评者主观性因素的批评，显然是与赫施本人标榜的"客观性批评"自相矛盾的。不仅如此，张隆溪还特别强调，赫施"意图阐释"存在的问题，也同样适用于中国传统的以孟子"以意逆志"为代表的意图论阐释学。就如仇兆鳌对于杜甫的经典阐释，"尽管仇兆鳌声称他有杜甫本人的情感和思想作指引，他事先却已经对杜甫能够有的情感和思想类别有了自己明确的看法。仇兆鳌是从明确的儒家立场去读杜诗的，他强调杜诗的伟大在于它超越了纯粹的词句而成为有力的社会评论和强烈的政治介入，……注释的任务，仇兆鳌说，就是'据孔孟之论诗者以解杜'，把诗中的绝大部分读解为暗指当时政治事件的政治讽喻或时事评论。其结果，批评家揭示出来的杜甫的意思，最终却不过是颇具偏见的解释而已——这些解释在很大程度上受制于批评家本人的历史条件、意识原则和个人信念，正像它也受制于前人对杜诗的注释一样"。② 所以，尽管中外的意图论阐释学都声称自己理论方法的唯一正确性，刻意营造作家、文本和读者之间的"同一性"，但正如张隆溪所揭示的，意图论阐释学在理论上没有自圆其说，在实践证据上更是彻底失败，而所谓作家、文本和读者之间的"同一性"，其实并不真正存在，不过是人为建构的一个"幻觉"而已。

纵观张隆溪的比较诗学的文学阐释，从破除中西语言二元对立开始，循着思想与言说的二重关联的线索，深刻地揭示了跨语言、文化的中西诗学在语言和理解层面所展示出来的共同的"文心"。在他看来，任何理论按其本身的定义而言就须超越民族和语言的界限，因为理论起码应当具有相当程度的普遍性，不能只适用于一时一地或一事一物。所以，尽管张隆溪并不讳言中西诗学之间存有不同和差异，但他直言不讳地表示，自己的比较诗学研究"要不顾深刻的文化差异而发现其中共同的东西"，③ 具体言之，就是"通过把历史上互不关联的文本和思想汇聚在一起，我试图找到一个共同的基础，在这样的基础上，中国文学和西方文学——尽管它们的历史和文化背景完全

---

① 张隆溪：《道与逻各斯》，四川人民出版社 1998 年版，第 229 页。
② 张隆溪：《道与逻各斯》，四川人民出版社 1998 年版，第 230—231 页。
③ 张隆溪：《〈道与逻各斯·序〉》，四川人民出版社 1998 年版，第 26 页。

不同——可以被理解为彼此相通的"。①

第四节　中西文论的异质同构：西方中心主义的中国式建构

张隆溪的《道与逻各斯》发表后，其对中西诗学"道"与"逻各斯"在本体论意义上的同一性的论述，在中西比较诗学研究领域引发较大反响。其中，既有像叶维廉这样的著名比较学者的褒扬，也有相关学者特别是来自中国大陆从事中西比较诗学研究的学者的质疑，杨乃乔的《悖立与整合：东方儒道诗学与西方诗学的本体论、语言论比较》无疑是反对者中最具代表性的。在《悖立与整合》这部六十万之巨的专著中，作者不仅颠覆了张著所建构的"道"与"逻各斯"的本体同一性，而且从语言本体论出发，为中西比较诗学研究预设了一个新的比较平台或逻辑起点："经"与"逻各斯"、"道"与"反逻各斯"的悖立与整合。在明确了西方逻各斯中心主义的理论标靶的同时，也借此完成了中国儒道诗学经、道互补的理论建构。

一、语言本体论视野下中西比较诗学研究的逻辑起点："经"与"逻各斯"、"道"与"反逻各斯"的悖立与整合

进入二十世纪以后，突出语言在诗学研究中的作用尽管已是中西研究中的一个共识，但像杨著《悖立与整合》这样把语言上升为诗学研究本体论的高度并不多见。关于思想体系的本体论建构，杨乃乔引述了法国思想家帕斯卡尔（Blaise Pascal）在《思想录》中对人的思想性质的说明：

> 人只不过是一根苇草，是自然界最脆弱的东西；但他是一根能思想的苇草。用不着整个宇宙都拿起武器来才能毁灭他；一口气、一滴水就足以致他死命了。然而，纵使宇宙毁灭了他，人却仍然要比致他于死命的东西更高贵得多；因为他知道自己要死亡，以及宇宙对他所具有的优势，而宇宙对此却是一无所知。
>
> 因而，我们全部的尊严就在于思想。正是由于它而不是由于我们所

---

① 张隆溪：《〈道与逻各斯·序〉》，四川人民出版社 1998 年版，第 24 页。

无法填充的空间和时间，我们才必须提高自己。因此，我们要努力好好地思想；这就是道德的原则。

　　能思想的苇草——我应该追求自己的尊严，绝不是求之于空间，而是求之于自己思想的规定。我占有多少土地都不会有用；由于空间，宇宙便囊括了我并吞没了我，有如一个质点；由于思想，我却囊括了宇宙。①

在他看来，任何一种思想体系的建构都必须是围绕一个基点——本体展开的，帕斯卡尔上述这段关于人的思想的"精采而诗意"的描述，形象地说明了人的思想具有一种本体论意义的终极关怀性质，并且"可以浓缩出这样一句带有终极关怀的表达：人是一根脆弱的苇草，但是人的全部尊严就在于思想；正是由于思想，人囊括了宇宙。的确，人对宇宙的占有与征服只有借助于思想来完成，可以说，任何哲学本体论的体系建构者都是把自己的价值取向这一目的。诗学本体论与美学本体论也是如此，只不过使这种借本体论对宇宙终极的占有更为诗意化和审美化而已。"② 而且，正是由于"'本体'是一个民族文化传统在信仰与意志上安身立命的终极，任何一个国度的智者哲人在文化的初创时期都无法逃避设定一个源点来承纳自己的终极关怀意志。终极关怀不仅能够在精神上兑现生命主体的安身立命，也更是生命主体在本体的源点完成的一种思想的征服与占有。可以说，生命主体对征服与占有欲望的体验就是本体论秉有的最深刻的内涵。"③ 所以，对于本体的追寻就必然成为这个国度智者哲人所无法逃避的"劫数"。那么，对于诗学而言，这个至关重要的主体是什么呢？杨乃乔给予的是海德格尔的回答：语言。

　　正如杨乃乔所指出的，德国思想家海德格尔对语言本质的沉思始于诗人诺瓦利斯对于语言的神秘体验：

　　语言仅仅关切于自身，这就是语言的特性，却无人知晓。④

----

① ［法］帕斯卡尔：《思想录》，见杨乃乔：《悖立与整合》，文化艺术出版社1998年版，第53—54页。

② 杨乃乔：《悖立与整合》，文化艺术出版社1998年版，第54页。

③ 杨乃乔：《悖立与整合》，文化艺术出版社1998年版，第24页。

④ ［德］海德格尔：《走向语言之途》，见杨乃乔：《悖立与整合》，文化艺术出版社1998年版，第1页。

而其最终的落脚点是对"语言是存在的家园"的揭示：

> 人是能言说的生命存在。这一陈述并非意味着人只是伴随着其他能力而也拥有语言的能力。它是要说，唯有言说使人成为作为人的生命存在。作为言说者的是人。①

在杨乃乔看来，海德格尔对于语言为生命主体——人所存在的第一要义的设定，以及对于生命主体作为存在唯有在语言中才能敞开且澄明地显现自我的说明："语言凭其给存在的初次命名，把存在物导向语词和显现"，② 不仅是对"语言是存在的家园"的形象说明，而且也是对语言以显现、敞开、照亮的方式呈现整个人类世界的理论概括。并且，更重要的是，由海德格尔对于"语言是存在的家园"的诗意探寻出发，杨乃乔把目光移向了中国的儒家诗学，从中发现了中国古代先哲与二十世纪西方现代思想家的相同的命题表达与理论思考：关于把语言视为生命主体存在的第一要义的理论设定。杨乃乔指出，中国古代经典《十三经》之一的《春秋穀梁传》在对《春秋》的经典文本阐释时，同样是在生存的最根本意义上把语言认同为生命主体——人存在的前提：

> 人之所以为人者，言也。人而不能言，何以为人。③

关于语言以语词澄明、显现存在的理论说明，杨乃乔指出，在中国诗学文化传统发展的历程中，儒家诗学同样也把语言视为使存在呈现而敞开的家园：

> 《左传》是儒家诗论的经典之一，《左传·襄公二十五年》曾引孔子之言："仲尼曰：'……言以足志，文以足言。不言，谁知其志？言之无文，行而不远。'"在这里，《左传》认为语言是足以呈现生命主体及

---

① ［德］海德格尔：《诗·语言·思》，见杨乃乔：《悖立与整合》，文化艺术出版社 1998 年版，第 4—5 页。

② ［德］海德格尔：《诗·语言·思》，见杨乃乔的引述见《悖立与整合》，文化艺术出版社 1998 年，第 6 页。

③ 《春秋穀梁传注疏》，见杨乃乔：《悖立与整合》，文化艺术出版社 1998 年版，第 5 页。

其思想的，并且进而在逻辑上反推，认为生命主体及其思想如果不借助语言就无法将自己呈现和敞开于这个世界且被他人看视、理解。扬雄的《法言·问神》在诗学批评的创作论上也把语言的书写形式——儒家诗学主体"立言"的经典文本认同为"天地万物"得以栖居和存在的空间："或问：'圣人之经不可使易知与？'曰：'不可。天俄而可度，则其覆物也浅矣；地俄而可测，则其载物也薄矣。大哉！天地之为万物郭，五经之为众说郭。'"在这里，"郭"的本义应阐释为"郭"，即有"外城"的内涵。在扬雄的诗学思想尺度上，扬雄以"郭"和"郭"对举，从而隐喻事物栖居和存在的"空间"。如果说，"天地"是盛载"万物"栖居和存在的"空间"，这个"郭"所隐喻的"空间"则囊括了盛载"万物"这方硕大的空间——"天地"；那么，这个"郭"就是儒家诗学主体崇尚"立言"的文本形式——"五经"。①

在这里，杨乃乔频繁地征引中西诗哲的言论，就是要说明在以语言为本体的理论思考上，中西诗学体现了"惊人的相似"，用他自己的话来说，就是"无论是在西方诗学那里，还是在东方诗学这里，本体范畴具有巨大的统摄性，这就是为什么任何一种自洽的理论体系都必须是在本体论上建构完成的。可以说，生命主体在诗学理论体系的建构中只要以思想抓住一个本体，就可以轻而易举地'拎'起一方博大的天地。在这里，'拎'的本体论意义就是'占有'及'统摄'等。在本体论的理论形态上，这方博大的天地就是生命主体在终极上建构起来的思想空间和语言家园。"②

然而，依然如杨乃乔所指出的，语言是一个宽泛的称谓，在具体的文化语境中，语言总是被具体的言说或书写的，具体到中西方的文化语境，就是西方言说的"逻各斯"和中国书写的"经"。关于"逻各斯"的语言性质，杨乃乔认为，在西方文化传统中对于"逻各斯"的追问主要是从拉丁语系和希腊语的辞源学视角展开的：从拉丁文的词源追溯来看，"'逻各斯'——'logos'有'ratio'与'oratio'两个层面的意义。'ratio'与'oratio'是拉丁文。'ratio'的意义是指'理性'，'reason'也是指内在的思想的自身，即海德格尔所诠释的'思'——'denken（thinking）'；'oratio'的意义是

①　杨乃乔：《悖立与整合》，文化艺术出版社1998年版，第6—7页。
②　杨乃乔：《悖立与整合》，文化艺术出版社1998年版，第40页。

指'言说'——'speaking'也是指内在的思想的表达，即海德格尔所诠释的'言'—'sprechen（speaking）'。换言之，'逻各斯'具有'思想'（thinking）与'言说'（speaking）这两个层面的意义。简而言之，'逻各斯'即是'思'与'言'。伽达默尔曾提示我们，'逻各斯'虽然通常被翻译为'理性'或者'思考'，但它的原初与主要意义就是'语言'——'language'，作为理性动物的人实质上是'拥有语言的动物'。也就是说，在'逻各斯'这样一个本体范畴中，融含着'思想'与'言说'或'思'与'言'的二重性，并且这种二重性是不可分离地融为一体的。"[①] 从希腊文动词原型的追溯来看，"'逻各斯'——'logos'这个术语来源于动词'legein'，'legein'的第一层意义是'聚集'——'gather'、'拾取'——'pick up'、'聚置'——'lay together'；其第二层的意义是'描述'——'recount'、'告诉'——'tell'、'说话'——'say'、'言说'——'speak'。"[②] 在杨乃乔看来，西方文化传统中对于"逻各斯"的语源学的追溯，清楚地表明，"逻各斯"在西方文化语境中是作为一个本体范畴被思考的，其基本的含义就是"言说"（语言），如 J. 克拉德·艾文斯（Claude Evwns）在《解构的策略——德里达和声音的神话》一书中所总结的："逻各斯负载着一系列相关的意义，在断言某物为某物的行为意义中，或在某物被断言的意义中，逻各斯可以是发言，作为被言说的词或者一个陈述。在哲学思想中，逻各斯承担摄取了合理言说与原由论据的意义。在苏格拉底的对话录中，后者是逻各斯的典型阐释。这样逻各斯可以代表理性自身。……在基督教的思想中，逻各斯扮演着极重要的角色：'在这个世界起源之际，逻各斯已经存在'。"[③] 关于"经"的语言指向和本体性质，杨乃乔从"经"的四个层面的含义入手，做了细致的分析：第一个层面是作为实物名词的使用，言指"织物的纵丝"。杨乃乔指出，"经"作为"织纵丝"的实物名词来源于东汉许慎《说文解字》中对"经"的释义，且在中国古代汉语的语境下，"经"与"纬"对举，两者结合构成了一个词组"经纬"，"经"是织物的纵线，"纬"是织物的横线。而从中国历代经典文献对于"经纬"的论

---

① 杨乃乔：《悖立与整合》，文化艺术出版社 1998 年版，第 114—115 页。

② 杨乃乔：《悖立与整合》，文化艺术出版社 1998 年版，第 115 页。

③ ［英］J. 克拉德·艾文斯：《解构的策略——德里达和声音的神话》，见杨乃乔：《悖立与整合》，北京：文化艺术出版社，1998 年，第 115—116 页。

说来看，如《周礼·冬官考工记下·匠人》："国中九经九纬，经涂九轨"，《大戴礼记·易本命第八十一》："凡地，东西为纬，南北为经"，《国语·周语下》："经之以天，纬之以地，经纬不爽，文之象也"，《荀子·解蔽》："经纬天地，而材官万物，制割大理，而宇宙裹矣，恢恢广广，孰知其极"，①"'经天纬地'即成为脉动在东方诗学文化传统中的一种被后来学人恒久复沓的文化节奏，……明确地彰显出……在本体论意识中的确潜在着一种占有的力量与统摄的欲望，这种力量与欲望在'经'、'经纬'、'经纬天地'与'经天纬地'的话语表达中被东方文人一路张扬得淋漓尽致。"② 第二个层面是作为动词的使用，言指"经天纬地"的"统摄"与"占有"。杨乃乔指出，"经"作为书写的文字最早见于周代的铜器铭文，尽管"经"第一个层面的原初意义是指"织物纵丝"，但从周代铜器铭文开始沿至以后的典籍都是首先将它当作一个动词来使用，如《左传·昭公二十八年》的"经纬天地曰文"，《国语·周语下》的"经之以天"，《荀子·解蔽》的"经纬天地"，都是把"经"作为具有"涵摄"、"周延"、"包容"、"囊括"、"覆盖"、"征服"、"占有"、"统领"、"统摄"或"统治"等本体论意义的动词来使用的。"'经'在这样的语境下作为动词的使用，它以一个独立的书写符号传达了名词'经'与'纬'交织的'统摄'意义；可以说，'经'作为一个动词在语境中使用所含有的'经纬天地'这样一种本体论意义，是从名词的'经'及'经纬'那里引申而转型过来的。"③ 第三个层面是作为抽象名词的使用，言指"元一以统治"的本体范畴。杨乃乔指出，"经"作为动词向抽象名词的转型，标志着"经"作为一个本体范畴的形成。其中，《左传·襄公二十五年》中"天地之经纬也"的"经"，在语言表达上已经是把"经"作为一个潜在的本体范畴观念来使用了，而西汉古文经学大师刘歆《三统历》对于"经"的"元一以统始"的解释则是标准的本体论释义，因为"从刘歆对'经'的释义来看，'经'就是在一个理论体系其意义链的逻辑上倒溯已尽的终极，是非受动的始动者。在哲学本体论的意义上理解，'始'就是逻辑上倒溯已尽，即非受动的始动者。'经'就是'元'，就是'一'，就是'始'，也就是'太极之首'。可以说，刘歆对'经'的释义不

---

① 参见杨乃乔：《悖立与整合》，文化艺术出版社 1998 年版，第 24—25 页。

② 杨乃乔：《悖立与整合》，文化艺术出版社 1998 年版，第 25—28 页。

③ 杨乃乔：《悖立与整合》，文化艺术出版社 1998 年版，第 29 页。

仅带着一种强烈的东方终极关怀意识，而且也在理论上确定了'经'是一个本体范畴。"① 第四个层面是再度作为实物名词的使用，言指作为书写文本的"经典"、"典籍"和"文章"。杨乃乔指出，"经"作为实物名词的再度使用，指代的是以书写文本形式存在的"经典"、"典籍"和"文章"，如班固《白虎通德论·五经》中对于"经"的释义："经所以有五何？经，常也，有五常之道，故曰：'五经'"，而"经"在历经动词、抽象名词的转换再度以实物名词出现，意味着"儒家诗学……在东方古代学术宗教的终极本体——'经'的源点上建构一个用语言文字凝固成的文本形式，即语言家园，从而在这个语言家园中来'立德'、'立功'、'立言'，以此追寻精神和思想的不朽。……其实'立德'、'立功'必须落实在'立言'上，这样才能把精神和思想转化为以语言文字凝固成的文本形式，从而兑现精神和思想的永垂不朽。"② 不仅如此，杨乃乔还特别强调，尽管"逻各斯"和"经"占据了中西诗学的本体位置，但在各自的诗学传统中都遭遇解构势力的挑战，如果说在西方是德里达解构主义的"反逻各斯"对于"逻各斯"的消解的话，那么在中国则是道家诗学的"道"以"言无言"的策略对于儒家诗学立足于书写文本的"经"的消解。这样，不仅在"逻各斯"与"反逻各斯"、"道"与"经"之间构成了悖立与整合的二律背反，而且在"逻各斯"、"反逻各斯"与"道"、"经"之间同样构成了一个超越文化、语言的悖立与整合。"经"与"逻各斯"、"道"与"反逻各斯"的悖立与整合，也由此成为中西比较诗学研究的共同平台与逻辑起点。

二、语言本体论视野下的"经"与"逻各斯"的悖立

张隆溪在《道与逻各斯》一书中，曾从"思"与"言"的二重性论证了"道"与"逻各斯"在本体范畴的同一性：

> ……希腊语"logos"意思是"ratio"与"oratio"，即理性与言说。斯蒂芬·艾尔曼也观察到逻各斯作为一个多义字在哲学的思想中有着重要的影响，因为它"有两个主要的意义，一个意义相应与拉丁文'oratio'，这个字即是指'内在思想的表述'，另外一个意义相应与拉丁文

---

① 杨乃乔：《悖立与整合》，文化艺术出版社 1998 年版，第 33—34 页。
② 杨乃乔：《悖立与整合》，文化艺术出版社 1998 年版，第 50 页。

'ratio'，这个字是指'内在的思想'的自身。"换言之，逻各斯具有思想（thinking）与言说（speaking）两个意义。伽达默尔提示我们，逻各斯虽通常被翻译为"理性"或者"思考"，它的原初与主要意义是"语言"，作为动物理性的人类实际上是"拥有语言的动物"。正是在这样一个精彩的字——逻各斯中，思想与言说融合在一起了。在一个特别的意义中，中国字——"道"作为一个最重要的中国哲学概念，在一个字里包涵着同样的思想与言说的二重性。①

在《悖立与整合》中，杨乃乔则从"思"与"言"两个方面对张隆溪的"道"的二重性的观点进行了彻底的拆解。从"思"的方面来说，杨乃乔指出，在西方诗学文化传统中，"逻各斯"在被古希腊哲学家赫拉克利特设定为本体后，它就一直被西方哲人和诗人认定为是一种"理性"之思；而反观中国道家的创始人老子，从一开始就是把"道"设想为一种先于"逻各斯"之理性的"原始感性"，召唤着后世的东方哲人与诗人以神秘的直觉体验它的存在。"在东方的道家诗学这里，'道'作为一个本体范畴充盈着非理性的诗思，'道'不同于'逻各斯'秉有理性——'reason'的内质；……当西方古希腊的诗学本体论建构者赫拉克利特、柏拉图、亚里斯多德以理性的思辨触摸着宇宙的本体——'逻各斯'时，东方先秦道家诗学本体论的建构者老子、庄子及庄子学派则在'玄览'、'心斋'、'坐忘'中触摸着宇宙本体——'道'，这种'触摸'就是庖丁解牛式的'所好者道也……以神遇而不以目视'的神秘直觉。可以说，老子诗学观的'玄览'就是道家诗学首倡的一种从'道'反馈过来的、以非理性的直觉再度体验'道'的观照方式——'神遇'。在道家诗学这里，'神遇'不是一种以理性直觉达向本体的逻辑判断，而是一直潜在的、放纵感悟和意欲的直觉：'无思无虑始知道，无处无服始安道，无从无道始得道。'……在东方诗学语境下，'道'无论如何在本体的源点也没有理性及理性之'思'的内质，在道家诗学那里，'道'的本体只能是非理性的直觉与'诗思'的摇篮，'道'的本体永远是理性与理性之'思'的墓地。"②从'言'的方面来说，杨乃乔指出，在西

---

① Zhang longxi: *The Tao and The Logos*，为了对比杨乃乔对张隆溪的"道"的二重性分析，这里采用的是杨乃乔的中译文，见杨乃乔：《悖立与整合》，文化艺术出版社 1998 年版，第 144 页。

② 杨乃乔：《悖立与整合》，文化艺术出版社 1998 年版，第 157—164 页。

方诗学的源头那里，"逻各斯"在言说着，而在中国道家诗学的源头这里，"道"作为一个本体范畴永恒地栖居在无言中沉默着。"在西方诗学文化传统的源头那里，'逻各斯'是'思'之理性，'思'是通过'逻各斯'言说的自律本能而表达出来，最终成为活生生的在场。这也就是逻各斯在自我言说中的出席，从而形成了'逻各斯'自我言说、自我倾听的语言系统。……'逻各斯'是喧哗于言说的本体，而'道'作为本体则是在虚静恬淡的无为中踞守一种寂寞，这种寂寞就是一种无言的沉默。《庄子·天道》曾这样给'道'下了一个定义：'夫虚静恬淡寂寞无为者，万物之本也。'应该讲，这个定义是庄子学派从语言学的意义上使'道'澄明于本体论的界定。也就是说，'道'踞守寂寞的本身就秉有拒绝言说——'speaking'的本体论内质。"① 所以，杨乃乔不同意张隆溪对"道"与"逻各斯"的本体同一性的设定，主张在"思"与"言"的二重性上，"道"毫无疑问要让位于"经"，后者以其自身的强权性书写占据了中国诗学的中心地位，与西方的"逻各斯"并置于一个共同的本体论思考平台之上。

不过，杨乃乔把"经"和"逻各斯"并置于本体论的共同平台之上，不是如有的批评者所说的用是"经"与"逻各斯"的本体同一性来取代张隆溪的"道"与"逻各斯"的本体同一性，而恰恰是要通过语言学的视角来鉴照"经"与"逻各斯"由于中西方不同的诗学文化语境造成的本体论上的差异性。关于西方诗学的文化语境，杨乃乔指出，从语言学上而言就是西方根深蒂固的写音语境。"不管西方现代语言学家戈特洛布·弗莱格（Gottlob Frege）、洪堡特、索绪尔、布龙菲尔德（Leonard Bloomfield）与乔姆斯基（Noam Chomsky）等学者对西方语言文字的生成及生成形态有着怎样不同的理论猜想，他们在一个关键点上却达成了共识，即西方拼音语言是以书写的拼音文字对语音的记录：'词有一定的语音，它被以一定的方式说出，以一定的方式拼写'。"② 在杨乃乔看来，正是由于西方语言学的对于语音与书写文字的二元对立，形成了一个被德里达称之为的拼音形而上学，即"从赫拉克利特到黑格尔，从叔本华、尼采再到海德格尔的两千多年西方诗学空间中，诗学批评主体说话所表达的观念对象——'意义'即是'在场'，'在场'的'意义'源于'逻各斯'，'逻各斯'在言说着……，言说着的

① 杨乃乔：《悖立与整合》，文化艺术出版社 1998 年版，第 168—169 页。
② 杨乃乔：《悖立与整合》，文化艺术出版社 1998 年版，第 194 页。

'逻各斯'的本质就是语音，在逻各斯中心主义建构的形而上学等级序列中，意义统治着言说，言说统治着书写，'逻各斯'就是这个等级序列的中心"①；而且，正是因为德里达认定在西方诗学的写音语境下，"逻各斯"的意义是以语音统治着书写，德里达才企图以书写字母的改变使书写远离挟带意义的语音，使书写脱离语音的统治，从而达至对于逻各斯拼音形而上学的解构与颠覆，如其本人在生造了"differance"这个字后所宣称的："现在'differance'创生了，我认为它已经生效，书写的差异（用'a'代替'e'），标志着两个貌似的声音记符之间与两个元音之间的差异，'differance'是纯粹的书写：它可以读，或可以写，但它不能够听。它不能够在言说（speaking）中被理解。我们将可以理解它为什么规避一般意义上的理解秩序。我甚至说，它依借于一个沉默的标号而呈现，它凭靠一座静默的墓碑而出席"。② 关于中国诗学的文化语境，杨乃乔指出，从语言学上而言就是独具东方特色的写意语境。相较于西方把语音看作是对意义的记录、文字是对语音的记录，东方中国的古代文字不是对语音的记录，而是以书写的文字符号超越语音对意义的直接记录。基于这种认识，杨乃乔借助中外语言学家的意见，把西方的拼音文字称为"写音语言"，而把中国的象形文字称为"写意语言"。在他看来，中国的写意语言不仅以书写的符号通过对客体事物的形拟与摹写而使意义出场，如许慎在《说文·序》中所言："古者庖羲氏之王天下也，仰则观象于天，俯则观法于地。视鸟兽之文与地之宜，近取诸身，远取诸物，于是始作《易》八卦，以垂宪象，及神农氏结绳为治，而统其事。……仓颉之初作书也，盖依类象形，故谓之文；其后形声相益，即谓之字；文者，物象之本，字者，言孳乳而浸多也"，③ 而且确立了书写的权力，如德里达在《论文字学》中所言："这样的书写或多或少依靠于语音的借用，依靠于某些因为它们原初意义的声音而独立使用的符号。但是，这些符号的语音使用永远不能形成足够大的规模以至在原则上颠覆中国书写，把中国书写导向语音符号的途径……中国的书写从来没有达向语言的语音分析，从来没有被感受为是一种或多或少地关于言说（speech）的忠实的传递

---

① 杨乃乔：《悖立与整合》，文化艺术出版社1998年版，第193页。

② ［法］雅克·德里达：《哲学的边缘》，见杨乃乔：《悖立与整合》，文化艺术出版社1998年版，第195—196页。

③ （汉）许慎：《说文·序》，见杨乃乔：《悖立与整合》，文化艺术出版社1998年版，第210页。

过程，那就是为什么一个记录现实的书写符号与象征符号像它自身一样是一个单数型的字，也是独一无二的字，并且保持着符号自身许多的原初声望。我们有理由相信中国远古的言说（speech）像书写（writing）一样有效，但是书写已部分地凌驾于言说的权力（power）之上而使其黯然失色，这是可能的"。① 正如杨乃乔所指出的，从语言本体论的视角揭示中西方不同的文化语境，可以帮助我们反思中西方不同的诗学文化传统："逻各斯中心主义与经学中心主义恰恰是在两种颠倒的形而上学等级序列中铺写了各自语境下的中心主义，完成了各自的话语权力建构。在西方，'逻各斯'是终极语音，在东方，'经'是终极书写，逻各斯中心论是以'思'控制着'言说'，又以'言说'控制着'书写'，经学中心论是以'书写'控制着'言说'，又以'言说'控制着'思'"，② 所以，"经"与"逻各斯"虽然在本体范畴上同居于各自诗学的中心地位，但彼此之间却是以悖立的形态呈现的，如杨乃乔本人所列的对照表格所标示的：

形态与方式	西方古典诗学	东方儒学诗学
关于本体的称谓	"逻各斯"	"经"
关于本体的品质	遮蔽的本体	遮蔽的本体
本体的存在方式	终极语音	终极书写——经典文本
中心偏见	逻各斯中心主义	经学中心主义
中心主义呈现方式	语音中心主义	书写中心主义
对语言的态度	崇尚语音	崇尚书写
语境的存在方式	写音语境	写意语境
对意义在场的态度	语音使意义在场	书写使意义在场
形而上学等级序列	思、言、字	字、言、思
对书写的态度	贬损书写	崇尚书写
话语权力存在的方式	语音的权力话语	书写的权力话语
价值取向	功利主义	功利主义

---

① ［法］雅克·德里达：《论文字学》，见杨乃乔：《悖立与整合》，文化艺术出版社1998年版，第216—217页。

② 杨乃乔：《悖立与整合》，文化艺术出版社1998年版，第253—254页。

形而上学的方式　　　纯粹理性的形而上学　道德理性的形而上学。①

三、语言本体论视野下的"道"与"反逻各斯"的整合

在《道与逻各斯》一书中，张隆溪曾对雅克·德里达对于西方逻各斯语音中心主义的解构作过如下评价："……德里达想要通过全部西方哲学史来强调逻各斯中心偏见的彻底弥漫。'西方'这个词在这里是非常重要的，因为在西方的语音中心主义书写中，形而上学中的逻各斯中心主义是在作为语音中心主义的西方书写中呈现出来的，这是德里达的信仰。因此，这是一种纯粹与西方思维，也仅与西方思维有着联系的西方现象。"② 对此，杨乃乔表示赞同。在他看来，德里达"反逻各斯"的解构策略真正激荡人心之处不是其对西方诗学文化传统的拆解，而恰恰使其以"反逻各斯"的形式对于逻各斯作为西方诗学文化终极标靶的逻辑设定，"对于德里达的欲望来说，在西方文化传统中哪怕就是没有逻各斯中心主义，德里达也要在理论上为西方文化传统虚构、设立起一个逻各斯中心主义，作为自己攻击的标靶。……大师级的哲学家不在于把自己的挑战指向一个久已论定的标靶，他的精彩与深刻更在于为一种文化传统重新设定一个标靶作为自己攻击的对象。因为，重新设定一个攻击的理论标靶比攻击一个既成的理论标靶更为艰难，也更能见出大师级理论家的野心。对一位哲学大师来说，最为恐惧的就是没有攻击的标靶而使自己的思想处于闲置状态。……德里达的精深就在于他论证且设立了西方文化传统中的逻各斯中心主义，然后再借对逻各斯中心主义进行颠覆，以清理遮蔽西方文化传统的话语权力"。③ 也就是说，"反逻各斯"首先是要确证"逻各斯"的存在，然后把它作为解构的对象。杨乃乔认为，不仅西方的"反逻各斯"的解构策略是这样，对于中国的"道"的解构策略也应作如是观。针对二十世纪 90 年代以来德里达"反逻各斯"的解构理论在中国的理论反响，杨乃乔对于包括张隆溪《道与逻各斯》在内的把"道"视作对"逻各斯"的消解的研究方式，提出了严厉的批评：

---

① 杨乃乔：《悖立与整合》，文化艺术出版社 1998 年版，第 256 页。

② Zhang longxi：*The Tao and The Logos*，这里采用的是杨乃乔的中译文，见杨乃乔：《悖立与整合》，文化艺术出版社 1998 年版，第 239—240 页。

③ 杨乃乔：《悖立与整合》，文化艺术出版社 1998 年版，第 240 页。

　　"解构"作为一脉西方后现代哲学思潮的方法论，在东方哲学与东方诗学的文化传统中应该在何处找到它的理论同频共振点，也就是说，在何处可以追问到它的使命归宿？或者说，在东方诗学文化传统中是否存在着一个"中心"或秉有一种"中心主义"而期待着西方解构策略的侵入，使西方的解构策略于东方的写意语境下秉承着德里达的原初意义而找到它的价值释放空间。的确，在东方诗学文化传统这里，"解构"究竟指向何处、指向什么？这是当下大陆诗学界迫切需要解决的困惑。如果，我们在东方大陆的写意语境下无法找到一个对等于西方写音语境下的逻各斯中心主义，那么，我们所要解构的终极标靶又究竟是什么？"解构"在东方语境下又如何存在，又如何可能呢？可以说，如果无法澄明地回答上述设问，德里达的解构策略及其"解构"、"贬损"……等这一系列理论话语，在当下大陆学人理论思维中的使用与运作，都仅仅是在一种理论视野的盲点上满足学人玩弄西方后现代理论话语的欲望或满足装饰自己的文章而已。①

并以满腔的热忱为德里达结构策略在中国诗学应该引发的理论效应提供了一个崭新的思路，即在中国诗学文化传统中"经"占据着如西方的"逻各斯"般的中心主义地位，"经"也由此成为以解构为理论指向的道家诗学的"道"的解构对象，换言之，道家诗学的"道"所解构的对象不是当下学者们所热炒的西方诗学文化中的"逻各斯"，而是以往为人所忽视的如"逻各斯"一般在中国诗学文化传统中占据中心主义地位的儒家诗学的"经"。

　　杨乃乔指出，在中国儒家诗学与道家诗学的悖立与冲突中，儒家诗学是把语言作为生命主体栖居和生存的家园，并最终通过"立言"的方式将语言的家园建构在以"经"为代表的经典文本上；而道家诗学则是以拒斥儒家经学为其理论思维的逻辑起点，通过"反立言"和"立意"的方式，力图对儒家主体及其诗学体系安身立命的语言家园进行彻底的颠覆和瓦解：首先，是道家诗学的"反立言"对儒家诗学"立言"的消解和拒斥。"在儒家诗学体系中，生命主体及其思想存在的'语言家园'即是指'立言'的经典文本。儒家主体及其诗学存在的全部意义和全部价值必须在语言的家园——

① 杨乃乔：《悖立与整合》，文化艺术出版社1998年版，第141页。

'立言'的经典文本中才能够显现出来。而道家诗学则以消解在经典文本上'立言'的价值和意义，从而判定儒家主体在经典文本上'立言'的无意义性和无价值性"。① 比如，道家诗学的创始人老子就明确拒斥"立言"的价值和意义，主张"不言"："圣人处无为之事，行不言之教"，"知者不言，言者不知"；另一位代表人物庄子也以"大辩不言"和"不言之辩"来回应老子的"不言"，然而，道家诗学所反对的"言"不是普泛意义上的语言，而是确指儒家诗学以经典文本形式存在的"立言"，所以，道家诗学的"不言"绝对不是要求主体放弃通过言说进行思想的运作，而是一种专门针对于儒家诗学"立言"的消解手段，也即是庄子所说的"言无言"："故曰：无言。言无言，未尝言；终身不言，未尝不言"，显然，"在道家诗学的本体论这里，'道'也是一个本体范畴，但'道'则是一种沉默的无言——'言无言'。……我们可以这样理解：道家诗学张扬的'沉默'——'言无言'不是思想的贫困，而恰恰是一方深不可测的意义渊潭。也正是在这个意义上，道家文学理论在拒斥'立言'的沉默中拥有比儒家诗学更为丰富的审美意蕴和诗学批评范畴。儒家诗学在经典文本上'立言'的价值和意义也正是在道家诗学反'立言'的'沉默'中被消解了。"② 其次，是道家诗学以"立意"取代"立言"对于儒家诗学经典文本的拆解。儒家诗学的经学中心主义是通过"立言"的经典文本奠定的，道家诗学则试图通过"立意"对于"立言"的取代："言者所以在意，得意而忘言"（《庄子·外物》），让儒家经典文本赖以建构的语言根基消失于无形，所以，"道家诗学认为主体对'道'的把握只有带着直觉的悟性体验在'立意'中完成，因此，对儒家诗学在'经'的本体上的'立言'也就倍加不屑一顾，……道家诗学以'立意'取代儒家诗学的'立言'，其最终目的是为了对儒家诗学存在的经典文本进行彻底地解构，从而颠覆儒家诗学栖居且存在的语言家园。"③ 总之，在杨乃乔看来，"道家诗学在本体论意义上追寻的终极是一个形而上的抽象范畴——'道'，'道'作为一个宇宙本体论的终极范畴恰恰不同于经学本体论的终极范畴——'经'，'经'不仅可以用语言来表达，并且'经'本身也更是'立言'的书写铭刻——文本；而'道'则是一个抽象的'窈兮冥

① 杨乃乔：《悖立与整合》，文化艺术出版社 1998 年版，第 265 页。
② 杨乃乔：《悖立与整合》，文化艺术出版社 1998 年版，第 269 页。
③ 杨乃乔：《悖立与整合》，文化艺术出版社 1998 年版，第 271 页。

兮'的抽象本体范畴，其无法用语言表达……正因为'道'不可以用语言来表达，所以，道家诗学主张摒弃语言和放逐语言"，① 而且，由于儒道两家诗学对于本体的不同诉求，"经"与"道"在东方诗学文化传统的生成和发展过程中就呈现出悖立与冲突的状态，用一张儒道诗学本体论比照表来表示，就是：

肇始者与形态	儒家诗学	道家诗学
肇始者	周公或孔子	老子与庄子
关于本体的称谓	"经"	"道"
关于本体的品质	遮蔽的本体	敞开的本体
本体的存在方式	终极书写——经典文本	有生于无——Nothing
对语言的态度	崇尚"立言"	崇尚"立意"——反"立言"
对意义出场的态度	书写使意义出场	书写无法使意义出场
对书写的态度	崇尚书写	贬损书写
对文本的阐释态度	经典文本有原初意义	经典文本没有原初意义
对中心主义的态度	主张建构经学中心主义	主张拒斥经学中心主义
对话语权力的态度	主张建构话语权力	主张解构话语权力
形而上学的方式	道德理性的形而上学	玄学的形而上学
价值取向	功利主义	虚无主义
学术思潮的归属	经学	玄学②

在杨乃乔看来，由于文化语境的差异，"道"对"经"的消解与"反逻各斯"对"逻各斯"的消解之间存在着一定的悖立性，如西方的德里达的"反逻各斯"解构的是西方的逻各斯（语音）中心主义，而东方的道家诗学的"道"所解构的是东方的经学（书写）中心主义，而且，德里达的"反逻各斯"与它要解构的逻各斯中心主义在历史上并不同步，而道家诗学的"道"对儒家诗学"经"的结构则是在历史上同步延伸的。然而，由于"道"对"经"的消解是德里达"反逻各斯"对"逻各斯"的解构策略在东方诗学文化语境下的一个发现，且两者都是以一种虚无主义的价值取向对中

---

① 杨乃乔：《悖立与整合》，文化艺术出版社 1998 年版，第 270—271 页。

② 杨乃乔：《悖立与整合》，文化艺术出版社 1998 年版，第 253 页。

心主义的颠覆，"道"对"经"的消解与"反逻各斯"对"逻各斯"的消解之间，又在解构策略上存在着整合的可能，借用一个图表来表示，就是：

肇始者与解构方法	西方解构主义诗学	东方道家诗学
肇事者	德里达	老子与庄子
挑战本体的称谓	"逻各斯"	"经"
解构的中心	逻各斯中心主义	经学中心主义
对挑战中心的评价	语音中心主义	书写中心主义
对书写的态度	崇尚书写	贬损书写
阻断在场的方式	书写使在场的意义阻断	无言使在场的意义阻断
颠覆的话语权力	语音的话语权力	书写的话语权力
拒斥的形而上学	纯粹理性的形而上学	道德理性的形而上学
价值取向	虚无主义	虚无主义
存在的方式	历史的共时性	历史的历时性①

在《道与逻各斯》中，张隆溪对于德里达把"逻各斯中心主义"视作纯粹的西方文化现象是持明确的反对态度的，"道"与"逻各斯"的本体同一性的论述也是建立在对于德里达解构理论的批判之上的；而在《悖立与整合》中，杨乃乔则恰恰是在肯定了德里达对于西方逻各斯中心主义的理论论证的前提下来展开"经"、"道"之间的悖立与整合的。单从具体的结论上来看，两者之间是截然对立的，但从两人都秉承大致相同的中西比较诗学观："以西方诗学文化传统为恰当的参照系，在研究中用开放的视野来努力解决东方诗学文化传统上的根本问题"，② 在移用西方诗学理论阐释中国文学理论并从事中西诗学对照的研究策略上，不仅没有质的差别而是惊人的一致。同时，这也再一次凸显了中西比较诗学在语言阐释策略和诗学话语使用方面所面临的策略还是无奈的两难选择。从这个意义上讲，尽管中西比较诗学的语言阐释和话语融合在过去的一百多年的时间里取得了很大的成绩，但距离中西诗学间达致真正意义上的平等对话还有不小的距离。对于中西比较诗学而言，中西诗学的语言阐释和话语融合之路依然任重道远。

---

① 杨乃乔：《悖立与整合》，文化艺术出版社 1998 年版，第 264 页。
② 杨乃乔：《悖立与整合·前言》，文化艺术出版社 1998 年版，第 14 页。

第五节　在比较和对话中推进西方文论的中国化转换

在二十世纪中外文化的交流与碰撞中，尽管要求用西方文学理论来整体性地取代中国传统文学理论的"全盘西化"呼声，一直没有中断过，但西方文学理论在中国一个世纪的引入与借鉴的事实表明，全盘移植西方文学理论在中国是不可能成功的。原因很简单，中西方代表着两个文化整体或文化传统，"两个文化传统不仅具有全然不同背景和源流、全然不同的价值和准则，而且反映着全然不同的民族文化心理结构。在这种情况下，每一种文学思潮和文学观念，在其原有的体系内部，作为一种文化语码受其特殊的语境规定，都包含有特定的内涵和意义。当它们摆脱掉固有的历史联系，跨入另一个文化整体之后，其内涵和意义也势必发生深刻的变化。"[①] 也就是说，异质的西方文论从一开始被引入中国时，就不可避免地要在中国文化语境的作用下实现和完成自身的"中国化"过程。正是考虑到中国文化语境对于异质的西方文论的接受和过滤作用，中国学者主张通过比较和对话来推进西方文论的中国化进程，具体的路径有二：其一是与中国传统文学理论的比较和对话；其二是与二十世纪中国本土文学实践的比较和对话。

关于西方文学理论与中国传统文学理论的比较和对话。张少康在《古代文论和当代文艺学的建设》一文中直言，一个国家和民族的文学艺术，如果不植根于自己国家和民族的文论土壤，是不可能形成自己的特色，并在世界上占有一定地位的，文艺理论也是如此。中西文学理论都有自身的深厚根基，中国古代文学理论在几千年的发展过程中，总结了丰富的文学艺术创作经验，并作了相当精确而深刻的理论概括，形成了一个具有民族特点，能够代表东方美学特色，与西方文学理论迥异的理论体系。张文认为，与西方文学理论相比，中国传统文学理论在内容的丰富性、深刻性上丝毫不差。比如文艺学中常用的"形象"概念，中国古代文论虽然不像西方文学理论那样直接使用"形象"的概念，但使用诸如"意象"、"兴象"、"意境"等概念，来表达中国人对于形象问题的认识。而且，由于西方的"形象"概念，并不

---

① 罗钢：《历史汇流中的抉择：中国现代文艺思想家与西方文学理论》，中国社会科学出版社
2000 年版，第 238 页。

能区分客观存在的形象与艺术作品中的形象，而中国古代文学理论则把前者称为"物象"，后者称为"意象"，这样不仅清楚地对客观存在的形象与艺术作品中的形象作了科学的区分，并且深刻地揭示了艺术形象属于主客体相结合的美学性质。同时，中国古代文学理论的"意象"概念的提出，形象地说明了文学意象的构成包括意、象、言三个部分，表现在音乐美学上就是本、象、饰，"意境"概念的提出，则表明中国传统文论把意境看作是一种特殊的意象或是意象特殊组合的产物，是一种体现了中国传统美学特征的艺术形象。再如与"形象"概念密切关联的"典型"概念，尽管西方关于典型的概念出现得很早，也有许多的表述，而且，从表面上看中国古代文学理论不用"典型"来评论文艺作品，但这并不能说明中国传统文论对"典型"问题缺乏认识，"我们传统的方法是讲形神、形似和神似，其实，我们的形神论中就包含了（西方）典型论中的许多重要内容，又远比典型论有更深广和更深刻的内容。从顾恺之的'以形写神'到苏轼的'得其意思之所在'以及'常形'、'常理'论，不是为我们阐明了艺术形象创造的基本方法吗？苏轼所说的'得其意思之所在'也许比黑格尔到恩格斯的'这一个'更容易为中国人所接受。"① 张文强调，进行中西文学理论的上述比较，并不是要说明中国传统文学理论比西方文学理论高明，也绝不是反对学习西方的文艺和美学理论，相反地，作者"主张要认真地学习西方的文艺和美学理论的，要吸取其科学的内容和有价值的理论思想的。比如西方近现代以来流行的精神分析、结构主义、阐释学、符号学等都有不少科学的合理的内核，其中有些也是我们中国古代就已经接触到或已经提出的，像'诗无达诂'就是讲的阐释学方面的问题，'易象'就有符号学方面的问题，而重视直觉感受和潜意识的内容，更是我们传统文论中经常碰到的问题。我们可以也必须通过比较研究吸收其有益成分，发展我们的传统文论。"② 针对二十世纪以来中国文学理论所选择的"西化"道路，作者给予了强烈的批评，"我们的古代文艺理论总结了许多西方所没有涉及到的重要艺术经验，有我们自己的理论体系和名词、术语，但是它在五四以来的将近80年中、特别是新中国成立以来

---

① 张少康：《古代文论和当代文艺学的建设》，见钱中文等主编：《中国古代文论的现代转换》，陕西师范大学出版社1997年版，第33页。

② 张少康：《古代文论和当代文艺学的建设》，见钱中文等主编：《中国古代文论的现代转换》，陕西师范大学出版社1997年版，第34页。

的将近 50 年中，始终没有得到当代文艺学的足够重视，它在当代文艺学中失去了自己应有的地位。……我们文艺学的理论体系和名词概念全是从西方贩运来的"，并对西方文化的中国化提出热切期盼，"无论是中国还是外国的文化发展历史都充分证明了，任何一种外来文化都必须经过改造，使之适合于本国本民族的状况，才能成为有益于本民族文化发展的营养剂。印度佛教传到中国，先是与中国的玄学相结合，经过中国传统文化的改造，后来才发展成为中国化的佛教——禅宗，并得以在中国广泛流传。同时，中国文化的发展也必须充分吸收各种外来文化的进步的、科学的内容，但不能喧宾夺主，颠倒了主次，把我们自己的传统文化变成西方文化的附庸，那样，自然也就没有了我们自己的文化，也就没有了我们自己的文艺学。所以，吸取西方的文艺和美学理论，一是必须辨别其正确和谬误，不能把那些早已被西方抛弃了的垃圾当作珍宝，二是应当取其精华，经过改造，为我所用，而决不能以此来否定和代替我们传统的文艺和美学理论"。① 应该说，张文的上述建议基本上代表了当代中国文学理论界通过中西文学理论间的比较和对话来实现西方文学理论中国化的共识，诚如有学者所总结的："在中西文论的冲突与交融的研究中，对话意识正获得了越来越普遍的重视。对话，不仅是一种言说方式，更是处理主体间性的一种生存性策略。它可以激活彼此的文艺理论传统，丰富、发展本国的文学理论批评。……二十世纪以来，特别是改革开放的 20 年，凡取得一定成就的文艺理论，大体是在发现中西文论差异之后，用西方文论中有用的异质性部分激活我国文论，并通过自身的调整、创新而实现的。"②

关于西方文学理论与二十世纪中国本土文学实践的比较和对话。陈平原在《中国小说叙事模式的转变》一书中，以"小说叙事模式"为切入点，分上下两编分别探讨了西方小说理论和中国文学创作传统对于二十世纪初中国小说叙事模式的影响，以此来考察西方小说理论与二十世纪初中国小说立足于本土文学实践之间的互动关系。在上编"西方小说的启迪与中国小说叙事模式的转变"部分，陈平原借用了西方叙事学理论，分"叙事时间"、"叙事角度"、"叙事结构"三个部分，深入分析了西方小说（理论）对于二

---

① 张少康：《古代文论和当代文艺学的建设》，见钱中文等主编：《中国古代文论的现代转换》，陕西师范大学出版社 1997 年版，第 34—35 页。
② 陈传才：《当代审美实践文学论》，暨南大学出版社 2002 年版，第 252—253 页。

十世纪初中国小说在叙事模式上的深刻影响。比如，从叙事时间上讲，陈平原指出，二十世纪前的中国小说基本上采用连贯叙述的方法。所谓连贯叙述，就是指小说情节设置完全依照事件发生、发展的自然时间序列，不像西方小说及叙事理论在固有的自然时间外，还有"情节时间"、"小说时间"、"演述时间"、"叙述时间"的细致区分。如果说中国传统小说的连贯叙述是一种单线的线性时间的排列的话，那么西方小说（理论）则刻意打破这种线性的时间序列，代之以复杂的、立体的时间重构。而二十世纪初中国小说家对传统叙事模式的突破，就是借用西方小说（理论）的"叙事时间"，以打破传统的线性时间作为突破口的，无论是"新小说"的吴趼人的《九命奇冤》对于西方小说倒装叙述手法的借用，还是五四作家带有西方心理学印记的交错叙述手法的采用，都是西方小说（理论）"叙事时间"影响的结果。从叙事角度上讲，陈平原罗列了西方的叙事学区分的三种叙事角度：第一种是全知叙事，叙述者在小说中无所不在，无所不知，知道并说出书中任何一个人物都不可能知道的秘密。第二种是限制叙事，叙述者不再享有全知叙事的权利，他的视野受到明确限制，他所知道的和书中人物一样多，人物不知道的事，叙述者无权叙说。第三种是纯客观叙事，叙述者只描写书中人物所看到和听到的，不作任何主观评价，也不分析人物心理，并指出，二十世纪前中国传统小说通常采用的都是全知全能的第三人称叙事，但从二十世纪初西方小说（理论）引入中国后，无论是早期的"新小说"还是后期的五四作家，都有意识地借用西方小说的限制叙事和纯客观叙事，大量地采用第一人称的叙事，以及采用日记体、书信体这些第一人称叙事的变格，作为对传统全知叙事的反叛。从叙事结构上讲，陈平原征引了西方学者史蒂文森对于小说叙事结构所作的"人物"、"情节"、"背景"的三分法，并特别指出，二十世纪初的中国现代作家不仅从小说理论上受到西方的直接影响，如清华小说研究社的《短篇小说法》、郁达夫的《小说论》和郑振铎的《中国短篇小说集序》等都引人注目的引用了史蒂文森（Robert Stevenson）的叙事结构理论，而且在小说写作技法上实践这三种结构小说的叙事方式，突破了传统小说一味强调"文势"、"笔法"而不讲结构框架的弊端。在下编"传统文学在中国小说叙事模式转变中的作用"部分，陈平原主要从"史传"传统和"诗骚"传统，探讨了传统文学对中国人审美趣味的塑造和对中国叙事文学发展的制约。按照作者的解释，"史传"传统指的是中国传统的编年史、纪传、纪事本末等历史散文著作确立的纪事传统，而"诗骚"传统则是指《诗经》、《离骚》等抒情诗歌开创的抒情传统，并从三个方面梳理了"史传"传统和"诗骚"传统与中国小说之间的密切关联：第一，中国作家热衷于引"史传"和"诗骚"入小说的原因。"中国古代没有留下篇幅巨大叙事曲折的史诗，在很长时间内，叙事技巧几乎成了史书的专利。……自司马迁创立纪传体，进一步发展历史散文写人叙事的艺术手法，史书也的确为小说描写提供了可资直接借鉴的样板。……史书在中国古代有崇高的位置，……以小说比附史书，引'史传'入小说，都有助于提高小说的地位。再加上历代文人罕有不熟读经史的，作小说借鉴'史传'笔法，读小说借用'史传'眼光，似乎也是顺理成章。（另外）中国是一个诗的国度，……而在这诗的国度的诗的历史上，绝大部分名篇都是抒情诗，叙事诗的比例和成就相形之下实在太小。这种异常强大的'诗骚'传统不能不影响其他文学形式的发展。任何一种文学形式，只要想挤入文学结构的中心，就不能不借鉴'诗骚'的抒情特征，否则难以得到读者的承认和赞赏。"① 第二，影响中国小说发展的不是单一的"史传"或"诗骚"，而是二者的合力。"并非一部分作家借鉴'史传'，另一部分作家借鉴'诗骚'，因而形成一种对峙；而是作家们（甚至同一部作品）同时接受这两者的共同影响，只是在具体创作中各自有所侧重。正是这两者的合力在某种程度上规定了中国小说的发展方向：突出'史传'的影响但没有放弃小说想象虚构的权利；突出'诗骚'的影响也没有忘记小说叙事的基本职能。"② 第三，"史传"、"诗骚"影响中国小说的具体表现。"'史传'之影响于中国小说，大体表现为补正史之阙的写作目的、实录的春秋笔法，以及纪传体的叙事技巧。'诗骚'之影响于中国小说，则主要体现在突出作家的主观情绪，于叙事中着重言志抒情。"③ 总之，在陈平原看来，二十世纪中国小说创作在叙事模式上的转变，深刻地体现了西方小说理论与中国本土文学实践之间的互动关系，而揭示西方小说（理论）和中国文学传统对于中国小说叙事模式转变的影响，其理论关键是要说明二十世纪中国小说叙事模式的转变，"不是西方小说送来样板中国小说亦步亦趋的'影响说'，也不是中国小说主要受社会环境和文学传统的驱

---

① 陈平原：《中国小说叙事模式的转变》，北京大学出版社 2003 年版，第 210—211 页。
② 陈平原：《中国小说叙事模式的转变》，北京大学出版社 2003 年版，第 211—212 页。
③ 陈平原：《中国小说叙事模式的转变》，北京大学出版社 1988 年版，第 212 页。

逼而发生嬗变的'自立说'，甚至也不是绝对正确但过于朦胧以至于说了等于没说的'综合说'。而是强调由于西方小说的输入，中国小说受其影响而发生变化，与中国小说从文学结构的边缘向中心移动，在移动过程中汲取整个传统文学养分而发生变化这两种移位的合力的共同作用。"① 在这里，"移位"一词的使用有些意味深长，因为"移位"意味着中国小说的革新是一个中外文学因素共同合力作用的动态结构，而且"移位"意味着必须充分考虑在中西文学因素合力作用下必然发生的"损耗"与"对话"：

> 西洋小说的输入，改变了传统的文学观念，中国小说开始从文学结构的边缘向中心移动；小说的升值，又引起更多的文人学士对西洋小说技巧的关注；西洋小说帮助中国作家重新发现传统文学的表现手法；中国作家对传统文学表现手法的阐述与运用，反过来加深了对西洋小说的鉴赏能力，提高了学习借鉴西洋小说技巧的自觉性……如此这般，移步换形，不断深化认识，以致切下其中任何一个片断，你都很难简单地把它判为西洋小说的影响或者传统文学的启迪。②

二十世纪西方文论的引入，对于中国现当代文论的范式转型，起到了至关重要的推动作用。尽管在二十世纪中西文论的碰撞中，借用异质的西方文论来替代或转换中国文论的主张和尝试，不绝于耳，但从根本上而言，立足于中国的文论和创作实践，在比较和对话中实现西方文论的中国化，使之服务于中国当代文学理论的建设，无疑是中国学界的理论共识。这一点，不仅为二十世纪以来西方文论的中国化的实践所证实，而且为二十一世纪中国当代文论在与世界文论的交往对话中实现洋为中用、理论创新的终极发展目标，指明了发展方向。

---

① 陈平原：《中国小说叙事模式的转变》，北京大学出版社 1988 年版，第 241—242 页。
② 陈平原：《中国小说叙事模式的转变》，北京大学出版社 1988 年版，第 244 页。

结　语

二十一世纪中西诗学的"复调"对话和"杂语"共生

　　二十一世纪中西诗学的对话无疑是新世纪推进、深化中西比较诗学的关键。但展望二十一世纪的中西诗学对话，不能无视中西诗学话语的分野、融合和转换的现实。原苏联学者米·巴赫金（Mikhail Bakhtin）曾就对话理论提出过两个核心范畴：其一是"复调"，其二是"杂语"。对于二十一世纪的中西诗学对话而言，中西诗学话语的分野、融合和转换，所涉及的正是巴赫金对话理论中的"复调"和"杂语"这两个核心问题。

　　首先是"复调"。"复调"原是一个音乐上的术语，特指用对位和转调形成众多独立声部混响并行。巴赫金用它来指称对话的多声部性，正如他在《陀斯妥耶夫斯基诗学问题》中所言："有着众多的各自独立而不相融合的声音和意识，由具有充分价值的不同声音组成真正的复调……这里恰是众多的地位平等的意识连同它们各自的世界，结合在某个统一的事件之中，而互相间不发生融合"。[1] 在巴赫金看来，对话在本质上属于一种多声部性质，因为"单一的声音，什么也结束不了，什么也解决不了。两个声音才是生命的最低条件，生存的最低条件。"[2] 因此"多声部性"的对话必须表现为"不同的声音用不同的调子唱同一个题目……揭示生活的多样性和人类感情的多层次性的'多声'现象"，[3] 而不是独白式的"同音齐唱"。中西诗学话语的分野，突出的正是中西诗学话语的"复调"性质。在过去很长的一段时间

----

①　[俄] 米哈伊尔·巴赫金：《陀斯妥耶夫斯基诗学问题》，白春仁、顾亚铃译，三联书店1988 年版，第 29 页。

②　[俄] 米哈伊尔·巴赫金：《陀斯妥耶夫斯基诗学问题》，白春仁、顾亚铃译，三联书店1988 年版，第 344 页。

③　[俄] 米哈伊尔·巴赫金：《陀斯妥耶夫斯基诗学问题》，白春仁、顾亚铃译，三联书店1988 年版，第 79 页。

里，中西诗学话语上的分野，曾被许多人看作是阻碍中西诗学对话的障碍，认为强调中西诗学话语的差异性会妨碍中西诗学的相互理解和沟通，不利于中西诗学达成"一致性"、"普遍性"的共识。而从巴赫金的"复调"对话理论来看，中西诗学话语的不同"声音"的存在，不仅不是中西诗学对话的掣肘或绊脚石，而恰恰是实现中西诗学对话的必要前提和"最低条件"。因为，中西诗学对话的根本目的，不是单纯地寻求中西诗学间的"一致性"、"普遍性"的"理解"和"沟通"，而是在尊重彼此差异性、独特性的前提下通过对话实现各自诗学的重塑和建构。因此，中西诗学的对话，从本质上来说，应该如巴赫金"复调"对话理论所说的，"对话不是作为一种手段，而是作为目的本身"，[①] 对话的积极意义不在于获得"一致"，而在于对话双方通过对话在对话过程中不断反观自身，实现自身的建构。巴赫金的对话主义理论旗帜鲜明地排斥一切形式的"统一性"、"普遍性"。在他看来，它们不管采用怎样的形而上学的形式出现，都不过是唯心主义意识形态的独白性原则在理论上的不同表述而已，强调意识的"统一性"、"普遍性"，其结果必然是许多个经验性的人的"意识中一切重要的真理性的东西，都被纳入了'普遍意识'的统一语境中去，并且丧失了个人特性"，[②] 为此，巴赫金一再强调对话的复调原则，并特别指出，复调原则对于"统一性"、"普遍性"的消解与相对主义（还有教条主义）毫无共同之处，"相对主义和教条主义都同样地排斥任何争论、任何真正的对话；把对话看成是多余的（相对主义），或不可能的（教条主义），而复调作为一种艺术方法，根本上是另一回事"。[③] 从这个意义上讲，中西诗学对话应该而且必须是以尊重中西诗学话语的差异性、并以中西诗学自身建构为主旨的"复调"对话。

其次是"杂语"。"杂语"是巴赫金独创的一个俄文词，"指社会语言的多样化、多元化，是多种话语的共生并在状态。"[④] 巴赫金把杂语视作文化的基本特征，认为杂语现象不仅存在于社会交流、文化传播及价值转换的广泛

---

① ［俄］米哈伊尔·巴赫金：《陀斯妥也夫斯基诗学问题》，白春仁、顾亚铃译，三联书店1988年版，第343页。

② ［俄］米哈伊尔·巴赫金：《陀斯妥也夫斯基诗学问题》，白春仁、顾亚铃译，三联书店1988年版，第123页。

③ ［俄］米哈伊尔·巴赫金：《陀斯妥也夫斯基诗学问题》，白春仁、顾亚铃译，三联书店1988年版，第111页。

④ 金元浦：《文学解释学》，东北师范大学出版社1997年版，第70页。

社会生活中，同时也表现于个别言谈的多种语调、语态、语气之中。巴赫金考察了从希腊文明解体到罗马时代的拉丁文、希腊文多种语言混和的典籍，从中发掘出了鲜为人知的各种"对话体文体"，通过对其中的叙述话语的分析，巴赫金发现"从史诗叙述到小说叙述，欧洲文明走过的是从孤立的、文化上耳聋目塞的半父权制社会，迈入国际的、多语言的交流与接触。史诗创造的是一个语言单一的社会，在这单一社会中，神圣的传统话语历代传诵，建立起一个中心论、大一统的语言神话，体现着文化的向心力和权威主义。而后起的小说则表现了一种'对话性'，即小说话语的未完成性、非经典性、多种内涵共生性。小说话语超越了神圣的唯一的过去的神话世界，进入一个杂语的现代社会"。① 在此基础上，巴赫金以"杂语"为核心，提出了一种崭新的文化转型理论。他认为，西方文化史上的希腊罗马、文艺复兴、十九至二十世纪这三个时期是西方文化转型的高峰时期，其根本特征就是杂语共生，即"'语言语义中意识形态中心的解体'"，"'文化语言与情感竞相从单一和统一的语言霸权中获得了根本的解放，从而使语言的神话性趋于消失，使语言不再是思想的绝对形式'"。总之，杂语"是各种社会利益集团、价值体系的话语所形成的离心力量，对语言单一的中心神话、中心意识形态的向心力量提出强有力的挑战。在这种众声喧哗、百家争鸣的局面中，文化呈现着勃勃生机和创造性"。② 巴赫金的"杂语"概念，对于我们正确地认识二十世纪以来中西诗学话语的融合和转换，有着重要的启示意义，即中西诗学话语的混杂，非但不是中西诗学对话的杂音，而恰恰是中西诗学展开深层次对话过程所必然呈现出来的一种特定的话语性质和文化现象。另外，从整个世界范围的文化格局着眼，"二十世纪后半叶，人类正在进入一个新的文化转型时期"，③ 欧洲中心主义的瓦解，第三世界的觉醒与东方文化的崛起，这一切无疑构成了全球化格局中文化转型的特征，文化多元格局已经是一个无法回避的事实。在这种情况下，包括中国当代诗学在内的世界诗学在二十一世纪将不可避免地共处于一个"杂语共生"的时代。

二十一世纪的中国诗学已经置身于一个多元声音并存的时代。历史地探

---

① 转引自刘康：《一种转型期的文化理论——论巴赫金对话主义在当代文论中的命运》，《中国社会科学》1994 年第 2 期，第 164 页。

② 转引自刘康：《一种转型期的文化理论——论巴赫金对话主义在当代文论中的命运》，《中国社会科学》1994 年第 2 期，第 164—165 页。

③ 乐黛云等著：《比较文学原理新编》，北京大学出版社 1998 年版，第 2 页。

寻和正确地认识中西诗学话语的分野、融合和转换所凸显的中西诗学的"复调"对话性质和"杂语"共生现象，对于进一步推进、深化二十一世纪的中西诗学对话，无疑有着重要的理论指导和现实意义。二十一世纪的中西诗学有望在中西诗学话语的分野、融合和转换的根基之上，在实现相互融通的同时，走向深层次的诗学对话。

论文主要引用及参考书目

（按照章节顺序排列）

乐黛云等：《比较文学原理新编》，北京大学出版社 1998 年版。

《鲁迅全集》第 1—8 卷，人民文学出版社 2005 年版。

乐黛云、张文定主编：《比较文学》，中国文化书院 1987 年版。

［美］厄尔·迈纳：《比较诗学：文学理论的跨文化研究札记》，王宇根等译，中央编译出版社 1999 年版。

［美］维斯坦因：《比较文学与文学理论》，刘象愚译，辽宁人民出版社 1987 年版。

黄药眠、童庆炳：《中西比较诗学体系》（上下），人民文学出版社 1991 年版。

乐黛云主编：《比较文学新视野》，湖南文艺出版社 1994 年版。

曹顺庆：《中外比较文论史》，山东教育出版社 1998 年版。

陈惇、孙景尧、谢天振：《比较文学》，高等教育出版社 1997 年版。

［德］哈贝马斯：《交往行动理论》，洪佩都译，重庆出版社 1994 年版。

［德］哈贝马斯：《交往与社会进化》，张博树译，重庆出版社 1989 年版。

［俄］米哈伊尔·巴赫金：《巴赫金文论选》，韩佟景译，中国社会科学出版社 1996 年版。

［俄］米哈伊尔·巴赫金：《陀斯妥耶夫斯基诗学问题》，白春仁、顾亚铃译，三联书店 1988 年版。

金元浦：《文学解释学》，东北师范大学出版社 1997 年版。

董小英：《再登巴比伦之塔：巴赫金对话理论》，三联书店 1998 年版。

［美］拉兹洛：《决定命运的选择》，李吟波等译，三联书店 1997 年版。

王春元、钱中文主编：《文学理论方法论研究》，湖南文艺出版社 1987 年版。

黄维梁、曹顺庆主编：《中国比较文学学科理论的垦拓——台湾学者论文选》，北京大学出版社 1998 年版。

古添洪、陈慧桦主编：《比较文学垦拓在台湾》，东大图书公司 1976 年版。

孙景尧：《新概念·新方法·新探索——当代西方比较文学论著选》，漓江出版社 1987 年版。

姚小平：《洪堡特——人文研究和语言研究》，外语教学与研究出版社 1995 年版。

[德] 卡尔·雅斯贝斯：《智慧之路》，柯锦华译，中国国际广播出版社 1988 年版。

[美] 佛朗·霍尔：《西方文学批评简史》，张月超译，南京大学出版社 1987 年版。

朱自清：《诗言志辨》，华东师范大学出版社 1996 年版。

周振甫：《文心雕龙译注》，江苏教育出版社 2006 年版。

李学勤主编：《毛诗正义》（上中下），北京大学出版社 1999 年版。

李学勤主编：《礼记正义》（上中下），北京大学出版社 1999 年版。

郭绍虞：《中国文学批评史》（上下），百花文艺出版社 1999 年版。

[英] 鲍桑葵：《美学史》，张今译，商务印书馆 1995 年版。

[希腊] 亚里斯多德：《形而上学》，吴寿彭译，商务印书馆 1959 年版。

[英] 罗素：《西方哲学史》（上下），何兆武 、李约瑟译，商务印书馆 2000 年版。

[德] 黑格尔：《哲学史讲演录》（一、二、三），贺麟、王太庆译，商务印书馆 1959 年版。

北京大学哲学系主编：《古希腊罗马哲学》，三联书店 1957 年版。

伍蠡甫主编：《西方文论选》（上下卷），上海译文出版社 1988 年版。

[希腊]《柏拉图全集》第 1—4 卷，王晓朝译，人民出版社 2003 年版。

[希腊]《柏拉图文艺对话集》，朱光潜译，人民文学出版社 1963 年版。

朱光潜：《西方美学史》（上下），人民文学出版社 1994 年版。

[希腊] 亚里斯多德：《诗学》，罗念生译，人民文学出版社 1982 年版。

［美］艾布拉姆斯：《镜与灯》，郦稚牛等译，北京大学出版社 1989 年版。

缪朗山：《缪灵珠美学译文集》第 1—3 卷，中国人民大学出版社 1990 年版。

刘永济：《文心雕龙校释》，中华书局 1962 年版。

李学勤主编：《周礼注疏》（上下），北京大学出版社 1999 年版。

钱中文、杜书瀛、畅广元主编：《中国古代文论的现代转换》，陕西师范大学出版社 1997 年版。

刘若端编：《十九世纪英国诗人论诗》，人民文学出版社 1984 年版。

［罗马］贺拉斯：《诗艺》，杨周翰译，人民文学出版社 1982 年版。

［德］黑格尔：《美学》第 1—3 卷，朱光潜译，商务印书馆 1986 年版。

［希腊］亚里斯多德：《修辞学》，罗念生译，上海世纪出版集团 2006 年版。

张法：《中西美学与文化精神》，北京大学出版社 1994 年版。

［俄］阿·谢·阿赫曼诺夫：《亚里斯多德逻辑学说》，马兵译，上海译文出版社 1980 年版。

王元化：《文心雕龙讲疏》，广西师范大学出版社 2004 年版。

张少康主编：《文心雕龙研究》，湖北教育出版社 2002 年版。

［德］布莱希特：《布莱希特论戏剧》，丁扬忠译，中国戏剧出版社 1990 年版。

范文澜：《文心雕龙注》（上下），人民文学出版社 2006 年版。

万起、刘尚慈：《世说新语译注》，中华书局 1998 年版。

（晋）陈寿：《三国志》，裴松之注，中华书局 2005 年版。

［希腊］亚里斯多德：《解释篇》，秦典华译，中国人民大学出版社 2003 年版。

［英］罗素：《西方的智慧》，马家驹、贺霖译，世界知识出版社 1992 年版。

（汉）刘安：《淮南子·原道训》，上海古籍出版社 1989 年版。

李学勤主编：《周易正义》，北京大学出版社 1999 年版。

黄侃：《文心雕龙札记》，华东师范大学出版社 1996 年版。

缪朗山：《西方文艺理论史纲》，中国人民大学出版社 1985 年版。

北京大学中文系主编：《文艺理论学习资料》（上下），北京大学出版社1981年版。

［德］莱辛：《拉奥孔》，朱光潜译，人民文学出版社1979年版。

陈康：《陈康论希腊哲学》，商务印书馆1990年版。

［德］海德格尔：《海德格尔选集》（上下），孙周兴选编，上海三联书店1996年版。

佛雏：《王国维诗学研究》，北京大学出版社1999年版。

《马克思恩格斯选集》第1—4卷，人民出版社1995年版。

张岱年等：《中国文化概论》，北京师范大学出版社1994年版。

陈传才：《文艺学百年》，北京出版社1999年版。

《王国维文集》第1—4卷，中国文史出版社1991年版。

聂振武：《王国维美学思想述评》，辽宁大学出版社1997年版。

《陈寅恪集》，三联书店2003年版。

（清）《郑观应集》（上下），上海人民出版社1998年版。

（清）张之洞：《劝学篇》，华夏出版社2002年版。

梁启超：《清代学术概论》，复旦大学出版社1985年版。

《求善·求美·求真——王国维文选》，上海远东出版社1997年版。

北京大学哲学系主编：《西方美学家论美和美感》，商务印书馆1980年版。

［德］康德：《判断力批判》（上下），宗白华译，商务印书馆1995年版。

［德］叔本华：《作为意志和表象的世界》，石冲白译，商务印书馆1997年版。

乐黛云等主编：《世界诗学大辞典》，春风文艺出版社1993年版。

徐中玉主编：《中国古代文艺理论专题资料丛刊·意境·典型·比兴篇》，中国社会科学出版社1994年版。

韩林德：《境生象外》，三联书店1995年版。

王济亨、高仲章选注：《司空图选集注》，山西人民出版社1989年版。

王文龙编纂：《东坡诗话全编笺评》，西南师范大学出版社1996年版。

吴文治主编：《宋诗话全编》，江苏古籍出版社1998年版。

吴文治主编：《明诗话全编》，江苏古籍出版社1997年版。

李学勤主编：《论语注疏》，北京大学出版社 1999 年版。

《朱光潜全集》第 1—10 卷，安徽教育出版社 1987—1993 年版。

钱念孙：《朱光潜与中西文化》，安徽教育出版社 1995 年版。

[意大利] 克罗齐：《美学原理》，朱光潜译，上海人民出版社 2007 年版。

臧克和：《钱锺书与中国文化精神》，百花洲文艺出版社 1993 年版。

钱锺书：《钱锺书文集》，内蒙古人民出版社 1996 年版。

陆文虎：《围城内外——钱锺书的文学世界》，解放军出版社 2004 年版。

钱锺书：《谈艺录》，中华书局 1984 年版。

陆文虎主编：《钱锺书研究采辑》第 1—2 辑，三联书店 1996 年版。

冯芝祥主编：《钱锺书研究集刊》第 1—3 辑，上海三联书店 1999 年版。

钱锺书：《围城》，人民文学出版社 1980 年版。

（清）何文焕：《历代诗话序》，中华书局 1981 年版。

（清）章学诚：《文史通义》，上海书店 1988 年版。

（汉）班固：《汉书》，中华书局 2000 年版。

（汉）范晔：《后汉书》，中华书局 2000 年版。

李学勤主编：《孟子注疏》，北京大学出版社 1999 年版。

（清）焦循：《孟子正义》（上下），中华书局 1987 年版。

钱锺书：《宋诗选注》，人民文学出版社 1958 年版。

钱锺书：《旧文四篇》，上海古籍出版社 1979 年版。

钱锺书：《写在人生边上》，中国社会科学出版社 1990 年版。

钱锺书：《管锥编》第 1—5 册，中华书局 1986 年版。

徐友渔：《"哥白尼式"的革命》，上海三联书店 1994 年版。

洪谦主编：《逻辑经验主义》（上下），商务印书馆 1982 年版。

[美] 拉尔夫·科恩：《文学理论的未来·序言》，程锡麟等译，中国社会科学出版社 1993 年版。

童庆炳主编：《文学理论教程》，高等教育出版社 2004 年版。

童庆炳：《中国古代文论的现代意义》，北京师范大学出版社 2001 年版。

黄霖、吴建民、吴兆路：《中国古代文学理论体系·原人论·绪论》，复旦大学出版社 2000 年版。

汪涌豪：《中国古代文学理论体系·范畴论》，复旦大学出版社 2000 年版。

刘明今：《中国古代文学理论体系·方法论》，复旦大学出版社 2000 年版。

李夫生：《现代中国文论中的马克思主义话语（1919—1949）》，湖南人民出版社 2010 年版。

李衍柱主编：《马克思主义文艺理论在中国》，山东文艺出版社 1990 年版。

《毛泽东选集》第 1—4 卷，人民出版社 1991 年版。

［英］柏拉威尔：《马克思和世界文学》，梅绍武等译，三联书店 1980 年版。

朱立元：《思考与探索》，上海社会科学院出版社 1991 年版。

朱立元等：《马克思主义文艺理论中国化研究》，经济科学出版社 2009 年版。

赵家璧主编：《中国新文学大系》第 1—10 卷，上海良友图书 1935 年版。

罗钢：《历史汇流中的抉择：中国现代文艺思想家与西方文学理论》，中国社会科学出版社 2000 年版。

温儒敏：《中国现代文学批评史》，北京大学出版社 1993 年版。

［德］赖纳·特茨拉夫：《全球化压力下的世界文化》，吴志成、韦苏等译，江西人民出版社 2000 年版。

陈平原：《中国小说叙事模式的转变》，北京大学出版社 1988 年版。

詹杭伦：《刘若愚：融合中西诗学之路》，文津出版社 2005 年版。

［美］刘若愚：《中国文学理论》，杜国清译，江苏教育出版社 2006 年版。

［美］叶维廉：《寻求跨中西文化的共同文学规律》，北京大学出版社 1987 年版。

张隆溪：《道与逻各斯》，四川人民出版社 1998 年版。

［美］赫施：《阐释的有效性》，王才勇译，三联书店 1991 年版。

杨乃乔：《悖立与整合》，文化艺术出版社 1998 年版。

［德］海德格尔：《诗·语言·思》，彭富春译，文化艺术出版社 1990 年版。

James J. Y. Liu. *The Arts of Chinese Poetry*. Chicago: University of Chicago Press, 1962.

James J. Y. Liu. *Chinese Theories of Literature*. Chicago: University of Chicago Press, 1975.

Miner, E. *Comparative Poetic: An intercultural Essay on Theories of Literature*. Princeton: Princeton University Press, 1990.

M. H. Abrams. *The Mirror and Lamp: Romantic Theory and the Critical Tradition*. Oxford: Oxford University Press, 1981.

S. T. Coleridge. *Biographia Literaria*. Princeton: Princeton University Press, 1984.

Zhong longxi. *The Tao and The Logos: Literary Hermeneutics, East and West*. Durham: Duke University Press, 1992.

Jacques Derrida. *Of Grammatology*. Baltimore and London: John Hopkins University Press, 1976.

Jacques Derrida. *Writing and Differance*. Chicago: University of Chicago Press, 1978.

Jacques Derrida. *Margins of Philosophy*. Chicago: University of Chicago Press, 1982.

Jacques Derrida. *Acts of Literature*. New York and London: Routledge Press, 1992.

后　记

　　本书为我主持的国家社科基金青年项目《中西比较诗学的语言阐释》的结项成果。2004 年我以"中西比较诗学的语言阐释"的研究报告申报了国家社科基金项目，幸运地得到了国家社科基金办的项目立项。在课题刚立项时，我是信心满满的，但随着课题研究工作的展开，所涉课题的难度远远超出了我的预计，我的研究工作几度陷入困境。后来在课题研究的调整和修改过程中，我又有幸得到了国家社科基金办的匿名专家们的鼓励及指导意见，让我对继续完成课题研究有了可供参考的思路和弥足珍贵的信心。在《中西比较诗学的语言阐释》项目结项出版之际，我要向国家社科基金办的领导和专家们给予我的宝贵支持和帮助，表示诚挚的谢意。同时，本书的顺利出版，得益于人民出版社领导的热心支持和编辑同志的细心帮助，在此一并表示感谢。

　　为学之路是一个艰辛的学习过程。在我的求学过程中，有幸得到了许多老师的悉心指点和帮助。中学阶段的王治君老师，大学阶段的朱万曙教授、李华珍教授，硕士阶段的杨恒达教授，博士阶段的陈传才教授、章安琪教授以及博士后阶段的童庆炳教授、王一川教授、李春青教授，都在我的人生和学习过程中，给予了我无私的关爱和学业上的指点。另外，我在中国人民大学文学院的院系领导杨慧林教授、耿幼壮教授，也在我的工作和学习过程中，给我提供了工作上的宝贵支持和专业上的鼓励。恩师们的谆谆教诲，学生永怀在心。

　　最后，我要特别感谢我的家人。感谢我在安徽的父母多年来对我工作上的理解和支持，感谢我在北京的岳父唐仁基教授和张佩玉教授对我及家人在生活上的悉心照顾，感谢我的爱人唐凌对我工作上的鼓励和帮助，感谢我的爱子果果的出生及成长给我带来的无尽的欢悦。生命中有你们相随相伴，我的平淡学术人生有了温馨与回忆！

范方俊

2012 年 10 月 22 日

责任编辑:张益刚

图书在版编目(CIP)数据

中西比较诗学的语言阐释/范方俊 著. -北京:人民出版社,2013.4
ISBN 978－7－01－011942－7

Ⅰ.①中…　Ⅱ.①范…　Ⅲ.①比较诗学-研究-中国、西方国家
　Ⅳ.①I207.22 ②I106.2

中国版本图书馆 CIP 数据核字(2013)第 068413 号

中西比较诗学的语言阐释
ZHONGXI BIJIAOSHIXUE DE YUYAN CHANSHI

范方俊　著

人民出版社 出版发行
(100706　北京市东城区隆福寺街99号)

北京新魏印刷厂印刷　　新华书店经销

2013 年 4 月第 1 版　2013 年 4 月北京第 1 次印刷
开本:710 毫米×1000 毫米 1/16　印张:35
字数:586 千字　印数:0,001-2,000 册

ISBN 978－7－01－011942－7　定价:72.00 元

邮购地址 100706　北京市东城区隆福寺街99号
人民东方图书销售中心　电话 (010)65250042　65289539

版权所有·侵权必究
凡购买本社图书,如有印制质量问题,我社负责调换。
服务电话:(010)65250042